MAGE DE BATAILLE

Peter A. Flannery est un auteur, scénariste et dramaturge anglais. Son premier best-seller, *First and Only*, un thriller parapsychologique, a été adapté en 2019 au cinéma par Magnus Wake sous le titre *Dark Sense*. Sa série, *Mage de bataille*, a rencontré un succès fulgurant outre-Manche.

Paru au Livre de Poche :

MAGE DE BATAILLE (tome 2)

PETER A. FLANNERY

Mage de bataille 1

ROMAN TRADUIT DE L'ANGLAIS (ÉCOSSE) PAR PATRICE LOUINET

ALBIN MICHEL

Titre original :

LITTLE MAGE
Publié chez Blackheart Books.

ISBN : 978-2-253-10335-6 – 1re publication LGF

Pour mon frère Anthony, qui a fait jaillir l'étincelle ;
Pour Tolkien, qui l'a attisée et en a fait une flamme ;
Pour tous les créateurs qui entretiennent cette flamme ;
Et enfin pour tous ceux qui aiment les livres de fantasy*.*
Voici le mien.
J'espère qu'il vous plaira.

Aucune émotion ne saurait égaler le chagrin d'un dragon
Si ce n'est, peut-être, la furie d'un dragon.

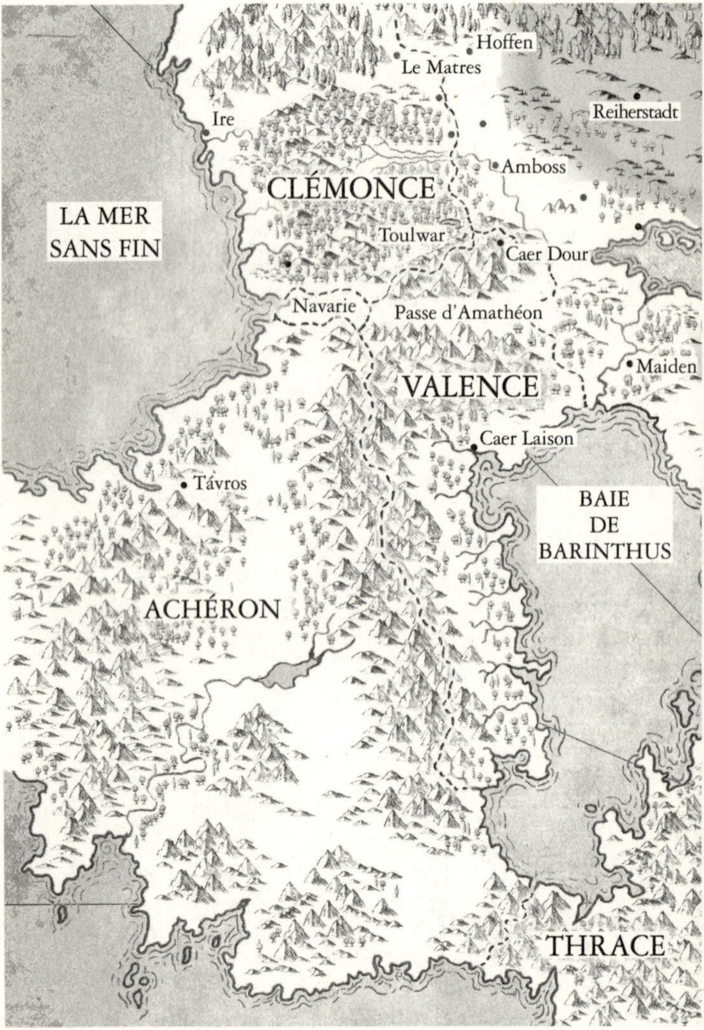
Hoffen
Le Matres
Ire
Reiherstadt
Amboss
CLÉMONCE
LA MER
SANS FIN
Toulwar
Caer Dour
Navarie
Passe d'Amathéon
Maiden
VALENCE
Caer Laison
Távros
BAIE
DE
BARINTHUS
ACHÉRON
THRACE

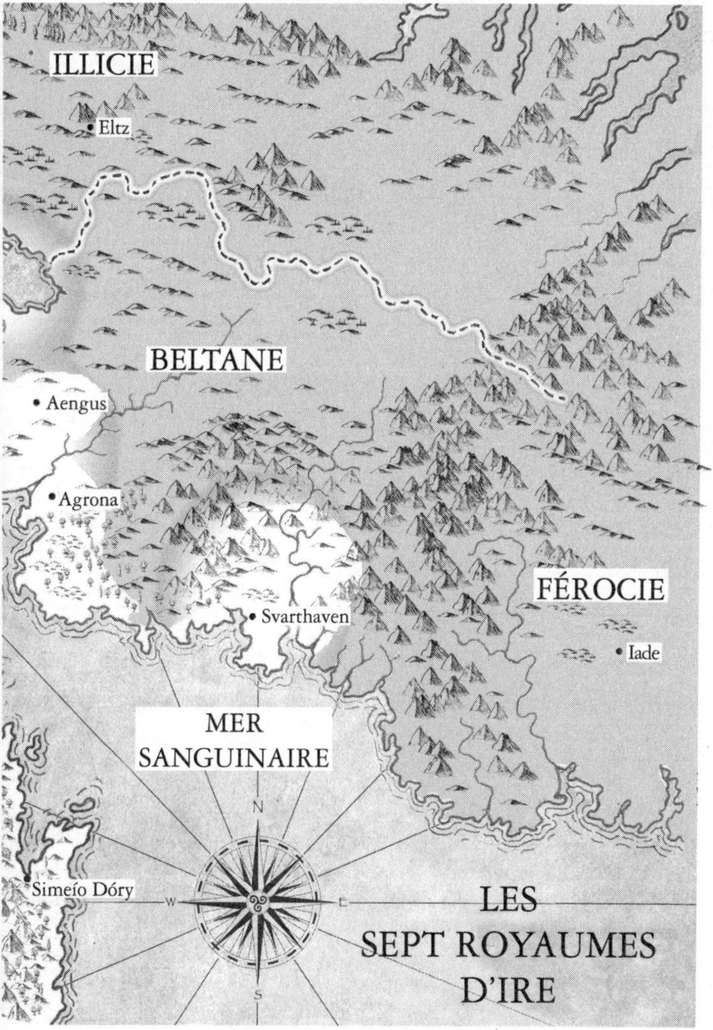
ILLICIE
Eltz
BELTANE
Aengus
Agrona
Svarthaven
FÉROCIE
Iade
MER
SANGUINAIRE
N
W
E
S
Simeío Dóry
LES
SEPT ROYAUMES
D'IRE

Prologue

Le chevalier secoua la tête pour chasser le sang et les larmes amères de l'échec. Il fit faire demi-tour à sa monture et leva sa visière. Mises en déroute, les forces illiciennes refluaient d'un bout à l'autre de la plaine. Ils avaient perdu la bataille.

En nombre suffisant pour vaincre l'armée des Possédés, ils auraient dû l'emporter, mais cela avait été compter sans la présence du démon. Celui-ci était resté caché, ne se dévoilant qu'à la dernière minute, bien trop tard pour faire venir un mage de bataille.

C'était leur bataille et ils avaient été vaincus.

Il ne ressentait aucune honte, car rares étaient ceux capables de résister à un tel adversaire. Ils avaient tenu bon pendant près d'une heure ; mais pour les soldats d'Illicie, la fin approchait, inéluctablement.

Juché sur la colline, le chevalier considéra son ennemi. Créature à la puissance surnaturelle et à la force infernale, le démon dominait les Possédés – ses guerriers humains – de toute sa hauteur. Le chevalier savait qu'il lui était impossible de le tuer. Son seul espoir était désormais de mourir rapidement, sous peine de céder à la peur. Dans un dernier effort volontaire, il lança sa monture, et fit le vœu que son courage ne l'abandonne pas. Ce n'était pas à lui qu'il pensait en chevauchant vers sa mort, mais à ceux à qui il avait fait défaut. L'armée des Possédés avait enfoncé les défenses illiciennes. Elle disparaîtrait ensuite dans les montagnes, où il serait difficile de la suivre. Elle éviterait la puissante Clémonce et se dirigerait plutôt vers le royaume de Valence.

La Valence était jadis renommée pour le courage et l'habileté de ses guerriers, mais depuis quelques générations, sa réputation s'était quelque peu étiolée. Lorsque le chevalier éperonna une dernière fois sa monture, il se demanda s'il restait quelque chose de cette grandeur passée.

Il l'espérait.

Pour l'amour de toutes leurs âmes, il espérait que tel était encore le cas.

PREMIÈRE PARTIE
RUINE

1

Le fils de la folie

Dans les montagnes de l'extrême nord de la Valence, le soleil se levait sur Caer Dour. L'air était froid et piquant, et les murs de pierre claire étincelaient à la lumière matinale. Le marteau du forgeron s'abattait avec régularité, couvrant les mugissements et les bêlements du bétail. L'odeur d'excréments émanant des étables se mêlait à celles du pain fraîchement cuit et de la fumée d'un millier de feux naissants.

C'était en apparence une matinée des plus banales. La peur semblait absente et rien ne laissait présager qu'un danger mortel planait sur la ville. Au contraire, on sentait une certaine fébrilité dans l'air, car était venu le jour des tournois, ce moment si particulier au cours duquel les habitants de Caer Dour avaient l'occasion de démontrer leurs compétences guerrières à l'émissaire de la reine.

Il était encore tôt et pourtant les gens se pressaient déjà dans les rues pavées, se dirigeant vers l'ouest de la ville, où la route menant vers la Clémonce s'élevait vers les hauteurs de la colline escarpée. C'était par là qu'arriverait l'émissaire de la cour d'Ire.

Une année sur deux, il faisait le voyage depuis la capitale de la Clémonce pour voir ce que Caer Dour avait à offrir comme recrues potentielles. Ceux qui excelleraient dans ces épreuves s'en retourneraient avec lui pour suivre un entraînement à l'académie de la Guerre d'Ire. L'excitation était toujours à son comble à l'approche de cet événement, et c'était doublement le cas cette année, car l'émissaire faisait le voyage avec un étudiant qui avait achevé sa formation. Pas un simple chevalier ou épéiste, mais un mage de bataille, le premier issu de Caer Dour en plus de quarante ans. Son retour ne pouvait tomber à heure plus opportune.

À peine deux semaines plus tôt, les patrouilles frontalières avaient en effet signalé qu'une armée férocienne avait enfoncé les défenses illiciennes et avait pénétré en Valence. Les forces ennemies avaient déjà anéanti plusieurs villages et ne se trouvaient plus qu'à quelques jours, et un démon marchait à leur tête. Sans mage de bataille, la garnison de Caer Dour n'avait aucune chance de l'emporter, mais voilà qu'aujourd'hui leur champion rentrait à la maison. La peur avait quitté les esprits, quand elle aurait dû les tenir en alerte. Au lieu de cela, les habitants se levèrent aux aurores et se préparèrent pour le spectacle qui les attendait. Certains prirent place sur les flancs de la colline, d'autres étaient déjà penchés à leurs fenêtres, et tous caressaient l'espoir d'être le premier à entrevoir l'envoyé de la reine.

Juchés sur une toiture de céramique ocre des faubourgs de la ville, deux jeunes hommes montraient encore plus d'impatience. L'un – musclé, reconnaissable à son épaisse tignasse brune et à sa tache de naissance rouge vif sur le côté gauche du visage – était le fils du forgeron. Il s'appelait Malaki de Vane. L'autre, cheveux noirs et raides, était presque aussi grand, mais mince et frêle. Malgré son teint pâle, maladif, et ses joues émaciées, ses traits n'étaient pas déplaisants. Il avait pour nom Falco Danté, et seule la couleur de ses yeux, d'un vert éclatant, dénotait une certaine force en lui.

— Fais attention, Falco. Tu vas tomber !

— Je veux juste voir, protesta celui-ci en se hissant tout en haut.

— Nous l'apercevrons bien assez tôt, commenta Malaki, qui désespérait de la témérité de son ami. Redescends ici, c'est plus sûr. Je ne te rattraperai pas si tu tombes !

— Oh que si, sourit Falco, sachant qu'il ne lui ferait jamais ça.

Malaki tenta une autre tactique.

— Tu vas endommager des tuiles, insista-t-il. Et si tu fais ça, Siméon te fera la peau.

Siméon le Roy était le propriétaire de la villa. Falco le servait depuis la mort de son père, près de quatorze ans auparavant.

— Elles sont intactes, déclara Falco. Je n'ai rien d'un lourdaud maladroit dans ton genre.

— Eh bien, ne viens pas te plaindre si tu prends une bonne raclée.

— Siméon ne lèverait jamais la main sur moi, haleta Falco tout en passant une jambe sur le faîte.

Ses bras tremblaient en raison de l'effort fourni et sa respiration était sifflante.

— Il devrait, persista Malaki. Je n'ai jamais connu de serviteur qui ait une vie aussi facile que toi !

Bien sûr, c'était loin d'être le cas. Gringalet dans un monde peuplé de guerriers et, pire que cela, fils d'un dément, Falco Danté n'avait pas une vie facile.

— Eh bien ? s'impatienta Malaki.

— Eh bien quoi ?

— Tu arrives à voir loin ?

La respiration de Falco était de plus en plus stertoreuse. L'air piquant du matin agressait ses poumons, néanmoins il sourit.

— Jusqu'au rocher fendu, annonça-t-il.

— Ne bouge pas, assena Malaki. Je te rejoins.

En dépit de sa carrure, ce dernier escalada le toit en pente avec une agilité surprenante. En un rien de temps, il était assis derrière son ami au point le plus élevé de la villa. Ensemble ils scrutèrent le grand rocher fendu, là où le chemin de pierre disparaissait en suivant le contour de la colline.

— Tu crois qu'il sera accompagné de thaumaturges ? demanda Malaki, faisant référence à l'émissaire.

— Il en a toujours au moins un à ses côtés, répondit nonchalamment Falco. Ils ne manqueront pas de vouloir jauger les candidats.

— Évidemment ! rétorqua Malaki. Mais tu crois qu'ils seront plusieurs, et qu'ils vont faire une invocation ?

— Je l'ignore, mentit Falco.

Il essayait de paraître désinvolte, car il savait pertinemment qu'il y aurait des thaumaturges et se doutait qu'une invocation aurait lieu.

— J'espère que oui, soupira Malaki. Imagine ! Pas rien qu'un mage de bataille, mais un dragon en plus ! L'armée férocienne n'aurait aucune chance.

— Pas besoin de dragon pour vaincre les Possédés, décréta Falco. Darius suffira.

Tout le monde connaissait la logique des choses. Une armée bien entraînée pouvait l'emporter sur un contingent de Possédés de la même taille, mais si ces derniers étaient menés par un démon, alors ils n'avaient aucune chance. Ils seraient vaincus par la peur. Dans ce genre de situation, ils ne pouvaient espérer être victorieux sans mage de bataille à leurs côtés.

Les prouesses tactiques et les pouvoirs mystérieux d'un tel mage n'expliquaient pas tout. Il fallait y ajouter son âme, qui était un phare de foi, la clef de voûte du courage grâce auquel les individus ordinaires pouvaient résister à l'adversaire. Si en plus de la présence d'un mage de bataille vous avez un dragon, alors vous disposez d'une authentique force de la nature.

— Mais tu n'aimerais pas en voir un ? le pressa Malaki. Ne serait-ce qu'une fois ?

— Non, mentit à nouveau Falco.

Malaki avait beau être son ami depuis l'enfance,

il ne voulait pas que quiconque sache combien il désirait en voir un, refusant qu'on puisse se méprendre sur ses intentions.

Malaki considéra le dos étroit de son camarade, ses épaules affaissées, sa tête baissée.

— C'est à cause de ton père ? se risqua-t-il avec douceur.

Falco acquiesça. Son manque d'intérêt était feint, mais la honte qu'il ressentait à la mention de son père ne l'était pas. Les deux garçons restèrent assis en silence tandis que les rayons obliques du soleil commençaient à illuminer le toit.

— Où sont-ils, à la fin ? demanda Malaki. La matinée est déjà bien avancée. Ils devraient être là.

Falco garda le silence, encore englué dans ce sentiment de malaise qui tardait à se dissiper.

— Je ne sais pas pourquoi je suis si excité, poursuivit Malaki. Ce n'est pas comme si j'allais postuler à l'Académie.

— Tu vas participer à la mêlée, expliqua Falco en tournant la tête. Et sur ce coup-là, tu es le favori. Peut-être te laisseront-ils postuler après ça, qui sait ?

— Mais oui, répondit Malaki. Et on verra bientôt des poules avec des dents au cul, tant que tu y es !

Falco éclata de rire. Son ami était modeste, car lui était persuadé que pas un cadet de toute la région n'égalait l'habileté de Malaki à l'épée.

— Imagine-toi en train de prendre part aux tournois, suggéra Malaki. Qu'on te présente à la reine Catherine, à la cour d'Ire.

Falco était heureux que Malaki ne puisse voir son visage. Un sourire déterminé se lisait sur ses lèvres et ses yeux verts brillaient d'une lumière féroce. Au diable les thaumaturges et les lois de la naissance noble ! Si les choses se passaient comme lui l'avait prévu, Malaki aurait l'occasion d'impressionner l'émissaire de la reine. Mais il ne voulait rien dire pour l'instant. Il était sur le point de changer de sujet de conversation lorsqu'un cri d'angoisse les fit se retourner tous les deux.

— C'était quoi, bon sang ? s'exclama Malaki.

Falco demeura muet. Il tendait l'oreille, dans l'expectative. Un second hurlement monta de la villa. C'était un cri de peur qui céda la place à un gémissement inquiétant. Malaki resta pétrifié, mais Falco repassa une jambe par-dessus le toit et entreprit de redescendre.

— C'était quoi ? répéta Malaki en rejoignant Falco en bas.

— C'est Siméon, dit Falco, longeant une cannelure avant de s'élancer vers la véranda, à l'arrière de la villa.

— Où vas-tu ?

— Vérifier qu'il va bien.

— Mais nous allons rater l'émissaire.

— Je veux juste être rassuré, déclara Falco.

Malaki leva les yeux au ciel puis suivit son ami. Le temps que les deux jeunes gens parviennent à la véranda et jettent un œil par les interstices des volets, les gémissements s'étaient transformés en grognements et en chuchotements.

— Qu'est-ce qui lui arrive ? s'inquiéta Malaki.

Falco observa la silhouette sombre de son maître. Siméon le Roy se tordait dans ses couvertures. Le vieil homme tressaillait, frissonnait et prononçait des mots qu'ils ne distinguaient pas. Les gémissements et les pleurs étaient entrecoupés de grondements rageurs, comme s'il était aux prises avec quelqu'un.

— Il rêve, constata Falco.

— Douce mère ! lâcha Malaki. Mais de quoi ?

— De l'enfer, rétorqua Falco.

Alors que Malaki sentit un frisson de peur le traverser, la vue des souffrances de Siméon réveilla chez Falco le spectre de ses propres terreurs nocturnes.

Tu n'aurais jamais le courage.

Tu n'aurais jamais la force.

La voix moqueuse résonna dans son esprit et le monde parut s'assombrir.

— Devrions-nous le réveiller ? suggéra Malaki, ce qui arracha Falco à sa rêverie.

— Non. Je vais attendre à ses côtés. Ça va passer.

Malaki jeta à Falco un coup d'œil en biais. Il y avait quelque chose dans la voix de son ami, quelque chose qu'il avait entendu à de nombreuses reprises. Une maturité, une intensité qui lui donnaient l'impression de ne pas vraiment le connaître.

— Il rêve toujours comme ça ? demanda Malaki.

— Non, répondit Falco. Certaines nuits sont pires que d'autres.

— On ne peut rien y faire ?

Falco secoua la tête.

— C'est la malédiction d'un mage, mais également sa force. Quand il rencontre un démon sur le champ de bataille, il ne ressent pas la peur comme les autres hommes.

— Pourquoi cela ? s'enquit Malaki.

— Parce que cela n'a rien de nouveau pour lui, dit Falco. Il éprouve cette peur dans ses rêves depuis son enfance.

Malaki voulait en apprendre davantage, mais il savait qu'il valait mieux ne pas se montrer trop curieux avec Falco. Siméon avait été mage de bataille pendant de nombreuses années. Il luttait déjà contre les Possédés quand ils n'étaient encore qu'une menace vague et lointaine. Son long service pour les royaumes d'Ire s'était brusquement interrompu quatorze ans plus tôt, lorsque le père de Falco était devenu fou, tuant la moitié des mages de la ville.

Le regard de Malaki s'attarda un moment sur Falco, puis il recolla son œil sur la fente du volet et resta à observer le vieil homme lutter contre tous les tourments de l'enfer.

Une cloche retentit dans l'air matinal et les deux garçons bondirent.

— Il est arrivé ! s'exclama Malaki.

Il repartit à vive allure vers le toit.

— Je le vois ! s'écria-t-il une fois en haut. Et Darius aussi !

Falco leva les yeux vers son ami et sourit. Quand il regarda une dernière fois Siméon, celui-ci ne se retournait plus dans son sommeil. Il était assis dans son lit aux draps froissés, la tête tournée vers la fenêtre derrière laquelle Falco était accroupi. Un rayon de soleil tombait sur lui, révélant le terrible masque de sa défiguration. L'homme était balafré, la peau de son visage était brûlée, et la lumière brillante contrastait avec les ombres noires de ses orbites vides.

Siméon le Roy était aveugle.

— Cet air froid signera ta mort, Falco Danté.

Falco sourit à la douce réprimande de son maître.

— Et fais disparaître cette grimace de ton visage, espèce de petit rachitique !

Le sourire s'élargit. Siméon avait peut-être perdu ses yeux, mais il voyait mieux que la plupart des gens. Tout vestige de peur et de vulnérabilité sembla glisser de lui lorsque l'ancien mage de bataille sortit du lit et passa une robe par-dessus ses robustes épaules. Il repoussa ses longs cheveux gris et les attacha avec un cordon de soie. Il était vieux, ayant très largement dépassé sa soixantième année, et pourtant, en dépit d'une claudication prononcée et d'une certaine raideur dans ses membres, il possédait toujours un port de guerrier. Il se dirigea vers la fenêtre et ouvrit les volets.

— Combien de thaumaturges, jeune de Vane ? s'enquit-il d'une voix aussi puissante qu'un chêne.

Ni Falco ni Malaki n'étaient surpris par l'étendue de sa connaissance. Tous les pouvoirs d'un mage de bataille ne dépendent pas de sa vue.

— Une minute ! s'écria Malaki depuis son perchoir. Il y a une nappe de brouillard.

— Quatre, murmura Falco si doucement qu'il crut ne pas avoir été entendu.

Il ne vit pas Siméon se tourner vers lui, son front plissé par l'inquiétude. Il y eut une courte pause tandis que Malaki attendait que la brume se dissipe. Puis…

— Quatre ! cria-t-il. Il y en a quatre !

Malaki avait l'air déçu, mais Siméon se contenta de hocher la tête.

— Hum, fit-il, ce qui ressemblait à un grondement, sorti des profondeurs de sa gorge. Avec les trois de Caer Dour, cela en fait sept. Il semble bien que cette invocation aura lieu, après tout.

Falco s'efforça de ne pas réagir aux propos de Siméon. En apparence, il était maussade et impassible, mais à l'intérieur, il était pris de vertiges sous le coup de l'excitation. Ce soir, une fois les épreuves terminées, Darius Voltario essaierait d'invoquer un dragon et lui, Falco, serait là.

2

La balance de l'amitié

— Il n'a fait venir que quatre thaumaturges ! s'exclama Malaki en rejoignant Falco et Siméon sur la véranda.

— Bonjour, Malaki, fit Siméon.

— Bonjour, Siméon, fit Malaki en retour, quelque peu penaud.

Grimper sur le toit de la demeure d'un gentilhomme aux premières heures du jour n'était peut-être pas la conduite la plus appropriée, cela dit Siméon était différent des autres nobles de la ville : accessible, presque normal. Habituellement, Malaki aurait fait preuve de plus de retenue, mais avec l'excitation de la journée, il ne pouvait tout simplement pas se contenir.

— Pourquoi seulement quatre ? demanda-t-il. Je pensais qu'il viendrait avec sept, de sorte qu'il y en ait dix en tout.

Siméon se tourna vers Falco pour l'inviter à répondre, mais Falco refusa de regarder son maître.

— Bien préparés, sept thaumaturges suffisent à vaincre un dragon, précisa Siméon.

— Le vaincre ? s'étonna Malaki. Je pensais qu'il était de notre côté. Pourquoi voudrions-nous le soumettre ?

De nouveau, Siméon se tourna vers Falco : celui-ci ne montrait toujours aucune disposition à se joindre à la conversation.

— La plupart se sacrifieraient pour leur mage de bataille et pour les gens libres d'Ire, affirma Siméon.

— Quel est le problème alors ?

— Le problème, jeune de Vane, c'est qu'on ne peut jamais écarter la possibilité qu'un dragon noir réponde à l'invocation.

— Qu'ont-ils de si exceptionnel ? s'enquit Malaki.

Il était captivé. Il n'avait jamais entendu quelqu'un parler aussi librement des dragons.

— Quelle que soit leur couleur d'origine, expliqua Siméon, ils finissent par devenir noirs. Ce sont à la fois les plus vieux et les plus puissants de leur espèce.

— N'est-ce pas une bonne chose ? insista Malaki.

— Ce le serait, reconnut Siméon, à un terrible détail près.

— C'est-à-dire ?

— Les dragons noirs sont fous, lui apprit Siméon. Plutôt que de se battre à mort pour sauver quelqu'un, un dragon noir se retournera contre les humains, massacrant tout le monde sans distinction jusqu'à ce qu'il soit tué ou qu'il parvienne à s'enfuir au-delà de la mer Sans Fin.

Malaki resta bouche bée et regarda Falco comme pour dire : *tu le savais ?*

Falco ne répondit pas à la question tacite de son ami. Il s'appuya sur les balustrades qui ceinturaient la véranda et contempla la ville. Contrairement à Malaki, il n'appréciait pas cette leçon.

— Il en est ainsi depuis la Grande Possession, poursuivit Siméon, lorsque les dragons furent vaincus par le mal. Il semble que quelque chose de cette Possession survit dans le cœur d'un dragon noir.

Malaki était sous le choc.

— De quelle couleur était celui qui a répondu à votre invocation ? s'enquit-il.

— Les mages de bataille n'ont pas tous vocation à se battre avec un dragon à leurs côtés, rétorqua Siméon avec un soupir contrarié.

Malaki parut déçu. Il ne dit rien pendant une minute, comme s'il essayait de digérer ce qu'il venait d'apprendre. Puis il se tourna vers Falco.

— C'est ça qui est arrivé à ton père ? demanda-t-il. J'ai entendu dire que son dragon était noir.

Malaki comprit qu'il était allé trop loin à l'instant où ces paroles sortaient de sa bouche. Falco lâcha la balustrade et entra dans la chambre de Siméon. Il avait à peine franchi le seuil que ce dernier l'arrêta d'un mot.

— Falco !

Celui-ci s'immobilisa, mais ne fit pas demi-tour pour autant.

— Ce sont *mes* appartements, Falco Danté.

Siméon aussi avait parlé sans se retourner, et les yeux de Malaki passaient d'un dos raidi à l'autre.

— Tu peux descendre du toit par où tu y es monté. Et veille à ne pas prendre trop de libertés tant que tu es chez moi.

Pour toute réponse, Falco revint sur la véranda et enjamba la balustrade.

— Je veux du pain et des fruits avec mon vin ce matin, l'informa Siméon sur le même ton impérieux.

Falco, sur le point de remonter sur le toit, marqua une pause.

— Oui, Maître, murmura-t-il.

— Et au fait, reprit Siméon plus gentiment, quand tu auras fini, demande à Fossetta de te préparer une infusion. Ta voix fait penser aux braiments d'une vieille mule cacochyme. Tu ne serviras personne aux tournois si tu es cloué dans ton lit à cracher un poumon.

À ces mots, Malaki lança un regard affolé à Siméon, puis un autre, accusateur, à son ami. Il marmonna quelques mots, prit congé et partit à la suite de Falco, le rattrapant au moment où ce dernier disparaissait par la fenêtre, en haut des marches.

— Que veut-il dire par « servir aux tournois » ? demanda Malaki, sautant après Falco et le retenant par l'épaule avant que celui-ci puisse quitter le palier.

L'expression coupable qui se lisait sur les traits de ce dernier était une réponse suffisante.

— J'ai mis beaucoup d'argent sur la table pour m'assurer que tu ne servirais pas aux tournois justement !

— Je te rembourserai, répondit Falco, écartant la

main de Malaki d'un mouvement brusque, avant de descendre vers les appartements des domestiques.

— Je ne comprends pas, dit Malaki en le poursuivant. Bellius sera dans son élément. Il va évidemment essayer de s'amuser de toi.

— Je sais, acquiesça Falco en poussant la porte de la cuisine.

De par ses connexions avec la famille royale, tant à Caer Laison qu'à Ire, Bellius Snidesson était l'aristocrate le plus influent ainsi que le plus haïssable de la région. Hormis mener la vie dure à tout le monde, Bellius n'avait que trois centres d'intérêt : la richesse, la puissance et l'avancement de son fils unique, Jarek, enfant cruel et gâté, qui avait frappé Falco un incalculable nombre de fois. Bellius avait saisi l'occasion – l'approche d'une armée férocienne – pour asseoir un peu plus son pouvoir. Malaki ne doutait pas un instant qu'en ce jour ô combien particulier, Bellius se montrerait des plus détestables. C'est donc avec étonnement et contrariété qu'il suivit son ami dans la cuisine.

Une bouffée d'air chaud les enveloppa lorsqu'ils pénétrèrent dans la pièce spacieuse au sol dallé. Les odeurs bien connues de viandes cuites, d'ail et d'herbes les firent saliver. Une cheminée ouverte surmontée de pots de cuivre et d'ustensiles divers occupait la plus grande partie d'un mur. Juste à côté se trouvait un poêle noir en fer, devant lequel s'affairait une femme aux rondeurs généreuses, ses cheveux gris retenus par un foulard blanc.

— Eh bien ! s'enquit Fossetta. Les avez-vous vus ?

La gouvernante de Siméon n'avait pas quitté

les casseroles des yeux quand les deux jeunes gens étaient entrés.

— Bonjour, Dame Pieroni, salua Malaki. Oui, nous les avons vus.

Il était évident que les deux garçons avaient l'esprit ailleurs, mais l'absence de réponse de la part de Falco obligea Fossetta à lever la tête et à le suivre du regard tandis qu'il s'approchait du garde-manger.

— Bonjour, Malaki, fit Fossetta en écho, observant Falco poser quelques fruits et un peu de pain sur une assiette en étain. Combien de thaumaturges l'émissaire a-t-il fait venir ?

— Quatre, répondit Malaki.

Le grand jeune homme s'était assis à la table de chêne au centre de la pièce et lorgnait un plateau garni de pain frais et de saucisses.

Fossetta ôta les casseroles du feu, s'essuya les mains sur son tablier, puis elle s'approcha et glissa un couteau et une assiette devant Malaki.

— Alors, dit-elle à celui qui lui adressait un sourire en guise de remerciement, il y aura bien une invocation, après tout.

Malaki poussa un petit grognement tout en déposant un morceau de pain et des rondelles de saucisse dans son assiette.

— Suis-je donc le seul dans cette ville à ne rien savoir des dragons ? demanda-t-il.

Fossetta plaça une tasse devant lui et y versa de l'eau.

— On apprend une chose ou deux quand on reste gouvernante d'un mage de bataille pendant vingt ans.

Falco s'était exclu de leur conversation, mais Fossetta le guettait du coin de l'œil. Il posa une carafe de vin à côté de l'assiette, puis alla près du feu, où il remplit une cruche d'eau fumante.

— Bonjour, Falco, le salua-t-elle.

— Bonjour, Fossetta.

Falco était peut-être d'humeur morose, mais il ne pouvait se montrer ouvertement grossier. Fossetta faisait office de mère pour lui et sa respiration sifflante ne lui avait pas échappé. Elle se plaça derrière lui, posa une main sur son front et l'autre entre ses omoplates.

— Respire, lui ordonna-t-elle.

Falco roula des yeux et prit une profonde inspiration.

— Humm, fit Fossetta, visiblement peu enthousiasmée par le résultat. Assieds-toi.

— Mais Sim…, commença Falco.

— Je m'occupe de lui.

Elle poussa Falco sur une chaise et remplit une cuvette avec le contenu d'une bouilloire suspendue au-dessus du feu. Elle prit une bouteille d'herbes écrasées sur une étagère et en versa plusieurs cuillerées dans l'eau. La pièce s'imprégna soudain de l'odeur forte de la lavande, de l'eucalyptus et de la camomille. Elle saisit une grande serviette accrochée à une patère et, forçant Falco à se pencher sur la bassine d'eau fumante, elle lui en couvrit la tête.

— Veille à ce qu'il reste ainsi jusqu'à mon retour, intima-t-elle à Malaki.

La bouche déformée par le pain et la saucisse, Malaki se contenta de hocher la tête. La gouvernante prit l'eau chaude, la carafe de vin et l'assiette, puis quitta la pièce.

Le silence s'installa, et l'on n'entendit plus que la mastication de Malaki et la respiration lente et sifflante de Falco.

— Désolé d'être si irritable, s'excusa enfin ce dernier, d'une voix étouffée par la serviette.

Pour toute réponse, Malaki déposa de la nourriture dans une assiette qu'il fit glisser vers Falco. Il y avait quelque chose de comique à voir la main de son ami tâtonner autour d'un morceau de pain avant de disparaître sous la serviette.

— Je ne comprends toujours pas pourquoi tu veux être serviteur pendant les tournois, dit Malaki. Le pavillon grouillera de nobles.

— J'ai mes raisons, parvint à articuler Falco entre deux bouchées.

— Tu n'es qu'un sale enfoiré par moments, commenta Malaki.

Falco souleva la serviette pour regarder son ami.

— Je sais, sourit-il.

Malaki secoua la tête, lui retourna son sourire puis, d'un geste, signifia à Falco de repasser sous la serviette.

— Rouge, certifia Falco après un long silence. Le dragon qui a répondu à l'appel de mon père était rouge.

Malaki finit d'avaler sa bouchée et laissa Falco poursuivre.

— On prétend qu'il était sombre dès le début. Rouge foncé, comme le sang qui coule d'une artère.

Falco leva la tête et ôta la serviette. Malaki

retenait son souffle. Jamais, au cours de leurs nombreuses conversations, ils n'avaient abordé ce sujet.

— Au fil des ans, sa couleur était de plus en plus foncée, reprit Falco. Les thaumaturges le surveillaient. Siméon affirme que mon père connaissait la vérité, qu'il n'ignorait pas que si son dragon devenait noir, il n'aurait d'autre choix que le tuer. Il est même certain que les dragons le savent aussi et qu'ils vont volontairement à leur mort.

— Alors qu'est-il arrivé ? demanda Malaki calmement.

— Personne ne le sait, lui apprit Falco. On prétend que lorsque sa couleur a changé, mon père s'est renfrogné et est devenu distant, passant de plus en plus de temps dans les Contrées Interdites à pourchasser les Possédés. Sans personne d'autre. Rien qu'Aquila Danté et son dragon.

Malaki attendit que son ami poursuive. Il avait entendu des bribes de l'histoire, mais personne ne semblait vouloir en parler. C'était un chapitre des chroniques de Caer Dour que les gens paraissaient désireux d'oublier.

— Il était de plus en plus irritable, et sa colère a mené à la confrontation.

— La confrontation ?

— Avec les thaumaturges, dit Falco. Mon père devenait déraisonnable, *instable*.

Falco avait prononcé ce dernier mot comme s'il citait quelqu'un. Puis il conclut :

— Finalement, son dragon a viré au noir.

— Et a sombré dans la folie, compléta Malaki.

— Les thaumaturges l'ont contenu. Mais plutôt

que de les aider à le tuer, mon père s'est rangé du côté du dragon.

Le regard de Malaki plongea dans les yeux verts brillants de Falco.

— Il a tué six thaumaturges et quatre des meilleurs chevaliers de la ville, déclara Falco. C'est Siméon qui l'a terrassé, au bout du compte.

— Je pensais que Siméon et ton père étaient amis.

— C'était le cas.

Le regard plongé dans un passé dont il ne se souvenait pas, et dont on ne lui avait jamais rien dit, Falco ne voyait plus Malaki.

— Le dragon a réussi à cracher son feu, une dernière fois, avant d'être anéanti.

— Le visage de Siméon…, murmura Malaki.

— Les autres thaumaturges lui ont sauvé la vie ce jour-là, mais le feu a emporté ses yeux.

Malaki avait lui aussi le regard dans le vide alors qu'il se représentait la terrible scène. Puis il s'adressa de nouveau à Falco :

— Et tu as été contraint d'entrer au service de Siméon en réparation des crimes de ton père.

— Quelque chose comme ça, répondit Falco, essuyant les gouttes de son visage.

À cet instant, la porte s'ouvrit et Fossetta entra.

— Je pensais t'avoir demandé de rester sous la serviette, le gronda-t-elle.

Elle se dirigea vers une commode et prit un récipient en céramique blanche. Se plaçant à côté de Falco, elle le glissa sous son menton.

— Crache ! ordonna-t-elle.

Falco soupira, mais Fossetta ne se laissa pas démonter. Au dégoût évident de Malaki, il se racla bruyamment la gorge et s'exécuta. Fossetta étudia la glaire.

— Tu remets la tête là-dessous, fit-elle simplement.

Falco savait qu'il était inutile de protester. Il lança un rapide sourire à Malaki pour lui signifier que tout allait bien entre eux, puis il disparut sous la serviette.

— Tu ne devrais pas être en train d'aider ton père ? demanda Fossetta à Malaki tout en donnant des tapes régulières dans le dos de Falco. Il doit être bien occupé avec la mobilisation des troupes.

— Il a dit que je pouvais attendre l'arrivée de l'émissaire, assura Malaki.

— Eh bien, tu l'as vu maintenant. Et je suis sûre que ton aide sera la bienvenue.

— Mais c'est en ville que nous voulons le voir, expliqua Falco entre deux tapes.

— On arrivera peut-être à lui parler, ajouta Malaki.

— Tu es assez vieux pour savoir comment ça se passe, répondit Fossetta. Il va rompre son jeûne avec les nobles et les thaumaturges, puis il se rendra directement aux tournois. Il n'ira pas en ville avant la deuxième partie de l'après-midi, et encore, uniquement s'il n'y a pas d'invocation.

— Vous avez sans doute raison, concéda Malaki, rassemblant les reliefs de son repas. Quant à toi, l'asthmatique, je te retrouverai dans le pavillon !

Sur ce, il se leva et jeta un croûton de pain sur la

tête de Falco. Ce dernier sursauta et répondit par un geste obscène. Malaki éclata de rire, mais Fossetta lui donna un petit coup sec sur la nuque.

— Hors de ma vue ! lui dit-elle.

Lorsque Malaki atteignit la porte, Fossetta rajouta :

— Et bonne chance pour la mêlée.

— Merci, Dame Pieroni, répondit-il avant de disparaître.

— C'est un brave garçon, observa-t-elle au bout d'un moment, ôtant enfin la serviette et laissant Falco se redresser.

— Oui, acquiesça ce dernier en s'essuyant le visage.

— Et un bon combattant, poursuivit-elle.

Falco se contenta de hocher la tête. Il ne se sentait plus aussi oppressé et sa respiration était moins douloureuse.

— C'est vraiment dommage qu'il ne puisse prendre part aux tournois, regretta Fossetta.

— Tu connais les règles, rappela Falco. Seuls ceux de haute naissance peuvent y participer.

— Il pourrait lancer un défi. S'il l'emporte contre un noble, cela lui donnera le droit de concourir.

— Ah, mais il lui faudrait d'abord deux votes de confiance, expliqua Falco. Un de la part d'un noble, et un autre venant d'un guerrier. Et il n'est pas un aristocrate dans toute la région qui irait s'opposer à Bellius en acceptant le défi d'un fils de forgeron.

— Eh bien, c'est un tort ! s'emporta Fossetta, qui jeta la serviette sur la table et se pencha pour coller son oreille contre le dos de Falco. Des armées de démons à notre porte et nous ergotons sur le statut d'un homme à sa naissance ! C'est sans espoir.

— Ce n'est jamais sans espoir, répondit posément Falco.

La gouvernante se redressa et, saisissant le menton de Falco entre deux doigts, elle lui leva la tête pour le regarder dans les yeux.

— Je connais ce ton, Falco Danté. J'espère que tu ne manigances pas quelque idiotie.

Qui, moi ? semblait répondre le visage du jeune homme. Fossetta haussa un sourcil circonspect puis relâcha son menton.

— Vous êtes deux enfants terribles, le gronda-t-elle. Vous vous êtes bien trouvés.

Elle retourna vers le poêle tandis que Falco écartait la bassine d'eau fumante.

— Pas sûr qu'il m'ait si bien trouvé que ça, dit-il pensivement. Sa vie serait beaucoup plus facile s'il ne m'avait pas comme ami.

Il n'y avait pas d'auto-apitoiement dans le ton de Falco. Il ne faisait qu'énoncer la vérité.

— Il n'a pas toujours été un excellent combattant, remarqua Fossetta en se penchant de nouveau sur les casseroles. Je me souviens du petit morveux qu'il était, sans arrêt à pleurer quand on lui donnait des surnoms.

Elle trempa un doigt dans la casserole, le porta à ses lèvres, puis ajouta une grosse cuillerée de sucre. Falco remplit deux tasses d'eau et disposa cuillères et bols sur la table. Lui aussi se souvenait des insultes causées par la marque de naissance de Malaki.

Il était surnommé Diable Rouge, et parfois le

Rougeaud. Mais le sobriquet qui le dérangeait le plus était Sostom, pour sauce tomate. C'était le plus gênant, parce qu'il renvoyait l'image de quelqu'un sans consistance. Fossetta revint à la table et versa le porridge dans les bols.

— Et moi, je me souviens aussi et surtout du gamin chétif qui avait l'habitude de le défendre, fit-elle, secouant la tête à l'évocation du passé. Je ne saurai jamais comment tu arrivais toujours à trouver de nouveaux sobriquets pour les grands qui lui cherchaient des noises.

Falco sourit lorsque Fossetta revint avec la deuxième casserole.

— Compote d'abricots, annonça-t-elle, ajoutant une cuillerée à leurs bols.

Elle s'assit à côté de Falco.

— Tu as encaissé beaucoup de coups pour Malaki de Vane, conclut-elle. Je n'ai pas oublié, et lui non plus.

Falco regarda son petit déjeuner. Quoi qu'il ait pu faire dans son enfance, dans les années qui avaient suivi, Malaki avait remboursé sa dette plus d'une fois. Il lui arrivait de se dire qu'il n'aurait sans doute pas été là si son robuste compagnon ne s'était pas trouvé à ses côtés. Oui, la balance de l'amitié penchait clairement du côté de Malaki. Mais c'était le jour des tournois, et Falco avait bien l'intention de rétablir l'équilibre.

3

Les tournois

Le pavillon était situé à l'extrémité sud du terrain, où la plateforme surélevée offrait la vue la plus avantageuse sur les épreuves. La toile blanche étincelait au soleil en ce milieu de matinée. Tout en haut d'un mât, le fanion frappé du dragon de Caer Dour ondoyait dans la brise automnale. Le jour des tournois était logiquement synonyme de réjouissances, mais la peur suscitée par l'approche de l'armée férocienne tempérait l'excitation.

Falco scruta la foule qui se pressait aux abords du champ. Seuls ceux dont un membre de la famille prenait part aux épreuves avaient été autorisés à assister aux joutes. L'absence de visages masculins était flagrante, notamment d'individus en âge de combattre. L'armée était mobilisée depuis quelque temps et la plupart des hommes se trouvaient en garnison dans la vallée, prêts à en découdre avec les Possédés avant que ces derniers s'approchent trop près de la ville. À l'exception de quelques chemins de bergers, seule cette route conduisait à Caer Dour.

Les premiers réfugiés des villages et des domaines situés dans les terres basses arrivaient déjà, fuyant le danger imminent. Ils ajoutaient au sentiment d'appréhension, mais le peuple de Valence était guerrier depuis toujours. Avec l'appui des régions adjacentes, Caer Dour pouvait mobiliser plus de deux mille hommes. En revanche, rares étaient ceux qui avaient déjà combattu les Possédés, et pas un n'avait vu de démon, sans parler d'en affronter un.

Si personne ne faisait part de ses craintes, le soulagement qui accompagnait le retour de Darius était palpable. Leur mage de bataille revenait à point nommé pour les sauver ; ils pouvaient donc profiter des tournois avant que leurs tout derniers guerriers s'en aillent au combat.

Falco poussa lui aussi un soupir de soulagement : c'était parce qu'il songeait encore aux cauchemars de Siméon, plus tôt dans la journée. Leur intensité était de plus en plus terrifiante ces derniers temps. Que cela soit dû à la proximité des Possédés ou simplement à sa propre imagination, il n'aurait su le dire, il restait toutefois persuadé qu'ils s'atténueraient une fois le démon vaincu par Darius. Falco reporta toute son attention sur le moment présent : les tournois allaient commencer.

Le terrain des affrontements se trouvait sur un plateau aux abords de la ville, que l'on avait nivelé et recouvert de gros sable clair. Les montagnes du nord de la Valence dominaient uniformément le décor ; seulement, à l'ouest, un pic se distinguait de tous les autres : le mont Ébène.

Il tenait son nom de la couleur de sa pierre et se dressait telle une sentinelle au-dessus de Caer Dour. Les thaumaturges y avaient érigé leurs tours secrètes, et c'est de là que les mages de bataille d'antan avaient tenté d'invoquer un dragon. Falco y serait ce soir pour assister à une invocation, pendant que tout le monde serait occupé à boire et à se remémorer les moments forts des tournois. C'était peut-être la seule occasion qu'il aurait jamais de voir un dragon de près, et il était déterminé à saisir cette opportunité. Mais l'escalader n'était pas chose aisée, surtout pour quelqu'un comme lui.

Il lui faudrait partir tôt.

Il lui faudrait partir discrètement.

— Psst !

Brutalement arraché à ses pensées, Falco faillit faire tomber son plateau garni de feuilletés au chèvre. Il s'éloigna des tables et gagna un côté du pavillon, où on venait de tirer un pan de toile.

— C'est pour manger, ou tu les gardes pour les mouches ? fit Malaki, dont la main jaillit pour saisir prestement un des appétissants canapés.

— Tu vas vomir, le prévint Falco.

— Je ne suis pas nerveux, dit Malaki, la bouche pleine.

Falco le considéra d'un air dubitatif. Malaki mangeait toujours quand il était anxieux.

— D'accord, peut-être un peu, reprit-il. C'est ce foutu Jarek. Il a été tout sourire et politesse. De quoi susciter la nervosité de n'importe qui.

— Oui, mais tu peux vaincre Jarek.

— Je sais, acquiesça Malaki. Le problème, c'est qu'il est *vraiment* bon, et que je peux aussi jouer de malchance. Je ne veux pas me ridiculiser.

— Ça n'arrivera pas.

Malaki lui sourit, puis il fit un signe de la tête vers les occupants du pavillon.

— Comment ça se passe avec tous ces gens si élégamment habillés ?

— Très bien, mentit Falco.

Bellius avait été tout aussi pernicieux qu'ils l'avaient anticipé. Il avait profité de la présence de Falco pour calomnier Siméon. Mais en vérité, les autres serviteurs étaient *aussi* agacés par la présence de Falco, moins rapide qu'eux, et qui portait moins de choses à la fois. Le garçon ne se plaignait pas pour autant : si grâce à cela il se retrouvait au bon endroit et au bon moment, il serait satisfait.

— Tu lui as déjà servi quelque chose ? Il t'a parlé ?

Falco suivit le regard de Malaki jusqu'à la silhouette de l'émissaire de la reine, et il secoua la tête pour signifier que non.

L'homme s'appelait Sir William d'Eltz et il faisait plus l'effet d'un chevalier aguerri que d'un ambassadeur de la Couronne. Il était grand et large d'épaules, la peau tannée par les vents et couturée. Des fils de métal terne semblaient strier ses longs cheveux et il ne s'était pas rasé depuis quelque temps. Ses manières décontractées et son sourire chaleureux conféraient un certain charme à ses traits puissants, quoiqu'un tantinet ingrats.

— Il est allé à la forge, lança Malaki.

— Vraiment ? s'étonna Falco.

— Il a demandé à mon père de travailler quelque chose.

— C'était quoi ?

— Une boucle de ceinture, je pense, marmonna Malaki. Ça ressemblait à son pendentif. Papa a dit que ça ne me regardait pas, mais il s'est attelé à la tâche sur-le-champ.

Falco scruta le pendentif en argent. Il avait la forme d'une tête de cheval. De temps à autre, la main de l'émissaire se portait vers celui-ci, comme s'il trouvait sa présence réconfortante. L'homme avait beau être souriant, Malaki voyait bien que quelque chose n'allait pas.

— Il n'a pas l'air content.

— Il ne l'est pas, confirma Falco.

— Ah ?

— Il pense que les nobles sont trop confiants.

— Hein ? Il ne croit pas que Darius pourra vaincre les Possédés ?

— Ce n'est pas ça, répondit Falco. Il semble que l'Illicie a envoyé des messages à plusieurs villes de la région, les avertissant qu'une armée férocienne avait percé leurs défenses.

— Et c'est le cas ? demanda Malaki, se rapprochant un peu de son ami.

— Apparemment, ces missives suggéraient aux nobles de faire venir un mage de bataille depuis Caer Laison.

— Bellius préférerait se manger le pied plutôt que de réclamer de l'aide à Caer Laison, grogna Malaki.

— Exactement, acquiesça Falco alors que l'attention des deux garçons se concentrait sur l'aristocrate en question.

Grand et beau, tiré à quatre épingles, l'homme portait une barbe parfaitement taillée et était soigneusement manucuré. Même le gris de ses tempes avait l'éclat de l'argent. Avec Darius à sa gauche et l'émissaire à sa droite, il respirait la suffisance.

— Sir William est loin d'être convaincu, poursuivit Falco. Il pense que les nobles ont eu tort de parier que Darius arriverait en temps et en heure.

— C'est pourtant ce qui s'est passé, riposta Malaki.

Falco décocha un regard cinglant à son ami, surpris de l'entendre prendre le parti des aristocrates.

— Mais imagine qu'il ait eu raison. Que l'émissaire ait été retardé. La ville aurait été sans défense.

Malaki concéda le point, mais quelle importance cela avait-il ? Darius était bien là.

— Alors, c'est pour ça que tu voulais travailler comme serviteur pendant les tournois, dit-il d'une manière accusatrice. Afin d'être au courant des derniers commérages.

Falco ne laissa rien paraître.

— Darius a l'air si différent, fit Malaki en examinant le jeune homme à l'allure étonnante qui était l'objet de toutes les attentions.

— D'une certaine façon, répondit Falco distraitement.

Certes, Darius semblait plus sage et confiant qu'à son départ, mais cet esprit volontaire, ce feu caché, tout cela avait toujours été évident pour Falco.

— Comment ça, d'une certaine façon ? railla Malaki. Regarde-le donc !

Malaki avait raison. Darius avait la vingtaine, pourtant il faisait bien plus mûr que son âge. De tous les nobles chevaliers réunis ce jour, seuls deux pouvaient rivaliser avec lui en termes de présence. L'un était l'émissaire de la reine, l'autre Siméon le Roy.

Siméon avait été placé aussi loin des sièges d'honneur de la table que le protocole le permettait, ce qui n'avait pas empêché Darius d'aller le trouver dès son arrivée dans le pavillon. Les deux mages de bataille s'étaient simplement serré la main, mais quelque chose était passé entre eux, que personne d'autre dans la tente ne pouvait espérer comprendre. Ce moment n'avait cependant pas duré très longtemps, car Bellius s'était empressé de les séparer, et il avait rapidement entraîné Darius vers ceux qu'il avait choisis pour impressionner ce dernier.

Le nouveau mage de bataille de Caer Dour était de taille moyenne, avec des cheveux brun foncé, des traits ciselés et un nez busqué prononcé. Il était vêtu d'un surcot vert et or, et seules son épée et son épaulière laissaient deviner l'armure qu'il porterait au combat. S'il était conscient de la tension qui régnait dans le pavillon, il n'en laissait rien paraître. Ses yeux bleus rencontrèrent les sourires des nobles surexcités sans jamais se départir d'un certain sang-froid.

Une grande acclamation monta soudain de l'extérieur du pavillon et l'atmosphère de malaise se dissipa tandis que tous les regards se portaient vers le terrain où se joueraient les tournois.

— Les voilà, dit Malaki.

Falco avança pour observer les cadets qui arrivaient par petits groupes, chacun escorté d'une escouade de soldats en rapport avec sa spécialité martiale.

Les premiers appartenaient à la cavalerie, et ils étaient accompagnés par cinq chevaliers de l'Ordre du Dragon bardés d'acier de pied en cap. Demain, ces hommes partiraient au front, mais en ce jour, ils escortaient dix des jeunes gens les plus prometteurs de la ville. En signe de prouesse, les cadets se mirent debout sur leurs montures ; les chevaliers, eux, abaissaient leurs lances pour saluer le représentant de la reine.

— Alors, lequel ? demanda Falco.

— Peuh ! railla Malaki. Aucun de ceux-là n'aurait le courage de tenter l'épreuve de Bravoure !

Falco considéra son ami et sourit. L'épreuve en question était exténuante et donnait aux individus de basse extraction la possibilité de devenir chevaliers. En tant que nobles, ceux-là n'avaient pas besoin de la passer. Ils obtiendraient automatiquement le titre à leur vingt et unième anniversaire.

— Ils vont s'entraîner pour devenir officiers, pas chevaliers, trancha Falco. Allez, grincheux, sur lequel paries-tu ?

Malaki jaugea les dix jeunes espoirs et fit la moue. Falco savait qu'il aurait adoré être avec eux. À cheval ou à pied, il était de taille à rivaliser avec n'importe lequel de ces privilégiés.

— Owen est le meilleur toutes catégories

confondues, expliqua Malaki, mais Jarek est un cavalier sans pareil.

— Et Gwilhem ?

— Aussi coriace qu'un sanglier de montagne, concéda Malaki, avant d'ajouter avec un sourire en coin : Et à peu près aussi habile.

Les épéistes venaient à la suite. La Valence était réputée pour ses bretteurs, qui se faisaient une spécialité des combats singuliers avec épée et bouclier.

Ces hommes avaient le visage protégé par leur barbute à la visière en T caractéristique, le torse par une cotte de mailles, et le bras droit, les épaules et la partie inférieure de leur jambe d'appui, par des plates. Les deux amis les observèrent attentivement, car la plupart allaient affronter Malaki au cours de la mêlée. Ouverte à toute personne assez folle pour y participer, la mêlée marquait la fin des épreuves. C'était l'événement qui clôturait la journée, et c'était aussi le plus populaire.

Ce fut ensuite le tour des lanciers et des piquiers. Ils seraient jugés sur leur force, leur technique et leur formation, mais tout le monde avait bien conscience que l'émissaire cherchait avant tout des hommes courageux, à même de résister à une charge ennemie, capables de tenir une ligne de front coûte que coûte. Bien que les tournois ne soient pas comparables à une vraie bataille, Sir William d'Eltz savait jauger la trempe de soldats potentiels.

Les archers fermaient la marche, accueillis par des vivats encore plus retentissants. De sa position légèrement surélevée, Falco aperçut la cause de cet enthousiasme accru.

— Je t'avais dit qu'elle le ferait, lança-t-il.

Malaki se frappa le front de désespoir. Les vingt archers en lice étaient des hommes jeunes et aux épaules larges, ressemblant plus à des fils de fermiers qu'à des nobles distingués. C'était justement leur force qui leur permettait de courber des arcs puissants et leur conférait plus de précision sur des tirs à grande distance. Cependant, la silhouette qui avait attiré l'attention de Falco n'était ni large d'épaules ni particulièrement robuste. Car il s'agissait d'une femme.

Elle s'appelait Bryna Godwin et était la fille unique de Sir Gerallt Godwin. Sa tunique noire et son pantalon, frangé de nœuds rouge et or, étaient en cuir de qualité. Ses longs cheveux roux étaient tirés et retenus en arrière au moyen d'une cordelette, et le rose de ses joues contrastait fortement avec la pâleur nerveuse de son visage. Pour le commun des mortels, elle paraissait égarée dans ce défilé. Mais Bryna Godwin était une archère et c'était en compagnie d'archers qu'elle se sentait le plus à sa place.

— Elle est folle, commenta Malaki.

— Oui, acquiesça Falco. Mais sa fougue force l'admiration.

Bryna n'était pas la première femme à prendre part aux tournois, même si le champ de bataille n'était généralement pas considéré comme un endroit approprié pour une femme, et encore moins lorsque celle-ci était de haute naissance. La mâchoire crispée de Bryna montrait à l'envi qu'elle en avait tout à fait conscience.

Falco scruta le pavillon pour tenter d'y apercevoir le père de la jeune fille.

Sir Gerallt Godwin était un individu fier, bien qu'au destin quelque peu tragique. Chevalier jouissant d'un certain renom, il avait perdu deux fils et une femme à la suite d'une épidémie qui avait ravagé la ville quelques années plus tôt. Il était l'un des rares nobles qui avaient eu le courage de défier Bellius Snidesson. Falco le repéra, presque à l'autre bout de la tente. Il était félicité par Julius Merryweather, un aristocrate ventru aux joues rubicondes, vêtu de robes aux couleurs criardes. Merryweather semblait ravi que Bryna se soit inscrite aux tournois, mais il était clair à l'expression de Sir Gerallt que lui n'approuvait pas l'initiative de sa fille.

D'une dernière tape sur l'épaule, Merryweather prit congé et retourna auprès de son fils, Tobias, assis sur une chaise à roulettes près d'une table. Les yeux de Falco s'attardèrent sur l'homme qui se penchait et essuyait la bave s'écoulant de la bouche molle de Tobias. Il ne pouvait entendre ce que disait Julius, mais son fils paralysé gigota joyeusement sur sa chaise et agita les petits chevaliers en bois attachés à ses poignets.

Si les nobles désapprouvaient l'audace de Bryna Godwin, ils n'étaient pas loin de l'hostilité franche quant à la décision de Merryweather d'élever un enfant si lourdement handicapé. Non que Merryweather semblât s'en soucier. Il affrontait toute forme d'adversité avec désinvolture et bonne humeur, bien qu'il fût difficile de distinguer ce qui dans son attitude était sincère et ce qui tenait de la façade soigneusement étudiée.

Le regard de Merryweather se porta au-delà du mur humain massé à l'avant du pavillon, puis il poussa la chaise de son fils en direction de l'endroit, moins bondé, où se trouvait Falco.

— Cela ne te dérange pas si je l'installe ici, jeune Danté ? s'enquit-il, comme s'il s'adressait à un pair et non à un domestique. Là-bas, trop d'arbres cachent la forêt !

— Pas du tout, répondit Falco, qui n'était pas certain d'avoir bien saisi le trait d'humour.

Il poussa un banc de côté pour faire de la place à l'encombrante chaise. On ne pouvait pas dire qu'il se sentait très à l'aise à côté de Tobias, mais il ne partageait pas pour autant la répugnance et le rejet exprimés par tant d'autres.

— Oh, ils m'ont l'air délicieux ! s'exclama Merryweather en saisissant une poignée de feuilletés sur le plateau de Falco, prêt à s'installer sur le banc, à côté de son fils.

Falco et Malaki échangèrent un regard amusé avant de reporter leur attention sur le terrain.

Accompagnés de leurs escortes armées, les cadets étaient à présent alignés devant le pavillon. Un capitaine de chaque corps militaire sortit un parchemin, qui fut transmis à l'émissaire. Sir William scruta leurs rangs en lisant les noms inscrits sur les listes. Quand il eut fini, il rendit hommage aux cadets en se frappant la poitrine du poing droit puis en tendant le bras dans leur direction. Ceux-ci lui rendirent son salut et l'émissaire s'assit à côté de

Bellius Snidesson et de Darius Voltario. Les tournois pouvaient commencer.

Malaki et Falco regardèrent les cadets quitter le terrain. Les yeux de Falco passèrent de l'un à l'autre, mais l'attention de Malaki était tout entière rivée sur la jeune femme aux cheveux roux vêtue de l'uniforme noir des archers.

— Pourquoi fait-elle cela, à ton avis ? demanda-t-il.

— Parce qu'elle veut s'entraîner à Ire, je dirais, répliqua Falco.

— Ce ne serait pas pour contrarier son père ? suggéra Malaki.

— C'est possible, admit Falco en faisant la moue. Tu sais comment elle est. Elle a toujours eu ce comportement fantasque.

— Mais elle ne peut pas rivaliser avec les hommes, dit Malaki.

— Elle les vaut tous sur les tirs à courte distance, affirma Falco. Meilleure même que la plupart, sans doute.

— Je sais. Mais ce sont les épreuves chronométrées qui décident du classement, persista Malaki. Son arc est trop léger. Elle ne l'emportera pas.

Falco ne pouvait qu'être d'accord. Il regarda l'arc de Bryna. Il était relativement petit, avec un recourbé prononcé aux extrémités, ce qui conférait une plus grande vélocité à ses traits et tirait le meilleur parti de la carrure légère de Bryna, cependant Malaki avait raison. L'arc ne rivalisait pas avec les modèles plus lourds des hommes. Elle pourrait certainement atteindre les cibles plus lointaines, mais ses flèches dessineraient une courbe bien plus sèche et par conséquent sa précision en souffrirait. Elle arriverait sans doute à impressionner les spectateurs à courte et moyenne portée. Sauf que dès qu'il s'agirait de tirer en succession rapide et en temps limité, avec une pression similaire à celle d'un champ de bataille, Bryna Godwin serait tout simplement surclassée.

— Mais bon, conclut Malaki avec une pointe de mélancolie, sa fougue force l'admiration !

Falco partit d'un grand rire lorsque son ami répéta les mots qu'il venait lui-même de prononcer. C'était un cas désespéré d'affection mal placée. Malaki était tombé sous le charme de Bryna le jour où elle était entrée pour la première fois dans la forge de son père ; elle n'était alors qu'une enfant.

— On me signale que vous faites les meilleures pointes de flèche de toute la ville, avait-elle affirmé sur un ton bien trop hautain pour son âge tendre.

Le père de Malaki avait modestement hoché la tête.

— J'en prendrai deux douzaines, avait-elle poursuivi. Pour demain matin.

Le forgeron avait essuyé ses mains sur son tablier tout en s'efforçant de dissimuler le sourire qui avait gagné son visage.

— Vous pourrez avoir vos deux douzaines de pointes, lui avait-il annoncé. Par contre, elles ne seront pas prêtes avant la fin de la semaine.

Il était clair que Bryna, âgée de dix ans, ne s'attendait pas à être mise au défi de la sorte, mais elle tint bon et acquiesça sèchement d'un petit mouvement de tête.

— Marché conclu, avait dit le père de Malaki en crachant dans sa paume et en lui tendant la main.

Bryna avait regardé avec dégoût la grande paluche crasseuse du forgeron. Refusant de paraître choquée, elle avait fait de même et ainsi scellé le contrat. Puis, dans un brusque mouvement de boucles rousses, elle avait disparu.

Le père de Malaki avait gloussé intérieurement et enfin éclaté de rire en remarquant la mine captivée de son fils.

— Elle n'est même pas si jolie que ça, le taquina Falco.

Malaki rougit et lui donna un coup dans le creux du genou.

— C'est une noble, lui rappela Falco, en veillant soigneusement à se trouver hors de portée cette fois. Et elle sait à peine que tu existes !

Falco esquiva le second coup de Malaki, laissant tomber la moitié des feuilletés de son plateau.

— Danté !

Le cri sévère précéda l'arrivée d'un individu malingre aux cheveux coupés au bol et à la bouche pincée. C'était Ambrose, le serviteur personnel de Bellius Snidesson. Il avait été nommé majordome pour cette journée et jusqu'à présent Falco avait réussi à l'éviter.

— Tu es pitoyable, Danté ! aboya férocement Ambrose.

Il décocha un coup d'œil venimeux à Malaki.

Aujourd'hui le pavillon était son domaine et il n'allait pas se laisser intimider par le fils du forgeron.

— Nettoie-moi ces saletés !

Il saisit Falco par la manche et tira violemment, forçant le jeune homme à s'agenouiller. Il aurait peut-être été plus loin si Malaki n'avait pas fermé le pan de toile du pavillon, lui faisant comprendre que, serviteur de Bellius ou pas, il était bien disposé à lui donner une bonne rouste. Ambrose prit note de la menace et recula d'un pas.

— Retourne au fond du pavillon quand tu auras terminé, ordonna-t-il. Vin, charcuterie et fromage. Si tu travailles ici, autant te rendre utile.

Sur ce, Ambrose tourna les talons et se fondit dans la foule, souriant et parlant aux uns et aux autres sur un ton obséquieux.

— Pouah ! dit Malaki, dégoûté. C'était plus que suffisant pour me donner envie de vomir.

Falco éclata de rire tout en ramassant la nourriture pour la reposer sur son plateau. Alors qu'il se relevait, il sentit le poids d'un regard. Il se retourna et aperçut Siméon se caler dans son fauteuil. Le visage de son maître était maussade et son front couturé était plissé en signe de désapprobation.

— Je devrais y aller, murmura Falco, se sentant soudain coupable d'avoir abandonné Siméon.

— On se voit après la mêlée, répondit Malaki.

Falco se contenta de le dévisager.

— Bonne chance, finit-il par dire. Et quand le moment viendra, mets tout ton cœur dans la bataille.

Malaki fronça les sourcils devant le sérieux de son ami. Puis il sourit.

— Je me bats toujours de tout mon cœur. C'est ce qui me rend si sacrément bon.

Falco lui lança un feuilleté au visage. Le rabat du pavillon se referma derrière son ami.

4
Madaille

Falco fut tellement occupé au cours des deux heures qui suivirent qu'il ne vit pas grand-chose des tournois. Cependant, au début de l'après-midi, la plupart des convives avaient fini de manger et étaient installés dans leurs sièges, profitant d'une belle démonstration de prouesses martiales. La journée était bonne pour Caer Dour, quatre lanciers ayant été invités à poursuivre leur entraînement à l'académie de la Guerre. Ils seraient accompagnés de trois épéistes et de deux cadets de cavalerie qui venaient de conclure un passionnant duel à cheval.

Le dos de Falco lui faisait mal. Il se tenait sur un côté du pavillon et essayait de ne pas renverser les boissons de son plateau. Sa poitrine avait commencé à l'oppresser et il mourait d'envie de faire une pause, mais Ambrose semblait déterminé à ce qu'il n'en ait pas l'occasion. Les lèvres de Falco s'incurvèrent en un rictus de mépris lorsque le serviteur remplit la coupe de vin de son maître pour la cinquième fois.

D'irritant, Bellius devint rapidement insupportable. Son fils était un des deux cavaliers choisis pour repartir avec l'émissaire.

Les épreuves de cavalerie s'étaient soldées par un affrontement entre Jarek et Owen. Après dix minutes d'un duel acharné, aucun n'avait porté de coup décisif, puis le cheval de Jarek avait perdu l'équilibre et le combat avait paru toucher à sa fin. Tout autre que lui aurait été désarçonné, mais Jarek était resté en selle et avait lancé une contre-attaque tandis que sa monture se redressait. Le duel avait pris fin quand l'émissaire s'était mis debout et avait levé une main. Il avait appelé les cadets harassés et leur avait posé la question qu'ils brûlaient d'entendre.

— La reine a besoin de guerriers de votre trempe. Renoncerez-vous à vos richesses et vos privilèges pour m'accompagner à Ire ?

Les visages des jeunes hommes s'étaient illuminés.

— Oui, répondirent-ils d'une seule voix.

Les murmures enthousiastes de la foule n'étaient pas retombés et le terrain n'était pas encore prêt pour les archers lorsque Falco sentit une présence derrière lui.

— Jarek s'est bien battu.

Falco ne se retourna pas au son de la voix de son maître. Siméon parlait comme s'il avait assisté à toutes les épreuves du tournoi. Falco avait beau détester le fils de Bellius, il lui fallait bien admettre que Jarek méritait son succès.

— C'est vrai, se contenta-t-il de dire.

— Et toi ? s'enquit Siméon. Toujours résolu ?

Le cœur de Falco s'emballa un instant. Il avait deux plans secrets pour la journée. Siméon était au courant du premier, mais personne n'avait connaissance du second.

— Oui, dit-il doucement.

— Alors tu dois te reposer, suggéra son maître. On dirait que tu vas t'écrouler sur place.

Siméon appela un autre domestique, mais Falco rechignait à abandonner son plateau.

— Ambrose va me faire la peau.

— Ambrose n'est pas ton maître, lui opposa Siméon. Assieds-toi donc.

Falco laissa Siméon l'installer sur une chaise. Le vieux mage plaça ensuite sa main au creux de son dos. Falco sentit un picotement familier : un peu de la puissance de Siméon inondait son corps de chaleur.

— Merci, dit-il, la pression sur son torse s'atténuant.

— Assure-toi de bien choisir ton moment, lui conseilla Siméon. Quand la mêlée touchera à sa fin, tu n'auras qu'une minute pour agir.

Falco hocha la tête et Siméon s'éloigna pour regagner son siège.

Le jeune garçon inspira profondément à plusieurs reprises, puis il regarda le terrain. Les cibles avaient été mises en place et les lignes de tir tracées à la craie. Les archers furent alors invités à prendre position. Les occupants du pavillon retournaient à leurs sièges et Falco se retrouva face au fils de Merryweather.

Ils avaient à peu près le même âge. Le handicap

de Tobias mettait les gens mal à l'aise; Falco lui, avait toujours apprécié le jeune homme. Quoique prisonnier d'un corps qui lui volait toute dignité, il paraissait constamment joyeux. Même maintenant, alors que les archers prenaient place, il se balançait avec excitation, agitant ses chevaliers miniatures et les entrechoquant dans un simulacre de bataille. Un de ceux-ci se détacha soudain de son poignet et tomba sous la table.

Falco leva les yeux pour voir si le père de Tobias avait remarqué quoi que ce soit, mais Merryweather était engagé dans une conversation animée avec un groupe de nobles. Falco quitta son siège et se baissa pour récupérer le chevalier en bois. Quand il se redressa, Tobias l'observait, un filet de bave coulant sur son menton. Il éclata de rire tandis que Falco s'évertuait à fixer le jouet à sa manche.

— Mer… cii, Madaille ! balbutia Tobias, et Falco ne put s'empêcher de sourire.

Madaille était le surnom que le fils de Merryweather avait donné à Falco dès leur première rencontre, du temps de leur enfance. Tout le monde avait essayé de le corriger, mais Tobias n'en avait jamais démordu, et le sobriquet était resté.

— Ah, Falco. C'est vraiment très gentil de ta part, tonna la voix grave et chaleureuse de Merryweather alors qu'il prenait les choses en main et s'efforçait à son tour de rattacher la figurine au poignet de son fils.

— Madaille, fit Tobias en levant le bras.

— Oui, commenta son père en essuyant une fois de plus le menton de Tobias. Toi et ton Madaille.

Falco, tu sais qu'il parle de toi tout le temps ? Il arrive même à bien imiter ta respiration sifflante. Sans intention de se moquer, bien sûr. Il t'apprécie beaucoup, voilà tout.

Falco sourit et se renfonça dans son siège.

— Pour l'heure, dit Merryweather en s'asseyant à côté de son fils, voyons ce que la jeune dame Godwin a à offrir à la cour d'Ire.

Il était plus qu'évident que Merryweather appréciait tout particulièrement la décision de Bryna de concourir, mais Falco comprenait aussi l'embarras de son père. Autant il admirait le courage de la jeune femme, autant il ne voulait pas la voir se ridiculiser. Il observa le terrain : les archers se disposaient sur la ligne de tir, vérifiant leur équipement pour dissimuler la tension nerveuse qui s'était emparée d'eux.

Allyster Mollé, un noble mesurant près de un mètre quatre-vingt-dix, était le favori. Plusieurs participants voulaient le défier, dont Brachus de Goyne, un jeune homme aux cheveux noirs dont la barbe fournie trahissait le mauvais caractère. Des archers adressèrent des petits coups de tête en guise de salut à Bryna. Comme pas un seul ne la considérait vraiment comme une rivale en puissance, il leur était facile de se montrer polis.

La distance fut fixée à cinquante mètres et les intendants évacuèrent le terrain. Les archers décocheraient soixante traits chacun par séries de six avant qu'on calcule leurs points. Les candidats choisirent donc des flèches identiques, puis gagnèrent la zone de tir et se placèrent sur la fine ligne tracée à la craie.

Le visage de Bryna était luisant de sueur, elle avait cependant l'air calme et déterminée sitôt son premier trait encoché. À l'extrémité de la ligne de tir, drapeau noir brandi au-dessus de sa tête, l'intendant attendait d'avoir toute l'attention des tireurs. Une fois qu'ils furent tous prêts, il les invita à guetter son signal.

— Archers. Tir à volonté !

Le drapeau noir s'abaissa et les candidats redoublèrent d'efforts pour fixer les petits cercles dorés au centre de chaque cible.

Comme tout le monde à Caer Dour, Falco savait ce que nécessitait cette discipline : une bonne technique, de la concentration et de la constance. Bryna Godwin possédait ces trois qualités et tandis que ses flèches se rapprochaient de la cible, il devint clair qu'elle n'était pas là pour faire de la figuration. L'un après l'autre, chaque trait allait chercher l'or. Tous ne trouvaient pas leur cible, mais des vingt archers présents, aucun ne parvint à placer ses flèches aussi près les unes des autres que Bryna.

Falco la scruta attentivement. Il n'y avait aucune raideur dans son dos et ses épaules, et son coude droit était haut lorsqu'elle tira la corde en arrière jusqu'à ce qu'un doigt se niche au coin de sa bouche. Elle resta ainsi un instant puis, à la seconde même où elle lâchait son trait, elle ferma les yeux, comme pour écarter toute distraction possible lors de ce dernier geste crucial.

Les murmures qui montèrent du pavillon prouvaient clairement que Falco n'était pas le seul à avoir repéré cette caractéristique si particulière.

Dès que la première série toucha à son terme, Bryna reçut le ruban d'or décerné au candidat qui avait obtenu le meilleur score, et les spectateurs manifestèrent leur engouement. Falco se pencha en arrière pour voir la réaction de Sir Gerallt au succès de sa fille. Le visage du chevalier était sévère, mais, en dépit de son perpétuel embarras, Falco décela une indubitable lueur de fierté dans ses yeux, et il sourit.

Quand il se retourna, les cibles avaient été reculées à cent mètres. Le drapeau noir de l'intendant s'abattit et les archers firent voler leurs flèches. Une fois les cinq douzaines de traits décochés, les faiblesses de l'arc plus léger de Bryna commencèrent néanmoins à devenir évidentes. Elle passa du premier au quatrième rang. Ce n'était pas suffisant pour lui garantir une place à l'Académie, et l'épreuve la plus importante restait à venir.

Il y avait comme de la déception dans le murmure de la foule alors que les lignes de tir étaient effacées et les cibles reculées une fois de plus. Les archers attendaient nerveusement. Personne ne savait à quelle distance exacte elles seraient placées pour l'épreuve finale. Ils devraient utiliser leur jugement pour l'évaluer au mieux. C'était là un des deux éléments qui rendaient ce dernier tir si difficile. L'autre était la durée imposée.

Les règles étaient simples… Tirer vingt flèches aussi vite que possible. À la seconde où un candidat avait décoché la dernière, l'épreuve prenait fin et le meilleur score l'emportait. Des règles simples, mais dont la mise en œuvre ne l'était pas. Si l'on tirait trop rapidement, la précision en pâtissait, et si on décochait trop lentement on risquait de ne pas pouvoir vider son carquois et de ne pas obtenir suffisamment de points.

La tension croissante des archers était palpable. Ils comptèrent leurs flèches puis regardèrent les intendants poser enfin les cibles au sol.

— Ton avis, jeune Danté ? demanda Merryweather en se penchant vers Falco. On doit s'approcher des deux cents mètres, non ?

Falco acquiesça d'un signe de tête.

Les archers attendirent que le terrain soit déserté. Certains firent quelques pas en avant, d'autres en arrière, essayant d'estimer la distance. Bryna ne bougea pas. Elle fixait la cible du regard, tenant fermement son arc dans la main gauche. Falco sentit une certaine agitation dans l'air. *Fais de ton mieux*, pensa-t-il. *Les gens comprendront.*

— Ce tir est à distance non définie, annonça l'intendant, son drapeau flottant au vent. Le premier ayant décoché vingt flèches mettra de fait fin à la compétition. Celles tirées une fois que les drapeaux blancs auront été brandis ne seront pas comptabilisées.

Il s'assura que tous les participants approuvent le règlement, puis Falco retint son souffle alors que l'intendant marquait une pause. Les candidats étaient prêts, main au-dessus de leur carquois.

— Archers, tir à volonté !

Le drapeau fendit l'air et un grand cri étonné déchira la foule. Dix-neuf des vingt archers s'apprêtaient à tirer, à l'exception de Bryna. À la seconde où le signal avait été donné, elle avait lâché son carquois et s'était élancée au pas de course vers la cible. Son geste plongea les autres candidats dans la confusion, et elle avait parcouru trente mètres avant que la première flèche passe au-dessus d'elle.

La foule était déchaînée.

Était-ce autorisé ?

Avait-elle le droit de faire cela ?

Avait-elle été autorisée à faire ça ?

Il n'y avait eu aucune réaction de la part des intendants. Comme il n'y avait pas de ligne de tir définie, il n'y avait rien pour fixer l'endroit où les archers devaient se trouver. Les règles n'avaient pas été enfreintes, et Bryna put continuer sa course.

Une deuxième volée de flèches décrivit une courbe au-dessus d'elle alors qu'elle arrivait à proximité des cibles. Il lui fallait se trouver suffisamment près pour compenser l'avantage procuré aux hommes par leurs arcs plus puissants. Ce n'était qu'à ce moment-là que la compétition serait ramenée aux deux choses où elle excellait : la vitesse et le talent. La plupart des archers avaient tiré trois flèches quand Bryna s'arrêta net. Elle se laissa tomber sur un genou et s'accorda une seconde pour recouvrer son sang-froid. Puis elle tendit la main en arrière et commença à décocher ses traits. La foule se mit à l'acclamer au même instant.

Les mains de Bryna se déplacèrent à une vitesse que l'œil ne pouvait suivre tandis qu'elle encochait, et enfin lâchait ses flèches.

Falco n'avait jamais vu quelqu'un tirer aussi rapidement et il lui sembla que quelques secondes seulement s'étaient écoulées lorsqu'elle se redressa d'un bond et étira le bras en l'air. Sept flèches sifflèrent au-dessus d'elle, mais le drapeau blanc avait été levé et les intendants veillaient. Aucun de ces traits ne compterait. Le carquois de Bryna était vide. L'épreuve du tir chronométré venait de prendre fin.

Face à cette situation inédite – il était impossible de dire que Bryna avait triché, personne n'avait pensé à agir ainsi auparavant –, le pavillon était en état de choc. Comme on pouvait s'y attendre, Bellius était furieux et beaucoup de nobles proprement indignés. D'aucuns semblaient amusés, voire impressionnés, en revanche. Et il y en avait au moins un que les tactiques non conventionnelles de Bryna enchantaient assurément :

— Bravo ! s'écria joyeusement Merryweather, debout et applaudissant à tout rompre. Bravo !

Falco secoua la tête en observant les intendants. Les points avaient été comptabilisés. Il y avait égalité entre deux candidats. Après une longue discussion qui provoqua une vague de murmures parmi les spectateurs, deux archers furent conviés à se présenter devant le pavillon. L'un était le favori, Allyster Mollé. L'autre était Bryna Godwin.

Les murmures se transformèrent en vivats tandis que les vainqueurs s'approchaient de l'émissaire, qui se mit debout pour les accueillir. Il regarda Allyster et félicita le jeune noble d'un hochement de tête. Puis son attention se porta sur Bryna et son expression devint plus sévère.

— Tu aurais de gros ennuis si tu t'approchais si près de l'ennemi dans une vraie bataille, dit-il.

Bryna déglutit avec difficulté et son visage se fit plus rouge encore.

— Mais si jamais ils se trouvaient si près, poursuivit l'émissaire, je suis certain que tu le leur ferais payer au prix fort.

— Je le ferais, seigneur, répondit Bryna avec un léger tremblement dans sa voix.

Finalement, les traits de Sir William s'adoucirent. Les rides de son visage buriné se changèrent en sourire, même s'il continua de s'adresser aux deux vainqueurs sur un ton solennel.

— La reine a besoin de guerriers de votre trempe. Renoncerez-vous à vos richesses et vos privilèges pour m'accompagner à Ire ?

— Oui, répondirent-ils de concert.

Allyster était clairement ravi de la faveur que lui faisait l'émissaire, en revanche les yeux de Bryna fouillaient le pavillon à la recherche d'un autre visage. Celui d'une personne dont l'approbation lui était tellement plus chère.

Falco se pencha en arrière jusqu'à ce qu'il puisse voir le père de Bryna. Il observa leur échange muet. Les traits de Sir Gerallt restèrent d'abord sévères, puis la commissure de ses lèvres frémit presque imperceptiblement et il salua sa fille d'un infime hochement de tête. Le sang-froid de Bryna faillit lui faire défaut, mais elle se refusa à mettre son père dans l'embarras en pleurant. Elle s'autorisa un sourire, qui illumina son visage comme un lever de soleil.

— Oui, souffla Falco comme si Malaki était assis à côté de lui. Elle n'est peut-être pas si laide que ça.

5

Le défi

Pour la première fois de la journée, Falco s'était démené comme un diable pour trouver quelque chose à faire, mais il n'avait pas choisi sa tâche au hasard. Elle requerrait sa présence aux abords du pavillon quand les épreuves seraient terminées. C'est ainsi, une fois les cibles ôtées du terrain, qu'il se retrouva à la gauche de l'émissaire, un plateau de douceurs et de liqueurs capiteuses à la main.

La journée touchait à sa fin. Il ne restait plus qu'un événement : l'affrontement chaotique connu sous le nom de mêlée. Si le vainqueur n'avait pas pour autant droit à une place convoitée à l'académie de la Guerre, c'était toujours le moment le plus attendu, et la raison en était évidente. L'épreuve était ouverte à tous, nobles comme gens de basse extraction. Tous ceux qui pensaient avoir leur chance étaient invités à concourir, et il n'y avait donc rien de surprenant à voir des jeunes hommes s'approcher d'un peu partout.

Ils étaient tous armés d'un bouclier rond et d'une longue épée. Le fil de ces lames, forgées à partir d'un alliage de métal blanc, était volontairement émoussé. Elles ne pouvaient certes pas trancher, mais pouvaient briser des os et meurtrir les chairs non protégées. L'alliage présentait en outre l'avantage de laisser une marque argentée partout où la lame s'abattait, aide inestimable pour les intendants dont le travail était d'identifier les « blessés » et les « morts ».

Falco scruta les nouveaux venus, cherchant à apercevoir l'armure bleu acier si reconnaissable de son ami. Celle-ci n'était pas polie comme un miroir, et n'était ni gravée ni incrustée d'argent ou d'or. À l'exception d'un léger lustre donné par l'huile, elle semblait avoir été ôtée la veille du feu de la forge. L'éclat bleu caractéristique de l'acier indiquait à l'armurier que le métal avait atteint la température idéale, qui lui permettrait de conserver sa souplesse tout en lui conférant une dureté qui arrêterait tous les coups portés, à l'exception des plus violents.

Malaki avait fabriqué son armure lui-même et tout le monde savait quel serait son futur métier.

Certes, songea Falco tout en continuant à scruter la foule, *Malaki ferait un bon forgeron, il ferait un meilleur chevalier encore*. Tout ce qu'il avait à faire était de gagner la mêlée et c'était lui qui se chargerait du reste. Son ami parut enfin et Falco poussa un soupir d'aise.

Tout le monde prit note de cette arrivée. Quelques-uns lui adressèrent un sourire amical, quoique méfiant ; d'autres se contentaient de lui rendre son salut. Beaucoup de nobles s'efforcèrent un peu trop visiblement de faire comme s'ils ne l'avaient pas vu. Le fils de Bellius, Jarek, le dévisagea avec un mépris affiché.

Contrairement à la plupart, il pensait valoir Malaki de Vane sur le terrain. Il avait tort, évidemment, mais était trop vaniteux pour le savoir.

Les jeunes hommes continuèrent à se jauger tandis qu'une grande enclume était apportée et disposée à quelques mètres devant le pavillon. Les différentes manches seraient marquées par autant de coups portés sur l'enclume, comme le voulait la tradition séculaire. Les arbitres reclamèrent le silence.

Les candidats avancèrent et la foule sembla se pencher davantage lorsque l'intendant s'adressa à eux.

— Hommes de Caer Dour, commença-t-il, vous connaissez tous les règles de la mêlée.

— Il n'y en a aucune ! rugit la foule en retour, dans ce qui était clairement une ancienne plaisanterie. L'intendant sourit avec indulgence avant de continuer :

— C'est un concours ouvert où chaque homme se bat pour lui-même.

Des huées montèrent de la foule, cette récitation des règles devenait trop ennuyeuse.

— Cette mêlée comportera quatre manches, poursuivit-il, séparées par un coup d'enclume.

Le public regarda le gaillard corpulent qui se tenait prêt à abattre son maillet.

— Quiconque reste plus de cinq secondes au sol sera éliminé.

— Hou ! fit la foule.

— Toute personne ayant reçu une blessure importante sera évacuée.

— Hou ! s'écria la foule, et même les concurrents sourirent devant cette soif de sang.

— Et enfin..., ajouta l'intendant, veillant à ce que tout le monde soit attentif, toute personne qui portera la marque d'un coup dans un endroit vital sera évacuée.

— Hou ! reprit une dernière fois la foule, mais les sourires et les rires commençaient à s'estomper.

Les arbitres se mettaient en place, prêts à observer les combats sous tous les angles. Falco sentit une présence familière derrière son épaule.

— C'est à Malaki de jouer, à présent, dit Siméon.

Falco acquiesça, son corps réduit à une simple pelote de nerfs.

— Il va y arriver, répondit-il. Il n'y a personne pour l'égaler.

Siméon hocha la tête pour signifier son approbation. Falco n'était pas le seul être confiant dans les capacités de combattant de Malaki.

Les participants s'étaient répartis à intervalles réguliers, séparés de quelques mètres. La plupart avaient choisi leur place au hasard et Falco fut satisfait de voir que Jarek était à l'autre bout du terrain.

Les boucliers étaient parés et les épées levées... Falco devina que quelque chose clochait. Plusieurs concurrents lui semblaient un peu trop proches de Malaki. Ce dernier avait visiblement choisi d'en affronter un ou deux, mais d'autres, qui s'intéressaient en apparence à des cibles différentes, étaient en fait plus tournés vers lui. Falco fronça les sourcils et trembla d'inquiétude, faisant s'entrechoquer les verres sur son plateau.

— Que se passe-t-il ? demanda Siméon.

— L'espacement, rétorqua-t-il, tendant le bras. Il n'a pas l'air correct. On dirait qu'ils vont…

Sa réponse fut interrompue par le marteau qui s'abattait sur l'enclume. La mêlée se transforma en un éclair en affrontement en bonne et due forme.

Malaki bondit. Il contra une attaque avec son épée puis chargea sa première cible avec son bouclier. Le pauvre bougre fut déséquilibré. Malaki compléta le geste en faisant basculer son adversaire avant de lui délivrer un coup « fatal ».

Tout cela s'était déroulé à une vitesse incroyable et Malaki se retournait déjà vers sa deuxième cible lorsqu'une première botte inattendue le prit au dépourvu. Il réagit rapidement et para le coup avec son bouclier, pivotant sur ses talons pour lancer une contre-attaque. Au même instant trois concurrents se précipitèrent sur lui comme un seul homme. Il bloqua une épée avec la sienne, mais les deux autres trouvèrent leur cible. Une lame s'abattit sur l'arrière de sa jambe tandis que la seconde lui éraflait le flanc, juste sous sa plate d'armure. Il se retourna vivement et tenta de riposter, en pure perte. Le mal était fait. Il avait deux marques argentées sur des zones critiques de son corps. Ses assaillants reculèrent, à la recherche de nouveaux adversaires, des adversaires qui avaient encore une chance de l'emporter. Il était trop tard pour Malaki. Il n'était plus dans la course.

— Ils lui ont sauté dessus ! s'exclama Falco, qui n'en croyait pas ses yeux. Ils étaient quatre et ils l'ont attaqué simultanément !

Quelqu'un lui prit son plateau après qu'il eut fait tomber son contenu dans son émoi. Malaki restait immobile au centre du chaos. Il donnait l'air de ne pas savoir quoi faire. Un intendant arriva à sa hauteur et lui fit quitter le terrain. Visiblement hébété, Malaki se laissa entraîner sur le côté, où son père, Balthazak de Vane, l'attendait.

Falco avait mal au cœur alors qu'il regardait Balthazak ôter le casque de Malaki et étreindre fortement son fils. Un puissant son métallique retentit comme le maillet s'abattait, signalant la fin de la première manche. L'enclume résonna encore trois fois, Falco ne pouvait toujours pas y croire. Son plan grandiose, son beau geste d'amitié, tout cela n'avait servi à rien. Malaki était censé gagner. Comment les choses avaient-elles pu aller de travers à ce point ?

— Je suis désolé pour toi.

Falco sentit la main de Siméon sur son épaule et ses sens revinrent lentement à la normale. Son regard se porta hors du pavillon où les intendants escortaient le vainqueur.

C'était Jarek.

Bellius s'approcha pour applaudir son fils, qui était entouré de la meute de ses amis. Tous célébraient sa victoire, mais ils riaient également à gorge déployée. Quelque chose avait manifestement provoqué leur hilarité.

Jarek s'éloigna et, regardant son père, leva un doigt comme s'il réprimandait un enfant désobéissant. Bellius posa une main sur sa poitrine et haussa les sourcils comme pour dire : *Qui, moi ?*

Falco comprit.

Bellius avait tout planifié. Il s'était arrangé pour que plusieurs candidats choisissent Malaki comme première cible. Au moment où Malaki s'était rendu compte du traquenard, il était trop tard. Il était hors course. Les mains fines de Falco se crispèrent comme il serrait les poings. Alors qu'il se tournait vers Bellius, Siméon le saisit fermement par le bras.

— Non, Falco, dit le vieux mage de bataille. Cela ne servirait à rien.

Falco tenta de se dégager, mais Siméon, ayant pourtant dépassé la soixantaine, n'eut aucun mal à retenir son chétif domestique. Falco ravala sa frustration et se détourna des célébrations. Il ne vit pas la colère sur le visage de Darius ni le dégoût sur celui de Sir William. Tout ce qu'il ressentait était sa propre déception et celle de son ami. Même la foule semblait moins enthousiaste qu'à l'ordinaire.

Bellius s'avança enfin pour s'adresser à eux, et il lui aurait été impossible d'être plus suffisant.

— Gens de Caer Dour… Aujourd'hui est un grand jour. Non seulement onze de nos meilleurs jeunes hommes ont été choisis pour s'entraîner à l'académie de la Guerre, mais l'un de ceux qui ont terminé leur formation est revenu chez nous, parmi les siens.

La foule acclama Darius quand celui-ci se leva.

— Bien des années se sont écoulées depuis le jour où l'ombre de la folie a assombri la réputation de cette ville.

À ces mots, nombreux furent ceux qui jetèrent un regard à Falco.

— Mais en ce jour, cette honte est effacée. Nous célébrons le retour de notre nouveau champion, le plus grand mage de bataille que Caer Dour ait jamais connu. Darius Voltario !

Darius était clairement embarrassé par les louanges exagérées de Bellius. Il leva tout de même la main pour accepter l'hommage enthousiaste de la foule alors que la voix de Bellius prenait un ton plus sérieux.

— Et on ne saurait que trop souligner à quel point ce retour est opportun, fit-il en hochant gravement la tête. La main du destin est assurément à l'œuvre, car en ce moment même une armée férocienne s'approche de notre ville, commandée par un démon.

L'allégresse de la foule s'évanouit à l'évocation du danger qui planait sur leurs têtes.

— Oui, renchérit Bellius. Le destin ne peut que nous sourire. Car nous disposons à présent d'un guerrier à même de s'opposer victorieusement au démon qui menace de s'emparer de nos âmes.

Bellius était lancé dans sa tirade, mais Falco était sourd à ses paroles. Il ne ressentait aucune exaltation, rien que la douleur amère de la déception et un sentiment croissant de haine.

— L'armée férocienne a enfoncé les défenses illiciennes, poursuivit Bellius. Cependant elle ne brisera pas les hommes de la Valence, et nous avons vu pourquoi. Nos guerriers sont les meilleurs des Sept Royaumes.

Aujourd'hui, nous nous sommes battus dans un esprit de camaraderie et de compétition. Mais demain, beaucoup d'entre vous iront lutter pour notre survie même. Je déclare donc ce jour occasion spéciale et jour de triomphe. Et je proclame que les tournois sont à présent ter…

— Attendez !

Ce mot unique avait le poids de la conviction et les gens se retournèrent pour voir qui venait de le prononcer. Les regards se portèrent d'abord vers Sir William d'Eltz, vers Darius et même vers Siméon, personne ne songea à tourner la tête vers Falco Danté.

Visiblement contrarié d'avoir été interrompu, Bellius était sur le point de reprendre la parole.

— Attendez ! répéta Falco.

Cette fois, il n'était plus possible de se méprendre sur l'identité de celui qui venait de parler. Les gens n'en croyaient pas leurs yeux, mais Falco s'en moquait.

— Les épreuves ne sont pas terminées, dit-il en soutenant le regard bouillonnant de rage de Bellius. Je lance un défi.

— Toi ? s'étrangla Bellius sur un ton qui n'aurait pu être plus méprisant. Tu veux lancer un défi, *toi* ?

— Oui.

Bellius était clairement furieux de ce qu'il considérait à l'évidence comme une demande ridicule, mais tout le monde savait que, serviteur ou pas, Falco était dans son droit.

— Écoutons ce que tu as à dire, alors, fit Bellius avec un sourire moqueur. Qui souhaites-tu défier ?

— Le défi ne me concerne pas, déclara Falco. Je parle au nom d'un autre.

— Qui ? aboya Bellius, dont la patience avait sensiblement atteint ses limites.

— Malaki de Vane, annonça Falco.

— Le fils du forgeron ? ricana Bellius, dont le sourire semblait à présent légèrement forcé. Celui qui vient d'être éliminé au premier tour de la mêlée ?

— Lui-même.

— Eh bien..., fit Bellius dans un éclat de rire, comme s'il s'attendait à ce que tout le monde trouve cela complètement absurde. Tu sais que pour cela, tu auras besoin de deux votes, un de quelqu'un appartenant à la classe des guerriers, l'autre à celle des nobles.

Son sourire était redevenu plus confiant, car il ne voyait vraiment pas qui pourrait valider un défi pareil. Il se préparait à mettre un terme à cette affaire d'un geste lorsque Siméon vint se placer aux côtés de Falco.

— Je vote pour le défi de Malaki de Vane.

Le pavillon fut soudainement empli de soupirs et de murmures de surprise, qui se propagèrent bien vite à l'extérieur comme la nouvelle parvenait aux oreilles de la foule.

Du coin de l'œil, Falco vit le père de Malaki escorter son fils. Malaki avait toujours l'air abattu, et quand il leva les yeux vers Falco, son expression semblait suggérer qu'il ne goûtait pas l'idée de passer pour un imbécile deux fois en une journée. Mais Falco ignora la prière silencieuse de son ami.

— Bien ! vociféra Bellius, qui ne pouvait croire

qu'on avait laissé cette farce aller aussi loin. C'est un vote de la classe des aristocrates. Maintenant tout ce dont tu as besoin…

— Tu fais erreur ! l'interrompit Siméon. Je ne parle pas en tant que noble, mais en tant que guerrier.

— Et ta maison ? objecta Bellius. Ta richesse et tes terres ?

— Un cadeau, se défendit Siméon, reçu d'un ami mort depuis longtemps.

Bellius rit comme surpris d'avoir été dupé de la sorte, son sourire était néanmoins sincère.

— Eh bien ! dit-il. Tout ce dont nous avons besoin maintenant est du vote d'un noble.

Il regarda les aristocrates massés autour de lui avec un air de menace à peine voilé.

— Qui va approuver ce défi ?

— Moi ! lança Falco.

Une incrédulité stupéfaite envahit le pavillon alors que tous les yeux se tournaient de nouveau vers Falco.

— Quoi ? s'étonna Bellius. Toi ! Un serviteur !

La plupart des nobles avaient commencé à rire, comme si tout cela n'était qu'une mauvaise plaisanterie, mais Siméon prit la parole.

— Encore une fois, tu fais erreur, fit calmement le vieux mage de bataille. Falco Danté n'est pas serviteur, mais le fils d'un noble seigneur, qui a simplement choisi de servir.

Les gens en restèrent sans voix. Même leurs murmures s'étaient tus. Bellius ne se contenait plus.

— Il a fait cela afin de payer pour les crimes de son père !

— Non, Bellius, objecta Siméon. Ce n'est pas vrai. Il est entré à mon service en raison d'une promesse que j'avais faite à son père.

— C'est ridicule ! s'étrangla Bellius. Tout le monde sait qu'il est ton domestique depuis des années.

— C'est exact, répondit Siméon. En revanche, il a servi par choix et non par obligation. Falco est de noble naissance, et son vote comptera donc.

Les yeux sombres de Bellius passèrent de Siméon à Falco. Il ressemblait à un animal pris au piège. L'espace d'un instant, on aurait cru qu'il allait perdre son sang-froid, pourtant un rictus vint de nouveau se dessiner sur ses traits.

— Soit, concéda-t-il. Ton défi est enregistré. Que le candidat s'avance.

Falco se détourna de Bellius lorsque le père de Malaki poussa son fils à gagner le pavillon. Si Balthazak était aussi surpris que quiconque d'apprendre que Falco avait conservé sa noble lignée, il n'allait pas laisser passer cette chance pour autant.

Visiblement sous le choc, Malaki s'approcha en titubant. Il paraissait ignorer qu'il était devenu l'objet de toutes les attentions. Il regarda fixement celui qu'il avait cru connaître, celui qui était son ami depuis aussi longtemps que remontaient ses souvenirs. Son front était plissé et une lumière troublante dansait au fond de ses yeux, mais il lui sembla lire quelque chose sur le visage de Falco qui adoucit son expression.

Ce qu'il vit était de la peur. Non la peur des représailles de la part des nobles, plutôt celle d'avoir commis une faute de jugement, d'avoir peut-être perdu son ami.

Falco retint malgré lui son souffle, mais l'expression de Malaki s'adoucit et l'esquisse d'un sourire lui fit plisser les yeux, un sourire qui disait : *Tu es un imbécile, Falco Danté. Et quand tout sera fini, je vais te tuer !*

— Et donc, Maître de Vane, reprit Bellius d'une voix désagréable, vas-tu choisir toi-même le chevalier qui répondra à ton défi ou ton chétif seigneur le fera-t-il pour toi ?

Les yeux de Malaki passèrent d'un visage à l'autre parmi les nobles. On trouvait quelques bons guerriers dans leurs rangs, mais Malaki ne pouvait imaginer qu'un seul d'entre eux aille à l'encontre de Bellius et accepte son défi. Sir Gerallt Godwin l'aurait peut-être fait, Malaki n'avait toutefois aucune intention de mettre le père de Bryna dans une position inconfortable.

Une fois de plus, ce fut Falco qui rompit le silence.

— Je choisirai, annonça-t-il.

Bellius sourit et fit un geste de la main, comme pour signifier que cela ne faisait guère de différence. Pour ce qui était de la noblesse de Caer Dour, Bellius Snidesson avait simplement trop de pouvoir.

Un silence embarrassant s'ensuivit, durant lequel tous les yeux étaient rivés sur Falco. Il lança un dernier coup d'œil dans la direction de Malaki puis se tourna vers Bellius, mais le noble ne dit rien, attendant que Falco parle. Le moment s'étira et la tension monta. Bellius haussa les sourcils d'impatience, la bouche de Falco était soudainement devenue sèche. Il passa sa langue sur ses lèvres et prit la parole.

— Je choisis Sir William d'Eltz, dit-il. L'émissaire de la reine.

6

Serviteur ou noble seigneur

La surprise qui avait dominé jusque-là laissa place à la stupeur. Oser croire que l'envoyé de la cour d'Ire relèverait le défi du fils du forgeron de la ville ! Même Bellius était sans voix.

— Qu... Je... C'est..., bredouilla-t-il.

Il eut un petit rire nerveux, et toute trace d'amusement avait disparu de son visage. Il semblait sur le point de parler lorsqu'une grande silhouette surgit dans son dos. Tout le monde se tourna au passage de Sir William, qui vint se placer devant Falco. Celui-ci n'avait pas encore pris conscience de la stature de l'émissaire, et il se força à soutenir son regard gris acier.

— Comment t'appelles-tu, mon garçon ? demanda Sir William.

— Falco, seigneur, répondit ce dernier, plus intimidé que jamais. Falco Danté.

— Danté ? répéta l'émissaire, à qui le nom n'était pas inconnu.

— Oui, confirma Bellius derrière lui. Le fils d'Aquila Danté, l'homme qui a apporté le déshonneur sur cette ville.

L'émissaire leva brièvement les yeux au ciel, mais en dehors de ce petit geste d'agacement, il ignora la remarque de Bellius.

— Et pourquoi n'as-tu pas pris part aux épreuves ? interrogea-t-il.

— Ah ! railla Bellius, dont le mépris affiché trouva un écho chez nombre de nobles du pavillon, qui éclatèrent de rire à cette idée si saugrenue.

— Falco n'est pas sans talent, intervint Siméon.

— Effectivement, acquiesça Bellius. Tant que son épée se limite à un manche de saule et que l'épreuve ne dure pas plus d'une seconde ou deux.

De nouveau, la méchanceté de Bellius rencontra du soutien parmi les spectateurs et Falco baissa la tête de honte.

— Le jeune Danté n'a pas bonne santé, expliqua Bellius. On me dit que son affliction a un nom spécifique, mais faisons simple ! Il a une faiblesse congénitale, c'est tout !

Si d'autres rires fusèrent, nombreux furent ceux qui baissèrent les yeux à cette moquerie cruelle.

— Falco est atteint de phtisie, le corrigea Siméon sur un ton signifiant qu'il ferait bien de cesser ses railleries. Il en souffre depuis l'enfance.

À ces mots, le regard de l'émissaire se porta vers Falco. Il observa l'éruption cutanée bien visible sous la ligne de ses cheveux. Il eut une expression dubitative, comme s'il avait des raisons de mettre en cause ce diagnostic.

Ce doute apparent blessa Falco plus que n'importe quel quolibet de Bellius. Il y avait bien longtemps qu'il avait fini par accepter ses défaillances physiques. La situation n'avait rien de nouveau. Il leva la tête et soutint le regard de l'émissaire.

— Et qu'espères-tu gagner par ce défi, jeune Danté ? s'enquit Sir William.

— Rien pour ma personne.

— Et pour ton ami ?

— Je désire simplement que vous le jugiez comme vous jugeriez n'importe quel homme ayant concouru aujourd'hui. Et s'il gagne, que vous envisagiez qu'il parte à Ire avec vous.

Il y eut des hoquets d'étonnement de toutes parts, mais l'émissaire se contenta de sourire.

— S'il gagne ? répéta-t-il, sincèrement amusé.

Falco hocha la tête avec indignation.

— Il sera incapable de tenir son épée plus d'une minute, fit Sir William, une lueur malicieuse dans ses yeux gris et inflexibles.

— Sa lame se pressera contre votre gorge en moins de deux minutes, rétorqua Falco, lui-même surpris de son audace.

L'émissaire sourit de nouveau à cette évidente vantardise.

— Qu'est-ce qui te fait croire que l'envoyé de la reine relèverait ton défi ? demanda-t-il.

Voilà au moins une question à laquelle Falco s'était préparé. Contrairement à la Valence, où les lois de la noblesse avaient cours, l'Illicie était une méritocratie. Les efforts et les réussites comptaient davantage que le hasard ayant présidé à la naissance.

— Vous êtes illicien, argumenta-t-il. Vous ne trouveriez pas indigne de votre personne d'accepter un défi lancé par le plus humble des paysans.

Pendant un moment, l'émissaire défia Falco du regard. Puis le sourire disparut de son visage.

— Je lui accorde donc deux minutes, trancha-t-il. Si ton ami a toujours son épée en main au bout de ce laps de temps, *j'envisagerai* de lui donner une place à l'Académie.

Le cœur de Falco se gonfla dans sa poitrine.

— Cependant, précisa Sir William, nous ne nous battrons pas avec des armes émoussées inoffensives. Ce ne serait pas grand exploit. Nous nous affronterons avec de vraies lames, ou pas du tout.

Falco n'avait pas anticipé cela, mais il était trop tard pour reculer. Sans même regarder Malaki, il acquiesça.

— Soit, dit l'émissaire, en se défaisant de son manteau avant de s'adresser à Bellius comme si l'affaire était décidée. Taille une bougie pour qu'elle dure deux minutes.

— Mais… mais…, balbutia ce dernier, alors que les choses étaient allées trop loin pour qu'il puisse y mettre un terme.

Les habitants de Caer Dour se pressèrent les uns contre les autres, formant une arène naturelle au centre de laquelle les deux hommes allaient s'affronter.

— Qui prête une lame au fils du forgeron ? demanda l'émissaire en détachant son ceinturon d'épée.

— Il peut prendre la mienne, répondit Siméon, remettant celle-ci à Falco.

Ce dernier sourit à son maître et marcha jusqu'à l'entrée du pavillon. L'épée tinta dans ses mains avec une note haute et claire. Il hésita un instant, mais quand Siméon le regarda d'un air inquisiteur, il lança l'arme à son ami. Son geste manqua de précision et la lame atterrit aux pieds de Malaki, provoquant l'hilarité des spectateurs. Ce dernier se pencha, ramassa l'arme et remercia Siméon d'un coup d'œil. Puis son regard se porta sur Falco.

Et quand le moment viendra, mets tout ton cœur dans la bataille.

— Voilà pourquoi tu as dit ça…

Les yeux marron de Malaki s'illuminèrent. Il n'avait pas l'intention de gâcher cette occasion de retrouver une certaine fierté. Avec le plus d'humilité possible, il dégaina l'épée de Siméon et déposa la ceinture et le fourreau sur le bord surélevé du pavillon. Enfin, il prit place dans l'arène.

Tout en faisant passer son épée d'une main à l'autre, l'émissaire gagna le centre de la plateforme, où deux grandes marches permettaient d'accéder au terrain. Falco aperçut quelque chose qui lui coupa la respiration. Un petit insigne gravé dans la lame de l'émissaire, juste sous la poignée. Personne ne semblait l'avoir vu ou alors ne savait ce que cela signifiait. Le dessin représentait trois cimes montagneuses sous une forme stylisée. C'était l'emblème d'un ordre de chevalerie dont la réputation était légendaire.

L'emblème des Chevaliers Adamants.

William d'Eltz appartenait à un des corps militaires les plus redoutables que le monde ait jamais connus !

— Oh merde ! s'exclama Falco pour lui-même. Qu'est-ce que j'ai fait ?

Le sang reflua de son visage. Malaki paraissait étonnamment calme et Falco dut résister à l'envie impérieuse de l'avertir. Peut-être valait-il mieux qu'il ignore à quel type de combattant il était confronté. Deux intendants approchèrent avec des pièces d'armure, mais l'émissaire les chassa d'un geste. Il se battrait sans autre protection que celle offerte par ses vêtements. En réaction, Malaki déclina le casque que son père lui tendait, geste que la foule estima visiblement d'une grande stupidité.

Finalement, les deux hommes se retrouvèrent face à face, et l'émissaire regarda le pavillon. Deux arbitres se tenaient prêts, l'un avec une bougie allumée et l'autre avec un cierge effilé fixé sur un petit plateau métallique. Le cierge brûlerait exactement deux minutes à partir du moment où l'émissaire donnerait le mot d'ordre.

— Nous n'attendons que votre signal, leur dit ce dernier avant de se tourner vers Malaki.

— Ce défi opposera Malaki de Vane et Sir William d'Eltz, annonça le porte-parole de l'intendant. Sa durée est restreinte. Si au bout de deux minutes, le jeune de Vane est toujours en possession de son épée, il aura gagné.

Les habitants de Caer Dour retinrent leur souffle.

— Combattants… Parés ?

Deux hochements de tête donnèrent la réponse

au porte-parole. On passa la bougie devant le cierge, et la flamme jaillit.

— Battez-vous ! s'exclama l'intendant, et les deux hommes se ruèrent l'un sur l'autre à une vitesse qui prit tout le monde de court.

Le premier choc d'épées fut si violent que Falco était certain que son ami était déjà perdu. En dépit de son imposante stature, Malaki était encore jeune, mais si quiconque pensait que l'émissaire retiendrait ses coups, il avait tort.

Sir William força son avantage avec une série de bottes qui contraignirent Malaki à reculer si vite que beaucoup détalèrent en toute hâte pour se mettre hors de danger. Le fils du forgeron passa à son tour à l'offensive. Visant en apparence le cou de l'émissaire, il détourna soudain sa lame vers le bas, comme s'il avait l'intention de sectionner la jambe de son adversaire à hauteur du genou.

Sir William para d'une main de maître chacune de ces attaques, mais les assauts de Malaki étaient si puissants que c'était son tour de céder du terrain. Il recula lentement tandis que la foule se mouvait avec eux pour leur faire de la place.

Falco sourit avec satisfaction. Malaki était dans son élément, et pendant un moment, on aurait pu croire qu'il allait prendre le dessus. L'émissaire se porta en avant pour contrer l'assaut de Malaki. Des étincelles jaillirent lorsque les lames s'entrechoquèrent, et, sans que Malaki puisse se dégager, le chevalier fit tournoyer l'épée du jeune homme et il l'écarta d'un coup sec.

La foule haleta en voyant Malaki ainsi déséquilibré. Or cette première tentative avait échoué. Malaki opéra un redressement et repartit à l'assaut. Sir William anticipa son geste et essaya de nouveau d'arracher l'épée de son adversaire.

Falco tressaillit. Il semblait certain que Malaki finirait par perdre sa lame, mais le jeune homme tenait encore bon. Il parvint même à feinter l'émissaire une dernière fois. Celui-ci esquiva de justesse et saisit Malaki par la main gauche. Avant que quiconque comprenne ce qui se passait, Sir William le fit pivoter sur lui-même. Dans le même mouvement, il lui glissa un bras autour du cou et pressa sa lame contre son poignet. Malaki se raidit d'un coup quand il sentit l'acier tranchant contre ses veines palpitantes.

Un grand cri monta de la foule tandis que le jeu scintillant des épées s'interrompait brusquement. Gardant son jeune assaillant plaqué contre lui, l'émissaire lui chuchota à l'oreille :

— Tu t'es bien battu pour un fils de forgeron, dit-il en tapotant son poignet avec sa lame en un geste lourd de signification. Lâche ton épée ! Tout de suite !

Falco serra les poings et ses traits se déformèrent de rage et de frustration. Malaki baissa la tête ainsi que sa lame, concédant la défaite. À l'instant où Falco fermait les yeux dans sa déception, Malaki ajusta sa prise sur son épée et donna un puissant coup en arrière, dans le visage de l'émissaire.

La foule hurla comme un seul homme, stupéfaite de voir un flot de sang sur les traits du chevalier, dont le nez s'était brisé sous la violence de l'impact.

Sir William tituba, laissant Malaki libre de se retourner et de contre-attaquer. L'émissaire était de toute évidence sonné, mais lorsque Malaki frappa, il parvint à parer le coup. Cédant toujours du terrain, il contra une deuxième botte, puis une troisième, secouant la tête pour chasser le sang et les étoiles qui obscurcissaient sa vision.

Malaki tenta de forcer son avantage, sans succès. L'émissaire cessa de reculer et repartit à l'assaut. Les lames se heurtèrent, chacun s'efforçant de repousser l'autre, jusqu'à ce que Sir William fasse basculer Malaki et lui donne un violent coup de coude dans la bouche. Le jeune homme trébucha et cracha du sang, et l'émissaire réengagea le combat sans ménagement.

Falco n'avait jamais vu quelqu'un attaquer si vite et si fort. Malaki s'effondra littéralement. Il bloquait les coups avec l'énergie du désespoir, mais pour la première fois il parut vulnérable et effrayé. L'émissaire ne s'interrompit pas avant que son adversaire se retrouve à genoux. Finalement, il fit décrire un cercle rapide à sa lame et l'épée de Malaki s'envola. L'envoyé de la reine frappa alors avec une vitesse terrifiante.

La lame s'immobilisa à quelques centimètres du cou de Malaki et le grand gaillard ne put que s'agenouiller. Il était épuisé. Il était battu.

Falco ne parvenait pas à détacher les yeux de la scène, sous le choc. C'était fini, et le silence de la foule en disait long. Il n'y avait pas de cris de joie, pas d'applaudissements. Nul ne savait quel comportement adopter. Les gens dévisageaient simplement l'émissaire, brandissant sa lame bien haut, debout au-dessus de Malaki.

— Euh…

L'appel discret attira tous les regards vers le pavillon.

— Je vous demande pardon, seigneur, s'excusa le porte-parole de l'intendant, mais… comment dire… ?

— Qu'y a-t-il ? s'impatienta Sir William sans détourner les yeux.

— La bougie, seigneur. Les deux minutes…

L'émissaire maintint son épée en l'air, mais il tourna la tête vers le porte-parole.

— Il a été désarmé après le temps imparti, expliqua l'intendant, contrit. Il a remporté son défi.

Il y eut un silence tendu : tout le monde se demandait comment allait réagir Sir William. De l'indignation, assurément. De l'embarras, vraisemblablement. Mais personne ne s'attendait à ce qu'il éclate de rire, d'un rire doux et profond.

Sir William mit du temps à s'arracher à sa position de tueur prêt à frapper. Il rengaina son épée et essuya son nez ensanglanté sur sa manche. Puis il baissa les yeux vers son adversaire et lui tendit la main. Toujours étourdi et tremblant de ses efforts, Malaki saisit cette main offerte et se redressa. À la grande satisfaction de tous, l'émissaire lui prit le bras et le leva au ciel.

La foule pouvait à présent se réjouir, et ne manqua pas de le faire bruyamment.

Malaki était abasourdi. Sir William le fit se tourner dans chaque direction pour remercier les gens de leurs applaudissements. Les vivats se calmèrent enfin, et l'émissaire libéra le poignet de Malaki, faisant un pas en arrière pour le regarder.

— Tu as beaucoup à apprendre, Malaki de Vane, dit-il. Mais tu te bats bien, pour quelqu'un de si jeune… Très bien, même, si j'en juge à mon nez cassé.

Malaki eut l'air mortifié d'avoir agi ainsi, mais il était également profondément heureux des paroles de l'émissaire. Le public était pleinement satisfait de cette merveilleuse conclusion aux tournois. Sir William n'en avait pourtant pas encore tout à fait terminé. Il observa Malaki se trémousser maladroitement devant tant d'éloges, puis son regard trouva celui du jeune homme et ne le quitta plus.

— La reine a besoin de guerriers de ta trempe, commença-t-il.

Une boule se forma dans la gorge de Malaki et des larmes lui montèrent aux yeux. Tout le monde connaissait ce qui venait ensuite.

— Renonceras-tu à tes richesses et tes privilèges pour m'accompagner à Ire ?

Pendant une seconde, Malaki fut incapable de dire quoi que ce soit. Il n'avait ni richesses ni privilèges, mais chacun savait que les mots n'étaient ici qu'une formalité.

— Oui, croassa-t-il, et la foule laissa éclater sa joie.

L'émissaire hocha la tête, puis recula, ouvrant le passage aux gens qui se pressaient pour féliciter ce héros issu de leurs rangs. Malaki chancela sous cette manifestation d'allégresse. Il riait quand son père l'étreignit puissamment et le souleva du sol. Enfin il chercha du regard, et trouva, son ami.

Toute l'agitation sembla s'évanouir lorsque les deux garçons se dévisagèrent. Ils n'étaient pas sans savoir que cela changeait tout, qu'après ce jour rien ne serait plus jamais pareil. Les rêves de Malaki venaient de devenir réalité. Quant à Falco, il allait perdre le seul véritable ami qu'il ait jamais eu. Tous deux le savaient et tous deux l'acceptaient. Falco comprit parfaitement le message muet qui lui était ainsi transmis.

Je suis ton ami, Falco Danté. Serviteur ou noble seigneur, je le serai toujours.

Les yeux verts de Falco scintillèrent, puis il resta là à regarder les gens porter Malaki en triomphe pour qu'il rejoigne le groupe des cadets qui avaient remporté les épreuves de cette journée.

7

Les thaumaturges

Les épreuves étaient terminées, mais tout le monde ne se réjouissait pas de la façon dont la journée avait pris fin. Bon nombre d'aristocrates étaient d'accord avec Bellius Snidesson, pour qui on avait outrepassé les règles. Dire qu'un noble comme Jarek se trouvait contraint de partager sa gloire avec le fils d'un forgeron ! Un masque de rage assombrissant son visage, Bellius désignait clairement du regard celui qu'il tenait pour responsable des événements scandaleux de la journée.

Falco essaya d'ignorer la vague de colère dirigée contre lui. Tout ce qu'il voulait, c'était descendre féliciter Malaki et quitter le pavillon le plus discrètement possible. Il prit l'épée de Siméon des mains d'un intendant et la replaça dans le fourreau laissé par Malaki, puis il se tourna vers son maître, au bout de la table.

— Félicitations, Falco, lança le vieux mage de bataille tout en ajustant son ceinturon. Ton plan délirant a accouché d'un succès.

— Merci, Maître, répondit Falco avec un sourire entendu.

— *Maître* ? s'étonna Siméon. Après ce qui s'est passé aujourd'hui ?

— Si tu me l'autorises.

— La honte est-elle encore si grande ? demanda Siméon posément.

— Je me sentirai plus à l'aise, expliqua Falco. Pendant un temps, du moins.

— Pendant un temps, alors, concéda Siméon. Mais tu ne peux te cacher éternellement derrière ton statut de serviteur.

Falco hocha la tête.

— À présent, va féliciter ton ami.

Falco s'apprêtait à descendre les marches lorsque Sir William surgit en haut de l'escalier, une serviette blanche pressée contre son nez ensanglanté. Il espéra – et crut un instant – que l'émissaire allait passer sans s'arrêter, mais il s'immobilisa. Ôtant la serviette de son visage, il considéra Falco.

— Tu as rendu un grand service à ton ami aujourd'hui, dit-il calmement.

Falco détourna les yeux. Sir William observa autour de lui et ressentit l'hostilité ambiante envers le jeune homme.

— J'espère que ça en valait la chandelle.

— C'est le cas, assura Falco, levant la tête pour soutenir le regard de l'émissaire.

Sur le point de partir, ce dernier marqua un nouveau temps d'arrêt.

— Je n'ai jamais rencontré ton père, précisa-t-il. J'ai seulement entendu parler de ce qu'il a fait.

Le visage de Falco s'empourpra d'humiliation.

— Mais je peux te dire ceci, Falco Danté. Durant ses années en tant que mage de bataille, ton père a sauvé des milliers de vies. Tu peux être fier de la façon dont il a vécu. À défaut, peut-être, de celle dont il est mort.

Falco déglutit avec peine et baissa la tête dans sa gêne. L'émissaire sembla ne pas remarquer son dépit et son regard se reporta vers Siméon, à quelques pas derrière lui.

— La phtisie, hein ?

— Depuis l'âge de cinq ans, expliqua Siméon.

Sir William pinça ses lèvres : de toute évidence, la réponse ne le satisfaisait pas.

— Tu as des connaissances particulières au sujet de cette affliction ? s'enquit Siméon, comme s'il pouvait voir le doute qui se dessinait sur le visage de l'émissaire.

— Quelques-unes, répondit-il. Cette éruption sur son cuir chevelu… Empire-t-elle selon que l'on soit en hiver ou en été ?

Falco s'agita nerveusement tandis que les deux hommes discutaient de sa santé.

— Le froid aggrave l'état de ses poumons, détailla Siméon. Mais c'est pire durant les journées les plus chaudes de l'été.

L'émissaire hocha la tête, cela confirmait ses soupçons.

— S'est-il déjà trouvé dans un incendie ?

— Oui.

— Pendant longtemps on a cru que ma sœur souffrait de phtisie. Quand on a enfin compris la vérité, elle était trop faible pour survivre à la cure. Si on avait connu la nature réelle de sa maladie plus tôt, elle ne serait peut-être pas morte si jeune.

Il regarda longuement Falco, comme si ce simple fait lui rappelait des souvenirs tristes et douloureux.

— À ta place, j'en rediscuterais avec son médecin. Parle-lui des spores qui sont libérées en faisant brûler du pin argenté.

— Merci, dit Siméon, inclinant respectueusement la tête. Je ferai ainsi que tu le suggères.

L'émissaire dévisagea Falco une dernière fois, reposa la serviette contre son nez et s'éloigna. Falco se tourna vers son maître et le vieux mage de bataille saisit la demande muette que ses yeux exprimaient.

— Nous verrons Héçamède demain matin, fit-il en levant la main. À présent, ouste !

Falco dévala les marches en trébuchant, totalement sonné. Héçamède Asclépios était l'une des guérisseuses de la ville. Elle soignait Falco depuis son enfance.

Pas la phtisie.

Fier de son père.

L'une ou l'autre de ces affirmations était-elle seulement concevable ?

En dépit des blessures subies lors de leur affrontement final, Siméon avait toujours pris la défense du père de Falco, mais entendre la même chose de la part d'un homme étranger à la ville, du propre représentant de la reine, eh bien, ce n'était pas comparable, et cela l'encourageait presque à le croire !

— Falco !

Il leva la tête et vit que c'était Balthazak qui venait de le héler ainsi.

— Malaki ! s'écria-t-il ensuite, en se retournant. Il est là ! Le fou qui a bien failli causer ta mort !

Le rictus qui fendit les traits de Falco se transforma en sourire lorsque Balthazak l'étreignit tel un ours et déposa un baiser viril sur sa joue.

— Que veux-tu ? Tu as toujours été un esprit libre, déclara le forgeron barbu tout en tenant Falco à bout de bras. Comme ton père.

Falco baissa les yeux puis aperçut Malaki arriver à leur hauteur. Il était encore acclamé par les gens, qui lui donnaient des petites tapes amicales dans le dos et ébouriffaient sa tignasse.

— Comment va ta bouche ? demanda Falco.

— Mal, grommela Malaki, ôtant le linge qui la couvrait.

— Si tu t'amuses à chercher des noises aux Adamanti, aussi, commenta Balthazak.

— Comme si je le savais ! se moqua Malaki, à la surprise manifeste de son père.

— Tu l'ignorais ?

— Évidemment, s'indigna Malaki, horrifié, fixant Falco avec un regard accusateur.

— Ne me dévisage pas comme ça ! s'exclama Falco. Je ne le savais pas non plus ! Du moins, pas avant qu'il soit trop tard.

— Ah ! s'esclaffa Balthazak, que toute cette histoire rendait hilare.

Il les attrapa tous les deux par la nuque et cogna leurs têtes contre la sienne.

— Exceptionnel ! rugit-il. Foutrement exceptionnel !

Les gratifiant d'un dernier baiser, il s'esclaffa une nouvelle fois avant de rejoindre les gens qui s'éloignaient du champ. Un silence étrange s'installa entre les deux jeunes hommes.

— Bon, dit Falco, tentant de retrouver quelque chose de l'ambiance festive. Tu es prêt à partir pour Ire.

— Bon, répondit en écho Malaki. Te voilà devenu un foutu noble !

Ils se dévisagèrent pendant quelques secondes, puis de grands sourires vinrent fendre leurs visages et ils se prirent dans les bras l'un de l'autre.

— Je n'oublierai pas ce que tu as fait aujourd'hui, murmura Malaki.

Falco ignora la puissance de cette étreinte qui menaçait de lui briser les côtes. Il y avait quelque chose de plaisant dans la grande force de son ami, quelque chose de profondément rassurant, et qui allait lui manquer.

— Quel dommage que tu ne te sois pas très bien battu ! Tu aurais pu faire mieux !

— Qu'est-ce que tu y connais, toi, le gâte-sauce ? rétorqua Malaki en lui donnant une chiquenaude qui envoya Falco en arrière.

— Je sais qu'il t'a mis la pâtée, reprit Falco en se frottant l'épaule.

— C'est sûr ! acquiesça Malaki, comme ravi d'avoir été vaincu de manière aussi nette. Tu as vu comment il se battait ? Et il n'y mettait pas tout son cœur, j'en suis certain. Tu imagines s'il avait vraiment essayé de me tuer ?

Pour toute réponse, Falco lui fit signe de regarder derrière lui. Quelqu'un arrivait pour féliciter le fils du forgeron.

— Oh, fit Malaki en voyant Bryna Godwin.

Bryna avait ôté la cordelette de cuir qui maintenait ses cheveux, et ses boucles rousses tombaient en cascade sur son visage et ses épaules. Falco se retourna vers son ami et ne fut pas surpris de le voir tétanisé.

Typique de lui, songea-t-il. *Il affronte un chevalier Adamant sans ciller et frémit de crainte devant une jeune femme qui lui arrive à peine au menton !*

— Félicitations, Malaki ! lança Bryna en lui tendant une main effilée.

— Tu… tu…, bégaya Malaki (et Falco savait qu'il était sur le point de dire : *tu connais mon nom ?*). Tu es là ? Félicitations à toi aussi.

Falco sourit quand ils se serrèrent maladroitement la main, mais quelque chose détourna son attention. Ceux qui étaient encore dans le pavillon regardaient dans la direction opposée, et bien vite ils s'écartèrent pour laisser le passage à trois silhouettes vêtues des robes sombres de leur ordre.

Les thaumaturges étaient arrivés.

Il était temps pour Darius de se préparer à l'invocation. Falco jeta un rapide coup d'œil à son ami, sentant l'excitation qui s'était emparée de lui. Malaki et Bryna faisaient de leur mieux pour tenir une conversation digne de ce nom. C'était le moment idéal pour s'éclipser. Il se fraya un passage à travers les spectateurs de moins en moins nombreux et gagna rapidement le pavillon. Il gravit les marches et se posta sur un côté, d'où il serait capable d'espionner ce qui se disait sans être remarqué. Les pouvoirs des thaumaturges dépassaient l'entendement des gens normaux, et Falco était certain que s'il s'approchait trop, ils sauraient instantanément ce qu'il avait l'intention de faire.

Les thaumaturges étaient les personnes les plus lettrées et les plus mystérieuses au monde. Leurs capacités leur conféraient un pouvoir énorme, et même la reine Catherine ne pouvait échapper à leur influence. Ils inspiraient respect et crainte et, pour la plupart des gens, de la méfiance. Certains les rendaient responsables de la Grande Possession, épisode historique tragique au cours duquel tous les mages de bataille de l'époque avaient trouvé la mort quand leurs dragons s'étaient retournés contre eux.

Jusqu'alors, on avait cru que ceux-ci étaient immunisés contre la Possession. Le choc n'en avait été que plus violent lorsqu'il s'était avéré que tel n'était pas le cas. Certains pensaient que les thaumaturges s'en doutaient, mais qu'ils n'avaient rien dit pour autant, ayant toujours été jaloux du pouvoir des mages de bataille. Et qu'ils avaient laissé venir la Grande Possession, ne prenant la pleine mesure de leur erreur qu'une fois tous les mages et leurs dragons morts. Si certains espéraient encore découvrir la vérité, personne ne voulait s'opposer aux thaumaturges, qui jouaient un rôle capital dans l'entraînement d'un mage de bataille.

Falco se rapprocha discrètement des trois

nouveaux venus dans le pavillon. Le premier était Morgan Saker, le plus ancien thaumaturge de Caer Dour. Le deuxième arrivait d'Ire, et le troisième n'avait pas encore terminé son apprentissage. Il s'agissait de Mérédith Saker, le fils de Morgan.

Falco les observa s'entretenir avec Bellius Snidesson et, comme toujours, se retrouva captivé par la seule présence de Morgan Saker. C'était lui qui avait tué le dragon de son père. C'était lui aussi qui avait arraché Falco aux flammes quand, du temps de son enfance, quelque âme vindicative avait mis le feu à sa maison. La scène du thaumaturge s'avançant vers lui à travers le brasier et les nuages de fumée pour le sauver était gravée dans son esprit.

Il aurait dû lui en être reconnaissant or, depuis ce jour, il n'avait jamais rien ressenti d'autre que la peur à son contact.

En dépit de son âge avancé, les cheveux de Morgan Saker étaient toujours d'un noir de jais. Sa peau était pâle comme celle de Falco, mais il n'y avait rien de maladif dans son teint, et ses yeux sombres étaient telles des fosses insondables donnant sur les profondeurs de son savoir. C'était un homme formidable dans tous les sens du terme et, malgré leur méfiance, les habitants de Caer Dour avaient été soulagés d'apprendre qu'il serait celui qui monterait la garde lorsque Darius invoquerait son dragon.

Les thaumaturges prirent congé de Bellius et se dirigèrent vers l'avant du pavillon, où Darius et l'émissaire les attendaient pour les saluer.

— Est-ce que tout est prêt ? demanda Sir William.

— Oui, répondit Morgan Saker.

Darius retint son souffle après avoir inspiré une grande goulée d'air. C'était le premier signe tangible de nervosité que manifestait le jeune homme.

— Combien de temps avons-nous ?

— Il nous reste un peu plus de trois heures avant le coucher du soleil.

L'émissaire hocha la tête.

— Le trajet ?

— Une heure et demie, peut-être, fit Morgan. Nous avons tout le temps.

Il regarda Darius comme s'il évaluait ses capacités à se montrer à la hauteur de son défi.

— Es-tu prêt ? s'enquit-il.

— Je le suis, affirma Darius.

— Et si celui qui répond à l'appel est noir ?

— Nous le tuerons, lui assura simplement Darius.

Pendant quelques secondes, le regard de Morgan fouilla le visage de Darius à la recherche de signes de faiblesse ou d'incertitude. Il parut finalement satisfait.

— Alors, partons, dit-il.

Un silence sinistre régnait à présent sur le terrain des tournois. La plupart des gens avaient remarqué l'arrivée des thaumaturges et savaient pourquoi ils étaient là. Seulement, la dernière fois qu'un dragon s'était approché de Caer Dour, il avait apporté mort et destruction. L'excitation des épreuves semblait évaporée dans l'air frais du soir. Dans quelques jours, leur armée affronterait les Possédés. Avec Darius à leur tête, ils étaient à même de vaincre le démon et ses troupes, mais la présence d'un dragon contribuerait à sauver bien des vies. Ainsi, en dépit de leurs craintes et de leurs réticences, les habitants souhaitaient la réussite de Darius : qu'il gravisse les pentes du mont Ébène et lance son appel, et qu'un dragon lui réponde.

Ils observèrent le jeune mage de bataille suivre les thaumaturges hors du pavillon. Ils virent Sir William le rejoindre et avancer à sa hauteur, présence résolue qui lui raffermirait les nerfs. Ils ne lâchèrent pas des yeux cette petite troupe tandis qu'elle disparaissait derrière un coude et entamait son ascension. Ce qu'ils ne virent pas était la frêle silhouette qui s'éloigna du pavillon et sortit de la ville en suivant une piste étroite, sur la gauche du chemin emprunté par la procession.

Si une heure et demie était nécessaire à Darius Voltario pour atteindre la plateforme aux Dragons, il faudrait au moins deux fois plus de temps à Falco. Qu'importe ! Il avait trois heures pour y parvenir, trois heures avant le coucher du soleil. Même ainsi, il n'y arriverait cependant jamais s'il suivait la route habituelle. Il allait plutôt longer la crête étroite de Crib Goch, ce qui réduirait le trajet de près de trois kilomètres.

Il lui faudrait progresser lentement, car il devait ménager sa force, mais Falco avait mis toute sa résolution dans cette entreprise, et, contrairement à son corps, sa volonté n'était pas si faible que cela.

8
L'invocation

Il fallut une heure à Falco pour traverser l'arête acérée connue sous le nom de Crib Goch. Elle s'élevait à quelque deux cents mètres en son point culminant, mais Falco n'était pas affecté par la hauteur vertigineuse. Il se déplaçait avec prudence, se reposant fréquemment pour reprendre son souffle et regarder de l'autre côté de la vallée pour tenter d'y déceler le moindre signe de la progression de Darius et des thaumaturges.

Une soudaine bourrasque cingla l'air tout autour de lui et il se cramponna à la pierre plus fermement encore. Il faisait de plus en plus froid. Il leva les yeux. Le ciel était bas et la luminosité commençait à faiblir, mais le jeune homme restait serein. Les nuages n'étaient pas menaçants, ils annonçaient seulement un changement de temps. Un air plus frais soufflait du nord. L'automne faisait ses adieux à la douceur, dernier vestige de l'été. C'était le dur froid de l'hiver qui se profilait désormais à l'horizon.

Pas ce soir ! songea Falco. *Il n'y aura pas de pluie glaçante ce soir.*

Certain que le temps resterait inchangé pendant encore une ou deux journées, Falco poursuivit son chemin le long de la crête. Il laissa dériver ses pensées, qui se reportèrent sur ce que l'émissaire avait dit au sujet de sa maladie et de son père. Il ne s'était jamais senti fier de ce dernier, et avait même honte du profond sentiment d'amour qu'il éprouvait à son égard. Quant à sa santé... On avait toujours assuré qu'il mourrait jeune. Rares étaient ceux atteints de la fièvre écarlate – ainsi que beaucoup appelaient la phtisie – à fêter leur trentième anniversaire.

Héçamède aurait-elle pu se tromper ?

Sa maladie pouvait-elle se soigner ?

Falco avait connu la guérisseuse toute sa vie. Elle était même présente à sa naissance, qui avait été difficile, et dont ni la mère ni l'enfant n'auraient dû réchapper. Héçamède était parvenue à sauver Falco, mais la médecine ne pouvait plus rien pour sa mère. Éléanora Danté était morte deux heures après la naissance de son fils.

Falco s'arrêta près du sommet de la crête. Songer à sa mère suscitait toujours un mélange complexe d'émotions. Il y avait un étrange sentiment de détachement, comme s'il n'était pas personnellement impliqué dans cette histoire. Puis une vague de tristesse et de culpabilité le submergeait de l'intérieur, que seule venait apaiser une irrésistible sensation de perte.

Étrange. Que quelqu'un que l'on n'a jamais connu puisse manquer si profondément.

Une bourrasque lui amena des larmes aux yeux, et alors qu'il secouait la tête pour les chasser, il aperçut des mouvements sur le flanc de la montagne, devant lui. Il se mit à couvert derrière la crête et vit surgir trois silhouettes vêtues de robes, précédées de Darius et de l'émissaire. Ils marchaient en file indienne et leurs foulées régulières les rapprochaient rapidement du sommet, où ils étaient attendus par quatre autres thaumaturges.

Falco avait tout minuté à la perfection.

Il leur restait une demi-heure de trajet, et par conséquent plus d'une heure pour Falco ; soit, il avait encore le temps. Il arriverait à la plateforme avant que le soleil soit couché. Darius et les thaumaturges disparurent à sa vue dans un ravin. La gorge se trouvait à près de cinq cents mètres, mais Falco resta encore un moment derrière son abri. Il progressa prudemment, passant d'un bloc rocheux au suivant pour rejoindre enfin le chemin principal.

Le ravin emprunté par les thaumaturges conduisait de l'autre côté de la montagne, où les pentes douces cédaient la place aux spectaculaires pitons et aux falaises escarpées de la face ouest du mont Ébène.

Les minutes passèrent et l'effort de l'ascension ne suffisait pas à expliquer la force des battements de son cœur. Il se rapprochait de la plateforme aux Dragons, cette grande plaque de granite noir d'où les mages de Caer Dour avaient toujours invoqué leurs dragons.

Il cheminait désormais lentement. Devant lui, le sentier balafrait un paysage de rochers déchiquetés et d'énormes masses pierreuses disloquées. L'endroit marquait la partie la plus haute de son ascension, au-delà de laquelle il pourrait contempler la Citadelle des Quatre Vents, la série de parois qui ceinturait la plateforme aux Dragons.

Falco s'efforça de maîtriser sa respiration, et suivit le chemin qui serpentait entre les énormes monolithes. L'air devint caverneux, exagérant les bruits les plus infimes jusqu'à ce que le léger frottement de ses pieds lui paraisse se répercuter tout autour de lui. Encore quelques mètres et il apercevrait la plateforme. Il contournait un dernier bloc rocheux lorsqu'une lame d'acier se pressa contre sa gorge.

— Ne bouge pas !

Falco se figea, son cœur martelant sa poitrine.

Les mots avaient été prononcés si près de son oreille qu'il sentait le souffle de l'inconnu.

— Que viens-tu faire en ces lieux ?

Tout d'abord, Falco ne répondit pas. Il était toujours sous le choc. Il n'avait rien entendu. L'homme avait simplement surgi de nulle part.

— Eh bien ?

La pression du couteau contre sa peau augmenta d'un cran.

— Je voulais juste voir, dit-il.

— Personne n'est autorisé à venir sur la montagne lors d'une invocation, fit l'homme, et Falco reconnut enfin la voix de l'émissaire. Tu devrais le savoir, Falco Danté.

Falco laissa échapper un soupir de soulagement tandis que Sir William ôtait son couteau et pressait le jeune homme contre le rocher.

— Qu'est-ce qui t'est passé par la tête ?

— Je voulais juste voir, répéta calmement Falco.

Il y eut un moment de silence et Falco se décida enfin à affronter son regard. Les doigts de l'homme étaient toujours posés contre sa poitrine, mais à présent il examinait le ciel, essayant d'évaluer le temps qu'il restait avant le coucher du soleil. Une silhouette vêtue d'une robe surgit à ses côtés et les yeux de Falco rencontrèrent ceux, noirs et brillants, de Mérédith Saker.

Ce dernier semblait assuré de suivre le chemin tracé par son père, dont il avait hérité l'intelligence et cette propension à acquérir du savoir. Du moins il l'aurait fait s'il avait été plus convaincu de la voie qui l'attendait. Physiquement, s'il avait lui aussi ce visage volontaire et ces cheveux de jais, ses yeux noirs paraissaient refléter ce qu'il pensait, et non, comme c'était le cas de son père, les profondeurs de son savoir. Enfin, en dépit des aspects plus modérés de sa nature, Mérédith possédait le don paternel pour afficher tout son mépris d'un simple regard.

— Il est trop tard pour le ramener en bas, dit-il. Et je ne lui fais pas confiance pour rentrer seul.

— Nous ne pouvons interrompre l'invocation, annonça l'émissaire.

— Effectivement, acquiesça Mérédith en regardant Falco comme s'il n'était rien d'autre qu'un enfant stupide.

— Et nous ne pouvons pas le laisser ainsi à la vue de tous.

Mérédith prit un instant de réflexion.

— Il vient avec nous, décida-t-il.

— Tu es sûr ? Il te faudra nous dissimuler tous les trois.

Mérédith se contenta de hocher la tête ; Falco, lui, n'avait aucune idée de ce dont parlait l'émissaire.

— Viens, l'invita ce dernier, retirant sa main de la poitrine de Falco. Nous n'avons pas beaucoup de temps.

— Tu restes là où on te dit de rester, ordonna Mérédith sur un ton qui n'admettait aucune réplique. Tu ne bouges pas. Tu ne fais pas un bruit.

Falco, intimidé, parvint à hocher la tête. Avec un dernier regard désobligeant, Mérédith se retourna et continua son chemin tandis que l'émissaire se tenait en retrait, incitant Falco à le précéder.

Les échos étaient toujours aussi amplifiés lorsqu'ils pénétrèrent dans la Citadelle des Quatre Vents. Les falaises qui se dressaient autour d'eux formaient un demi-cercle, un auditorium naturel qui ouvrait à l'ouest, où le soleil commençait à s'enfoncer sous le plafond de nuages bas qui s'étirait presque jusqu'à l'horizon.

Au centre de cette grande arène se trouvait une surface plane d'environ douze mètres de diamètre. À peu près circulaire, elle ressemblait à une dalle de pierre polie d'un seul bloc, une sorte d'autel ou de scène. L'endroit n'était pas une construction humaine, mais avait été formé par l'action aveugle des forces de la nature. Pourtant, même les architectes d'Ire n'auraient pu concevoir lieu plus approprié pour invoquer un dragon.

Ce n'était pas la première fois que Falco venait

à la Citadelle des Quatre Vents, et aujourd'hui, comme toujours, il était fasciné par sa beauté rugueuse.

— Par ici, le pressa Mérédith, s'apercevant que Falco ne le suivait pas.

— Cette corniche, lui indiqua l'émissaire, pointant du doigt l'endroit en question. Là, au pied de la falaise, à l'abri du vent.

Falco hocha la tête et se fraya un chemin entre les rochers avant d'escalader une série de blocs de granite noir. La corniche était loin d'être la seule adossée aux parois ceinturant l'amphithéâtre, mais la leur était destinée à voir ce qui allait se passer, pas à y prendre part.

Falco aperçut Darius au centre de la plateforme, en contrebas. Il était désormais entièrement revêtu de l'armure sombre d'un mage de bataille. Il se tenait debout, épée et bouclier prêts, gardant la tête baissée et l'oreille à l'affût.

Le regard de Falco se porta ensuite vers les falaises. Ils étaient là. Les sept thaumaturges, sur autant de corniches érigées à intervalles réguliers autour de la Citadelle des Quatre Vents, tous la tête inclinée, bras plaqués le long du corps, mains écartées, comme plongés dans quelque effort intangible.

— C'est étrange, fit remarquer Falco, ses yeux passant d'une corniche à l'autre.

— De quoi parles-tu ? demanda l'émissaire en venant à côté de lui.

— Des thaumaturges. On dirait qu'ils sont voilés, comme enveloppés dans une ombre.

— Tu peux les voir ? s'enquit Sir William tandis que Mérédith les rejoignait.

— Pas vous ? s'étonna Falco. William d'Eltz secoua la tête.

— Et toi ?

Falco interrogea Mérédith.

— Si je me concentre, répondit-il en considérant Falco avec une étrange expression dans ses yeux. Et mon père ? Tu le vois aussi ?

— L'ombre qui l'entoure est plus foncée, constata Falco en se retournant vers les murs de pierre. Mais oui, il est là, au centre, juste au-dessus de Darius.

Il pointa le doigt, mais les deux hommes continuèrent de le regarder lui. L'émissaire semblait inquiet alors que Mérédith tentait de comprendre ce que cela signifiait. Au moment où la lueur du couchant tomba sur eux, Sir William mit un terme à cette troublante discussion.

— Vite ! s'exclama-t-il. C'est presque l'heure.

Falco admira le soleil s'enfoncer sous la masse des nuages bas. Il était d'un jaune foncé et les roches sombres de la Citadelle des Quatre Vents semblaient à présent frangées d'or.

— Éloigne-toi du bord, fit sèchement Mérédith.

Encore cet air réprobateur, mais le ton était moins condescendant qu'auparavant.

Les trois hommes se placèrent derrière un éperon qui saillait de la falaise, formant une sorte de mur bas par-dessus lequel ils regardaient maintenant vers l'ouest. Le soleil s'empourprait de plus en plus. Après avoir illuminé les rochers, il frangeait les nuages de crêtes orange vif.

Mérédith ferma les yeux et Falco sentit un changement subtil dans la qualité de la lumière.

— Il projette un voile de dissimulation, expliqua l'émissaire en réponse à la question muette de Falco. Si un dragon apparaît, il n'aura pas conscience de notre présence.

Falco fut surpris de la rapidité avec laquelle l'apprenti mage avait agi, et se retourna vers Sir William.

— Je pensais qu'il fallait une éternité aux thaumaturges pour lancer leurs sorts, chuchota-t-il.

Tout le monde savait qu'une des différences entre un thaumaturge et un mage de bataille était la vitesse avec laquelle ils conjuraient leurs sorts. Si ceux des premiers étaient puissants, leur préparation pouvait nécessiter des heures, des jours ou des semaines – et se révélaient donc de peu d'utilité dans le chaos frénétique d'une bataille. À l'opposé, un mage de bataille était capable de déchaîner sa puissance à la vitesse de la pensée.

L'émissaire parut surpris de la rapidité avec laquelle Falco avait apparemment oublié l'injonction de silence, mais ses traits s'adoucirent.

— Il le prépare depuis l'aube, précisa-t-il.

— Ah…, murmura Falco, presque en s'excusant.

— Ce n'est pas chose aisée que se cacher d'un dragon, lui fit comprendre Sir William. Sans même parler de toi et moi.

Mérédith ouvrit les yeux et se tourna vers eux.

— Il est temps, dit-il simplement.

Le disque orange du soleil disparaissait derrière les pics lointains. Darius avança vers le bord de la plateforme. La falaise béait à ses pieds en à-pic sur plus de deux cents mètres. C'était comme s'il était parvenu au bout du monde. Falco contempla le spectacle, impressionné et apeuré à la fois.

Darius plaça son épée et son bouclier le long de son corps, puis il pencha la tête. Falco sentit une compression soudaine de l'air et entendit dans son esprit comme un formidable coup de tonnerre.

Une fois… Deux… Par trois fois la déflagration sourde claqua et se répercuta dans toute la Citadelle des Quatre Vents avant de se propager dans le reste du monde. Darius attendit que les derniers échos silencieux se soient dissipés, et enfin leva la tête et se retira au centre de la plateforme aux Dragons.

— Comment savent-ils ? s'enquit Falco, se rendant à peine compte qu'il avait posé sa question à voix haute.

— Qui ? demanda l'émissaire dans un murmure.

— Les dragons. Comment savent-ils qu'il faut venir, que c'est le moment précis de l'invocation ?

Sir William se contenta de le regarder.

— Ils vivent au-delà de la mer Sans Fin, insista Falco. Comment peuvent-ils arriver ici si rapidement ?

— Personne ne le sait, commenta Mérédith. Certains disent que l'appel part longtemps avant le début de l'invocation, à l'occasion de la naissance du mage de bataille ou quand il reconnaît la véritable nature de sa destinée.

Il regarda Darius et marqua une pause.

— Mais quant à savoir comment ils arrivent à l'heure précise de l'invocation… nous l'ignorons.

Falco dévisagea Mérédith. Il était clair que ce n'était pas la première fois qu'il réfléchissait à cette question.

— Et quel est ton avis ? le sonda-t-il.

Mérédith eut l'air convaincu que Falco essayait de le piéger en le forçant à dire le fond de sa pensée. Il jeta un coup d'œil à l'émissaire avant de répondre.

— Je crois..., fit-il, insistant sur le fait qu'il ne s'agissait que de son opinion, que cela a à voir avec la mémoire du dragon.

Falco fronça les sourcils, intrigué.

— Comment peuvent-ils se souvenir de quelque chose qui n'est pas arrivé ?

Mérédith baissa les yeux.

— Je l'ignore, répondit-il, embarrassé.

— Seuls les thaumaturges les plus anciens sont autorisés à étudier les dragons, n'est-ce pas, Seigneur Saker ? demanda Sir William.

Falco nota que l'émissaire avait utilisé le titre logiquement réservé à un thaumaturge confirmé.

— Oui, car il est facile d'être séduit, dit Mérédith en guise d'explication.

Il parlait comme s'il répétait ce qu'on lui avait enseigné, mais il éprouvait sans conteste un fort sentiment de fascination envers les créatures habitant au-delà de la mer Sans Fin.

— Nous avons besoin des dragons, précisa l'émissaire. Mais les thaumaturges pensent qu'il est dangereux de forger un lien trop fort avec eux. Selon eux, tout ce que nous devons savoir, c'est comment les utiliser au mieux, et comment les tuer quand ils se retournent contre nous.

Le ton de l'émissaire trahissait ce qu'il pensait de cette attitude ignoble, sauf que Falco n'écoutait plus. Son regard était perdu dans le vide. Une expression intense se lisait sur son visage, témoignant d'une peur indubitable, et la lumière du couchant se reflétait dans ses yeux.

— Il arrive ! annonça-t-il.

Ses deux compagnons tournèrent la tête, mais ils ne virent rien. Le soleil n'était plus visible et les nuages bas commençaient à rosir.

L'émissaire baissa les yeux vers Darius, qui lui aussi semblait avoir senti quelque chose. La tension dans la Citadelle des Quatre Vents était à son comble, et tous se représentèrent la masse d'énergie croissante que canalisait l'assemblée des thaumaturges. C'était le moment qu'ils appelaient de leurs vœux, celui qu'ils craignaient aussi. L'émissaire regarda Falco puis se tourna vers la fournaise du ciel. Au début, il ne vit rien, et finalement une tache minuscule apparut au-dessus de l'horizon.

Falco était pétrifié. Il était sur le point de se retrouver face à la créature qui avait provoqué la mort de son père. Le mage de bataille de Caer Dour avait réussi. L'appel de Darius Voltario avait été entendu, et on lui avait répondu.

9

La plateforme aux Dragons

Ils observèrent la tache sombre qui semblait planer en ligne droite juste au-dessus de l'horizon. Impossible qu'il s'agisse d'un aigle ou d'un corbeau. C'était bien un dragon. La seule question en suspens était sa couleur.

Serait-il bleu comme l'acier de l'armure de Malaki ou couvert d'écailles vert émeraude ? À moins qu'il soit brillant comme de l'or, du bronze poli, ou comme le givre le plus glacé. Ou encore rouge comme le sang frais. *Mais pas noir, je vous en conjure, Destinées, faites qu'il ne soit pas noir.*

— Il a l'air foncé, fit Mérédith.

— Ils ont toujours l'air foncés quand ils se découpent sur le ciel, murmura l'émissaire.

Mérédith jeta un coup d'œil nerveux en direction de la Citadelle des Quatre Vents, cherchant à déceler le moindre signe d'inquiétude sur les traits de Darius ou des thaumaturges. Mais ils étaient simplement tendus et immobiles, prêts à accueillir la créature.

Pendant un très long moment, la silhouette parut inchangée, puis elle se mit à grossir, à grandir, jusqu'à ce qu'ils puissent en voir les contours, deviner le battement de ses ailes puissantes.

— Il a l'air foncé, répéta Mérédith.

— Attendons, insista l'émissaire, dont la voix contenait soudain une note inédite d'incertitude.

Falco était immobile, subjugué. Il n'arrivait pas à détourner les yeux. Il se prit à imaginer qu'il ressentait la présence physique du dragon. Il ne pouvait en être certain, mais il ne parvenait pas à se débarrasser de l'idée que c'était une créature pleine de fureur qui fondait sur eux.

La silhouette était de plus en plus imposante et à mesure qu'elle approchait, elle était toujours foncée, se découpant sur les nuages d'un rouge incandescent.

— Il a vraiment l'air fon…, commença l'émissaire, mais Mérédith le coupa.

— Rouge ! haleta-t-il avec un soulagement évident. Il est rouge !

Sir William lui jeta un coup d'œil rapide, puis regarda la créature en mettant sa main en visière. Le dragon était à présent si colossal qu'ils distinguaient ses ailes massives battant lourdement l'air, son cou et sa queue, très longs, et enfin son corps.

— Rouge, fit-il en écho, avec un sourire.

Il n'y avait plus à se méprendre. Le dragon luisait avec l'éclat indéniable du rouge.

Mérédith se tourna vers la Citadelle des Quatre Vents. Même de l'endroit où il se trouvait, il perçut le soulagement de Darius et des thaumaturges. Il sentait qu'ils laissaient échapper l'énergie accumulée dans leurs bras quand ils se préparaient au pire.

Un sourire inhabituel inonda le visage de Mérédith alors qu'il se retournait vers l'émissaire. Celui-ci lui donna une tape rassurante sur l'épaule.

— Noir, affirma Falco à côté d'eux.

— Non, dit Mérédith. On voit clairement qu'il est rouge.

L'apprenti thaumaturge désigna la forme ailée.

— Noir, répéta Falco, avec une certitude glaçante.

Sir William fronça les sourcils lorsque le sourire disparut du visage de Mérédith. Son regard se posa sur les roches sombres du mont Ébène, qui brillaient des derniers feux du couchant. Dans le ciel, la lueur rouge des écailles était pareillement en train de s'estomper au profit du noir le plus absolu.

Mérédith fit volte-face vers la Citadelle. Il ferma les yeux et les sept thaumaturges apparurent soudain, leurs regards rivés sur lui.

— Noir, murmura-t-il. Le dragon est noir !

Darius et les thaumaturges levèrent la tête pour affronter par eux-mêmes la terrible vérité. Avec une vitesse née du désespoir, ils tentèrent de réactiver les charmes qu'ils avaient laissés se distendre. Mérédith rétablit le manteau de dissimulation autour de lui et de ses deux compagnons. Ils n'avaient aucun moyen de savoir si le dragon était désormais conscient du piège qui lui avait été tendu. Tout ce qu'ils pouvaient faire était garder leur sang-froid et espérer que les choses se passent au mieux.

Le martèlement du cœur de Falco sembla

s'amenuiser jusqu'à correspondre au battement mesuré des ailes du dragon. Le grand animal s'immobilisa en l'air, en face de la plateforme, ignorant dédaigneusement le gouffre béant sous lui. Ses écailles noires brillaient d'un éclat nacré et ondoyaient sous la force des muscles puissants qui jouaient sous sa peau. Des yeux couleur d'or fondu fixaient la Citadelle des Quatre Vents, les fentes noires de ses pupilles dardant d'un côté et de l'autre, comme s'il sentait une présence sans arriver à la voir.

Les charmes de dissimulation avaient prévalu.

Falco retint son souffle. Avec une grâce surprenante, le dragon déplia ses membres et se posa sur l'énorme dalle de granite. Falco n'avait jamais imaginé que quelque chose puisse être si beau et si terrible à la fois.

Le corps du dragon était plus petit qu'il ne l'aurait cru, guère plus imposant qu'un cheval. En revanche, son cou faisait quatre pieds de long. Sa queue sinueuse se terminait en pointe, à la façon d'une lance acérée. La créature était extrêmement musclée, ses mouvements fluides et puissants. Son corps était couvert d'écailles, avec des plaques sur la poitrine, les épaules et le long des arêtes extérieures de ses membres. Des cornes saillaient d'un front qui dénotait l'intelligence, et il émanait de ses yeux la promesse de la violence.

Ce n'était pas une créature surgie des mythes et des légendes, pas une chimère née des délires incontrôlés de l'homme. Il s'agissait d'un animal vivant, et par conséquent d'autant plus impressionnant.

Le dragon avança de quelques pas mesurés vers

le centre de la plateforme, puis s'immobilisa. Ses serres énormes se tendirent, s'enfonçant dans le granite comme des pointes d'acier trempé. Il inspira, retroussant une lèvre et découvrant des dents acérées.

Oui... Il y avait quelque chose ici... Mais quoi ?

Alors que Falco s'habituait à l'idée même de la présence physique du dragon, il prit de plus en plus conscience de la force que la créature exerçait sur ses pensées. Sentiments et émotions commencèrent à cheminer à travers son esprit, autant d'aperçus d'une intelligence autre et effroyablement puissante.

Il y avait dans ces pensées de la suspicion et de la confusion, on aurait dit que le dragon n'était pas certain de savoir pourquoi il était là. Il s'attendait à rencontrer quelque chose, peut-être un membre de son espèce. Or il n'y avait rien ici. Ou du moins était-ce l'impression qu'il avait.

Le regard de Falco se porta quelques mètres plus loin, là où se trouvait la silhouette enténébrée de Darius, prêt à frapper. Encore quelques pas et il serait à portée de sa lame. Il semblait à Falco que l'épée du mage avait commencé à vibrer avec une force surnaturelle, l'acier lui-même n'était-il pas suffisant pour pénétrer la peau d'un dragon ? Même à côté d'une créature aussi impressionnante, Darius n'avait pas l'air intimidé, et Falco comprit que ce sang-froid était une caractéristique des mages de bataille.

Darius brandissait son bouclier devant son pied d'appui. Son bras droit était tendu, son épée sur le point de s'abattre pour tuer.

Le dragon restait immobile, comme s'il pressentait

le danger de faire un pas de plus. Si Darius devait porter le premier coup, il lui faudrait combler l'espace qui les séparait.

Le bourdonnement de l'épée de Darius se transforma en gémissement fulgurant. La puissance combinée des thaumaturges se referma autour du dragon. Ils allaient attendre que Darius fasse le premier pas, mais étaient déjà presque prêts à unir leurs forces pour terrasser leur adversaire ailé.

Au même instant, Falco comprit quelle tragédie ce serait de tuer une bête aussi magnifique. De frapper en s'abritant derrière le voile de magie, aussi lâchement qu'un assassin. De nouveau, les pensées du dragon firent irruption dans son esprit. La créature n'était pas là où elle aurait souhaité être. Elle était venue ici pour des raisons qui lui échappaient. C'était un lieu de tragédie et de mort.

Un endroit d'humains.

Le dragon reprit sa respiration, reniflant ce qu'il ne pouvait voir.

Un endroit d'humains.

Falco devina sa haine, aussi brûlante et noire que son cœur d'obsidienne. La force qui en émanait oblitérait toute autre considération de l'esprit du jeune homme. Comment pouvait-on vivre avec une telle haine sans en perdre la raison ?

C'était donc vrai.

Les dragons noirs étaient fous.

Il se prit à souhaiter que Darius frappe. Qu'il terrasse cette apparition avant qu'elle les tue tous ! Mais, alors qu'il pensait avoir sondé les abîmes de maléfices du dragon, il sentit une immense tristesse embraser le cœur de la créature. Une douleur si terrible que des larmes montèrent à ses yeux. Un instant, Falco ne souhaita plus ardemment la mort du dragon. En proie à ce sentiment écrasant, un vieux proverbe s'imposa à son esprit.

Aucune émotion ne saurait égaler le chagrin d'un dragon

Si ce n'est, peut-être, la furie d'un dragon.

À travers ses larmes, Falco vit Darius avancer prudemment, tentant d'amener la bête à portée de sa lame vibrante. Depuis les falaises avoisinantes, les thaumaturges avaient jeté leur toile d'énergie. Tant que le dragon ne se rendait pas compte de leur présence, il ne pouvait s'en libérer, mais on voyait bien qu'il sentait quelque chose. Il essaya de reculer, sauf que la force invisible des thaumaturges l'en empêcha, et, quand il voulut déployer ses ailes, il se trouva entravé. La confusion et la peur surgirent dans son esprit. Encore un pas et la tête du dragon volerait de son cou.

Non, pensa Falco. *Il ne faut pas ! C'est une erreur !*

Darius était sur le point de frapper… Avant qu'il comprenne ce qu'il était en train de faire, Falco bondit.

— NON ! s'écria-t-il, prenant conscience dans le même instant qu'il avait commis une erreur terrible.

La tête du dragon se tourna brusquement vers lui et la fureur dans son regard l'atteignit avec une force presque physique.

— Qu'as-tu fait ? vociféra Mérédith à côté de lui. Tu as brisé le charme de dissimulation ! Au nom du ciel, qu'as-tu fait ?

Falco était incapable de répondre ou de bouger. Il ne pouvait détourner les yeux de la créature qui le regardait fixement. Il y eut un mouvement soudain à la périphérie de son œil alors que Darius se précipitait en avant, mais l'avertissement de Falco avait rompu le charme qui aveuglait le dragon.

Il y avait des humains ici.

Il les voyait, à présent.

Avec une rapidité étonnante, le dragon recula d'un coup tandis que l'épée de Darius s'abattait vers lui. La lame du mage de bataille trancha les écailles à la base de son cou, sans pour autant mordre la chair. Le dragon était à peine blessé. Darius chercha à frapper une seconde fois, mais la créature riposta, et la pointe triangulaire de sa queue darda vers le mage à une vitesse mortelle.

Darius para avec son bouclier et esquiva les mâchoires féroces. Puis le dragon attaqua pour de bon. Personne n'aurait pu survivre à la violence d'un tel assaut. Les griffes des pattes avant de la créature cinglèrent l'air avec une puissance phénoménale. Darius se contenta de reculer, tournoyant sur lui-même jusqu'à ce que ce soit à son tour de passer à l'attaque.

Détournant la gueule du dragon à l'aide de son bouclier, il tenta de fendre le cou de la créature. Celle-ci évita la lame mortelle et finit, d'un coup de patte, par envoyer voler l'épée du mage de bataille.

Les terrifiantes mâchoires manquèrent une nouvelle fois de se refermer sur lui, et Darius tendit la paume de sa main. Un éclair d'énergie brûlante en jaillit. Le dragon se cabra de douleur tandis que de la chair et des écailles d'acier étaient arrachées de son museau. Darius en profita pour se jeter sur son épée. Sa main saisissait la poignée lorsque le dragon lui assena un coup de patte griffue. Darius amortit le choc avec son bouclier, mais, même ainsi, la force de l'impact le projeta en arrière. Il se mit à genoux juste au moment où le dragon envoyait une langue de flammes ardentes dans sa direction. Le mage brandit son bouclier, et les flammes semblèrent se tordre à la surface d'une bulle qui s'était formée autour de lui.

La créature chercha à s'envoler, en vain. Elle se heurta au pouvoir des thaumaturges et fut projetée sur la dalle de granite noir.

Pendant une seconde, la bête parut vaincue, plaquée sur le ventre, mais on ne se rend pas aussi facilement maître d'un dragon ; en outre, la puissance du sortilège des thaumaturges avait été minée par l'avertissement de Falco. Dans un effort titanesque, le dragon se redressa et fouilla des yeux les corniches enténébrées qui se dressaient autour de lui. Mettant toute sa volonté à l'œuvre, il put enfin voir ses assaillants enveloppés d'ombre, sept thaumaturges qui le regardaient fixement, et sur les visages desquels la peur le disputait à la nervosité.

Désormais sur ses pattes, le dragon leva les yeux comme s'il essayait de décider lequel il tuerait le premier. Peut-être ressentit-il une certaine faiblesse chez celui qui était le plus à droite. Bombant le torse, il prit une énorme inspiration puis ouvrit la gueule et exhala un jet de flammes. Le thaumaturge terrifié leva les mains en une futile tentative de se protéger. Ce ne fut pas nécessaire.

Depuis la plateforme, Darius était intervenu et avait sauvé le thaumaturge au moyen d'un dôme de lumière protectrice. Les flammes s'écrasèrent sur celui-ci avant de se dissiper. Le danger était écarté. Le thaumaturge poussa un soupir de soulagement, mais le mal était fait : sa concentration était brisée, il ne pouvait plus aider à contenir le dragon.

Le regard de la créature se porta de nouveau vers Darius. Sur la corniche surplombant la scène, les lèvres de Morgan Saker bougeaient rapidement alors qu'il tentait de conjurer assez de puissance. Il savait qu'il n'avait pas suffisamment de temps. La dernière fois qu'il avait terrassé un dragon, deux semaines de préparation lui avaient été nécessaires. Il se devait néanmoins d'essayer.

Darius s'écarta lorsque le dragon se tourna vers lui. La créature bondit dans les airs, et cette fois il ne restait plus assez d'énergie pour l'entraver. Sur le point de l'asperger de flammes, le dragon se dressa au-dessus de Darius, qui posa son épée en travers de son bouclier. Le mage de bataille ferma les yeux dans un effort surpuissant et un éclair jaillit de l'extrémité du bouclier. Le dragon fit une torsion pour esquiver cet assaut, la lame de lumière étincelante toucha tout de même sa poitrine et laissa une balafre sanglante de près de trente centimètres dans la membrane de son aile droite.

Darius s'élança, mais, avant qu'il soit suffisamment proche pour frapper, la pointe de la queue écaillée cingla l'air et s'abattit en travers de ses jambes, trouvant une faille dans son armure à hauteur des genoux. Basculant à terre, le mage transforma sa chute en roulade avant, et alors qu'il recouvrait son équilibre, il fit décrire un moulinet à son épée, qui mordit profondément l'épaule du dragon. Celui-ci rugit et se pencha en arrière pour éviter une seconde botte, et la frappe de Darius ne fendit que le vide.

La jambe blessée de Darius ne put le soutenir et il trébucha. Le dragon lui assena un coup violent dans le torse, l'envoyant voler en arrière. Il s'écrasa contre les rochers, face contre terre, à l'extrémité de la plateforme. Le sang fusa à grandes giclées sur le granite noir et Darius ne se redressa pas.

D'un unique battement d'ailes, le dragon se précipita pour l'achever. Sa blessure rendit le mouvement quelque peu maladroit, mais son adversaire était bien incapable de bouger. Darius Voltario était sur le point de mourir lorsque l'émissaire attaqua le dragon par l'arrière.

L'Adamant abattit de toutes ses forces sa lame sur une des pattes postérieures, mordant la chair. La créature poussa un terrible rugissement et volta pour faire face à ce nouvel assaillant.

Sir William avait bondi en comprenant que le combat tournait à leur désavantage. Il était arrivé trop tard pour empêcher l'attaque qui avait terrassé Darius, et se préparait maintenant au duel. Chevalier d'Illicie, il avait eu l'occasion d'affronter plusieurs démons, jamais un dragon, animal aussi terrifiant que ces derniers, mais à l'aura nettement moins maléfique.

L'émissaire tenait son épée à deux mains. Il n'avait ni armure ni pouvoirs mystiques sur lesquels s'appuyer. Si le dragon choisissait d'attaquer avec le feu, il flamberait comme une torche humaine. La queue écaillée flagella l'air. L'émissaire esquiva puis bondit en arrière alors qu'un nouveau coup féroce s'abattait sur lui. Par trois fois encore les griffes ne rencontrèrent que le vide avant qu'il contre-attaque. Sa lame sectionna l'épaisse membrane reliant les griffes du dragon, qui siffla de douleur. L'animal gonflait sa poitrine, s'apprêtant à calciner l'émissaire, quand une première boule de flamme bleue explosa contre ses côtes et une seconde sur sa joue.

Les thaumaturges avaient renoncé à essayer de contenir le dragon, mais avaient conjuré suffisamment d'énergie pour lancer une attaque. Pour autant, ils n'étaient pas mages de bataille, et les blessures qu'ils infligèrent furent pitoyablement faibles. Et au final décuplèrent la fureur de la créature. Le dragon tourna le dos à l'émissaire, fit trois bonds consécutifs et s'envola vers le thaumaturge le plus proche. Celui-ci tenta de susciter une nouvelle attaque en pure perte, l'animal fut sur lui en un instant. Il lui arracha la tête d'un puissant coup de mâchoires et projeta le corps décapité sur la plateforme.

D'autres projectiles ardents heurtèrent la roche autour, mais la créature semblait avoir compris qu'ils lui étaient inoffensifs. Elle s'élança vers le thaumaturge suivant. Celui-ci voulut se mettre à couvert, un jet de flammes l'enveloppait déjà. La Citadelle des Quatre Vents résonna des hurlements d'agonie du thaumaturge carbonisé. Le dragon se dirigeait vers la silhouette inflexible de Morgan Saker lorsqu'un éclair d'une puissance nettement plus élevée zébra un de ses flancs.

Il se retourna sur lui-même en plein vol pour voir d'où venait cette menace nouvelle et inattendue. Il s'immobilisa sur un piton rocheux et posa son regard brûlant sur les deux jeunes humains perchés sur une corniche. L'un portait les robes d'un adepte de magie, l'autre était pâle et pitoyablement faible.

Les deux se préparaient à mourir.

Falco baissa les yeux, voyant la tête du dragon se tourner vers eux. À côté de lui, Mérédith était épuisé et haletant, vidé comme les autres après avoir relâché toute cette énergie. Spectateurs malgré eux de cette terrible pièce qui se jouait sous leurs yeux, ils savaient que la violence qui les avait pétrifiés était à présent sur le point de s'abattre sur eux.

— COURS ! hurla l'émissaire sitôt que le dragon se lança sur les deux jeunes hommes. FALCO… COURS !

Falco se détourna de l'apparition de mort qui fondait sur eux. Il y avait des anfractuosités profondes dans les rochers derrière eux. S'ils pouvaient s'y glisser avant l'arrivée du dragon, ils pourraient peut-être s'en tirer. Il s'apprêta à courir, puis s'immobilisa. Mérédith était cloué sur place, trop terrifié pour bouger.

Avec l'énergie du désespoir, Falco l'agrippa et le poussa devant lui. Mérédith paraissait sonné quand Falco le mit en sécurité. L'instant d'après, Falco entendit le battement lourd des ailes du dragon.

Le garçon se faufila dans la crevasse à son tour, s'enfonçant le plus loin possible. L'espace d'une seconde, la respiration entrecoupée de sanglots de Mérédith parvint à ses oreilles, puis le monde explosa en un rugissement féroce. Falco hurla lorsqu'une atroce douleur ardente consuma la peau exposée de son épaule et que les flammes vinrent se tordre autour de son cou et son visage.

L'émissaire leva des yeux horrifiés sur le dragon, qui vomissait des flammes léchant la corniche où ils se trouvaient quelques secondes auparavant. Soudain la créature fut brusquement tirée en arrière et projetée sur la pierre, maîtrisée par la force d'un père faisant tout pour sauver son fils.

Les yeux noirs de Morgan Saker se rivèrent sur le dragon comme s'il pouvait le tuer de sa simple volonté. Malheureusement, tel n'était pas le cas. Il le savait, et il en allait de même pour la créature qui le regardait. En vérité, il n'y avait plus personne à présent en mesure d'arrêter le dragon. Il allait les exterminer jusqu'au dernier.

Falco s'affaissa au sol en même temps que les flammes qui s'éteignaient. Il n'était pas sans savoir qu'ils auraient dû mourir… Pourtant ils étaient en vie.

Son esprit était inondé de douleur, il tremblait de manière incontrôlable, mais il devait voir. C'était lui qui avait réduit à néant le piège qui aurait dû terrasser le dragon. Il ne pouvait pas se cacher à la faveur des ténèbres pendant que les autres affrontaient la mort qu'il avait déchaînée sur eux. Trop faible et nauséeux pour se tenir debout, il rampa lentement jusqu'à la lèvre de la corniche et regarda la plateforme aux Dragons.

Le cadavre du thaumaturge décapité gisait près de la falaise. À l'autre bout, au pied de la paroi rocheuse, Darius n'était plus qu'une silhouette immobile dans une mare de sang. Dix mètres au-dessus, Morgan Saker avait la tête baissée et ses yeux brûlaient d'une haine semblable à celle du dragon.

Celui-ci avança avec une lenteur délibérée. Il jeta un coup d'œil à l'émissaire, qui vint se positionner droit devant lui. Falco se demanda quel genre de courage il fallait pour braver ainsi une mort certaine.

Même avec la douleur qui irradiait dans tout son corps, Falco comprenait vaguement ce que comptait faire le dragon. Il allait tuer l'émissaire, mais ce qu'il voulait vraiment, c'était le thaumaturge qui se tenait sur la corniche. Morgan Saker était l'incarnation de tout ce qu'il détestait, de tout ce qui l'avait poussé, jusqu'à sombrer dans la folie. Il se délecterait de la mort du thaumaturge. L'émissaire était simplement en travers de son chemin.

Sir William souleva le pendentif en argent suspendu à son cou. Il le porta à ses lèvres, l'embrassa délicatement avant de le laisser retomber. Puis il sortit sa lame et se prépara à mourir. Le dragon s'élança, gueule béante, serres écartées pour faucher son ennemi humain. Ce dernier se porta à sa rencontre. Avant que les combattants puissent s'affronter, un éclair d'énergie crépitante passa par-dessus l'épaule de l'émissaire et s'écrasa sur la poitrine du dragon. La créature rugit de douleur, les côtes mises à nu par cet éclair qui avait laissé un trou fumant dans sa chair.

Cela n'avait rien à voir avec une faible attaque de thaumaturge. C'était autrement puissant. C'était l'assaut d'un mage de bataille.

Sentant qu'il était sur le point de s'évanouir,

Falco regarda derrière l'émissaire. À l'arrière de la plateforme aux Dragons, Darius se relevait. Il s'était débarrassé de son casque ; son épée et son bouclier avaient disparu, pourtant il n'avait jamais paru plus dangereux. Une partie de son visage était couverte de sang et il titubait en raison de plusieurs côtes cassées. Il boitait sur son genou blessé, avançant malgré tout.

Se remettant de l'attaque, le dragon scruta l'émissaire puis l'ennemi qu'il pensait vaincu. Sa rage le submergea jusqu'au point de non-retour, et il ouvrit la gueule pour l'envelopper de flammes, mais Darius le frappa d'un puissant éclair. De nouveau, la créature fut contrainte de reculer, approchant du vide. Darius lançait rayon après rayon, et il esquiva de justesse la queue écaillée, qui ne fit que lui érafler la joue.

Le dragon était grièvement blessé à présent, il restait toutefois un adversaire redoutable. Darius tenta une autre attaque, sans succès : le rayon passa au-dessus de la créature, qui prit une rapide inspiration et vomit un torrent de flammes. L'émissaire se jeta de côté et le bouclier protecteur surgit une nouvelle fois devant Darius, mais le mage de bataille faiblissait. De la vapeur montait autour de lui et le sang sur son visage commençait à bouillonner.

Pourtant, il avançait toujours.

Le dragon recula jusqu'à se retrouver à l'extrémité de la plateforme. Darius était maintenant en face de lui. Le monstre leva une énorme patte pour l'écraser. Le mage de bataille tendit la main et un éclair d'énergie jaillit. La créature hurla de douleur : les os de sa patte étaient réduits en miettes. Elle se redressa et frappa. Ses griffes labourèrent le cou et l'épaule. Le dragon essaya de le mordre ; cette fois Darius le saisit par la tête. Incapable de l'atteindre avec ses crocs, la bête blessée ouvrit grande la gueule. Les flammes enveloppèrent Darius alors que tous deux se débattaient au bord du précipice. Ses cheveux prirent feu et sa peau se mit à cloquer et à se craqueler. Le mage de bataille était en train de brûler vif. Conscient de ses derniers instants, il plaça sa main sur le torse du dragon et, dans une ultime démonstration de force surnaturelle, il fit éclater le cœur de la créature.

Les flammes disparurent. Il y eut un moment de silence. Si le dragon avait été d'une couleur différente, ils auraient combattu côte à côte, chacun prêt à se sacrifier pour l'autre. Mais il était noir, et les dragons noirs sont les ennemis de l'humanité.

Les dragons noirs sont fous.

Pendant une seconde, la créature resta suspendue au-dessus du ravin, puis plus aucun éclat ne brilla dans ses yeux. Quand elle tomba en arrière, ses puissantes ailes se replièrent autour de Darius comme pour le serrer dans une dernière étreinte. Toujours enlacés de la sorte, dragon et mage de bataille basculèrent dans le vide à jamais.

10

Chaque âme vivante

Falco tint à peine un kilomètre et demi lors de la descente avant de s'effondrer sous l'effet de la douleur et de l'essoufflement. Le talonnant de près, l'émissaire se pencha pour le hisser debout. Sir William fut surpris de voir à quel point il était léger. Falco faisait un mètre quatre-vingts, mais il ne pesait guère plus lourd qu'un enfant. Ce qui n'était pas plus mal, car il leur restait encore plusieurs kilomètres à parcourir avant de regagner la ville, et Morgan Saker les menait à un rythme impitoyable.

Tout à sa fureur, le thaumaturge ne remarqua même pas que Falco était tombé. S'il n'en avait tenu qu'à lui, ils l'auraient laissé à pleurer et délirer dans la Citadelle des Quatre Vents. À un moment, ils avaient bien cru que Falco allait suivre Darius dans la mort.

— Tu as conscience de ce que tu as fait ? avait beuglé Morgan alors qu'il tenait Falco sur la lèvre du précipice, si près que ses talons flottaient dans le vide. Je ne t'ai pas sauvé des flammes pour que tu nous damnes tous !

Seul Falco savait qu'il faisait allusion à son enfance et non au feu du dragon noir. Les mains de Morgan serraient sa tunique et la culpabilité qui consumait à présent Falco était telle qu'il n'aurait pas réagi si Morgan l'avait laissé basculer dans l'abîme.

— Père ! s'était écrié Mérédith, le tout premier mot qu'il avait prononcé. Père !

La note de misère absolue dans sa voix avait semblé atteindre le thaumaturge furieux. Avec un grognement animal, Morgan avait tiré Falco à lui et l'avait jeté à terre. Puis, sans un mot, il s'était éloigné et avait entrepris de quitter la Citadelle des Quatre Vents.

— Et les morts ? avait demandé un thaumaturge.

— Nous n'avons pas le temps de nous occuper d'eux, avait répondu Morgan sans se retourner.

— Nous ne pouvons plus rien pour les morts, avait confirmé l'émissaire. En revanche, pour les habitants de Caer Dour, si.

C'était à ce moment qu'il avait aidé Falco à se redresser.

Ils descendirent en hâte les pentes du mont Ébène. Il faisait nuit et les lumières de la ville brillaient en contrebas. Le temps qu'ils atteignent les faubourgs, une foule les attendait, mais, à mesure qu'ils s'approchaient, l'impatience qui se lisait sur les visages laissa bien vite la place à une grande inquiétude. Ils virent la figure vacillante dans les bras de l'émissaire et notèrent l'absence de Darius et de deux thaumaturges. Quelque chose avait mal tourné.

— Où est Darius ?

— A-t-il invoqué le dragon ?

— Ça ne va pas, le garçon ?

— Mais où est Darius ?

Morgan Saker ignora toutes les questions, et la foule s'écarta pour les laisser passer. Il fit signe à un individu au corps sec et noueux d'approcher.

— Où est Bellius ? demanda-t-il sans même ralentir.

— Dans les jardins, répondit l'autre. Il donne une fête pour Jarek.

— Va le voir, ordonna Morgan. Qu'il me retrouve sur la place immédiatement. Dis-lui d'amener autant de nobles qu'il peut en trouver.

L'homme fronça les sourcils devant le ton grave du thaumaturge.

— Qu'attends-tu ? aboya Morgan. Fais comme si ta vie en dépendait !

Sans un mot, l'autre s'éloigna en courant dans la rue pavée et Morgan poursuivit son chemin. La foule se rassembla derrière eux tandis qu'ils continuaient vers le centre-ville. Ils passèrent près de la villa de Siméon, et, le tumulte augmentant à son oreille, le vieux mage de bataille sortit sur les marches de sa maison, accompagné de Malaki et de Fossetta.

— Falco ! s'écria Malaki en apercevant son ami dans les bras de l'émissaire.

Il voulut s'élancer ; Siméon tendit alors la main pour le retenir.

— Qu'y a-t-il ?

— C'est le groupe de l'invocation, expliqua Malaki. Quelque chose ne va pas. Falco a l'air blessé.

Fossetta voulait également approcher Falco, mais elle attendit la réaction du maître de la maison. La mâchoire de Siméon se contracta ; il baissa la tête comme s'il n'avait pas besoin de Morgan Saker pour lui apprendre comment les choses s'étaient déroulées sur la montagne. Puis il inspira et redressa ses épaules.

— Fossetta, la pria-t-il, va trouver Hécamède. Informe-la que ses services sont requis.

— Apparemment ils se dirigent vers la place, observa Fossetta.

— Alors, dis-lui de nous retrouver là-bas si elle le peut, rectifia Siméon.

La gouvernante ne prit même pas la peine de retirer son tablier avant de descendre les marches pour s'enfoncer dans une ruelle pavée.

Siméon saisit le bras de Malaki.

— Allons-y, dit-il.

Ce n'est qu'après avoir atteint la place qu'ils finirent par rattraper l'émissaire.

— Je m'occupe de lui, intervint Malaki en s'emparant de Falco.

— Il a besoin d'être soigné, lui annonça Sir William.

— La guérisseuse est en route, expliqua Siméon.

Malaki tenait son ami dans ses bras parmi la foule de plus en plus nombreuse à se presser sur la place.

— Il est brûlant, leur apprit-il alors que Falco laissait reposer son front ruisselant de sueur sur son épaule. Qu'est-il arrivé ?

L'émissaire ne répondit pas, mais son regard remplit Malaki de peur. *Oh, Falco. Qu'as-tu donc fait ?*

Les joues pâles de celui-ci étaient cireuses et glacées. L'éruption cutanée cramoisie, d'ordinaire cachée par sa tignasse, était visible sur son front et ses tempes. Sa respiration était faible, haletante, et les commissures de ses lèvres avaient une teinte bleutée. Malaki avait été témoin de nombre des crises de Falco, celle-là était indéniablement la pire.

Vite, Héçamède, plaida-t-il silencieusement. *Je t'en conjure. Ne traîne pas.*

Morgan Saker traversa la place et gravit les quelques marches qui menaient sur un piédestal en pierre, dont chaque angle s'ornait d'une fontaine. Sitôt que les gens accoururent, impatients de savoir ce qui s'était passé, le thaumaturge les repoussa d'un geste. Saker ne dirait rien tant que Bellius et les nobles n'étaient pas arrivés.

— Allonge-le ici, ordonna l'émissaire à Malaki, indiquant les grandes marches. Nous devons le rafraîchir.

Il déchira une bande de tissu de l'ourlet de sa chemise et la plongea dans l'eau froide avant de la passer sur la tête et le cou de Falco.

— Chevalier, fit une voix grave, Siméon apparaissant à côté d'eux.

Sir William leva les yeux puis recula lorsque Siméon tomba à genoux à côté de Falco. Le vieux mage de bataille plaça une main sur la poitrine de sa pupille et l'autre sur son front, il baissa ensuite la tête en signe de concentration. Pendant quelques secondes, il n'y eut aucun changement. Falco continuait de trembler, luttant pour arracher la moindre inspiration. Soudain, il arqua le dos, poussa un soupir rauque et cria un seul mot :

— DARIUS !

Le murmure inquiet de la foule fut réduit au silence et tout le monde chercha à savoir d'où provenait ce hurlement terrifiant. Les gens se détournèrent du petit groupe rassemblé près de la fontaine. L'anxiété qui avait régné jusque-là avait laissé place à la peur.

Mais que s'était-il donc passé dans la montagne ?

Fossetta apparut et se fraya un chemin à travers la foule, talonnée par Héçamède Asclépios, une des guérisseuses les plus douées de la ville, une femme grande dont la peau très mate trahissait l'héritage thracien. Elles se dirigèrent vers la fontaine. Quand Fossetta vit l'état de Falco, elle porta les mains à sa bouche et réprima un sanglot. Héçamède toucha l'épaule de Siméon et le vieux mage se releva.

— Qu'est-il arrivé ? demanda-t-elle, palpant le front fiévreux de Falco et lui tenant le poignet pour vérifier son pouls.

L'émissaire jeta un coup d'œil rapide sur la foule environnante et se pencha sur l'oreille de la guérisseuse.

— Feu de dragon, murmura-t-il.

Héçamède fronça les sourcils et observa l'éruption cutanée sur le front de Falco. Sans tarder, elle déboutonna la chemise du jeune homme. Comme elle s'y attendait, sa poitrine aussi était touchée. Le feu du dragon avait libéré toute la virulence de la maladie de Falco. Les pouvoirs de Siméon lui avaient permis d'aspirer quelques goulées d'air, mais sa gorge se refermait une fois de plus. Si on n'arrivait pas à le stabiliser, il mourrait d'asphyxie.

Héçamède ouvrit rapidement la sacoche en cuir qui pendait à son épaule. Elle prit un curieux tube d'argent muni d'un embout et d'un petit bol à couvercle à mi-longueur. Puis elle sortit une bouteille contenant une poudre blanchâtre et en versa un peu dans le bol.

— Qu'est-ce que c'est ? voulut savoir Fossetta.

— De la poudre d'éphèdre, énonça Héçamède. Cela réduira le gonflement de ses voies respiratoires.

La guérisseuse plaça une extrémité de son instrument dans la narine gauche de Falco avant de poser ses lèvres sur l'embout. Elle lui boucha l'autre narine et souffla brièvement à plusieurs reprises. À chaque bouffée, Falco toussa faiblement, comme s'il avait du mal à respirer, puis les quintes s'amplifièrent et il inspira de plus en plus profondément. La teinte bleutée disparut de ses lèvres et un semblant de couleur revint à ses joues.

La guérisseuse ôta le tube et lui prit le pouls. La respiration de Falco se fit plus apaisée, et les spasmes fiévreux moins importants. Héçamède laissa échapper un soupir de soulagement. Elle allait s'occuper de traiter les brûlures de l'épaule quand une agitation s'éleva de l'autre côté de la place. Bellius Snidesson était arrivé avec une douzaine de nobles. Il se dirigea droit sur le monument commémoratif des guerres, les gens s'empressant de leur laisser le passage. Tout le monde avait les yeux rivés sur Bellius lorsqu'il gravit les marches et entama une conversation à voix basse avec Morgan Saker.

— Malaki, aide-moi à le retourner, dit Héçamède en se concentrant de nouveau sur son patient.

Malaki détourna le regard de l'imposant rassemblement de l'estrade et se pencha. Il redressa le jeune homme et déchira sa chemise afin qu'Héçamède puisse examiner l'étendue de ses lésions.

— C'est grave ? demanda Siméon.

Nul autre que lui ne connaissait la douleur indescriptible d'être brûlé par le feu de dragon. Héçamède haussa un sourcil.

— Il a eu de la chance. Seul l'épiderme a été touché. Le feu doit l'avoir frôlé.

Regardant la zone de chair rouge et suintante, Malaki n'arrivait pas à se persuader que son ami avait été chanceux. Falco avait perdu la peau de l'épaule et les flammes lui avaient léché le cou et le visage. Il cicatriserait peut-être, mais il en garderait les traces à vie.

Héçamède prit un petit vaporisateur dans sa sacoche. Elle le remplit d'une décoction d'herbes, pulvérisa une fine brume sur la plaie et la recouvrit d'un carré de soie cirée. Elle banda l'épaule blessée avant d'appliquer une pommade argentée sur les brûlures du cou et du visage.

Pour finir, laissant Falco dans les bras de Malaki, elle lui fit boire quelque chose pour soulager sa douleur. Falco avala le remède à l'odeur douceâtre. Alors que son corps revenait des rivages de la mort, son esprit était libre de reconnaître la souffrance qui l'attendait. Il ouvrit des yeux somnolents. Pendant une seconde il observa les gens qui le regardaient, puis il enfouit son visage dans l'épaule de Malaki et se mit à sangloter.

Héçamède se tourna vers Fossetta et Siméon.

— Les pansements devront être changés tous les jours, dit-elle à la gouvernante en pleurs. Et n'hésitez pas à calmer ses douleurs, Maître le Roy… Vos pouvoirs aideront les brûlures à guérir plus rapidement.

— Bien sûr, promit Siméon.

— Et sa maladie également ? s'enquit Fossetta. Je ne l'ai jamais vu aussi rouge.

— Non, répondit Héçamède, examinant l'éruption sur la poitrine de Falco. En fait, je ne suis même pas sûre qu'il s'agisse de phtisie. La chaleur ne l'aggrave pas de la sorte. Il a autre chose.

Derrière elle, l'émissaire hocha la tête. Il était sur le point de dire quelque chose lorsqu'une voix furieuse se fit entendre.

— Où est-il ? tonna Bellius. Où est le rejeton du dément ?

Un silence choqué parcourut la place pendant que tous les yeux se tournaient pour voir qui était la cible de sa rage, mais Falco était trop angoissé pour tenir compte du venin dans ses paroles. Rien de ce que disait Bellius ne pouvait le faire se sentir plus mal encore.

Morgan Saker était à côté de Bellius, ainsi que les quatre thaumaturges survivants. Derrière eux se tenaient de nombreux nobles qui comptaient parmi les plus puissants de la ville, les traits déformés par la rage.

— Qu'y a-t-il ? s'écria une voix depuis la foule. Que se passe-t-il ?

La question fut reprise dans tous les coins et se fit clameur.

Morgan Saker leva les bras et attendit que les cris cessent. Il considéra l'assemblée pendant une seconde.

— Darius est mort, lâcha-t-il simplement.

La foule retint sa respiration comme un seul homme et un silence hébété et incrédule s'installa. Morgan Saker poursuivit :

— Le dragon qu'il a invoqué était noir. Nous avons été incapables de le contenir. Il a tué deux thaumaturges et nous aurions tous péri si Darius ne l'avait pas abattu. Oui. Il s'est battu avec courage et a terrassé la bête, mais il a été consumé par le feu du dragon. Ils ont basculé de la montagne ensemble. Notre mage de bataille n'est plus.

Les habitants de Caer Dour étaient sous le choc. Tout le monde savait qu'une invocation pouvait se terminer de trois façons. Rester sans réponse, auquel cas le mage s'en revenait seul. Voir arriver un dragon de couleur normale ; et enfin qu'un dragon noir réponde à l'invocation. En de telles occasions, rares, la bête était tuée. Cela expliquait la présence des thaumaturges. Sept thaumaturges pour contenir un dragon, un mage de bataille pour le tuer, voilà la théorie. Certes, la créature mourait, mais le mage était toujours là pour combattre les Possédés. Ce n'était pas ce qui s'était passé, non. Les invocations n'étaient pas censées se terminer ainsi.

Ce qui avait commencé comme un jour de fête

s'achevait en tragédie. Pendant un moment, personne ne dit mot. De plus en plus de gens arrivaient sur la place et un brouhaha s'élevait à mesure que l'affreuse nouvelle était relayée aux nouveaux venus.

— Siméon, héla une voix familière. Il s'est passé quoi, au juste ?

Siméon se retourna : Julius Merryweather parvenait à sa hauteur. Les deux hommes se serrèrent l'avant-bras tandis que Merryweather tentait de comprendre la situation.

— Darius est mort, annonça Siméon.

— Grands dieux ! fit Merryweather. Et ton garçon ? murmura-t-il en regardant Falco avec inquiétude.

— Brûlé par le feu du dragon, rétorqua calmement Siméon. Héçamède l'a stabilisé pour l'instant, mais sa poitrine… ses poumons…

Pendant ce temps, Morgan Saker répondait à d'incessantes questions de la part de la foule de plus en plus agitée.

— Qu'est-il arrivé ?

— Pourquoi n'ont-ils pas été capables de soumettre le dragon ?

— Les thaumaturges étaient-ils en nombre insuffisant ? Étaient-ils trop faibles ?

— Faibles ! s'emporta Morgan. Oh que non !

Il était sur le point de parler à nouveau lorsque Bellius s'interposa sur le devant de la scène.

— Comment osez-vous blâmer les thaumaturges, railla-t-il, quand la raison de cette tragédie est là, devant vous ?

Tout le monde se retourna pour suivre la ligne de

son doigt rageur et les gens reculèrent, dégageant un espace autour de Falco et de ses compagnons.

— C'est *lui* qui est la cause de cette calamité, aboya Bellius. Lui ! Le fils débile d'Aquila Danté. Il a averti le dragon avant que Darius puisse frapper. Il s'est rangé aux côtés de la créature !

— Ce n'est pas vrai, voulut s'interposer Mérédith Saker, que Morgan fit taire d'un regard.

— D'abord le père, et maintenant le fils, cracha Bellius.

L'hébétude céda la place à une humeur nouvelle et plus désagréable. Les regards posés sur Falco devinrent froids et hostiles. Soudain, il y eut de la colère dans l'air, et aussi des reproches.

— Et les Possédés ? demanda quelqu'un.

La rage se dissipa alors que les gens se souvenaient du terrible danger qui montait depuis la vallée. Avec une rapidité vertigineuse, ils reportèrent leur attention sur Bellius et Morgan Saker.

— Et le démon ?

— Qui va les combattre maintenant ?

Bellius leva les mains pour apaiser cette nouvelle vague d'anxiété, mais il avait l'air nerveux et indécis.

— Nous devrions demander de l'aide à Caer Laison, suggéra un noble.

— Il est trop tard pour ça ! aboya Morgan, et même le doyen des thaumaturges paraissait nettement mal à l'aise.

— Mais, les Possédés... le démon... sans Darius...

— Nous sommes perdus ! s'exclama Mérédith Saker.

Morgan lança un regard noir à son fils, mais le mal était fait. Mérédith avait dit la vérité. Sans Darius, ils n'avaient aucune chance de vaincre les Possédés.

— Nous devrions rappeler l'armée, proposa un noble. Puis défendre nos positions depuis la vallée. Nous pourrions sûrement les contenir.

— Exactement, acquiesça Bellius. Nul besoin de les affronter en terrain découvert. Nous pourrions consolider nos remparts. Leur barrer le passage à l'extrémité de la vallée, et tenir jusqu'à l'arrivée des secours.

— Des secours ! s'esclaffa Morgan sans chercher à dissimuler son mépris. Personne ne peut arriver à temps, à présent.

— Mais nous pouvons toujours nous battre, intervint un autre noble. Et nous aurons sûrement l'aide des thaumaturges.

— Les thaumaturges ne sont d'aucun secours sur un champ de bataille, grogna Morgan. C'est pourquoi nous avons besoin d'un mage de bataille. Ils sont les seuls à pouvoir protéger une armée de la peur qui irradie d'un démon. Et nous n'en avons pas, de mage !

Ses yeux se posèrent sur la silhouette prostrée qui se tenait dans les bras de Malaki.

— Nous n'en avons pas à cause de toi, lâcha Morgan, comme si lui et Falco étaient les deux seules personnes sur la place.

Une fois de plus, les habitants de Caer Dour se retournèrent pour regarder la carcasse faible et blessée de Falco Danté. Il n'y avait aucune pitié dans leurs yeux, aucune sympathie pour ses souffrances.

Rien qu'un sentiment croissant de peur. Les gens commencèrent à parler tous à la fois, cherchant à endiguer la panique.

— Nous pourrions augmenter nos effectifs en mobilisant des troupes des régions adjacentes, suggéra quelqu'un.

— Et armer les civils, dit un autre. Les gens se battraient pour sauver leurs maisons !

— Nous pourrions les attaquer depuis les falaises avant qu'ils atteignent la ville.

La conversation se transforma en un crescendo enthousiaste alors que les habitants de Caer Dour essayaient de trouver des moyens de vaincre l'armée férocienne. Toujours debout sur le mémorial, Bellius se montra de plus en plus confiant, tandis qu'il s'entretenait avec les nobles. À son air pompeux et suffisant, on aurait dit que la mission de sauver la ville lui était dévolue à lui seul et ses puissants amis. Cela étant, les gens ne lui prêtaient pas la moindre attention. Leurs échanges se firent frénétiques à la venue d'un nouvel orateur gravissant les marches de l'estrade.

— Attendez ! s'écria la forte voix de Sir William d'Eltz. Gens de Caer Dour, attendez !

Le silence gagna peu à peu la foule, et tout le monde se tourna pour écouter ce que l'envoyé de la reine avait à dire. S'ils avaient espéré du soutien et des encouragements, ils en furent pour leurs frais. L'émissaire fixa la masse de visages, une profonde tristesse dans les yeux.

— Vous ne pouvez pas vous battre, dit-il enfin.

Les gens se renfrognèrent à ces mots, comme s'il

remettait en question leurs capacités ou leur détermination farouche.

— Vous ne pouvez vaincre une armée démoniaque, expliqua l'émissaire. Pas sans mage de bataille.

— Nous pouvons aligner plus de deux mille hommes, répliqua Bellius. Beaucoup plus si nous mobilisons tous ceux en âge de se battre.

L'émissaire poussa un soupir douloureux.

— Mais combien ont déjà affronté un démon ? demanda-t-il. Combien ont ne serait-ce que combattu les Possédés ?

Bellius renifla avec dédain et tourna les talons. Ceux qui avaient participé à la guerre contre les Possédés se comptaient sur les doigts d'une main. Le nom même faisait penser à un conflit tiré des annales de l'Histoire, une menace nouvellement éveillée qui avait ravagé la Beltane et l'Illicie, batailles terrifiantes et tragiques, mais lointaines. Ce n'était que depuis ces dernières années que les effets de la guerre s'étaient fait sentir en Valence, alors que la force de ces autres royaumes commençait à s'effriter.

L'émissaire acquiesça lentement. Il n'y avait pas de jugement dans ses yeux. Il ne blâmait pas les gens pour leur innocence.

— Vous ne pouvez pas vous battre, répéta-t-il. Et il est trop tard pour appeler à l'aide.

— Alors que devons-nous faire ? demanda quelqu'un.

— Vous devez fuir, et espérer gagner un endroit plus sûr à temps.

— Cela laisserait la ville sans défense, se moqua Bellius, comme si l'idée était ridicule. Penses-tu vraiment que les combattants de Caer Dour vont battre en retraite et se contenter de prier pour que l'armée démoniaque épargne nos familles ?

Sir William regarda Bellius droit dans les yeux.

— Il y a méprise. Ce ne sont pas seulement les soldats qui doivent fuir.

Bellius Snidesson fronça les sourcils.

— Les Possédés vont remonter la vallée jusqu'à atteindre la ville, puis ils tueront ou captureront tous les êtres vivants qu'ils trouveront sur leur passage. C'est-à-dire tous ceux qui seraient assez fous pour rester.

La foule se remit à bruire, comprenant progressivement ce qu'impliquait cette nouvelle. L'émissaire marqua une pause pour qu'ils en prennent la pleine mesure.

— Laissez les plus petits dormir ce soir, recommanda-t-il. Au matin, que chaque homme, femme et enfant soit prêt à fuir dans les montagnes.

— Où irons-nous ? gémit une femme à l'autre bout de la place.

— Nous partirons vers la Clémonce, lui répondit-il, s'adressant à travers cette mère à toutes les mères de tous les enfants endormis dans leurs lits cette nuit-là. Et espérons que nous nous retrouverons en sécurité avant que le démon puisse nous rattraper.

— C'est de la folie ! s'exclama Bellius. Nous ne pouvons pas évacuer la ville entière pour un départ dans les montagnes d'ici demain matin.

— La folie serait de rester, riposta l'émissaire.

— Qu'adviendra-t-il de nos maisons ? De nos terres ?

— Les maisons peuvent être reconstruites. Les terres regagnées.

Bellius leva les bras en signe d'exaspération et chercha du regard le soutien de Morgan, le thaumaturge semblait à l'inverse ne pas le voir. L'émissaire se retourna vers la foule.

— Habitants de Caer Dour ! s'écria-t-il. Nous ne pouvons pas changer ce qui s'est passé ici ce soir, et nous n'avons pas le temps de nous apitoyer. Retournez chez vous et préparez-vous à partir. Ne prenez que le strict nécessaire. Rien qui vous ralentira.

La foule recouvra un certain calme alors que chacun commençait à accepter la réalité de la situation. L'idée d'emmener leurs familles dans les montagnes était effrayante, mais c'étaient de vrais Valençais. Ils ne reculeraient pas devant les épreuves et les difficultés.

— Vitesse, nourriture et protection, énuméra Sir William. Que ce soient vos seuls guides, le plus important restant la vitesse.

Il attendit jusqu'à être certain que les gens aient compris.

— Nous nous retrouverons sur le plateau rocheux près de la route qui mène en Clémonce, continua-t-il. Dites-le à vos amis et votre famille. Dites-le à tous ceux que vous connaissez. Rendez-vous demain au lever du soleil.

Il regarda leurs visages une dernière fois.

— Personne ne doit être laissé en arrière, insista-t-il. Si des gens ont besoin d'aide, aidez-les. Si d'autres ont besoin d'être persuadés, persuadez-les. Il ne doit plus rester une âme à Caer Dour.

11
Regret

La foule se dispersa lentement et les dirigeants de Caer Dour se retirèrent pour discuter du sort des habitants. Siméon était avec eux, car personne n'en savait autant que lui sur les Possédés. Les débats se prolongèrent, et minuit était passé depuis longtemps lorsque le vieux mage de bataille rentra enfin chez lui.

Malaki avait ramené Falco à la villa et l'avait installé aussi confortablement que possible pendant que Fossetta s'affairait aux préparatifs du voyage. Quand elle eut fait le nécessaire, elle vint le relever.

— Tu devrais rentrer chez toi, lui conseilla-t-elle. La nuit va être longue et ton père aura besoin de toute l'aide qu'il pourra trouver.

— Peut-être devrais-je…, commença Malaki, mais Fossetta l'interrompit.

— Je tiendrai Falco à l'œil, promit-elle. La meilleure chose qu'il puisse faire pour l'heure est de dormir.

Malaki acquiesça, quoique avec une certaine réticence. Alors qu'il se levait, Fossetta posa une main sur son bras, se mit sur la pointe des pieds et lui baisa la joue.

— Tu as été magnifique pendant les épreuves, dit-elle, les yeux envahis de larmes.

Malaki sourit.

— Merci, répondit-il, même si les événements heureux de la journée lui semblaient désormais lointains et insignifiants.

Fossetta le suivit des yeux puis prit la place qu'il occupait précédemment aux côtés de Falco. Une lampe à huile baignait la pièce de sa lueur ambrée, mais la peau de Falco paraissait aussi pâle et grise que la pierre. Il se tordait et gémissait, sa gorge émettant un sifflement rauque chaque fois qu'il inspirait.

— Les ténèbres, murmura Falco, sous l'emprise de la fièvre et du délire. Les ténèbres dans les profondeurs. Les ténèbres sur les collines.

Fossetta sentit l'ombre de la peur s'abattre sur son cœur. Cela faisait de nombreuses années qu'elle ne l'avait pas entendu mentionner les ténèbres dans son sommeil. Il devait être bien mal si ses rêves revenaient en cet endroit torturé de son esprit. Souvent, lorsqu'il en parlait, il marmonnait d'autres choses. Fossetta et Siméon n'avaient jamais su avec certitude s'il évoquait un lieu comportant trois collines ou trois amis imaginaires, qui semblaient lui apporter quelque réconfort.

— Aucune importance, lui avait assuré Siméon. Tout ce qui l'aide à lutter contre les cauchemars est bon.

Fossetta espérait donc qu'il avait trouvé un peu de ce réconfort. Elle repoussa une mèche noire du front du jeune homme, vérifia sa température, et se pencha pour l'embrasser avant d'aller s'asseoir sur une chaise à l'autre bout de la pièce. Peu de temps après, elle fut arrachée à sa torpeur par le bruit d'une porte qui s'ouvrait.

— Comment est-il ?

— Pas bien, répondit Fossetta en se levant, tandis que Siméon entrait.

— Il est plus fort qu'il en a l'air, la rassura Siméon, sentant l'inquiétude qui perçait dans sa voix. N'est-ce pas ce que tu as toujours dit ?

Fossetta sourit à la gentillesse de son maître.

— Tout est réglé ? s'enquit-elle.

— Autant que possible. Nous partons pour Toulwar. C'est la ville la plus proche, et nous y serons en sécurité.

— Ont-ils un mage de bataille ?

— Il y en aura un, affirma Siméon. C'est un point de ralliement pour les armées qui s'enfoncent en Illicie. Un mage y a été affecté et il doit arriver avant le départ des troupes à la fin du mois.

— Mais il ne reste plus que neuf jours !

Siméon resta muet. Tous ceux qui avaient assisté au discours partageaient les craintes de Fossetta. Toulwar était à plus de cent cinquante kilomètres et le chemin de montagne n'était pas des plus aisés. Il était tout simplement impossible que la population d'une ville entière couvre cette distance en si peu de temps.

— Nous allons envoyer des messagers, expliqua

Siméon. Quand Toulwar apprendra la gravité de notre situation, l'armée viendra à notre rencontre.

— Et que va-t-il advenir de ceux qui ne peuvent fuir ? demanda Fossetta.

— Nous leur donnerons le moyen de décider de leur propre sort, répondit-il en baissant la tête.

Fossetta porta une main à sa bouche.

— Le ciel nous vienne en aide, souffla-t-elle.

— Est-ce que tout est prêt ? voulut s'assurer Siméon, touchant la femme au bras, et s'efforçant de ramener ses pensées aux aspects pratiques.

Fossetta hocha la tête, les larmes aux yeux. Elle connaissait plusieurs personnes trop malades ou trop âgées pour braver les montagnes.

— J'ai demandé à Davis de charger les chevaux de trait, dit-elle en se tamponnant les yeux avec la manche de sa chemise. De nombreuses personnes ne songeront pas plus loin que le premier jour. Nous devons être prêts à partager ce que nous avons.

Siméon acquiesça et sourit.

— Dors un peu, lui dit-il. Je vais rester à ses côtés un moment.

Fossetta regarda Falco, l'inquiétude et la pitié le disputant sur ses traits. Elle implora une nouvelle fois le ciel, puis quitta la pièce. Siméon s'installa sur la chaise. Une heure s'écoula. La flamme n'était plus qu'une minuscule perle de feu jaune.

Falco ouvrit les yeux.

De l'autre côté de la pièce, il distinguait la silhouette de Siméon sur la chaise. Il semblait dormir. Falco en fut soulagé. Il n'avait aucun désir de parler à qui que ce soit. Sa poitrine lui faisait mal et son épaule le brûlait d'une douleur terrible. Il tenta de trouver une position plus confortable.

— Pourquoi ?

C'était Siméon qui venait de parler, son visage balafré à peine visible dans la pénombre.

— Je devais voir, expliqua le jeune garçon d'une voix posée. Je devais savoir.

— Savoir quoi ?

— Ce pour quoi il a trouvé la mort, reprit Falco. Ce qui l'a conduit à aller à sa mort.

— Et as-tu obtenu tes réponses ? demanda le vieux mage de bataille.

— Non, rétorqua Falco. Le dragon était fou et mon père tout aussi fou de prendre son parti.

Siméon poussa un profond soupir. Il paraissait presque déçu. Peut-être avait-il également espéré trouver des explications aux actes d'Aquila Danté.

Il y eut quelques secondes de silence. Falco regardait le plafond et ses larmes étaient celles d'un fils. Le dernier espoir pour la rédemption de son père était mort dans la fureur aveugle du dragon incendiaire.

— Je suis désolé, dit-il.

Siméon inclina la tête en entendant le remords dans la voix de Falco. Il ne le blâmait pas pour ce qui était arrivé. La ville était probablement condamnée par suite de son geste, mais Siméon ne l'en rendait pas responsable. Il connaissait l'impérieuse nécessité qui l'avait poussé à aller à la Citadelle des Quatre Vents, pour tenter de savoir. Falco n'aurait pu faire autrement. En aucune manière.

— Essaye de dormir, suggéra-t-il. Tu auras besoin de ta force dans les jours à venir.

Dormir, songea Falco. Il ne trouverait aucune paix dans le sommeil. Quant à sa force… Il faillit éclater de rire.

La force était pour les vivants. Il n'avait nul besoin de force.

12

Dans les montagnes

Le lendemain matin, six mille personnes étaient rassemblées sur la vaste étendue rocheuse à l'ouest de la ville. En cette froide et lugubre journée d'automne, l'endroit était morne et désolé, et rien ne venait atténuer les rafales mordantes soufflant du nord. Chichement éclairée par un soleil à peine levé, Caer Dour était déjà vidée de sa population.

Les gens avaient écouté l'émissaire et il ne restait qu'une poignée d'irréductibles dans la ville. La majeure partie serait en mesure de suivre avant qu'il soit trop tard. Il y avait aussi ceux qu'on avait « aidés » à prendre la route. Le regard perdu, pelotonnés les uns contre les autres pour lutter contre le froid, agrippant les sacoches de vivres et les objets personnels qu'ils avaient décidé d'emporter, la plupart des habitants formaient de petits groupes. Ils étaient nombreux à avoir des chevaux ou des mules, chargés de provisions ou portant ceux qui étaient trop jeunes, trop vieux ou infirmes. Ils semblaient misérables et perdus, mais lorsque l'émissaire apparut sur le plateau, la morosité ambiante se dissipa comme la brume qui montait des vallées.

Sir William chevauchait un splendide percheron gris cendre, un cheval de guerre en faveur chez les chevaliers d'Illicie. Il ne souriait pas, pourtant quelque chose dans son port les réconfortait. Ce n'était pas vraiment sa confiance en soi, plutôt une sorte de sérénité, comme s'il avait déjà vécu des événements similaires et qu'il était la preuve vivante qu'on pouvait y survivre. À côté de lui, sur un cheval noir de taille comparable, avançait Siméon le Roy. En dépit de son âge et de sa cécité, le vieux mage de bataille offrait la même présence rassurante que l'émissaire, et les gens de Caer Dour voulurent y voir une lueur d'espoir.

Derrière eux, sur une monture nettement moins imposante, venait une silhouette plus petite, courbée et recroquevillée sur elle-même, qui tanguait sur sa selle. Le cavalier portait un manteau gris ardoise frangé de fourrure, mais même ainsi, avec le capuchon rabattu sur son visage, on savait de qui il s'agissait.

C'était Falco Danté, fils d'Aquila Danté, le mage de bataille frappé de démence, le traître. C'était cause de lui qu'ils fuyaient leurs maisons. À cause de lui qu'ils marchaient dans le froid.

Falco avait l'impression de se mouvoir dans un cauchemar. Des gens qui, la veille encore, l'auraient accueilli avec un sourire le regardaient à présent avec des yeux durs et impitoyables. Il arrivait à peine à faire face à la douleur qui irradiait dans tout son corps. Il n'avait aucune force pour lutter contre cette inimitié qui le transperçait plus amèrement que le vent glacé du nord. Il baissa la tête tandis que deux chevaux se rangeaient à sa hauteur.

— Ne les regarde pas, marmonna l'un des cavaliers d'une voix bourrue.

C'était Balthazak de Vane, le père de Malaki.

— Garde simplement les yeux sur Siméon, poursuivit-il.

Malaki chevauchait sur sa droite. Le père et le fils avaient revêtu leur armure en acier bleuté et avaient passé des capes chaudes sur leurs épaules. Ils avaient l'air forts et dignes, faisant bien plus l'effet de deux authentiques chevaliers que du forgeron de la ville et de son fils. Falco ressentit une grande vague d'affection pour eux, bien vite suivie d'une onde noire de culpabilité. Il ne s'estimait pas digne de leur gentillesse. Il ne put se résoudre à sourire, même quand Malaki lui fit un petit signe.

L'escorte musclée de Falco en découragea plus d'un de le dévisager ouvertement, mais les coups d'œil et les chuchotements persistèrent alors qu'ils se dirigeaient vers le groupe de nobles rassemblés au centre du plateau.

— Bien, observa Malaki en hochant la tête. Hécamède est avec eux.

La guérisseuse les regardait effectivement approcher. Falco ne pouvait pas vraiment dire qu'il se réjouissait de la voir. Malaki et son père restèrent en retrait. L'émissaire alla s'entretenir avec Bellius et Morgan.

Fossetta, juchée sur un cheval de trait, mit elle

aussi pied à terre. Elle était restée anxieuse durant tout le trajet, ne quittant pas Falco des yeux, faisant davantage confiance au sens de l'équilibre de la monture qu'à celui du jeune homme. Elle rejoignit Hécamède.

— Comment est-il ? s'enquit la guérisseuse.

— Pas de changement, répondit Fossetta. Ses poumons sont pris et l'éruption cutanée est pire que jamais.

Hécamède hocha lentement la tête, puis tendit la main et repoussa la capuche du jeune homme.

— L'émissaire a raison, conclut-elle. Ce n'est pas la fièvre écarlate.

— C'est une bonne ou une mauvaise chose ? demanda Fossetta.

— Seul le temps nous le dira, esquiva Hécamède.

L'émissaire avait mis un point d'honneur à venir la trouver la nuit précédente. Même si la maladie en question était très rare dans ces régions, les symptômes semblaient concordants. Elle lui parlerait de nouveau si l'occasion se représentait. Pour l'heure, il était entouré de nobles qui essayaient de s'adresser à lui tous à la fois. Il leva une main pour les calmer.

— Quelles nouvelles de l'armée ? leur demanda-t-il.

— Les premiers cavaliers sont arrivés il y a une heure, répliqua Morgan.

— Deux heures, le corrigea Bellius sur un ton acerbe.

Morgan le foudroya du regard, mais Bellius leva simplement les yeux et porta une main à son front.

Comme tant d'autres, il avait les traits tirés d'un homme qui n'a pas dormi.

— L'armée est en route, annonça-t-il tout en prenant la bouteille de vin que lui tendait son valet, Ambrose. Elle devrait nous rejoindre un peu plus tard dans la journée.

— Bien, dit l'émissaire. Et quelles sont les dernières informations relatives aux Possédés ?

— Ils sont à deux jours à peine de la ville, détailla Bellius.

L'émissaire se fit songeur et sa mâchoire se crispa.

— Alors nous ferions mieux de nous mettre en chemin sans tarder, jugea-t-il sur un ton sévère. Morgan, les messagers sont-ils prêts ?

Celui-ci lui montra quatre chevaux alignés, à côté desquels se tenaient quatre cavaliers respirant la nervosité. Un étui contenant un courrier était passé à l'épaule de chacun d'eux. Les trois premiers étaient des gaillards élancés au visage tanné par les vents ; le quatrième était une jeune femme. L'émissaire s'approcha d'eux, et hésita un instant.

— Elle a l'âge, affirma un homme dont le bras était passé autour de la taille de sa compagne, qui avait les mêmes yeux et cheveux noirs que la cavalière.

— Elle est rapide et courageuse, enchérit la femme, anxieuse.

L'émissaire hocha brièvement la tête à l'intention du couple de parents, avant d'interroger leur fille.

— Comment t'appelles-tu ?

— Anwyn, répondit-elle.

Sir William plaça une main sur son épaule puis se retourna pour s'adresser à l'assemblée.

— Chevauchez aussi vite que le vent, proclama-t-il alors que les messagers montaient en selle. Et amenez votre courrier à bon port. Notre destin est entre vos mains.

Avec un dernier hochement de tête en signe d'adieu, les cavaliers éperonnèrent leurs chevaux et partirent au galop.

— Vont-ils réussir ?

Sir Gerallt Godwin venait d'exprimer à voix haute la question qui était dans tous les esprits. L'émissaire vit les cavaliers disparaître à l'extrémité du plateau.

— Oui, dit-il enfin. Ils vont y arriver.

Il se hissa en selle et regarda la mer de visages tournés vers lui. Il n'y avait plus rien à dire. Il était temps de partir. Il poussa un soupir, fit avancer son cheval vers la piste, et s'engagea sur la route menant en Clémonce.

Siméon éperonna à son tour sa monture, qui se plaça automatiquement à la hauteur de celle de l'émissaire. Celle de Falco ne nécessitait pas non plus qu'on la guide ; elle se positionna simplement derrière les autres.

Malaki s'approcha de Falco. Fossetta venait ensuite, enlaçant un jeune garçon qui ne cessait de bavarder. Suivaient Balthazak, accompagné de Sir Gerallt et de Bryna Godwin. Merryweather et Tobias étaient derrière eux, ce dernier solidement attaché à son cheval. Le noble exubérant déclarait à son fils qu'en dépit du froid, c'était là la plus excitante des aventures. À ses côtés, Tobias leva un bras contrefait pour faire un geste à l'adresse de Falco.

— Madaille...

— Il ira mieux, assura Merryweather en se penchant pour tapoter la jambe flétrie de son fils.

Tobias tourna sa tête dodelinante vers son père. Un certain doute se lisait sur son visage aux traits obliques. La nature optimiste de Merryweather l'empêchait d'envisager toute autre option.

C'est ainsi que l'envoyé de la reine d'Ire conduisit les gens de Caer Dour dans les montagnes. Ils progressèrent étonnamment vite et avaient parcouru près de dix kilomètres avant le milieu de la journée. Les nuages menaçants s'étaient dissipés, et, à l'exception de quelques averses, les réfugiés étaient restés presque au sec. Il faisait toujours froid, mais le ciel bleu les avait ragaillardis et les montagnes du nord de la Valence étaient splendides dans la lumière de l'après-midi. La longue caravane était à l'arrêt, le temps de se sustenter et de se reposer, quand un cavalier surgit, les informant que l'armée s'approchait et devait les retrouver peu après le coucher du soleil.

— C'est bien, commenta l'émissaire. Dites à Lord Cadell que nous avons hâte d'écouter ses conseils.

N'ayant pas pris le temps d'avaler quoi que ce soit, le cavalier s'en retourna sans plus de cérémonie vers le sentier bondé.

L'émissaire le regarda repartir avant de s'entretenir avec Bellius et Morgan des modalités pratiques pour accueillir cette armée. Ils étaient en pleine conversation lorsque la voix de Siméon s'éleva, réclamant leur attention :

— Chevalier !

Le vieux mage de bataille était debout, son visage ravagé levé vers le ciel.

— Qu'y a-t-il ? questionna l'émissaire en venant se placer à côté de lui.

— On nous surveille, annonça Siméon.

Falco sentit un frisson le traverser. Il avait également la sensation qu'on les observait, une présence insidieuse suspendue dans les airs. Il avait mis cela sur le compte de la culpabilité et de la paranoïa qui le rongeaient, mais alors qu'il examinait les cieux, il discerna un point sombre et lointain, aussi noir que maléfique.

L'émissaire mit la main en visière et scruta le ciel. Autour de lui, ils furent plusieurs à faire de même.

— Là ! s'exclama Bryna. Près de cette fine ligne de nuages.

Elle avait raison. Une minuscule forme sombre planait au-dessus d'eux.

— Je vois des ailes, dit Bryna.

— Un oiseau, suggéra Merryweather avec quelque espoir.

— Non, ce n'est pas ça, le corrigea Siméon.

— *Schwarz Engel*, prononça l'émissaire en illicien. Un ange noir. Un démon subalterne des Possédés.

— Est-ce qu'il va nous attaquer ? demanda Sir Gerallt.

— Non, expliqua l'émissaire, se hissant sur un

amas de rochers. Ils sont puissants, mais la bravoure n'est pas leur fort.

Une fois de plus, il scruta le ciel puis la route empruntée par les cavaliers. L'ange noir ne s'en prendrait pas à la masse des réfugiés ; en revanche, il pourrait attaquer ceux qui voyageaient seuls. Sir William serra les dents de frustration. Le démon devait être en train de gagner en force s'il parvenait à faire passer des serviteurs subalternes.

— Va-t-il s'en prendre aux messagers ? s'inquiéta Sir Gerallt.

— Il reviendra d'abord à son maître, décréta l'émissaire, pour informer le démon de notre fuite. Mais ensuite…

La phrase inachevée leur laissait peu de doutes.

— Nous devons absolument les avertir ! s'exclama Bellius, au summum de l'agitation.

— Il est trop tard, rétorqua Morgan. C'étaient nos courriers les plus rapides et ils ont plusieurs heures d'avance.

— Espérons simplement que tout se passe pour le mieux, déclara l'émissaire. Peut-être resteront-ils inaperçus.

— Et si ce n'est pas le cas ? envisagea Bellius.

— Alors ils devront chercher la protection des rochers ou des arbres, dit le chevalier. S'ils résistent, ils ont encore une chance.

Tout autour de lui, les gens regardaient tour à tour le ciel et la piste de montagne d'où ils venaient. Jusqu'à présent, l'armée démoniaque était restée abstraite, sans visage… À présent, une créature des ténèbres les observait. Soudain, la menace des Possédés semblait horriblement réelle.

— Nous devrions nous remettre en route, intima l'émissaire.

La longue colonne s'agita tandis que les gens rangeaient leurs provisions et s'apprêtaient à repartir. En quelques minutes, ils étaient de nouveau en marche. Parfois, le sentier était trop étroit pour que deux chevaux puissent avancer de front, mais il se faisait plus large sur d'autres portions. Le soleil de l'après-midi ne réussissait que peu à les réchauffer. Malaki choisit ce moment pour se rapprocher de son ami.

— Tu l'as vu ? lâcha-t-il, veillant à s'exprimer à voix basse de sorte que les gens autour d'eux n'entendent pas.

Falco ne répondit pas.

— Ça ressemblait à un oiseau, persista Malaki. Mais les yeux de Bryna sont plus acérés que la moyenne, et elle a dit que ce n'en était pas un, que la silhouette faisait bien plus penser à celle d'un homme pourvu d'ailes.

— Tu as parlé à Bryna ? s'enquit Falco d'une voix sifflante.

Malaki sourit avec fierté, avec soulagement aussi. C'était la première fois que Falco prononçait un mot de toute la journée. Assurément c'était là bon signe.

— Un peu, répondit Malaki. Nous avons discuté des différents types de pointes de flèche.

— De pointes de flèche, répéta Falco comme si c'était un sujet passionnant.

Il regarda son ami du coin de l'œil et la rougeur

sur les joues de Malaki fit ressortir sa tache de naissance plus fortement que jamais.

La bouche de Falco s'incurva légèrement, et les deux garçons éclatèrent de rire.

Ils poursuivirent en silence et le soleil disparut une fois de plus derrière les nuages. Le paysage était escarpé, et les rochers gris parsemés de bruyères, d'ajoncs et de bosquets de pins. Le pépiement d'oiseaux apeurés les accompagnait alors qu'ils arpentaient péniblement cette piste sinueuse. Au sortir d'un coude, le sentier s'infléchit vers le bas, menant vers une rivière qui traversait une vallée large et abritée, parfaite pour y dresser un campement.

La lumière déclinait lorsqu'ils atteignirent le lit de la vallée. Malaki tendit la main pour aider Falco à descendre de cheval. Il cala son ami dans une petite cuvette sablonneuse, et entreprit de préparer un bon feu. Les ténèbres apportèrent un certain calme dans le camp, les gens se pelotonnant autour de la lueur rassurante des flammes. La peur et le choc restaient présents, mais l'exode était déjà bien entamé. Toulwar et la sécurité qu'elle promettait se trouvaient à une journée de moins. Malgré une nuit encore claire, ils étaient nombreux à s'être glissés dans leurs sacs de couchage, sous leurs couvertures, épuisés par la tension et les kilomètres de voyage difficile.

Falco ne désirait rien d'autre que dormir. Au lieu de cela, il se retrouva penché en avant, recroquevillé et transpirant tandis que Fossetta ôtait les pansements de soie appliqués sur les brûlures de son épaule.

— Bien, commenta Héçamède, agenouillée à côté de la gouvernante. Il n'y a aucun signe d'infection. Maintenant, il faut nettoyer les contours de la plaie et passer le brumisateur.

Elle tendit un tampon propre à Fossetta et Falco réprima un cri. Même la douce brume d'eau infusée aux herbes brûlait comme du feu. Falco regarda droit devant lui, s'efforçant d'occulter la douleur pendant que Fossetta appliquait un nouveau carré de soie huilée. Le pansement changé, il put enfin prendre une position plus confortable. Sauf qu'au moment où il pensait pouvoir fermer les yeux et oublier le monde qui l'entourait, l'émissaire apparut derrière Héçamède.

— Comment est-il ? demanda-t-il, s'accroupissant à côté de la guérisseuse.

— Je crois que tu as raison, dit Héçamède.

Falco détourna le regard lorsqu'elle lui ôta ses vêtements pour exposer sa poitrine.

— Vois comment l'éruption se propage, et elle ne pâlit pas même compressée.

— Oui, acquiesça l'émissaire. Cela ressemble de plus en plus à la maladie qui a emporté ma sœur.

— Si ce n'est pas la fièvre écarlate, alors de quoi s'agit-il ? enquêta Fossetta. Et est-ce que ça se soigne ?

— C'est une infection causée par un champignon, expliqua Héçamède. Les spores sont libérées lorsqu'on fait brûler certaines variétés de bois. Dans certains cas très rares, le champignon envahit le corps humain.

— En Illicie, on traite l'infection avec de la résine de pin argenté, mais à ce qu'on m'a dit, cet arbre ne pousse pas en Valence, ajouta l'émissaire.

— Nous pourrions utiliser de la résine de pin de Corros, suggéra Héçamède.

— Elle est caustique, rappela Fossetta. Rien que toucher la sève peut causer des brûlures.

— Nous n'avons pas le choix, affirma Héçamède. L'infection gagne. Bientôt la chair commencera à se décomposer.

Fossetta blêmit. Elle savait qu'Héçamède disait vrai. La maladie ne faisait pas que se propager sur la peau de Falco. Elle était aussi dans ses poumons. Si elle n'était pas stoppée, il serait rongé de l'intérieur. Sa mâchoire se contracta et des larmes jaillirent de ses yeux qui parcouraient le paysage alentour à la recherche de pins de Corros. Puis elle se tourna vers Malaki.

— Viens ! ordonna-t-elle. Tu vas m'aider à en trouver.

Malaki n'avait jamais entendu un ton pareil dans la voix de Fossetta.

— Bien sûr, dit-il en se levant et en sanglant son épée.

Personne n'avait revu l'ange noir, mais il n'aurait pas été sage pour autant de s'aventurer dans les ténèbres sans arme.

— Nous allons commencer par les pentes nord, déclara Fossetta. Le pin de Corros préfère l'ombre.

Et sur ces mots, ils partirent. S'installant de nouveau dans sa couchette, Falco détourna son visage du feu. Pourquoi se préoccupaient-ils de son sort ? Quel intérêt ? C'était entièrement de sa faute, de toute façon. Tout ce qu'il voulait à présent, c'était dormir. Qu'il se réveille ou pas lui importait peu.

13

L'ange noir

L'armée les rejoignit peu après la tombée de la nuit. Lord Cadell s'entretint sur-le-champ avec l'émissaire et les personnalités importantes de Caer Dour. Dans son demi-sommeil, Falco entendit le murmure de leurs discussions. Il était tard quand il se réveilla pour de bon et aperçut Siméon et Sir William qui revenaient vers leurs lits. Malaki se leva pour apporter à chacun un bol de soupe et un bout de pain.

Falco les observa prendre leur souper. Les gens s'entassaient autour des feux de camp. Bryna Godwin était allongée. Sir Gerallt prit place à côté de sa fille, non loin de Merryweather, qui veillait de son imposante carcasse son fils dormant à poings fermés.

Le lit d'Héçamède était visible dans le rayon de lumière, mais vide. La guérisseuse s'affairait auprès de ses patients. À l'écart, Fossetta préparait les aiguilles de pin de Corros qu'elle et Malaki avaient ramassées. Des larmes piquèrent les yeux de Falco, pourtant assez éloigné d'elle, tandis que les vapeurs aigres flottaient à travers le camp.

Alors que Siméon et l'émissaire finissaient leur repas tardif, Balthazak puisa quelque chose dans ses fontes de selle et s'approcha de Sir William. Il s'accroupit et lui tendit un petit paquet enveloppé de toile blanche.

Le chevalier parut surpris.

— Je n'arrive pas à croire que tu aies trouvé le temps, dit-il.

Balthazak pencha la tête comme si c'était la moindre des choses.

— Il reste à le nettoyer, et aussi à polir et tresser le cuir. J'ai une ceinture prête, si tu veux.

L'émissaire rejeta la suggestion d'un geste.

— J'aimerais le faire moi-même.

Balthazak acquiesça.

— Dis-moi juste quand tu auras besoin de fixer les rivets.

L'émissaire ouvrit le paquet, qui contenait une aiguille, des cordelettes de cuir de différentes longueurs, et une boucle de ceinturon en forme de tête de cheval.

— Merci, dit-il.

— Tu avais fait du beau travail, commenta Balthazak.

— C'était mon quatrième essai, répondit Sir William.

— J'espère qu'elle en vaut la peine.

— C'est le cas.

Balthazak repartit se coucher, un sourire au coin des lèvres. Il vida ce qui restait de vin dans sa coupe, puis ramena sa cape sur lui et s'endormit. Quelques secondes plus tard, il ronflait bruyamment. Ceux qui étaient autour du feu se regardèrent, quelque peu embarrassés. Malaki secoua la tête en signe de désespoir.

— C'est comme ça tous les soirs, se plaignit-il.

Les gens éclatèrent de rire. Enfin, les uns après les autres, ils imitèrent le forgeron et se couchèrent. Quand Falco se réveilla, Héçamède était finalement retournée dans son lit. Il crut que tout le monde dormait, jusqu'au moment où il perçut des mouvements en face de lui.

L'émissaire portait la boucle de ceinturon à sa bouche et il soufflait pour chasser les impuretés qu'il grattait avec son aiguille. Le métal argenté commençait à étinceler à la lueur de la flamme. Ayant la sensation que quelqu'un l'observait, il se tourna et scruta Falco de ses yeux gris pendant quelques secondes, avant de lui faire un petit signe. Ce dernier baissa la tête. Son regard se perdit dans les braises ardentes et il se rendormit lentement.

Ce fut la pluie tombant sur son visage qui le tira du sommeil.

Aux premières lueurs du jour, les habitants de Caer Dour étaient déjà sur le point de lever le camp. Les bruits des préparatifs le disputaient aux pleurs des enfants. La nuit sèche avait cédé la place au froid et à l'humidité. Les gens exhalaient des petits nuages de vapeur tout en s'activant en vue d'une nouvelle et rude journée de voyage.

Falco tenta de se redresser, mais le simple fait de s'asseoir lui causa une violente douleur à la poitrine.

Le temps humide ne faisait qu'aggraver ses problèmes respiratoires. Fossetta s'accroupit près de lui, un bol de porridge à la main.

— Pas encore, objecta Héçamède, penchée sur une poêle en cuivre posée au-dessus du feu. Il ne peut rien garder.

Fossetta hocha la tête et regarda Héçamède prendre la jarre d'argile qu'elle avait préparée elle-même. Dès que l'eau commença à bouillir, Héçamède versa une cuillerée d'une substance aussi foncée que de la poix dans la poêle. L'effet fut immédiat. La guérisseuse grimaça et se détourna des vapeurs de fumée âcre.

Falco fut saisi d'un pressentiment sitôt que Fossetta posa le bol de porridge et se colla contre lui. Tenant la poêle dans une main et une couverture dans l'autre, Héçamède s'approcha de lui. L'inquiétude que Falco lisait sur le visage de la guérisseuse n'avait rien pour apaiser ses craintes. Il n'opposa aucune résistance quand les deux femmes déposèrent la poêle sur une pierre et le firent se pencher au-dessus. Héçamède jeta la couverture dépliée sur sa tête. Falco se retrouva plongé dans l'obscurité. Les vapeurs lui piquèrent les yeux et sa peau se mit à le démanger, puis à le brûler. La douleur explosa dans sa poitrine lorsqu'il inspira. Il avait l'impression de se noyer dans un bain d'acide.

En dépit de sa maladie et de la faiblesse qu'elle entraînait, il se jeta vigoureusement en arrière, heurtant Fossetta à la joue et renversant la poêle remplie d'eau bouillante. Les gens alentour lâchèrent des imprécations une fois que les vapeurs acides et méphitiques furent parvenues à leurs narines. Falco s'affaissa, toussant, s'étouffant et tentant désespérément d'aspirer de grandes goulées d'air pur.

Héçamède s'inquiéta de Fossetta, mais la gouvernante semblait davantage préoccupée par Falco. Après tout, c'était elle qui avait préparé la décoction qui l'incommodait tant. Malaki écarta la couverture et aida Falco à se mettre dans une position plus confortable. Ses yeux s'arrêtèrent sur les chairs irritées de son ami.

— Héçamède ! s'écria-t-il.

Celle-ci abandonna Fossetta après s'être assurée qu'elle allait bien, pour voir ce qui avait attiré l'attention de Malaki. Ce dernier désigna le front de Falco. Le bord du prurit était passé de pourpre à noir.

— Ça marche, fit Héçamède. Les vapeurs tuent les spores. Ce remède pourrait le guérir.

— S'il ne le condamne pas avant, dit Malaki.

— Il est déjà en train de mourir, le corrigea Héçamède. Là, il a au moins une chance.

Malaki concéda le point et porta Falco sur sa selle. Il lui tendit une gourde. Falco but comme si l'eau pouvait apaiser le feu qui brûlait sa poitrine et sa gorge.

— Tu peux tenir en selle ? demanda Malaki.

Falco hocha la tête, prit les rênes et agrippa le pommeau. Les habitants de Caer Dour libéraient la vallée de sorte que l'armée puisse se mettre en place, se mouvant avec toute l'organisation et la vitesse d'une force disciplinée. Les soldats formèrent leurs rangs et attendirent que leurs chefs s'adressent à eux.

Lord Cadell se trouvait avec la plupart des nobles aux côtés de Bellius, de Morgan et de Siméon, mais ce fut l'émissaire qui s'avança pour prendre la parole. Il se hissa en haut d'un tas de rochers dans le but d'être vu du plus grand nombre.

— Hommes de Caer Dour, et vous aussi les femmes, commença-t-il, car de multiples visages féminins le regardaient parmi les rangs. Nous avons appris de Lord Cadell que l'armée démoniaque est plus proche que nous le pensions. Si les Possédés continuent d'avancer à leur rythme actuel, la population de la ville aura été rattrapée avant de pouvoir se mettre en sécurité.

Les visages déjà sombres se firent plus sombres encore. Ils savaient ce que l'émissaire allait exiger d'eux.

— Nous devons les ralentir, poursuivit Sir William. Des escouades de cavaliers vont harceler l'ennemi. Je ne parle pas d'une bataille rangée, mais d'attaques éclair et répétées, cela afin de les contraindre à marquer le pas, et que nous puissions ainsi gagner du temps.

Tous les regards se portèrent vers les cavaliers. Ils étaient les seuls à être suffisamment rapides pour frapper et espérer battre en retraite sains et saufs.

— Nous avons besoin de plusieurs groupes de cent volontaires, annonça l'émissaire. Et d'officiers pour les commander.

Tous les officiers sans exception firent avancer leurs montures, et leurs hommes les imitèrent. Caer Dour comptait près de trois cents cavaliers et tous étaient prêts à s'engager dans cette mission des plus périlleuses. L'émissaire eut un sourire farouche, mais sa satisfaction était tempérée par la prudence.

Combien conserveraient leur détermination une fois qu'ils auraient plongé le regard dans les yeux blancs immaculés de l'ennemi ?

Malaki s'entretint avec son père, et baissa bien vite la tête. Balthazak étreignit son fils, et, après ce simple adieu, alla rejoindre les soldats.

La première centaine de cavaliers choisie, l'émissaire s'adressa à eux.

— Soyez prudents. N'essayez pas de tenir vos positions. Repliez-vous sitôt l'assaut terminé. Lorsque la peur se fera trop grande, reculez avant qu'elle ne vous engloutisse. Chaque heure gagnée ainsi nous sera précieuse, et nous rapprochera d'autant de la sécurité. Ayez foi, et revenez-nous sains et saufs.

Ils partirent sur ces mots, s'enfonçant sur la piste pour faire face au démon et aux deux mille guerriers des Possédés. Falco les observa et une part de lui s'en alla avec eux. Il n'avait pas besoin que Bellius l'accuse ; il savait qu'il était responsable.

Le premier détachement parti, l'armée se mit en branle. Le cheval de Falco vint se placer derrière celui de Siméon, et une nouvelle journée de marche débuta. La pluie battante ne faiblissait pas. À midi, les réfugiés étaient trempés et dans un état pitoyable. À mesure que la journée avançait, Falco se rendit compte que sa respiration était un peu moins laborieuse. Il n'était pas certain que ce ne soit pas simplement le produit de son imagination, mais il lui semblait être légèrement moins oppressé.

Malaki vint se placer à ses côtés lorsque le sentier se fit un peu plus large. Son père n'avait pas été retenu pour prendre part au premier détachement parti harceler l'ennemi, Balthazak avait néanmoins décidé de faire route avec les cavaliers qui formaient l'arrière-garde du convoi.

— Comment te sens-tu ? demanda Malaki.

Il avait remarqué que son ami tenait les rênes à présent, qu'il ne s'agrippait plus au pommeau dans un état second proche de l'évanouissement.

— Très mal, rétorqua Falco. Et détrempé.

Malaki sourit. Falco semblait toujours faible, mais même une réponse aussi désabusée que celle-là valait mieux que pas de réponse du tout. Ils avancèrent en silence pendant un moment sous un crachin incessant. Se retournant, Malaki regarda le chemin derrière lui.

— Je me demande dans combien de temps ils vont se retrouver face aux Possédés. Tu penses qu'ils auront le courage de les affronter ?

Falco sentit l'inquiétude et les doutes dans la voix de son ami. Il plongea son regard dans le sien.

— La peur…, reprit Malaki. Siméon et l'émissaire parlent de la peur comme s'il s'agissait d'un véritable adversaire, de quelque chose qui pourrait se jeter sur nous et nous dévorer.

— C'est le cas, répondit Falco.

Malaki dévisagea son ami. Pour tout commentaire, Falco se pencha en avant et baissa sa capuche pour abriter son visage. Le vent venait de forcir et la pluie s'abattait sur eux presque à l'horizontale. L'après-midi allait être aussi rude que long.

*

À cinquante kilomètres devant eux, quatre cavaliers se frayaient précautionneusement un chemin au bas d'une pente rocailleuse. Depuis qu'ils avaient laissé les habitants de Caer Dour derrière eux, ils avaient tissé des liens. Ils avançaient ensemble, réglant leur pas les uns sur les autres de façon à progresser le plus rapidement possible sur ce sol difficile. On leur avait confié une lourde responsabilité, et pourtant ils appréciaient les défis que ce chemin de montagne leur adressait.

Un sourire se dessina sur leurs visages alors qu'ils quittaient la pente rocheuse et avançaient à vive allure dans la plaine traversée par une rivière, ce qui permit à leurs montures de montrer toute la rapidité dont elles étaient capables.

Anwyn regarda par-dessus son épaule au moment où son cheval, Deneb, franchissait un ruisseau aux eaux étincelantes. Elle avait atteint la vallée la première et était bien déterminée à gagner l'autre rivage avant les trois hommes. Son cœur fit un bond dans sa poitrine quand elle vit Godfrey arriver dans son dos. Altair, son magnifique étalon noir, était plus haut d'une main que sa jument couleur châtaigne, et semblait ne jamais se fatiguer. Ils la dépassèrent dans un fracas assourdissant de sabots, Godfrey poussant un cri d'allégresse tandis que sa monture galopait de toutes ses forces, tirant plaisir de sa propre puissance.

D'accord, d'accord, songea Anwyn en serrant les dents. *Toi, mais pas les autres*. Elle donna un léger coup de talons, et Deneb bondit de l'avant avec une énergie renouvelée. Anwyn sourit et regarda derrière elle. Gareth et Dylan la suivaient, à trente longueurs. Impossible qu'ils puissent la rattraper. Sur le point de retourner la tête, elle aperçut une forme sombre dans le ciel.

Deneb hennit en signe de protestation lorsqu'elle tira brutalement sur les rênes. Elle fit volter sa monture, saisie d'un terrible pressentiment. La forme sombre fondait droit sur Dylan. Anwyn eut la vision d'ailes noires et d'un corps humain émacié à la peau grise et marbrée. Elle vit des crocs étincelants, des serres acérées, puis la créature s'abattit sur sa proie et la fit basculer au sol.

Gisant de côté, le cheval se débattit dans la rivière peu profonde. L'animal poussa un hennissement terrifié, avant de s'immobiliser. Piégé sous sa monture, Dylan était allongé dans l'eau glacée. La créature était accroupie au-dessus de lui, ses serres enfoncées dans sa poitrine. Elle se pencha vers lui, et quand elle se redressa, ses crocs dégouttaient de sang.

Anwyn eut la sensation que son souffle était coincé dans sa gorge. Elle n'arrivait pas à se détacher de la créature qui la dévisageait de ses yeux noirs luisant comme du marbre poli. Son visage était presque humain, mais elle avait le nez d'une chauve-souris issue de l'enfer et une bouche garnie de crocs aussi acérés que des pointes d'acier noir.

Anwyn fut éclaboussée par Gareth, qui tira sur les rênes de sa monture. Il se pencha et lui saisit le bras.

— Au galop ! cria-t-il. Anwyn ! On ne peut rien faire ! Vite !

La jeune femme jeta un dernier coup d'œil au corps inanimé de Dylan, se détourna du regard de l'ange noir et lança sa monture vers l'autre bout de la vallée, où Godfrey les attendait, transi de peur.

— Que s'est-il passé ?

— Une créature a eu raison de Dylan, dit simplement Gareth. Nous devons repartir.

Si Gareth semblait calme en apparence, un frémissement dans sa voix trahissait l'effort qu'il devait faire pour garder le contrôle. Sans un mot de plus, il fit tourner sa monture et la lança à l'assaut de la pente montagneuse. Toujours en état de choc, Godfrey et Anwyn le suivirent, mais ils n'avaient pas parcouru une grande distance qu'un cri lointain et inhumain se répercutait dans la vallée.

Ils se retournèrent et aperçurent la créature qui venait d'abandonner sa proie et prenait son essor, battant l'air de ses ailes noires. Elle ne les attaquerait pas, pas tant qu'ils se tenaient prêts et ne la quittaient pas des yeux. Elle monta de plus en plus haut et disparut entre les nuages.

Les trois survivants vérifièrent qu'ils avaient bien sur eux le courrier, et ils lancèrent leurs chevaux vers le sommet de la pente. Une fois la crête gagnée, le reste de leur trajet serait tout en descente.

Pour eux qui avaient grandi à Caer Dour, les montagnes avaient toujours été synonymes de sécurité. À présent, elles paraissaient périlleuses, exposées aux plus grands dangers. Ils éperonnèrent leurs montures, impatients de trouver plus de protection sur les chemins boisés qui menaient en Clémonce.

14

Arrière-garde

C'était le matin du troisième jour depuis le départ de Caer Dour, et il pleuvait. Il était encore tôt, mais ils avançaient déjà depuis trois heures. Il était temps de prendre la première pause de la journée. Falco s'adossa à un rocher tandis que Fossetta et Héçamède examinaient son crachat dans un petit bol de céramique. Le flegme était strié de rouge. Les mines des deux femmes étaient sombres. Il n'y avait pas de traces de sang avant que Falco commence le traitement à base d'infusion de pin de Corros.

— Ce n'est pas aussi épais que d'ordinaire, commenta Fossetta. Et c'est moins foncé.

Héçamède hocha la tête, mais son expression demeurait sévère.

— L'infusion endommage les tissus, et cela va le rendre plus vulnérable à l'infection.

— Et il se passera quoi ?

— Nous verrons alors qui l'emportera, expliqua la guérisseuse. La maladie ou le fils d'Aquila Danté.

Hécamède posa une main sur le front de Falco. Son visage fermé s'adoucit lentement, et elle caressa sa joue. Fossetta s'avança pour aider Falco à s'asseoir ; il l'écarta d'un geste.

— Essaye de manger quelque chose, suggéra-t-elle, et Falco acquiesça, un peu à contrecœur.

Il lui était difficile de l'admettre, mais, étrangement, il se sentait en meilleure forme. Les brûlures de son cou et de son épaule lui faisaient toujours affreusement mal, et il avait l'impression que ses poumons étaient remplis d'éclats de verre, cependant, il respirait vraiment mieux. Son regard se porta vers la mare toute proche, où Malaki faisait boire les chevaux. Plus loin sur la piste, des réfugiés s'étaient déjà remis en marche, à une allure toutefois plus modérée. Les gens avaient froid et leur moral était au plus bas. L'élan impétueux des deux premiers jours avait cédé la place à une progression pénible et harassante.

Son regard se porta ensuite dans l'autre direction, vers l'armée. Il y avait de la tension dans l'air, tous attendant que la première arrière-garde s'en revienne. Cela faisait presque une journée entière qu'ils étaient partis, et les gens avaient hâte d'avoir de leurs nouvelles. Falco lisait l'inquiétude qui se dessinait sur les visages des soldats parlant à voix basse. Il ferma les yeux et se cala contre le rocher. C'était la première fois en trois jours qu'il se tenait debout et son dos lui donnait l'impression d'être bloqué dans cette position voûtée. Il fit cependant de son mieux pour se redresser et rester droit, levant le visage vers la pluie, grimaçant lorsqu'il aspira une grande goulée d'air froid.

— On jurerait que tu as pris deux ou trois centimètres.

Falco tourna la tête et vit Malaki qui revenait avec les chevaux.

— Non, je t'assure, poursuivit Malaki. Et tes joues ont pris de la couleur. Ou alors tu as encore emprunté le fard de Fossetta.

Falco détourna le regard pour cacher le sourire qui commençait à incurver ses lèvres.

— Fossetta n'utilise pas de fard, riposta-t-il.

— Si, lorsqu'elle va au Sabot et la Corne, fit Malaki en haussant exagérément les sourcils.

Falco finit par éclater de rire. Le Sabot et la Corne était un lieu de boisson à la réputation douteuse, et la vision de Fossetta mettant du fard pour la plus grande joie des clients salaces était assez drôle, en fin de compte. Il tenta de trouver un point d'appui, mais il glissa sur les rochers mouillés et bascula à terre, se mordant la lèvre pour réprimer un juron quand la pierre lui érafla l'épaule.

— Doucement, dit Malaki, l'aidant à retrouver une position plus confortable.

Falco le repoussa et Malaki s'accroupit.

— Non, sérieusement, tu as vraiment l'air mieux. La potion fait effet. Tu dois juste te ménager encore un peu. Héçamède a raison. Il faut que les vapeurs pénètrent en profondeur, sinon l'infection reviendra et ce sera pire qu'avant.

Falco détourna les yeux. Il était pratiquement impossible de respirer cette chose. Il avait déjà tenté par trois fois d'inhaler la substance corrosive, et le résultat avait été le même, accompagné de violentes nausées. Malaki aurait pu insister davantage, sauf que leur attention fut soudain attirée par une agitation qui montait depuis le fond de la colonne pour parvenir jusqu'à eux.

— C'est l'arrière-garde ! s'exclama Falco.

— Louées soient les étoiles, murmura Malaki.

Ils regardèrent les troupes les dépasser pour rejoindre les chefs à la tête de l'armée. Malaki repéra un ami de son père, un individu corpulent juché sur un imposant cheval de guerre.

— Marcus ! l'interpella-t-il.

Lorsqu'il aperçut le fils du forgeron, l'homme dirigea sa monture vers lui. Son visage était ruisselant de pluie, ce qui ne suffisait pas à cacher qu'il avait pleuré, et ce simple fait déstabilisa Malaki plus que toute autre chose.

— Où est ton père ? s'enquit Marcus.

— Plus loin, répondit Malaki. Avec le gros des troupes.

Marcus hocha la tête. Il semblait désorienté.

— Vous êtes si peu ? fit Malaki, pointant les quelques soldats qui les doublaient.

— Nous n'en avons perdu que sept, précisa Marcus. On soigne les autres.

— Sont-ils gravement blessés ? demanda Malaki.

— Pas blessés, rectifia-t-il après un temps. Défaits.

Malaki dévisagea l'homme, une expression de nature à l'intriguer marquait ses traits. Marcus tourna lentement la tête vers Falco.

— Tu es le gars du haut plateau, releva-t-il. Celui de l'invocation.

Falco se sentit intimidé par la tristesse qui se lisait dans les yeux de l'individu.

— Tu nous as causé grand tort, maugréa Marcus avec un regard tel que Malaki fit un pas en avant, pour parer à toute éventualité. Il faut que j'y aille. Les autres doivent être prévenus.

Sur ce, il poussa sa monture. Malaki lâcha un soupir de soulagement à la vue du gros homme qui s'éloignait. Il avait été surpris par la tension, et décontenancé par les propos de Marcus.

— Défaits. Que voulait-il dire par là ?

Falco ne répondit pas. Il comprenait pourquoi Marcus avait le regard si sombre. Il savait ce que cela signifiait d'être vaincu par la peur.

À côté de lui, Malaki se fit songeur tandis que la fleur empoisonnée du doute naissait au fond de son cœur. Comme la plupart des Valençais, Malaki avait appris à accepter la peur de la bataille, la peur des blessures et celle de la mort, mais c'était là quelque chose de différent : la peur des ténèbres éternelles et du désespoir, la peur d'une chose contre laquelle on ne pouvait lutter. Falco avait vécu avec elle durant toute sa vie ; à présent, elle s'insinuait dans le monde réel, et il eut mal au cœur de voir combien elle affectait son ami.

Ils parvinrent à avaler quelques bouchées le temps que les officiers finissent de faire leur rapport, puis ce fut le moment du rassemblement pour la seconde arrière-garde. Les deux jeunes hommes remontèrent en selle pour observer ceux qui avaient été choisis pour cette nouvelle vague.

— Regarde ! C'est le père de Bryna, dit Malaki en voyant Sir Gerallt Godwin se joindre à la troupe.

Le personnage aux allures altières poussa sa monture jusqu'à se retrouver avec les simples soldats. Il serait l'un des officiers qui les mèneraient. Falco regarda derrière lui pour tenter d'apercevoir Bryna, qui avançait avec les guérisseurs. Elle était bien là, juchée sur une éminence, au côté d'Héçamède, et légèrement plus pâle que d'ordinaire tandis qu'elle contemplait son père qui prenait la tête de la petite troupe. Malaki se raidit quand un autre cavalier vint se joindre aux guerriers et se placer derrière Sir Gerallt : Balthazak.

Malaki ne quitta pas son père des yeux. Ce dernier et Sir Gerallt étaient tout entiers concentrés sur la mission qui les attendait. À peine rassemblée, la troupe se mit en marche, remontant la colonne. En progressant à vive allure, ils se trouveraient en vue des Possédés en moins de six heures.

L'ennemi se rapprochait dangereusement.

Un certain malaise avait gagné les réfugiés. Il n'était pas facile de voir ses camarades s'enfoncer dans les ténèbres de l'adversité alors que vous avanciez dans la direction opposée. Falco ressentait plus que jamais de la culpabilité, et voilà que le père de Malaki faisait partie de ceux qui allaient payer le prix de ses actes. Il regarda autour de lui. Les gens le fixaient de leurs yeux noirs. Ils le mettaient mal à l'aise comme l'avait fait Marcus avant eux.

Oui, semblaient-ils dire. *C'est lui. Celui qui a pris fait et cause pour le dragon.*

Falco se tassa sur sa selle. Il jeta un regard vers Malaki, effrayé à l'idée de ce qu'il risquait de découvrir. Mais son ami, absorbé dans ses pensées, les yeux rivés au sol, les traits rongés par l'inquiétude, ne le voyait pas. Les guérisseurs avaient déjà repris la route, et le reste de la troupe fit de même.

Quelques soldats furent dépêchés vers l'avant afin d'encourager les fugitifs à avancer plus vite. Ils ne pouvaient se permettre d'être ralentis. Le déjeuner fut avalé tout en marchant. Les gens progressaient en silence. Au début de l'après-midi, ils arrivèrent sur la plaine traversée par la rivière. Loin devant eux, le chemin s'élevait vers les hauteurs qui dominaient la Clémonce.

Une agitation s'empara soudain de la colonne. Quelque chose dans la rivière avait attiré leur attention. Malaki se dressa sur ses étriers, sans réussir à voir ce qui créait l'attroupement.

— Il y a un problème, comprit-il.

Certains se retournaient et dévisageaient Falco. L'un d'entre eux planta ses yeux dans les siens et cracha au sol. Malaki dévisagea Falco, inquiet de voir si cette hostilité affichée allait affecter son ami, or Falco était bien plus préoccupé par la nature de ce qu'ils avaient trouvé dans le cours d'eau. Un frisson le parcourut et il accompagna les officiers lorsque ceux-ci partirent s'en rendre compte par eux-mêmes.

— C'est un des messagers, dit Malaki, immobilisant sa monture derrière Falco.

Falco l'entendit à peine. Il avait l'impression de

contempler la scène depuis une très grande hauteur, détaillant le cadavre. L'homme était coincé sous sa monture. Sa gorge avait été arrachée et des lambeaux de chair déchiquetée flottaient à la surface de l'eau claire. Les veines du cavalier étaient noires, comme s'il avait été gagné par une sorte de nécrose. Ses yeux, ouverts et fixes, avaient perdu toute couleur, et semblaient givrés. La mort l'avait saisi dans une expression de pure terreur.

— Et les autres ? demanda Bellius Snidesson. Sont-ils tous morts ?

— Rien ne l'indique, répondit l'émissaire, accroupi à côté du cadavre. Nous devons croire qu'ils sont toujours en vie.

— Et si tel n'est pas le cas ?

Sir William fit taire Bellius d'un regard méprisant. Ses mots avaient eu le temps de faire écho dans le cerveau de Falco. *Et les autres ?*

Si les messagers n'arrivaient pas à passer, alors personne ne leur viendrait en aide. Le démon les rattraperait dans les montagnes et il les tuerait jusqu'au dernier. Falco avisa la longue ligne des fugitifs. Des hommes, des femmes, des enfants.

Au nom du ciel, qu'ai-je fait ?

*

Anwyn gardait les yeux rivés sur Gareth tandis que les trois survivants descendaient le chemin étroit et exposé. Sur leur gauche, la montagne tombait en à-pic sur plusieurs dizaines de mètres jusqu'à la rivière en contrebas. Ils progressaient cependant à bonne allure, aiguillonnés par la mort de Dylan. Ils apercevaient les vallées verdoyantes et les grandes forêts de la Clémonce. Anwyn regarda par-dessus son épaule et vit que Godfrey galopait au même rythme qu'eux, fermant la marche. Son visage émacié était assombri de peur, mais il lui adressa un petit signe et tapota le cou d'Altair pour calmer l'animal, qui aurait voulu avancer en tête.

Anwyn reporta son attention sur le sentier. Gareth se retourna pour s'assurer qu'elle allait bien. Au même instant, la créature, fondant sur lui à une vitesse telle qu'il ne la vit pas approcher, s'empara de lui. Un battement d'ailes et Gareth avait disparu, arraché du flanc de la montagne, tandis que son cheval hennissait en basculant dans le vide.

Anwyn faillit être projetée à terre. Sa jument terrifiée s'immobilisa d'un coup sec et manqua de tomber dans le précipice, mais Altair, lancé en avant par Godfrey, la heurta de plein fouet et sauva Anwyn d'une chute vertigineuse.

Anwyn vit la créature ailée prendre son essor, Gareth gigotant entre ses serres comme un épouvantail arraché à son champ. Il ne hurlait pas, agrippait seulement les griffes enfoncées dans son cou et ses épaules. L'ange noir les regarda, qui emportait sa victime toujours plus haut. Soudain, la créature relâcha sa proie, qui tomba comme une pierre dans la rivière, puis elle émit un cri strident et fondit sur les deux cavaliers.

Elle était presque sur eux lorsque Godfrey fit cabrer sa monture. Les sabots de l'étalon noir heurtèrent de plein fouet le démon ailé, qui poussa un hurlement de douleur suraigu. Basculant en arrière, il parvint néanmoins à recouvrer son équilibre et disparut dans la vallée.

Ils restèrent immobiles pendant un moment. Les chevaux hennissaient de peur, les oreilles plaquées le long du corps et les naseaux dilatés. Godfrey fut le premier à reprendre ses esprits. Il posa sa main sur le bras d'Anwyn.

— Nous n'y arriverons jamais, affirma celle-ci, les yeux embués, sa voix frémissant de crainte.

— Oh que si ! répondit Godfrey. Et nous y arriverons ensemble.

Anwyn hocha lentement la tête et un sourire vint illuminer les traits de Godfrey.

— À présent, en selle ! s'écria-t-il, et Altair s'élança.

Sans un instant d'hésitation, Anwyn fonça à sa suite. Ils descendirent la pente montagneuse comme si le démon lui-même était à leurs trousses. Bien vite, le paysage rocheux laissa place à des collines herbues. Demain, ils auraient atteint la protection qu'offraient les forêts de la Clémonce et la ville de Toulwar.

15

Sacrifice

Les fugitifs de Caer Dour marchèrent bien après la tombée de la nuit. Les Possédés étaient désormais si proches qu'ils ne pouvaient se permettre de se reposer longtemps. Il était presque minuit lorsqu'ils s'installèrent pour dresser leur campement sur un plateau rocheux entouré de falaises plongeant en à-pic dans le vide et l'obscurité.

Coincé à terre, Falco regarda l'émissaire s'adresser à Siméon et aux chefs. Ils étaient tous épuisés, mais tout le monde s'affairait. Malaki s'occupait d'un cheval qui avait perdu un fer, Héçamède passait d'un patient nécessiteux à l'autre, tandis que Fossetta était en train de préparer une infusion de pin de Corros.

Les perspectives étaient sombres. Falco les entendit parler de bataille rangée. Une victoire était inenvisageable, mais peut-être résisteraient-ils assez longtemps jusqu'à l'arrivée des secours. La voix grave de Siméon retentit.

— Je devrais pouvoir contenir le démon pendant un moment, disait-il, mais je n'ai plus la force qui était autrefois mienne.

— Alors nous devons faire en sorte qu'elle compte double, affirma l'émissaire. Messieurs, Siméon est la clé. S'il tombe, nous sommes tous perdus. Nous devons le protéger. Et à son tour, il nous protégera de la pire des peurs.

Il se tourna et demanda à Morgan s'il y avait quelque chose que le thaumaturge pouvait faire. Falco, lui, ne voulut pas entendre la réponse. Il se laissa retomber dans son manteau. Fossetta avait presque fini de préparer l'infusion et il allait bientôt s'étouffer et vomir une fois de plus. Il venait tout juste de fermer les yeux pour se reposer quelques minutes lorsqu'il prit conscience de l'agitation qui gagnait l'armée.

Grimaçant de douleur, il se rassit et regarda les gens installés autour des feux dispersés. Un groupe de cavaliers traversait le campement, se frayant un chemin vers les commandants. Malaki apparut soudain à son côté, s'essuyant les mains sur un chiffon.

— Que se passe-t-il ? demanda-t-il.

— Les cavaliers de l'arrière-garde, annonça simplement Falco.

Malaki se pencha pour l'aider à se redresser. Quelque chose n'allait pas. À mesure que les cavaliers s'approchaient, ils voyaient les formes gisant en travers des selles… des corps.

Un sentiment d'horreur submergea Falco au moment où il distingua un de ces corps recouverts d'un drap. Malaki le vit aussi et, sans cesser de s'essuyer les mains, il fit quelques pas en avant. Un murmure sourd monta des rangs ; les soldats se tournèrent lentement vers Malaki avec des yeux voilés.

Ce dernier avança d'un pas de plus en plus rapide. Son armure étincelait d'une lueur bleu acier au clair de lune.

Non ! Non ! songea Falco alors que le nom commençait à être répété tout autour de lui.

— De Vane.

Falco reconnut la silhouette qui se tenait à côté du corps en armure. C'était Sir Gerallt Godwin, le père de Bryna.

On sectionna les cordes et Sir Gerallt déposa doucement le cadavre du forgeron à terre. Tous suivaient des yeux Malaki qui avançait entre les rangs.

Sir Gerallt voulut l'arrêter, mais Malaki l'écarta en trébuchant pour contempler le corps de son père. L'armure du forgeron était cabossée et éventrée, et son visage était inondé de sang. Malaki, anéanti par le chagrin, ne remarqua pas les blessures. Il s'effondra à genoux, prenant le corps de son père dans ses bras et le serrant de ses muscles puissants, comme s'il pouvait forcer la vie à retourner dans ce cadavre.

Sir Gerallt s'agenouilla à côté de lui.

— Il n'a jamais succombé à la peur, dit-il, comme si cela était d'une importance critique. Certains hommes se sont retrouvés pris au piège dans un ravin et ton père a lancé une charge pour les libérer. Sa monture a été blessée et il a fini par être terrassé, mais il n'a pas succombé à la peur. Les Possédés n'auront jamais son âme. Ton père est en paix.

Finalement, la tension abandonna Malaki et ses

larges épaules tressaillirent sous le coup de grands sanglots silencieux.

Falco ne put le supporter. Le forgeron s'était toujours montré gentil avec lui, ne l'avait jamais jugé, n'avait jamais suggéré que Malaki devrait renoncer à son amitié avec ce garçon à problèmes et maladif qu'il était. Au contraire, il était le bienvenu à la forge, et y trouvait réconfort dans la chaleur, l'odeur, le son du marteau et du soufflet. Le chagrin lacéra son âme. Si la douleur était si grande pour lui, combien elle devait l'être pour son ami. Clignant des yeux à travers ses larmes, il s'éloigna en titubant, cherchant à tout prix à échapper aux vagues de désespoir qui le submergeaient alors que la voix de ses cauchemars se moquait de lui.

Tu n'aurais jamais le courage.

Tu n'aurais jamais la force.

Les gens le maudissaient quand il passait devant eux, mais Falco n'en avait cure. Il les voyait à peine, c'est tout juste s'il entendait leurs protestations. Peu importe ce qu'ils disaient, il aurait le courage de mettre fin à cette souffrance.

— Madaille !

Falco reconnut confusément la voix de Tobias. Puis ce fut celle de Merryweather, pleine d'inquiétude.

— Falco… Falco, ça va ?

Falco les ignora. Ce n'étaient que des voix fantômes, elles n'avaient aucun sens pour lui. Tout ce qu'il reconnaissait était la douleur et le chagrin.

— Fossetta ! Il est par ici ! s'écria Merryweather.

Falco chancela, mais il ne s'arrêta pas et s'enfonça

dans la nuit. Le terrain était plat, même si bien vite les rochers aux contours imprécis laissèrent place à la noirceur béante des ténèbres. C'était là qu'il avait besoin d'être. Peut-être trouverait-il quelque paix dans l'obscurité la plus absolue.

Ayant la sensation de flotter plus que de marcher, il était presque arrivé lorsque quelque chose le heurta et l'entraîna au sol. Une violente douleur à l'épaule le fit hurler, mais ce n'était rien comparé à la frustration qu'il ressentait d'être privé de l'obscurité. Avec une force née du désespoir, il frappa ce qui le retenait. Ses poings rencontrèrent de la chair et des os. Puis, progressivement, il entendit quelqu'un pleurer.

— Falco, arrête ! disait la voix d'une femme, une voix qu'il connaissait. S'il te plaît, arrête.

Fossetta.

Toute force déserta Falco. Il s'effondra, les bras de la gouvernante toujours passés autour de sa taille, épaules rentrées pour se protéger des coups qu'il avait fait pleuvoir sur elle. La lumière se fit derrière eux comme des gens arrivaient avec des torches. Dans une stupeur hébétée, Falco se sentit soulevé. La falaise béante était à ses pieds et il tenta une dernière fois de se faire basculer dans le vide, en vain. Des bras forts le retenaient.

— Non, dit la voix de l'émissaire. Tu ne trouveras nulle rédemption là.

Sir William ramena Falco à sa couche et l'y allongea. On lui proposa de l'eau. Pour toute réponse, il détourna la tête. Ils essayèrent de lui faire respirer les vapeurs de pin de Corros, mais il renversa le bol. Il ne dormait pas, il ne faisait que délirer, entrant et sortant d'un cauchemar où Malaki se tenait au-dessus du corps de son père avec Darius et le cavalier mort de la rivière. Il y avait des flammes dans son rêve ainsi qu'une silhouette ténébreuse qui aurait pu être son père ou bien le démon qui venait réclamer son âme. Il n'aurait su le dire.

Quand le jour se leva sur un temps brumeux et, humide, rien n'avait changé. Falco cherchait toujours l'oubli qui mettrait fin à sa souffrance. Ils avaient voulu le faire manger, mais il s'y était refusé et, à présent, ils tentaient encore de lui faire inhaler les vapeurs.

— Tu vas mourir si tu ne le fais pas, l'implora Fossetta en s'agenouillant.

— Laisse-le mourir, suggéra quelqu'un à proximité, et Fossetta baissa la tête dans son désespoir.

— Quel est le problème ?

Falco se raidit en entendant la voix de Malaki.

— Il refuse de respirer les vapeurs, expliqua Fossetta.

Falco leva lentement la tête. Les épaules de Malaki étaient rentrées. Ses yeux bruns étaient cernés de rouge et la tache de naissance cramoisie sur son visage se découpait nettement sur sa peau d'une pâleur cadavérique.

— Il refuse ? répéta-t-il sur un ton menaçant.

— Et alors ? fit quelqu'un.

— De toute façon, c'est de sa faute, lâcha un autre.

— Laisse-le mourir.

La mâchoire de Malaki se crispa en entendant que des gens appelaient à la mort de son ami. Puis il avança. Falco recula, inquiet, mais Malaki se pencha, le tira hors de sa couche et le traîna jusqu'à l'endroit où l'infusion de pin mijotait près du feu. Il jeta son ami à terre, s'accroupit derrière lui et lui passa un bras massif autour de la poitrine. Il saisit une poignée de longs cheveux noirs et le força à se courber.

— Apporte le remède ! aboya-t-il.

Héçamède hésita et Fossetta resta immobile, la couverture entre les mains. Elle n'avait jamais vu Malaki se comporter si durement. Lentement, Héçamède acquiesça et attrapa la casserole fumante.

Falco commença à se débattre quand les deux femmes s'approchèrent. C'était peine perdue : Malaki le tenait fermement. Héçamède posa la casserole. Falco aurait voulu la renverser, mais ses bras et ses jambes lui semblaient cloués. Malaki fit un signe à Fossetta, qui jeta la couverture sur la tête de Falco pendant qu'Héçamède ôtait le couvercle.

Falco cessa de lutter lorsque les vapeurs l'atteignirent. Il ne pouvait plus retenir son souffle et il gesticula, sans réussir pour autant à se libérer de l'étreinte d'acier de Malaki. Il toussa et eut des haut-le-cœur. Fossetta et Héçamède échangèrent des regards anxieux. Falco n'était jamais resté aussi longtemps sous la couverture.

— Malaki, le supplia Fossetta, mais le fils du forgeron ne relâcha pas son étreinte.

— Malaki, ça suffit, intervint Héçamède.

Elle tendit alors la main pour ôter la couverture, Malaki lâcha sa prise au même moment. Il repoussa

Falco, qui s'effondra, la respiration sifflante, suffoquant à moitié.

Tout le monde était choqué. Les gens regardaient la silhouette pitoyable qui se tordait au sol. Fossetta pleurait sans que Malaki semblât s'en soucier. Il resta là, fixant Falco. Il parla enfin, d'une voix rauque et dure.

— Peut-être souhaitent-ils ta mort, dit-il en pointant un doigt en direction des fugitifs. Mais pas moi. Pas moi. Sur ce, son sang-froid lui fit défaut, et ses mots laissèrent place à des larmes.

Fossetta tendit la main pour le réconforter, mais il la repoussa d'un geste et partit en titubant vers le camp. La gouvernante s'agenouilla à côté de Falco, qui pleurait comme un enfant, et même ses larmes étaient rouges de sang.

*

Anwyn et Godfrey galopaient à toute allure. Après avoir dû faire attention à chacun de leurs pas dans les montagnes, c'était un soulagement de maintenir une telle vitesse. Anwyn commençait tout juste à croire qu'ils réussiraient lorsqu'une ombre passa au-dessus des champs.

— Ne t'arrête pas ! cria Godfrey, restant à côté d'elle.

Ils chevauchèrent à travers une prairie herbeuse. Devant eux, à quelques centaines de mètres, se trouvait la lisière de la forêt.

Si seulement ils pouvaient atteindre les arbres…

— Nous n'allons pas y arriver ! s'égosilla Anwyn en tendant le cou pour scruter les cieux.

Elle ne pouvait pas voir la créature, mais elle savait qu'elle était là. Elle sentait sa présence. Elle jeta un coup d'œil à Godfrey et il était clair qu'il la sentait aussi. Le monstre était sur le point de frapper et Godfrey semblait résigné. Il se rapprocha un peu d'Anwyn.

— Fonce vers les arbres ! hurla-t-il. Anwyn, les arbres !

Elle hocha la tête, confuse. Ils galopaient *déjà* en direction de la forêt ! Soudain, Godfrey donna un ordre à Altair et le grand étalon noir bondit au loin, laissant Deneb dans son sillage. Pendant un moment, Anwyn se sentit trahie, abandonnée, puis elle vit l'ombre de la créature qui ondoyait sur l'herbe, et elle comprit ce que faisait Godfrey.

— Non ! s'écria-t-elle. Non !

Godfrey galopait de plus belle vers les arbres protecteurs. Il savait que le démon s'en prendrait d'abord au plus rapide. En agissant ainsi, il donnait un peu plus de temps à Anwyn pour atteindre la forêt. Surgissant depuis le lointain sur la droite, l'homme ailé s'abattit sur lui, se jetant en travers de sa route à une vitesse stupéfiante. Les serres se refermèrent sur la tête d'Altair, brisant net le cou du cheval. L'étalon s'écroula au sol tandis que la créature tournait sur elle-même en battant des ailes. Godfrey, projeté hors de selle, ne se releva pas.

Anwyn ne pouvait pas respirer, sa poitrine était oppressée par la peur. Pendant un moment, elle ferma les yeux, chassant toute pensée de son esprit, afin de s'assurer que Deneb galope en ligne droite. Un cri perçant monta dans son dos. Regardant par-dessus son épaule, elle vit la créature déployer ses ailes, et enfin se diriger sur elle. Son cœur martelait sa poitrine et ses yeux ruisselaient de larmes. Devant elle, les arbres paraissaient flous et indistincts. Elle était incapable de dire à quelle distance ils étaient.

— Plus vite, Deneb ! Plus vite !

C'était un sanglot étouffé plus qu'autre chose, Deneb sembla toutefois sentir l'urgence dans sa voix et la jument marron trouva en elle une once d'énergie supplémentaire.

Soudain, la ligne des arbres s'élargit et se dressa pour l'accueillir. Le cœur d'Anwyn fit un bond dans sa poitrine, mais un sifflement fendit l'air. Avec une force désespérée, elle tira les rênes de côté et Deneb renâcla en signe de protestation. Seule la communion parfaite qui existait entre la monture et sa cavalière la sauva.

L'ange noir hurla de frustration à la vue du cheval bondissant de côté. Les serres de la créature des ténèbres ne griffèrent que le vide. Étonnamment agile, elle tourna sur elle-même et repartit à l'assaut.

Anwyn la vit fondre sur elle. Elle ne la prendrait pas au dépourvu une seconde fois. Elle se prépara à l'impact, puis cligna des yeux quand quelque chose passa à toute vitesse devant son visage. L'obscurité l'engloutit et des branches claquèrent contre son corps alors qu'elle pénétrait tête baissée dans la forêt. Elle avait réussi à atteindre les arbres ! Les cris de rage de la créature semblaient soudain étouffés et distants. Lentement, la terreur reflua et Anwyn tira sur les rênes de sa monture.

— Merci, pleura-t-elle, se penchant pour caler sa joue contre l'encolure dégoulinant de sueur de Deneb. Ma brave, si brave fille. Merci.

La jument hennit nerveusement en réponse.

— Nous allons y arriver, dit Anwyn, suivant du regard la ligne tracée par le petit chemin.

Elle passa la main derrière elle et s'assura de l'étui dans son dos, puis elle poussa Deneb en avant. Elles étaient toutes les deux épuisées, mais elles auraient le temps de se reposer une fois arrivées à Toulwar.

Elles étaient à couvert sous les arbres.

Rien ne pouvait les arrêter, désormais.

*

L'ange noir monta très haut au-dessus des arbres. La fureur consumait son cœur noirci, la fureur d'être dépossédé de sa cible. Qu'importe ! Le mal est patient par nature. Par conséquent, la créature attendrait. Elle sentait la femme à travers la protection des arbres, sentait sa peur et l'espoir pathétique dans son âme tiède. Elle survola le toit de végétation et suivit la ligne marquant le chemin. Au loin, elle aperçut l'ombre grise d'une ville, mais la distance à parcourir était grande.

Il y avait encore le temps pour s'emparer de cette âme humaine.

16

Lâcheté, courage et ruse

Pour la première fois depuis le départ, Falco était seul. Devant lui avançaient les malades et les blessés, derrière lui les chefs. Malaki était introuvable. Les événements de la nuit précédente semblaient vagues et lointains, comme un cauchemar à demi oublié. Une partie des ténèbres avait abandonné l'esprit de Falco, le laissant comme engourdi. Le jeune Danté avait sondé les profondeurs du désespoir, et à présent il se sentait perdu.

Il prit lentement conscience que quelqu'un était à ses côtés.

— Je suis désolé pour Balthazak, dit l'émissaire, mais nous ne pouvons pas changer le passé. Tout ce que nous pouvons faire, c'est regarder vers l'avenir.

Falco l'observa de biais. Il ne comprenait pas pourquoi Sir William lui accordait tant d'attention.

— Ce n'est certes pas facile, poursuivit ce dernier. Cela demande du courage. Quoi qu'il advienne ici, des jours sombres nous attendent. Tout ce que nous pouvons faire, c'est décider de la façon dont nous y ferons face. Allons-nous nous battre ? Tenter d'améliorer les choses ? Ou perdre espoir et céder au défaitisme ? C'est à toi de choisir, Falco Danté, et c'est un choix simple.

Après un dernier regard appuyé, il éperonna sa monture ; et le cheval de guerre gris s'éloigna au petit trot. Falco suivit des yeux l'émissaire, qui offrait un sourire ici, un mot de réconfort là. Il était doté de nombre de qualités admirables, et Falco se demanda si son propre père avait jamais donné un tel espoir aux gens qu'il menait avant la tragédie finale. Dans son cœur, il en était certain.

Il regarda autour de lui. Hécamède était sur le chariot qui tenait lieu d'hôpital, Fossetta et Bryna aidaient là où elles le pouvaient. Ces femmes se rendaient utiles. Assurément il pouvait faire de même.

Une quinte de toux le plia en deux. La douleur était forte, cependant c'était celle d'une blessure à vif, pas celle, écœurante, de la chair malade. Quand il s'essuya la bouche, il avait du sang sur la main, mais du sang frais et brillant. Falco l'examina avec émerveillement. À peine une trace de ce mucus qui avait tellement fait partie de son quotidien. Ses yeux se remplirent de larmes en une véritable pluie purificatrice qui apaisa son âme.

*

Anwyn se remettait tout juste de la peur aveuglante qui l'avait saisie, et elle entreprit de considérer le décor qui l'entourait. Le chemin était rarement emprunté, suffisamment marqué toutefois pour avancer à une vitesse décente. Elle sentit que Deneb commençait à se détendre. La jument adopta un trot tranquille, se reposant après cette course effrénée pour gagner la forêt. Elle aurait voulu faire une pause, mais chevaucher l'aidait à ne pas penser à Godfrey. En outre, elle constatait de plus en plus de traces de passage. Elle ne pouvait plus être très loin de sa destination.

Devant elle, le chemin s'ouvrit et les arbres cédèrent la place à une vaste clairière. Le sentier longeait la rive d'un lac bordé de roseaux et sur lequel on apercevait quelques canards et divers oiseaux aquatiques. La forêt recommençait un peu plus loin, à l'autre extrémité d'une prairie aux herbes dorées.

Deneb émergea dans la clairière à une allure régulière. Anwyn ferma les yeux quand la chaleur du soleil tomba sur son visage. Elles contournèrent le plan d'eau et étaient arrivées dans la prairie lorsque quelque chose affola les oiseaux du lac. Anwyn se demanda ce qui avait bien pu les effrayer. Soudain, une ombre noire s'abattit sur elle. Elle eut le temps d'un unique sursaut de terreur avant que l'ange noir frappe.

La douleur irradia dans ses côtes alors qu'elle était arrachée de la selle et emportée dans les airs. Des serres, aussi acérées que des pointes de fer, la transperçaient. Elle se retrouva face à la créature maléfique, dont les yeux noirs luisaient de triomphe. Son souffle lui dessécha le visage et une goutte de salive argentée s'écoula d'entre ses crocs, tombant sur le cou d'Anwyn, où elle siffla et brûla comme de l'acide. La jeune fille ne poussa aucun cri. Elle était déjà à mi-chemin entre ce monde et le suivant.

Anwyn tendit la main vers l'étui contenant le message. La sangle était prise entre les serres, elle réussit tout de même à défaire la boucle et à la dégager. Son souffle était de plus en plus court à mesure que ses poumons se remplissaient de sang, et que le démon l'emportait toujours plus haut. Regardant sous elle, Anwyn vit Deneb disparaître sous les arbres. Elle sourit de savoir sa jument bien-aimée en sécurité, puis se concentra sur l'étui, et des larmes emplirent ses yeux.

— Je suis désolée, chuchota-t-elle en songeant à ses parents et à tous les gens auxquels elle avait failli.

Alors que les ténèbres gagnaient son esprit, elle laissa glisser l'étui de ses doigts, en un dernier effort pour s'acquitter du devoir qui lui avait été confié.

La créature s'immobilisa au-dessus du plan d'eau et, avec un cri de victoire, lâcha la jeune femme. Anwyn était morte avant de toucher l'eau, le bruit de l'impact fut étouffé par l'épais bouquet de roseaux sur lequel elle s'écrasa. Son assassin resta suspendu en l'air un instant et enfin, avec un dernier cri, prit son essor et disparut vers l'est pour aller retrouver son maître.

*

Les exilés marchèrent de nouveau durant la nuit, ne s'arrêtant que quelques heures, sans chercher à dresser de campement, épuisés par les kilomètres difficiles et le poids croissant de la peur. Et pourtant, un sentiment d'excitation avait gagné les réfugiés. Les courriers devaient avoir atteint Toulwar, à présent. Certains parlaient de la créature vue dans le ciel, mais la plupart étaient convaincus que d'ici le lendemain matin au plus tard, les secours seraient en route.

Falco n'en était pas si sûr. Qu'à cela ne tienne ! Cet espoir, même fragile, valait mieux que rien. Il orienta son cheval vers l'endroit où Fossetta et Davis allumaient un feu. Malaki ne le rejoignit pas, occupé à vérifier les sabots. Falco saisit son pommeau de selle et mit pied à terre seul. Il se sentait tremblant et faible, mais il avait compté sur l'aide des autres pendant trop longtemps. L'heure était venue pour lui de commencer à se prendre en charge.

Fossetta se redressa du feu devant lequel elle était accroupie.

— Tu veux un peu de soupe ?

— Volontiers, fit Falco en hochant la tête.

Le visage de Fossetta se plissa et elle porta une main à la joue du jeune homme. Le noir désespoir avait quitté les yeux de Falco. Le garçon qu'elle affectionnait tout particulièrement était revenu vers eux. Elle se détourna et s'efforça de se concentrer sur sa tâche.

Falco baissa la tête. Héçamède préparait une infusion près du feu. La guérisseuse ne le regarda pas. Elle était toujours agacée par son refus de prendre son remède. L'estomac de Falco se révulsa à l'idée de respirer de nouveau les vapeurs. Héçamède pinça les lèvres quand elle le vit s'éloigner, tournant le dos à la seule chose qui pouvait le sauver. Le traitement était efficace, même s'il faudrait plusieurs inhalations avant que l'infection soit complètement éradiquée. À défaut, sa maladie reviendrait, plus destructrice que jamais.

Il se dirigea lentement vers Malaki, encore occupé avec les animaux. Bien que proches l'un de l'autre, Malaki feignit de ne pas le voir. Falco s'interposa au moment où son ami allait inspecter le cheval suivant. Malaki se redressa, refusant toujours de lever les yeux sur lui.

— Ça fait trop mal de le faire moi-même, dit Falco en déglutissant difficilement. Mais si tu pouvais m'aider…

Il laissa sa phrase en suspens et, après un silence gêné, il secoua brièvement la tête. D'une démarche toujours peu assurée, il saisit la couverture, retourna près du feu et s'agenouilla à côté d'Héçamède.

Les yeux de Fossetta s'illuminèrent. Pendant un moment, Malaki demeura immobile et inflexible puis, sans un mot, il avança et s'accroupit derrière Falco. Ce dernier tendit la couverture et, comme il l'avait fait le matin, Malaki enroula un bras puissant autour de sa poitrine, attrapant une poignée de cheveux de l'autre main.

Héçamède plaça la casserole devant Falco qui, luttant contre tous ses instincts de conservation, se pencha. Fossetta jeta la couverture sur lui et Héçamède ôta le couvercle. L'effet était toujours le même, mais Falco avait beau se débattre, il ne pouvait bouger, pris dans l'étau implacable de Malaki.

Après ce qui parut une éternité, Héçamède hocha la tête et Fossetta souleva la couverture. Hors d'haleine, Falco se redressa, Malaki ne relâcha pas son emprise tout de suite pour autant, pressant quelques secondes son visage contre le cou de son ami. Finalement, il se leva et partit en titubant.

Quand Falco, toujours en train de vomir, tendit la main vers lui, il était déjà loin.

— Donne-lui du temps, lui suggéra Fossetta en lui essuyant le visage. Donne-lui du temps.

Les ténèbres qui avaient envahi l'esprit de Falco étaient peut-être moins oppressantes, mais la douleur et le chagrin tardaient à disparaître. Il laissa les deux femmes l'aider à retrouver une position plus confortable et essaya de ne pas pleurer tandis qu'elles changeaient le pansement recouvrant son épaule brûlée. Héçamède rangea les affaires dans sa sacoche.

— Merci, murmura Falco.

— De rien, se contenta de répondre la guérisseuse.

Falco se demanda s'il avait dit quelque chose de mal, car aussitôt elle se leva et partit. C'était avant que Falco puisse voir les larmes qui brillaient dans ses sombres yeux thraciens. Quelque peu confus, il la regarda se fondre dans la nuit.

— Tiens, intervint Fossetta avec un sourire, tout en lui offrant un bol de soupe et une tranche de pain. Comment te sens-tu ?

— Affamé, répondit Falco, qui n'avait presque rien mangé depuis des jours.

— Bien, commenta Fossetta. Mais vas-y en douceur. Il te faudra du temps avant de retrouver toute ta force.

Elle se redressa et repartit vers le feu.

— Je suis désolé, souffla Falco, et Fossetta se retourna.

— Je sais que tu l'es, mon chéri. Je sais.

Falco finit sa soupe et dévora son pain. Puis, avec un dernier regard pour les gens autour de lui, il ferma les yeux. Il dormit profondément pendant près de deux heures et se réveilla baigné par une sensation de chaleur familière. Les mains de Siméon pesaient doucement sur son torse. Le vieux mage de bataille était agenouillé à ses côtés.

— Reste couché, dit-il. L'éruption a presque disparu.

— Je me sens différent, annonça Falco, se demandant comment Siméon pouvait savoir tant de choses qu'il ne pouvait voir. Endolori, pas malade, si cela peut avoir du sens.

Siméon acquiesça et se retourna pour aller s'asseoir sur un rocher.

— C'est tout à fait sensé.

De l'autre côté du feu, l'émissaire était occupé à quelque tâche avec Malaki. Au loin, on entendit le bruit métallique de petits coups de marteau.

— A-t-il fini ? voulut savoir Falco, faisant référence à la ceinture sur laquelle Sir William travaillait depuis quelque temps.

— Presque, assura Siméon. Malaki l'aide juste pour les rivets.

— C'est pour sa femme ? Siméon pinça les lèvres.

— Je ne suis pas certain qu'il soit marié. Pour autant que je sache.

Falco hocha lentement la tête, regardant l'individu qui était venu à eux alors qu'ils en avaient grand besoin. Il marqua une pause avant de parler de nouveau.

— Tu crois qu'il peut lire dans le cœur des gens ? demanda-t-il.

— Je pense qu'il voit plus de choses que la plupart des hommes, confia Siméon en souriant. Si la reine l'a choisi, c'est pour une bonne raison.

Falco continua de le dévisager, puis son attention se concentra sur Malaki.

— Il y aurait eu des morts, c'était évident, expliqua Siméon, comme s'il avait senti où s'était porté le regard de Falco. Même avec Darius, des gens auraient péri en combattant les Possédés.

— Je sais, dit Falco. Mais Balthazak…

Il ne put finir sa phrase.

— Tu ne dois pas te tourmenter avec de telles pensées, lui conseilla Siméon. Ce n'est pas toi qui as amené le démon sur nous.

Ils restèrent silencieux un moment. Falco regarda la lumière des flammes jouer sur le visage couturé de Siméon. Ayant senti le contact du feu de dragon, il imaginait parfaitement la douleur qu'avait ressentie Siméon.

— Allons-nous réussir ? s'inquiéta-t-il.

Siméon ne répondit pas et se contenta de renifler doucement, un sourire sombre venant incurver ses lèvres. Les Possédés se rapprochaient rapidement et personne ne savait si les messagers avaient pu passer.

— Et si nous y arrivons ? demanda Siméon, détournant la question. Que feras-tu ?

— Je l'ignore, répondit Falco. Je rentrerai chez moi, je suppose.

Siméon éclata d'un rire qui sonna faux.

— Chez toi ? répéta-t-il. J'ai bien peur qu'il ne reste plus rien de là où nous habitions.

— Alors je présume que je m'installerais à Toulwar, acquiesça tristement Falco. Avec le temps nous pourrions reconstruire Caer Dour.

— Tu pourrais accompagner Malaki à Ire, suggéra Siméon. Peut-être y trouverez-vous les réponses que vous cherchez. Je connaissais ton père. Il y avait des parts d'ombre en lui, c'est certain. Mais il n'était pas fou. Il ne s'est pas retourné contre nous sans raison.

Falco regarda son maître.

— Je crois que la mort de ton père avait un sens, conclut Siméon. Il est possible qu'à Ire tu trouves un sens, toi aussi.

Falco resta sans voix. Ces derniers jours, il avait senti son monde s'effondrer, se fermer, pour se transformer en avenir sombre et nuageux, et voilà que Siméon avait crevé ce nuage et laissé entrevoir la lueur brillante d'un possible.

Peut-être trouverait-il des réponses à Ire.

Peut-être y trouverait-il un but à sa vie.

Siméon s'en alla. En dépit des pensées qui tourbillonnaient dans son esprit, Falco réussit à dormir encore un peu, mais guère longtemps. Ils se réveillèrent dans l'obscurité et reprirent leur marche bien avant un horaire raisonnable. Les Possédés n'étaient plus qu'à quelques heures derrière eux, et il n'était plus question de s'attarder. Falco avait mangé un peu de pain et de fruits pour le petit déjeuner et, alors qu'il se balançait sur sa selle, il sentait un semblant de force revenir dans ses membres. Il aperçut une mère sur le côté du chemin, luttant pour garder éveillé un de ses fils, un garçon qui n'avait pas six ans.

— Tarran, sois maudit. Nous ne pouvons pas nous arrêter !

La femme était folle d'inquiétude et tirait sur le bras de l'enfant.

— Il peut monter avec moi, murmura simplement Falco, s'immobilisant à leur hauteur.

Elle leva les yeux, partagée entre le besoin d'aide et la pensée d'accepter cette offre de la personne même à l'origine de ce désastre. Finalement, nécessité fit loi et, marmonnant un remerciement, elle souleva son fils et l'installa en travers de la selle. Falco enroula sa cape autour du garçon en larmes.

— Ne t'inquiète pas, dit-il. Les messagers sont arrivés à destination. Les chevaliers de Toulwar sont déjà en route pour nous aider.

Le garçon se retourna et ses yeux bleus perçants le fouillèrent du regard, à la recherche de la moindre trace de mensonge. Quelque chose dans le cœur de Falco lui disait que les messagers n'avaient pas réussi à passer. Et pourtant ses mots ne donnaient pas le sentiment d'être un mensonge. Avec un petit sourire, le garçon se cala contre la poitrine osseuse de Falco.

*

Le capitaine Reynald de Roche des chasseurs royaux de Toulwar s'approcha du cheval. La jument châtaigne tremblait d'épuisement et était visiblement terrifiée. Il lui tendit la main, parlant d'une voix douce et apaisante. Il saisit la bride et l'animal posa la tête contre son épaule, ses oreilles se dressant d'avant en arrière.

— Tout doux, fit le capitaine de Roche en caressant l'encolure trempée de sueur du cheval.

La jument avait de toute évidence beaucoup galopé, mais il n'y avait aucune trace de son cavalier. Lentement, le capitaine conduisit la bête vers ses hommes. La patrouille avait quitté Toulwar quatre jours plus tôt et était sur le point de rentrer lorsqu'ils avaient aperçu l'animal.

— Il venait de là, expliqua un homme. De la route de la Valence.

Le capitaine de Roche tourna la tête. L'émissaire de la reine n'avait-il pas emprunté cette même route deux semaines plus tôt ?

Il laissa un de ses hommes prendre soin du cheval puis remonta en selle, à côté des autres cavaliers en armure légère.

— Nous suivrons la piste jusqu'à la lisière de la forêt, leur annonça-t-il.

Il fit une pause avant de partir. Ils avaient tous entendu parler de la brèche dans les défenses illiciennes, et, durant leur patrouille, ils avaient croisé un bûcheron qui leur avait mentionné une créature noire sillonnant le ciel au-dessus des arbres. Ils en avaient conclu qu'il devait s'agir d'un aigle des montagnes… Le capitaine de Roche n'en était plus si certain, à présent.

— Soyez sur vos gardes, recommanda-t-il à ses hommes. J'ai peur que le mal rôde dans les parages.

Ils partirent au galop. Leurs propres chevaux étaient fourbus et assoiffés ; heureusement le capitaine connaissait un lac non loin de la piste. Ils pourraient y abreuver leurs montures.

*

Les fugitifs de Caer Dour trébuchaient dans leur hâte et maudissaient les officiers qui les aiguillonnaient.

— Plus vite… Avancez… Plus vite…

Un homme ne goûtait pas la tâche qui lui avait été confiée. Il continuait cependant à invectiver les gens, jetant des coups d'œil fréquents dans son dos pour tenter d'apercevoir un signe de l'arrière-garde. Quelque chose n'allait pas. Les Possédés étaient désormais si proches que les détachements qui les harcelaient revenaient rapidement. Or le dernier groupe tardait à réapparaître.

L'aube avait apporté des averses glacées qui balayaient les montagnes, mais maintenant les nuages s'effilochaient et les larges taches de bleu formaient un spectacle bienvenu. Soudain, quelqu'un poussa un cri en montrant un point dans le ciel, et une vague de panique s'abattit sur Falco. Il leva la tête et vit l'ange noir voler au-dessus d'eux, projetant son ombre de peur.

Approche-toi, songea Falco. *J'en connais certains qui te feraient tomber du ciel.* Comme en réponse, la créature les survola, espionnant les montagnes pour le compte de son maître.

Toujours calé devant lui, le jeune garçon frémit contre son torse ; à côté, sa mère se recroquevilla et serra ses deux autres enfants dans ses bras. Falco immobilisa sa monture. Il caressa les cheveux du garçon.

— N'aie pas peur, dit-il à la femme.

Celle-ci releva lentement la tête et Falco lut la terreur dans ses yeux.

— L'ennemi sait que tu les aimes, expliqua Falco en désignant les enfants. Il voit cela comme une faiblesse, un moyen de briser ta foi. Que ce soit ta force, au contraire.

La femme fronça les sourcils comme si elle était troublée par l'autorité qui émanait de sa voix, mais lentement elle se redressa. Elle fit un bref signe de tête à Falco, finit par s'essuyer les yeux et enjoignit à ses enfants de reprendre la marche.

— Tu commences à parler comme moi, observa Siméon, qui venait de se ranger à sa hauteur.

— Je t'ai entendu dire la même chose, fit remarquer Falco, étrangement mal à l'aise.

— C'est parce que c'est vrai, déclara Siméon avec un sourire.

Ils avancèrent en silence pendant un moment et le garçon, Tarran, sauta à terre pour marcher avec sa mère.

— Quelque chose ne va pas, pressentit Falco. Ils devraient être de retour, à présent.

Siméon acquiesça, puis il tourna son visage

aveugle vers le devant de la colonne. Quelques chefs arrivaient dans leur direction.

— Que se passe-t-il ? demanda-t-il alors que les nouveaux venus s'arrêtaient à côté d'eux.

— Des nobles se sont enfuis, rapporta l'émissaire, et Bellius Snidesson en fait partie.

Falco resta bouche bée. Siméon, lui, se contenta de baisser la tête.

— Dix-sept chevaliers et quarante hommes de leur équipage, déclara Morgan Saker.

Falco voulut prendre la parole, mais Siméon leva la main pour l'en empêcher.

— Ne les juge pas trop durement. D'autres feraient de même s'ils avaient des chevaux rapides pour tous leurs proches.

Morgan Saker semblait sur le point d'objecter quand plusieurs choses se produisirent simultanément. Tout d'abord, des cavaliers de l'arrière-garde apparurent et se frayèrent un chemin jusqu'aux officiers.

— Le démon est sur nos talons, dit le capitaine, un accent de panique dans la voix. Les Possédés se sont arrêtés pendant un moment et il s'est passé quelque chose à l'abri de nos regards, mais maintenant ils arrivent plus vite que jamais.

Le visage de Lord Cadell était de marbre tandis qu'il tentait de comprendre les implications de cette annonce. Au même moment, ils remarquèrent que la colonne s'était figée. Les gens commencèrent à regarder derrière eux : un éclaireur remontait la ligne au galop.

— Quoi ? lâcha Lord Cadell à l'homme, à bout de souffle, qui luttait pour former ses mots.

— L'ennemi est devant nous, seigneur. La voie est bloquée !

Falco avisa les visages anxieux les uns après les autres. Il semblait que Bellius s'était éclipsé juste à temps. Non seulement l'ennemi les avait rattrapés, mais il avait également réussi l'impensable : l'armée des Possédés les avait dépassés ! Les habitants de Caer Dour étaient pris en tenaille. Il n'y avait plus aucun moyen de se retrouver en sécurité.

17

Un message dans les roseaux

— Comment ont-ils pu arriver devant nous ? s'exclama Lord Cadell. C'est impossible.

— Le démon les a fait passer, expliqua l'émissaire, qui avait déjà été confronté au phénomène. Certains sont assez puissants pour déchirer le voile de la réalité et transporter une petite troupe d'un endroit à un autre. Celui qui nous suit est assurément en train de gagner en puissance.

Les réfugiés le dévisagèrent, atterrés.

— Combien d'hommes ? interrogea Siméon.

— Assez pour nous obliger à nous arrêter, répondit l'émissaire, étudiant le chemin encombré par des centaines de personnes apeurées qui arrivaient vers eux en courant.

— Combien de temps avant que le démon nous rattrape ?

— Trois heures, peut-être moins.

La mâchoire de Siméon se contracta.

— On peut passer en force ? demanda Falco.

— C'est possible, dit l'émissaire. Mais d'ici là, l'ennemi nous aura rattrapés. Et nous devons à tout prix éviter que les Possédés nous surprennent sur le sentier. Non, notre seule chance est de trouver une position défendable et d'espérer pouvoir tenir jusqu'à ce que les secours arrivent.

Le sang de Falco se glaça dans ses veines. Ils étaient piégés dans les montagnes et ils ne savaient toujours pas si les messagers avaient pu atteindre leur destination.

— Il y a une petite vallée, pas très loin derrière nous, suggéra un éclaireur. Les falaises y sont escarpées et elle comporte une ligne de crêtes basses, qui serait facile à défendre.

— Parfait, conclut l'émissaire. C'est là que nous livrerons bataille.

*

Le capitaine Reynald de Roche scrutait les traces au sol. C'était à n'y rien comprendre.

— Le cheval a pris peur à cet endroit, remarqua un de ses hommes, un dénommé François, l'un des meilleurs pisteurs de Toulwar.

Il était penché au ras du sol, désignant les empreintes de sabots.

— Là, on voit bien que l'allure est régulière, qu'il y a un cavalier. Mais guère plus loin, la terre est retournée, comme s'il y avait eu un accident, ou une collision. Et pourtant, il n'y a bien qu'une seule sorte de sabots et pas la moindre trace d'une chute.

L'homme s'était redressé, et il poursuivit :

— Et à partir de cet endroit, les empreintes deviennent complètement irrégulières, mais se dirigent clairement vers les arbres. Ça ne fait aucun sens.

Le capitaine de Roche observa le sol. Il regarda ensuite le sentier derrière lui, et enfin devant, en direction de la forêt. C'était comme si le cavalier s'était évaporé.

— Capitaine !

Il se retourna et aperçut un de ses hommes s'approcher, un étui en cuir noir entre les mains.

— Je l'ai trouvé dans l'herbe, à côté du lac, dit le soldat.

Le capitaine scruta les eaux calmes. Quelques oiseaux voletaient. Il saisit l'étui et en sortit le message enroulé à l'intérieur. À mesure qu'il avançait dans sa lecture, ses hommes virent son front se plisser et son visage pâlir.

— Qu'y a-t-il, capitaine ? voulurent-ils savoir.

— Les habitants de Caer Dour, répondit celui-ci, repliant le message et le glissant dans une bourse accrochée à sa ceinture. Ils ont été contraints de fuir dans les montagnes, et sont poursuivis par une armée de Possédés.

Les hommes le dévisagèrent, incrédules. Pour eux, les Possédés étaient une menace abstraite, un cauchemar issu de terres lointaines.

— En selle ! aboya de Roche. Leur destin est entre nos mains !

Le ton brusque avec lequel il avait prononcé ces mots eut raison de leur stupeur, et les chasseurs passèrent immédiatement à l'action. En quelques secondes, ils étaient déjà au galop, fonçant vers Toulwar. Ils n'avaient cependant pas parcouru une grande distance que de Roche s'engageait sur un sentier étroit qui menait vers le sud de la ville.

— Capitaine ! l'appela François, cherchant à éviter les petites branches qui lui cinglaient le visage. Ce n'est pas le chemin le plus court.

— Je sais, répondit ce dernier.

Ce n'était pas vers la ville qu'il se dirigeait, mais vers une retraite perchée sur un promontoire rocheux, où il était de notoriété publique que certains guerriers de passage et leurs créatures mythiques faisaient halte. L'armée de Toulwar ne rejoindrait jamais les fuyards de Caer Dour à temps. L'aide dont ils avaient besoin devait arriver sur des ailes rapides, et le capitaine espérait juste que son pari fou réussirait, que la personne qu'il cherchait serait encore dans la retraite lorsqu'ils y parviendraient.

Derrière eux, le corps d'une jeune femme flottait sur les eaux sombres d'un lac de forêt. Ses restes ne seraient jamais mis en terre, et pourtant son âme aurait peut-être trouvé quelque réconfort de savoir que le message pour lequel elle avait donné sa vie avait enfin atteint son destinataire.

*

Les habitants de Caer Dour se déployèrent dans la vallée encaissée. Aucun sentier ne permettait d'en sortir, et seuls les plus lestes avaient une chance de pouvoir escalader les falaises qui les entouraient. Ce serait leur forteresse et cela risquait bien de devenir leur tombeau.

La vallée au sol régulier se terminait en une série de petites éminences se resserrant à son extrémité. C'était un bon endroit pour se défendre, facilitant pour l'armée le barrage de la voie, et garantissant ainsi aux habitants d'être en sécurité jusqu'au bout.

Il fallut une heure avant que les dernières familles soient guidées à travers le passage. Falco faisait de son mieux pour aider, mais cela l'épuisait plus qu'autre chose. Héçamède lui avait donné un petit pot d'onguent pour Tobias. Le jeune infirme était couvert d'ampoules à force d'être sanglé à un cheval depuis des jours. L'onguent soulagerait un peu sa douleur et aiderait à cicatriser.

— Au moins, il ne pleut pas, fit Julius Merryweather tandis que Falco lui tendait le pot.

Merryweather avait déjà nettoyé les plaies de son fils et n'avait pas perdu de temps pour appliquer le remède d'Héçamède. Tobias leva la tête et Falco rougit. Il n'avait pas eu l'intention de le dévisager. Le garçon l'étudia pendant un moment, de ses yeux larmoyants et étrangement pénétrants, puis il commença lentement à sourire.

— Madaille mieux maintenant.

Falco renifla, avant de sourire à son tour.

— Et toi, comment vas-tu, Tobias ? demanda-t-il.

— Ça fait un mal de fien, répondit-il en faisant la grimace alors que son père lui tapotait la nuque.

— Qu'est-ce que je t'ai dit au sujet des gros mots ?

fit mine de le houspiller Merryweather, enchanté du moral inébranlable de Tobias.

Père et fils étaient manifestement unis, mais Falco voyait bien que quelques-unes des plaies de Tobias s'étaient infectées. Il jeta un coup d'œil à Merryweather. L'expression que celui-ci arborait voulait tout dire.

Si seulement ils pouvaient vivre assez longtemps pour que Tobias meure des suites de ses blessures…

La journée tirait à sa fin. Ils avaient été rattrapés en dépit de tous leurs efforts, et ils se retrouvaient pris au piège dans les montagnes. Leur seul espoir était de tenir aussi longtemps que possible et cela signifiait faire en sorte de garder Siméon vivant. L'importance de ce fait avait déjà été répétée à l'armée. Assis à côté de son maître, Falco écouta l'émissaire qui s'adressait à présent aux parents et aux aînés.

Ayant revêtu la cotte de mailles et les bottes renforcées des cavaliers, il se plaça parmi eux. Les gens s'attroupèrent autour de lui, quelque peu à l'écart du gros de la populace, de sorte que les enfants ne puissent entendre ce qui se disait.

— Tant que Siméon sera vivant, l'armée sera à même de se battre. Sa présence permettra de tenir la peur à l'écart. Malheureusement, la force de Siméon n'est plus ce qu'elle était. Nous ferons tout ce qui est en notre pouvoir pour l'aider, mais s'il venait à tomber…

L'émissaire s'interrompit et les gens examinèrent les couteaux qu'on leur avait distribués, aux lames coupantes comme des rasoirs, parfaites pour tuer en infligeant le minimum de souffrance.

— Si Siméon meurt, poursuivit Sir William sur un ton grave et inflexible, la fin viendra rapidement. Quoi qu'il advienne, vous devez faire en sorte que vos enfants ne tombent jamais aux mains des Possédés.

Il marqua une pause, le temps que les gens digèrent ce qu'il venait de leur annoncer, puis reprit :

— L'ennemi tentera de vous en empêcher. Il emplira vos esprits de promesses et de mensonges. Ne le croyez pas. Si Siméon tombe, n'hésitez pas, ne tardez pas, de crainte que le courage vous manque.

Les visages des parents étaient pâles et renfrognés, autant que calmes et résolus. Ils feraient le nécessaire.

Une corne résonna soudain, et toutes les têtes se redressèrent. Une des sentinelles des falaises venait de donner l'alerte. L'ennemi était en vue.

Les parents retournèrent auprès de leurs enfants, et Falco suivit Siméon et l'émissaire tandis qu'ils descendaient rejoindre l'armée. Le soleil venait de se coucher et leurs regards se portaient vers l'ouest, où s'estompaient les derniers feux du crépuscule. Au loin, la montagne profilait sa silhouette noire sur le ciel, mais la ligne de crête était encore étincelante, ondoyant comme sous l'effet de la chaleur par une journée d'été. Falco la sentait même sur son visage.

— C'est à cause des Possédés, expliqua Siméon, lisant dans ses pensées. Ils apportent avec eux le souffle de l'Hadès.

Derrière eux, le disque boursouflé de la pleine

lune se levait tout juste, et dans sa pâle lueur grise, ils aperçurent les premiers reflets d'un acier qui n'était pas de cette terre. Même à cette distance, les combattants de Caer Dour reculèrent d'un pas, mais le vieil aveugle qu'était Siméon le Roy avança, et Sir William d'Eltz, émissaire de la reine venu de la cour d'Ire, l'imita. Falco se tenait à la hauteur de Siméon. La peur n'avait aucune espèce d'emprise sur lui. Cela faisait bien longtemps qu'il l'avait maîtrisée.

Lord Cadell parut alors, suivi de Sir Gerallt Godwin et d'autres. Lentement, les défenseurs se rapprochèrent des crêtes. Falco resta avec Siméon, qui prenait position sur une corniche, à une quarantaine de mètres en retrait de la ligne de front. C'était là qu'il livrerait son dernier combat. Il pourrait embrasser toute l'armée dans son étreinte mentale. Une fois Siméon en position, l'émissaire enfourcha sa monture.

— Tout doux, Tapefer, dit-il comme l'animal regimbait sous lui.

Élevé pour la guerre, le percheron gris cendre reconnut la tension qui précède toujours la bataille, et le sang du fier étalon bouillonna. L'animal était bien protégé, avec un flançois de cuir, un chanfrein de métal et une barde d'encolure.

Le plan consistait à laisser les Possédés avancer, puis à les clouer sur place vers les falaises. Ces dernières n'étaient pas très hautes, guère plus qu'un tertre pour certaines, mais elles offraient une position défendable, et Lord Cadell en tirerait le meilleur usage possible. Il disposa le gros de ses troupes là où les falaises étaient le moins élevées, et les flanqua de lignes d'archers. Derrière eux, la cavalerie avait été divisée en deux groupes, d'où ils pourraient intervenir rapidement au cas où l'ennemi enfoncerait une brèche. Le reste des troupes était déployé au pied des falaises en une fine ligne hérissée d'épées, de boucliers et de lances.

Tandis que Falco regardait l'armée se mettre en place, Bryna Godwin rejoignit les archers sur la droite. C'était là que se trouvait Malaki, debout avec les plus robustes guerriers, au centre du front. Il était sur le point d'enfiler son casque lorsqu'il se sentit observé. Son regard et celui de Falco se croisèrent. Ils restèrent ainsi quelques brefs instants emplis de tristesse, puis Malaki s'éloigna. Jamais Falco ne s'était senti aussi seul et inutile. Il inclina la tête et observa ses mains maigres et osseuses.

— Il y a plus d'une façon de se battre.

C'était Siméon qui venait de prononcer ces mots.

— Va trouver Fossetta, lui enjoignit-il. Montre aux gens que tu n'as pas peur. Cela les aidera plus que tu en as idée.

Dépité, Falco fit mine de partir, mais Siméon tendit le bras pour l'en empêcher. Ses mains rugueuses palpèrent le visage de Falco, comme s'il cherchait à mémoriser ses traits.

— Je t'ai aimé, Falco Danté, bougonna le vieux mage. Je t'ai aimé comme un fils. Et ton père aussi.

Falco scruta le visage de l'homme qui l'avait élevé. Sa gorge était serrée sous le coup de l'émotion.

— Promets-moi que tu iras à Ire, l'exhorta Siméon. Si tu vis assez longtemps pour voir le jour se lever. Trouve ta place en ce monde, Falco. Et découvre pourquoi il m'a fallu tuer l'homme que j'estimais le plus.

Falco acquiesça et Siméon l'attira à lui.

— Ne perds pas la foi, dit-il dans un souffle. Quoi qu'il advienne, ne perds pas la foi.

Immobilisé dans l'étreinte de Siméon, Falco ne put que hocher maladroitement la tête, puis, lentement, il se détourna de l'armée de Caer Dour et alla plutôt rejoindre la population. Il trouva Fossetta avec les blessés et les malades sur la partie occidentale de la vallée, là où les falaises se tendaient de toute leur hauteur. Il essuya son visage d'un revers de main et s'assit pour écouter Julius Merryweather essayer de distraire un groupe d'enfants avec une série d'histoires amusantes, mais pour une fois son humour débonnaire coutumier lui faisait défaut et les enfants ne semblaient guère convaincus.

Le jeune Tarran s'approcha de lui.

— Les plus grands prétendent que nous ne passerons pas la nuit, expliqua le garçonnet.

Falco leva la tête. Toute une foule attendait de voir ce qu'il allait dire. Il attira Tarran vers lui.

— N'importe quoi, répondit-il. Il se trouve que je sais que Fossetta a un œuf d'oie, trois lamelles de bacon, et aussi une poire bien juteuse cachée au fond de son sac. Pas vrai, Fossetta ?

Cette dernière montra quatre doigts.

— En fait, quatre tranches de bacon, corrigea-t-elle en souriant.

— Eh bien, ça alors ! s'exclama Falco. Autant te dire que je ne raterais ce petit déjeuner pour rien au monde.

Tarran sourit, et tous ceux autour d'eux eurent le cœur un peu plus léger. Falco vit qu'Héçamède le regardait, ses yeux noirs scintillants d'approbation.

Toute la journée, ils avaient essayé d'apaiser les peurs des gens, en vain. Cette peur n'avait fait que croître. Jusqu'à ce qu'il vienne s'asseoir à leurs côtés. Lui. Il était pâle, maigre et faible, et on ne savait toujours pas s'il allait survivre à l'infection qui rongeait ses poumons. Mais au moins il avait à présent une chance de s'en sortir.

Fort, songea Héçamède. *Comme son père.*

Elle se souvint de son arrivée à Caer Dour avec une poignée de gens qui fuyaient la guerre en Illicie. Elle n'était qu'une petite fille à cette époque. Une toute jeune guérisseuse emportée dans une série d'horreurs qu'elle aurait à peine pu imaginer. Les gens de Caer Dour les avaient accueillis et elle avait été invitée à rester dans la demeure d'Éléanora Danté, l'épouse d'un aristocrate qui hantait ses rêves. Elle avait toujours gardé en mémoire l'intensité des yeux verts et brillants de la jeune femme.

Et doux, pensa-t-elle, se remémorant la nuit tragique au cours de laquelle Falco était né. *Comme sa mère.*

Des cornes résonnèrent depuis les falaises, dernier et bruyant appel pour se mettre en position.

Falco se redressa et regarda dans la vallée. L'avant-garde de l'armée des Possédés s'approchait, silhouettes sombres dans les ténèbres qui allaient s'amoncelant et que transperçaient quelques éclats d'acier. Il constata que des parents attiraient leurs enfants à eux dans son dos, et il songea aux couteaux que chacun d'eux tenait dissimulés.

Des parents contraints de tuer leurs propres enfants ?

Falco serra les dents devant pareille horreur. Puis, poussant Tarran derrière lui, il scruta les silhouettes des Possédés en contrebas, et ses yeux verts brûlèrent dans la pénombre.

18

Les Possédés

Les Possédés avançaient avec toute la détermination inexorable d'un cauchemar, il ne s'agissait pourtant que de leur avant-garde. Le démon, et l'armée qu'il accompagnait, n'avaient pas encore atteint la vallée.

Malaki les observa émerger des ténèbres. Ils avaient l'air humains, mais il savait qu'une telle description ne s'appliquait plus à eux. Ils étaient plus et moins que des hommes ordinaires. C'étaient des âmes perdues, des individus arrachés au cœur même de l'humanité, baptisés dans les flammes de l'enfer et nés une seconde fois dans la ténèbre.

Ils portaient la tenue de bataille férocienne : plastron, bouclier rond et casque en acier sombre aux reflets de bronze laissant apparaître leur visage. L'aspect même de cette armure renvoyait quelque chose de brutal. Elle luisait légèrement, à la façon du métal que l'on chauffe dans les flammes. Malaki sentait la chaleur sur son visage. Il regarda autour de lui, et à l'expression d'incertitude qui se dessinait sur leurs traits, il comprit qu'il en allait de même pour ses comparses.

Il voulut déglutir, cependant sa bouche était sèche. Il sentit la peur le gagner. Il serra les dents et la combattit. Son père n'y avait pas succombé, et il était hors de question qu'il en aille autrement pour lui. D'une main tremblante, il dégaina son épée et tint son bouclier face à lui. Il était rond et suffisamment grand pour dissimuler son corps des épaules aux genoux. Presque machinalement, il adopta une position de combat et remarqua que de part et d'autre tout le monde faisait de même.

Lord Cadell avait placé ses meilleurs éléments au centre et Malaki était venu les rejoindre. Si la ligne de front était menacée, ils se rallieraient autour de Siméon et formeraient un cordon d'acier. Quel que soit le prix à payer, c'était leur mission de le protéger. Malaki était prêt à donner sa vie pour que le mage de bataille conserve la sienne.

Les Possédés se rapprochaient lentement. Leur peau couleur de cendre, marbrée de taches bleu-noir, était visible à la froide lueur de la lune. Un peu plus et il vit leurs yeux, ressemblant à des globes blancs et humides, luisant de malice. Eux savaient qu'il avait peur et cela les rendait plus forts.

Cette même constatation se répéta partout d'un bout à l'autre de la ligne de front à mesure que les gens se retrouvaient face aux Possédés. Comment pouvaient-ils vaincre ? Comment pouvaient-ils avoir la moindre chance de l'emporter ?

Malaki se retourna pour observer Siméon, mais

le vieux mage de bataille semblait absorbé dans sa concentration. Une étrange sensation gagna son torse, un picotement qui envahit son corps et déborda jusque dans son esprit.

En même temps, toute sa peur se dissipa et il se repositionna face à ses adversaires.

C'était donc cela, le pouvoir d'un mage de bataille. Redonner aux hommes l'espoir et le courage dont l'ennemi les aurait autrement privés. La voix de l'émissaire s'éleva sur sa droite.

— Archers, prêts…

Malaki retint son souffle. Les Possédés étaient presque au pied de l'éminence. D'un coup, ils se lancèrent à l'assaut. Sir William donna le signal, et une grêle de flèches s'abattit depuis les falaises.

*

Bryna Godwin suivit sa flèche du regard. Le trait se brisa sur le plastron d'un Possédé sans parvenir à le transpercer. En l'espace d'une seconde, elle tenait une seconde flèche, mais ses mains tremblaient tellement qu'elle fut incapable de l'encocher. La première volée avait interrompu l'avance des Possédés seulement pour une seconde, pas une de plus. De nombreux traits avaient trouvé leur cible, s'enfonçant dans des bras ou des jambes : la charge ennemie n'était pas brisée pour autant.

Bryna Godwin apprit deux choses à cette occasion.

La première était que la douleur et les blessures ne suffisaient pas à arrêter les Possédés.

La seconde était qu'elle était très loin d'être aussi courageuse qu'elle s'était plu à le croire.

Pendant plusieurs secondes frénétiques, elle tenta désespérément d'encocher son trait tout en observant du coin de l'œil les Possédés gagner du terrain, passant par-dessus les rochers de la pente.

Elle guetta le petit déclic comme sa flèche tombait enfin en place et elle souleva son arc. Un groupe de Possédés arrivait sur elle. Deux d'entre eux basculèrent en arrière, transpercés par plusieurs traits, trois en revanche se rapprochaient inéluctablement. Il s'agissait de Sciritae, l'infanterie légère de l'armée férocienne, et ils se mouvaient à une vitesse effrayante. Ils avisèrent la jeune fille avec une terrible faim dans leurs yeux et la flèche de Bryna alla se perdre dans les arbres. Elle voulut en saisir une autre, mais un Possédé avait gagné une corniche étroite près du sommet, et Bryna dut reculer quand son adversaire bondit pour combler les quelques pas qui le séparaient d'elle.

Elle entendit un claquement sec et le Sciritae retomba en arrière, une flèche fichée en plein visage. Bryna se tourna et vit Reese, un vieux borgne au visage flétri.

— Respire plus lentement, dit-il d'une voix qui lui fit penser à une porte grinçante. Vise la tête ou la gorge si possible.

Il décocha un second trait et le Sciritae suivant chuta à la renverse, une flèche dans la trachée. Le troisième tentait de prendre position en haut de la colline, c'est alors qu'un jeune lancier se jeta sur lui et le transperça. C'était leur travail de protéger les archers si les Possédés s'approchaient trop.

— On peut les arrêter, croassa le vieux Reese. Tout ce que tu dois faire est de continuer à décocher tes flèches.

Il n'avait pas spécialement l'air amical, pourtant Bryna trouva ses mots réconfortants au-delà de tout. Elle se força à calmer sa respiration et encocha un trait. Elle leva la tête et chercha une cible. Au même moment, le jeune lancier hurla. Deux Possédés s'étaient rués sur lui et lui avaient agrippé les chevilles.

Agissant sous le coup d'une impulsion, Bryna passa son arc dans son dos et se pencha pour aider le lancier. Elle saisit les premières choses à sa portée, une épaule et une mèche de l'épaisse tignasse noire. Elle était terrifiée de se trouver si près des Possédés, et son esprit commença à céder à la peur. La puanteur de leur chair décomposée était infâme et elle frémit devant les ondes de chaleur suffocante qui semblaient émaner d'eux. Elle avait l'impression que le monde sombrait dans le chaos.

Et ce n'était que l'avant-garde.

À côté d'elle, le vieux Reese sortit un long coutelas de sa ceinture et entreprit de taillader le Possédé. Il avait presque réussi à sectionner le bras de la créature lorsqu'une lame férocienne s'enfonça dans son estomac. Le vieil homme émit un hoquet sifflant et versa dans le ravin. Transie de peur, Bryna se concentra tout entière sur le jeune lancier. Une partie d'elle lui hurlait de lâcher, de battre en retraite avant de sentir une lame brûlante lui fouiller le ventre, mais elle en était incapable. L'idée qu'un Possédé entraîne ce jeune homme vers sa mort était simplement par trop horrible. Le pauvre diable gémissait de désespoir tandis qu'il essayait de se dégager.

Bryna tira de toutes ses forces juste au moment où les Possédés faisaient de même. Le jeune lancier disparut à sa vue, une expression d'horreur dans les yeux.

Elle fut propulsée en arrière, loin de la falaise. D'autres soldats arrivaient pour repousser les Possédés : il était déjà trop tard. Bryna regarda ses mains. La gauche était ouverte et vide. Dans la droite, elle tenait toujours une mèche de cheveux ensanglantée. Se sentant soudain emportée hors de son corps, elle s'éloigna en rampant. Derrière elle montaient les bruits terrifiants du fracas de l'acier, des grognements de l'ennemi et des hurlements de douleur. La bataille ne faisait que commencer, et c'en était déjà trop.

Bryna Godwin se recroquevilla à l'ombre d'un rocher et pleura.

*

Malaki se sentait mal par anticipation. De part et d'autre, des soldats se battaient pour empêcher l'ennemi d'arriver au sommet, mais les Possédés semblaient éviter la zone où se trouvait Siméon et attaquaient en masse en d'autres endroits. Les archers sur sa droite étaient confrontés à une violente charge. Il se pencha, espérant apercevoir Bryna.

— Tiens ta position, dit quelqu'un à côté de lui.

Ce n'est qu'à ce moment-là qu'il comprit qu'il était sorti du rang. Remis à sa place ainsi qu'il le méritait, il tourna de nouveau la tête vers Siméon : le vieil homme était visiblement perplexe. Son corps se balançait d'avant en arrière, comme s'il sentait l'approche de quelque danger imminent.

Soudain, sans crier gare, les Possédés cessèrent le combat et refluèrent, disparaissant tels des spectres dans la froideur du clair de lune.

Malaki suivit la ligne de leur retraite dans la vallée et il discerna une masse sombre, et quelque chose de plus noir encore qui palpitait en son centre. C'était là la raison pour laquelle ils avaient fui leurs demeures. L'incarnation du mal qui menaçait toute l'humanité.

Un démon issu du septième niveau de l'enfer.

*

Avant même que son ombre apparaisse dans la vallée, Falco sentit l'approche du démon. De sa position légèrement surélevée, il voyait la ligne de front étirée le long des falaises. Les soldats s'agitaient nerveusement, jetant de rapides coups d'œil derrière eux, espérant qu'on leur donne la permission de fuir.

Falco eut pitié d'eux.

Ils savaient que les leurs étaient voués à une éternité de souffrance, mais ils n'avaient pas le courage de les sauver. Il y avait de quoi prendre ces hommes en pitié. Heureusement, ils n'étaient pas seuls. La lueur intangible qui émanait de Siméon gagna toute la vallée. Même s'ils ne le savaient pas, tous les soldats de l'armée de Caer Dour baignaient dedans, en étaient imprégnés.

Falco regarda Siméon. L'homme avait été à la fois un maître et un père pour lui. Il était ravagé par les ans et défiguré, et Falco n'arrivait pas à comprendre comment quelqu'un de si diminué sur le plan physique pouvait être encore si fort. Il se retourna vers les malades et les blessés, les enfants et les vieillards. Eux aussi sentaient le manteau de la foi de Siméon. Ils n'en saisissaient rien, mais en retiraient un certain réconfort.

Un mage de bataille était à leurs côtés.

Assurément, il y avait encore de l'espoir.

*

Le démon s'immobilisa à l'entrée de la vallée. À ses yeux, le monde des humains était chétif et fragile, une mince couche de vernis sur le royaume plus important dont il était issu. C'était là un endroit à profaner, un lieu où déverser souffrance et désespoir. C'était sa mission et elle était aisée.

Un élément le retenait, la présence d'une âme qui ne frémissait pas de peur. Là, au milieu de toutes ces chairs en armure, un Défiant. La seule créature humaine capable de s'opposer aux démons.

Le démon s'interrompit, contenant les appétits voraces des Possédés. Il attendit, jaugeant son adversaire. Puis il sourit.

Le Défiant était vieux et rabougri, il ne lui restait plus que l'ombre de la force qu'il avait autrefois maniée.

Le démon sourit, un geste qui, sur ses traits impies, était plus un rictus animal qu'une expression de plaisir. Une goutte de salive coula de ses énormes mâchoires, le cuir brûlant de sa peau retroussée révélant des crocs qui brillaient comme du plomb crevassé, et qui pourtant étaient plus durs que n'importe quel acier trempé.

Il sourit et mit son armée en marche.

*

Siméon se détendit dès qu'il sentit que le démon ne le scrutait plus. Il avait dû mobiliser toute sa volonté pour lui dissimuler sa véritable puissance. Qu'il pense qu'il était vieux et faible. Il comprendrait bien rapidement son erreur, et cela leur donnerait peut-être une chance. La force du démon était terrifiante, tant sur le plan physique que mental. Rien d'étonnant à ce qu'il ait réussi à enfoncer les défenses illiciennes.

Siméon ressentit le besoin de se tourner vers l'ouest, par là où d'éventuels secours arriveraient. Il se fit violence et résista à la tentation. Il devait enfouir cet espoir au fond de lui. À défaut, le démon le percevrait comme une faiblesse. Et il aurait raison.

Il était donc la dernière chance des gens. Lui. Siméon.

*

Bryna fut ramenée parmi les blessés et les malades sous les yeux de Falco. Il était profondément attristant de voir un esprit si indompté réduit à une pelote de nerfs tremblante. Héçamède l'attira doucement près du feu.

— Assieds-toi ici, dit la guérisseuse. Je vais te trouver quelque chose à boire.

Falco était sur le point de détourner le regard lorsqu'il aperçut Tarran arriver en courant, accompagné d'un de ses amis.

Tarran plaça l'arc de Bryna, court et doublement recourbé, sur les genoux de celle-ci, tandis que son camarade déposait le carquois. Bryna regarda son arme comme si elle ne l'avait jamais vue. Son expression était hagarde et comme perdue, puis elle se concentra sur les visages des deux garçons et se mit à sangloter.

Le plus jeune ne put soutenir cette scène et partit en courant, mais Tarran fit un pas en avant et lui posa une main sur le genou.

— Tout va bien, madame, la rassura-t-il. L'armée de Toulwar est en route pour nous sauver.

Les pleurs de Bryna ne semblaient pas pour autant près de cesser. Tarran ne parut plus aussi convaincu qu'il l'était. Il resta immobile et incertain, jusqu'à ce que Fossetta surgisse.

— Va-t'en, à présent, dit-elle. Retrouve ta mère.

Elle força le jeune garçon à se retourner et l'encouragea à partir. Elle le suivit des yeux pendant quelques instants puis examina Falco, qui avait l'air en piteux état.

— Tu devrais te reposer.

Falco hocha la tête. Il avait trouvé grande satisfaction à aider, mais il était encore dans un état de faiblesse épouvantable, et sa poitrine et son épaule le brûlaient toujours. Se détournant de Bryna, il scruta les collines dans la direction de Toulwar. Juste au moment où il se demandait si Tarran avait raison, la nuit fut transpercée par un hurlement.

— L'ange noir, murmura Fossetta tout en étudiant le ciel.

Ils ne pouvaient voir la créature infernale, mais ils savaient qu'elle était là, au-dessus d'eux. Le cri aigu du démon subalterne reçut sa réponse sous la forme d'un rugissement titanesque qui fit vibrer le sol sous leurs pieds. Le démon avait lancé son défi. La bataille pour l'âme de Caer Dour venait de commencer.

19

Siméon

L'armée des Possédés avançait telle une sombre vague d'acier et de chair putréfiée. Les Peltae marchaient les premiers. Équipés de javelots courts et de longs couteaux, ces tirailleurs férociens étaient protégés par une cuirasse légère. Ils se disséminèrent dans les collines avec des mouvements saccadés et rapides. La vitesse de leur attaque prit les défenseurs de court, ce qui n'empêcha pas les guerriers de Caer Dour de tenir bon.

Les Peltae frappèrent fort, et nombreux furent ceux qui tombèrent sous leurs coups, mais la ligne de front résista. Les Sciritae, le corps principal de l'armée férocienne, venaient après eux, boucliers en l'air pour se protéger des nuées de flèches qui se déversaient sur eux. Si les Possédés avaient été dépouillés de leur humanité et de leur propre volonté, ils n'étaient pas dépourvus d'intelligence pour autant. De plus, ils étaient contrôlés par un démon qui, pour maléfique qu'il soit, avait l'esprit vif et ne manquait pas d'ingéniosité. Les Sciritae se lancèrent à l'assaut des collines, et la véritable bataille débuta.

Malaki était au cœur des affrontements. Il avait perdu son casque et venait d'esquiver une lame férocienne qui visait ses côtes. Il brandit son bouclier au moment où un autre coup s'abattait d'en haut. Deux Sciritae ne lui laissaient pas une seconde de répit. Il bascula en arrière sur le sol rocailleux, para plusieurs attaques, mais les Possédés revenaient sans cesse à la charge. Il perdit l'équilibre et l'un des Sciritae s'écroula sur lui.

Ayant laissé tomber son épée, il était coincé sous le poids de son adversaire, dont le visage grimaçant était à quelques centimètres du sien, dépassant juste du bord de son bouclier. Au même instant, le second ennemi frappa à son tour.

Malaki roula de côté tandis que la lame du second Sciritae faisait jaillir une pluie d'étincelles en heurtant la roche. Il saisit la main droite de celui qui était toujours sur lui et prit conscience de la chaleur terrible qui émanait de son corps, une chaleur qui allait croissant à mesure que sa peur à lui augmentait. Un sentiment de panique l'étreignit. C'était comme si toute son expérience de combattant ne comptait plus. Soudain, le Sciritae fut arraché à lui, jeté de côté et son visage écrasé par une botte d'acier. Plusieurs hommes repoussèrent l'autre adversaire. Une silhouette imposante se dressa au-dessus de lui. C'était Marcus, celui qui avait parlé si froidement à Falco.

— Essaie de rester sur tes pieds, grommela-t-il.

Sur ce, l'homme lui redonna son épée puis repartit aussi vite au combat avec les deux soldats qui l'accompagnaient. Les affrontements faisaient rage de partout et Malaki resta immobile un moment. Ce n'était pas comme cela qu'il s'était imaginé la bataille. Cela n'avait rien à voir avec un tournoi où le plus habile l'emportait. C'était le chaos. Il se sentait au plus mal et au bord des larmes, mais, plus que tout, il se sentait tout simplement trop jeune. En dépit de sa taille et de sa force, il n'était qu'un enfant jouant à l'adulte.

À quelques mètres sur sa droite, un homme trébucha après avoir reçu une blessure à la cuisse. Il avait baissé sa garde et était sur le point de mourir. Malaki franchit la distance qui les séparait et leva son bouclier pour bloquer le coup qui allait l'achever. Il ne se souvenait même pas d'avoir bougé les pieds. Ce fut le fracas de la lame du Sciritae heurtant son bouclier qui brisa l'enchantement, et il fut ramené au présent.

Il fit décrire un arc de cercle horizontal à son épée, qui érafla l'armure du Sciritae. La créature voulut attaquer, mais Malaki lui donna un coup au creux du genou et enfonça le bord de son bouclier dans sa gorge. Le Possédé poussa un grondement étranglé avant que l'arme de Malaki lui lacère le cou.

Un sang noir gicla. Malaki ferma les yeux quand le liquide brûlant lui aspergea le visage. Il essuya l'immonde substance qui maculait ses lèvres et considéra l'homme qu'il venait de sauver.

Celui-ci le regardait craintivement.

Dans la lumière froide de la lune, les yeux de Malaki avaient l'air noirs. Un côté de son visage était luisant de sang foncé et huileux. L'autre était rouge vif de la marque de naissance qui avait été sa malédiction du temps de son enfance. Tendant la main, Malaki aida son protégé à se relever.

— Va voir les guérisseurs, dit-il.

Ne le quittant toujours pas des yeux, le soldat se contenta de hocher la tête, puis il se tourna et s'éloigna en boitant pour faire panser sa jambe.

Malaki était sur le point de repartir au combat lorsque des cornes sonnèrent le rassemblement. Les hommes de la ligne de front refermèrent leurs rangs tandis que les guerriers qui constituaient la garde rapprochée de Siméon se repliaient en formation défensive devant le mage de bataille. Malaki se retrouva épaule contre épaule avec Marcus.

— Il se passe quoi ? demanda-t-il à ce dernier.

— Les Kardakae, répondit Marcus. L'infanterie lourde des Férociens. Le démon essaie d'enfoncer nos lignes pour atteindre Siméon.

Malaki opina, étonné de voir à quel point il se sentait calme. Marcus, lui, le regardait avec surprise. Ce n'était plus le gentil garçon de la forge qui se tenait à ses côtés.

C'était un guerrier de Caer Dour.

Un homme fort.

*

Falco avait besoin de se reposer, mais il ne pouvait détacher ses yeux des combats. Il aperçut des éclairs bleutés là où les thaumaturges tentaient d'aider. Malheureusement, leur puissance ne servait à rien dans une bataille. La ligne de front était de plus en plus irrégulière à mesure que des petits détachements de Possédés arrivaient à percer une brèche et à gravir la pente.

Falco désirait ardemment se joindre aux combats, aussi terrifiants soient-ils. La simple idée d'y prendre part suffisait à emballer son cœur. Il fut saisi de vertiges et ses jambes menacèrent de se dérober sous lui. Il aurait pu tomber si Fossetta n'avait pas tendu le bras pour le soutenir.

— Je pensais t'avoir demandé de te reposer, lui reprocha-t-elle en le conduisant vers sa couche. Maintenant, reste là et ne bouge plus.

La fatigue envahit son corps mais Falco eut tout de même le temps d'entrevoir des formes sur les falaises. Il se mit en appui sur un coude.

— Qu'y a-t-il ? le pressa Fossetta en suivant son regard.

Des silhouettes escaladaient les parois au clair de lune, essayant de s'échapper de la vallée. La grimpée était traîtresse, pourtant de nombreux jeunes gens agiles réussissaient sans peine. Certains avaient déjà presque atteint le sommet, à une trentaine de mètres au-dessus d'eux.

— Les imbéciles, murmura Fossetta.

— Tu ne peux pas les blâmer, dit Falco. Certains peuvent y arriver.

Deux autres personnes entreprirent l'escalade sous leurs yeux. Falco en reconnut un et, au ton soudain de sa voix, il en allait de même pour Fossetta.

— Tarran Dahoolie ! Reviens ici tout de suite !

Fossetta avança jusqu'au pied de la falaise et saisit le garçonnet par la cheville avant qu'il puisse se trouver hors d'atteinte.

— Est-ce que ta mère sait ce que tu fais ?

Tarran baissa la tête.

— C'est bien ce que je pensais, dit Fossetta.

— Mais les autres sont presque en sécurité, bougonna Tarran.

Ils levèrent tous les trois la tête. Il disait vrai. Quatre des grimpeurs étaient sur le point de se hisser au sommet. Soudain, le cœur de Falco se serra dans sa poitrine. L'instant d'après, une ombre se dessina sur la paroi de la falaise.

— Un ange noir ! s'écria quelqu'un.

Tous les regards se portèrent vers la forme démoniaque qui fondait sur eux.

*

Bryna entendit le cri, bien qu'il semblât venir de très loin. Elle ne savait pas comment elle s'était retrouvée assise à côté de gens qui marmonnaient et gémissaient de douleur. Son arc et son carquois gisaient à ses pieds, et elle avait une mèche de cheveux ensanglantée dans la main. Un sentiment de répulsion l'envahit et elle voulut la relâcher, mais elle se ravisa au dernier instant.

— Ange noir !

Le cri se répercuta une nouvelle fois. Des gens regardaient fixement les falaises. Le temps que ses yeux s'ajustent, Bryna distingua des silhouettes plaquées à la paroi, près du sommet. Puis elle vit une forme dans le ciel, ailée, sombre et effrayante.

Comme dans un rêve, elle regarda la créature fondre sur la falaise et cueillir un des fuyards accrochés à la roche. Pendant un moment, elle garda sa victime entre ses griffes, avant de la laisser tomber sur la foule. Le pauvre diable heurta les rochers, rebondissant et tournant sur lui-même comme un pantin désarticulé.

Le corps du garçon de quinze ans atterrit à quelques mètres seulement de Bryna. Ses vêtements étaient déchirés, et ses membres étrangement tordus, mais son visage n'était pas marqué, à l'exception d'une unique goutte de sang qui coulait sur son front.

Il fallut un moment à Bryna pour comprendre qu'il était mort.

Il y eut un cri et l'archère leva les yeux. Une autre silhouette avait été arrachée à la falaise et lâchée dans le vide. Les survivants entreprirent de descendre dans la plus grande frénésie, espérant arriver au sol avant que l'ange noir les précipite vers leur mort.

Bryna regarda ses mains puis, précautionneusement, presque tendrement, elle enfouit la mèche ensanglantée dans les replis de son pourpoint.

*

— La lumière nous préserve, sanglota Fossetta.

C'en était trop pour elle. Elle saisit Tarran et

plaqua son visage contre son tablier pour l'empêcher d'être témoin de plus d'horreurs.

La mâchoire de Falco lui faisait mal tant elle était crispée. En dépit de sa faiblesse, ses poings serrés auraient pu broyer des os. Comme tout le monde, il se sentait complètement démuni. L'ange noir se rapprocha d'une autre victime. Le jeune garçon descendait la falaise à une vitesse téméraire, mais il n'avait aucune chance.

Les serres tendues, l'ange noir était sur le point de se saisir de lui lorsque quelque chose lui perça le flanc, juste au-dessous de la jointure de son aile. Il émit un cri aigu et s'éloigna du garçon. Planant dans les airs, il porta son regard vers le pied de la falaise. Ses yeux fixaient quelque chose ou quelqu'un, et il poussa un hurlement terrifiant, qui semblait promettre supplice et souffrance.

Une flèche s'enfonça avec un bruit mat dans sa poitrine. La créature lâcha un cri de douleur et elle battit des ailes pour tenter de s'enfuir.

Deux traits trouvèrent leur cible et l'ange noir tomba du ciel comme une pierre. Dans le silence qui suivit, Falco aperçut Bryna Godwin à quelques mètres derrière lui, arc en main, une autre flèche déjà encochée.

Lentement, elle marcha vers eux. Elle leur adressa un bref signe de la tête puis regarda Tarran, dont le visage était enfoui dans les jupes de Fossetta. Le jeune garçon se dégagea doucement et Bryna posa une main tendre sur sa joue maculée de larmes.

— Ne t'inquiète pas, dit-elle. L'armée de Toulwar est en route pour nous sauver.

Il n'y avait pas la moindre trace d'humour dans sa voix. C'était comme si elle ne se souvenait pas que Tarran lui avait dit exactement la même chose. Elle le regarda droit dans les yeux, ébouriffa ses cheveux et se détourna pour rejoindre l'armée.

*

À mesure que des trous apparaissaient sur la ligne de front, les unités de cavalerie entrèrent en action. Les Possédés forcèrent une brèche à la droite de Siméon, mais les troupes de l'émissaire étaient bien placées pour contrer leur assaut. Elles se lancèrent à la charge et repoussèrent leurs adversaires, ce qui permit à l'infanterie de reformer lentement ses rangs. Sir William venait de donner l'ordre de battre en retraite lorsqu'il entendit les cornes sonnant le rassemblement.

Il fit volter sa monture et regarda Siméon. Dans la lumière froide de la lune, un bloc compact de guerriers farouches marchait droit vers le vieux mage de bataille. C'étaient des Kardakae, les escadrons de choc de la Férocie, et derrière eux s'avançait une figure bestiale imposante, toute d'obscurité et de chaleur suffocante.

Le démon entrait en action.

Même les troupes lourdement cuirassées qui constituaient la garde rapprochée de Siméon ne pourraient contenir cet assaut. Ils avaient besoin d'un soutien.

— Cavaliers, à moi ! s'écria l'émissaire d'une voix qui fendit le tumulte. Lanciers, en avant !

Il fut impressionné par la façon dont les troupes montées réagirent car, en l'espace de quelques instants, elles avaient repris leur formation et étaient prêtes pour une nouvelle charge. Il les fit avancer lentement, attendant que les Kardakae commencent à gravir la colline. Au loin, les hommes de Lord Cadell serrèrent leurs rangs sur le flanc gauche. Ils devaient avoir repéré le danger, eux aussi. L'émissaire s'autorisa un sourire farouche.

S'ils pouvaient frapper les Kardakae des deux côtés…

Il brandit son épée, donna l'ordre de l'assaut, et une centaine de chevaux s'élancèrent, un nombre équivalent chargeant depuis l'autre versant de la vallée, comme en écho.

*

Les Kardakae se frayèrent un chemin vers les hauteurs, droit sur Siméon. Vêtus d'une armure noire, ces énormes guerriers balayaient les troupes les plus légères sur la ligne de front, mais la garde de Siméon avait été choisie pour une raison. Ils étaient grands et forts jusqu'au dernier, et protégés par les meilleures cuirasses que Caer Dour avait à offrir. Ils ne plieraient pas facilement. Malaki se trouvait à leurs côtés. Flanqué par ces hommes bien plus expérimentés, il déglutit avec difficulté ; puis, reprenant courage, il leva son bouclier et agrippa son épée. Peu importait leur taille et leur force, les Kardakae étaient l'ennemi et il les combattrait.

Il sentit une brise soudaine dans son dos, on

aurait dit qu'une violente bourrasque soufflait autour de Siméon. Le vieux mage de bataille était debout, épée dans la main gauche, son poing droit resserré de toutes ses forces, tremblant de partout. Ses yeux étaient plissés. Tout son corps était tendu, ses cheveux volaient autour de sa tête, comme si un torrent d'air soufflait depuis ses pieds. Malaki détourna les yeux et se rendit compte à quel point Siméon pouvait être dangereux. Il rassemblait de l'énergie en lui-même, une énergie qui allait se déchaîner.

L'instant d'après, le sort en était jeté. Les Kardakae étaient sur eux et il avait à peine eu le temps de se préparer au choc. Il brandit son bouclier et une lourde lame s'abattit sur sa tête, envoyant des ondes de douleur dans tout son corps. Il parvint à rester debout. Une série de coups violents le força presque à s'agenouiller, sans qu'il perde toutefois l'équilibre, et il riposta.

Il frappa vigoureusement le casque du Kardakae. Si le sang ne coula pas, son adversaire fut manifestement étourdi. Avant qu'il puisse recouvrer ses esprits, Malaki lui écrasa le bord de son bouclier dans le visage, puis lui taillada la jambe. Le genou du Kardakae céda sous le coup. Malaki glissa sa lame dans l'interstice séparant le casque et le cou, terrassant son adversaire. La seconde d'après, il dut bondir en arrière, un autre ennemi prenant la place du premier.

La garde de Siméon était enfoncée et ils ne pouvaient rien y faire. En dépit de la brutalité implacable de l'assaut kardakae, Malaki continua de se défendre, mais une lame noire érafla son épaulière et frôla sa nuque. Trébuchant en arrière, il crut entendre l'ordre de regagner le flanc. Il était trop sonné pour répondre. Puis quelqu'un le saisit par l'armure et le tira.

Luttant pour rester sur ses pieds, Malaki vit que la garde de Siméon s'était repliée. Les Kardakae se rapprochaient et pas un homme de Caer Dour ne se trouvait sur leur passage. Chassant le sang qui obscurcissait sa vision, Malaki fit mine de s'élancer, or quelqu'un l'en empêcha.

— Reste en arrière ! hurla une voix à son oreille, mais Malaki ne pouvait supporter de voir le vieux mage de bataille debout, là, sans défense.

Il se libéra de l'étreinte, et était sur le point d'attaquer lorsque Siméon tendit la main. Une puissante décharge d'énergie s'écrasa sur les Possédés. Les Kardakae furent balayés et leurs rangs crevassés.

— Maintenant ! hurla la voix à son oreille, et les guerriers s'élancèrent.

Au même moment, les cavaleries de Lord Cadell et de l'émissaire frappèrent les Kardakae des deux côtés. Malaki fut entraîné par l'élan de la charge, même s'il n'avait aucune idée de ce qui se passait. Aussi bon combattant qu'il était, il n'avait jamais appartenu à l'armée, n'avait jamais répété des exercices des heures durant en vue d'une bataille. Les vétérans répondaient instantanément aux ordres alors que Malaki avait l'impression de prendre part à une danse dont il connaissait à peine les pas.

L'impact des attaques combinées avait cloué les Kardakae sur place. Le vent de la bataille parut tourner en leur faveur, mais Malaki prit conscience d'une ombre se levant au bord des falaises. Une nouvelle vague de peur se propagea sur la ligne de front. Quelque chose vola au-dessus de la tête des combattants. Il lui fallut un moment pour comprendre qu'il s'agissait d'un tronc humain.

*

La charge des cavaliers avait presque divisé par deux le nombre de Kardakae. L'émissaire se trouvait au cœur des combats. À ses côtés, un chevalier tomba à terre, son cheval littéralement haché sous lui. Cependant, ils avaient réussi. Ils avaient brisé l'élan des troupes de choc férociennes et pris l'avantage.

Soudain, une forme énorme surgit sur la colline, et toute lueur d'espoir fut anéantie.

Haut de plus de trois mètres, le démon se tenait sur deux jambes repliées en arrière, à la façon d'un bouc monstrueux. Son torse puissant était de forme humaine, ses muscles se découpant clairement à la lueur rougeoyante de sa chaleur interne. Sa tête s'apparentait davantage à celle d'un taureau, avec de grandes cornes recourbées vers le bas et des crocs semblables à ceux d'un chien féroce, ses yeux argentés brillaient comme du plomb fondu.

Pétrifiés, les hommes de la ligne de front se figèrent devant cette abomination du monde souterrain. Sir William aussi était horrifié. Il avait évidemment déjà vu des démons, mais la force brute de leur simple présence était toujours un choc. Il se demanda s'il était même possible d'envisager de l'arrêter. À sa connaissance, aucune troupe de chevaliers n'avait jamais réussi à vaincre un démon. L'attaque de Siméon avait été étonnamment puissante, néanmoins l'homme était âgé et aveugle. Il n'avait pas les mêmes capacités qu'un mage de bataille dans la force de l'âge. Leur mission était de le garder en vie aussi longtemps que possible, et si cela signifiait attaquer le démon, alors ils le feraient.

Il donna le signal de la retraite et remarqua que Lord Cadell avait déjà fait de même. La cavalerie se formerait et chargerait de nouveau, mais ils choisiraient une cible différente. Cette fois, ils viseraient directement le démon.

20

Une grande âme

L'armée de Caer Dour était proche de la déroute et au comble du désespoir. Seule la présence de Siméon les empêchait de jeter leurs épées. Au centre de la ligne de front, la garde du mage de bataille s'efforçait de tenir les Kardakae à distance. Sans le soutien de la cavalerie, les Possédés avaient commencé à les repousser de nouveau, se rapprochant chaque seconde un peu plus du mage. Les rangs des troupes montées s'étaient clairsemés lors de la charge contre les Kardakae, mais à présent ils s'apprêtaient à s'élancer sur le démon.

Sur le flanc gauche, la voie était presque libre pour Lord Cadell ; en revanche, sur la droite, une horde de Sciritae s'était massée. S'il devait y avoir un assaut, la charge en incomberait donc à Lord Cadell.

Toute la bataille se concentrait désormais sur le démon et sur l'individu qui se dressait contre lui. Sur la droite de la vallée, une petite grappe de

Sciritae enfonça la ligne de front et s'élança vers les civils. Par chance, un groupe d'archers était stationné non loin de là, et les Possédés furent fauchés avant d'avoir pu aller très loin. L'un d'eux tomba cependant dans un petit ravin, disparaissant à leur vue. Une flèche avait transpercé sa jambe, mais cette blessure ne pouvait suffire à l'immobiliser. Les archers reportèrent leur attention vers la ligne de front, et personne ne vit l'ennemi se redresser et poursuivre son chemin dans le ravin, droit sur les gens que soignaient Héçamède et Fossetta.

*

Un sentiment d'horreur déforma les traits de Falco quand il vit les brèches qui s'agrandissaient dans la ligne de défense. La peur avait atteint un nouveau sommet. Falco jeta un coup d'œil vers les civils, puis vers le petit groupe de soldats à côté de lui. De nombreux blessés avaient reçu des soins de fortune avant d'être renvoyés sur la ligne de front. Ceux-là en revanche étaient silencieux ou gémissaient doucement, bien trop gravement touchés pour tenir debout. Julius Merryweather était appuyé sur un coude, installé à côté de son fils. Tobias semblait agité et son père faisait de son mieux pour l'apaiser. C'était peine perdue, le garçon refusait de se calmer. Il héla Falco avec insistance en remuant un bras.

— Madaille ! articula-t-il péniblement.

— Tout va bien, dit Merryweather.

— Non ! persista Tobias, pointant toujours dans la direction de Falco. Pas bien !

Falco fronça les sourcils devant une telle détermination. C'est alors qu'il la sentit à son tour… Une présence maléfique, comme si quelque chose venu d'outre-tombe émergeait du ravin étroit. Il se retourna juste à temps pour voir le Sciritae surgir à quelques mètres de lui.

Un hoquet de surprise monta des gens derrière lui, auquel succéda immédiatement une agitation frénétique. Julius Merryweather se redressa, muni de sa canne, et s'interposa pour protéger son fils, tandis que Fossetta s'emparait d'une poêle près du feu. Quant à Falco, il s'écarta lentement, pour ramasser une épée posée à côté d'un blessé.

Le jeune homme plongea son regard dans les yeux à la blancheur immaculée de la créature. Pendant un moment, le Sciritae suivit son mouvement. Finalement, son expression passa de l'incertitude à la haine, et il se lança à la charge.

Falco vit la lame qui se levait au-dessus de lui. Il savait ce qu'il fallait faire, mais l'épée semblait peser des tonnes. Quand il était jeune garçon, il était tout aussi doué que Malaki. À présent, son corps était trop faible pour obéir aux ordres qui passaient à travers son esprit. Il eut à peine le temps de lever le bras pour se protéger. Il tituba et faillit en lâcher son épée. Une fois un nouvel assaut paré, le Sciritae le frappa en plein visage avec son bouclier. Les genoux de Falco cédèrent sous lui et son adversaire s'apprêta à donner le coup de grâce.

L'espace d'un instant, une vision s'imposa à Falco : la créature morte, fauchée par un trait de flamme incandescente, et cette vision le paralysa plus encore que l'idée de la mort. Puis la lame s'abattit. Au même instant, un soldat blessé saisit la cheville du Sciritae, faisant dévier le coup. Le Possédé acheva l'homme en le poignardant au torse. La seconde d'après, une pierre venait frapper en résonnant le casque du Sciritae, rapidement suivie de plusieurs autres.

Le Sciritae brandit son bouclier pour se protéger des projectiles que les gens faisaient pleuvoir sur lui, il para ensuite une nouvelle attaque de Falco. Ce dernier ne dut la vie sauve qu'à l'intervention de Julius Merryweather, qui assena à leur adversaire un violent coup à la nuque avec sa canne. Le Possédé s'en prit alors au gros homme et Merryweather hurla quand la lame traça un sillon sanglant dans son ventre.

Au moment où le Sciritae se retournait pour occire Falco, une grande poêle à frire s'écrasa sur son visage. Titubant sous le coup, la créature riposta et Fossetta laissa tomber la poêle lorsque la lame lui entailla l'avant-bras. Deux hommes et trois femmes se jetèrent sur le Possédé, l'entraînant au sol. Il se débattit frénétiquement et blessa deux de ses assaillants, avant d'être enfin tué par un gros rocher qui lui fracassa le crâne.

Falco se redressa en haletant et tituba jusqu'à Fossetta.

— Je vais bien, annonça la gouvernante, serrant son avant-bras d'où le sang coulait entre ses doigts.

Ils regardèrent Merryweather.

— Julius ! s'exclama Fossetta à la vue de la tache noire au sol.

Le gros homme était en appui sur un genou, une main dégouttant de sang pressée contre son ventre.

— Hécamède ! s'écria Fossetta.

Elle aida Merryweather à se coucher sur le dos. Ses joues, d'ordinaire rubicondes, étaient blêmes au clair de lune. Falco se laissa tomber au sol, incapable de détacher ses yeux de la grande plaie béante. Nauséeux à la suite de son duel harassant, il plaqua une main sur la terrible blessure pour interrompre le flot de sang.

— Ah, Falco, mon garçon, fit Merryweather, tel un homme qui émerge du sommeil. C'est mieux, bien mieux.

Falco ne sut quoi dire. Il contempla le blessé, puis Tobias. La tête du jeune infirme dodelinait d'avant en arrière sur son cou trop maigre, il n'avait rien perdu de sa lucidité. Falco fut saisi de remords. La seconde d'après, Hécamède était à ses côtés.

— Écarte-toi, le pressa-t-elle tout en se penchant pour examiner la plaie.

Elle eut un rictus en découvrant l'ampleur de la blessure, ouvrit son sac et passa son brumisateur dessus avant de sortir une aiguille et du fil.

Trop épuisé pour se redresser, Falco s'éloigna en se traînant sur les mains et les genoux. Il parvint aux abords de l'hôpital de fortune, respirant avec difficulté, et se mit debout en prenant appui sur des rochers. Tandis que les nuages noirs de la culpabilité obscurcissaient son esprit, il observa la bataille qui faisait rage dans la vallée, baignée par la lueur froide et crue de la lune.

La ligne de front tenait bon, mais tout juste.

L'ennemi s'était emparé des collines basses et repoussait les défenseurs. Au centre, les Kardakae n'étaient plus qu'à quelques mètres de Siméon. La cavalerie de l'émissaire était immobilisée par une horde de Sciritae et le démon massacrait tous ceux qui se trouvaient en face de lui.

À bout, Falco se sentait sur le point de défaillir. Soudain, la cavalerie lourde de Lord Cadell chargea dans un grondement de tonnerre.

*

Les troupes de Lord Cadell adoptèrent une position en triangle et foncèrent en une charge impétueuse. La ligne de front commençait à céder. Ne leur restait plus qu'un seul espoir, celui de terrasser le démon, une victoire bien au-delà de leurs capacités. Ils se battaient encore, sachant au fond de leur cœur qu'ils avaient perdu.

Un visage de femme et une tête de cheval miniature suspendue à une ceinture de cuir noir s'imposèrent brièvement à l'esprit de l'émissaire. Elle aurait aimé. Cela l'aurait fait pleurer, mais elle aurait aimé.

Le cerveau clair et le cœur endolori, Sir William d'Eltz se prépara à mourir.

*

La cavalerie de Lord Cadell laboura la ligne des Possédés qui se trouvaient entre eux et le démon. La plupart des chevaliers furent fauchés de selle ou immobilisés, mais Lord Cadell réussit à passer, Sir

Gerallt Godwin arrivant quelques mètres derrière lui. Les deux hommes étaient armés de lances et rien ne semblait pouvoir résister à leur assaut magistral. À cet instant, le démon marqua une pause et se retourna vers eux. Il pencha sa grande tête cornue, comme s'il était surpris par la témérité de leur attaque, puis il baissa les yeux et ouvrit les bras pour les cueillir.

Les deux chevaliers se jetèrent sur le démon, visant son cœur de leurs lances. Au dernier moment, celui-ci saisit le cheval de Lord Cadell par la gorge et le souleva dans les airs, faisant basculer son cavalier au passage. De l'autre main, il assena un coup qui envoya Sir Gerallt au sol, brisant net le cou de sa monture et broyant la poitrine du noble. La lance de Sir Gerallt s'était enfoncée dans l'épaule du démon, seulement la pointe d'acier trempé n'avait fait qu'érafler sa peau.

Lord Cadell avait fait une mauvaise chute. Quand il leva la tête, il fut horrifié de voir la créature tenir ainsi son cheval à la verticale. Ce dernier battait spasmodiquement les airs de ses sabots avant, tandis que les sabots arrière frappaient le sol rocailleux. Le démon observa Lord Cadell, on aurait dit qu'il essayait de comprendre au nom de quelle folie pareille créature avait pu espérer terrasser un des Fidèles. Presque machinalement, il broya la gorge du cheval et relâcha la carcasse. D'un puissant coup de sabot, il tua Lord Cadell, puis se tourna vers Sir Gerallt. Le chevalier essayait de libérer son épée de son fourreau, mais ses côtes étaient brisées et son plastron brillait du sang qu'il avait recraché. Il n'avait pas dégagé deux centimètres de sa lame que le monstre se dressait déjà devant lui.

Soudain, une violente décharge d'énergie s'abattit sur un flanc du démon. La créature titanesque vacilla alors qu'un pan de chair sombre était arraché à ses côtes. Poussant un rugissement de rage, elle se retourna vers ce nouvel assaillant.

Bien qu'aveugle, Siméon le Roy ne lâchait pas le démon du regard.

*

Siméon faillit tituber sous la force de ce regard. La créature voyait clairement à travers lui à présent et il n'était plus possible de la leurrer. Le démon connaissait l'exacte étendue des pouvoirs de son adversaire et savait qu'il était affaibli. Les épaules de Siméon se contractèrent. Une nouvelle boule de lumière bleue incandescente crépita dans la main de Siméon et alla s'écraser sur l'omoplate du démon, le faisant chavirer. Cette seconde attaque était toutefois moins puissante. Même s'il avait réussi à immobiliser un instant son adversaire, les pouvoirs de Siméon n'étaient plus ce qu'ils avaient été. La créature écarta les bras et invoqua sa propre magie noire.

— À terre ! s'écria Siméon, lorsqu'il sentit l'énergie infernale que mobilisait le démon.

Les soldats s'abritèrent derrière leurs boucliers. Au même instant, une grêle d'échardes brûlantes s'abattit sur eux et aurait transpercé leur armure si l'attaque n'avait pas été arrêtée par la barrière protectrice que Siméon avait suscitée. La poitrine du démon se gonfla comme il s'efforçait d'augmenter la puissance de son assaut. C'est à ce moment précis que Siméon dégaina son épée. Il fit décrire un moulinet à sa lame et un éclair bleuté en jaillit, consumant tout sur son passage.

Le démon leva les bras, et le rayon se scinda en deux. Seule une petite parcelle d'énergie le toucha, laissant une estafilade sur sa joue et sectionnant l'extrémité d'une de ses grandes cornes recourbées. Animé par une fureur sans bornes, le démon brandit un poing très haut au-dessus de sa tête et l'abattit à terre. Une onde de choc irradia dans tout l'air et le sol se révolta violemment, faisant basculer les hommes de Siméon. Ce dernier se retrouva à genoux tandis que la terre se soulevait sous lui.

Se dressant de toute sa hauteur, le démon avança de nouveau, si confiant que rien ne pouvait l'arrêter, à présent. Siméon tendit le bras en un geste de déni. Son adversaire se figea comme si quelqu'un venait de plaquer une main sur son torse. Il essayait bien d'avancer, mais semblait lutter contre une bourrasque invincible.

Siméon avait toujours un bras levé. De l'autre, il saisit son épée et tenta de se redresser. L'énergie qu'il déployait pour contenir le démon était apparente dans chacun des muscles saillants de son corps, pourtant le vieil homme tenait bon.

Les soldats de sa garde avaient été écartés et plus rien ne les séparait, dorénavant. Son visage balafré était marqué par l'effort. Il empoigna son épée à deux mains et en enfonça la pointe dans la roche.

C'était un défi lancé à son ennemi, une ligne tracée dans le sable.

Le démon tituba, attaqué par son invisible assaillant. Il recula de deux pas, recouvra son équilibre et considéra Siméon avec un air entendu. Oui, il avait mal jaugé la force de son rival, mais il était temps de mettre un terme à tout cela.

La créature ferma les yeux, écarta les mains et jusqu'à la pierre sous ses sabots commença à brûler. Des flammes d'un rouge nerveux et d'un vert putride se diffusèrent telle l'onde lente d'un feu qui n'était pas né de cette terre, et se dirigèrent inexorablement vers la silhouette solitaire de Siméon.

Gisant à quelques mètres de là, Malaki regardait ce spectacle avec la plus grande horreur. Comme les autres, il avait été projeté au loin. Toujours étourdi, il avait essayé de se relever, luttant en vain contre des flammes qui semblaient le déposséder de sa force. Il sentait leur chaleur sur son visage et cela ne s'arrêtait pas là. Elles pénétraient sa chair et brûlaient son esprit. Il voulait se ruer à la défense de Siméon, mais s'en trouvait incapable. Il savait que tout était perdu.

Et lorsque ce dernier espoir disparut complètement pour laisser place à la détresse, Malaki de Vane se mit à pleurer.

*

L'émissaire se remit debout. Il avait été projeté sur le sol rocailleux quand Tapefer avait trébuché, au moment de l'attaque du démon. Le percheron terrorisé s'éloignait dans un grand fracas de sabots. L'épée de Sir William gisait tout près et il se précipita pour la ramasser alors qu'un Sciritae fondait sur lui. Il se débarrassa de cet ennemi en un rien de temps et en tua deux autres dans la foulée. Dès lors, personne ne s'interposait entre lui et Siméon.

Et ce qu'il vit le saisit au ventre.

Les Kardakae avaient reflué avec le démon. Les flammes étaient basses, mais puissantes, et rampaient vers Siméon. Même de l'endroit où il se trouvait, l'émissaire sentait leur chaleur, mais ce n'étaient pas des flammes ordinaires et…

Il s'agissait du feu de l'enfer, auquel nul homme ne saurait résister.

*

Siméon n'avait pas besoin d'yeux pour voir les flammes. Il sentait la terrifiante chaleur sur son visage, se souvenait de l'atroce douleur du feu de dragon. Ceci était encore pire. Des flammes capables de vous consumer jusqu'à l'âme. Il réprima sa peur, malgré sa volonté qui s'amenuisait. Et, à mesure qu'elle faiblissait, les flammes se rapprochaient.

Des blessés étaient étendus dans la trajectoire du feu et ils se mirent à hurler. Des cris horribles qui déchirèrent l'âme de tous ceux qui les entendirent. Jeunes ou vieux, malades ou en bonne santé, si le démon les prenait, ils brûleraient dans d'atroces souffrances pour l'éternité.

Siméon le savait, et c'est pourquoi il ne céda pas d'un pouce. Même lorsqu'il sentit que sa force commençait à lui faire défaut. Il affermit sa prise sur son épée, déterminé à donner à ces gens chaque seconde de vie qu'il était possible de leur offrir, chaque seconde d'espoir.

*

L'émissaire reconnut les hurlements d'agonie des hommes piégés par les flammes. Siméon résistait de toutes ses forces, mais il ne pouvait espérer vaincre seul.

La peur rongeait Sir William au plus profond de son être. S'accrochant aux souvenirs les plus précieux, les plus marquants, qu'il put mobiliser, il se dirigea vers Siméon. S'il avait le courage… s'il avait la foi… il le rejoindrait et l'aiderait à lutter. Le simple fait de savoir qu'il n'était pas seul donnerait de la force à Siméon. Cependant, l'aura du démon s'assimilait à une présence physique. Chaque pas nécessitait un effort titanesque et les flammes ne cessaient de s'approcher.

L'émissaire sentit des gouttes de transpiration sur son visage ; il sentit son âme se recroqueviller à la perspective d'être damnée à jamais, mais il se força à avancer, à dépasser ceux de la garde qui ne parvenaient pas à se relever. Il se força jusqu'à se retrouver à quelques mètres de Siméon. Là, il ne put aller plus loin.

Sa force et son courage anéantis, Sir William d'Eltz enfouit son visage dans le sol.

*

Falco baissa la tête, gagné par la peur à mesure que la protection de Siméon faiblissait. La déroute finale était proche. Il se retourna pour voir les gens rassemblés dans la vallée. Ils étaient serrés les uns contre les autres, leurs mains agrippant les couteaux qui sauveraient leurs enfants d'un sort infiniment pire que la mort. Les hommes de Siméon gisaient à terre. Il n'en restait qu'un pour avancer.

L'émissaire de la reine mobilisait tout son courage pour atteindre Siméon. Il savait qu'il échouerait, que Siméon allait se retrouver sans personne pour faire face aux tourments du feu, lui dont la seule force ne suffirait pas.

Pendant des années, Falco avait prêté attention aux doutes qui hantaient les rêves de son maître. Le vieux mage était affaibli par les trahisons et le chagrin. Falco devinait que sa foi finirait par lui faire défaut et il ne put le supporter.

Comme sous l'emprise de quelque créature de cauchemar, Falco sentit ses pieds bouger tout seuls, et il se retrouva en train de descendre vers le champ de bataille.

L'armée était en pleine déconfiture. Les habitants de Caer Dour virent la fière silhouette de l'émissaire à genoux et impuissante. Le feu gagnait inexorablement sur le vieux mage affaibli, qui agrippait son épée comme si cette arme uniquement lui permettait de rester encore debout. La défaite était proche et les mots de l'émissaire résonnaient à leur esprit : *Si Siméon meurt, la fin viendra rapidement.*

Un grand silence s'abattit sur la vallée, puis une nouvelle silhouette surgit, un jeune homme frêle au teint maladif. Et les couteaux de miséricorde s'immobilisèrent.

Falco titubait. Il était pris de vertiges, ses poumons lui faisaient mal et les brûlures sur son cou et son épaule semblaient à vif. Tout tanguait devant ses yeux, il n'avait qu'une idée floue des combats qui se déroulaient autour de lui alors que les soldats de Caer Dour s'accrochaient aux derniers vestiges d'espoir. Au centre, la bataille était déjà perdue. Le tapis de flammes avait presque atteint Siméon et seule la faible lueur de sa volonté l'empêchait d'être consumé. Il n'était plus dressé de toute sa hauteur, plutôt en appui sur un genou, serrant le pommeau de son épée comme le ferait un homme craignant d'être emporté par une lame de fond.

Falco dépassa la garde rapprochée de Siméon. Certains rampaient pour s'éloigner des flammes ; la plupart étaient simplement penchés sur eux-mêmes, hommes brisés dont on ne voyait plus que le dos courbé. Falco eut vaguement conscience de la présence de Malaki et de l'émissaire. Ils essayaient tous deux d'atteindre Siméon, en pure perte : leurs efforts ne produisaient guère de résultats.

Ils n'avaient pas la force de s'opposer au démon.

Personne n'en avait la force.

Personne, à l'exception de Falco Danté.

Le gringalet de la ville, l'objet de quolibets d'une génération entière. La victime d'une maladie qui lui rongeait le corps. Le fils d'un dément.

Mais il était également le fils d'un mage de bataille, et il trouva en lui la force de faire face aux flammes. Il chancelait avec une idée obsédante : rejoindre Siméon et lui faire savoir qu'il n'était pas seul. Le serrer au moment de la mort. Le tenir quand il brûlerait vif. S'ils étaient condamnés à endurer les feux de l'enfer, alors ils subiraient leur destin ensemble.

Armé de cette seule pensée, Falco se força à avancer. La présence du démon était comme une barrière invisible. Il cherchait à l'arrêter, rageant, griffant, lacérant son esprit. Il était inconcevable qu'un être humain puisse endurer pareil tourment, et pourtant c'est ce que fit Falco, les mots de Siméon résonnant dans sa tête : *Ne perds pas la foi... Quoi qu'il advienne, ne perds pas la foi.*

S'accrochant aux paroles de son maître, Falco arriva derrière Siméon et il s'agenouilla. Le vieil homme était presque au bout de ses forces, tenant faiblement la poignée de son épée.

Falco passa les mains par-dessus les épaules de Siméon et serra fermement celles du mage. Il pressa son visage dans la chevelure détrempée de sueur, et écouta la respiration sifflante qui allait diminuant à chaque battement de cœur. C'est en tenant ainsi son maître agonisant qu'il se rendit compte que le mage murmurait des mots entre deux inspirations, presque inaudibles, quoique prononcés avec fermeté.

— Aquila Danté était mon ami... Aquila Danté était mon ami.

Le chagrin étreignit le cœur de Falco. Telle était donc la nature de l'attaque du démon. C'était là le doute dont il se servait pour tenter de terrasser le vieux mage. Falco eut envie de dire à Siméon qu'il ne le tenait pas responsable de la mort de son père, et qu'il l'aimait, mais il n'avait pas assez de force pour les mots. Il resta simplement collé à lui.

Ne perds pas la foi.

Ne perds pas la foi.

*

Les gens regardaient avec une crainte mêlée de terreur Falco Danté agenouillé derrière Siméon. La vieillesse et la faiblesse face à la puissance titanesque du démon. Un instant, ils crurent sentir la peur se dissiper de leurs esprits.

Siméon était-il en train de reprendre des forces ?

La présence de Falco pouvait-elle l'aider à se remettre debout ?

L'espace d'une seconde, on aurait dit que les flammes avaient interrompu leur progression.

*

Le démon sentit la présence de l'esprit qui avait rejoint le Défiant, et il en fut perplexe. Il y avait de la faiblesse, de la culpabilité, du chagrin et de la peur. Plus qu'assez pour briser une âme humaine, et pourtant celle-ci résistait. Pareille âme était dangereuse et il était hors de question de lui laisser la vie sauve. Le démon renouvela ses efforts et puisa au fond de lui des réserves de haine pour attiser les flammes.

*

L'ultime étincelle d'espoir fut mouchée à l'instant

où les gens virent les flammes reprendre leur avance. La pause n'avait été rien d'autre qu'une illusion d'optique, un courant d'air malicieux envoyé pour les soumettre à la tentation au tout dernier moment.

Debout derrière Merryweather, Fossetta ne cachait pas ses larmes. Elle n'avait remarqué l'absence de Falco que lorsque les gens avaient murmuré et avaient montré sa silhouette du doigt. Il n'avait pas été facile de l'empêcher de se précipiter pour aller le sauver. Elle ne le pouvait évidemment pas. Elle pouvait à peine penser de façon cohérente, son esprit transi de peur.

Un silence terrifiant s'était abattu sur la foule et les parents s'apprêtaient à tuer leurs enfants. Le geste courageux de Falco leur avait donné quelques instants précieux, mais à présent la fin était proche et c'était encore pire que tout ce que Fossetta s'était imaginé.

— Madaille, fit Tobias sur sa gauche.

Fossetta ne lui prêta pas attention, incapable de détacher les yeux des silhouettes à la fois pathétiques et glorieuses de Siméon et Falco. Quant à Merryweather, il était à peine conscient, mais le besoin de répondre à son fils transperça les brumes de son hébétude.

— Tout va bien, dit-il. Falco va bientôt dormir. Nous allons tous dormir.

— Non ! s'exclama Tobias. Madaille !

Fossetta observa l'infirme. À la différence de tout le monde, il ne regardait pas la bataille. Il avait les yeux rivés sur les hauteurs de la montagne. Il leva lentement un bras flétri, son doigt recourbé désignant une arête.

— Madaille ! répéta-t-il.

Fossetta suivit la direction qu'il indiquait. Là, une silhouette étrange qui se découpait contre le ciel. Quelque chose s'agita dans ses souvenirs. Elle avait déjà vu une forme semblable, et elle trouva enfin le mot qu'elle cherchait. Un dragon.

Un dragon était perché sur les hauteurs de la montagne et observait la vallée.

Un dragon sur lequel était juché un homme.

Un mage de bataille.

*

Le mage de bataille observait les fugitifs. Leur angoisse et leur terreur lui étreignaient le cœur. Il ferma les yeux, ouvrit son esprit et rassembla leur peur en lui-même. Ils étaient presque brisés, presque perdus. Presque, mais pas encore.

Il rouvrit les yeux et regarda les guerriers qui se battaient toujours contre les Possédés. Regarda les deux silhouettes recroquevillées devant les flammes. Regarda enfin le démon, l'abject transgresseur de leur monde. Il regarda le démon, et ses yeux commencèrent à s'embraser. Il sentit son dragon s'agiter sous lui, et il ne le retint pas. Il se colla contre la bête lorsqu'elle se propulsa en avant. Dos tourné vers le sol, ailes repliées comme un vautour, la créature se laissa tomber comme une pierre des hauteurs du ciel baigné de lune.

*

Falco avait perdu tout sens du monde réel. Il n'y avait que le corps de Siméon. Bien que le souffle du vieil homme ne fût qu'un murmure indistinct, Falco refusait de le voir s'affaisser. La force irrésistible de la malice du démon tentait de les broyer, et pourtant ils tenaient bon. Lentement, les flammes infernales les cernèrent et la volonté de Falco commença à le déserter.

Des images fugitives se succédèrent dans son esprit, et il comprit qu'il perdait la raison. La maison de son enfance qui brûlait et les yeux noirs de Morgan Saker rivés sur lui à travers le brasier. L'exquise beauté d'un dragon noir se posant sur la plateforme, et les éclairs d'énergie bleutés que lui lançait Darius. Il mesura la douleur et la haine dans l'esprit de la créature, les vit tomber tous les deux dans l'abîme. Il s'entendit hurler, et à travers les cris, il regarda Malaki s'approcher, le cadavre désarticulé de son père dans ses bras.

Falco relâcha sa prise sur son épée. Quelque chose d'extraordinairement étrange survint alors. Une partie de son esprit savait que l'aube était éloignée de plusieurs heures encore. Et pourtant, sans qu'il puisse se l'expliquer, elle était là. Elle brillait par-dessus les cimes d'une chaîne de montagnes, à l'est. Il se sentit soulevé bien au-dessus de la vallée, scrutant la bataille depuis très haut, comme à travers la visière d'un casque d'acier. Des écailles dorées ondoyaient sous lui, et les battements majestueux d'ailes jaunes. Enfin, il chuta et le vent siffla dans ses oreilles. Tout cela n'était que le fruit de son imagination, le délire fugace d'un homme sur le point de mourir.

Il vit enfin les contours d'un visage que ses larmes empêchaient de distinguer clairement. Il sentit une main rugueuse se poser sur sa joue et un tendre baiser sur son front, qui s'éternisa et resta longtemps dans son cœur. Trop jeune pour le comprendre à l'époque, mais c'était le baiser d'un père disant adieu à son fils. Falco retrouva la force délicate dans la main de son père, les poils drus de sa barbe, et ses larmes. Il savait que s'il cédait à la malveillance du dragon, il perdrait ce souvenir à jamais.

Et c'est ainsi, alors que Siméon mourait, les ténèbres se refermant sur son cœur, que Falco tint bon.

*

Le démon exulta lorsqu'il sentit le cœur du Défiant céder, et sa lèvre s'incurva comme il s'apprêtait à se repaître de l'âme du gringalet. Puis il s'immobilisa, et un accès de doute transperça son cœur noir.

Draconis.

Là, depuis les hauteurs du ciel, plongeait l'un des maudits *wyrms*, sur le dos duquel était juché un authentique Défiant.

Le démon poussa un grognement rageur et haineux, frustré de se rendre compte qu'il était peut-être sur le point de se voir dépossédé au dernier moment des sept mille hommes qui constituaient son butin. D'un coup de tête, il attira les Kardakae devant lui afin de dresser une barrière protectrice de lames sombres et d'acier trempé. Et pour finir, il invoqua une tempête de soufre d'une puissance telle qu'elle pourrait tuer un dragon.

*

Le dragon arriva à toute vitesse en longeant le sol, splendide créature aux écailles d'un jaune doré étincelant. Les ailes plaquées le long du corps pour s'assurer d'une plus grande vitesse, il traversa la vallée tel un éclair, se jetant de côté au moment où le démon faisait pleuvoir sur lui une rafale mortelle de schiste volcanique. Le missile rata sa cible et, la seconde d'après, le dragon heurtait de plein fouet le démon des Possédés.

Juste avant l'impact, le mage de bataille sauta de selle, pivota sur lui-même en plein air, et atterrit au milieu des Kardakae. Son épée jaillit de son fourreau et, tout en se redressant, il embrocha le premier de ses adversaires. Il se retourna et tua un second ennemi. On aurait dit que le fil de sa lame étincelait quand il pénétrait leur épaisse armure. Les Kardakae voulurent se ruer sur lui, mais se trouvèrent pris à partie par les guerriers de Siméon.

Dans toute la vallée, des hommes et des femmes réalisèrent que la lassitude venait de quitter leur corps et que la peur s'était dissipée de leur cerveau. Pour la première fois depuis qu'ils avaient abandonné leurs demeures, ils eurent la sensation que la victoire était à leur portée, et c'est ainsi qu'à l'orée même de leur défaite, ils trouvèrent en eux la force de se battre.

Le démon fut presque déséquilibré par l'attaque du dragon, mais sa puissance était juste incroyable. Titubant sous l'impact, il saisit l'animal, le jeta à terre, faisant vibrer le sol, et se redressa au-dessus de son adversaire. La chair de son épaule avait beau être à vif et l'os apparent, il restait prêt à assener un coup de poing qui briserait les côtes de la bête ailée. Il n'en eut jamais l'occasion.

Le dragon recouvra ses esprits avec une vitesse surprenante. Il ouvrit grande la gueule et un torrent de feu s'abattit sur le visage du démon, dont la peau s'écailla et se ratatina. Il rua de ses sabots durs comme l'acier, sans succès, car le dragon se tenait à l'écart. Le mage de bataille frappa le démon à cet instant, sectionnant les tendons d'une de ses jambes arrière. La créature infernale vacilla. Avant qu'elle puisse riposter, son adversaire ailé se dressa derrière elle, pencha la tête de côté et lui enfonça les dents dans le cou. Le démon rugit de douleur. Au même moment, le mage lança un éclair d'énergie. Une attaque qui illumina de l'intérieur la cage thoracique de sa cible.

Le démon s'affaissa. Il tenta de susciter une ultime explosion de feu qui les consumerait jusqu'au dernier, mais le dragon lui laboura le visage de ses serres et lui repoussa la tête. Le mage fit décrire un moulinet à sa lame en travers de la gorge et il bondit pour éviter le flot brûlant qui s'écoula sur le torse du démon. Le dragon relâcha sa prise et la créature des mondes souterrains s'écroula au sol.

Le démon était mort. Ses adversaires reportèrent leur attention sur les Possédés. Au lever du soleil sur la vallée, il n'y en avait plus un seul en vie. Le peuple de Valence était arrivé sur le bord même du précipice de la désolation, mais finalement la bataille pour l'âme de Caer Dour s'était soldée par une victoire.

21

Marchio Dolor

Au plus profond des Contrées Interdites de la Beltane, un démon bien plus puissant ferma les yeux lorsqu'il sentit le départ de l'un des Fidèles. Celui qui avait été vaincu était rusé et fort, mais aussi nouvellement arrivé dans le royaume terrestre et prompt à l'emportement. Il avait poussé trop avant, trop vite, et avait payé le prix de son excès de zèle. Peu importait. Il n'était qu'un démon parmi bien d'autres, loin de rivaliser avec sa propre puissance.

Dans le royaume de perdition, nul besoin d'avoir un nom ; ici en revanche, dans le monde charnel, on l'appelait Marchio Dolor, le Marquis de la Douleur.

C'était un nom qui n'était pas pour lui déplaire.

Marchio Dolor lorgna vers le nord-ouest. Oui, quelque part dans cette direction, près de la frontière avec la Clémonce. Des Sept Royaumes, la Clémonce était le plus petit, et pourtant, de quelque indéfinissable façon, le plus fort. Leurs Défiants donnaient de l'espoir aux autres, et tant que l'espoir subsistait, il ne serait pas facile de briser la foi des plus humbles.

Les armées des Fidèles l'emportaient un peu partout. Leur avance n'avait été interrompue qu'en deux endroits. Au nord, près de la cité illicienne de Hoffen, et au sud, où les Fidèles étaient mis en échec par Vercincallidus, le général beltonien. Marchio Dolor se rendait justement là afin d'écraser le récalcitrant.

Ce dont ils avaient besoin était un démon de puissance égale pour briser le foyer de résistance au nord.

Marchio se tourna vers les suppliciés qui pleuraient dans la nuit. Ces pitoyables imbéciles réclamaient la mort, mais la mort ne les sauverait pas. Elle ne ferait que les livrer à d'autres, bien plus cruels que lui. Ils n'existaient à présent que pour souffrir, et chaque jour apporterait son lot de nouveaux tourments. Or ce soir, il avait besoin d'eux pour un dessein plus élevé. Il se servirait de leur douleur pour atteindre le cœur du royaume infernal et invoquer un démon qui tuerait les Défiants et taillerait en pièces les *wyrms*.

Il regarda les suppliciés avec la plus totale indifférence. Des hommes, des femmes et des enfants, dont les bouches et les paupières avaient été cousues afin d'ajouter à leur peur. Ils pleuraient en longs sanglots à demi étouffés, terrifiés de savoir que le pire était à venir.

Sa lèvre s'incurva de dégoût devant le spectacle de leur faiblesse, puis il ferma les yeux et s'agenouilla pour prier. Il pria jusqu'à ce que tous les suppliciés s'élèvent dans les airs, comme s'ils étaient suspendus à un crochet de boucher transperçant leur poitrine. Il pria jusqu'à ce que le rocher sous lui se fende et que les flammes du feu de l'enfer se dressent autour d'eux, jusqu'à ce que leurs chairs noircissent et que leurs cris de souffrance absolue emplissent la nuit. Ils se tordraient ainsi de douleur jusqu'à ce qu'on réponde à ses prières. Alors, et seulement alors, leurs âmes descendraient pour subir les tourments éternels.

Enfin satisfait, Marchio Dolor se remit debout. Il faudrait peut-être des mois avant que pareil démon surgisse des régions les plus profondes de l'enfer, pourtant, il ordonna aux Initiés de se tenir prêts à fabriquer tout ce dont cette nouvelle manifestation des ténèbres aurait besoin.

Bien des années auparavant, les Initiés avaient assemblé l'armure qui protégeait sa chair, capable de résister à un Défiant et aux griffes d'un *wyrm*. Les Initiés étaient disposés autour des feux tels des fantômes, la lumière jouant sur leur peau pâle et leurs yeux d'un blanc immaculé. À la différence de Marchio, ils n'étaient pas insensibles aux hurlements des damnés. Tout au fond de leurs cœurs flétris, il leur restait encore quelques bribes d'humanité, et la lueur des flammes se reflétait sur les larmes qui coulaient sur leurs joues.

Marchio les avait déjà oubliés. Leur souffrance se poursuivrait jusqu'à ce qu'un nouveau démon surgisse des profondeurs infernales, et alors les Défiants paieraient pour leurs péchés de résistance. Pour l'heure, le Marquis de la Douleur se concentra de nouveau sur les rois et les reines qui s'opposaient à lui. Osric le fier, Ernest le faible, Vittorio l'imbécile et Catherine, la salope qui régnait sur la Clémonce. Il les briserait jusqu'au dernier, puis il se repaîtrait de leurs âmes hurlantes. Ensuite, il se mettrait en route pour l'Achéron et la Thrace, se réjouissant par avance de la sublime satisfaction qu'il y aurait à soumettre leur grande force.

S'il avait été doté de quelque caractéristique humaine que ce soit, il aurait pu sourire d'anticipation, mais ce soir, l'un des Fidèles avait été tué, et il n'y avait aucune place dans son cœur pour autre chose que la haine. Il considéra la terre morne qui s'étalait devant lui. Au loin, il apercevait une faible lueur orangée, les torches et les feux de camp de ceux qui fuyaient. Il fit jouer les muscles de sa chair mortelle et ses yeux s'embrasèrent comme deux creusets de bronze fondu. Ce soir, il avait subi une défaite… Demain sonnerait l'heure de la vengeance. Les nations d'Ire étaient faibles et divisées, les Défiants et les *wyrms* bien peu nombreux.

Rien au monde ne pouvait désormais les arrêter.

DEUXIÈME PARTIE

IRE

22
Toulwar

Une odeur d'herbes réveilla Falco. Il faisait jour, et il était allongé dans un lit avec des draps propres. Il ouvrit lentement les yeux et son regard rencontra les poutres sombres du plafond. L'espace d'un instant, il se crut de retour dans la villa de Siméon, et un profond sentiment de soulagement l'envahit, puis il remarqua que ce plafond était différent, et le souvenir des événements récents lui revint d'un coup. Il enfonça son visage dans l'oreiller. Une main apaisante se posa sur son front. Quand il rouvrit les yeux, Fossetta était assise sur le bord du lit, visiblement heureuse de le voir conscient et avec tous ses esprits. Il tenta de se redresser, mais sa faiblesse l'en empêcha.

— Tout va bien. Tu es en sécurité, murmura Fossetta.

Elle l'aida à se mettre en position assise et cala un second oreiller derrière son dos. Elle lui proposa ensuite un verre d'eau, qu'il refusa d'un geste.

— J'ai le vertige, s'excusa-t-il en refermant les yeux.

— Ça va passer. Tu es resté sur le dos pendant huit jours. Il te faudra du temps avant de retrouver le sens de l'équilibre.

Falco acquiesça, son esprit luttait pour donner une signification aux choses.

Huit jours ?

Il se souvenait d'avoir été porté à travers les montagnes, du ciel laissant la place à une canopée d'arbres, mais cela ressemblait plus à un rêve qu'autre chose. Il se rappelait avoir été réveillé par la pluie sur son visage, quelqu'un qui le soignait, la nourriture et la boisson qu'on lui avait fait avaler, les échos répercutés par les murs, et les bougies allumées dans un endroit sombre, avec des gens assis à côté de son lit.

Il souleva les paupières et la pièce ne tangua plus autant. Il observa la femme qu'il connaissait depuis toujours.

— Toulwar ?

Fossetta hocha la tête. Son sourire était empreint d'une tristesse que Falco n'avait jamais vue auparavant.

— Nous sommes dans la citadelle. Tu as été conduit ici après la bataille.

— La bataille, répéta Falco, désorienté quant à l'issue des combats.

— Nous l'avons emporté, dit Fossetta, bien que son expression ne donne pas la sensation d'une victoire. Un des messagers a pu passer. Un mage de bataille a réussi à nous trouver.

— Avec un dragon, chuchota Falco, qui se remémorait peu à peu les curieuses scènes.

— Oui, confirma Fossetta.

La pièce était des plus basiques, la rudesse de l'ensemble adoucie par quelques tapis et des tentures. Deux épais rideaux turquoise pendaient de part et d'autre d'un balcon. Falco ignorait où il se trouvait précisément, mais la lumière de l'extérieur donnait une impression de hauteur. Il regarda Fossetta.

— Siméon ?

La gouvernante secoua la tête.

— Nous l'avons enterré dans les montagnes. Avec ceux qui sont tombés.

Falco savait déjà que Siméon était mort. Il revécut la sensation de départ quand le cœur du vieil homme avait cédé, et espéra simplement que le mage était désormais en paix.

— C'est drôle, reprit Fossetta en sortant un mouchoir de la manche de sa blouse. Parfois, je l'entends encore m'appeler.

Elle sourit de sa propre stupidité et Falco lui serra la main. Il dut déglutir à plusieurs reprises avant de parler.

— Malaki ?

— Il va bien, répondit-elle en passant le mouchoir sur sa joue. Un peu éreinté et taciturne, mais il tient le choc. Il est souvent avec Bryna.

Falco sourit ; Fossetta, elle, baissa la tête.

— Son père est mort durant la bataille, lui aussi. Il a chargé le démon, avec Lord Cadell.

— Je sais. Je les ai vus.

Ils restèrent silencieux pendant un moment alors que leurs pensées revenaient à cette terrible nuit.

— Et Merryweather ? Il était...

— Sa blessure ne voulait pas guérir, déclara Fossetta. Il a succombé peu après notre arrivée.

Le cœur de Falco se crispa de douleur.

— Tobias ?

— Mieux qu'on l'aurait cru. Les gens ici sont très gentils, et l'émissaire pense qu'il pourrait être de quelque service à la reine.

Falco était trop chagriné pour deviner ce que ce service pourrait être.

— Tant de morts.

Fossetta lui prit la main à son tour.

— Tu sais, murmura-t-elle sur un ton plus sérieux, il y en aurait eu beaucoup plus si tu n'étais pas allé aider Siméon.

Elle attendit qu'il la regarde, l'expression dans ses yeux le mettant en garde contre toute tentative d'apitoiement, puis se pencha pour l'embrasser.

— Heureuse de te voir de retour parmi nous, mon chéri, souffla-t-elle.

Il reposa la tête contre la chair tendre de sa joue. Il était incapable de se souvenir d'un jour où elle n'avait pas été là pour apaiser ses peurs.

— À présent, fit Fossetta en se redressant et en se dirigeant vers la porte, je pense que quelqu'un d'autre aimerait te voir. Cela fait quelque temps qu'il dort dans le couloir. Il semblait nerveux à l'idée d'être à tes côtés à ton réveil.

Elle leva les yeux au ciel et tendit la main vers le loquet. Falco l'entendit parler, puis elle s'écarta pour laisser passer Malaki. Les épaules affaissées, le grand jeune homme entra, son regard triste se posant partout sauf sur son ami.

Les yeux de Falco lui firent mal et une douleur oubliée étreignit son cœur. Le sourire de Fossetta était engageant en dépit du ton de sa voix, et elle l'encouragea d'un petit signe de tête.

Il passa ses jambes à l'extérieur du lit et se leva lentement, s'accrochant au montant. Dès qu'il le vit vaciller légèrement, Malaki s'approcha vivement pour le soutenir. Falco recouvra cependant l'équilibre, et les deux garçons se retrouvèrent face à face. Le silence s'étira tandis qu'ils s'efforçaient de trouver quoi dire.

— Alors, commença Falco, tu vas toujours à l'académie de la Guerre ?

Malaki hocha la tête.

— Bien... J'aurais été vraiment malheureux d'apprendre que tu as cassé le nez de l'émissaire pour rien.

Un ricanement involontaire s'échappa des lèvres de Malaki.

— Je me disais que tu pourrais m'accompagner, suggéra ce dernier en relevant la tête, et ce fut au tour de Falco de détourner les yeux.

— Tu crois que nous y partirons en amis ?

— Non, corrigea Malaki. Comme nous avons toujours vécu : comme deux frères.

Avant que Falco comprenne ce qui se passait, Malaki l'étreignit de toute sa force. Le barrage qui retenait leurs larmes céda et ils pleurèrent dans les bras l'un de l'autre. Les jambes de Falco lui firent défaut et seule la présence de son ami l'empêcha de tomber.

— Je suis désolé pour ton père, dit-il en enfouissant son visage dans l'épaule de Malaki.

— Et moi pour le tien, répondit celui-ci en le serrant un peu plus.

Fossetta regarda les garçons combler le fossé qui s'était ouvert entre eux. Elle voulut parler, mais sa gorge était subitement sèche. Ils se séparèrent quand elle toussa depuis la porte.

— Falco, je te fais apporter de quoi te restaurer, articula-t-elle péniblement. Prends garde à ne pas trop manger.

Falco hocha la tête et le visage de Malaki s'illumina à la mention de nourriture. Fossetta les observa un moment puis, avec un sourire larmoyant, elle quitta la pièce. Les deux jeunes hommes échangèrent un regard complice, une onde de vertige finit par submerger Falco. Malaki l'aida à se remettre au lit.

— Un vrai sac d'os, commenta Malaki. Et dire que je te trouvais maigre avant la bataille.

— Va te faire voir, le forgeron ! rétorqua Falco en se laissant retomber sur ses oreillers.

Malaki s'assit sur le bord du lit tandis que Falco essayait de s'installer dans une position confortable.

— Comment te sens-tu ?

— Crevé.

Malaki sourit, puis son regard se porta sur les brûlures du cou et des épaules de son ami.

— Tes plaies sont toujours à vif.

— Elles me font moins souffrir qu'avant, relativisa Falco après avoir posé les doigts sur l'une d'elles.

— Héçamède ne t'a pas quitté d'une semelle. Et les guérisseurs d'ici sont plutôt bons. Ils t'ont passé beaucoup de pommade.

Falco frotta le résidu d'herbe entre ses doigts et sentit l'odeur de la consoude.

— Et tes poumons ?

Falco s'étonna de ne pas l'avoir remarqué auparavant, mais oui, ses bronches étaient dégagées, et il ne ressentait plus qu'un très vague inconfort. Il inspira profondément.

— Héçamède affirme que tu devrais aller mieux, expliqua Malaki. Tu te sentiras peut-être oppressé, avec une sensation de brûlure, et des maux de tête si tu essayes d'en faire trop. À part ça, elle pense que tu as à peu près retrouvé une santé normale.

Falco s'étonna d'entendre un rapport médical aussi complet.

— La porte n'était pas toujours bien fermée, se justifia Malaki en rougissant.

— Et toi, comment vas-tu ? Et Bryna ?

Malaki s'empourpra un peu plus, mais il n'y avait pas à se méprendre sur la satisfaction qui se lisait dans ses yeux.

— Elle va plutôt bien, étant donné les circonstances. Pas très bavarde, pas mal de pleurs. Comme nous tous. Personne n'est tout à fait comme avant.

Falco comprit ce qu'il voulait dire. Comme baptême du feu, ils avaient affronté les Possédés. La réalité de leur monde avait été ébranlée et ils ne seraient plus jamais les mêmes.

— Mais toujours à vouloir donner des ordres, quand même ?

— Oh putain que oui ! s'enflamma Malaki, et les deux garçons éclatèrent de rire.

Ils conversèrent ainsi un moment. Falco apprit tout ce qui s'était déroulé depuis la fin de la bataille, comment ils avaient enterré les victimes dans une fosse commune, sauf Siméon qui avait une sépulture à part, face à l'entrée de la vallée, veillant sur eux dans la mort comme il l'avait fait dans la vie. L'émissaire avait refusé de brûler les Possédés avant que quelques mots aient été prononcés sur les amoncellements de cadavres puants.

— Selon lui, ils étaient tout autant victimes que n'importe quel guerrier ayant péri au combat, commenta Malaki.

Falco comprit qu'il avait frôlé la mort, et que seuls les pouvoirs de guérison du mage l'avaient sauvé. L'armée de Toulwar était arrivée exactement deux jours plus tard, et les nouveaux venus les avaient escortés jusqu'à la ville.

— Et Bellius, demanda Falco. A-t-il survécu ?

— Eh oui, soupira Malaki. Il a même réussi à se faire passer pour un héros. Comme s'il avait tout risqué pour aller chercher de l'aide.

— Il ne lui sera pas facile de vivre en sachant pertinemment qu'il fuyait pour sauver sa peau.

— Ce n'est pas ça qui empêchera un branleur dans son genre de dormir, observa Malaki. Il est probablement déjà à Ire, avec ses cousins royaux.

Ils parlèrent ensuite des habitants de la Clémonce et de Toulwar, ville bâtie sur les berges d'un grand lac entouré de forêts. Falco entamait juste sa deuxième série de questions lorsqu'on frappa à la porte et qu'un domestique passa la tête par l'entrebâillement.

— Pardon, mes seigneurs. Deux hommes désirent voir le jeune Danté.

Falco lui lança un regard interrogateur.

— Sir William d'Eltz et Dominic Ginola, mage de bataille de la ville de Rouan.

— Oui, bien sûr, fit Falco en essayant de se redresser un peu.

Il se sentait soudain nerveux. Il serait ravi de revoir Sir William, mais se demandait quelle serait la réaction du mage face au fils d'Aquila Danté. S'efforçant d'adopter un semblant de dignité, il regarda les deux hommes entrer dans la pièce.

Diverses cicatrices récentes marquaient les traits familiers de l'émissaire. Falco nota également une légère claudication. Cela excepté, il avait l'air en forme. Celui qui l'accompagnait était tout aussi grand, avec des cheveux foncés qui lui tombaient sur les épaules et un visage émacié dont le nez avait manifestement été cassé plusieurs fois.

Le chevalier se dirigea directement vers Falco et lui serra chaleureusement la main.

— Tu as l'air d'aller mieux, constata-t-il avec un sourire.

L'émissaire dégageait un sentiment de sécurité et de pérennité. Quand Falco se tourna vers le mage de bataille, celui-ci lui tendait une bouteille.

— En Clémonce, il est d'usage d'apporter un cadeau aux convalescents.

Sa voix était grave et possédait cette fluidité mélodieuse typique du dialecte clémonçais.

Falco prit la bouteille et la tourna pour examiner l'étiquette de papier brun, ornée d'une gravure sur bois représentant des raisins, et sur laquelle on lisait : « Marceneu ».

— Elle vient des vignobles de Rouan, annonça le mage. Cela pourra vous aider à dormir.

Profondément embarrassé, Falco marmonna quelques mots de remerciement et tendit la bouteille à Malaki, qui la posa sur la table à côté du lit. Il s'ensuivit un silence gêné.

— Malaki m'a raconté que vous m'avez sauvé la vie après la bataille, dit Falco.

— J'ai fait ce que j'ai pu, expliqua le mage en inclinant la tête. Et ce que vous avez fait n'était pas non plus une mince affaire. Rares sont ceux capables de braver la tempête d'un esprit démoniaque.

— Siméon était comme un père pour moi, répondit-il, comme si cela expliquait tout.

Il n'y avait pas de fausse modestie dans la voix de Falco. Il ne se rendait tout simplement pas compte à quel point ses actions avaient été extraordinaires.

— Quels sont tes projets ? demanda l'émissaire.

— Je vais me rendre à Ire, confia Falco. J'aimerais devenir guérisseur. Si on veut bien de moi.

Malaki et l'émissaire éclatèrent de rire ; le mage de Rouan, lui, se renfrogna, ne comprenant pas.

— Il ne sait pas ? s'étonna-t-il.

— Savoir quoi ? s'enquit Falco, perplexe et embarrassé par leurs réactions.

— Si tu vas à Ire, ce ne sera pas pour être guérisseur, avança Sir William.

— Quoi alors ?

— Mage de bataille, annonça Malaki.

Falco regarda son ami comme si celui-ci parlait une langue inconnue.

— Il semble que Tobias a un don pour repérer les mages, même s'il a l'âge mental d'un enfant de quatre ans, reprit Malaki.

Falco continuait à le regarder sans comprendre.

— Madaille, lui rappela Malaki.

— Oui, c'est comme ça qu'il me surnomme, répondit Falco. Depuis toujours.

— C'est comme cela qu'il m'a appelé aussi, expliqua Ginola. Pour « mage de bataille ».

L'expression de Falco se durcit.

— Alors, vous voulez que je devienne mage de bataille ? Comme mon père ?

Il fixa Malaki comme pour dire : « Voyons, tu sais bien… »

— Tu en as le potentiel, précisa l'émissaire. Seul le temps nous apprendra si tel est ton destin. Pour l'heure, essaye de te reposer. Dans quelques jours, nous partons pour Ire.

Falco acquiesça machinalement et les deux hommes prirent congé. Ils s'arrêtèrent à la porte et considérèrent brièvement la frêle silhouette allongée dans le lit.

— Les thaumaturges n'accepteront jamais de l'entraîner, affirma Dominic Ginola.

— Ils n'auront peut-être pas besoin de le faire, répondit l'émissaire.

— La guerre tourne mal, déclara Ginola sombrement. Un autre Aquila Danté nous aiderait assurément.

— Pas si celui-là aussi se retourne contre nous.

— Le fera-t-il ? s'interrogea le mage.

— Je l'ignore, dit l'émissaire, fermant doucement la porte de la chambre de Falco.

Se retournera-t-il contre nous ?

La reine lui aurait-elle posé la question qu'il aurait répondu à l'identique. Sir William avait le don de voir dans le cœur des hommes, mais dans le cas de Falco Danté, il ne savait qu'une chose : quand tout le monde avait été terrassé par le démon, ce garçon malingre s'était avancé pour faire face au vrai visage du mal. S'il pouvait faire cela dans un état d'extrême lassitude, de quoi était-il capable en pleine possession de ses moyens ?

Falco était bien trop faible pour tenter le rite d'Assay, et Dominic avait raison : les thaumaturges n'accepteraient jamais de le former. Mais si la reine lui demandait son avis, alors il dirait que oui, Falco Danté devait suivre l'entraînement des mages de bataille. La seule question dès lors en suspens était de savoir comment.

23

Rencontre au sommet

Falco était allongé. Il était minuit passé et le sommeil tardait à venir. Ce serait bientôt l'heure du départ pour Ire. Il essayait de se représenter la capitale quand on frappa doucement à sa porte. Il se redressa alors qu'un domestique pénétrait dans la chambre, tenant un bougeoir en cuivre de son doigt recourbé.

— Mes excuses. Votre présence est requise à la tour nord.

— Par qui ?

— Le mage de bataille, Dominic Ginola.

Surpris et soudain nerveux, Falco s'extirpa tant bien que mal du lit, se vêtit le plus rapidement possible et saisit le manteau en peau de mouton posé en travers d'une chaise. De longues minutes plus tard, il arrivait de sa démarche encore mal assurée en haut de l'escalier de la tour nord. Le mage se tenait au centre du vaste espace ouvert, une petite torche dans sa main.

— Merci d'être venu.

Falco hocha la tête d'un air entendu.

— Quelqu'un souhaite vous voir.

— Qui donc ? demanda Falco, sans obtenir de réponse.

L'homme se contenta de sourire et posa une main rassurante sur son épaule. Puis il disparut à l'autre bout du palier et descendit les marches chichement éclairées. Plus intrigué que jamais, Falco ramena son manteau contre lui pour se protéger de l'air glacial. Des nuages filaient dans le ciel, occultant de temps à autre les étoiles. En contrebas, il discernait quelques lumières éparses dans la tache sombre que formait la ville assoupie. Il vérifia une nouvelle fois qu'il était bien seul, se demandant qui voulait s'entretenir avec lui au beau milieu de la nuit.

Avant qu'il ait le temps de s'impatienter, il sentit une présence, non dans l'escalier, mais plus haut. Il leva la tête et, là, se découpant sur le ciel étoilé, il aperçut une forme ailée qui fondait sur lui.

Falco recula de plusieurs mètres tandis que le dragon se posait sur les dalles. Il atterrit avec une grâce infinie, sans le moindre bruit si ce n'est un puissant courant d'air lorsqu'il interrompit sa descente avec ses ailes massives. Le cœur de Falco martelait sa poitrine et pourtant il ne ressentait aucune peur. Le dragon faisait un mètre cinquante de haut au garrot, mais sa tête se dressait très au-dessus. Il dévisagea Falco et ce dernier fut stupéfié par l'intensité de son regard. Même dans les ténèbres, ses écailles jaune doré luisaient. Il était magnifique de puissance et de grâce.

Durant quelques instants, humain et dragon se jaugèrent, et Falco eut la sensation que ce n'était pas un animal qui se tenait en face de lui, mais une créature intelligente et noble. Aussi étrange que cela paraisse, il avait l'impression d'être en présence d'un chevalier. Quelque chose cependant trahissait un certain malaise, et il comprit soudain que le dragon était nerveux.

Des images surgirent à l'esprit de Falco. Il vit le dragon noir de la Citadelle des Quatre Vents, et eut de nouveau cette sensation de puissance, de haine et de chagrin. Il se souvint du sentiment d'horreur qui l'avait envahi lors de sa chute, de sa honte d'avoir en partie contribué à sa mort. Puis il regarda le dragon doré et fut étonné de lire les mêmes émotions dans ses yeux.

La honte et le chagrin.

Il pleurait la perte de son frère, mais il avait également honte. Il ne comprenait pas comment un représentant de son espèce avait pu causer du mal à un être humain, et c'était *à Falco* qu'il demandait des réponses – à un jeune homme qui n'en avait aucune.

Falco baissa la tête, comme s'il avait déçu les attentes du dragon. Pendant un moment, l'animal le considéra, puis il se rapprocha et vint poser son front écaillé contre le sien.

Falco était abasourdi. Cela n'avait rien à voir avec sa rencontre avec le dragon noir. En dépit de sa taille, il ne ressentait aucune crainte. Il savait sans pouvoir se l'expliquer qu'il pouvait faire une confiance aveugle à cette créature. Avec un sentiment d'abandon libératoire, il ferma les yeux et ouvrit son esprit tandis que l'odeur du dragon commençait à l'envelopper, aussi étrange que complexe, évoquant le cuir vert, le métal chaud et le pin. Il entendait ses longues respirations et, de façon presque imperceptible, les battements réguliers de son cœur puissant. Il tendit précautionneusement le bras pour toucher l'animal. Les écailles étaient dures, un peu comme de l'acier émaillé, et pourtant, même dans le froid mordant de la nuit, elles étaient chaudes. Il pressa sa main contre la joue du dragon et la sentit bouger. La bête était peut-être protégée par cette armure écaillée, elle n'en demeurait pas moins une créature de chair et de sang.

Il ôta enfin sa main, et le dragon leva la tête. Il resta une minute de plus à le regarder ; et enfin, lentement, il recula et déploya ses ailes. Il se pencha en un dernier salut, se dressa sur ses pattes arrière et se propulsa dans les airs. Falco vacilla sous la soudaine bourrasque, puis il regarda le dragon s'enfoncer dans le ciel noir, ignorant qu'il n'était pas le seul à le voir s'évanouir dans la nuit.

*

Deux hommes observaient la scène depuis une haute fenêtre de la tour des thaumaturges. L'un était Morgan Saker, l'autre le Veneratu, le Maître des thaumaturges toulwariens.

— Est-ce qu'il sait ? demanda le Veneratu.

— Non, répondit Morgan Saker. Il était trop jeune.

Ses yeux étaient rivés sur la tour nord de la

citadelle, où la petite silhouette de Falco Danté venait de disparaître. Le Veneratu ne paraissait pas convaincu.

— Le dragon l'a salué.

Morgan hocha lentement la tête, se demandant ce qu'une telle marque de respect pouvait bien signifier.

— Il ne doit pas suivre l'entraînement ! affirma le Veneratu.

— Jamais il ne réussirait le rite d'Assay.

— Mais s'il y parvenait quand même…

— Oui, confirma Morgan. Alors, il aurait le droit de faire une invocation.

— Nous ne pouvons tolérer pareille éventualité.

— Rien ne dit qu'il tissera des liens aussi étroits avec le dragon qui sera le sien. Il a fallu des années à son père avant de parvenir à une telle proximité.

— Es-tu prêt à courir ce risque ?

Les yeux noirs de Morgan étincelèrent dans les ténèbres. Il ne pensait pas à ce qui pouvait se produire, mais à ce qui s'était déjà passé, du temps où Falco n'était qu'un enfant. Il se souvenait du garçonnet au milieu du bâtiment en flammes, et de s'être enfoncé dans le brasier pour le sauver. À l'époque, il prenait cela pour un geste de compassion. À présent, il le considérait comme ce dont il s'agissait en réalité : un moment de faiblesse, qui risquait bien de les entraîner à leur ruine.

— Non, répondit-il au Veneratu. Je ne le suis pas.

— Alors, faisons passer le mot à nos frères d'Ire.

Le fils Danté ne doit pas suivre l'entraînement, et ce en dépit de toute l'insistance qu'y mettra la reine.

Morgan hocha la tête, même si son esprit était toujours ailleurs. Ses pensées l'avaient ramené à des propos tenus par Bellius Snidesson sur la grand-place de Caer Dour.

— D'abord le père, et à présent le fils.

Le doute rongeait le cœur de Saker. Pourquoi avait-il sauvé l'enfant ? Cela aurait été tellement plus simple de le laisser mourir, de le tuer comme ils avaient tué son père. Poussant un profond soupir de soulagement, Morgan suivit le Veneratu, qui quittait le balcon. Ils allaient faire venir un quintette dans la chambre des débats. Il faudrait plusieurs heures aux cinq thaumaturges pour envoyer un court message à la capitale, mais ce serait suffisant.

D'ici l'aube, leurs frères d'Ire seraient prévenus.

Falco Danté ne devait pas devenir mage de bataille.

*

Mérédith Saker se cacha dans la pénombre au moment où son père et le Veneratu passaient dans le couloir et disparaissaient derrière un coude. Il resta plusieurs secondes à les suivre des yeux, se demandant ce qu'il y avait de si urgent pour qu'ils aient besoin d'envoyer un message à cette heure tardive.

Il marcha jusqu'à la fenêtre et regarda la tour nord. Lui aussi avait assisté à la rencontre entre Falco et le dragon, mais cela ne lui avait apporté aucune satisfaction. Il ne sentait rien d'autre qu'un conflit en lui, et n'arrivait pas à s'ôter de la tête l'idée qu'il espionnait son père.

Mais pour quelle raison ?

Depuis aussi loin que remontaient ses souvenirs, il y avait eu une ombre dans son esprit, la graine d'un doute. Dans la Citadelle des Quatre Vents, cette graine avait commencé à germer. Elle n'avait aucune forme, et il aurait été bien incapable de la définir. Tout ce qu'il savait, c'est que cela avait un lien avec Falco Danté et son étrange affinité avec les dragons.

Mérédith ferma les yeux et clarifia ses pensées. Il ne trouverait aucune réponse dans de vagues suspicions. Au lieu de cela, il allait employer la plus ancienne des disciplines des thaumaturges : la contemplation.

Par la contemplation, la nature de toute ombre pouvait être mise à nu.

*

Falco ne se souvenait pas d'être revenu dans sa chambre ni de s'être couché. Il n'arrivait pas à détacher ses pensées du délicat contact du dragon pressant sa tête contre la sienne, du grondement sourd de sa respiration, et de l'incroyable douceur de la chaleur qui émanait de son corps. Toute sa vie il avait voulu en voir un, comme si cela l'aiderait à comprendre la mort de son père, et voilà qu'il apprenait qu'eux aussi étaient à la recherche de réponses. Mais, pour l'heure, Falco se sentait satisfait. Il s'était retrouvé en présence de quelque chose de puissant et de pur. Les Possédés avaient beau menacer leur monde, ils ne le feraient pas sans rencontrer une farouche opposition.

Envahi d'un profond sentiment de paix, Falco ferma les yeux pour dormir. Dans deux jours, ils quitteraient Toulwar pour Ire.

24
La Grande Possession

Falco récupéra rapidement. Idéalement, on lui aurait accordé plus de temps pour recouvrer ses forces, mais des rapports alarmants ne cessaient d'arriver, mentionnant une atmosphère croissante de peur, et même quelques escarmouches sur la frontière orientale de la Clémonce, où des détachements de Possédés surgissaient de nulle part et lançaient des attaques éclair en pleine nuit. L'émissaire trouvait ces rapports profondément troublants.

— C'est un signe de l'influence grandissante de l'ennemi, leur expliqua-t-il un soir, alors qu'ils étaient attablés dans la salle de réception de la citadelle. La ligne de front principale se trouve à des kilomètres de la Clémonce, mais à mesure que l'ombre s'avance, des fissures apparaissent, et le mal des Possédés s'y engouffre. Je suis parti depuis trop longtemps. De plus, la reine est impatiente de te rencontrer.

— Moi ? s'exclama Falco.

— Le fils d'Aquila Danté ? Oh que oui !

Falco n'arrivait toujours pas à se projeter en mage de bataille, trouvant l'idée ridicule, et cela le mettait mal à l'aise. Les failles de son père avaient causé bien des souffrances, et il ne souhaitait absolument pas tester les limites de sa santé mentale. Il se retourna vers Fossetta et Malaki, cherchant leur soutien ; eux ne semblaient pas surpris.

— Tu as le feu intérieur de ton père et la grâce de ta mère, remarqua Fossetta.

— Voyons, je peux à peine soulever une épée, alors en manier une sur un champ de bataille…

— Oui, mais tu sais t'y prendre, persista Malaki. Tu étais aussi bon que moi quand nous étions gamins.

— C'était il y a des années ! s'exclama Falco, se souvenant de la façon dont il avait été contraint d'interrompre ses entraînements à mesure que sa santé déclinait.

— Ça ne s'oublie pas, répondit posément Malaki. Tu as juste besoin de prendre un peu de muscle. Quelques mois à travailler dans une forge, voilà ce qu'il te faut !

L'émissaire était songeur, mais il sourit devant l'exaspération de Falco et haussa les sourcils comme pour signifier qu'ils étaient mieux placés que lui pour savoir. La discussion se poursuivit un moment, puis Sir William se redressa.

— Je vais envoyer un message à la reine pour lui annoncer notre départ, dit-il en s'inclinant, avant de s'éclipser.

Falco avait ressenti un frisson d'inquiétude.

D'abord excité à l'idée de voir Ire, maintenant que cela se concrétisait, il mesurait sa réticence. À cela s'ajoutait la décision de Fossetta de rester à Toulwar pour s'occuper de Tobias. Ce dernier avait accepté la suggestion étonnante de l'émissaire : aller par monts et par vaux dans le pays à la recherche d'autres jeunes gens qui, tel Falco, avaient en eux le feu sacré qui faisait d'eux des mages de bataille.

— Tobias a besoin de moi. Il est temps de trouver ta propre voie, et tu ne pourras pas y arriver si je suis toujours dans tes pattes.

Ainsi Fossetta expliqua-t-elle sa décision, un peu plus tard, alors qu'ils étaient assis près du feu, dans la chambre de Falco.

Ni lui ni elle ne tentèrent de cacher leurs larmes lorsqu'ils s'embrassèrent.

— Si jamais tu as besoin de quoi que ce soit…, commença Falco.

— Je sais, mon chéri, je sais.

Rassemblés aux abords de Toulwar, ils se préparaient à faire leurs adieux. Les familles et les amis des cadets étaient là, ainsi qu'un petit groupe de gens venus de la ville. Comme Fossetta, Héçamède avait décidé de rester à Toulwar. Les habitants de Caer Dour avaient plus que jamais besoin de leur guérisseuse.

— Puissiez-vous prospérer, toi et tes idéaux, déclara cette dernière, citant un vieux proverbe thracien.

— Merci, répondit Falco, l'étreignant chaleureusement et songeant à toutes les fois où elle lui avait sauvé la vie. Tobias était là aussi, assis dans sa chaise, avec Fossetta derrière lui.

— Au revoir, Tobias, le salua Falco en s'agenouillant pour lui prendre la main. Prends soin de Fossetta, tu veux bien ?

Tobias dodelina de la tête en le regardant.

— Au'voir, Madaille. Fais veni' un gros ragon !

Falco eut un éclat de rire amer.

— Et bonne chance à toi dans ta quête de nouveaux Madaille ! J'espère qu'ils ne seront pas tous aussi chétifs que moi !

Tobias éclata de rire comme si Falco avait raconté la blague la plus drôle qu'il ait jamais entendue. Falco termina par Fossetta, mais ils s'étaient déjà fait leurs véritables adieux en privé, dans la chambre de Falco. Ils se séparèrent donc d'une simple étreinte accompagnée d'un baiser, ainsi qu'ils l'auraient fait si Falco partait camper deux ou trois jours avec Malaki.

— Prenez soin l'un de l'autre, leur recommanda Fossetta. Et souvenez-vous, quand vous rencontrerez la reine, dites « Votre Majesté » la première fois, et « Majesté » par la suite.

Les deux jeunes hommes hochèrent la tête et rejoignirent l'émissaire et les autres cadets.

— J'aurais bien aimé qu'ils ne nous accompagnent pas, ceux-là ! s'exclama Falco en montrant du doigt le petit groupe de thaumaturges qui attendait sur le bord de la route.

Parmi ceux-ci se trouvaient Morgan Saker et son fils, Mérédith. Eux aussi voyageraient avec l'émissaire jusqu'à la capitale. Ce dernier les invita à monter en selle. Tous saluèrent ceux qui étaient venus leur dire au revoir.

Falco se retourna régulièrement, jusqu'à ce qu'il ne puisse plus voir Fossetta. Quel sentiment étrange de s'éloigner de tout ce qu'il avait connu ! Il était heureux d'avoir son ami à ses côtés. Quant à Malaki, il échangeait des plaisanteries avec Bryna.

Rien de plus logique, songea Falco, un sourire aux lèvres.

Ils s'enfoncèrent dans les terres boisées de la Clémonce, entre chênes, châtaigniers, hêtres et pins. Leur chemin croisait de temps à autre des villages et des villes, où là aussi un sentiment croissant de peur troublait le sommeil des gens.

— L'ennemi se rapproche, commenta l'émissaire. J'ai vécu la même chose en Illicie du temps de mon enfance.

L'expression sinistre qui se lisait dans ses yeux était tout sauf réconfortante, mais ils ne pouvaient rien faire d'autre que poursuivre leur route. Pendant la journée, ils progressaient à un rythme soutenu tandis que la nuit ils campaient aux abords de rivières, de lacs ou d'étangs forestiers.

Les cadets avaient tendance à rester entre eux et les thaumaturges dressaient leur propre bivouac près du leur. Les conversations étaient anodines au départ, puis ils commencèrent à évoquer ce par quoi ils étaient passés, et leurs pensées se tournèrent naturellement vers les Possédés. Lorsque la nuit tomba, au neuvième jour de l'expédition, quelqu'un posa la question… *D'où viennent les Possédés ?*

— On ne vous enseigne pas l'Histoire, en Valence ?

demanda l'émissaire tout en sirotant une coupe de vin épicé, assis comme tout le monde sur un rondin de bois autour du feu.

— Je pense que nous aimerions tous l'entendre de votre bouche, déclara Malaki, et les autres cadets approuvèrent.

L'émissaire marqua une pause et son visage fut momentanément voilé par la vapeur alors qu'il avalait une nouvelle gorgée.

— Tout ce que nous savons est qu'ils sont apparus en Férocie.

Le soleil s'était couché et des nappes de brume grises s'amoncelaient dans les ténèbres qui allaient s'épaississant. Les thaumaturges étaient installés non loin de là, et ils paraissaient tendre l'oreille, curieux du récit que l'émissaire allait livrer.

— Les nations des royaumes d'Ire se livrent la guerre depuis toujours, commença-t-il en se remémorant l'histoire telle que son père la lui racontait, mais seule la Férocie semble apprécier les massacres. À bien des reprises, leurs armées franchirent les passes des montagnes scythiennes, s'engouffrant en Beltane et en Illicie. Et n'allez pas croire que les royaumes les plus distants étaient en sécurité pour autant ! La Férocie pouvait se vanter d'une flotte immense, et leurs navires de guerre harcelaient les côtes de la Valence, de la Thrace, de l'Achéron et même de la Clémonce. Aucun endroit n'était épargné et les gens craignaient de voir l'emblème du loup noir se détacher sur le drapeau rouge de la Férocie.

— Pourtant nous avons résisté, intervint Bryna, assise à côté de Malaki.

— Oui, tout à fait, confirma l'émissaire. Pour la première fois, les royaumes d'Ire mirent de côté leurs différends et firent alliance. Ils repoussèrent les Férociens de l'autre côté de leurs montagnes et les poursuivirent jusqu'aux portes même d'Iade, leur capitale. Mais il se produisit quelque chose.

Il marqua un temps d'arrêt avant de reprendre :

— Certains disent que les thaumaturges férociens en appelèrent aux forces souterraines, d'autres que leur roi avait conclu un pacte avec le seigneur des ténèbres. Tout ce que nous savons, c'est que les armées libres d'Ire furent soudain submergées par la peur. Mais les soldats s'en moquèrent. Ils étaient persuadés d'avoir vaincu l'ennemi. À tort. Tout ce qu'ils avaient fait était de pousser les Férociens à l'extrême limite du désespoir, et c'est cela qui ouvrit les portes de l'enfer.

Au-delà du cercle de lumière, l'obscurité était à présent totale.

— Cela ne se produisit pas d'un coup, et pendant de nombreuses années les gens crurent que la Férocie avait bel et bien été matée. C'est alors que débutèrent les cauchemars.

Falco pencha la tête. Il connaissait ces cauchemars dont parlait l'envoyé de la reine.

— Seuls quelques enfants furent affectés, reprit l'émissaire. La plupart sombrèrent dans la folie et se tuèrent, ou s'arrachèrent les yeux, prêts à tout pour échapper à la terreur.

Personne ne réagit. L'expérience de leur récente

bataille leur avait donné une certaine idée de ce par quoi ces enfants étaient passés.

— Les cauchemars étaient un avertissement, un présage ; il fallut attendre encore huit ans avant qu'une nouvelle armée franchisse les montagnes de la Scythie. Elle n'était pas aussi imposante que les précédentes, mais les guerriers férociens paraissaient avoir changé. Ils ne ressentaient ni douleur ni peur, et ils semblaient sous la domination d'une force sombre et malicieuse. Les gens commencèrent à leur donner le nom de Possédés.

» Les survivants évoquaient des morts revenant à la vie, des démons terrifiants combattant aux côtés de leurs adversaires, mais, pour délirants qu'ils soient, ces récits disaient une chose : cette nouvelle armée férocienne ne pouvait être éradiquée. Des troupes envoyées pour l'anéantir se retrouvèrent submergées par la peur, et ceux qui ne s'enfuirent pas furent taillés en pièces ou capturés par l'ennemi. C'est ainsi que les forces de l'adversaire se mirent à croître.

— Mais nous les avons bien stoppés, insista Malaki.

— Oui, au bout du compte, dit l'émissaire. Cela se passa en Beltane. Un jeune homme y mena une armée à la guerre contre les Possédés, et il l'emporta. Son nom était Télamon Feyn. Le premier mage de bataille. Il faisait partie des rares enfants ayant survécu aux cauchemars, et était entre-temps devenu un adulte aussi charpenté que taciturne. On parle d'une épée luisante et de feu jaillissant de ses mains, mais c'est en fait le courage qui…

— Pourquoi toujours des hommes ? l'interrompit Bryna, avec une certaine irritation.

Falco et Malaki échangèrent un regard gêné, mais l'émissaire eut un sourire en coin.

— En fait, ce n'est pas exact. Il y a bien une mage de bataille au service de la reine, et il en va de même pour le prince Ernest d'Illicie. Mais tu as raison, les mages sont, dans la plupart des cas, des hommes.

Il la regarda, notant combien son visage se détendait à cette nouvelle, tout en se rendant compte qu'il n'avait pas vraiment répondu à sa question.

— La vérité est que nous n'en savons rien, même si nous pensons que cela vient de la façon dont les enfants ont réagi. Quand elles sont confrontées à un trauma, les filles ont tendance à se replier sur elles-mêmes, alors que les garçons sont plus enclins à développer un tempérament violent. Cela ne suffit pas à les sauver, dans l'ensemble. Seuls les garçons capables de maîtriser leurs pulsions agressives et quelques rares filles survivent aux cauchemars. Et même ainsi, tous ne deviennent pas mages de bataille.

— Mais beaucoup le sont devenus, intervint Malaki, dont l'enthousiasme fit sourire Falco, qui avait toujours adoré, comme son ami, les récits relatant les guerres anciennes et les conflits glorieux.

— Pas tant que cela, en fait, relativisa l'émissaire. Quelques-uns. Les thaumaturges débutèrent les entraînements, affinant leurs pouvoirs et les aidant à atteindre leur potentiel. Pendant un temps, ils furent à même de repousser les Possédés, mais le nombre et la puissance des démons ne faisaient qu'augmenter. Nous ne comprîmes d'où viendrait notre salut que le jour où Télamon disparut.

Ce fut au tour de Falco d'avoir l'air intéressé.

— Les thaumaturges le critiquèrent pour s'être éloigné du champ de bataille, mais Télamon insista, leur répétant qu'ils avaient besoin d'aide. Il s'enfonça dans les montagnes, où il passa des jours sans manger ni dormir. Il savait que des gens mouraient, pourtant il restait à attendre quelque chose.

» On prétend qu'une invocation ressemble au son d'une cloche, à l'appel d'un esprit assez puissant pour traverser la mer Sans Fin.

Sur ce, il abattit trois fois son poing sur le rondin qui lui servait de siège, exactement comme il se souvenait d'avoir vu son père le faire sur la table de la grand-salle d'Eltz.

— Un appel silencieux envoyé dans le vide. Et qui obtint une réponse.

— Les dragons, lâcha Malaki dans un murmure, ce à quoi l'émissaire acquiesça.

— Personne ne sait d'où et pourquoi, mais ils entendent l'appel d'un mage de bataille et viennent se battre à nos côtés. Au début, il n'y avait que Télamon. Puis d'autres l'imitèrent et l'invocation devint la dernière étape dans la formation d'un mage de bataille. À cette époque, toutes les invocations se soldaient par des succès.

— Il n'y avait pas de dragons noirs ? demanda timidement Falco.

L'émissaire secoua la tête.

— Nous l'ignorons. Leur couleur est rarement

mentionnée dans les vieux comptes rendus. Mais elle importait peu alors. Le vent avait tourné. Avec un mage de bataille et un dragon, les soldats d'Ire furent à même de défaire les armées démoniaques des Possédés.

Il marqua une pause et tous restèrent silencieux, car ils savaient ce qui venait ensuite. La plus grave tragédie qui se soit jamais abattue sur le monde, le geste désespéré d'un ennemi au bord de l'annihilation, un événement terrible entré dans l'Histoire sous le nom de Grande Possession.

L'émissaire vida sa coupe d'un trait et la secoua vigoureusement pour en faire tomber les dernières gouttes, avant de poursuivre.

— Les Possédés furent vaincus et les mages de bataille devinrent les héros de l'humanité. Ils prirent sur eux de veiller et de traquer les survivants. La paix régna durant des années. Leur vigilance semblait inutile, mais ils insistaient pour maintenir les armées des royaumes d'Ire en état de mobilisation perpétuelle. Or, une telle mobilisation est coûteuse, et les monarques commencèrent à protester. Les thaumaturges étaient très mécontents du pouvoir accordé à ceux qu'on appelait les « grandes âmes ». En ce qui les concernait, leur présence n'était plus nécessaire. Les tensions grandirent jusqu'à ce que le chef des thaumaturges mentionne un désastre imminent.

L'émissaire regardait à présent les flammes.

— Son nom était Syballian, dit le Prophète, et Grand Veneratu. Il surprit tout le monde en prenant fait et cause pour les mages de bataille, affirmant qu'ils avaient raison, que l'ennemi n'avait pas disparu, qu'il ne faisait que se préparer pour un dernier acte de vengeance.

» De nouveau la peur étreignit les gens, qui se demandèrent ce que pourrait bien être cet ultime maléfice. Vint alors la nuit où Syballian eut sa vision. Il sentit une convergence du mal dans un endroit appelé Chazan, ou le Chaudron, une vallée située dans les hauteurs des montagnes, non loin de la tour des thaumaturges d'Ossanda. L'ennemi trouait une nouvelle fois la fabrique du monde, expliqua Syballian, et il devait être stoppé. En ces temps, on comptait dans les royaumes d'Ire rassemblés dix-neuf mages de bataille – et leurs dragons respectifs. Ils s'envolèrent vers le Chaudron, bien résolus à anéantir les horreurs qui les y attendraient peut-être. À cela, il fallait ajouter une armée de thaumaturges venus d'Ossanda. Assurément, rien ne pouvait résister à pareille force.

» Or ils étaient tous dans l'erreur. Ce n'étaient pas des légions de l'enfer ou une horde de démons qui les attendaient, mais le pouvoir de la Possession lui-même, et cette fois, la Possession frapperait les dragons.

Falco sentit l'ombre de l'horreur passer dans son esprit. Il se souvenait de la fureur de la créature dans la Citadelle des Quatre Vents. Était-il concevable que les dragons noirs soient toujours sujets à la Possession ?

Il exhala un soupir alors que l'émissaire reprenait son récit.

— Les comptes rendus des thaumaturges mentionnent des dragons devenant fous et attaquant leurs mages de bataille avant qu'ils puissent réagir. À la fin, c'était sans espoir. Les dragons étaient trop puissants. Le temps qu'on parvienne à les exterminer, ils avaient tué jusqu'au dernier des mages de bataille et la moitié des thaumaturges venus en soutien. Une véritable catastrophe, mais au moins le pouvoir corrupteur de la Possession avait disparu du monde.

La nuit était sombre et d'un silence de mort. Même le vent soufflait sans faire de bruit entre les arbres.

— Cela s'est déroulé il y a quatre cents ans, conclut l'émissaire pensif, semblant avoir du mal à accepter que ces événements soient si anciens.

— Et voilà que les Possédés sont de retour, lança une voix surgie des ténèbres.

Tout le monde tourna la tête. Mérédith Saker se tenait à la limite du cercle de lumière.

— Oui, confirma l'émissaire, regardant Mérédith comme s'il s'attendait à ce qu'il ajoute quelque chose.

Falco voyait l'incertitude qui envahissait les yeux de Mérédith. Tous ceux qui étaient là connaissaient, ne serait-ce qu'en partie, l'histoire que venait de relater Sir William, comment le dernier sursaut de l'ennemi leur avait coûté les mages de bataille. Ils savaient que de nombreuses personnes accusaient les thaumaturges de ne pas s'être rendu compte que les dragons étaient sujets à la Possession. Même aujourd'hui, certains les en blâmaient toujours. Quelle importance alors ? Le mal avait été vaincu. Les gens étaient retournés à leurs vies ordinaires, et l'équilibre des pouvoirs entre les thaumaturges et les rois d'Ire était redevenu tout aussi subtil qu'il l'était auparavant.

Pendant plusieurs secondes, Mérédith dévisagea l'émissaire, puis il contempla son père et les autres thaumaturges. Au final et sans un mot, il tourna les talons et disparut dans la nuit.

— C'est à n'y rien comprendre, murmura Falco en secouant la tête.

Un silence embarrassé s'installa jusqu'à ce que l'émissaire se relève.

— Il est temps de dormir, dit-il en repoussant du pied quelques braises vers le feu. Si nous progressons rapidement demain, nous devrions atteindre la côte et, de là, il ne nous faudra plus que deux jours pour gagner Ire et que vous puissiez rencontrer la reine.

Les jeunes cadets se dévisagèrent nerveusement, mais l'émissaire les gratifia d'un sourire rassurant, et ils entreprirent de préparer le campement pour la nuit.

Tandis que Malaki partait s'occuper des chevaux, Falco débarrassa les reliefs du repas, puis il déplia leurs sacs de couchage, aidé par Bryna. Le ciel s'éclaircissait, et Falco aperçut quelques étoiles filantes entre les nuages. Il allait se remettre à la tâche lorsque son attention fut attirée par les thaumaturges. Enveloppées dans leurs robes noires, leurs silhouettes se faisaient menaçantes dans les ténèbres. Un frisson glacé courut le long de son échine. Il avait toujours eu une certaine méfiance envers leur pouvoir, seulement il y avait quelque chose chez Mérédith qui trahissait une forme de doute, et Falco trouvait cela étrangement déroutant.

— Que regardes-tu comme ça, rêveur ?

Falco sursauta en voyant Malaki revenir.

— Rien, répondit-il sans convaincre son ami. Tu crois que les thaumaturges étaient au courant pour les dragons ?

— Qui sait ? Je suis plus inquiet au sujet de mon entrevue avec la reine ! Je suis sûr que je vais commettre un impair !

Falco hocha machinalement la tête, laissant Malaki s'étendre sur son lit de fortune. Ce dernier dit quelque chose à Bryna et reçut un coup dans l'oreille en guise de réponse. Il éclata de rire et souhaita bonne nuit à Falco et à la jeune fille. Il ramena les couvertures par-dessus ses larges épaules puis, exactement comme le faisait son père, s'endormit d'un coup. Bryna regarda Falco, et ils s'amusèrent de la scène un instant avant de s'installer pour la nuit à leur tour.

Falco écoutait les bruits du campement qui allaient diminuant, mais le sommeil continuait à lui échapper tandis qu'il songeait à ce qu'avait raconté l'émissaire.

Les thaumaturges savaient-ils que les dragons couraient un risque ?

Auraient-ils pu prévenir les gens ?

Auraient-ils pu empêcher la Grande Possession ?

La question ne voulait pas le quitter, et il crut qu'il n'allait jamais s'endormir. Une autre pensée s'imposa alors.

Demain, ils atteindraient la côte et il verrait la mer pour la première fois de sa vie, la mer Sans Fin, au-delà de laquelle vivaient les dragons, disait-on.

Les dragons… Les thaumaturges… Les Possédés… La mer…

Les dragons… Les thaumaturges… Les Possédés… La mer…

Tel était le rythme qui berçait les pensées de Falco. Il n'arrivait pas à s'imaginer une étendue infinie d'eau, mais, sans qu'il puisse se l'expliquer, il trouvait l'idée profondément rassurante et, progressivement, il sombra dans le sommeil.

25

La fin du voyage

La côte ouest de la Clémonce possédait une beauté sauvage et rude. Les luxuriantes forêts de l'intérieur cédaient la place à des collines herbeuses, des ajoncs et des fougères, entrecoupés de bosquets d'arbustes épars, pliés et contrefaits sous l'action perpétuelle du vent. Si ce dernier avait peint ce paysage, la mer l'avait gravé. Des falaises titanesques aux rochers escarpés en passant par les grandes étendues de sable blanc, elle avait donné forme à tous les éléments du décor, que Falco ne se lassait pas de contempler de leur chemin de terre battue longeant la côte.

L'air matinal était frais et vivifiant, comme dans les montagnes, le vent chargé en plus d'embruns. Falco en sentait le goût sur ses lèvres pendant qu'il avançait aux côtés de Malaki et de Bryna. La fin du voyage approchait et leurs pensées se tournaient vers ce qui adviendrait lorsqu'ils arriveraient à Ire. Sir William ralentit l'allure pour se joindre à eux, et ils saisirent l'occasion pour le bombarder de questions.

— Nous ne savons même pas où nous dormirons, dit Bryna.

— Vous serez logés dans les casernes de l'Académie, précisa l'émissaire. Ensuite viendra le temps des sélections.

— Je pensais qu'on en avait fini avec ça, s'insurgea Malaki, et Falco sourit en entendant l'inquiétude que trahissait le ton de son ami.

— C'est le cas, le rassura Sir William. Mais il nous faut encore décider comment utiliser au mieux vos talents.

— Il sait préparer un fameux ragoût. Je suis persuadé qu'il ferait une bonne recrue pour les cuisines ! suggéra Falco.

La nervosité de Malaki était telle qu'il ne répondit même pas par une pique bien sentie.

— C'est pourtant un travail important, poursuivit Falco sur un ton très sérieux. Une armée avance sur son estomac.

L'émissaire gloussa et même Bryna sourit. Elle avait encore du mal avec l'humour des gens du peuple, et parfois, elle ne savait pas s'ils plaisantaient ou non. Au début du voyage, elle avait été atterrée de les entendre se moquer d'un cadet qui s'était pissé dessus au cours de la bataille.

— Je ne comprends pas que l'on puisse rire de cela, avait-elle confié à l'émissaire.

— Et pourquoi donc ? s'était étonné celui-ci, alors que l'embarras du jeune homme disparaissait dans une série de joyeuses grivoiseries.

Bryna observa donc Malaki afin de voir comment

lui allait réagir à la plaisanterie. Ce fut Sir William qui vint à sa rescousse.

— Je suis certain que Malaki ferait un excellent cuistot, mais je crois que sa destinée est ailleurs.

Malaki lança un regard mauvais à Falco, puis il sourit à Bryna, qui s'émut de réaliser qu'elle était désormais partie prenante de leur amitié.

— À l'Académie, on vous entraînera à devenir des officiers, expliqua l'émissaire en réponse à la question de Malaki. Le processus de sélection sert simplement à décider quelles seront les unités que vous commanderez. Et bien sûr, ceux qui aspirent à être chevaliers seront invités à concourir lors de l'épreuve de Bravoure.

— C'est comme cela que vous avez rejoint les Adamanti ? demanda Falco.

Ce dernier inclina modestement la tête.

— J'ai été choisi en Illicie. Le processus y est tout aussi exigeant, et c'est le genre d'épreuve que je serais bien ennuyé de devoir repasser.

Falco et Bryna parurent raisonnablement intimidés ; Malaki, lui, redressa le menton, comme s'il appréciait l'idée de devoir mesurer sa force. Il semblait sur le point de poser une autre question lorsque le cadet en tête de colonne poussa un cri et tendit le bras.

Se hissant sur ses étriers, Falco vit un cavalier apparaître au sommet de la colline puis descendre la pente au galop en se dirigeant droit sur la silhouette reconnaissable entre toutes de l'émissaire.

— Sir William, le salua le jeune homme depuis

sa selle, immobilisant sa monture dans le même mouvement.

Celui-ci inclina la tête en retour.

— On m'a envoyé à votre rencontre. Je ne m'attendais cependant pas à vous trouver de sitôt.

— La route était dégagée et les cieux cléments, se justifia l'émissaire.

Le cavalier hocha la tête, jetant un coup d'œil à la colonne. Cela ne dura qu'un instant, mais Falco comprit qu'il venait d'estimer avec précision leur nombre.

— Vous rendez-vous directement à la capitale ?

— Oui, confirma l'émissaire. La reine est-elle dans sa résidence ?

— C'est le cas, seigneur.

— Alors tu peux dire à Sa Majesté que nous devrions arriver demain matin.

L'éclaireur salua brièvement, saisit les rênes. Juste avant qu'il parte, Sir William leva une main.

— Quelles nouvelles de la guerre ?

— Rien de bon, seigneur, dit l'homme, son visage soudain empreint de tristesse, comme s'il en était personnellement responsable. La peur s'est emparée de la frontière orientale et votre victoire est la seule dont nous avons eu vent ces derniers temps.

— La Cinquième armée est-elle revenue ?

— Il y a trois semaines, seigneur. La reine est venue les accueillir, comme elle le fait d'ordinaire, mais elle en a envoyé deux autres depuis.

— *Deux ?*

— Oui, seigneur. La Troisième armée marche vers le sud-ouest depuis Toulwar, et la Première est en route pour renforcer les troupes illiciennes autour de Hoffen.

Si l'émissaire était déjà au courant pour Toulwar, il ignorait tout du départ de la Première armée.

— Je peux rester un peu à vos côtés si vous désirez en apprendre un peu plus. Nous n'avons que peu de renseignements en provenance du front, mais je vous dirai ce que je sais, si tel est votre souhait.

— Non, répondit Sir William. J'assisterai aux conseils à mon arrivée, et la reine est impatiente d'avoir de nos nouvelles.

L'éclaireur posa sa main droite en travers de son torse et s'inclina très bas sur sa selle, geste que l'émissaire imita, puis, avec un dernier regard satisfait, l'homme fit demi-tour.

Falco avait vu l'expression dans ses yeux. Il était content d'apporter de bonnes nouvelles, et plus encore, il était manifestement soulagé que le chevalier soit de retour.

Oui, songea Falco en regardant Sir William. *Sans doute bien plus qu'un simple émissaire de la cour.*

— Ce sont de mauvaises nouvelles ? s'enquit Malaki alors que le messager disparaissait derrière la colline. Que la reine soit obligée de déployer la Première armée ?

— Ce ne sont pas de mauvaises nouvelles en soi, répondit distraitement l'émissaire en faisant signe à ceux qui étaient en tête d'avancer. Mais je suis surpris que les événements aient pris une telle tournure.

— Cela veut dire que les choses vont mal en Illicie ? demanda Bryna.

Leur inquiétude au sujet de l'entraînement leur

paraissait soudain triviale. L'émissaire les gratifia d'un sourire amer.

— Cela fait des années que les choses vont mal en Illicie. Elles vont un peu plus mal quand le danger s'approche de la Clémonce.

— De combien d'armées dispose le pays ? interrogea Malaki.

— Cinq. Sans compter les forces provinciales, lista l'émissaire alors qu'ils reprenaient la route et longeaient une colline aux herbes grasses. Auxquelles il faut ajouter les Irréguliers de la reine, la Légion du Trône et la nouvelle armée de thaumaturges, même si celle-ci n'obéit pas directement aux ordres de la reine.

— Qui la commande, alors ? voulut savoir Falco.

— Les thaumaturges, leur apprit l'émissaire, ne faisant aucun effort pour dissimuler sa désapprobation. Ou plus précisément Galen Thrall, leur Grand Veneratu.

— Et ils se battent avec des épées ou par la magie ? questionna Malaki.

— Les deux.

— Je pensais que seuls les mages de bataille prenaient part aux affrontements, intervint Bryna.

— Une perception des choses que les thaumaturges sont impatients de faire changer, la corrigea-t-il.

— Sont-ils puissants ? demanda Falco.

L'émissaire le regarda du coin de l'œil, comme si la réponse lui était douloureuse.

— Je ne les ai vus qu'à l'entraînement, s'excusa-t-il, mais oui, ils le sont.

— Alors nous devrions louer leurs efforts, dit Bryna sur un ton assez hautain.

Aristocrate de naissance, elle était manifestement moins encline à se méfier des thaumaturges.

— Peut-être le devrions-nous, acquiesça l'émissaire avec un sourire tout diplomatique.

Falco et Malaki échangèrent un bref regard. Pour autant qu'ils le sachent, une armée de thaumaturges suffirait à renverser l'équilibre des forces en présence dans la guerre contre les Possédés.

— Et qu'en est-il pour la Légion du Trône ? renchérit Falco. Je n'en ai jamais entendu parler.

L'émissaire nota comment Falco avait réussi à faire dévier la conversation.

— La Légion du Trône ne fait pas d'incursions en territoire étranger, récita Sir William. Sa mission est de protéger la capitale.

— Et les Irréguliers ? releva à son tour Malaki.

— Tous les soldats arrivant à Ire n'ont pas le niveau requis pour intégrer l'académie de la Guerre.

— Alors ils ne sont pas très bons, en conclut le jeune homme.

— Cela n'est guère gentil, répondit Sir William, au grand embarras de Malaki. Mais oui, on peut dire qu'ils ne sont pas très bons.

Ils sourirent tous et firent route en silence. C'était une magnifique journée d'automne, fraîche et éclatante, avec de grands nuages blancs qui filaient rapidement dans le ciel bleuté. Ils avaient presque atteint le sommet de la colline lorsque l'émissaire tapota doucement Falco sur l'épaule et lui montra quelque chose devant eux. Au début, Falco ne vit rien, puis il remarqua la petite forme noire qui émergeait de derrière un nuage, fendant le ciel pour gagner les montagnes lointaines. Malaki et Bryna l'avaient à présent aperçue, eux aussi.

— Un dragon ? s'enquit Malaki.

L'émissaire hocha la tête.

— On en voyait tout le temps dans la capitale avant. À présent, la plupart se trouvent à l'étranger, à combattre les Possédés.

Falco était hypnotisé par cette tache lointaine qui allait diminuant, et qui disparut bien vite entre les nuages.

— Et je vous présente la ville portuaire d'Ire, dit l'émissaire comme il abordait la crête de la colline.

Le paysage s'offrit à eux dans son immensité. À quelques kilomètres de là, une grande étendue de pierre grise mordait l'intérieur des terres depuis la côte. Falco avait trouvé Toulwar importante, mais ce n'était rien comparé à ce qu'il avait devant les yeux.

Une double ligne de remparts ponctués de tours de garde et de barbacanes ceinturait la ville. Plus loin, on dénombrait des tours, des flèches et des dômes qui se dressaient au-dessus de la terracotta des toits, l'ocre brillant ajoutant une touche de chaleur aux fortifications imposantes.

— Vous noterez que les murailles englobent le port, expliqua l'émissaire alors que les recrues se pressaient pour voir. Et au centre on aperçoit la citadelle.

— Où est l'Académie ? interrogea un cadet.

— Sur un plateau, derrière la ville, annonça Sir

William. C'est aussi là que se trouvent les terrains d'entraînement et la tour des thaumaturges.

— Quel est ce bâtiment tout blanc, à côté de la citadelle ? Celui avec les drapeaux ?

— Il s'agit du palais, les informa Sir William, pointant l'édifice situé à l'extrême limite des falaises. La demeure de la reine Catherine en personne.

Ils contemplèrent en silence la cité gigantesque, émerveillés. La mer s'étendait à l'ouest et les montagnes aux cimes enneigées se dressaient au nord et à l'est. Ils pouvaient presque imaginer le bleu pâle et turquoise, celui des couleurs de la Clémonce, sauf que les drapeaux étaient bien trop loin pour distinguer l'insigne à tête de cheval de la reine.

— À quoi ressemble-t-elle ? se hasarda Bryna.

L'émissaire considéra les jeunes gens, dont les yeux brillaient d'impatience. Pourtant, il ne leur offrit aucune réponse et se contenta de sourire.

26

La reine d'Ire

La reine Catherine de Sage observait la cité d'Ire, vibrante d'activité, depuis la hauteur du balcon de ses appartements. Elle avait passé plusieurs jours hors du palais et était contente d'être de retour en dépit des problèmes qui, depuis son départ, s'étaient accumulés et requéraient son attention. Pourtant, elle ne pensait qu'aux lettres soigneusement entassées sur son bureau. Cyrano les avait apportées un peu plus tôt. Son expression n'avait rien laissé paraître, alors qu'elle savait pertinemment qu'il les avait lues.

— Combien nécessitent une réponse ? avait-elle demandé à son conseiller.

— Toutes, Majesté.

Elle ne s'était pas attendue à ce que les autres monarques lui écrivent si vite, et se donnent la peine de répondre, pour certains. Un signe de plus témoignant de la gravité de la situation. Elle sentit un frisson la traverser. Le soleil de midi était éclatant, mais elle ne portait qu'une robe légère et la brise marine était fraîche. Croisant les bras pour se protéger du froid, elle tendit la main vers son ras-de-cou de velours noir. Frappé du monogramme royal, il symbolisait les forces qui façonnaient son existence : le devoir, le chagrin et l'amour. C'était la première chose qu'elle revêtait le matin et la dernière qu'elle ôtait lorsqu'elle allait se coucher. Le velours commençait à être bien élimé, et elle se demanda combien de temps s'écoulerait avant que les coutures lâchent ou que le fermoir casse, mettant un terme à un deuil qui ne pouvait s'éterniser. Tôt ou tard, elle devrait donner une réponse au prince Ludovico.

Ce ne sera pas cette année, songea-t-elle avec un sourire farouche. *Et, si le Destin en décide ainsi, l'année prochaine non plus.*

La reine poussa un soupir et chassa ces pensées tandis qu'elle embrassait du regard la cité que ses ancêtres avaient fondée plus de douze siècles auparavant. Tout avait l'air calme et serein, mais elle savait cette sensation de sécurité illusoire.

Son père, Philippe II, lui avait toujours affirmé qu'il n'y avait rien de plus fugace que la paix. Les épidémies, la sécheresse, la famine, la guerre… autant d'ombres sur le paysage. Tout cela arriverait à un moment ou un autre. Leur travail en tant que souverains, lui avait-il expliqué, consistait à limiter les périodes sombres et à embrasser celles de lumière. Elle n'avait connu personne d'aussi sage que son père, mais à présent elle craignait qu'il ait eu tort. L'ombre des Possédés ne passerait pas avec le temps. Si on ne mettait pas un terme à leur progression, le règne de ses ennemis durerait à jamais.

Les royaumes d'Ire n'étaient pas unis et pourtant ils n'avaient que ce seul espoir, celui de rester soudés. L'Illicie et la Beltane étaient à genoux. La Valence se débattait sous la férule d'un monarque idiot. L'Achéron se complaisait dans sa puissance singulière, alors que le roi de Thrace avait été terrassé par une attaque d'apoplexie et son trône usurpé, les machinations des thaumaturges thraciens ayant empêché son fils de lui succéder.

C'était sans espoir.

Et malgré tout, elle s'accrochait à l'espoir.

Elle avait écrit aux autres souverains dans cet esprit. Et ils avaient répondu. Feraient-ils alliance comme par le passé, ou continueraient-ils à rester dans l'isolement, agissant comme si le péril qui les menaçait tous n'existait pas ?

La réponse se trouvait dans les lettres posées sur son bureau. Elle s'éloigna de la fenêtre avec un soupir de résignation. Son esprit bourdonnait de toutes les subtilités qui accompagnaient la gouvernance de la ville, mais si les royaumes étaient incapables de tomber d'accord, alors les problèmes d'approvisionnement en nourriture et les inquiétudes au sujet du nombre de réfugiés seraient les cadets de leurs soucis. Elle s'assit à son bureau, considéra la pile de lettres dont chacune portait le symbole du souverain qui l'avait envoyée.

Mais par laquelle commencer ?

Elle hésita un instant puis décida de les lire dans l'ordre où elle les avait écrites. Elle prit donc la première, défit le ruban pourpre et remarqua le sceau de dragon.

De la part de Vittorio Tristis, roi de Valence, à Sa Majesté la reine Catherine d'Ire.

Caer Laison aimerait remercier Sa Majesté au sujet de son inquiétude quant à l'armée férocienne qui est récemment entrée dans notre domaine par le nord. Les rapports initiaux suggèrent effectivement que la force ennemie était importante et qu'un démon marchait à sa tête. Nous avons cependant appris depuis que les braves habitants de Caer Dour sont parvenus à vaincre le démon dans les montagnes avant qu'il puisse poser le moindre problème à la Clémonce.

Votre Majesté n'a donc nulle raison de s'inquiéter. Nos régions septentrionales comportent bon nombre de villes peuplées de gens tout aussi courageux, et je suis certain que, s'ils devaient avoir besoin de quelque aide que ce soit, ils auraient fait appel à leur roi avant quiconque. Nous autres de la Valence sommes dépositaires d'une longue tradition de victoires contre les Possédés, à la différence de Votre Majesté qui, étant protégée par les pays plus puissants qui ceinturent votre contrée, n'a jamais eu à faire face à de telles offensives.

Quant à votre seconde requête, la seule conséquence de notre ouverture des frontières a été de voir nos villes envahies de réfugiés. Cependant, en ce qui concerne l'envoi de forces à l'étranger, c'est une offre que nous devons décliner. Nous pensons qu'il est plus important de conserver nos armées et nos grandes âmes près de la capitale, dont la défense doit rester notre priorité absolue.

Si Votre Majesté dispose de forces militaires en

réserve, nous suggérons qu'elle les envoie soutenir les troupes illiciennes qui ont laissé passer les ennemis entre leurs lignes.

Cordialement,

Vittorio Tristis, Seigneur de Caer Laison,
Roi de Valence

Catherine secoua la tête devant tant d'arrogance. La Valence méritait mieux que cela. Aussi bref soit-il, le rapport du chevalier depuis Toulwar l'avait informée des événements survenus dans les montagnes. Elle n'avait jamais eu l'intention de l'envoyer au-devant du danger. Elle n'avait appris le péril qu'après son départ, et n'avait aucun moyen de savoir que le démon passerait par cette vallée et pas une autre. De plus, songea-t-elle avec un sourire, elle soupçonnait son émissaire d'avoir insisté pour se rendre dans cette ville, d'où semblaient provenir un nombre hors du commun de guerriers exceptionnels.

Sir William était son sujet et son serviteur, mais au fil des ans elle avait appris à apprécier la valeur de ses conseils, et elle serait heureuse de le voir revenir à la cour. Pas plus tard que ce matin, elle avait envoyé un éclaireur pour savoir quand il arriverait. Le rapport de l'émissaire contenait quelques points intéressants et intrigants, au nombre desquels la présence à ses côtés de Falco Danté.

La reine eut un sourire complaisant. Que ne donnerait-elle pour voir les têtes des thaumaturges quand le jeune Danté arriverait en ville ! Repoussant ces pensées, elle posa la lettre en provenance de la

Valence et prit la suivante. Elle en ôta le ruban et reconnut le sceau en forme de flamme de la Beltane. Elle inspira craintivement avant de lire. Elle était persuadée que la missive ne pouvait contenir que des mauvaises nouvelles.

D'Osric, roi de Beltane, à Sa Majesté la reine Catherine d'Ire.

Madame,

Il y a plusieurs mois de cela, Votre Majesté nous a généreusement offert son aide, aide que, dans notre arrogance, nous avons choisi de décliner. Les événements ultérieurs ont depuis donné raison à vos craintes, et la fierté est un luxe que nous nous devons d'oublier. Nos efforts pour chasser l'ennemi se sont soldés par des échecs, et seuls les exploits du grand général Vercincallidus nous ont permis d'éviter l'effondrement total. Les Possédés ont coupé l'accès à la région qui entoure Svarthaven et nos forces sont à présent divisées. Nårothia et Estânia sont perdues, et les habitants de Serthia se replient vers les cités forteresses d'Aengus et d'Agrona. Nous livrerons notre dernier combat au cœur de Veåst. Mais notre défaite semble assurée.

Les démons croissent en force et en nombre, et nous ne disposons pas de suffisamment de mages de bataille pour les contenir. Le roi Vittorio a fini par ouvrir ses frontières et les habitants de notre royaume s'y réfugient en masse. Ce dernier a cependant peur. Des rapports nous ont appris qu'une armée démoniaque avait dévasté certaines de ses villes du nord. Par conséquent, et à l'image de l'Achéron et de la Thrace, la Valence se concentre sur ses propres défenses.

Nous savons que la situation n'est pas meilleure en Illicie, et que vous leur prêtez main-forte. Si cela est toujours en votre pouvoir, alors nous demandons humblement que vous mettiez à notre disposition autant de grandes âmes qu'il vous sera possible. Sans elles, les feux de la Beltane s'éteindront assurément.

Avec mon plus profond respect.

Votre ami et allié,

Osric Goudicca,

Roi de Beltane et chef des Neuf Tribus d'Eldur

Un sentiment d'inquiétude étreignit la reine. Osric était un homme fier. Elle savait combien cela avait dû lui coûter d'écrire pareille lettre. Les choses devaient allaient bien mal, en effet. La plupart de ses propres mages de bataille combattaient en Illicie, mais elle décida de s'entretenir avec Marshal Breton pour voir s'il pouvait se passer ne serait-ce que d'un seul d'entre eux. Elle poussa un nouveau soupir et saisit la troisième lettre avec le même sentiment d'inquiétude. Elle arrivait d'Illicie et, comme pour celle de la Beltane, il y avait peu de chances qu'elle y trouve du réconfort. Sa propre grand-mère était originaire de ce royaume, et elle se prépara à affronter des mauvaises nouvelles en dépliant le parchemin couleur crème.

De la part d'Ernest de Festunthron, Prince Régent d'Illicie, à Sa Majesté, la reine Catherine d'Ire.

Chère cousine,

Comment te remercier (une fois de plus !) pour l'armée ? Je crains que le duc Friedrich de l'Alliance Ceraton ne partage guère mon sentiment de gratitude. Sa fierté ne s'en remettra peut-être pas, mais il reste pragmatique avant tout, et à présent tes troupes nous sont bien utiles pour sécuriser la zone à l'est de Hoffen. Je suis bien désolé d'avoir refusé tes offres précédentes. Si j'avais écouté tes conseils, nous aurions pu empêcher l'ennemi de faire une brèche dans nos rangs au sud d'Amboss.

Inutile de te dire que la guerre se poursuit à notre désavantage ici, et que je crains de ne pas être équipé pour changer le cours des choses. Je ne peux m'empêcher de songer que mon père aurait contenu l'assaut des Possédés à Coburg. Je sais ce que tu répondrais à cela, et parfois, dans mes moments de doute, je me raccroche à tes mots d'encouragement, mais de tels moments ne se dissipent pas facilement.

Passons à autre chose…

Je suis heureux d'apprendre que tout va bien et que tu arrives toujours à contenir les ambitions sans bornes des thaumaturges (ton père aurait été fier de toi.) Est-il vrai que l'armée des thaumaturges est pour ainsi dire prête à entrer en action ? Galen Thrall ne doit plus se sentir.

Et comment se porte notre ami ? Ses conseils me manquent, bien que je sache que sa présence t'est plus nécessaire qu'à moi. Les Adamanti continuent à l'honorer. Transmets-lui mes salutations la prochaine fois que tu le verras. Reste forte dans l'adversité, chère cousine. Le monde d'Ire a besoin de toi, même s'il faut du temps à certains pour s'en rendre compte.

Je t'écrirai prochainement, et j'espère que les nouvelles seront meilleures.

Ton fidèle et affectueux serviteur, Ernest

La reine Catherine sourit et des larmes montèrent à ses yeux. Ernest était si gentil. Il avait le cœur d'un poète et, en dépit de ses doutes, il était tout aussi fort de caractère que son père. La charge régale était peut-être venue trop tôt, et trop durement, mais il apprenait à devenir un meneur d'hommes. De fait, il n'avait pas le choix. La reine reposa la lettre et considéra les deux qui restaient.

L'Achéron et la Thrace…

Feraient-ils alliance ?

Se mobiliseraient-ils pour la guerre ?

Alors qu'elle saisissait celle de l'Achéron, son cœur lui dit de ne pas en attendre grand-chose.

De Tyramimus Kthénos, roi d'Achéron, à Sa Majesté Catherine, reine d'Ire.

Ma chère mikró reine,

C'est avec quelque surprise que nous avons reçu votre dernière supplique enjoignant à la puissante Achéron de se mêler des guerres orientales. Nous pensions avoir clairement fait état de notre position, mais il est manifeste que Votre Majesté est affligée de la même faiblesse de sentiment qui caractérisait son père. Partant, il est aisé de conclure qu'une déficience de nature similaire a poussé la Beltane et l'Illicie à céder une bonne portion de leurs territoires aux Possédés. Si elles avaient observé l'exemple de l'Achéron et étaient restées fortes, elles auraient assurément rencontré plus de victoires au lieu d'en être réduites à faire appel à la puissance de nations étrangères pour compenser leurs insuffisances.

Par conséquent, et au risque de nous répéter, que ce qui suit soit bien clair.

L'Achéron ne répond qu'à l'Achéron.

Nous ne demandons pas à la Valence d'autoriser le passage de nos armées.

Nous ne donnerons pas l'ordre à l'amiral Navarchos de mettre à disposition la flotte achéronienne.

Et nous ne permettrons pas à nos mágos de bataille de risquer leur vie pour des terres autres que les nôtres (même si j'ai ouï dire que certains ont désobéi afin de s'opposer aux Possédés en Beltane).

Si Votre Majesté daigne suivre nos conseils, alors nous suggérons que la Clémonce cesse son ingérence dans les affaires de pays tiers et rassemble ses forces afin d'assurer sa propre défense. À en croire les rapports en notre possession, le royaume en aura rapidement besoin.

Salutations,

Tyramimus, Roi et Haut Seigneur
Protecteur d'Achéron

Mikró reine… Mikró reine !

Catherine prit une profonde inspiration et expira lentement pour laisser échapper la tension, puis, en dépit de son agacement, elle éclata de rire. À côté de la silhouette massive de Tyramimus, aussi large et imposant qu'un ours, elle était peut-être une « petite » reine. En personne, il pouvait se montrer le plus charmant des hommes, mais en matière d'affaires d'État, il ne pouvait s'empêcher de se comporter comme un taureau ombrageux. Elle lui pardonna le commentaire au sujet de son père. Elle savait en quelle estime ils s'étaient toujours tenus. En revanche, elle ne pouvait excuser son entêtement. Combien de vies auraient pu être sauvées si l'Achéron avait rejoint la guerre un an plus tôt ? Combien de villes et de cités qui à présent n'étaient plus que ruines ?

Que faudrait-il donc avant qu'il comprenne qu'il ne pouvait faire cavalier seul ?

Une fois de plus, le sentiment d'inéluctabilité menaça de la submerger, mais elle le chassa. Elle n'avait cependant pas lu plus de deux mots de la lettre de la Thrace qu'elle fermait les yeux de rage. Veneratu était le titre que l'on donnait au commandant d'une tour de thaumaturges. Après des mois d'efforts infructueux pour contacter le roi de Thrace, elle avait adressé sa dernière missive au fils de celui-ci, Cléomène le Jeune. Son pari avait hélas échoué. Son message avait été intercepté par les thaumaturges. Avec un soupir résigné, elle reprit la lettre et poursuivit sa lecture.

Du Veneratu Ischyrós, de la part de Cléomène Vari, roi de Thrace, à Sa Majesté, la reine Catherine d'Ire.

Majesté,

Une fois encore la maladie du roi l'empêche de vous répondre en personne, mais il nous a demandé de vous faire part de sa déception de voir que vous adressiez vos courriers à son fils et non au monarque lui-même. Sans la vigilance des thaumaturges, cette lettre n'aurait peut-être jamais été portée à son attention. Laissez-moi vous assurer que sa position n'a pas changé. Son souci premier reste la sécurité de son peuple, raison pour laquelle il a confié la gouvernance de la Thrace aux thaumaturges. Votre Majesté ferait peut-être œuvre de sagesse en décidant de faire de même.

Nous croyons fermement qu'elle s'en remet trop à ses précieux mágos de bataille. L'Histoire a montré qu'ils ne sont pas assez pour vaincre les Possédés. Ils nous ont failli dans le passé, et nous n'avons aucune raison de penser qu'ils vont nous sauver maintenant. Leur nombre est déclinant et pas plus tard que le mois dernier, nous avons été contraints de tuer un dragon noir de plus lors d'une invocation.

Non… l'époque des magós de bataille est révolue. Il est temps que les thaumaturges eux-mêmes prennent la gouvernance d'Ire en main, et mènent ses troupes à la victoire. Nous avons été informés que l'entraînement de l'armée de thaumaturges de la Clémonce touche à sa fin, et nous sommes certains que Votre Majesté sera convaincue. D'ici là, nous devons décliner vos requêtes d'assistance.

L'armada thrace restera dans les eaux thraces. Les lances thraces resteront en terre thrace, et tout mágos de guerre quittant la Thrace pour risquer sa vie en défendant d'autres contrées sera considéré comme un traître.

En votre qualité de personne ayant la responsabilité de la sûreté d'un royaume, nous sommes certains que vous comprendrez.

Dans l'espoir que la sagesse de Votre Majesté saura l'emporter.

Veneratu Ischyrós, Maître Vénérable
et Premier Serviteur des thaumaturges thraces

Catherine froissa la lettre entre ses mains. Maudits thaumaturges avec leur soif de pouvoir sans bornes. Pourquoi ne pouvaient-ils donc travailler de concert avec les cours royales au lieu de toujours vouloir prouver leur suprématie ? Elle songea à l'armée des mille thaumaturges. Son défunt mari avait octroyé la permission de former et d'organiser cette force. Pauvre Stephan. Trop faible pour rejeter leurs incessantes requêtes, sa volonté usée par la peur de faillir à leur peuple, il avait succombé, emporté par une maladie en moins d'un mois, la laissant seule.

Sa main se porta vers son ras-de-cou. Non, pas seule, mais pas libre pour autant de régner à sa guise. Pas libre de nommer un nouveau roi choisi par ses soins, et de dire non aux thaumaturges quand ils lui offraient quelque chose qui pouvait les sauver.

Une armée de thaumaturges. Cela semblait une

bonne idée, mais elle avait toujours des doutes. Êtres de savoir et de pouvoir, les thaumaturges n'avaient jamais été des guerriers. Et pourtant Ischyrós avait peut-être raison. La solution passait-elle par cette armée de thaumaturges ? Leur succès augmenterait certes leurs ambitions et diminuerait sa propre autorité. Elle était tout de même disposée à consentir à ce sacrifice pour sauver les gens d'Ire.

Son sentiment d'impuissance revint et elle retourna sur le balcon.

Le peuple de Clémonce l'avait toujours remplie d'espoir. Pas plus tard que la veille une nouvelle série de recrues était arrivée pour suivre une formation à l'académie de la Guerre. Des jeunes gens ayant quitté le foyer familial et voyagé depuis très loin pour se battre en son nom. Elle était allée à leur rencontre, ainsi qu'elle le faisait toujours, une idée que Sir William lui avait suggérée il y avait longtemps. Elle n'avait pas saisi tout de suite l'importance d'un pareil geste, bien plus une fois qu'elle avait vu les corps brisés et les esprits ruinés par la guerre…

Être reine ne signifiait pas être au-dessus du peuple. C'était être la fille, la sœur et la mère d'une nation. Et en tant que telle, elle les aimerait, les protégerait et elle pleurerait ceux qui tomberaient au combat. Il était probablement impossible d'arrêter les Possédés, mais en tant que reine d'Ire, elle ne céderait pas au désespoir.

Des larmes envahirent ses yeux tandis qu'elle regardait l'immensité de l'océan, puis un mouvement près de la porte sud monopolisa son attention. Elle scruta les rues lointaines et… oui… là… les vêtements caractéristiques d'un éclaireur, celui qu'elle avait envoyé en mission ce matin même. Son retour rapide ne pouvait signifier qu'une chose : le chevalier n'allait plus tarder.

Elle s'efforça de ne pas paraître trop impatiente et se rendit au parloir, où elle fit semblant de s'affairer avec les derniers rapports de l'administrateur municipal. Les six minutes qui s'écoulèrent jusqu'à ce que Cyrano frappe furent une éternité.

— Majesté, annonça le conseiller, introduisant l'homme à la tenue maculée de boue dans la pièce. Des nouvelles du chevalier quant au retour.

— Majesté, la salua le messager en se laissant tomber sur un genou et en s'inclinant bien bas.

— Je t'en prie, dit la reine, lui faisant signe de se redresser. M'apportes-tu des nouvelles de notre émissaire ?

— Oui, Majesté. Je l'ai trouvé juste au sud du fleuve Denier. Il m'a chargé de vous informer qu'il arrivera demain matin.

— A-t-il l'air bien portant ?

— Très bien portant, Majesté.

— Et les habitants de Caer Dour ?

— Mieux que nous le croyions, répondit l'éclaireur. Après les histoires que nous avions entendues…

Catherine hocha la tête et sourit.

— Merci, euh…

— John Pierre, Majesté, balbutia-t-il, visiblement subjugué que la reine veuille connaître son nom.

— Merci, John Pierre. Cours porter ces nouvelles

à Marshal Breton et au laniste Magnus à l'Académie.

L'éclaireur hocha la tête et s'inclina bien bas avant de reculer puis de se tourner pour quitter la pièce. Le soulagement se lisait clairement sur le visage de la reine, et Cyrano lui accorda un sourire indulgent.

— Oh, ne me regarde pas comme ça ! s'exclama-t-elle. Toi aussi, tu seras content de le voir.

— Oh oui ! répondit-il. La Quatrième armée est pratiquement prête pour sa prochaine rotation. Nous ne pouvons tout de même pas les envoyer au front sans leur commandant.

Les yeux de la reine s'étrécirent et elle regarda son conseiller avec un mépris affiché.

— Silence, oiseau de sinistre augure. La Quatrième armée ne sera pas déployée avant plusieurs mois. De plus, tu as lu son rapport. Il semble bien que Sir William veuille reprendre ses fonctions d'instructeur.

— Et tu vas honorer sa requête ? s'enquit Cyrano, qui avait été surpris de cette demande. Il doit y avoir quelque chose de spécial au sujet des cadets de Caer Dour si le chevalier insiste pour superviser en personne leur entraînement.

— Je n'en suis pas certaine, fit la reine. Nous attendrons d'écouter ce qu'il a à dire. Pour l'heure, soyons heureux qu'il soit de retour sain et sauf.

— Vas-tu prendre les devants pour les accueillir ? demanda Cyrano.

— Bien sûr, voyons, le rabroua-t-elle sur un ton indigné.

— Ton cheval t'attendra aux écuries à l'aube.

— Bien, dit la reine. À présent, combien de temps avons-nous avant la rencontre avec l'ambassadeur navarien ?

— Le consul devrait arriver avec lui d'un moment à l'autre. Nous disposons tout de même de quelques minutes.

— Alors, dis-moi tout ce que tu sais au sujet d'Aquila Danté.

— Volontiers.

— Et quand nous en aurons terminé avec l'ambassadeur, que Jarnac vienne me retrouver dans la pommeraie. Je prendrai un cours avant d'écouter les doléances du soir.

— Peut-être la grand-salle serait-elle plus…

— Suis-je donc une fleur délicate menaçant de se flétrir aux premiers frimas ?

— Non, je voulais simplement…

— Alors, fais ainsi que je l'ai demandé.

— Entendu, répondit le conseiller, vertement remis à sa place.

La famille de Cyrano servait la cour depuis sept générations, mais il n'avait jamais connu un souverain comme Catherine, et il avait toujours eu du mal à accepter l'idée que des personnages royaux puissent s'aventurer dans des lieux publics. Son père, Philippe le Roturier, avait inauguré la tradition, insistant pour que les grandes portes restent ouvertes et que l'accès ne soit refusé à personne. Cyrano, alors jeune homme, s'y était opposé, objectant que sans portes closes, les brigands seraient libres d'entrer à leur guise dans le palais. La fille du roi s'était rangée de son côté.

— Fermer les portes dresse une barrière entre le peuple et le trône, avait expliqué le roi à la princesse, âgée de dix ans à cette époque. Leur refuser l'entrée ne fait que montrer notre manque de confiance envers les gens.

Le roi avait éclaté de rire en voyant le doute qui avait envahi les yeux de sa fille.

— Reste à l'écart du peuple et ils te serviront par sens du devoir. Fais-leur confiance et ils te considéreront comme un ou une des leurs.

Les mots de son père résonnaient à son esprit tandis que la reine observait son conseiller, et finalement elle eut pitié.

— Je serai de retour au palais avant le coucher du soleil.

Cyrano s'inclina à cette concession. Elle ne courait aucun danger, pas même dans les recoins les plus sombres de la ville. Elle n'était pas une femme parfaite, pas une reine parfaite. Ainsi que les lettres des rois le montraient bien, elle était indiscrète, arrogante, sentimentale et naïve, mais elle plaçait sa confiance dans le peuple de Clémonce, et pour cette raison plus que toute autre, ils l'aimaient.

27

Tel l'aigle, ainsi le faucon

La fin de l'après-midi arrivait et la cité d'Ire dominait le paysage. Il leur restait encore cinq kilomètres à parcourir, mais ils avaient déjà dépassé plusieurs villages et des campements temporaires consistant en une série de toiles de tente et de cabanes en bois, où se pressait une foule nombreuse.

— Des réfugiés, expliqua l'émissaire. Il en arrive davantage mois après mois.

Falco les regarda et lut dans les yeux de ces gens la même incertitude qui hantait les habitants de Caer Dour. Ils n'avaient aucune idée de ce que l'avenir leur réservait.

Bien que désormais proche de la cité, l'émissaire avait pris un chemin qui menait plus vers l'intérieur des terres, persuadé que le pont de la grand-route serait toujours inutilisable. Les paysans lui assurèrent cependant qu'il avait été réparé, et la troupe fit donc demi-tour, descendant une pente douce en direction d'un fleuve.

— Mais vous avez annoncé à l'éclaireur que nous arriverions demain ! s'exclama Malaki.

— J'ignorais alors qu'on pouvait emprunter le pont, répondit l'émissaire. Lorsque je suis parti, la partie centrale s'était affaissée en raison de crues importantes, ce qui obligeait à faire deux heures de route supplémentaires pour atteindre le gué de Garr.

Falco considéra l'imposante structure aux cinq grandes arches qui enjambait le fleuve, et sur laquelle s'activaient de nombreux ouvriers.

— Nous arriverons à la citadelle peu avant le crépuscule. À moins que tu préfères passer une nuit de plus à avoir bien froid dans ton couchage inconfortable ?

— Non, rétorqua Malaki, c'est juste que…

— Ne t'inquiète pas, le rassura l'émissaire. Elle n'est pas aussi effrayante que le nom de son royaume le ferait croire. Sauf si tu la mets en colère, évidemment !

Les ouvriers s'écartèrent pour les laisser passer. La plupart ôtèrent leurs couvre-chefs ou saluèrent l'émissaire en s'inclinant. Falco remarqua combien il accueillit ces témoignages de respect avec sympathie. La cité avait à présent pris des proportions impressionnantes, bouchant une grande partie de l'horizon. Les hautes murailles formées par la double rangée de remparts s'étiraient de part et d'autre, et la porte centrale était encombrée par le flot d'une humanité grouillante qui entrait ou sortait de la ville.

— Je pense que nous allons passer par le port et gagner le palais par les jardins, annonça l'émissaire.

— Au palais ? *Tout de suite ?* s'exclama Malaki, d'une voix nettement plus aiguë qu'à l'ordinaire.

— La reine aime accueillir les cadets, argumenta Sir William.

Falco s'amusa de la nervosité qui venait de s'emparer de son ami.

— Et tu es au nombre de ceux-là, jeune Danté !

Le sourire mourut sur les lèvres de Falco.

— Tu n'as peut-être pas gagné une place lors des tournois, reprit l'émissaire, mais les mages de bataille s'entraînent eux aussi à l'Académie. De plus, il est de mon ressort de décider qui sera présenté à la reine, ou pas. Toi, tu viendras avec nous.

L'expression de son visage montrait clairement que la question n'était pas sujette à débat. Falco allait protester lorsque Morgan Saker surgit à leur hauteur.

— Nous vous laissons ici, annonça le thaumaturge.

— Vous ne venez pas au palais ?

— Nous sommes au service du Grand Veneratu. C'est à lui que nous devons répondre en premier.

L'émissaire ne fut manifestement pas impressionné par ce manque flagrant de respect, il conserva au contraire sa dignité et les salua à leur départ. Il nota que Mérédith regardait Falco comme s'il avait quelque chose à lui dire. Pendant un moment, l'apprenti thaumaturge hésita, puis il finit par baisser la tête et éperonna sa monture pour rejoindre son père.

Sir William se rembrunit, fit un petit signe à Mérédith, avant de se détourner et d'escorter les cadets vers le port, où des navires de toutes formes et de toutes tailles mouillaient à quai ou étaient ancrés dans le paisible lagon au-delà du brise-lames.

Falco fut étourdi par ce qu'il voyait et entendait. Le cri des mouettes, le craquement du bois, le son grave des cloches de bateau, les vociférations des ouvriers, des négociants, le tout échouant à couvrir le claquement des vagues et le bruit sourd du ressac. Il y avait aussi les odeurs : celle, prenante, du poisson, mêlée à celles du goudron et de la sueur, et le courant d'air occasionnel chargé de senteurs d'épices exotiques inconnues. Il ne trouva pas cela déplaisant, mais fut heureux de passer enfin les portes de la ville, laissant le port derrière eux.

Ils arrivèrent dans un quartier plus calme. Nombre de jardins et d'espaces verts tapissaient le flanc de colline rocailleux au sommet duquel se dressaient la citadelle et le palais. On y apercevait des gens, certains balayant des feuilles mortes, d'autres travaillant dans les parcelles de terre, mais on était loin de la cohue du port. Ils observèrent des petites grappes d'individus en train de discuter, comme si l'endroit était un lieu propice aux retrouvailles entre amis.

Le fracas de l'acier parvint à leurs oreilles et ils furent surpris de voir des hommes s'entraînant au combat. Pour certains, il s'agissait manifestement de sessions militaires et organisées ; d'autres, en revanche, ressemblaient bien plus à des joutes informelles entre des soldats s'exerçant au maniement de l'épée, de la lance et du bouclier.

— Le désir d'excellence martiale est très loin d'être confiné aux murs de l'Académie, raconta l'émissaire.

Poursuivant leur chemin, ils passèrent devant une seconde porte, derrière laquelle les jardins laissèrent la place à des alignements serrés d'arbres fruitiers plantés à même les flancs de colline. Des gens étaient juchés sur des échelles, occupés à cueillir les dernières poires de l'automne et à les ranger dans des caisses.

Alors qu'ils s'enfonçaient plus avant dans le verger, ils entendirent le claquement sourd du bois sur le bois, et débouchèrent sur une clairière où un binôme était engagé dans un duel. L'un des participants était une femme ayant la trentaine, vêtue d'un pantalon de cuir et d'une chemise blanche sur laquelle était passée une tunique verte serrée à la taille par une cordelette d'argent. Ses yeux bleus étincelaient et la transpiration plaquait sur sa peau la chevelure châtain qui lui tombait aux épaules. Son adversaire était un individu leste, mais robuste. Bien qu'essoufflé, il se déplaçait avec toute la force et la précision d'un vétéran.

Ils se battaient avec des boucliers de métal et des épées en bois, et Falco fut impressionné de la férocité de ce combat. Ils ne faisaient clairement pas semblant. Leur duel les mena un peu plus près du chemin, et soudain la femme prit conscience de leur présence. Ses yeux parcoururent la colonne sans pour autant cesser d'attaquer et de parer, mais, au moment où elle aperçut l'émissaire, elle perdit sa concentration l'espace d'une seconde. Elle baissa le bras qui tenait son bouclier, et l'épée de son rival s'abattit en claquant sur sa joue, ce qui fit grimacer tout le monde. Elle poussa un cri et s'écarta. Lorsqu'elle se retourna, son visage était blême et un filet de sang coulait le long de sa joue empourprée. Elle jeta un rapide coup d'œil à son adversaire, fit de même avec la file des nouveaux venus, puis son regard indigné s'arrêta sur l'émissaire. Falco lut de la colère dans les yeux d'un bleu profond de la jeune femme, et également de l'embarras. Sans un mot, elle lança son épée et son bouclier au sol, et courut vers un cheval noir tranquillement occupé à brouter l'herbe au pied d'un pommier. Elle bondit agilement en selle, et, d'un coup de talons, s'enfuit au galop.

Tous les yeux se portèrent vers l'homme à la chevelure noire et soyeuse. Son visage avait la fierté et le teint d'un Thrace ou d'un Achéronien. On n'y décelait ni excuse ni gêne, mais une certaine nervosité tandis que son regard croisait celui de l'émissaire.

— Pourquoi avoir abattu ta lame ainsi ? demanda celui-ci sur un ton peu amène.

— Parce qu'elle avait perdu sa concentration et baissé sa garde, seigneur, répondit-il.

— Crois-tu qu'elle te pardonnera ?

— Plus rapidement qu'à vous, je pense, rétorqua l'homme avec le soupçon d'un sourire.

— Tu as sans doute raison, mon ami, acquiesça l'émissaire en éclatant de rire.

Les regards des recrues passèrent de l'un à l'autre, puis vers la cavalière dont la monture s'éloignait sur le sentier menant au sommet de la colline.

— Vous connaissiez cette femme ? demanda Falco.

— Cette femme, expliqua Sir William, est la reine d'Ire.

Dix minutes plus tard, le groupe de cadets – encore plus nerveux que précédemment – s'engageait avec l'émissaire sous la grande arche débouchant sur la cour centrale du palais. Des palefreniers vinrent prendre leurs montures, et on offrit à chacun des voyageurs une serviette et un bol d'eau parfumée à la rose afin de faire quelques ablutions avant d'être conduits devant la reine. Malaki regarda le bol avec un air désespéré. Il lui aurait fallu bien plus qu'un peu d'eau parfumée pour le rendre présentable.

— Ne t'en fais pas trop, dit l'émissaire en riant. Tu es venu mettre ta vie au service de la reine. Tu crois vraiment qu'elle va se soucier d'un peu de poussière et de crasse ?

Malaki ne sembla pas rassuré pour autant.

Leurs mains et leurs visages ainsi lavés, les nouveaux venus traversèrent la cour et furent accueillis par un homme imposant dont le pourpoint en chenille noir impeccablement ajusté renvoyait de légers reflets argentés. Il arborait en outre une coiffe de velours noir, dont la bande bleue symbolisait son autorité. Ses cheveux blancs contrastaient fortement avec ses sourcils épais et sa barbe soigneusement taillée, étonnamment foncés. Ses yeux de rapace d'un marron profond parcouraient la série de jeunes gens alignés avec une intelligence vive.

— Sir William, commença-t-il, sur un ton qui en disait long et ne présageait rien de bon.

— Maître Cyrano, le salua respectueusement l'émissaire.

— Encore une de vos plaisanteries puériles ?

— Non, seigneur, répondit Sir William en riant. Je ne m'attendais pas à la trouver à l'extérieur du palais.

— Non que vous l'ayez jamais dissuadée de cela, dit le conseiller de la reine avec un regard réprobateur.

Le sourire de l'émissaire était contrit, mais Cyrano se tourna vers les cadets.

— Bienvenue à Ire. D'ici quelques minutes, vous serez escortés aux casernements de l'académie de la Guerre. Cependant, la reine aime accueillir les recrues au moment de leur arrivée dans la ville.

Il les observa et on aurait cru qu'il s'attardait un peu plus sur Falco que sur les autres. Puis il hocha la tête comme si tout était en ordre. Les cadets poussèrent un soupir de soulagement sonore.

— Pas le plus amical des individus, n'est-ce pas ? remarqua Malaki.

— Non, confirma l'émissaire, mais c'est peut-être le plus fidèle.

Sur ces mots, il conduisit les hommes dans un petit passage qui traversait le mur ouest de la cour et donnait sur une terrasse gazonnée où serpentait un chemin de gravier. Le palais se dressait sur la droite tandis que les murs sur la gauche suivaient la ligne des falaises, surplombant la mer où le soleil avait disparu derrière un banc de nuages à l'horizon. Il faisait froid, bien que le ciel de cette soirée soit clair et lumineux.

En haut de la petite éminence herbeuse, ils aperçurent une structure en bronze ayant la forme de trois arbres penchés l'un vers l'autre, et couronnée de branches entrelacées. Le métal battu par les vents était devenu verdâtre au fil du temps. Une grande femme mince aux longs cheveux châtains se tenait dessous.

Les cadets suivirent le regard de l'émissaire et en furent ébahis.

— Elle est splendide, murmura Bryna.

Malaki hocha la tête, mais Falco ne fit pas de commentaire. Était-ce là la femme qu'ils venaient de voir, épuisée et ruisselante de transpiration, dans les jardins en contrebas ? Sa robe en soie turquoise coupée d'une seule pièce était frangée de fils dorés et retenue à la taille par une fine chaîne en or. Une cape bleu pâle était passée à ses épaules, sur lesquelles elle avait posé une fourrure en peau de loup afin de se protéger du froid de la fin de journée. Un ras-de-cou élimé en velours noir contrastait avec l'opulence de sa tenue.

L'émissaire leur fit contourner la colline jusqu'à ce qu'ils se retrouvent alignés le long du mur. Ils restèrent immobiles quand il monta s'agenouiller devant la reine. Le contraste entre cette femme mince et le robuste chevalier n'aurait pu être plus grand, mais, en termes de présence, Falco n'aurait su les départager.

La reine baissa la tête vers l'homme agenouillé devant elle. Son regard était impérieux et il restait quelque chose de sa colère dans la crispation de sa mâchoire et l'éclair au fond de ses yeux bleus. Puis son expression s'adoucit, comme si elle ne pouvait garder sa rage face à une telle humilité. Elle tendit la main, que l'émissaire baisa.

— Tu arrives avec un jour d'avance ! dit-elle, alors que Sir William se relevait.

Le vent charria les propos murmurés de la reine, et les cadets sourirent de voir l'air coupable qui se dessinait sur les traits de Sir William.

— Une erreur tout à fait innocente, Majesté, s'excusa-t-il.

Le léger souffle de mépris de Catherine laissait suggérer que ce n'était pas la première fois qu'elle devait lui pardonner pareille erreur en toute bonne foi. Ils se dévisagèrent un instant et quelque chose passa entre eux, puis Sir William se mit face aux jeunes hommes qui attendaient.

— Majesté, reprit-il d'une voix forte. Puis-je vous présenter les recrues de la forteresse valençaise de Caer Dour ?

La reine se tourna vers eux et toute trace de colère disparut de ses yeux.

— Bienvenue, dit-elle, d'une voix plus riche et plus profonde qu'ils auraient pu s'y attendre d'une personne si frêle. J'ai entendu parler des épreuves par lesquelles vous êtes passés. À présent vous êtes en sécurité. La ville d'Ire est votre ville, le peuple de Clémonce, votre peuple.

Ceux de Caer Dour furent profondément affectés par la compassion qui transparaissait dans sa voix, et certains baissèrent la tête pour cacher un soudain accès de larmes.

La reine pivota vers l'émissaire, se redressa, sortit de sa charmille artificielle, et appela le premier cadet par son nom.

— Allyster Mollé.

Presque comme dans un rêve, le jeune archer monta la pente. Catherine lui serra la main et échangea avec lui quelques mots à voix basse avant qu'il redescende de l'autre côté et attende au pied du mur du palais.

Lorsque vint le tour de Bryna, elle tendit le menton droit devant elle et arbora un visage aussi dur que la pierre. Falco n'entendit pas ce que lui dit Catherine, mais les épaules de Bryna s'affaissèrent. La reine lui releva la tête. De nouveau les mots furent emportés par la brise, Falco vit seulement la chaleur du sourire de Catherine et les larmes sur les joues de Bryna.

Au moment où Malaki fut appelé, il gravit l'éminence avec la légèreté qui trahissait le combattant-né, mais quand il salua la reine, il fit passer son pied droit derrière sa jambe gauche en un geste qui évoquait une courbette. Une fois redressé, son visage était aussi pourpre que la marque de naissance sur sa joue. La souveraine d'Ire eut un sourire bienveillant, mais il n'y avait pas à se méprendre sur l'amusement qui se lisait dans ses yeux.

— Madame, marmonna Malaki, oubliant complètement le protocole.

Elle tendit une main que Malaki porta doucement à ses lèvres.

— C'est donc toi qui as brisé le nez de mon émissaire ?

— Euh, oui, Majesté, balbutia Malaki, son visage s'empourprant encore plus.

— Oh, qu'est-ce que j'aurais adoré voir ça !

Malaki s'étonna que la reine fasse une plaisanterie

de la sorte, et ses yeux se portèrent sur Sir William. Au moment de rejoindre les autres près du mur, le fils du forgeron de Caer Dour se sentit moins stupide qu'il ne l'avait anticipé. Les derniers cadets passèrent à leur tour, jusqu'à ce qu'il n'en reste qu'un : Falco. Le contraste entre ces jeunes gens en bonne santé et la silhouette étirée et décharnée de Falco était saisissant.

Il était douloureusement conscient des yeux posés sur lui. Lorsqu'il leva la tête, l'expression chaleureuse avait disparu du visage de la reine, remplacée, non par de l'hostilité, mais par un intérêt vif et profond. Il s'inclina très bas, lui baisa la main, puis se redressa pour la dévisager.

Catherine haussa un sourcil comme pour afficher sa surprise d'être regardée de façon aussi franche.

— Et pourquoi es-tu venu à Ire, Falco Danté ? s'enquit-elle.

Falco marqua une pause. Il ne s'était pas attendu à une telle question.

— Pour y faire ce que je peux, dit-il.

— Rien de plus ?

Falco se demanda ce que la reine savait au juste sur son père. Ses yeux s'étrécirent alors qu'il commençait à se montrer un peu plus méfiant. Oui, une partie de lui espérait trouver quelques réponses, une sorte de but. Mais la raison véritable de sa venue à Ire était bien plus simple que cela.

— Pour être honnête, Majesté, je voulais juste rester auprès de mon ami.

La reine poussa un léger soupir comme si elle avait retenu son souffle pendant quelque temps.

— Je ne pourrais trouver meilleure raison, acquiesça-t-elle enfin en souriant.

Falco salua une fois de plus. Il ne vit pas la souveraine faire un imperceptible signe de la tête à l'émissaire. Pris de vertiges, Falco redescendit la pente et vint se placer aux côtés de Malaki et Bryna.

— Je n'arrive pas à croire qu'elle ait été si gentille, murmura Bryna, les yeux toujours humides.

— J'ai fait une révérence, marmonna Malaki. Voilà ce que je n'arrive pas à croire. C'est dingue !

Bryna éclata de rire et prit Malaki par le bras, mais ce qu'entendait Falco se résumait aux mots de la reine qui résonnaient encore à ses oreilles. *Et pourquoi es-tu venu à Ire, Falco Danté ?* Sir William s'approcha de la souveraine. Falco décela quelque chose dans le port de l'émissaire qu'il n'aurait jamais y cru voir un jour... de la nervosité.

Ils parlèrent calmement pendant un moment et Falco remarqua que leurs regards ne se croisaient jamais. Pourtant, en dépit d'une certaine maladresse dans leurs gestes, impossible de se méprendre sur l'intimité qui existait entre eux. Les recrues étaient rassemblées, et toutes observaient l'homme et la femme dont les silhouettes se découpaient sur le ciel encore clair du couchant.

— Ils sont amoureux, dit Bryna.

— Oui, répondit une voix grave, et tous les cadets se retournèrent vers le conseiller de la reine, qui se tenait derrière eux.

— Alors pourquoi ne se marient-ils pas ? demanda Bryna, enhardie par la confidence sincère de Cyrano.

— Ils ne le peuvent pas, rétorqua Cyrano. La politique et les règles de l'accession au trône imposent que la reine épouse le prince Ludovico de la montagne du Roi Michel. Le refuser diviserait les nobles et affaiblirait la position de la Couronne auprès des thaumaturges.

— Est-ce la raison pour laquelle elle porte toujours le deuil ?

— Aussi longtemps qu'elle porte du noir, acquiesça Cyrano, elle peut éviter de donner une réponse, et ces deux-là peuvent conserver encore un peu l'illusion de l'espoir.

Ils épièrent le couple. La reine tendit une unique fois le bras, mais Sir William retira sa main et la passa dans sa tunique pour en sortir un paquet enveloppé dans une étoffe blanche de facture simple. Les cadets se penchèrent en avant alors que l'émissaire ôtait le tissu.

— La ceinture, murmura Malaki.

Catherine regarda la ceinture faite de lanières de cuir entrecroisées, avec une boucle en argent représentant une tête de cheval. Le même motif que celui des drapeaux qui flottaient au-dessus du palais. Ce n'était pas le motif qui serrait la gorge de la reine, mais le fait que les lanières de cuir étaient noires. Elle avança une main pour la toucher.

— Je n'arrive pas à croire que tu aies trouvé le temps, soupira-t-elle, la voix chargée d'émotion.

— Je l'ai achetée dans une échoppe, sur le port.

— Tu mens ! le railla-t-elle en lui donnant un petit coup d'épaule.

— Non, répondit l'émissaire. Je le jure.

— Elle est splendide, dit la reine.

Pendant un instant, leurs regards se croisèrent, avant qu'elle se détourne et passe sa main dans son dos pour soulever sa chevelure.

L'émissaire marqua une pause et prit une inspiration comme pour s'armer de courage avant de défaire le fermoir qui maintenait le ras-de-cou, ce même ras-de-cou qu'il avait confectionné pour elle un peu plus d'un an auparavant. Il le glissa dans le paquet d'où il avait sorti la ceinture. Puis il passa cette dernière autour de la taille de la reine. Son geste fut bref, mais pour les cadets, qui assistaient à la scène depuis le pied de la colline, cela ressemblait à une étreinte.

— Il est temps de leur laisser un peu d'intimité, je pense, suggéra Cyrano, brisant le charme qui avait maintenu les recrues en transe.

Il les raccompagna sur le sentier et retraversa le passage. Une fois revenus dans la cour, il les confia aux bons soins d'un écuyer qui les escorta jusqu'aux écuries puis dans les rues encombrées de la capitale, en direction des portes du rempart nord, où un chemin montait vers le plateau et l'académie de la Guerre.

*

Catherine et Sir William avaient contourné le palais pour suivre du regard les cadets. Leurs yeux étaient rivés sur la figure maigrichonne qui fermait la marche.

— Es-tu certain qu'il est assez fort ? demanda la reine.

— Non, confessa l'émissaire.

— Les thaumaturges refuseront de l'entraîner.

— Il y a peut-être une autre solution, suggéra Sir William, songeant à la façon dont Mérédith avait regardé Falco. De plus, Aurélian pourrait nous aider.

— Aurélian est un vieil acariâtre, pesta Catherine.

— C'est vrai, mais il est tout ce que nous avons sous la main.

La reine avait l'air moins que convaincue.

— Et tu veux toujours prendre part à leur entraînement ?

— Pour un temps, au moins.

— Marshal Breton ne sera pas d'accord.

— Marshal Breton sera soulagé, la contredit l'émissaire. Vous savez combien il est agacé par ma présence.

— C'est parce que les hommes se tournent naturellement vers toi et pas vers lui.

— Peut-être.

Ils virent les cadets disparaître. La reine demeura silencieuse un moment, puis elle posa la question qu'il attendait.

— Va-t-il se retourner contre nous ?

— Je l'ignore, admit-il, et elle soupira comme s'il était stupide d'avoir cru obtenir une réponse.

— Soit, conclut-elle enfin. Tel l'aigle, ainsi le faucon. Que l'on entraîne le fils du dément.

*

Morgan Saker regardait Falco gravir l'éminence depuis le balcon de la tour des thaumaturges.

— C'est lui ? demanda l'homme à ses côtés, de qui émanait encore plus de pouvoir et d'autorité que Saker lui-même.

Il s'appelait Galen Thrall, Grand Veneratu et Vénérable Maître des thaumaturges de la Clémonce.

— Oui, acquiesça Saker, c'est lui.

— Alors nous n'avons rien à craindre, décréta Thrall avec toute la certitude d'un diktat.

— Tu ne l'as pas vu faire face au démon.

— C'est un enfant, persista Thrall, songeur. De plus, sans thaumaturge pour le guider, il ne deviendra jamais mage de bataille. L'affaire est réglée. Nous gardons le cap et nous nous concentrons sur l'armée. Quand les gens auront vu ce dont elle sera capable, plus rien ne nous empêchera de dissoudre les trônes et de prendre en charge la gouvernance d'Ire.

Sur ce, il s'éloigna du balcon, Morgan sur ses talons, et ils retournèrent dans le cœur de la tour où un conseil de sages avait été convoqué.

Perdu dans sa contemplation et oublié de tous, Mérédith les regarda partir. Le Grand Veneratu parlait avec une certitude absolue ; Mérédith, lui, était désorienté. Quelle importance si Falco devenait mage de bataille ? Assurément, ils en bénéficieraient tous si cela venait à se produire. Il alla sur le balcon et guetta les cadets en contrebas. Pour une raison inconnue, son père haïssait Falco et le Grand Veneratu parlait de lui comme d'une menace. Mérédith n'avait jamais aimé Falco, mais il ne pouvait ignorer qu'il lui avait sauvé la vie, l'avait arraché à la torture du feu de dragon. Il avait une dette envers lui, et il allait devoir s'en acquitter.

Il quitta le balcon pour affronter l'intérieur de la tour. Cette nuit, il se retirerait dans une chambre de solitude afin d'y examiner les disciplines de savoirs qui formeraient la base de ses études, dont un des aspects, avait-il déjà décidé, serait l'Histoire. Cette tour était le centre du pouvoir des thaumaturges. En son cœur résidait la connaissance de deux mille ans. Quelque part parmi les archives enfouies dans les ombres du passé se trouvait la source de la haine de son père. Et Mérédith était déterminé à l'exhumer.

*

Le crépuscule était tombé quand les cadets suivirent le chemin sinueux qui donnait sur le plateau. Falco avait à peine conscience du décor qui l'entourait tandis qu'ils approchaient une série de bâtiments construits en longueur. Il pensait à la question que la reine lui avait posée. Il n'avait pas menti, mais il savait au fond de son cœur qu'il n'y avait pas que ça. Ire en était venue à symboliser plus que le lieu de l'Académie, plus que simplement la capitale d'un grand royaume. Elle représentait la chance d'un nouveau départ et la possibilité de trouver des réponses aux questions qui le hantaient depuis toujours. Alors que les autres parlaient nerveusement, Falco avait la tête penchée, perdu dans ses pensées. Il ne fut arraché à sa rêverie que lorsqu'ils grimpèrent sur le plateau, et que Malaki et Bryna le rejoignirent.

— Qu'a-t-elle dit ? voulut savoir Malaki.

— Elle m'a demandé pourquoi j'étais venu à Ire.

— Facile, répondit Malaki. Tu es ici pour devenir un mage de bataille.

La certitude dans la voix de son ami toucha une corde sensible dans l'âme de Falco, et il comprit brusquement que c'était vrai.

Quels que soient ses doutes, quels que soient les défis qui l'attendaient, la vérité était soudain claire. Pour devenir mage de bataille.

28

L'ermite, la guérisseuse et le pêcheur

Le crépuscule était tombé dans les lointaines montagnes illiciennes et le cœur du garçon commença à battre plus vite à l'approche de la caverne, non en raison de l'ascension, qui n'avait rien d'aisé, mais parce qu'il n'avait jamais vu l'ermite. Les autres enfants le décrivaient comme un dément aux dents pourries, aux vêtements en lambeaux, et avec des yeux de fou qui vous regardaient sans ciller. Sa peau avait pris la couleur noire du sol de son antre, ajoutait-on. On racontait qu'un garçon avait fait tomber son panier de victuailles en chemin, et avait tout de même poursuivi jusqu'à la caverne afin de s'excuser de son erreur. On ne l'avait jamais revu, et même si les autres ne le disaient pas, leurs vagues suggestions laissaient entendre que l'ermite l'avait dévoré en lieu et place de la nourriture que le village lui avait offerte en tribut.

Le jeune garçon était donc véritablement terrifié lorsqu'il s'abrita sous le Roc Suspendu et aperçut pour la première fois la grotte, fente noire dans la falaise déchiquetée. Luttant contre sa peur, il serra le panier contre son torse tandis qu'il gravissait les marches grossières qui signalaient la fin de son ascension. Ses mains tremblaient quand il posa le panier sous la corniche et fit tinter la petite cloche en laiton fixée à la paroi d'une crevasse.

« Attends qu'il vienne le prendre », lui avaient dit les aînés. « Sinon les corbeaux le renverseront et en éparpilleront le contenu jusqu'au bas de la falaise. »

Le cœur du garçon martelait sa poitrine et les sinistres rochers lui renvoyaient les échos de sa respiration. Il détecta enfin un mouvement. Il fit un pas involontaire en arrière puis s'immobilisa au moment où quelqu'un sortait de la caverne. On lui avait menti !

Oui, l'homme avait l'air sauvage avec sa tignasse épaisse de cheveux gris, ses guenilles et sa peau burinée par les éléments, mais elle n'était pas d'un noir de suie et ses yeux n'étaient pas fixes et empreints de démence. Ils étaient bleus et calmes, remplis d'une tristesse impossible à appréhender. Sans un mot, l'inconnu posa une main sur son torse et salua le garçon en s'inclinant. Désorienté et étrangement mélancolique, celui-ci hocha la tête, se tourna et repartit en courant. S'il se dépêchait, il avait des chances d'arriver en bas avant que la nuit soit complètement tombée.

Avec une expression totalement détachée, l'ermite regarda le garçon détaler à toutes jambes. Puis, ne manifestant pas plus d'intérêt pour le panier que s'il avait été rempli de feuilles mortes, il le ramassa et rentra dans la caverne.

L'ermite se pétrifia. Une explosion ! Son air détaché avait disparu, remplacé par de la surprise et quelque chose qui n'était pas sans évoquer la peur. Il posa le panier et resta à l'entrée de la grotte, contemplant la nuit qui s'installait, son cœur battant aussi rapidement que celui du jeune garçon qui venait de lui apporter la nourriture.

S'était-il trompé ?

L'avait-il entendue… ? Ressentie… ?

Il attendit…

Rien.

Sa respiration s'accéléra et il se pencha pour reprendre le panier ; mais, lorsqu'il se redressa, ses yeux furent attirés vers les profondeurs sombres de la caverne. La peur grandit dans son esprit et une terrible tristesse étreignit son cœur. Cela faisait près de vingt ans qu'il vivait ici, et depuis tout ce temps, il ne s'était aventuré qu'une seule fois au fond de ce conduit. Il scruta les ténèbres insondables.

Il n'irait pas dans cette caverne.

Il ne le pouvait pas.

Il ne l'osait pas.

*

La jeune Thrace traversa l'oliveraie en plein crépuscule, courant de toutes ses forces. Le guérisseur n'était pas chez lui et elle devait impérativement le trouver, car l'état de son père s'était brusquement dégradé.

— Je l'ai vu gravir la pente, lui apprit Phinéas le berger. En direction du cimetière, derrière les oliviers.

Et c'est ainsi qu'elle courait entre les arbres séculaires, espérant tomber sur lui et revenir à la maison avant qu'il soit trop tard pour son père. La jeune fille s'immobilisa net à la sortie de l'oliveraie. Il était là, le meilleur guérisseur de la région, accroupi devant une sépulture sans nom. Certains prétendaient qu'il s'agissait de celle de sa femme. D'autres du premier patient qu'il eût jamais perdu. Quoi qu'il en soit, cette tombe lui avait arraché toute trace de joie et avait laissé derrière un homme vide. Il soignait les souffrants, refermait les plaies, mais jamais il ne souriait ni ne montrait plus d'engouement envers les remerciements que lui adressaient ses malades que par un rapide hochement de tête distrait. Il était une source de curiosité et de tristesse pour la ville.

En dépit de sa hâte, la fillette hésita avant d'avancer, mais le guérisseur parut sentir sa présence. Se redressant, il se tourna pour lui faire face.

— Mon père, sanglota la petite. La douleur est pire que jamais, et il ne peut plus respirer.

Il glissa une main dans un sac en toile passé en travers de son épaule. Il en retira une petite bourse, qu'il tendit à l'enfant.

— Une pincée dans un peu d'eau tiède, lui conseilla-t-il. Fais en sorte qu'il reste calme et dis-lui que je serai très vite auprès de lui.

Des larmes de gratitude dans les yeux, la fille hocha la tête pour le remercier et reprit sa course effrénée en sens inverse.

Le guérisseur la suivit du regard, sachant qu'on avait besoin de lui, mais il était réticent. Il n'avait aucune idée de ce qui l'avait amené ici ce soir. Il venait en ce lieu tout le temps auparavant, mais, depuis quelques années, il essayait de s'en tenir éloigné. Il regarda la tombe à ses pieds, et le chagrin bien connu monta et lui saisit le cœur, sa honte toujours aussi noire et vénéneuse. Il poussa un soupir et s'apprêta à partir, puis il se raidit.

Une explosion venait de retentir.

Avec un sentiment proche de la terreur, il se retourna pour faire face à la sépulture. Son cœur battait soudain à tout rompre, comme s'il s'attendait à voir quelque chose s'extraire de la terre. Cela avait été une erreur de venir ici. Il avait eu raison de rester à l'écart.

Il regarda autour de lui, et écouta… écouta…

Rien.

Se sentant aussi essoufflé que le père de la jeune fille, le guérisseur s'éloigna du cimetière et partit en titubant. Il avait peut-être enfoui son passé, cela ne signifiait pas pour autant qu'il y avait échappé.

*

Le crépuscule tombait lorsque la petite embarcation contourna la jetée lointaine sur la côte de la Beltane. Les filets étaient rentrés et il ne restait plus que quelques paniers à vérifier avant le retour vers le port toujours sécurisant. Le pêcheur tenait la barre, manœuvrant avec une aisance née de l'habitude pendant que deux employés agrippaient des crochets à long manche, prêts à soulever les bouées en peau de phoque qui marquaient les emplacements des casiers. Le plus vieux donna à son cadet un bref signe de tête pour l'encourager. Pour sa première sortie en mer, il désirait ardemment faire bonne impression.

Sitôt qu'ils atteignirent la première bouée, le pêcheur détendit la voile et guida le navire dans les vagues, ce qui permit au plus jeune de saisir la corde d'amarrage et de hisser le casier depuis le fond de l'eau.

— Bien joué, le félicita son frère en venant lui prêter main-forte.

Ils vidèrent le casier rempli de homards dans les bacs, y mirent de nouveaux appâts et le rejetèrent par-dessus bord. Le pêcheur tendit la voile à bloc et fit virer son embarcation. Les deux frères reportèrent leur attention sur les autres casiers.

— Nous avons oublié celui-ci ! s'exclama le plus jeune à la vue d'une bouée claire flottant au pied des falaises.

Son aîné lui décocha un regard mauvais et secoua la tête.

— Pas celui-là, siffla-t-il. Celui-là, on ne le prend jamais.

Il jeta un coup d'œil au pêcheur, mais celui-ci paraissait n'avoir rien remarqué. Personne ne savait pourquoi il ne vérifiait jamais celui-là, ou si seulement la bouée en peau de phoque signalait l'emplacement d'un casier. La rumeur voulait qu'il ait autrefois tué un homme et qu'il ait lesté son corps avec des pierres. Mais il n'y avait aucun sens à marquer le lieu du crime de la sorte. D'autres prétendaient qu'il avait perdu un camarade lors d'une tempête et que la bouée indiquait le point où son ami avait coulé. La vérité était que personne ne savait.

Le pêcheur avait conscience de leurs regards posés sur lui, avait conscience des histoires que racontaient les gens. Cela n'avait pas d'importance. Un de ces jours, il couperait la corde et laisserait la bouée dériver.

Alors peut-être, il pourrait oublier.

Le visage impassible, il dirigea le bateau vers le casier suivant.

Lorsque l'explosion retentit, il fit faire demi-tour à son embarcation si rapidement que les deux frères durent se retenir au bastingage tandis que le bateau était ballotté sur la mer houleuse. Transis de peur, ils observèrent le pêcheur, dont le regard restait rivé sur la bouée, mais perdu dans le vague.

Avait-il entendu quelque chose ? L'avait-il ressenti ? Ou cela n'avait-il été qu'une vague claquant contre les rochers ?

Il attendit, et pendant ce temps le navire tanguait dangereusement sous lui…

Rien.

Le pêcheur se tourna vers les deux frères. Son expression était sombre, et il y avait une profonde tristesse dans ses yeux. Il devenait soudain facile de croire qu'il avait tué un homme et marqué l'emplacement de sa sépulture dans la mer. Ils saisirent nerveusement leurs crochets, mais le pêcheur ignora les derniers casiers et mit cap sur la terre ferme. Le travail était fini pour ce soir.

Laissant les deux frères trier les prises, il quitta le port et longea la côte jusqu'à revenir à l'endroit où la bouée s'agitait à la surface, à quelques encablures des falaises. Une goutte d'eau salée coula de son œil.

Le temps et les marées, apparemment, n'auraient pas raison de son chagrin.

Un océan n'aurait pas suffi à noyer son sentiment de culpabilité.

*

Dans une terre lointaine, bien au-delà de la mer Sans Fin, une créature leva la tête.

Ainsi que trois autres qui ne répondirent pas.

Et il y eut une explosion.

29

Un air de déjà-vu

Si Falco avait été étonné du côté intime de leur accueil par la reine, il fut en revanche moins surpris du mur de silence auquel il se heurta alors qu'ils pénétraient dans le long dortoir des baraquements de l'Académie. L'écuyer qui leur avait fait office de guide les salua nerveusement avant de s'éclipser en hâte, laissant les arrivants affronter seuls le regard sévère de la bonne trentaine de robustes jeunes hommes qui occupaient les lieux. Leur expression collective était celle d'un dédain affiché, s'efforçant de jauger cette nouvelle concurrence venant d'une ville provinciale de la Valence. Pour les nobles de Caer Dour, ce n'était pas un problème. Après quelques secondes, ils se dirigèrent vers les couchettes vides, comme s'ils avaient parfaitement le droit de se trouver là.

Ce qui laissait Falco, Bryna et Malaki.

Un gringalet, une femme et un simple forgeron.

Certains dévisagèrent Bryna avec intérêt, mais

Falco nota combien la plupart concentraient leurs regards sur Malaki, regards qui tentaient d'estimer ses capacités rien qu'à sa posture. L'homme à la tache de naissance avait été repéré dès le début. Falco sourit intérieurement, secrètement soulagé de ne pas être le centre de l'attention, pour une fois. Cependant son anonymat ne devait guère durer longtemps.

— Ha ! s'exclama quelqu'un. Si je ne m'abuse, c'est le traître de Caer Dour. Il est sans doute ici pour faire reluire l'armure de son ami.

Les cadets se retournèrent dans la direction d'où provenait la voix, établissant un lien entre celui qui venait de parler et la cible de ses remarques. Le cœur de Falco creusa un trou dans sa poitrine lorsqu'il vit qu'il s'agissait de Jarek Snidesson.

— Donc, tu as survécu, dit-il d'un ton accusateur. Tu fais s'abattre la ruine et la destruction sur notre ville, la mort sur notre peuple, et pourtant tu t'en tires.

Il avança de quelques pas, adoptant sa démarche crâne habituelle. Quelques-uns de ses acolytes le suivirent, dont un Beltonien encore plus imposant que Malaki.

Les cadets observaient la scène. Ils ignoraient tout de l'historique entre les deux hommes, mais ils voyaient clairement que l'un des deux détenait le pouvoir, et l'autre pas. Pour des nobles, dont la fortune dépendait de leur capacité à choisir l'allié qui favoriserait au mieux leurs propres intérêts, la question de savoir qui ils allaient soutenir ne se posait pas.

— Disons que nous, au moins, nous ne nous sommes pas enfuis, lâcha Malaki, s'interposant entre les deux hommes.

— Ah, le fils du forgeron ! éructa Jarek sur ce ton condescendant qui était comme une seconde nature pour lui et son père. Et une fille qui n'est ici que parce qu'elle a triché durant les épreuves !

Bryna posa une main sur le bras de Malaki pour le retenir.

— Pas enfuis, dis-tu ? répéta Jarek à l'adresse des cadets. Vous seriez morts dans les montagnes si mon père et moi n'étions pas partis trouver des secours.

— Honte à toi, lâcha Malaki, le visage dur comme du marbre.

Il ne donna aucun détail, ne mentionna pas ceux qui s'étaient sacrifiés. Il n'en avait pas besoin. La calme conviction que renfermait sa voix suffisait amplement à jeter le trouble sur les vantardises de Jarek.

Les yeux de ce dernier s'embrasèrent d'une lueur assassine, puis sa lèvre tressaillit en un rictus et il repartit à la charge.

— Nous ne serions pas ici s'il ne s'était agi de lui, railla-t-il en désignant Falco. Après tout, c'est à cause de toi que ce dragon noir a tué le mage de bataille de la ville, hein ?

Falco ne réagit pas, mais son silence confirmait que Jarek disait la vérité, à ce sujet-là, du moins. L'atmosphère du dortoir devint tendue et Jarek sourit de sa victoire, même si ses yeux contenaient toujours la promesse de la violence.

La porte s'ouvrit d'un coup et deux hommes entrèrent, vêtus des surcots noirs frappés d'un motif de tête de cheval qui les désignaient comme instructeurs. Il émanait d'eux une autorité qui dépassait – et de loin – celle de n'importe quelle jeune recrue. Le plus vieux fit un pas en avant. Solidement charpenté, le crâne chauve sillonné de crevasses et de cicatrices. Une petite barbe soigneusement taillée recouvrait sa mâchoire carrée, et ses yeux étaient enfoncés dans leurs orbites. Il coula un regard sombre dans la chambrée. Il avait parfaitement compris ce qui venait de se produire. Comme d'habitude, les jeunes impétueux cherchaient à asseoir leur domination sur la meute.

— L'Académie souhaite la bienvenue aux cadets de Caer Dour, commença-t-il, d'une voix étonnamment douce et à l'épais accent clémonçais. Toutes mes excuses de ne pas vous avoir accueillis à votre arrivée. Nous ne vous attendions pas avant demain.

Son regard passa rapidement sur les nouveaux, tant les nobles debout à côté de leurs lits que les trois qui se tenaient à l'écart.

— Je suis le laniste Magnus, poursuivit-il, et voici le laniste Deloix, responsable de ce baraquement.

Son acolyte, un individu de grande taille, à la peau mate et aux cheveux tressés, avait des yeux pareils à ceux d'un loup. Son visage et ses bras étaient également couturés, et la partie supérieure de son oreille gauche manquait, comme si elle avait été sectionnée d'un coup de lame.

— Nous n'attendons pas d'autres cadets. Par

conséquent, votre entraînement débutera dans deux jours. Pour l'heure, je vais vous demander de vous présenter ainsi que le corps d'armes que vous avez choisi.

Le laniste déplia le rouleau de parchemin qu'il tenait dans sa main et le parcourut rapidement avant de poser son regard sur Jarek.

— Jarek Snidesson, annonça ce dernier. École d'officiers, cavalerie.

— Allyster Mollé, dit le second. École d'officiers, archerie.

Le laniste passa ainsi tout le monde en revue jusqu'à ce qu'il parvienne devant les trois individus restés à l'écart. Ses yeux se portèrent d'abord sur Bryna.

— Bryna Godwin. École d'officiers, archerie.

Il y eut des chuchotis, et deux cadets gloussèrent à la suite d'une remarque lancée par un jeune homme aux cheveux noirs. Falco n'avait pas tout saisi de la plaisanterie, mais il était question de corde d'arc et de certaines parties de l'anatomie de Bryna.

Le laniste se tourna vers Malaki.

— Malaki de Vane. École d'officiers, chevalerie, annonça-t-il.

À ces mots, un murmure monta des rangs. Falco entendit distinctement le reniflement de mépris de Jarek, mais plusieurs recrues regardèrent Malaki avec un œil nouveau. Ils ne seraient donc pas les seuls à s'essayer à l'épreuve de Bravoure ce mois-ci.

Ce fut enfin au tour de Falco, et nombre de cadets pouffèrent.

— Et Falco Danté, énonça le laniste, en s'aidant

de son parchemin. Tu resteras ici le temps qu'une décision soit prise quant à ta spécialité.

— Quelle décision ? hoqueta Jarek. Comment ce vulgaire domestique pourrait-il être admis à l'Académie ?

Jarek avait fait un pas en avant sous le coup de l'indignation, le laniste le cloua sur place d'un regard.

— Certaines questions auront besoin d'une réponse avant que le sieur Danté puisse commencer sa formation de mage de bataille.

— Quoi ? s'empourpra Jarek, alors que le baraquement entier explosait d'incrédulité.

Ce n'était pas possible. Assurément le laniste leur faisait une blague. Mais aucun sourire ne venait fendre les traits du premier instructeur. Il se contenta de regarder Falco un instant avant de hocher la tête. Pour l'heure, il était satisfait.

Jarek balbutia et ricana, mais son humour était forcé. Magnus leva une main et le calme revint lentement.

— Dans deux jours, vous serez réveillés à l'aube et votre entraînement commencera à ce moment-là. Je dois vous faire partager un grand honneur. Je viens d'apprendre par le palais que nous bénéficierons de la présence d'un nouvel instructeur, qui se joindra à nous. Cette année, Sir William, chevalier d'Eltz, prendra part à votre formation. Du moins jusqu'à ce que la Quatrième armée soit déployée, d'ici à quelques mois.

Une rumeur enfiévrée parcourut les rangs et un immense sentiment de soulagement envahit Falco quand il comprit que l'émissaire allait, quelque temps encore, faire partie de sa vie.

Le laniste réclama une nouvelle fois le silence.

— Prenez un peu de repos, leur dit-il. Il ne sera pas de trop.

Les cadets échangèrent des propos excités, mais Magnus n'en avait pas tout à fait terminé. Il vint se placer devant celui qui avait plaisanté au sujet de Bryna. Pendant quelques instants, il se contenta de le dévisager. Le jeune homme eut un sourire embarrassé. Puis, sans crier gare, le laniste lui assena une gifle retentissante sur la nuque. Le coup était si puissant que le cadet en fut déséquilibré et tomba à terre tête la première. Magnus fit demi-tour et s'adressa à la chambrée.

— Aucun manque de respect envers nos cadettes ne sera toléré, annonça-t-il tandis que plusieurs recrues aidaient le jeune homme à se redresser. Si ce genre de comportement est de mise parmi les Irréguliers, il ne l'est certainement pas chez vous, troupes d'élite, qui avez fait serment de servir la reine.

Nombreux furent ceux qui baissèrent les yeux.

— Quiconque oubliera ce message sera prié de quitter l'Académie. Il n'y aura pas de seconde chance. Me suis-je bien fait comprendre ?

Des hochements de tête maussades et des grommellements accueillirent cette déclaration. La bouche de Jarek remuait spasmodiquement, comme s'il venait de mâcher quelque chose de particulièrement amer. Beaucoup de ces jeunes hommes n'avaient manifestement guère l'habitude qu'on leur dise quoi faire. Le laniste se tourna vers Bryna.

— Ici, dans la chambrée, tu auras un rideau autour de ton lit et des toilettes séparées, mais il arrivera que ce confort ne puisse t'être octroyé. Si l'idée de montrer ton cul à une centaine de jeunes boucs en rut au moment où tu voudras pisser t'est intolérable, autant faire tes valises et partir tout de suite.

Bryna rougit, mais ne cilla pas. Malaki parut embarrassé ; Falco, lui, avait compris l'essence du message. C'était un avertissement salutaire à Bryna, et également un test après ce que Magnus venait d'expliquer aux recrues. Il nota que pas un cadet n'avait souri à ses propos. La première leçon avait bien porté ses fruits.

Un léger rictus incurva les lèvres de Magnus, et il hocha la tête.

— Si vous avez des questions, demandez à voir le laniste Deloix dans les quartiers des instructeurs. À l'aube, dans deux jours. D'ici là, je vous souhaite une bonne nuit.

Sur ce, les deux hommes tournèrent les talons et quittèrent la pièce.

Jarek attendit que la porte se soit refermée.

— Toi… Un mage de bataille ? Dis-moi que c'est une blague ! Après ton père, après ce que tu as fait à la ville, comment peux-tu croire une seconde qu'ils vont te laisser devenir mage de bataille ? Comme si déjà, c'était possible. Je veux dire, regarde-toi…

Là-dessus, il saisit le bras de Falco comme il l'aurait fait d'un épouvantail.

— La peau sur les os, poursuivit-il en jetant un coup d'œil prudent en direction de Malaki. Pas exactement l'étoffe d'un grand guerrier, je dirais. Attendez donc que mon père entende parler de cette histoire, vous autres ! Il se pissera dessus de rire, et il expliquera au cousin Ludovico ton antécédent familial, Falco. Le prince te fera expulser de l'Académie et renvoyer de la ville couvert de honte.

Jarek s'éloignait d'un air dédaigneux lorsque la voix de Bryna résonna dans son dos.

— C'est la reine, et non Ludovico, qui décide de ce genre de choses à Ire, lâcha-t-elle d'un ton ferme et résolu, malgré son visage empourpré.

Jarek se retourna lentement, un sourire menaçant au coin des lèvres.

— Pour l'heure. Vivement que l'armée de thaumaturges de Galen Thrall devienne une réalité. C'est le prince et ses nobles qui ont encouragé sa création, alors que la reine a résisté aux thaumaturges tant qu'elle l'a pu. L'ère des grandes âmes est révolue et les thaumaturges n'oublieront pas ceux et celles qui se sont dressés contre eux.

Les nouveaux venus ignoraient à peu près tout de ces manœuvres politiciennes, mais Bryna ne se laissa pas démonter. Elle appartenait à la noblesse, elle aussi, et n'était pas intimidée par les Jarek de ce monde.

Ce dernier finit par s'éloigner, et Bryna se retourna vers Falco et Malaki.

— Le sale petite merde ! le maudit-elle à voix basse.

Ses deux amis furent stupéfaits d'entendre de tels mots sortir de la bouche d'une fille de si bonne famille. Lorsqu'elle les regarda avec un air contrit, leurs rires fusèrent. Ils se mirent à la recherche de couchettes, mais il ne restait plus que des lits isolés, et éloignés les uns des autres.

— Prenez ces deux-là, les invita alors le dénommé Owen, ramassant ses affaires et partant à l'autre bout de la chambrée.

Falco hocha la tête en guise de remerciement. Il avait bien conscience des yeux de la plupart des cadets rivés sur eux. Ils étaient nombreux à s'être régalés des railleries de Jarek, habitués à voir quelqu'un exercer sa domination sur un plus faible. Il nota cependant que ceux de Caer Dour avaient évité leur regard. À la différence de Jarek, ils l'avaient vu marcher droit sur le démon pour se battre aux côtés de Siméon. Et ils avaient également fait le trajet depuis Ire avec lui. S'ils n'étaient pas devenus amis pour autant, une certaine forme de respect s'était installée, même si tous ne l'admettraient pas facilement.

Grâce à Owen, deux lits vides se retrouvaient côte à côte. Falco en cherchait un troisième à proximité lorsqu'un jeune homme donna un coup de coude à son voisin et lui signifia de porter ses affaires ailleurs. Avec leur chevelure foncée, leurs yeux bleus et leur mâchoire volontaire, Falco comprit qu'il s'agissait de deux frères. Le plus petit avait le regard pétillant tandis que l'autre paraissait plus posé. Falco attendit que le plus imposant soit parti avant de déposer ses sacs sur le lit.

— Merci.

— Alex Klingemann, se présenta-t-il.

Falco lui serra la main, quelque peu surpris par ce ton franc et amical.

— Et le grand, c'est mon frère Quirren, ajouta-t-il en allant saluer Malaki et Bryna. C'est lui le plus calme de nous deux.

De l'autre côté du lit, Quirren se contenta de hocher la tête.

— C'est vrai ce qu'on dit, que vous avez voyagé avec le chevalier ? demanda Alex.

Falco acquiesça, notant que l'homme s'exprimait avec le même accent illicien que l'émissaire.

— Et que vous avez vu un démon ?

Falco fit oui de la tête une nouvelle fois.

— Bryna en a abattu un en plein vol, ajouta Malaki. Un ange noir, je veux dire.

— *Schwartz Engel*, traduisit Alex, observant Bryna avec une appréciation renouvelée. Un démon subalterne, mais bon…

Falco remarqua que d'autres cadets écoutaient. Leurs regards passaient de Bryna à Jarek, et on voyait à leurs yeux qu'ils commençaient à comprendre que l'histoire qu'on leur avait servie n'était pas forcément totalement vraie.

— Comment est-il ? voulut savoir Alex, faisant de toute évidence référence à l'émissaire.

— Alex ! l'interrompit Quirren d'une voix grave avant que Falco ait l'occasion de répondre.

— D'accord, concéda Alex, fustigeant son frère du regard comme pour lui signifier qu'il était un rabat-joie. Installe-toi, Falco. Et si tu as besoin de quoi que ce soit…

— Merci, dit ce dernier.

Alex allait s'éloigner, mais il n'avait pas fait un pas qu'il se retourna.

— En Illicie, on considère que c'est un grand homme.

Falco sourit, surpris de déceler une certaine nervosité dans les yeux d'Alex, comme s'il craignait que celui-ci brise une illusion bercée depuis toujours.

— C'est le cas, répondit Falco, illuminant le visage d'Alex, visiblement heureux de se voir confirmer la réputation de l'émissaire.

Falco le regarda s'éloigner et entendit Quirren gronder doucement son frère.

— Quoi ? s'offusqua Alex. Je ne faisais que demander.

Le sourire aux lèvres, Falco se tourna vers Bryna et Malaki, absorbés par leur examen des lieux. Ils n'avaient pas encore pris le temps d'apprécier à sa juste mesure le décor qui les entourait.

La chambrée contenait exactement cinquante lits. Le long bâtiment était pourvu de fenêtres disposées à intervalles réguliers, mais, comme la nuit était tombée, la seule lumière provenait des lanternes suspendues aux poutres du plafond ou des petits réchauds adossés aux parois.

Des tapis rugueux recouvraient le parquet poli. Les murs étaient en pierre et enduits de chaux. Des tentures figuraient différents exemples de lutte à l'épée. Ce furent cependant les armes qui retinrent le plus leur attention. Chaque nation et chaque type de formation semblaient représentés : des lances et des *kopis* incurvés de Thrace, des *lakonia* à la lame évasée d'Achéron, des épées larges et des haches barbelées de Beltane, des épées à longue lame de Clémonce et d'Illicie. Et de la Valence… les bâtardes, dont certains prétendaient qu'il s'agissait des plus raffinées de toutes les lames. Ni longues ni courtes, à la pointe ni trop fine ni trop large, assez lourdes pour parer un assaut, mais suffisamment légères pour garder une vitesse maximale. Elles n'avaient aucune longueur ou aspect régulier. En Valence, les épées étaient forgées en fonction de celui qui la manierait. Cette ambiguïté même leur avait valu ce surnom douteux. Ceux qui appartenaient aux écoles les plus prestigieuses les considéraient avec dédain ; pourtant, dans le feu de l'action, quand on risquait de se trouver confronté à n'importe quel type d'adversaire, rien ne remplaçait une bonne bâtarde bien équilibrée.

Une fois qu'ils eurent examiné tout le bâtiment, Malaki rejoignit Falco.

— J'ai entendu parler de toutes ces épées, dit-il à voix basse. Mais je découvre la moitié d'entre elles. Tu as vu cette *Zweihänder* accrochée au mur, là-bas ?

— Une arme absurde, commenta Falco avec un sourire.

— C'est sûr, sacrément impressionnante malgré tout, s'enthousiasma Malaki.

Bryna leva les yeux au plafond.

— Les garçons et leurs grosses épées, résuma-t-elle simplement, ouvrant ses sacs et déposant ses affaires sur les étagères en bois disposées à côté de sa couche.

Les deux amis ricanèrent et l'imitèrent. Une table de chevet était collée à chaque lit, ainsi qu'une petite armoire. Au pied du lit, enfin, se trouvait un grand coffre. Malaki sourit et entreprit de ranger son armure sur les trois étagères, tandis que Bryna suspendait son arc et son carquois. Elle déposa son bracelet d'archer et son gant de tir dans un tiroir, à côté d'une bourse en cuir qui contenait quelques pointes de flèche de rechange, des plumes d'oie blanches, et des encoches en bois de cerf.

Falco fut gagné par un sentiment d'angoisse. Tous deux étaient extrêmement qualifiés dans leur discipline respective, et ils avaient toutes les raisons du monde de se trouver là, mais lui ? Il était émerveillé par toutes ces armes et ces armures, et la vue d'une épée bien forgée avait toujours éveillé des émotions fortes en lui, mais s'il était honnête envers lui-même, il partageait les doutes de Jarek. Il regarda ses mains maigres et ses petits poignets.

Pas vraiment la marque d'un grand guerrier.

Il ne laisserait pourtant pas Jarek lui dicter ce qu'il pouvait ou ne pouvait pas faire. Il se fierait à la confiance qu'avait l'émissaire en ses capacités, et aux instincts d'un grand enfant qui n'avait jamais pu marcher. Il soutint les regards méfiants qu'on lui adressait. Il leur montrerait. Il deviendrait mage de bataille, ne serait-ce que pour les faire mentir. Dans la maigre lueur des torches, ses yeux verts brillèrent sans la moindre trace de faiblesse. Un à un, tous ceux qui le dévisageaient détournèrent le regard.

Il poussa un petit grognement satisfait. *Petits merdeux*, songea-t-il. Et il sourit.

30

La venue des ténèbres

Au cœur des Contrées Interdites, un carré de terre en fusion illuminait la nuit. Des flammes surnaturelles, rougeoyant dans les ténèbres, fendaient et fracturaient la roche. Les corps noircis de douze âmes au supplice tournaient lentement dans l'air, horriblement brûlés et mutilés. Aucune des victimes n'était morte pour autant. Le pouvoir impie des Possédés ne leur accorderait jamais la douce évasion que procurait la mort. Les âmes gémissaient et respiraient laborieusement par leurs gorges calcinées, et la graisse coulait de leur chair comme autant de larmes.

Six silhouettes cadavériques étaient disposées en cercle autour des douze damnés. On les appelait les Initiés. Leur peau avait une teinte cireuse, presque translucide, et leurs yeux se réduisaient à deux orbites blanchâtres. À l'exception de quelques guenilles sur leurs corps émaciés et ravagés, ils travaillaient nus, des outils de forge à la main : pinces, limes et marteaux. Dans leur vie précédente, ils étaient maîtres d'armes ou armuriers. À présent, on leur épargnait les tourments les plus cruels en échange de leurs talents.

Pendant des semaines, les Initiés étaient restés aux abords de cet abîme dans la fabrique du monde. Maintenant que le serviteur des ténèbres arrivait, il était temps de se mettre à l'œuvre. Dans le maelström bouillant de l'enfer, l'entité ne possédait aucune forme tangible, mais ici, dans le domaine charnel, elle s'incarnerait, et leur tâche consisterait à créer les outils dont elle aurait besoin.

Lentement, les Initiés commencèrent par assembler une enveloppe révélant au mieux sa nature. Le serviteur des ténèbres serait-il protégé par une armure épaisse, lourde et encombrante, lui procurant une force invincible ? Ou opteraient-ils pour une créature leste et vive, légèrement cuirassée et munie d'une fine lame ?

Les Initiés se penchèrent au-dessus des terribles flammes, anxieux de savoir quelles armes ils se devaient de forger. Ils scrutèrent la chaleur aveuglante, percevant les besoins du démon émergeant. Puis, comme un seul homme, ils reculèrent et laissèrent échapper un soupir desséché. Ils virent ce qui se dressait devant eux, et ils comprirent ce qu'ils devaient lui fabriquer…

Un casque, avec des couches d'acier superposées sur le côté, et une arête haute et étroite.

Des plates pour les épaules, le torse et les bras.

Des lames aussi, larges, incurvées et mortelles.

Des lames capables de fendre les écailles d'un dragon.

Dans la noirceur glacée de la nuit oubliée, les Initiés se mirent au travail.

31

L'académie de la Guerre

En dépit de la nervosité, de l'accueil hostile, des ronflements, des pets et des quintes de toux incessantes des autres cadets, Falco dormit étonnamment bien. Il n'y eut qu'un seul moment dans la nuit où ses rêves le tourmentèrent, et il espéra juste ne pas avoir poussé de cri ou émis quelque bruit qui aurait attiré l'attention sur lui.

Il s'éveilla entre les miasmes des odeurs corporelles, le fumet du café, et les relents de camphre du liniment. Des gens parlaient à voix basse. Il cligna des yeux dans le demi-jour. La plupart des cadets étaient déjà debout. Bryna émergea de derrière les rideaux qui avaient été tirés autour de son lit, enroulant ses cheveux dans une serviette. On voyait à la fraîcheur de sa peau qu'elle venait de se laver.

— Je jure que les porcheries de Caer Dour sentaient meilleur qu'ici, marmonna-t-elle, mais Falco lut cependant de la satisfaction dans ses yeux.

Que les cadets puent ou pas, elle était de toute évidence heureuse de se trouver là.

— Bonjour à toi aussi, dit-il, et Bryna arbora un grand sourire en guise de réponse.

Falco était étonné du changement qui s'était opéré en elle depuis la bataille. Elle ne semblait plus hautaine et inaccessible, même si elle était toujours capable de vous réduire au silence d'un simple regard qui vous donnait l'impression de ne plus mesurer que cinq centimètres de haut.

— Il est réveillé !

Falco se retourna et vit Malaki au pied de son lit. Lui aussi avait une serviette, mais posée sur ses épaules. Son épaisse tignasse brune était détrempée et pas encore peignée.

— Ils ont des salles de bains étonnantes, annonça-t-il, se frottant vigoureusement la tête. Eau chaude et tout le bazar.

— Ils prennent bien soin de nous, renchérit Alex Klingemann, qui venait d'apparaître à côté de Malaki. Bonjour, au fait ! Quirren et moi, on se disait qu'on pourrait vous faire faire le tour du propriétaire, une fois que vous aurez pris votre petit déjeuner, bien entendu.

Falco regarda Malaki et Bryna. Alex était naturellement sociable, mais il espérait manifestement en apprendre plus sur l'émissaire et leur rencontre avec les Possédés. L'occasion d'avoir un guide aussi utile n'était cependant pas à négliger.

— Cela nous ferait très plaisir, acquiesça Falco.

Outre les premières odeurs, il venait de sentir celles, reconnaissables entre toutes, du pain sortant du four et du bacon en train de frire. Son estomac gargouilla et il eut conscience de la faim qui le tenaillait. Pendant que Bryna finissait de se préparer, Falco prit ses vêtements les plus propres et suivit Malaki aux douches. Dans la lumière décroissante de la veille, il n'avait pas vraiment pu appréhender la structure du bâtiment. Il voyait à présent que la chambrée formait l'aile ouest d'un grand rectangle érigé autour d'une cour à ciel ouvert et recouverte de sable grossier, dans laquelle on apercevait des mannequins et divers appareils servant à l'entraînement. Les sanitaires se situaient dans la partie est, les cuisines et le réfectoire étant au nord. Falco nota tout cela d'un coup, tout en traversant la cour.

Lorsqu'ils entrèrent dans les douches, il fut étonné de découvrir une dizaine de baignoires encastrées dans le sol dallé, exactement comme on en trouvait dans les maisons les plus huppées de Caer Dour.

Malaki sourit en voyant l'expression ahurie de son ami.

— On se retrouve au réfectoire, dit-il alors que Falco commençait à se déshabiller.

— Assure-toi simplement de me garder un peu de bacon ! s'exclama Falco avec un grognement de bonheur pendant qu'il se laissait lentement glisser dans l'eau chaude et fumante.

En dépit de cette douce chaleur et du luxe de l'endroit, Falco ne profita pas longtemps de son bain. Jarek Snidesson venait d'arriver, suivi de quelques acolytes, et, à la différence des frères Klingemann, les regards qu'ils lui décochèrent n'étaient pas vraiment amicaux. Essayant de ne rien laisser paraître, il se rhabilla rapidement et gagna le réfectoire, où Malaki et Bryna l'attendaient.

Bryna secoua la tête en l'observant engloutir une énorme assiette de bacon, d'œufs et de tomates frits, accompagnée de plusieurs tranches de pain frais et d'une grosse poire bien juteuse. Il fit descendre tout cela avec une grande coupe d'eau. Depuis son réveil à Toulwar, l'appétit de Falco avait augmenté de façon si impressionnante qu'à présent il rivalisait avec Malaki en termes de nourriture ingérée.

— Je t'avais prévenu qu'il mangerait tout, fanfaronna Malaki.

Dès que Falco eut fini, ils nettoyèrent la table et revinrent dans leurs quartiers pour y retrouver Alex et Quirren, puis repartirent immédiatement en sortant par la porte principale. La matinée était fraîche ; mais, dans les montagnes, les nuages se dissipaient et le soleil brillait déjà par intermittence.

Alex se révéla un excellent guide. Les deux frères étaient à Ire depuis plusieurs semaines maintenant, attendant l'arrivée des derniers cadets de la promotion. Et comme un de leurs cousins plus âgé avait suivi l'entraînement, ils avaient une très bonne connaissance de ce qui allait se passer.

Falco s'était toujours imaginé l'Académie comme une sorte de château ou d'université, mais il s'agissait plus d'un camp militaire qu'autre chose. Pour l'heure, le lieu bourdonnait d'activité, les milliers de combattants de la Quatrième armée s'apprêtant à partir en campagne.

— Je pensais que c'était réservé aux cadets, dit

Falco alors qu'il passait devant une série d'écuries gigantesques.

— Travailler avec les armées fait partie de notre formation, expliqua Alex, comme si tout le monde était censé le savoir. Parfois, jusqu'à cinq cents chevaux peuvent participer à certaines manœuvres de cavalerie.

— Quel genre de formation aurait besoin de cinq cents chevaux ? s'étonna Bryna.

— Tout dépend de la discipline que tu as choisie. Mais nous devons tous nous entraîner pour la manœuvre du transfixe.

Les nouveaux venus lui décochèrent un regard déconcerté.

— C'est un terme qu'on emploie ici, en Clémonce, précisa Alex. Ça veut dire « passer à travers ». On ne l'a jamais fait, mais ça a l'air sacrément terrifiant.

Avant qu'ils puissent poser plus de questions, ils durent s'écarter tandis qu'une colonne de troupes montées émergeait d'une écurie, gravissait une petite pente et se retrouvait sur un plateau surélevé. Chacun des cavaliers était protégé par une armure de plates et maniait une lance. Non les grands modèles utilisés lors des joutes, de simples lances d'environ trois mètres de long.

— Des chevaliers de la Quatrième armée, leur apprit Alex. Ils vont s'entraîner.

Ils gravirent à leur tour la petite éminence afin d'avoir une bien meilleure vue sur le décor qui les entourait. Les bâtiments étaient nombreux : ateliers, forges, granges, et immenses alignements de tentes blanches, dont la plupart semblaient occupées par des soldats de la Quatrième armée. Au-delà se trouvaient plusieurs terrains d'entraînement, ainsi que des étendues de sable ou d'herbe fermées par des clôtures.

— C'est ici qu'aura lieu la majeure partie de nos exercices, annonça Alex, en montrant le terrain central hérissé de poteaux et de mannequins semblables à ceux de la cour intérieure.

Même à la distance où ils se trouvaient, ils voyaient que les poteaux étaient tailladés et fendillés, résultat d'un grand nombre de séances d'entraînement.

— Et celui-là, qu'est-ce que c'est ? demanda Falco, faisant référence à un bout de terrain excentré, là où la colline s'élevait vers les montagnes.

On y apercevait aussi des poteaux, mais ceux-là n'étaient pas en bois, plutôt dans une matière qui faisait penser à de la pierre noire.

— C'est là que s'entraînent les thaumaturges.

— Avec des poteaux en pierre ? s'étonna Malaki.

— Des fragments de fortissite, rectifia Alex. La seule substance capable de résister aux attaques magiques.

Falco examina la petite forêt de piliers octogonaux. La pierre noire lui rappelait les rochers du mont Ébène et de la Citadelle des Quatre Vents.

— Les mages de bataille s'en servent aussi, murmura Alex, regardant prudemment dans la direction de Falco.

Ils n'avaient rien dit ouvertement, mais ni lui ni Quirren ne pensaient que Falco était véritablement capable de devenir mage de bataille.

— Les mages de bataille s'entraînent avec les cadets ? questionna Malaki.

— Je crois, rétorqua Alex, et aussi dans le creuset.

— Le quoi ? s'enquirent-ils de concert.

— C'est une arène creusée à même le sol, comme un amphithéâtre, rapporta Alex. Ils disent que c'est pour empêcher leurs rayons de blesser quelqu'un, mais je suis plutôt d'avis qu'ils aiment s'entraîner en secret.

— On peut le voir ? demanda Malaki.

— Oh, je ne sais pas, répondit Alex, sur un ton lugubre qui ne lui ressemblait pas. C'est assez loin.

— Nous n'y sommes jamais allés, révéla Quirren, souriant devant l'embarras de son frère. Alex a peur des thaumaturges.

— Je n'ai pas peur, affirma Alex. C'est juste qu'ils me rendent nerveux.

— C'est tout en haut, là, leur montra Quirren, désignant les pentes rocailleuses derrière les bâtiments de l'Académie.

Les autres suivirent la direction qu'il indiquait, mais leurs regards furent soudain attirés vers la droite, vers la tour sombre des thaumaturges clémonçais, haute et imposante bâtisse qui se profilait contre les montagnes aux cimes enneigées.

— On pourra s'y rendre plus tard, si ça vous chante.

Malaki et Bryna hochèrent la tête. À l'inverse, Falco comprenait les sentiments d'Alex. Lui aussi se sentait nerveux en présence d'un thaumaturge.

— Allons, intervint Alex, attirant leur attention

ailleurs. Je suis sûr que Bryna a envie de voir les champs de tir à l'arc.

Ils contournèrent la zone d'entraînement et parvinrent aux abords d'une série de rectangles de terre où ils aperçurent les habituelles cibles rondes en paille, également des poteaux étroits rembourrés et des mannequins figurant des Possédés. Une cinquantaine d'archers étaient à la manœuvre, s'exerçant sur les bouts de tissu aux couleurs bariolées qui y étaient fixés.

— Ils tirent jusqu'à quelle distance ? demanda Bryna, scrutant le terrain avec un regard critique.

— Trois cents mètres, répondit Quirren, à côté d'eux. Seuls les arcs les plus lourds couvrent une telle distance.

— Les archers beltoniens ont la réputation de pouvoir atteindre leur cible à trois cents mètres avec leurs arcs surpuissants, dit Alex.

— N'importe quoi ! s'esclaffa Bryna. À cette distance, ce serait déjà bien beau de toucher une armée.

Alex avait l'air quelque peu contrit, mais Falco et Malaki se contentèrent de sourire. Lorsque la discussion portait sur les arcs, mieux valait ne pas contredire Bryna.

Ils continuèrent leurs explorations puis revinrent à leur point de départ, où les soldats de la Quatrième armée manœuvraient. Les chevaliers s'étaient scindés en deux groupes, et attaquaient chacun leur tour une épaisse cible en paille fixée sur trois poteaux.

Alex leur fit signe de le suivre, et ils s'installèrent pour observer les cavaliers aller en bout de terrain avant de faire demi-tour et de s'élancer l'un après l'autre. Deux instructeurs surveillaient la bonne marche de l'exercice, et donnaient les ordres au fur et à mesure.

— C'est une tactique employée contre les créatures hors norme des Possédés.

Malaki avisa le cavalier qui fonçait sur sa cible et changeait brusquement sa trajectoire au signal de l'instructeur.

— L'idée est d'attirer l'attention de la créature sans se faire blesser, de sorte que le cavalier qui arrive derrière puisse attaquer victorieusement, expliqua Alex.

— Ils comptent les bruits de sabots, ajouta Quirren.

Il eut un léger sourire et hocha la tête alors que Malaki le regardait sans pouvoir le croire. C'était tout simplement impossible. Comment arriver à un degré de précision tel que calculer le nombre d'impacts de sabots ?

— C'est le genre de choses qu'ils nous enseigneront si nous devenons chevaliers.

Malaki venait de se retourner pour admirer l'impressionnante maîtrise des cavaliers, et Falco lut la soif d'apprendre dans les yeux de son ami.

Un instructeur s'écria « volonté ! » et le cavalier à l'approche s'élança, transperçant la cible de sa lance.

— C'est par ce mot qu'on signale le moment de passer à l'attaque, leur raconta Quirren.

Un peu plus tard dans la matinée, et en dépit des réticences d'Alex, ils décidèrent d'aller jeter un coup d'œil au creuset. Ils arrivèrent ainsi sur une terrasse surélevée. La tour des thaumaturges se dressait sur leur droite. Alex ne cessait de la guetter nerveusement du coin de l'œil.

— Avons-nous le droit de nous trouver ici ? demanda Malaki à leur entrée sur le plateau.

— Pour autant que je sache, oui, répondit Quirren.

Malgré cela, la tension était palpable. Soudain, le sol béat sous leurs pieds et ils se retrouvèrent sur le bord d'une grande dépression ovale d'au moins douze mètres de profondeur et quelque soixante-dix de long, dont les pentes avaient été creusées à même la roche. En contrebas, la surface centrale plane était recouverte de gravier clair.

L'endroit ressemblait vraiment à un amphithéâtre géant.

— Ça a l'air ancien, remarqua Bryna. On dirait que ça date de plusieurs siècles.

Plus ils détaillaient la piste, plus il devenait évident qu'Alex avait raison. Les marches donnaient l'impression d'être usées, voire brûlées. Il était facile de croire qu'elles portaient les marques d'innombrables attaques magiques.

— Et ça, c'est quoi ? interrogea Falco.

Son attention avait été attirée par une arche noire ouvrant dans la partie orientale de l'arène. Il semblait bien qu'il s'agissait d'un tunnel qui menait tout droit vers la tour des thaumaturges.

— Je l'ignore, murmura Alex.

— On pourrait aller jeter un coup d'œil, suggéra Malaki, mais Falco secoua la tête.

— Non, dit-il. Allons plutôt voir autre chose.

Ce tunnel le mettait clairement mal à l'aise, comme s'il suscitait des cauchemars et en promettait d'autres encore.

— Oui, acquiesça Alex. Partons.

Ils revinrent au bord du plateau. Le soleil venait de se lever et la peur angoissante que Falco avait ressentie s'était en partie dissipée dans la froide lueur du matin. De l'endroit où ils se trouvaient, ils voyaient l'Académie à leurs pieds et, au-delà, la cité, qui se dressait telle une île sur fond d'immensités marines.

Falco laissa ses yeux vagabonder de la côte aux lignes irrégulières au sud jusqu'aux montagnes titanesques au nord. Alors que son regard revenait vers le plateau, il discerna une série de petites maisons en pierre. De la fumée montait d'une des cheminées, et on distinguait un homme au milieu d'un jardinet. Bien que le ciel soit dégagé, il faisait froid. Pourtant, l'inconnu ne portait qu'une légère chemise et un fin pantalon marron clair. Il semblait scruter quelque chose, au loin et très au-dessus d'eux.

Falco suivit son regard et, là-haut, entre les nuages, il découvrit un dragon. Il était bien plus près que celui aperçu lorsqu'ils approchaient de la ville. Il pouvait à présent percevoir une bonne partie de son corps et la façon dont ses ailes se mouvaient pour attraper les courants d'air. La créature ramena ses ailes, se laissant tomber en piqué, avant de les rouvrir et de disparaître. Le cœur de Falco vibra dans sa poitrine et il tourna la tête pour observer l'homme ; celui-ci avait les yeux rivés en l'air, comme s'il pouvait toujours voir le dragon. Il y avait quelque chose d'étrange dans la manière dont il se tenait. Il faisait penser à ces hommes qui avaient pris part aux escarmouches lorsqu'ils fuyaient l'armée des Possédés. Une sorte de détachement, de désengagement du monde qui les entourait.

Un second individu apparut, sortant de la maison, qui marchait avec une claudication prononcée. Il était voûté et manchot. Il posa le bras sur l'épaule du premier homme. Pendant quelques instants, ils restèrent ainsi, puis celui à la chemise blanche inclina la tête et laissa l'autre le raccompagner à l'intérieur.

— Les paysans, dit Alex, se plaçant à côté de Falco. Du moins, c'est comme ça que les appellent les gens de la ville.

Falco ne pouvait détacher son regard des deux hommes. Ses compagnons vinrent voir ce qui attirait ainsi son attention.

— Il s'agit de mages de bataille à la retraite, lui apprit Alex.

— Le plus vieux a l'air infirme, nota Malaki.

— C'est Aurélian Cruz, avertit Alex. Une légende vivante. Lui et son dragon ont été estropiés en luttant contre deux démons au nord de la Beltane. Il en a tué un, mais l'autre l'a presque coupé en deux avec sa mâchoire avant que son dragon le libère. Même ainsi, il aurait succombé au feu du démon si son dragon ne s'était pas interposé. À ce qu'on entend, il l'a couvert avec son corps et a reçu les flammes à sa place.

Celui qui était encore sur le seuil se pencha et tendit la main vers quelque chose à côté de la porte. C'est alors que Falco comprit que ce qu'il avait pris pour un coin ombragé était en fait un dragon allongé au pied du mur.

— Il y a un dragon là-bas ! s'exclama-t-il.

— C'est Dwimervane, le dragon d'Aurélian, expliqua Alex. À moitié aveugle et paralysé. Il ne peut plus voler, mais parfois il grimpe dans les montagnes.

— Il a l'air noir, estima Malaki.

— Il est bleu foncé, précisa Quirren. Les gens prétendent qu'il ne vivra pas assez longtemps pour devenir noir.

Ils demeurèrent silencieux un moment. L'homme à la porte restait immobile, comme s'il parlait à un ami.

Soudain, sans crier gare, il se retourna vers eux. Il était évident que son regard était rivé sur Falco. Au bout de quelques secondes, il rentra dans la maison.

— Qui était l'autre homme ? demanda Bryna.

— Je ne connais pas son nom, répondit Alex, mais lui aussi était mage de bataille avant. Le dragon qu'il a invoqué était noir et il a dû le tuer. À présent, c'est un homme brisé. Les Désavoués, ainsi qu'on appelle les gens comme lui.

Falco sentit un chagrin bien connu lui serrer le cœur. En dépit de toute sa terrifiante violence et de sa haine, il avait été profondément attristé par la mort du dragon noir à la Citadelle des Quatre Vents. Il comprenait parfaitement que tuer une telle créature pouvait briser votre foi.

— Venez, suggéra Alex. Retournons en ville pour manger un morceau.

Une heure plus tard, ils étaient assis sur les

remparts, contemplant le port et la plage de sable qui s'étirait sous leurs pieds en direction du fleuve Denier, au sud. Alex picorait les miettes de sa tourte au bœuf et aux pommes de terre, et il lui fut impossible de se retenir plus longtemps.

— Alors, vous l'avez vraiment vu se battre ?

Il était inutile de demander à qui il faisait allusion.

— Malaki l'a affronté en duel, raconta Bryna, et Alex n'en crut pas ses oreilles. C'était lors des tournois. Quelqu'un a lancé un défi à l'émissaire, et il a accepté.

Elle décocha un regard accusateur à Falco tout en prononçant ces mots. Quant à Alex, il dévisageait Malaki avec une jalousie sans bornes.

— Tu n'as pas gagné, dit-il, comme si l'autre possibilité était inenvisageable.

— Non, répondit Malaki, rouge d'embarras.

— Non, répéta, Bryna, mais il lui a quand même cassé le nez.

Alex et Quirren restèrent bouche bée, et les trois Valençais éclatèrent de rire avant de leur conter l'histoire par le menu. Puis ils poursuivirent avec l'invocation et la bataille dans les montagnes. Quand ils en eurent terminé, les deux frères étaient incapables de dire un mot. Eux qui avaient pris les trois amis pour des gens simples et un peu rustiques, ils se rendaient compte qu'en dépit de leur grande connaissance d'Ire et de l'Académie, c'étaient eux les novices.

Occupés à explorer l'Académie, à échanger les uns avec les autres, ils avaient passé une formidable journée. Au moment de retourner aux baraquements, en début de soirée, ils avaient l'impression que leurs jambes étaient de plomb à force d'avoir arpenté les rues.

— Je me demande ce qu'il y a à manger, s'interrogea Alex.

— Du ragoût, à l'odeur, suggéra Quirren, alors qu'ils approchaient des chambrées. Je pars chercher les herbes.

— Ils ne mettent jamais assez d'assaisonnement, prévint Alex en emboîtant le pas à son frère. Gardez-nous une table près de la fenêtre.

— Je vais me changer, annonça Bryna.

— Et moi, j'irais bien ch…, commença Malaki.

— Merci ! l'arrêta Bryna, fermant les yeux, levant la main et secouant la tête.

Elle lança un regard implorant à Falco.

— A-t-il toujours eu cette manie d'annoncer les horaires de ses besoins naturels ?

— Il a toujours été dégoûtant, si telle est ta question, répondit Falco avec un sourire.

— Berk… Les garçons ! s'exclama Bryna, roulant une fois de plus les yeux et prenant congé pour se rafraîchir avant le dîner.

Falco et Malaki échangèrent un regard amusé.

— Je te retrouve là-bas, lança Malaki avant de se diriger vers les latrines.

Le sourire aux lèvres, Falco poursuivit jusqu'au couloir cintré qui donnait sur la cour intérieure. Quelques cadets étaient présents. Certains avaient l'air harassés, les visages tirés et leurs chemises trempées de sueur. Ils avaient manifestement passé la journée à s'entraîner, mais dès qu'ils virent Falco, ils prirent leurs affaires et s'empressèrent d'aller vers les douches. Celui-ci n'y accorda pas grande importance, jusqu'à ce que d'autres cadets fassent demi-tour et s'approchent. Parmi eux, il reconnut deux jeunes hommes à la mine renfrognée qui accompagnaient Jarek la nuit précédente.

— Tu apportes la honte en ce lieu.

Le cœur de Falco s'affaissa dans sa poitrine lorsqu'il vit Jarek émerger des ombres de la cour. On aurait dit qu'il était resté tapi là, à l'attendre.

— Tu sais que tu n'es pas le bienvenu par ici.

Jarek s'avança pour bloquer le passage à Falco, jouant machinalement avec une épée en bois.

— Ça dépend à qui on pose la question, répondit Falco, examinant les cinq gaillards qui l'entouraient à présent.

— Pourquoi ne partirais-tu pas immédiatement ? Tu nous éviterais à tous la disgrâce de nous retrouver associés à toi.

— Je ne vais nulle part, dit Falco, dont le cœur battait à tout rompre.

Il voulut forcer le passage, mais Jarek fit signe à un de ses sbires, un jeune homme gigantesque ayant la chevelure rousse et la mâchoire carrée d'un Beltonien. Sans effort apparent, il donna un coup à Falco, l'envoyant voler contre un mannequin d'entraînement. Vacillant sous le coup de la douleur, Falco tenta de se redresser. Avant qu'il puisse recouvrer son équilibre, un autre cadet lui fit un balayage et Falco tomba lourdement de côté.

Des images de ce qu'il aurait dû faire lui passèrent

par la tête, mais son corps n'était tout simplement pas en mesure de le faire. Il parvint tout juste à se rouler en boule quand les coups de pied et de poing commencèrent à pleuvoir sur lui. Il grogna de douleur puis haleta au moment où Jarek lui saisit une longue mèche de cheveux.

— L'Académie peut être un endroit dangereux, le menaça-t-il. Il y a déjà eu des histoires de cadets qui ont trouvé la mort à l'entraînement, et ton ami baraqué ne sera pas toujours là pour te sauver les fesses.

Falco grimaça de douleur lorsque Jarek lui tira la tête en arrière pour le forcer à le regarder dans les yeux.

— Si tu accuses encore une fois quelqu'un de ma famille de couardise, je te promets que tu finiras mort et enterré dans une fosse commune. Est-ce que je me suis bien fait comprendre ?

Sur ce, il lâcha la mèche de cheveux et se détourna.

— Je n'ai pas dit que tu étais un couard, insista Falco, en s'appuyant sur un coude et en crachant du sang. Juste que tu avais tort de t'attribuer le courage d'autres que toi.

Jarek s'immobilisa, tenant l'épée en bois. Sa tête se pencha en avant, puis sa main se raidit autour de la poignée de son arme, et il pivota sur ses talons, assenant au passage un puissant coup sur la tempe de Falco.

Il aurait pu avoir très mal, mais le crâne de Falco était bien plus solide qu'il n'y paraissait. Même ainsi, cependant, le jeune homme s'effondra dans le sable et un filet de sang lui coula dans l'œil. Étourdi, les paupières lourdes, il leva la tête alors que ses assaillants disparaissaient. Jarek regarda par-dessus son épaule, visiblement rempli de dégoût. Falco remarqua autre chose, quelque chose qui faisait brûler la haine de Jarek encore plus ardemment que jamais. De la honte.

— Mais que t'est-il arrivé ? s'exclama Malaki quand il aperçut Falco quelques minutes plus tard, dans le réfectoire.

Bryna incisait l'enflure au-dessus de son œil droit.

— On l'a trouvé dans la cour, signala Alex tandis que Malaki posait une gigantesque assiette de ragoût et de pommes de terre sur la table.

— J'ai glissé dans l'escalier, dit Falco.

— Snidesson ! cracha Malaki. Le sale petit m…

Falco fit signe à Malaki de s'asseoir, puis il grimaça alors que Bryna pressait le tissu froid contre sa tempe.

— Il va falloir te faire un point, expliqua-t-elle.

— Pourquoi s'amuser à ça ? demanda Quirren, vert de rage, lui qui d'ordinaire était particulièrement calme.

Les trois amis se regardèrent, aucun ne répondit. Comment résumer l'inimitié entre la famille de Falco et les Snidesson ?

— On devrait en parler à quelqu'un, suggéra Alex. Peut-être au laniste Deloix.

— Ça ne ferait qu'aggraver les choses, rétorqua Falco.

— J'ai hâte de le retrouver à l'entraînement, marmonna Malaki.

— Il n'est pas bon ? s'interrogea Quirren.

— Oh, si, il l'est, répondit Malaki. Mais ce n'est pas ça qui va m'empêcher de lui en coller une.

Falco éclata de rire. Il était surpris de se rendre compte qu'il n'éprouvait plus de colère envers Jarek. Il avait Bellius pour père, et sa mère s'intéressait plus à sa réputation et sa fortune qu'à lui. Falco, en revanche, avait Siméon et Fossetta. Non, ce n'était pas de la colère qu'il ressentait envers Jarek, plutôt de la pitié. Il écarta la main de Bryna et tint lui-même le bout de tissu contre son front, avant de faire glisser devant lui le plat de Malaki et d'engloutir une grosse pomme de terre. Il grimaça lorsque la sauce brûla ses lèvres ensanglantées.

— Eh bien, je crois que je vais me prendre une autre assiette, annonça Malaki sur un ton bourru, ce qui amusa Falco en dépit de ses coupures et de ses bleus.

Jarek et ses acolytes l'avaient tabassé une fois de plus. Et alors ? Après toute cette excitation et ces inquiétudes, il semblait bien que l'académie de la Guerre n'était pas si différente de ce qu'il connaissait à Caer Dour.

32

Les disciplines du savoir

Il était minuit dans les profondeurs cachées de la tour des thaumaturges clémonçais. Mérédith Saker venait de passer les vingt-quatre heures précédentes à méditer dans une des cellules réservées à ces fins. Il était à présent temps d'en sortir et de révéler au Grand Veneratu les disciplines qui formeraient la base de son apprentissage. Mérédith était nerveux. Il avait dans l'idée que son père ne serait pas d'accord avec ses choix. Mais qu'il en soit ainsi. C'était la raison même de cette méditation : trouver la véritable nature de sa vocation. Il avait vécu sa vie entière dans l'ombre de son père. Il était temps d'imprimer sa propre ombre.

La porte de la cellule s'ouvrit et un thaumaturge apparut, une lampe à huile à la main.

— Ils t'attendent.

Mérédith hocha la tête et se redressa lentement. Son corps était raidi d'être resté agenouillé si longtemps, mais il n'émit aucune plainte et fit signe au thaumaturge de le précéder.

La cellule donnait sur un couloir de pierre sombre qui ne semblait pas tant avoir été érigé que creusé à même la montagne. De nombreuses portes étaient encastrées dans les parois, chacune ouvrant sur une cellule semblable à celle qu'il venait de quitter : une petite pièce sans fenêtre, pourvue d'une simple couchette et d'un seau pour les déjections. Elles lui rappelaient les cachots de la forteresse de Caer Dour.

— Par ici, lui dit le thaumaturge, l'invitant à emprunter un passage sur sa droite, éclairé par des chandelles posées sur des appliques murales.

L'homme qui l'escortait était nerveux et ne cessait de jeter des coups d'œil sur sa gauche, là où le couloir donnait l'impression d'être englouti par les ténèbres. Mérédith suivit son regard et un très net sentiment de malaise lui glaça le corps. Tout au bout, il distinguait très vaguement une autre cellule, et même s'il n'y avait ni grille ni ouverture dans la porte, il ne put se défaire de la sensation d'être observé.

Gagné par une peur incontrôlable, il se tourna pour emboîter le pas au thaumaturge. Des bruits provenaient des cellules, murmures, chants et refrains entonnés à voix basse. Ils étaient sur le point de quitter le couloir lorsque l'air vibra, comme si quelqu'un essayait d'enfoncer une porte d'un coup de bélier.

Mérédith frémit, de plus en plus paralysé par la peur. Trois autres thaumaturges surgirent, puissamment bâtis et à la mine sévère. Ils portaient le châle noir des gardiens par-dessus leurs robes. Mérédith devina leur tension et la soudaine concentration d'énergie entre leurs mains. Tous trois détenaient de redoutables pouvoirs.

Une autre explosion fit vibrer l'air, et Mérédith prit conscience que le bruit venait de la cellule au bout du couloir.

— Est-ce que tu l'as dérangé ? demanda un des gardes.

— Non, répondit l'escorte de Mérédith. Nous avons été silencieux.

Les trois hommes les gratifièrent d'un regard soupçonneux avant de s'écarter. Ils venaient de s'enfoncer dans le couloir lorsqu'une voix sembla flotter dans l'air.

— *Eu pot auzi tu, fiul lui Saker*, énonça la voix sur un ton grave et sinistre. *Pot mirosi tu.*

Mérédith sentit un frisson glacé parcourir son échine. Parmi les thaumaturges, rares étaient ceux qui comprenaient la vieille langue de la Férocie ; mais Mérédith, lui, l'avait étudiée en profondeur.

Je t'entends, fils de Saker, avait dit la voix. *Je peux te sentir.*

— Poursuivez, ordonna l'un des gardes. Nous allons nous occuper du frère Pacatos.

Mérédith et son guide étaient sur le point de partir lorsque la voix s'éleva de nouveau.

— *Am miros trădare în tine.*

Je sens la traîtrise en toi.

Mérédith s'immobilisa. Il se tourna puis frémit lorsqu'une grande explosion secoua une fois de plus le couloir. On aurait dit que quelqu'un martelait la porte d'une cellule avec une puissance formidable, menaçant de la faire voler de ses gonds.

— Suis-moi, le pressa le thaumaturge, visiblement désireux de s'éloigner au plus vite. Le Grand Veneratu attend.

— C'était qui ? s'enquit Mérédith pendant qu'ils montaient les marches donnant sur les étages supérieurs de la tour.

Le thaumaturge semblait réticent à répondre, mais Mérédith le saisit par le bras.

— C'était frère Pacatos, rétorqua-t-il enfin.

— Qu'est-ce qu'il a ? demanda Mérédith. Est-il emprisonné ?

— Il est… retenu.

— Pourquoi ?

— On prétend qu'il est déséquilibré, expliqua le thaumaturge dans un murmure. Qu'il est puissant, mais qu'il a du mal à contrôler ses forces.

Mérédith jeta un coup d'œil en arrière.

— N'y va pas, dit le thaumaturge. Ne t'approche pas de sa cellule. Et si cela devait advenir, surtout ne le fais jamais seul !

Certain que le message était bien passé, il se tourna et poursuivit l'ascension des marches. Profondément troublé, Mérédith resta immobile un instant avant de se hâter, les mots de frère Pacatos résonnant toujours dans son esprit.

— *Am miros trădare în tine*.

Je sens la traîtrise en toi.

Parvenus en haut des marches, ils franchirent une porte, et ainsi n'entendirent pas l'effroyable cri qui se répercuta dans les tunnels. Ils arrivèrent devant deux imposantes portes.

— L'apprenti thaumaturge Mérédith Saker, venu

annoncer les disciplines choisies, déclara le thaumaturge alors qu'ils pénétraient dans les appartements du Grand Veneratu.

Toujours secoué par ce qui s'était produit dans les cellules, Mérédith observa le décor qui l'entourait. Il se tenait au centre d'une salle circulaire en marbre gris fumé. Des portes en bois noir ouvraient sur d'autres pièces, et un passage cintré sur un tunnel enténébré. D'après les courants d'air, Mérédith en conclut qu'il donnait sur l'extérieur, peut-être sur un balcon. En face de lui, une estrade suivait la courbe du mur. Assis sur ce que l'on ne pouvait décrire que comme un trône se trouvait Galen Thrall, Vénérable Maître et Grand Veneratu des thaumaturges clémonçais. Ce trône était un grand siège de marbre noir dont le haut dossier et les bras étaient sculptés en forme de corbeaux.

Et dire qu'on nous demande de faire vœu d'humilité, songea Mérédith.

Son père, Morgan Saker, était assis à droite. Mérédith se reprocha son manque de contrôle. Ils n'étaient peut-être pas capables de lire parfaitement dans son esprit, mais pouvaient certainement évaluer le ton de ses pensées. Il se fit une note mentale, se promettant de se montrer plus prudent à l'avenir, et salua bien bas le Grand Veneratu avant de se tourner vers son père pour lui présenter ses hommages.

— Ta méditation est-elle achevée ? lui demanda Thrall. As-tu choisi les disciplines auxquelles tu te consacreras ?

— Oui, répondit Mérédith, regardant en détail le Grand Veneratu pour la première fois.

Galen Thrall était un homme assez âgé. Au premier abord, on aurait pu le croire chaleureux, jusqu'à ce qu'on se rende compte que la bienveillance de son regard était calculée et que son air affable tendait vers le rictus. Ses longs cheveux blond-argent, huilés, ondulaient légèrement. Des rides et de minuscules cicatrices, dont l'origine semblait aussi incertaine que légèrement dérangeante, couvraient sa peau pâle. Quant à ses yeux, ils étaient vert clair, avec des pupilles légèrement trop petites, anomalie que ne pouvait expliquer la lumière tamisée de la pièce.

Galen Thrall rendait nerveux quiconque se trouvait face à lui, et Mérédith comprit que même son père n'était pas à l'aise en sa présence. Il se mit à douter de ses choix. Risquer de déplaire à Morgan était une chose, encourir le mécontentement de Galen Thrall en était une tout autre.

— Et tu as opté pour… ?

Mérédith eut la sensation dérangeante que Thrall savait déjà ce qu'il allait dire. Peut-être était-il véritablement capable de lire les esprits, après tout.

— La communication, l'Histoire et… les dragons, annonça Mérédith.

— Insensé ! aboya son père, mais Galen Thrall se contenta de hocher la tête comme si ces domaines étaient des sujets tout à fait dignes d'intérêt.

— Tu as un don pour la dissimulation et la conjuration, poursuivit Morgan. Et assurément la politique est une matière plus pertinente que l'étude des dragons. Je pensais que tu voulais laisser ton empreinte sur le monde.

À ces mots, Galen Thrall haussa un sourcil, il

trouvait pareille ambition amusante, et Mérédith rougit d'embarras. En dépit du serment qu'il s'était fait, il se rendait compte que son père avait toujours la capacité de le faire se sentir comme un enfant. Qu'importe ! Tout cela était son droit. Une fois ses études achevées, il deviendrait un thaumaturge à part entière.

— Cette décision me revient, affirma-t-il, faisant appel à toute la dignité qu'il put mobiliser. Ce sont les disciplines que j'ai choisies.

— Oui, oui, acquiesça Galen Thrall. Et nous t'aiderons. Sauf pour les dragons. Il y a peu à apprendre des *wyrms*. C'est une espèce tragique et en voie de disparition. Il n'en restera bientôt plus aucun en ce monde, je le crains. En ce qui concerne l'Histoire… La connaissance des événements passés est toujours utile. Je n'y vois aucun problème.

Il eut un sourire magnanime, mais ses pupilles semblèrent se contracter un peu plus. Thrall se méfiait de tous ceux qui voulaient faire bouger les choses.

— Pars, à présent, poursuivit-il, chassant Mérédith avant qu'il puisse dire un mot de plus. Des appartements ont été préparés à ton intention. Quand tu te seras reposé, j'enverrai quelqu'un t'escorter aux archives. Puissent tes études porter les fruits escomptés.

Le visage de Mérédith était vert de l'humiliation subie. Il savait cependant qu'il était impossible de s'opposer au Grand Veneratu. Il ignora ouvertement le regard enfiévré de son père, salua bien bas et pivota sur lui-même avant de quitter la pièce.

*

— L'Histoire ! s'exclama dédaigneusement Morgan au moment où la porte se refermait. Quel gâchis !

Thrall demeura silencieux un moment, plongé dans sa réflexion.

— Pourrons-nous avoir confiance en lui une fois qu'il saura la vérité ?

— Je l'ignore, répondit Morgan. Depuis la cérémonie de l'invocation, il est resté en retrait, désorienté… Il a par trop hérité de la faiblesse de sa mère.

— Alors il ne doit pas lire les chroniques de la quatre-vingt-quatrième.

— Mais il étudie l'Histoire et il est doué dans l'art de la dissimulation. Si tu les enlèves ou que tu essayes de les cacher, il le saura.

— Nous ne les cacherons pas et nous ne les enlèverons pas, sourit Thrall. Je vais placer frère Sérulian aux archives. C'est un maître dans l'art de l'offuscation. Ton fils pourrait lire les chroniques de la quatre-vingt-quatrième cent fois, il ne se souviendrait pas d'un seul mot pour autant.

— Il deviendra soupçonneux.

— Ha ! lâcha Thrall dans un ricanement grinçant. Il ne le remarquera même pas. La connaissance sera avalée par les ténèbres. Il croira simplement qu'il n'y avait rien à apprendre.

— Qu'il en soit ainsi, dit Morgan.

— Qu'il en soit ainsi, répéta Thrall.

*

Brûlant de colère, étourdi de faim et de fatigue, Mérédith suivit le thaumaturge chargé de l'escorter vers les appartements qui lui avaient été réservés. Il avait espéré éprouver quelque satisfaction à défier son père, mais tout ce qu'il ressentait était une rancœur âcre et le poids bien connu de la déception. Lorsque le thaumaturge quitta la pièce, Mérédith se jura qu'il ne laisserait rien ni personne le détourner des disciplines de son choix. Les efforts de persuasion du Grand Veneratu et de son père n'y feraient rien. Il étudierait l'Histoire des royaumes d'Ire et il se débrouillerait pour faire de même avec les dragons.

Am miros trădare în tine.

Était-ce là la trahison dont parlait frère Pacatos ?

Avec un terrifiant pressentiment, Mérédith se doutait que tel n'était pas le cas.

33

L'entraînement commence

Aucun des cadets ne dormit aussi bien la nuit suivante. Savoir qu'on allait les réveiller à l'aube les empêcha de trouver le sommeil, et ils ne fermèrent les yeux que bien après minuit, après s'être longuement tournés et retournés. Falco s'attendait à ce qu'ils soient arrachés du lit par quelque hideuse cacophonie, comme de coutume dans les casernes de Caer Dour, mais le laniste Deloix s'était simplement présenté avec un jeune assistant. Il était resté à une extrémité du baraquement tandis que l'assistant faisait sonner une cloche en laiton suspendue à l'un des poteaux de bois disposés deux par deux au centre de la pièce.

Elle tinta doucement trois fois, puis trois fois encore, plus qu'assez pour tirer les recrues de leurs lits.

— Bonjour, dit Deloix en observant les visages bouffis de sommeil et les yeux rouges des cadets. Je suppose que vous avez tous bien dormi. Vous avez vingt minutes pour vous habiller, faire vos besoins et vous présenter sur le terrain du centre d'entraînement. On vous a distribué des bottes et des vêtements.

Il joignit le geste à la parole et désigna les habits en question, posés sur les coffres au pied de chaque lit : un pantalon, une tunique, des bottes, une veste et un manteau en peau de mouton cirée. Le laniste hocha la tête pour leur signifier qu'il en avait fini, et l'agitation gagna le baraquement entier.

Falco grimaça. Ses ecchymoses avaient pris des couleurs durant la nuit, et ses côtes étaient raides et lui faisaient mal. Il porta une main à son visage et explora la coupure de sa bouche avec la langue, puis il leva la tête et vit que Magnus se tenait à côté de son lit. L'homme scruta ses blessures d'un œil exercé avant de prendre la parole.

— La question de ton entraînement sera débattue cet après-midi, annonça-t-il, la mine sévère et les traits indéchiffrables. Jusque-là, tu seras logé à la même enseigne que les autres.

Falco acquiesça et observa le laniste. Il y avait quelque chose de dérangeant dans son ton, comme s'il en savait plus que ce qu'il avait bien voulu dire. Avec un sombre pressentiment, Falco saisit sa chemise en coton, grimaçant de plus belle en raison de la douleur dans ses côtes.

— Ça va ? s'inquiéta Malaki.

— Ça va aller, répondit Falco.

Tout au bout du dortoir, il aperçut Jarek et ses sbires. Il ne voulait pas leur donner la satisfaction de le voir souffrir, et donc il serra les dents, finit de s'habiller et fit ses ablutions.

— Que t'a dit le laniste ? demanda Malaki tandis qu'ils sortaient du baraquement, accompagnés de Bryna.

— Rien. Juste qu'ils prendraient leur décision cet après-midi.

— Ah, l'heure est grave, commenta Malaki.

— Je suis sûre que tout va bien se passer, l'encouragea Bryna.

Falco n'était pas particulièrement rassuré. Il ne dit pas un mot le temps qu'ils aillent rejoindre les autres sur le terrain d'entraînement, où ils furent accueillis par le laniste Deloix. Le ciel était encore sombre et l'air chargé de pluie, de sorte qu'en dépit de leurs vestes en peau de mouton et de leurs capes, les cadets frissonnaient dans la lumière grise d'une aube humide. L'automne était en train de céder la place à l'hiver.

Deloix leur fit signe de se diriger vers une grande tente blanche à l'extrémité du terrain. À leur arrivée, des assistants leur prirent leurs capes et offrirent à chacun les armes correspondant à sa discipline. On tendit à Bryna un arc, un carquois rempli de flèches et une épée courte glissée dans un fourreau de cuir passé à un ceinturon. Quant à Malaki et Falco, on leur donna une bâtarde et un bouclier rond métallique.

Se sentant plus qu'important en ce moment-là, Falco régla les sangles de son bouclier, bien trop lâches pour ses bras squelettiques. Lorsqu'il leva la tête, Jarek et plusieurs autres cadets l'observaient : il s'en moquait. Il ressentit de nouveau cette satisfaction de se trouver en présence d'armes et de les manier. Il fut tenté de croire que c'était là une attitude typiquement masculine, mais il avait bien noté la joie manifeste de Bryna quand elle passait son ceinturon d'épée à sa taille et son carquois par-dessus son épaule. Tout cela se résumait à une question d'identité et à la façon dont on se voyait soi-même. Il n'avait peut-être pas la tête de l'emploi comme Malaki, mais dès que Falco tenait son épée et touchait son bouclier, il avait la sensation d'être dans son élément naturel.

Une fois qu'ils furent tous prêts, ils suivirent Deloix à l'extérieur, où Magnus, l'autre laniste, les attendait. L'instructeur vétéran leva le bras et leur indiqua les montagnes.

— Là-haut, dans la brume, commença-t-il, se trouve un rocher qu'on appelle la Crête, une grande dalle de granite qui fait saillie depuis la paroi. Tous les matins, vous grimperez à jeun jusqu'à cet endroit avant de revenir ici pour prendre votre petit déjeuner et vous préparer en vue de l'entraînement de la journée.

Les cadets levèrent la tête vers le nuage bas qui couronnait la montagne. Ils arrivaient à peine à distinguer la ligne pâle d'un sentier qui serpentait dans la brume vers les hauteurs du piton rocheux.

— L'endroit est à environ quatre kilomètres, expliqua Magnus. Cela devrait logiquement vous prendre une heure, ajouta-t-il alors que les autres instructeurs revenaient vers les tentes.

Plusieurs cadets s'agitèrent, mal à l'aise, même

s'il était clair que certains connaissaient bien ce rituel. Ils agrippèrent leurs armes et s'élancèrent à un rythme tranquille, mais régulier.

— Allez, dit Alex, pressant Falco et les autres de l'imiter. C'est une sacrée trotte.

— Vous l'avez déjà fait ? demanda Falco comme lui, Malaki et Bryna se rapprochaient des deux frères.

— Oui, confirma Alex. Notre cousin nous en avait parlé. Ce n'est pas censé être une compétition, mais ça le devient toujours, selon lui.

Les yeux de Malaki étincelèrent quand l'enthousiasme de Falco retomba comme un soufflé. Il se sentait déjà hors d'haleine, et quelques minutes plus tard, il ne faisait plus que marcher.

— Continuez sans moi, haleta-t-il alors qu'ils l'attendaient.

Alex et Quirren hochèrent la tête, mais Malaki semblait réticent.

— Vas-y, espèce de lourdaud, insista Falco en lui donnant un coup de coude. Tu ne peux tout de même pas laisser cet enfoiré de Jarek te coiffer au poteau.

Malaki finit par sourire et, avec un signe de tête à l'adresse de Bryna, il s'élança sur la piste au pas de course. Quirren accéléra la cadence pour se mettre à sa hauteur tandis qu'Alex et Bryna les suivaient à leur rythme.

Si les quatre kilomètres en parurent vingt à Falco, il essaya néanmoins de garder une allure soutenue et ne s'arrêta que pour laisser passer ceux qui redescendaient. L'un de ceux-là était Jarek, qui fit tout ce qu'il fallait pour l'écarter du chemin. Falco oublia cependant bien vite cet affront lorsqu'il vit que Malaki et Quirren étaient juste derrière lui et se rapprochaient inéluctablement. Il aurait donné cher pour être là quand Jarek se rendrait compte qu'un forgeron l'avait battu à cette course.

Il arbora un large sourire, força l'allure, et atteint finalement la Crête, une dalle rocheuse de proportions massives qui saillait de la paroi comme un doigt tendu dans le vide. Sa partie supérieure était plate, et Falco prit un moment pour marcher dessus, sans être sujet au vertige qui aurait pu le faire basculer dans le précipice. Parvenu à l'extrémité du doigt de pierre, il sentit la brume froide l'envelopper, et cela lui donna l'impression d'être revenu dans les montagnes de Caer Dour. Il inspira profondément et sourit. Oui, il avait lutté, mais il avait fait mieux qu'il l'aurait cru, et il trouva même une certaine satisfaction à l'exercice. Il pivota sur lui-même et, se sentant étrangement revigoré, il repartit en courant vers le bas.

La bougie d'une heure était consumée depuis longtemps à son retour sur le terrain. Les cadets vaquaient à leurs occupations sous la pluie crachotante. Certains finissaient leur petit déjeuner, d'autres discutaient par petits groupes, comparant leurs armes, leurs manœuvres ou leurs techniques favorites. L'un des assistants prit l'épée et le bouclier de Falco pour lui proposer en échange un plateau de nourriture et une cruche de ce qui semblait être du thé à la camomille, à en juger par l'odeur.

— Alors, tu as réussi, constata Malaki sitôt que Falco eut pris place sur un banc.

Falco lui fit un doigt d'honneur tout en versant une cuillère remplie à ras bord de marmelade d'orange sur un morceau de pain, avant d'enfourner le tout au fond de sa bouche.

— Tu l'as battu ? demanda-t-il, faisant un signe de la tête pour indiquer Jarek.

— À ton avis ? répondit Malaki avec un rictus satisfait.

Falco sourit et avala une grande gorgée de thé chaud au moment où on invitait les cadets à sortir.

Le laniste Deloix les conduisit vers une série de bancs en bois disposés en demi-cercle à côté de la tente blanche. Il leur signifia de prendre place, puis il prit position dans l'espace vide au centre. Une seconde plus tard, une dizaine d'instructeurs et autant d'assistants émergèrent de la tente. Un murmure d'excitation parcourut les rangs.

Falco donna un petit coup de coude à Malaki quand il vit celui qui les commandait. Là, à côté de Magnus, se tenait la silhouette caractéristique de l'émissaire, vêtu du surcot noir des instructeurs. S'il les reconnut, il n'en laissa rien paraître, et Falco ressentit un pincement lorsque Sir William les examina avec une considération égale et neutre.

Du coin de l'œil, Falco vit qu'Alex et Quirren faisaient de leur mieux pour dissimuler leur nervosité. Il se retourna pour regarder Malaki. Ils connaissaient bien le chevalier l'un et l'autre, et leur seule crainte était de le décevoir. Falco sourit à Alex pour le rassurer, puis il se tendit en sentant quelqu'un s'approcher dans son dos.

— Alors l'émissaire de la reine est venu protéger tes arrières, hein ?

Falco ferma les yeux en reconnaissant la voix de Jarek.

— Eh bien, le prince Ludovico a désormais entendu parler de cette farce. Il semble que la Quatrième armée sera déployée plus tôt que prévu. Tu ne bénéficieras pas de la protection de l'émissaire bien longtemps.

Jarek se pencha en arrière et Falco jeta un coup d'œil aux jeunes hommes en rang sur la dernière ligne. Il était clair, d'après leurs visages méprisants, qu'ils étaient persuadés que Falco aurait droit à un traitement de faveur de la part de Sir William.

— Que t'a-t-il dit ? lui chuchota Malaki, mais Falco se contenta de lui faire un signe de la main pour le faire taire.

La journée d'entraînement était sur le point de débuter. Les assistants avaient préparé une série de tables sur lesquelles étaient posées des pièces d'armures et des armes. Ils avaient également planté des mannequins en bois et en paille, revêtus de l'uniforme noir des Kardakae férociens. Les voir suffit à faire frissonner Falco.

Tout était prêt, et l'émissaire se tourna vers eux.

— Pourquoi êtes-vous ici ? interrogea-t-il.

La question, simple et posée sans animosité, semblait inviter à la réflexion. Au début, personne ne répondit. Puis un jeune homme aux traits massifs et au teint mat prit la parole.

— Pour apprendre à nous battre, expliqua-t-il. Pour devenir aussi bons combattants que possible.

L'émissaire hocha la tête comme s'il s'agissait là d'une réponse tout à fait valable.

— Oui, mais pas seulement. Vous êtes ici pour devenir des meneurs d'hommes. Lorsque vous retournerez vers les vôtres et que vous leur enseignerez ce que vous avez appris. De cette façon, le savoir dispensé à l'Académie peut se répandre partout. Mais pour quelle raison est-ce que l'école d'élite de la Clémonce voudrait partager ses secrets avec les autres royaumes, auxquels elle a livré la guerre à tant de reprises au cours des siècles ?

— Pour vaincre les Possédés.

Falco regarda vers sa droite. C'était Alex qui avait parlé.

— Et pourquoi cela est-il si important ? Qu'est-ce qui rend ces adversaires si spéciaux ?

— Parce qu'ils nous menacent, dit l'un.

— Parce qu'ils sont cruels, enchérit un autre.

— Cruels ? répéta l'émissaire avec un rire amer. Le jour où l'armée illicienne s'est emparée de la ville beltonienne de Guerthang, ils ont massacré hommes, femmes et enfants jusqu'au dernier. Des gens de ma famille ont assassiné plus d'un millier de personnes. Les Possédés sont-ils plus cruels que cela ?

Il donnait l'impression d'avoir du mal à croire à ses propres paroles. Les cadets restèrent silencieux. Ils avaient tous entendu des récits de massacre, de torture et de mort au sein de leurs royaumes respectifs. L'Histoire d'Ire était pavée de telles horreurs, dont certaines avaient toujours cours. Quelle différence avec les Possédés alors ? L'émissaire les laissa réfléchir un temps avant de reprendre la parole.

— Quelle est la pire chose que tu puisses imaginer ? demanda-t-il à un jeune Illicien aux cheveux blonds du premier rang. La pire chose qu'on puisse infliger à quelqu'un ?

— Le meurtre, se hasarda l'homme, ce qui fit renifler de mépris l'émissaire, comme si cela n'était pas une réponse digne de ce nom.

— La torture, intervint un autre.

— Et quelle est la pire forme de torture ?

— Les fers chauffés à blanc…

— Le chevalet…

— Écorcher vif son adversaire…

Sir William fit la moue, toujours guère impressionné.

— Et si quelqu'un que vous aimez était torturé ainsi et que vous ne pouviez rien y faire ? Qu'espéreriez-vous pour cette personne ?

Les cadets le considérèrent avec des yeux horrifiés.

— Qu'il puisse mourir le plus vite possible, dit un jeune homme depuis le fond.

Sir William le fixa avec un regard dur comme la pierre.

— Et si ce n'était pas envisageable ?

Le cadet le dévisagea, désorienté.

— Et si la mort ne mettait pas un terme à sa douleur et sa souffrance ? Si la peau se détachait de sa chair et que cela ne signalait que le début de son tourment ?

Il les regarda tous tour à tour, les obligeant à envisager ce qu'un tel sort impliquerait.

— Ceux qui sont capturés par les Possédés ne sont pas tués, ils sont incorporés par l'ennemi. La mort devient un luxe auquel ils ne peuvent plus prétendre. Leurs âmes seront tourmentées même une fois leurs corps réduits à l'état de cendres. Ceux qui ont été enlevés par les Possédés il y a cinq cents ans ne sont pas morts. Ils se débattent toujours dans les affres de la souffrance.

Le silence s'installa.

— N'y a-t-il aucun espoir pour eux ?

La question avait été posée simplement et l'émissaire marqua une pause avant de répondre. La plupart de ces jeunes hommes avaient très certainement perdu un ou plusieurs de leurs proches aux mains des Possédés.

— S'ils sont morts sans avoir abandonné leur foi, alors l'ennemi ne peut les incorporer dans ses rangs. Si le démon qui les a terrassés est tué, on peut sauver leurs âmes. Mais s'ils ont été capturés ou sont morts dans la peur, la réponse est non. Nous sommes leur seul espoir. Certains croient que si nous parvenons à vaincre les Possédés et à chasser les ténèbres de notre monde, il sera possible de racheter leurs âmes.

Les cadets le regardèrent fixement. Jusqu'à présent, ils n'avaient songé qu'à eux-mêmes et à leur avancement. Ils avaient vu l'Académie comme un moyen pour perfectionner leur talent et améliorer leur statut. Et voilà que l'émissaire leur disait que le sort d'innombrables âmes était entre leurs mains.

Falco songea à ceux qu'ils avaient bien malgré eux laissés aux Possédés.

Balthazak, Sir Gerallt, Siméon.

Étaient-ils en paix, ou souffraient-ils les tourments de l'enfer ? Il examina Malaki et Bryna, assis, tête baissée.

— Alors je vous repose la question : pourquoi êtes-vous là ?

Cette fois, personne ne voulut parler.

— Vous êtes ici pour apprendre à vous battre, dit l'émissaire. Pour devenir aussi bons combattants que possible.

Il regarda le jeune homme qui avait donné cette réponse et lui fit un signe de la tête.

— Car nous ne pouvons rien faire de plus, reprit-il avec une force à laquelle même Jarek Snidesson fut sensible. Par conséquent, allons nous entraîner !

Sans plus attendre, les cadets furent divisés en petits groupes avec chacun un instructeur et plusieurs assistants. Falco se retrouva avec le laniste Magnus, Malaki, Bryna, quelques Beltoniens, et plusieurs jeunes hommes au teint mat, venus de l'Achéron ou de la Thrace.

— Moi, je suis archère, plaida Bryna alors qu'une assistante lui donnait une épée d'entraînement et un bouclier.

— Vous avez tous votre discipline, expliqua le laniste, mais vous vous familiariserez également aux autres. Les archers se battront avec une épée et un bouclier, et apprendront les règles de base du maniement de la lance, et les lanciers tâcheront de se servir d'un arc sans décocher une flèche dans le dos de leurs camarades. De cette façon, vous en viendrez à mieux jauger les forces et les limitations des différentes unités sur le champ de bataille. Une expérience qui se révélera inestimable le jour où vous serez amenés à donner des ordres.

Les cadets se dévisagèrent. Ils avaient à peine débuté et déjà on leur parlait de commandement. Sans plus de transition, on fournit également aux instructeurs une épée, un bouclier et une cuirasse rembourrée, et l'entraînement commença pour de bon.

Ils s'exercèrent pendant quelques heures, passant en revue les divers styles d'affrontements, qu'ils connaissaient pour la plupart. Après vingt minutes, les bras de Falco lui semblaient deux poids morts. Depuis son réveil à Toulwar, il se sentait assurément plus fort, mais restait cependant faible, comparé aux autres. Il tint bon jusqu'à ce qu'un instructeur sonne la cloche, les rappelant ainsi à leurs bancs, où l'émissaire s'adressa une nouvelle fois à eux.

— Pour les duels, nous utilisons des épées en bois, ou celles à lame émoussée dont beaucoup d'entre vous ont l'habitude. Mais il nous arrive de nous battre avec de vraies armes, comme cette illicienne que j'ai entre les mains. Quelqu'un a-t-il eu l'occasion de s'entraîner aux techniques de combat du *Liberi* ou du *Gladiatoria* ?

Une bonne moitié des cadets leva un bras hésitant.

Falco regarda Malaki. Siméon avait un jour possédé un vieil exemplaire du *Gladiatoria*, et les deux garçons aimaient rien tant que se glisser discrètement dans son bureau, regarder les images et, plus tard, lire le texte de cet illustre manuel de combat.

L'émissaire désigna du menton un jeune Clémonçais aux cheveux blond clair. Il lui donna la longue épée acérée et un bouclier, et l'invita à prendre position devant les mannequins. Ceux-ci étaient munis d'épées, brandies de façon différente selon le type d'attaque qu'ils représentaient.

— Au moment où le signal retentira, je voudrais que tu te débarrasses de ton adversaire, dit-il au jeune homme en le gratifiant d'un large sourire afin de dissiper sa nervosité.

Le cadet acquiesça puis, lorsque la cloche tinta, il bondit en avant, la pointe de son épée trouvant la faille sous le plastron kardakae. Il fit un pas vers la gauche et attaqua le second mannequin, bloqua la lame et frappa au niveau de l'aisselle non protégée. Il dessina une estafilade sur le cou du troisième, et enfin sur son coude, et ce fut bientôt le tour du dernier. Le Clémonçais s'abrita avec son bouclier avant de porter un coup mortel qui se joua de la lourde armure kardakae et transperça un endroit laissé sans défense.

Le cadet s'immobilisa, haletant, alors que les mannequins oscillaient sous le coup de ses attaques. Il avait frappé chaque fois avec une très grande précision et un réel talent. Ses camarades étaient impressionnés et l'émissaire hocha la tête en signe d'appréciation. Il fit signe au jeune homme de s'asseoir.

— À présent, reprit-il, y en a-t-il parmi vous qui ont déjà affronté les Possédés ?

Les cadets secouèrent lentement la tête, à l'exception de ceux de Caer Dour qui s'étaient battus dans les montagnes.

L'émissaire vint se placer devant Malaki. Ce dernier leva le menton, et l'expression qui se lisait dans ses yeux sombres était celle de quelqu'un qui n'avait aucune envie de se souvenir de cette expérience. Sir William lui tendit l'arme par la poignée. Malaki la saisit sans se presser. Avec une certaine réticence, il se redressa et cala le bouclier contre son bras, puis il se mit en position.

— Ceux-là sont des Kardakae des Possédés, dit l'émissaire. Je veux que tu les terrasses.

La tête toujours penchée, Malaki dévisagea Sir William avant de se retourner vers les mannequins. Il avait l'air songeur et intimidé, mais Falco vit la lame se soulever légèrement, comme si Malaki venait d'ajuster sa prise sur son arme.

La cloche sonna et Malaki se jeta en avant. Sa première attaque se joua de la garde du Kardakae, frappant du bas vers le haut, sectionnant le corps de paille qui le maintenait attaché au poteau. La seconde fut une continuation de la première, et la lame illicienne mordit l'épaule de son adversaire, lui tranchant le bras. Il terrassa le troisième d'un coup porté avec le bord de son bouclier, qu'il compléta avec une botte d'une violence telle qu'il emporta un bon morceau du poteau. Il n'en restait plus que deux. Malaki abattit le poteau de l'avant-dernier d'un puissant coup de pied et démolit littéralement le cinquième à coups d'épée et de bouclier. Le mannequin tomba au sol en plusieurs morceaux, et le casque noir roula à ses pieds.

Malaki s'immobilisa, tendu, mais en alerte, comme prêt à en découdre avec une centaine d'adversaires supplémentaires. Les cadets, stupéfaits, ne le quittaient pas des yeux. Deloix valida d'un mouvement de menton alors que Magnus arborait un sourire farouche.

Les recrues considéraient Malaki avec un respect inédit. Seuls Jarek et quelques-uns de ses acolytes ne semblaient pas impressionnés. Ce dernier le gratifia d'un regard empli de mépris, et le grand Beltonien le dévisagea avec une lueur de défi au fond des yeux.

L'émissaire se retourna vers les cadets.

— Une des choses les plus importantes que nous vous enseignons ici à l'Académie est la différence entre l'entraînement et un combat. Un coup bien placé peut vous rapporter un point dans une compétition d'escrime, mais, pour qu'une victoire ait un sens sur le champ de bataille, l'ennemi doit véritablement craindre pour sa vie. Cela demande une force peu commune pour transpercer une cuirasse ou toucher un bras en traversant la cotte de mailles, et il n'est pas facile de trouver les failles d'une armure de plates lorsque votre adversaire s'efforce de vous tuer.

Il remercia un de ses assistants au moment où celui-ci lui donnait le plastron du premier mannequin. Il le brandit de sorte que tout le monde puisse voir combien le coup d'épée de Malaki l'avait cabossé.

— Cet assaut causera des dégâts chez l'adversaire quel que soit l'endroit où la lame s'abattra, et l'obligera à riposter. Et quand vous vous défendez, vous devez vous protéger d'une attaque qui vise clairement à vous tuer.

Il regarda le premier jeune homme, celui qui avait si bien combattu.

— Je ne suggère pas que tu abandonnes la

finesse, mais tu dois comprendre que cela ne suffira pas. Tu as besoin à la fois de talent et de brutalité pour vaincre un Possédé.

La leçon enregistrée, l'entraînement reprit. Les assistants attachèrent différents types de cuirasses aux poteaux de façon à ce que les cadets puissent jauger la force requise pour pénétrer les diverses formes d'armures. Il devint évident que les mouvements rapides et leurs bottes ne suffisaient en rien à blesser un adversaire bardé d'acier. Soudain, tout l'entraînement qu'ils avaient subi jusque-là ne leur parut plus qu'un aimable divertissement.

Au fil de la matinée, les instructeurs les évaluaient soigneusement, observant la façon dont ils se battaient et se déplaçaient, mais également comment ils répondaient aux ordres et interagissaient. C'en était trop pour Falco. Même si la séance n'était pas si complexe que cela, ses muscles le faisaient tant souffrir qu'il avait du mal à soulever son bras, et sa poitrine ne lui laissait pas de répit. Les instructeurs ne lui reprochèrent rien, se contentant de concentrer leur attention sur d'autres jusqu'à ce qu'il soit prêt à recommencer. Il fut extrêmement soulagé lorsqu'ils retournèrent finalement vers le banc pour observer des duels entre cadets. Il remercia un jeune homme qui lui tendait un bol rempli de bouillon chaud.

Il faisait toujours froid ; en revanche à l'approche de midi, la brume matinale s'était dissipée. Il se sentit quelque peu découragé et secoua la tête en regardant ses bras et ses poignets maigrichons.

— Ils se battent bien.

Il se retourna, et vit l'émissaire assis à côté de lui.

— Oui, répondit-il, baissant les mains et sirotant sa boisson afin d'essayer de masquer l'apitoiement dans lequel il se complaisait.

— Et Owen ? demanda Sir William. Il est vif…

— Oui, acquiesça Falco, se rendant compte que l'émissaire attendait qu'il fasse un commentaire. Mais il réagit trop rapidement. Cela le rend vulnérable aux feintes.

— Et l'Achéronien qui se bat contre Quirren ?

Falco détailla le jeune homme à la peau mate. Il se déplaçait comme un combattant-né, doté de cette carrure puissante qui faisait la renommée de l'Achéron.

— Prévisible, décida Falco. Il bat toujours en retraite sur la gauche et signale qu'il va passer à l'attaque avec son pied.

L'émissaire pinça les lèvres et hocha la tête.

— Et ton ami, le forgeron ?

Falco dévisagea Sir William. Était-ce une plaisanterie ? Il n'y avait assurément pas grand-chose à dire sur la façon dont Malaki se battait. Pourtant il s'exécuta et se concentra sur ses gestes. Au début, il ne décela que de la fluidité dans ses mouvements, mais, à mesure qu'il observait, il prit conscience de détails qui lui avaient échappé jusque-là.

— Il met trop de poids dans ses épaules et il insiste trop lourdement dans ses assauts, dit Falco. S'il n'était pas si bon, il pourrait se retrouver dépourvu face à une attaque.

— Il n'est pas si bon, et oui, il y a une faille dans sa défense, acquiesça l'émissaire en riant. La force ne nécessite que du temps et des efforts, mais ce qu'il y a dans le cerveau et dans le cœur, cela ne peut véritablement s'enseigner.

— Alors, je vais suivre l'entraînement ?

L'émissaire marqua une pause. Il était clair qu'il n'allait pas lui être facile de dire ce qu'il avait à dire. Falco attendit d'entendre le destin qui serait le sien.

— Une cour martiale va se réunir, lui annonça-t-il enfin. La reine a donné son accord pour que tu suives ton entraînement, or cet accord a été contesté.

— Par qui ?

— Les seigneurs Snidesson et Saker. Ils invoquent la trahison en raison de ce qui s'est passé sur la plateforme aux Dragons.

Falco ferma les yeux.

— Quand ? demanda-t-il simplement.

— Bientôt. J'ai juste entendu dire que les commissaires étaient en route.

— Et qui me jugera ? s'enquit le jeune homme, son sang battant soudain plus vite.

— Ce serait normalement à la reine de le faire. Puisque son jugement est remis en question, ce sera le prince Ludovico. Snidesson sera là pour représenter Darius, et Galen Thrall représentera le thaumaturge tombé au combat.

— Me représenterez-vous ? voulut savoir Falco.

L'émissaire secoua la tête.

— J'ai été convoqué en tant que témoin, ainsi que le seigneur Saker et son fils Mérédith. Mais ne t'inquiète pas, le prince Ludovico ne retiendra pas l'accusation de trahison. Ils veulent simplement t'empêcher de t'entraîner avec les thaumaturges.

— Alors ils vont réussir, commenta Falco. Galen Thrall ne pourra que refuser. Surtout si Saker y met son grain de sel.

— N'en sois pas si certain, dit l'émissaire. Le verdict ne sera peut-être pas entre les mains de Thrall.

Falco le regarda, franchement étonné. Galen Thrall était le Vénérable Maître des thaumaturges clémonçais. Assurément, prendre des décisions était son rôle.

— De plus… quelqu'un d'autre pourrait bien t'aider.

— Ah ?

— Oui, confirma l'émissaire, se redressant alors qu'une colonne de cavaliers arrivait vers eux. À supposer qu'il t'apprécie vraiment.

— Et si ce n'était pas le cas ?

— Alors, il pourrait te tuer.

Falco n'aurait su dire si Sir William plaisantait ou pas.

Avec un sentiment de malaise, il vit quatre commissaires débouler et s'arrêter devant Magnus. Ils apportaient un cheval supplémentaire. Les cadets cessèrent de s'exercer et se disposèrent en cercle pour assister à la suite.

— Que se passe-t-il ? demanda Malaki.

Il était déjà trop tard pour répondre. Les commissaires avaient fini de parler aux entraîneurs. Arborant une expression suggérant qu'il ne goûtait pas du tout que l'on interrompe ses séances, Magnus conduisit ces derniers à l'endroit où se trouvaient Falco et l'émissaire.

— Falco Danté, énonça celui qui semblait commander. Vous êtes accusé de trahison en relation avec la mort du mage de bataille Darius Voltario. Vous allez nous suivre jusqu'à la Chambre des Conseils, où votre sentence sera délivrée.

Malaki resta bouche bée, incrédule. Bryna les rejoignit. Les autres ne savaient comment réagir excepté Alex et Quirren, visiblement peinés. Jarek Snidesson, quant à lui, souriait comme s'il venait d'écraser Falco à plates coutures lors d'un duel à l'escrime.

— Suis-les, murmura l'émissaire. Je te rejoins sous peu.

Falco tenta de lutter contre son estomac qui se rebellait, fit un pas en avant, et monta sur le cheval qui avait été amené pour lui. Les commissaires adressèrent un salut des plus secs à l'émissaire puis ils partirent, encadrant Falco, deux hommes devant, deux hommes derrière.

34

Défiance

La Chambre des Conseils était un bâtiment ovale situé dans la partie nord de la ville, un grand amphithéâtre couvert utilisé pour des conférences, rendre des décisions de justice et discuter des affaires municipales. Ses murs imposants s'ornaient de frises représentant des débats historiques et des orateurs des temps passés. Un dôme, qui témoignait à merveille du talent des maçons et des ingénieurs de la Clémonce, couronnait la structure.

Quatre portes principales donnaient sur les gradins de la grand-salle, mais les commissaires escortèrent Falco vers une petite arche et un escalier de pierre qui s'enfonçait dans un tunnel. Quand ils en ressortirent, ils étaient dans la partie centrale de l'amphithéâtre, toute de marbre poli et recouverte d'un gigantesque tapis figurant une carte. Des bancs de pierre la ceinturaient, s'élevant en gradins jusqu'au toit, offrant une vue parfaite où que l'on soit assis. L'endroit faisait penser au creuset, et était tout aussi intimidant.

Les quatre commissaires conduisirent Falco vers une chaise en bois. Deux restèrent à ses côtés tandis que les deux autres revinrent se poster à l'opposé, au bout de la pièce, où deux tables avaient été dressées, l'une en face de Falco, la seconde, plus petite, à sa perpendiculaire. Alors que les commissaires prenaient position, l'un fit un signe de la tête vers l'entrée principale. Deux hommes en émergèrent, le premier de toute évidence un scribe, le second ressemblant à un magistrat. Ils siégeraient tous deux à la petite table.

Arrivèrent ensuite les témoins : Morgan Saker, son fils, et l'émissaire. Les deux thaumaturges s'installèrent sur la rangée inférieure des gradins, à la droite de Falco. Sir William s'assit directement en face d'eux. Même s'il n'accorda pas un regard au jeune homme, celui-ci trouva sa présence particulièrement réconfortante.

Les trois hommes qui allaient juger l'affaire entrèrent à leur tour. Le premier était Bellius Snidesson, le deuxième Galen Thrall. Enfin, à la splendeur de ses vêtements, le troisième ne pouvait être que le prince Ludovico de la montagne du Roi Michel, un individu de belle prestance, âgé d'une quarantaine d'années, doté d'un nez à l'arête saillante, et dont les cheveux noirs étaient striés de gris. Comme Bellius, sa barbe était soigneusement taillée, mais à la différence de ce dernier, aucune haine ne se lisait dans la façon dont il considérait Falco. L'expression de ses yeux marron clair était songeuse et pensive.

Les trois hommes s'assirent derrière la grande table, le prince au centre, Bellius et Thrall sur les côtés. Galen Thrall fit courir son regard autour de lui avant de dévisager Falco si intensément qu'il eut l'impression de se retrouver nu. Le prince Ludovico, en revanche, paraissait ne pas croire qu'un être si chétif puisse causer tant de rancœur.

Le scribe prit sa plume, le prince hocha la tête, et le magistrat déclara la cour martiale ouverte.

L'audition fut brève, mais elle sembla durer une éternité pour Falco. Il donna son témoignage dans une sorte de vertige, et le reste du temps, il avait la sensation d'être dans du coton, comme s'il était hors de son corps et assistait à la scène en flottant depuis le plafond. Une fois les différentes dépositions recueillies, Falco observa les trois hommes se pencher l'un vers l'autre afin de statuer sur son sort. Il se sentait proche de l'évanouissement, et les murmures étouffés de leur conversation bourdonnaient étrangement à ses oreilles.

— Ne t'en fais pas, entendit-il. Tu as bien parlé et le prince est un homme juste. Il ne se laissera pas influencer par la bile de Snidesson.

Falco se tourna. L'émissaire lui tendait un verre d'eau.

Sir William s'était exprimé à voix basse de façon à ne pas être entendu par Bellius Snidesson, qui ne cessait de lui décocher des coups d'œil venimeux. Galen Thrall, en revanche, ne quittait pas des yeux le prince, qui paraissait plongé dans la plus grande concentration. L'émissaire avait assuré à Falco que jamais Ludovico ne retiendrait l'idée d'une accusation de trahison, mais il semblait impensable qu'il s'oppose à la volonté de Thrall.

Falco se détourna et but. Ses mains tremblaient si violemment qu'un peu d'eau coula sur son menton.

À la droite de Falco, Morgan Saker épiait les juges. Mérédith regardait devant lui. L'un et l'autre avaient rapporté de façon extrêmement détaillée et saisissante ce qui s'était passé dans la montagne.

Falco se rendit compte que ce qu'il avait pris pour une ombre, dans la rangée supérieure des sièges, était en fait une silhouette humaine. Il se souvint vaguement l'avoir aperçue lorsqu'il était entré. La forme mystérieuse et silencieuse drapée de ténèbres était restée immobile tout au long des échanges. Avant qu'il puisse s'y intéresser davantage, son attention fut ramenée devant lui. Ludovico en avait assez entendu. Bellius et Thrall se renfoncèrent dans leurs sièges et le prince leva une main gantée.

— La cour souhaite remercier les témoins pour leur compte rendu honnête de cet horrible événement, déclara-t-il avec un épais accent clémonçais.

Avec un petit signe de tête à l'adresse de Falco, l'émissaire se rassit.

— Il ne fait pas le moindre doute que Falco Danté a alerté le dragon de la présence du mage de bataille et a brisé le sortilège d'enchantement qui allait mener à sa mort, commenta Ludovico.

À ces mots, Bellius eut un sourire de satisfaction alors que Galen Thrall se contentait d'acquiescer, un léger soupçon de joie se devinant au fond de ses yeux verts.

— Cela dit, une trahison ne saurait être qualifiée de telle que lorsqu'il y a eu préméditation.

Bellius s'agita dans son fauteuil et les pupilles de Thrall se contractèrent.

— Or, rien ne nous permet de croire que Falco Danté ait eu véritablement *l'intention* de provoquer la mort de Darius Voltario. Les témoignages s'accordent à dire qu'il s'agissait d'une réaction involontaire. Stupide et aux conséquences dramatiques, certes, mais dépourvue de toute malice. En raison de quoi, je déclare Falco Danté innocent de l'accusation de trahison.

Falco laissa échapper le souffle qu'il retenait, surpris que le prince ait adopté une position aussi raisonnable. Il l'avait jugé en fonction de ceux qui l'accompagnaient, c'est-à-dire les thaumaturges et des nobles tel Bellius. Il comprenait qu'il avait eu tort sur ce point.

— Quant à la question de son entraînement, continua le prince, je ne suis pas qualifié pour en décider. J'ai entendu les comptes rendus au sujet de la chute tragique de son père, qui, à eux seuls, justifient selon moi la plus grande prudence. Sur ce plan-là, je m'en référerai à l'arbitrage du Grand Veneratu. Pour autant que je sache, les mages de bataille en formation ont besoin d'un thaumaturge confirmé pour les guider pendant toute la phase de leur entraînement. Je laisse Galen Thrall décider si tel sera le cas ou non.

Le prince avait livré son verdict, et tous les yeux se tournèrent vers Galen Thrall.

— Sage et compatissant, comme toujours, Votre

Altesse, susurra-t-il sur un ton dangereusement mielleux. Nous avons considéré la question de l'entraînement de Falco Danté depuis que nous avons appris qu'il désirait devenir mage de bataille. Être guide n'a rien d'aisé et, par conséquent, j'ai pris la liberté d'en parler aux membres de la tour. En dépit de son histoire familiale, je n'ai aucune objection personnelle à sa candidature.

Mais bien sûr, songea Falco.

— Malheureusement, poursuivit-il, pas un seul d'entre eux ne s'est montré désireux de vouloir assumer ce rôle. Par conséquent, en l'absence de thaumaturge pour assurer sa formation, je suggère qu'il soit exclu de l'académie de la Guerre, où ses incapacités physiques seraient manifestement dommageables aux lanistes sous la responsabilité desquels il serait placé, et seraient en outre un frein à l'entraînement des autres cadets.

Il gratifia Falco d'un regard presque gêné, comme s'il s'excusait de la chose, mais qu'il s'agissait d'une situation qui le dépassait. Un rictus incurvait les lèvres de Bellius, et un air de contentement irradiait de tout le corps de Morgan Saker. Innocenté de l'accusation de trahison, Falco fut gagné par une déchirante déception. Il se tourna sur sa gauche, cherchant en vain le regard de l'émissaire. Il paraissait triste, mais était également tendu. On aurait dit qu'il attendait encore quelque chose.

— C'est donc réglé, conclut le prince Ludovico. Falco Danté est libre, mais il quittera l'Académie sur-le-champ et…

— J'assurerai sa formation.

Les mots avaient été prononcés d'une voix claire et posée. L'émissaire leva la tête, une légère lueur de satisfaction dans les yeux. Ce n'était pas Falco qu'il regardait, mais Mérédith Saker. Toujours vêtu des robes d'un novice, celui-ci s'approcha des juges.

— Je serai le guide de Falco.

Bellius aurait reçu un coup de poing dans l'estomac que sa réaction n'aurait pas été différente. Le regard de Galen Thrall, dur comme du silex, n'était rien comparé à la fureur sans bornes de Morgan Saker.

Une nouvelle fois, Falco ressentit cette étrange sensation de détachement, comme s'il assistait de très loin à la scène. Mérédith Saker avait trouvé en lui le courage de défier le plus puissant thaumaturge des royaumes d'Ire. Mieux encore : il avait défié son propre père. Il affronta le regard incrédule de Falco sans ciller. L'éclat de ses yeux montrait qu'il était pleinement conscient de l'énormité de sa décision.

« Il m'a sauvé la vie » fut sa seule explication.

Falco sentit une boule au fond de sa gorge. Le regard du prince Ludovico passa du père au fils, ses traits indéchiffrables, puis il se cala dans son fauteuil et se tourna vers Galen Thrall, qui laissa quelques secondes s'écouler avant de prendre la parole.

— Il est évidemment tout à fait naturel de la part du jeune Saker d'éprouver ce sentiment de dette. C'est même tout à fait honorable.

Falco était étonné de la maîtrise dont faisait preuve Thrall, de la façon dont il arrivait à conserver un visage composé en face d'un affront si outrancier.

— Mais en ce cas précis, conclut-il, je dois l'interdire.

— Tu ne le peux pas.

La voix puissante avait envahi la salle. Falco se contorsionna pour apercevoir la silhouette enténébrée du haut des gradins. L'homme venait de se redresser.

— Guider un mage de bataille est à la fois une liberté et une décision personnelle. Il n'a pas besoin de la permission de la tour.

L'inconnu descendit les escaliers. Il boitait, avait tendance à pencher de côté, et n'avait plus de bras gauche. Il s'agissait d'Aurélian Cruz.

Thrall se renfrogna. Pour la première fois depuis le début du procès, il était impossible de se méprendre sur la colère qui s'était emparée de lui.

— Tu oses t'immiscer dans les affaires de la tour ?

— Je ne m'immisce en rien, répondit Cruz alors qu'il arrivait en bas des gradins. Je fais simplement un rappel des lois édictées par des thaumaturges bien plus grands que toi.

Les mots étaient clairement calculés pour blesser, et Thrall dut se contenir pour ne pas exploser.

Aurélian balaya la salle du regard. Il le posa un bref instant sur Falco, puis salua l'émissaire. Cruz avait sans doute été autrefois un grand et bel homme, avant que les ans et les épreuves de la guerre marquent son corps. Sa face burinée était désormais couturée et crevassée comme les poteaux du terrain d'entraînement. Il avait plusieurs dents cassées et la partie gauche de son visage était parcheminée en raison de brûlures. Ses cheveux gris et longs tombaient en cascade indisciplinée. Il émanait pourtant de sa personne une indéfinissable aura de respectabilité, comme s'il avait déjà affronté ce que la vie peut avoir de pire à donner, et qu'il n'avait plus rien à prouver.

— Par conséquent, poursuivit-il, si ce jeune novice souhaite entraîner l'impudent à son sort funeste, tu ne peux rien y faire. Même si les couilles t'en tombent.

Il avait prononcé cette dernière phrase avec une joie non dissimulée. Les yeux de Galen Thrall n'étaient plus que deux billes de haine. Il se maîtrisait de toutes ses forces lorsqu'il s'exprima enfin.

— Ce n'est pas une question de permission, mais de sécurité. Tu sais mieux que quiconque que le rite d'Assay n'est pas à prendre à la légère. Plus d'une vie prometteuse s'est retrouvée fauchée de cette façon. De plus… rien ne nous permet d'affirmer que le jeune Danté a ce qu'il faut pour devenir un mage de bataille.

Thrall marqua une pause, sûr d'avoir repris le contrôle de la situation.

— Faisant abstraction de son évident manque de force physique, insista-t-il en considérant Falco d'un air méprisant, on s'attendrait cependant à déceler des signes de son pouvoir intérieur, surtout quand on connaît son âge, mais dans son cas, il n'y a abso…

Galen Thrall ne put achever sa phrase, coupée en plein milieu. Une boule de feu venait de jaillir de la main d'Aurélian. Les commissaires terrifiés bondirent de côté et Falco eut à peine le temps de grimacer avant que la boule ardente arrive sur lui. Il sentit une chaleur suffocante l'envelopper, puis plus rien.

— Outrage ! s'exclama Bellius alors que les juges s'écartaient de la table, renversant leurs chaises et leurs gobelets dans leur hâte frénétique.

— Oh, ça va ! intervint Aurélian. Elle était toute petite !

Il avança en boitillant, saisit Falco d'une main et le força à se redresser. Les vêtements du jeune homme étaient fumants, ses cheveux roussis, et sa peau couleur rouge écrevisse, mais il ne semblait pas blessé. Sa chaise était en revanche presque calcinée.

— Absolument rien ? dit Aurélian, complétant la phrase de Thrall. Cette boule de feu aurait tué un individu normal. Au mieux, elle lui aurait occasionné quelques méchantes brûlures. Ce garçon a survécu au souffle du dragon et il s'est dressé face à un démon pendant que tes thaumaturges s'agitaient dans leurs robes. De quelles preuves supplémentaires as-tu besoin, au juste ?

Il regarda Falco et lui serra la main, comme pour s'assurer que le jeune homme pouvait tenir debout avant de lâcher sa chemise.

— Oui, conclut-il. Il a peut-être l'air d'un gamin malingre, mais ne vous y trompez pas. Il a l'âme d'un mage de bataille. Seul le temps nous dira s'il a la force qui lui permettra d'aller au bout de son apprentissage.

— Nous pourrions nous opposer à ce qu'il passe le rite, suggéra Thrall.

— Vous le pourriez, acquiesça Aurélian, ses yeux d'un bleu glacé étincelant d'une lueur assassine. Et que diraient les gens si tu refusais de forger une arme qui pourrait aider à les sauver ?

Galen Thrall hésita. Même lui n'était pas arrogant au point de croire qu'il pouvait ignorer la volonté du peuple. Il avait œuvré pendant des années à changer leur perception des thaumaturges. Il ne pouvait se permettre de mettre tous ces efforts en péril, pas alors que l'armée des thaumaturges était si près de prouver sa valeur au combat.

— Très bien, dit-il enfin. Le jeune Saker sera le guide de Danté, à la condition que cela n'empiète pas sur son propre perfectionnement. Il est hors de question qu'il gaspille son talent en raison des errements inconsidérés de son sens du devoir.

Un grognement sourd en guise d'accord fut la seule réponse d'Aurélian avant qu'il se retourne vers Falco et l'observe en détail, mettant celui-ci mal à l'aise. Le vieil homme n'eut pas l'air particulièrement impressionné par ce qu'il voyait.

— Le matin, tu t'entraîneras avec les autres cadets, annonça Aurélian tout en le dévisageant implacablement, et l'après-midi, avec moi.

Falco hocha la tête, se demandant à quoi au juste il venait de s'engager. Aurélian balaya une dernière fois l'assemblée du regard, et s'arrêta devant l'émissaire.

— Ha ! s'exclama Aurélian en éclatant de rire.

Sur ce, il lâcha à voix basse une série d'obscénités et quitta la salle en boitant. Il approchait du tunnel lorsqu'il s'immobilisa et leva la tête vers une des quatre grandes entrées situées derrière Falco.

— Majesté, fit-il simplement en s'inclinant bien bas.

Tout le monde se tourna pour regarder dans la

même direction. On ne voyait rien dans le passage cintré, mais il semblait clair qu'un autre témoin avait assisté aux débats.

— À la première heure de l'après-midi, jeune Danté, se répercuta une dernière fois la voix depuis le tunnel. Nous nous retrouvons dans le creuset.

La seconde d'après, il avait disparu.

*

— Mérédith ? s'étonna Malaki, alors que lui, Bryna et les frères Klingemann se pressaient autour de Falco, assis à une table du mess. Il a assuré pour le coup !

— Comment a réagi son père ? demanda Bryna.

— Il fulminait !

— Qui est ce Mérédith ? s'enquit Alex.

— Le fils de Morgan Saker, le plus ancien thaumaturge de notre ville, expliqua Bryna.

— Et ils vous haïssent autant que les Snidesson ?

Malaki et Bryna se dévisagèrent.

— Morgan était présent lorsque mon père est mort, intervint Falco, mais je pense que Mérédith est différent.

Les deux frères comprenaient bien que l'histoire était plus complexe que cela, aussi Quirren se contenta-t-il d'un hochement de tête, et pour une fois Alex réfréna sa curiosité naturelle.

— Ce n'est pas grave, conclut Bryna. Ce qui est fait est fait. Ils vont t'entraîner.

— Et dans le creuset ! s'exclama Alex, visiblement impressionné.

— Nous t'y accompagnerons demain, annonça Malaki. Au moment de notre pause déjeuner ! Nous serons revenus avant que débute la séance de l'après-midi.

Falco sourit. Il serait heureux de ce soutien moral. Jarek lui jeta un regard noir depuis l'autre bout de la salle. Il était entouré par sa petite cour, et il était manifeste qu'ils connaissaient eux aussi l'issue du procès. Le sourire ne disparut pas du visage de Falco, mais il arbora une expression plus sombre, et plus déterminée. Il lui semblait à présent qu'il avait gagné sa place à l'Académie. Quelque chose lui disait pourtant qu'il risquait de le regretter.

*

— Tu l'as sous-estimé, conclut Galen Thrall à l'adresse de Morgan Saker, le regardant avec toute la froideur d'un serpent.

— Je ne savais pas qu'il allait bénéficier du soutien d'un mage de bataille, dit Saker, arpentant de long en large les appartements du Grand Veneratu.

— Je ne parle pas de Danté. C'est ton fils que tu as sous-estimé !

Morgan Saker eut un rictus de rage contenue.

— C'est la faute de l'émissaire. Il est derrière tout cela. C'est lui qui a contaminé mon fils et lui a mis dans la tête ces histoires puériles de sens de l'honneur.

— Il est trop tard, à présent, reprit Thrall. Allons, ne te fais pas trop de reproches. Aurélian

Cruz sera peut-être présent au début de l'entraînement de Danté, mais c'est nous qui serons là à la fin.

Morgan Saker s'immobilisa.

— Oui, acquiesça-t-il avec une conviction soudaine. Inscris-moi sur l'Ordalie pour le rite d'Assay. Je briserai sa volonté et je le laisserai pleurer dans la poussière.

Thrall hocha lentement la tête en signe d'assentiment, son sourire énigmatique et voilé.

— Nombreux sont ceux dans la tour qui pourraient le contraindre à ramper. Dont un en particulier qui pourrait vider son cerveau aussi facilement qu'une gourde.

*

Le médecin-chef de l'infirmerie de la tour se pencha afin d'examiner le garde blessé.

— Va-t-il survivre ?

— Il est trop tôt pour le dire, expliqua le chirurgien. Nous avons recousu les plaies de son visage, mais nous n'avons pas pu sauver son œil.

Il considéra la ligne irrégulière de points qui faisait le tour de l'œil du gardien.

— Comment frère Pacatos a-t-il pu l'atteindre ? Je pensais qu'on leur avait donné l'ordre formel de ne pas entrer dans sa cellule.

— Il ne l'a pas fait, certifia le chirurgien. Le garde s'est fait cela tout seul.

*

Dans les profondeurs de la tour des thaumaturges clémonçais, une âme torturée se balançait d'avant en arrière dans le coin le plus sombre de sa cellule.

— *Vino la mine micul meu soin*, dit frère Pacatos, les yeux rendus vitreux par la torpeur de la Possession. *Cei frații și toate deliciile lor sunt în așteptare pentru tine.*

Viens à moi, mon petit Faucon.

Les frères et toutes leurs délices n'attendent que toi.

35
Le creuset

La deuxième journée d'entraînement débuta bien pour Falco. Les cadets avaient été réveillés par le staccato de la pluie s'abattant sur les tuiles en terracotta, mais, le temps qu'ils gagnent le terrain, l'averse avait cessé et les montagnes brillaient d'une clarté presque surnaturelle dans la douce chaleur du soleil levant. Une fois de plus, on leur distribua des armures et ils furent invités à réitérer leur course de la veille. Cette fois, Falco parcourut près de un kilomètre à un rythme décent. Ce ne fut que lorsqu'ils parvinrent à l'endroit où la montée se faisait plus ardue et plus sinueuse qu'il fut contraint de laisser Malaki et les autres poursuivre sans lui. Comme la veille, il fut de retour au camp bien après le dernier cadet, mais beaucoup en étaient encore au petit déjeuner quand il tituba jusque dans la tente.

Malaki lui donna une tape dans le dos et lui passa un bol de porridge bien chaud alors qu'il s'affalait sur un banc. Falco remercia son ami et attendit que sa respiration reprenne un rythme normal avant de manger.

— Je suppose que tu as encore battu Jarek, dit-il tout en saisissant la tasse de thé fumant que lui tendait Quirren.

— Pas aujourd'hui, non, répondit le grand Illicien, s'asseyant à ses côtés.

Quirren était cependant loin d'avoir l'air triste, bien au contraire. Alex et Bryna souriaient aussi. Tous trouvaient particulièrement drôle d'avoir été battus par Jarek.

— Il est arrivé premier, ajouta Bryna en montrant l'entrée de la tente.

Falco distingua vaguement la silhouette de Jarek, agrippant la toile épaisse pour s'aider à rester debout. Un de ses comparses voulut lui parler, mais il l'écarta d'un geste.

— Je pense que son porridge a du mal à passer, ironisa Bryna, et tous éclatèrent de rire.

Jarek avait gagné la course, mais il avait dû aller à l'extrême limite de ses capacités et à présent sa dignité en payait le prix. Cela expliquait peut-être pourquoi il se montra particulièrement cassant quand vint le moment de s'entraîner, un peu plus tard.

Après quelques heures d'exercices en tout genre, on les invita à prendre place sur les bancs. Deloix fit passer un sac rempli de petites plaques de bois sur lesquelles étaient gravés les noms de tous les cadets. Ceux-ci en piochaient une à tour de rôle, désignant par là même leur adversaire pour la manche suivante. Au grand bonheur de Jarek, Falco fut battu à deux reprises, une fois par un maître d'escrime clémonçais et la seconde par Kleitos, un jeune Achéronien à la mâchoire carrée.

Pour son premier duel, Bryna se trouva confrontée à un Illicien appelé Kurt Vogler, mais ce dernier ne mit pas tout son cœur à l'ouvrage, au point que l'émissaire fut contraint d'intervenir.

— Tu crois que les Possédés vont retenir leurs coups avec mademoiselle Godwin sous prétexte qu'il s'agit d'une femme ?

Vogler secoua la tête.

— Alors ne l'insulte pas en faisant la même chose.

Le combat reprit, et en l'espace de quelques secondes, Bryna se retrouva étendue sur le dos, la lèvre fendue, l'épée d'entraînement de Vogler pressée contre son cou.

— C'est bien mieux, approuva l'émissaire.

Clairement mortifié, Vogler tendit la main à Bryna pour l'aider à se redresser. Rouge d'indignation, elle fit passer sa langue sur ses gencives ensanglantées.

— Je t'aurai la prochaine fois, murmura-t-elle, arrachant un sourire à son adversaire.

Jarek affronta Arakios, un lancier thracien. Comme nombre de cadets, l'épée et le bouclier n'étaient pas son fort, et Jarek le surclassa sans peine. Il ne se contenta cependant pas de cela. Après avoir esquivé toutes les bottes de son adversaire, Jarek martela Arakios d'une série de coups violents dont le dernier se conclut sur un craquement retentissant.

Les lanistes frémirent devant un tel manque de

maîtrise de soi, mais ils ne dirent rien. Arakios fut conduit à l'infirmerie avec une suspicion de fracture. Jarek alla simplement se rasseoir, totalement indifférent à la désapprobation manifestée par les instructeurs.

Deux manches plus tard, il fut convié une nouvelle fois à combattre. Arborant un rictus arrogant, il avança au-devant du groupe, attendant que le nom de son adversaire soit tiré au sort.

— ... et enfin Malaki de Vane.

Le rictus disparut de ses traits en une seconde.

Le cœur de Falco se mit à battre plus rapidement. Bryna se mordit la lèvre, sa main droite en boule. Une vive tension gagna les rangs des cadets. Tout le monde connaissait l'animosité qui existait entre les deux hommes.

— En garde ! annonça le laniste Deloix, et le duel commença.

Jarek prit l'initiative et lança une série d'assauts complexes, que Malaki esquiva sans peine, trompant son adversaire par deux fois avec tant d'efficacité qu'il aurait aisément pu porter une botte, et pourtant il ne le fit pas. Il était clair pour tous ceux qui assistaient à ce duel que Malaki avait l'ascendant. Or, il sembla inexplicablement laisser une brèche dans sa garde. Au moment où Jarek se jetait en avant, Malaki accompagna le mouvement à l'aide de son bouclier et posa son épée en travers de son cou.

Alex émit un grognement de déception, comme s'il s'était attendu à ce que Jarek reçoive la raclée qu'il méritait. Bryna aussi avait l'air désappointée.

Seul Quirren arborait un sourire satisfait. Falco secoua la tête de désespoir.

— Tu te souviens qu'il m'a frappé au point de m'assommer, murmura-t-il alors que Malaki s'asseyait entre lui et Bryna.

— Ne dépouille jamais un homme de sa dignité, expliqua Malaki, citant le début d'un proverbe que son père avait l'habitude de répéter.

— Je sais, répondit Falco. Et ne lui permets jamais de te dépouiller de la tienne.

Son ton était celui de l'élève ayant subi un long calvaire, mais il considéra son ami avec un profond sentiment de fierté. Une des choses qu'il avait toujours aimées chez Malaki était ce refus d'abuser de sa force. Oui, il avait remporté bon nombre de combats, mais il n'avait jamais été au-delà du strict nécessaire pour l'emporter.

La nervosité de Falco alla croissant à mesure que la pause de midi approchait. Il avait une faim de loup, et paradoxalement avait la sensation qu'il ne pourrait rien avaler. Il était heureux que ses amis lui aient proposé de l'accompagner au creuset. Le souvenir d'Aurélian et de sa boule de feu était toujours douloureusement présent à son esprit, et il ne goûtait guère l'idée de se retrouver seul dans la tanière du lion.

Juste avant que sonne l'heure du repas, les cadets furent appelés par les lanistes. Ils les scindèrent en deux groupes : ceux qui allaient suivre l'entraînement des officiers, dont Bryna et Alex, et les autres, au rang desquels Malaki et Quirren, qui espéraient être acceptés en tant que chevaliers.

Le laniste Magnus s'adressa aux premiers.

— Aujourd'hui, vous prendrez votre repas de midi avec des officiers en titre. Ils désirent vous rencontrer avant que nous décidions quelles seront les unités qui seront placées sous votre commandement.

— Notre commandement ? s'exclama Alex. Déjà ?

Magnus éclata de rire.

— Et comment crois-tu que tu pourrais apprendre autrement ?

Soudain, Alex et Bryna eurent l'air tout aussi inquiets que Falco. Ils adressèrent un salut nerveux à leurs amis avant de se diriger vers leurs quartiers pour se laver et se changer.

— J'ignorais qu'ils commençaient l'entraînement au commandement si tôt, dit Malaki, s'installant à table aux côtés de Falco et Quirren dans la tente jouxtant le terrain.

— Moi de même, acquiesça Quirren. Ils ont peut-être besoin d'accélérer les choses, vu que les Possédés sont si proches.

Falco fut peu loquace au cours du repas. Il réussit à avaler quelques bouchées de pain et une demi-pomme. Puis Malaki lui donna une tape amicale dans le dos.

— Allez, sourit-il. La mi-journée est passée et tu ne voudrais tout de même pas faire attendre Aurélian Cruz. Sa prochaine boule de feu ne sera sans doute pas aussi petite que la première !

Quirren sourit ; Falco, lui, était manifestement mal à l'aise. Ils avaient tout le temps devant eux, mais Malaki avait raison : arriver en retard était inenvisageable. Ils sortirent de la tente et allaient entamer leur ascension lorsque l'émissaire s'interposa :

— Où allez-vous comme ça ?

— Nous ne faisons qu'accompagner Falco au creuset, expliqua Malaki. Nous serons de retour avant le début de la session de cet après-midi.

L'émissaire secoua la tête et leur montra le terrain, où approchait une escouade de cavalerie lourde. Cinq chevaliers, suivis de treize montures avançant en formation parfaite. Chacun des guerriers portait un surcot de couleur différente et tenait une lance au fanion assorti. Falco ne reconnut qu'un seul des emblèmes : la montagne stylisée d'un blanc éclatant sur fond noir, symbole des Adamanti.

La troupe s'immobilisa. L'homme le plus impressionnant que Falco ait jamais vu fit un pas supplémentaire. Grand, puissamment musclé, les cheveux longs, juché sur un splendide étalon bai, le chevalier était doté d'une mâchoire carrée que dissimulait une épaisse barbe noire. Son surcot bleu-gris était frappé d'un emblème noir en forme de tête de cheval. Il considéra les cadets comme s'il s'agissait d'autant d'enfants. Au vu de son imposante stature, ce n'était pas vraiment faux.

— La fraternité des chevaliers appelle ceux désireux de s'essayer à l'épreuve de Bravoure à se faire connaître, grogna-t-il dans un clémonçais rauque.

Malaki et Quirren se dévisagèrent avant de se tourner vers Falco. Il semblait bien que tous seraient confrontés à un redoutable défi en cette journée.

— Ne pourrions-nous pas simplement… ? commença Malaki, mais l'émissaire secoua la tête.

— C'est maintenant ou jamais.

— Allez-y, les encouragea Falco. Tout va bien se passer.

Malaki était pâle comme un linge et sa marque de naissance plus écarlate que jamais.

— Et si j'échoue ? demanda-t-il.

Falco fut surpris de voir une véritable peur se dessiner dans les yeux de son ami.

— Ça n'arrivera pas, le rassura-t-il, d'une voix pleine de conviction.

— Essaye de ne pas te faire tabasser pendant qu'on sera partis, lui conseilla Malaki avec un sourire.

— Je tâcherai. Bonne chance, mes amis.

— À toi aussi, répondit Quirren, sans parvenir à s'éloigner pour autant.

— Allez, s'impatienta Falco. Ils attendent.

Malaki, Quirren et onze autres s'avancèrent. Parmi ceux-ci se trouvait Huthgarl, le grand Beltonien roux. Les cadets montèrent en selle et les chefs s'apprêtèrent à donner le signal du départ. Ils firent un signe à l'adresse des instructeurs. L'homme portant le surcot noir des Adamanti brandit sa lance pour rendre hommage à l'émissaire. Le gigantesque guerrier au surcot bleu-gris le salua à son tour, et Sir William hocha la tête en retour.

— De qui s'agit-il ? s'enquit Falco.

— C'est Sébastien Cabal, l'avertit l'émissaire, Grand Commandeur des chevaliers d'Ire.

Falco eut soudain très peur pour son ami,

sentiment que Sir William pouvait comprendre. Il avait affronté Cabal lors d'un tournoi, une des rares fois de son existence où il avait été battu. Il sourit en se remémorant ce duel épique, puis se tourna vers Falco.

— Tu devrais déjà être en route, le pressa-t-il alors que les chevaliers en herbe disparaissaient. Il ne serait pas avisé de faire attendre Aurélian Cruz.

Sur ce, il regagna la tente. Falco poussa un soupir résigné. Il semblait condamné à passer sa journée sans soutien moral.

Le ciel était dégagé et le soleil éclatant lorsqu'il approcha du bord du creuset. Son cœur résonnait dans sa poitrine quand il contempla la grande cuvette, mais il ne vit personne. Il se demanda si Aurélian avait changé d'avis ou oublié, même s'il était vraisemblable qu'il ne soit simplement pas encore arrivé. Les cloches ne sonneraient pas la première heure de l'après-midi avant plusieurs minutes.

Falco prit son courage à deux mains et entreprit de descendre. Parvenu sur le sol sablonneux, il n'y avait toujours personne. Il marcha jusqu'à l'un des piliers et fit courir une main sur la pierre noire et luisante. Contrastant avec les parois lézardées et craquelées du creuset, la colonne était à peine érodée. On apercevait tout juste quelques minuscules marques et petits creux sur sa surface sombre et lisse.

Falco goûta la sensation de sécurité que procuraient les murs, puis ses yeux tombèrent sur la grande arche à l'autre bout de l'arène. Le sentiment de sécurité s'envola d'un coup. Le portail béant l'attirait et il s'en approcha presque malgré lui. Il s'immobilisa à un peu moins d'une dizaine de mètres du seuil, et son esprit fut soudain envahi de murmures, comme si le passage conduisait vers toutes ses terreurs enfantines. Il fut gagné par un besoin impérieux de reculer, de partir en courant, mais il savait depuis bien longtemps qu'on ne peut échapper à ses rêves. Les cauchemars sont en nous, font partie de nous, attendant toujours l'instant où on ferme les yeux pour nous envahir.

« Pense à des jolies choses », lui répétait Fossetta dans ces moments-là, mais ça ne marchait jamais. Avec sa logique d'enfant, Falco faisait exactement l'inverse. Il s'imaginait le pire de tous ses cauchemars, et s'efforçait de trouver comment le vaincre. Ce n'était que lorsqu'il armait son esprit d'une épée brillante qu'il pouvait fermer les yeux et faire face aux terreurs de la nuit. Falco ne recula donc pas. Sa lèvre s'incurva dans ce qui ressemblait à un rictus. Les cauchemars ne l'avaient pas vaincu du temps de son enfance, et il en irait de même à présent.

— Peu de gens ont le courage de se tenir où tu te trouves.

Falco sursauta. Aurélian Cruz, une épée noire pendant à son ceinturon, se dressait derrière lui. Le vieux mage de bataille le considéra avec une expression prudente. D'un geste, il fit signe à Falco d'approcher, comme s'il s'agissait d'un candidat au suicide au bord d'un précipice.

Jetant un dernier coup d'œil vers les ténèbres, Falco se détourna de l'arche.

— Quel est cet endroit ? demanda-t-il. Et où mène-t-il ?

Aurélian ne répondit d'abord pas. Il entraîna Falco quelque peu à l'écart, on aurait dit que lui-même n'était pas très à l'aise près du tunnel.

— Les Clémonçais l'appellent la Sombreur. D'autres le Labyrinthe, ou l'Oubliette. Quoi qu'il en soit, il conduit à ton destin.

Ils parvinrent dans la partie nord du creuset, où l'attendaient une épée et un bouclier. Le soleil illuminait la rangée inférieure des marches.

— C'est dans la Sombreur que tu essaieras de passer le rite d'Assay.

Falco lorgna une nouvelle fois la gueule noire du tunnel. En dépit de sa résolution récente, l'idée d'en franchir le seuil fit courir un frisson glacé le long de son épine dorsale.

— Donc, tu es le fils d'Aquila, lança Aurélian tout en le jaugeant.

Falco hocha la tête.

— Que les cieux nous viennent en aide ! s'exclama le vieil infirme en riant doucement.

Falco se sentit gêné de la réaction du mage.

— Oh, ne t'en fais pas, reprit Aurélian en notant son indignation. Tu as la taille de ton père, et tu lui ressembles un peu.

Il saisit le menton de Falco de sa grosse main calleuse et le força à redresser la tête, souriant au fait que Falco se tienne plus droit.

— De plus, Sir William s'est porté garant de toi, et sa parole me suffit.

Falco ne savait quoi dire. Encore une personne qui semblait avoir connu son père.

— Mais on va devoir renforcer un peu tout ça,

hein, Dwim ? s'enquit Aurélian en se tournant vers les gradins.

Falco suivit son regard et vit un dragon aux écailles d'un bleu iridescent couché à côté d'un homme qu'il reconnut : le fermier qu'ils avaient aperçu la veille. Et le nom de l'animal lui revint à l'esprit : Dwimervane.

Le dragon examina Falco avec une sorte de curiosité polie. Falco, mal à l'aise, changea de pied d'appui, mais ne baissa pas les yeux.

— Alors, que sais-tu faire ?

Falco regarda Aurélian sans comprendre.

— Que sais-tu faire ? répéta Aurélian. Es-tu capable de générer des flammes ou de la chaleur, de déplacer des objets, ou de les casser sans les toucher ?

Falco secoua la tête, ne comprenant toujours pas plus.

— Tu as au moins des talents défensifs ? insista Aurélian. C'est évident, sinon tu n'aurais pu survivre à cette boule de feu hier.

Falco ne réagit pas davantage.

— Enfer et couilles de porc ! pesta Aurélian. Tu veux dire que tu es capable d'invoquer une protection comme celle-là sans même t'en rendre compte ?

Falco haussa les épaules.

— Mets-toi par là ! s'emporta Aurélian.

Ne sachant pas trop ce qu'il avait fait de mal, Falco s'exécuta et alla se placer à trois mètres du mage de bataille. Aurélian ramassa une poignée de sable, et sans prévenir, la lança avec force sur Falco. Celui-ci ferma les yeux alors que les grains lui piquaient les mains et le visage.

— Mais défends-toi ! aboya Aurélian, lui jetant encore du sable.

Falco leva les bras en grimaçant, et finalement se pencha. Soudain, c'est une boule de feu qui fonça sur lui avant d'exploser. Comme la fois précédente, Falco sentit une chaleur intense, puis il n'y eut plus rien, à l'exception de l'odeur âcre des cheveux brûlés et des vêtements calcinés.

— Ha ! s'exclama Aurélian, comme si tout cela n'était qu'une mauvaise plaisanterie. L'instinct ! Rien de plus.

Il se détourna de Falco, scrutant les gradins du creuset.

— Bon, il est passé où, ce foutu thaumaturge ? Il a une tonne de travail qui l'attend, et il est en retard !

— Pas en retard, s'éleva une voix. Juste en train d'observer.

Ils levèrent la tête. Mérédith Saker venait d'apparaître et descendait les marches. Il salua Falco avant de s'incliner devant les deux mages de bataille.

— Maître Cruz, Maître Dusaule.

Dusaule, songea Falco, regardant l'homme assis près du dragon. L'homme était grand, large d'épaules et avait des longs cheveux bruns. Il répondit au salut de Mérédith, l'expression de ses yeux circonspecte et méfiante.

Mérédith s'inclina ensuite devant le dragon, qui pencha la tête, comme surpris de recevoir pareille marque de courtoisie de la part d'un thaumaturge.

— *Juste en train d'observer*, hein ? répéta Aurélian en gratifiant Dusaule d'un regard lourd de sens. Le chevalier m'avait bien dit que tu avais un don pour la dissimulation.

Mérédith ne répondit pas. Il essayait de garder un semblant de maîtrise de soi, ce qui n'avait rien d'aisé en présence de deux mages de bataille et d'un dragon.

— Alors tu pourras peut-être m'expliquer pourquoi cet avorton ne peut invoquer une protection que lorsqu'il pense que sa vie est en danger ?

Falco parut ne pas avoir entendu le terme insultant employé par Aurélian.

— L'instinct, comme tu dis, confirma Mérédith. Falco n'a jamais appris à canaliser son aptitude. Ses pouvoirs ne se sont pour l'instant manifestés que sur le plan subconscient.

Mérédith avait consacré la plus grande partie de la nuit à relire des passages sur l'entraînement d'un mage de bataille. Le terme de guide semblait plus approprié. Le rôle du thaumaturge n'était pas tant d'enseigner que d'aider à reconnaître des capacités déjà présentes. Mérédith avait soigneusement étudié Aurélian quand il avait fait pleuvoir ses projectiles, mais il avait surtout scruté l'esprit de Falco. Au début, il n'avait senti que de la surprise, de la douleur, et un agacement grandissant, excepté à l'instant où Aurélian avait lancé la boule de feu : là, une énergie dormante s'était réveillée en Falco, évoquant l'image d'une bête fauve arrachée à son sommeil. La force s'était éveillée à la vie, irradiant dans tout le corps de Falco alors que les flammes l'enveloppaient. Hélas, elle avait disparu sitôt le danger écarté.

— J'étais capable de susciter une protection

basique dès l'âge de sept ans, dit Aurélian. À neuf, de fracasser des pierres et de fendre du bois.

— Mais Falco est malade depuis son enfance, intervint Mérédith. Il s'est toujours considéré lui-même comme quelqu'un de faible. Pour faire usage efficace d'une force, peu importe sa nature, cela exige d'y croire, sauf si on ne fait que réagir par instinct.

Falco haussa les épaules, quand Aurélian hocha la tête, comme si la vérité se faisait lentement jour en lui.

— Mais pourquoi seulement une protection ? demanda-t-il.

— Une conjuration ou une fortification nécessiteraient de la volonté, expliqua Mérédith.

— De quoi parles-tu, à la fin ? l'interrompit Falco, qui n'avait jamais entendu ces mots.

Tous le dévisagèrent, comprenant qu'il savait peu de chose sur la question.

— Ce sont des termes employés par les thaumaturges, lui enseigna Mérédith. Des catégories qui servent à définir les différentes manifestations d'une force magique.

Il examina soudain Falco avec une puissante intensité dans le regard.

Communication.

Falco chancela lorsque le mot résonna dans son esprit. Il ne l'avait pas véritablement entendu. On aurait dit que le son avait retenti dans son cerveau.

— Une boule de feu ressortirait à la conjuration, poursuivit Mérédith d'une voix tout à fait normale. Mais le terme s'applique aussi pour toute force ou énergie suscitée hors du corps. On appelle altération tout ce qui affecte un objet sans contact visible.

Falco opina du chef, se souvenant des diverses attaques lancées sur le dragon par Darius.

— La fortification est tout ce qui renforce ou fortifie le corps. Utile par exemple pour amortir un coup ou absorber l'impact consécutif à une chute depuis une très grande hauteur. La résolution s'emploie pour résister à la peur et à tout assaut sur l'esprit.

Aurélian poussa un grognement impatient.

— Un mage de bataille ne raisonne pas en ces termes, protesta-t-il. D'une certaine façon, tout ce que nous faisons est instinctif. Mais nous pouvons le faire à volonté.

Il étira le bras et ouvrit le poing. Un éclair d'énergie bleutée traversa le creuset et s'écrasa contre un bloc de pierre sur le mur opposé, laissant une encoche visible.

— Si tu comptes devenir mage de bataille, reprit-il sur un ton assez irrité, tu dois apprendre à faire toutes ces choses rien qu'en y pensant. Cela demande des efforts, te laissera épuisé si tu en fais trop, mais on ne raisonne pas en termes de catégories et de règles quand on se bat contre les Possédés.

Il ramassa l'épée et le bouclier et les tendit à Falco.

— Alors, Mérédith, comment vas-tu l'aider ? Comment vas-tu transformer l'instinct en acte volontaire et délibéré ? Comment vas-tu le sauver d'une mort certaine ?

Avec un net sentiment d'appréhension, Falco

saisit l'épée et ajusta le bouclier à son bras pendant que Mérédith le regardait anxieusement. Il n'avait pas pensé être mis à l'épreuve aussi rapidement.

— Il y a eu ce moment, commença Mérédith. Quand tu as suscité la boule de feu, il y a eu un éclair dans l'esprit de Falco. C'est sur ce point que je vais travailler.

Aurélian ne paraissait pas particulièrement convaincu lorsqu'il dégaina son épée. La lame était ébréchée et décolorée, mais son fil semblait mortel.

— En garde, décida le vieux mage de bataille d'une voix devenue froide et dure.

Falco sentit une soudaine angoisse le gagner. Même avec un seul bras, bossu et boiteux, Aurélian restait un adversaire intimidant. Mérédith se mit à l'écart, se demandant encore ce qu'Aurélian attendait de lui. Tout à coup, ce dernier bondit en avant dans une attaque qui aurait tué Falco s'il ne l'avait parée avec son bouclier. Il tituba cependant sous la force de cet assaut et eut quelque difficulté à recouvrer son équilibre.

— Que vas-tu faire, thaumaturge ? rugit Aurélian, repoussant Falco avec une série de bottes vicieuses.

Sous les yeux de Mérédith, paralysé par son sens du devoir, Falco luttait véritablement pour sa vie.

— Il va mourir, thaumaturge, haleta Aurélian. Les Possédés vont le démembrer et violer son âme. Et alors, que feras-tu, bordel ?

Dans une charge frénétique, Aurélian fit basculer Falco, piétina le bras qui tenait le bouclier, et fit sauter l'épée de ses doigts engourdis d'un violent coup de pied. Puis sa lame s'abattit pour délivrer le coup de grâce. Mérédith voyait déjà Falco mort… Au dernier moment, une force invisible fit voler l'épée, qui tournoya dans les airs. Elle atterrit en résonnant à plus de cinq mètres de là. Un silence pesant s'installa.

Dusaule était debout, les yeux rivés sur l'arène, semblant se moquer d'avoir sauvé la vie de Falco. Mérédith frissonnait sous le choc et Falco tremblait de tous ses membres. Aurélian Cruz, suffoquant de rage, s'approcha de Mérédith jusqu'à ce que son visage se retrouve à quelques centimètres à peine du sien.

— Le rite d'Assay n'a aucun point commun avec un tournoi de campagne organisé par des gens qui n'ont rien de mieux à faire ce jour-là, siffla-t-il. Il vise à briser un homme, dans l'espoir qu'il le surmonte et devienne incassable.

Mérédith tenta de reculer, mais Aurélian le saisit par la robe.

— Les thaumaturges frôlent les royaumes de l'enfer pour y éprouver ceux qui iront s'opposer aux démons des Possédés. Et tu peux être certain que Thrall et ton père ne se montreront pas tendres lors du rite de Danté. Alors, je vais te poser la question une dernière fois… Que comptes-tu faire pour l'y préparer ?

— Je l'ignore, répondit Mérédith d'une voix calme.

Pendant un moment, Aurélian maintint sa poigne d'acier, puis son visage se détendit et un sourire se dessina sur ses traits burinés.

— Enfin une touche d'humilité, dit-il en le relâchant. Peut-être reste-t-il quelque espoir en ce qui te concerne.

Il salua Dusaule, toujours assis à côté de Dwimervane, puis avança en boitant jusqu'à son épée. Il la ramassa, en chassa la poussière et la glissa dans son fourreau.

Mérédith rejoignit Falco. S'ils étaient des hommes par l'âge, ici, dans le creuset, ils se comportaient tels deux enfants apeurés.

Aurélian se rapprocha de Dusaule et de Dwimervane, qui s'étaient redressés.

— Demain, même heure, trancha-t-il en dépassant Falco et Mérédith. Et espérons que vous serez mieux préparés.

Et sur cette note ironique d'encouragement, il sortit de l'arène, suivi par le dragon et Dusaule.

Falco et Mérédith les regardèrent disparaître. Ils se dévisagèrent avec circonspection, comme s'ils se rendaient enfin compte de ce dans quoi ils s'étaient engagés.

— Tu n'as pas besoin de…, commença Falco, mais Mérédith leva la main pour l'interrompre.

— Cette sensation de picotement que tu as perçue lorsqu'il a suscité la boule de feu…

— Ce n'est rien, minimisa Falco. Juste un spasme nerveux. Je ressens la même chose avec la musique et les histoires qui m'émeuvent. La chair de poule, rien de plus.

— Non, lui assura Mérédith. Cet éclair. Cette poussée d'énergie. C'est par là que nous allons commencer.

Falco ne sut quoi dire, et Mérédith prit congé après s'être incliné, s'éloignant vers la tour des thaumaturges. Falco avait l'esprit confus. Ses bras étaient couverts de contusions à force d'avoir bloqué les coups d'Aurélian, et ses jambes lui paraissaient aussi lourdes que du plomb. Il regarda une dernière fois la grande arène puis, lentement, il gravit à son tour les imposantes marches pour sortir du creuset et redescendre vers l'Académie. Il était encore tôt, et il se demanda s'il devait se rendre au camp d'entraînement. Épuisé comme il l'était, il avait cependant besoin de réfléchir à ce que Mérédith lui avait dit.

Il connaissait la sensation dont Mérédith avait parlé, ce picotement qui commençait derrière les paupières et gagnait tout son corps, la petite mort qui hérissait les poils de ses bras et lui donnait l'impression de se sentir purifié.

Il s'immobilisa, ferma les yeux et se concentra. Cela pouvait-il véritablement être le début d'un pouvoir ?

Il rouvrit les yeux et inspecta ses mains, comme s'il les voyait pour la première fois. Elles le picotaient. *Oui*, songea-t-il… *C'était peut-être bien cela.*

36

Dans toute la création

À mesure que les jours passaient, Falco acquit la conviction qu'une place à l'Académie n'était pas tant une récompense qu'une punition particulièrement douloureuse. Il perdait tous les duels auxquels il participait, et les séances d'endurance physique – que les instructeurs appelaient « mise en condition » – le laissaient saisi de tremblements et nauséeux. Tout ça avant qu'il monte au creuset, où Aurélian le rouait de coups jusqu'à ce qu'il en soit épuisé et engourdi de la tête aux pieds. Il faisait pourtant des progrès. Il ne s'en rendait pas forcément compte, mais il comblait peu à peu le fossé qui le séparait des autres cadets. Il commençait également à reconnaître les sensations qui semblaient si évidentes pour Mérédith.

— Voilà ! annonça ce dernier un après-midi, alors que Falco tentait de résister à la pointe de lance qu'Aurélian pressait contre son torse. À présent, concentre-toi sur cette pointe et essaye de la repousser.

La journée était froide et lugubre, et le temps à la neige. Ils s'entraînaient ainsi depuis environ deux heures lorsque Mérédith voulut voir si Falco pouvait fortifier sa chair contre une pression continue en un point unique.

— Ce sera peut-être plus facile que de repousser des milliers de grains de sable, dit-il.

Aurélian ne semblait guère convaincu, il avait malgré tout pris la lance. Il l'avait apportée pour voir si Falco pouvait la dévier en cas d'attaque, Mérédith avait d'abord craint qu'il ne soit pas encore prêt pour un test aussi risqué. Aurélian se trouvait à présent avec la lance sous le bras, la pointe pressée contre le torse de Falco.

Yeux clos, se concentrant de toutes ses forces, Falco était certain que l'acier tranchant allait s'enfoncer dans sa chair. Il ne vit donc pas Aurélian serrer les mâchoires et peser sur la lance de tout son poids, dérapant légèrement sur le gravier. Les traits de Mérédith s'éclairèrent : le pouvoir de Falco commençait à se manifester.

— Ah, haleta ce dernier, s'écartant d'un coup. Ça ne sert à rien. J'abandonne.

La lance déchira le tissu de sa chemise et l'égratigna à l'épaule.

Aurélian lâcha une imprécation en basculant et recouvrit de justesse son équilibre. Falco s'écarta et posa une main sur son épaule ensanglantée. Son regard se porta vers Mérédith, mais il ne comprit pas l'expression de satisfaction qui se lisait sur ses traits. Aurélian le dévisageait comme s'il était le pire étudiant qu'il lui ait été donné d'avoir de toute sa carrière.

— Jette un coup d'œil à cette épaule, tu veux bien, Nicolas, pria-t-il Dusaule alors qu'il regagnait les marches. Je le ferais bien moi-même, seulement je crains d'être tenté de l'étrangler. C'est à se demander comment il a fait pour survivre aussi longtemps !

Il secoua sa tête et frotta le moignon de son bras gauche, engourdi par le froid. Dusaule arborait un léger sourire quand il se redressa et descendit prestement les marches.

Désorienté par l'irritation d'Aurélian, Falco se laissa faire. Dusaule lui remonta la manche, essuya la plaie avec un linge propre puis appliqua sa main sur la blessure. Falco grimaça d'abord de souffrance. Et enfin poussa un soupir alors qu'un picotement aigu gagnait toute l'estafilade avant de baigner son épaule dans une profonde sensation de chaleur. La douleur s'évanouit, et il se souvint brusquement des nombreuses fois où Siméon avait fait usage de ses pouvoirs de guérison pour s'occuper de ses divers maux. Lorsque Dusaule retira sa main, le sang ne coulait plus et la plaie donnait l'impression d'avoir déjà commencé à cicatriser.

— Merci, dit Falco en palpant précautionneusement son épaule.

Dusaule inclina la tête et salua Aurélian avant de retourner vers son siège. L'humeur de ce dernier ne semblait pas s'être améliorée. Il resta assis à marmonner jusqu'à ce que Dwimervane descende les marches en boitant pour s'installer à ses côtés.

— Je n'ai jamais vu quelqu'un être aussi ignorant de son potentiel, maugréa Aurélian comme s'ils étaient seuls.

Le dragon tourna la tête vers lui. Aurélian s'agita, se sentant brutalement coupable.

— Je sais, je sais, ce n'est pas sa faute, concéda-t-il enfin. C'est juste foutrement frustrant, voilà tout.

Dwimervane posa doucement la tête contre son épaule pendant quelques secondes, prenant soin de ne pas laisser ses cornes incurvées, longues de près de trente centimètres, se prendre dans ses vêtements. Puis, avec une certaine raideur, la créature descendit les marches, l'extrémité avant de son aile droite touchant la nuque d'Aurélian. Ce dernier lâcha un juron et Dusaule sourit. Le léger coup n'avait sans doute pas été accidentel.

Falco observa le dragon, ses écailles bleutées luisant sombrement dans la grisaille. L'animal semblait incapable de se dresser de toute sa hauteur et approchait en boitant et en penchant de côté, d'une façon qui n'était pas sans faire penser à Aurélian. Ses ailes étaient déformées et flétries, ratatinées par les brûlures, couvertes d'entrelacs de cicatrices. Les écailles de la partie droite de son corps donnaient l'impression d'avoir fondu et de s'être amalgamées. Falco se douta que cela expliquait sûrement pourquoi l'animal ne se tenait pas droit. Même ainsi, sa tête dépassait très largement celle de Falco en hauteur.

Le dragon le considéra avec une curieuse intensité, comme s'il essayait de déterminer à quel genre de créature il avait affaire. Ses yeux d'un jaune de feu se posèrent sur les brûlures du cou de Falco. Il leva une patte et écarta délicatement un pan de chemise à l'aide d'une griffe acérée. Au bout de quelques secondes, son regard se reporta sur le visage de Falco, qui y lut la question muette.

C'est vraiment un dragon qui a fait cela ?

Falco fut rongé par la culpabilité. Il savait que la vérité n'apporterait que de la douleur au dragon.

Après un moment, Dwimervane baissa la tête et, comme il l'avait fait avec celui de Toulwar, Falco pressa son front contre celui de l'animal. Il ferma les yeux et ressentit de nouveau ce profond sentiment de confiance, que venaient gâcher les questions pour lesquelles il n'avait pas de réponse.

Le dragon se recula lentement et, observant une dernière fois Falco, il s'approcha de Mérédith, qui fit quelques pas en arrière avant de s'immobiliser et de permettre à la créature de l'examiner. Les yeux du dragon donnèrent la sensation qu'il sondait les profondeurs de l'âme du jeune thaumaturge, puis il pencha la tête.

Aurélian lança un regard intrigué à Dusaule. Il était manifeste qu'il ne l'avait jamais vu se comporter de la sorte devant un thaumaturge.

— Presse ton front contre le sien, conseilla Falco. C'est leur façon à eux de se saluer.

Il ignorait d'où il tenait cela, mais il ne faisait absolument aucun doute à son esprit que c'était vrai.

Manifestement troublé, Mérédith pencha lentement la tête jusqu'à ce que la peau froide de son front entre en contact avec les écailles tièdes du dragon. Le thaumaturge était tendu, puis il poussa un grand soupir. Homme et bête se séparèrent et Falco ne fut pas surpris de voir des larmes dans les yeux de Mérédith. Il semblait embarrassé, alors Falco lui fit un petit signe de tête pour le rassurer. Il connaissait l'émotion débordante que procurait le premier contact avec un dragon.

— Parfait ! s'exclama Aurélian. Maintenant que les présentations d'usage sont faites, parlons un peu des dragons. Vous en aviez déjà vu un ? En dehors de celui de l'invocation ?

Il avait prononcé ces mots en marchant, posant une main sur le dos de Dwimervane.

Mérédith secoua la tête.

— J'ai vu le dragon de Dominic Ginola, à Toulwar, dit Falco.

— Et alors, tu en as pensé quoi ?

— C'est une femelle, et elle est magnifique, se souvint Falco.

— Oui, confirma Aurélian en souriant, c'est vrai.

Dwimervane les regarda l'un après l'autre, tout à fait satisfait de se savoir au centre de leur attention.

— Il n'y a que des femelles ? interrogea Mérédith.

— Non, répondit Aurélian. Elles sont juste plus nombreuses, mais cela ne fait aucune différence. Mâles ou femelles, les dragons se battent comme des furies.

De nouveau, Falco fut captivé. Il ne voyait pas les blessures et les infirmités de la créature, rien que sa beauté. De la ligne sinueuse de son cou jusqu'à la pointe mortelle de sa queue, des plaques d'armure sur son torse et ses épaules aux minuscules et parfaites écailles autour de ses yeux. Ses serres étaient aussi longues que des doigts, et ses dents blanches brillaient de l'éclat du métal poli.

— Est-il vrai que leurs écailles sont plus dures que l'acier ? demanda-t-il.

— Oui, acquiesça Aurélian. Mais ils semblent disposer d'une sorte de renforcement de cette protection naturelle. Il est très difficile de causer des dommages corporels à un dragon au summum de son énergie vitale, mais, s'il est épuisé, ou démoralisé, il est plus facile à blesser.

Quand il vit Falco tendre le bras, puis hésiter, Aurélian l'encouragea. Falco posa la main sur l'épaule de Dwimervane. Les écailles paraissaient dures et chaudes au toucher, comme une sorte de métal luisant. On sentait une petite arête au centre de chacune d'elles, et leurs bords étaient acérés. Sous la pression de sa main, les écailles bougèrent légèrement.

— Allez, le soutint Aurélian en riant. Monte. Ne t'inquiète pas, il ne mord pas. Tu te mets à hauteur de son épaule et tu as juste à passer ta jambe, exactement comme tu le ferais avec un cheval.

— Je pensais que vous utilisiez des selles, intervint Mérédith, toujours en retrait.

— C'est le cas, lui confirma Aurélian. Même s'il s'agit plutôt d'un harnais. Cela dit, on peut très bien s'en passer. La preuve…

Alors que Falco s'installait, il sentit les écailles bouger sous lui ; on aurait dit qu'elles s'adaptaient à sa morphologie. Mieux, elles parurent le serrer légèrement pour le caler.

— Crois-moi, dit Aurélian. Quand tu attaques en piqué pour la première fois, cette sensation d'être maintenu immobile sera la seule chose qui t'empêchera de faire dans ton froc.

— Alors pourquoi utiliser un harnais ? demanda Mérédith.

— Les écailles n'accrochent pas si bien avec une armure, précisa Aurélian.

Dwimervane regarda par-dessus son épaule pour s'assurer que Falco était assis convenablement, puis il se dressa sur ses pattes arrière et battit de ses ailes difformes.

Le pouls de Falco accéléra. La sensation de puissance sous lui était incomparable, dépassant et de loin tout ce qu'il avait pu ressentir avec un cheval, et même ressentir tout court. Une impression de déjà-vu s'empara pourtant de lui, et il n'arriva pas à chasser cette idée, une fois Dwimervane dressé de toute sa hauteur. Le dragon émit un rugissement qui se répercuta dans tout le creuset, semblant démentir sa condition physique. Une grosse boule de flamme jaillit de sa gueule et alla s'écraser sur les marches de pierre.

Mérédith vacilla et recula, levant les bras pour se protéger de la férocité de cette démonstration de puissance. Aurélian éclata de rire.

— Le champ de bataille lui manque, expliqua-t-il avec une fierté évidente, avant de s'adresser au dragon. Tu nous montres ta force, hein ?

Sur ce, il se plaça devant Dwimervane et posa la tête de l'animal contre son épaule. Celui-ci lui donna un petit coup qui le fit chanceler, mais il n'en rit que de plus belle.

— Comment font-ils ? demanda Mérédith,

surmontant lentement sa stupeur. Comment arrivent-ils à faire face à un démon alors que tous les autres animaux s'enfuient de terreur ?

La scène lui avait fait penser au dragon noir de la Citadelle des Quatre Vents.

— Tout s'explique par l'âme, dit Aurélian en réponse à la question de Mérédith, tandis que Falco redescendait à terre.

Il dégaina son épée et vint se placer devant les deux jeunes gens avant de reprendre.

— Dans toute la création, on ne trouve d'âme qu'en trois choses : les hommes, les dragons, et dans l'épée d'un mage de bataille. C'est la force d'une âme qui permet à cette dernière d'affronter la présence du mal, une âme imprégnée ou forgée par les cauchemars d'un enfant. Nul ne sait comment les dragons sont capables de résister à la peur, mais quelque chose les a préparés à faire face aux démons de l'enfer, et soyez bien certains que ce quelque chose n'a pas dû être facile.

Il regarda de nouveau Dwimervane, qui semblait comprendre ce qu'il était en train d'expliquer.

— Les dragons, mâles et femelles, sont nos frères et nos sœurs, reprit-il. Notre salut et notre espoir. Sans eux, nous sommes perdus.

Falco entendit les accents de vérité, d'amour et de tristesse, dans les propos d'Aurélian. Il vit que Dusaule le contemplait, son beau visage rongé par le chagrin et la culpabilité.

Notre salut et notre espoir, songea Falco. *Et toi, tu as été contraint d'en tuer un.*

— Tu apprendras tout cela, continua Aurélian,

clignant des yeux comme s'il voyait trouble. Du moins, si tant est que tu sois capable d'apprendre quoi que ce soit.

L'homme n'avait pas tardé à retrouver son ton grinçant coutumier.

— Qui a forgé ton épée ? voulut savoir Mérédith.

Dans ses lectures sur le sujet, il avait vu que l'épée d'un mage de bataille était fabriquée par un armurier d'exception, et que la chaleur y était fournie, non par une forge, mais par le mage lui-même.

— Celui à qui l'on doit toutes les épées de mages depuis les trente dernières années, rapporta Aurélian. Antonio Missaglias. Il n'était qu'un simple apprenti quand il a façonné celle-là.

Il brandit son épée de sorte que les deux garçons puissent la voir de près. Le métal offrait un aspect magnifique, comme si une onde courait le long de la lame. On appelait ce genre de motif « le serpent dans l'épée », quelque chose de particulièrement difficile à réussir, même en forgeant une lame de façon classique.

— Sacrément précoce, le bonhomme. D'aucuns affirment que c'est un génie, ce qui est tout aussi bien. Quand je fais des invocations, on va dire que c'est toujours assez chaotique. C'est étonnant que le métal n'ait pas explosé.

— Je ne comprends pas, intervint Falco.

— Un mage de bataille se sert de son pouvoir pour chauffer la lame au-delà des capacités d'une forge normale, l'éclaira Mérédith. Mais il faut aussi contrôler cette chaleur et prendre bien soin de la contenir, sinon elle pourrait rendre l'arme inutilisable. C'est la seule façon de produire une épée qui peut survivre aux forces dont elle se fera le vecteur.

— Par bonheur, Missaglias et moi, on se connaît depuis qu'on était des marmots de votre âge. Ça l'a aidé à lire le métal et à faire correspondre la personnalité de l'arme aux caprices de mon pouvoir.

Falco était intrigué. Aurélian parlait de l'épée comme s'il s'agissait d'une créature vivante. Il tendit le bras pour la toucher, et une note aiguë tinta dans son esprit. Il retira la main dans sa surprise.

— Peuh ! s'exclama Aurélian. Même ma lame sait que tu es un mage de bataille. Allez, viens. On va travailler un peu tes mouvements de jambes et on s'arrêtera là.

Sur ce, il donna un petit coup de coude à Falco. Mérédith s'installa sur la marche la plus basse pour assister au spectacle. Falco n'avait plus grand-chose à voir avec ce serviteur chétif que les gens avaient connu à Caer Dour. Et même si le jeune homme ne s'en rendait pas encore compte, Mérédith sentait le pouvoir croître dans le corps de Danté. Mieux : il ressemblait de plus en plus à un guerrier.

Alors que les deux combattants échangeaient des coups, le regard de Mérédith fut attiré par Dwimervane, qui observait attentivement le duel. Mérédith n'avait jamais vécu quelque chose approchant sa rencontre avec Dwimervane. C'était à la fois une leçon d'humilité et une expérience irrésistible, incroyablement différente de la peur aveugle qu'il avait ressentie en présence du dragon noir.

Lors de ses premières recherches dans la tour,

il en avait appris davantage sur la formation d'un mage de bataille. Ce soir, cependant, quand tout le monde serait endormi, il se rendrait dans la cinquième pièce, là où étaient entreposées les archives sur les dragons. Quelque part dans ce fonds devait certainement se trouver la réponse à la question qui l'obsédait : *où la folie des dragons noirs prenait-elle sa source ?*

37

Les Dalwhinnies, la « totale » et l'épreuve de Bravoure

Mérédith n'était pas le seul à voir une différence chez Falco. Les autres cadets la mesuraient aussi peu à peu. Après trente jours, il faillit rattraper l'avant-dernier lors de la course matinale. Le jeune Achéronien n'était pas le plus leste de la troupe et il se retrouvait régulièrement à la traîne, mais quand il vit Falco se rapprocher au moment du sprint final, il puisa dans ses ultimes réserves d'énergie afin d'éviter d'être battu. Falco passa ensuite le reste du petit déjeuner à avoir des haut-le-cœur, alors qu'il n'avait rien avalé. Mais les expressions qui se lisaient sur les visages des cadets étaient éloquentes : on ne pouvait plus faire comme s'il n'existait pas.

Il restait le plus faible du groupe, avait plus de bleus et de coupures que tous les autres réunis, en revanche rien ne l'arrêtait. En dépit des corrections répétées qu'il recevait sur le terrain, il semblait gagner en stature chaque jour qui passait. Il agrippait désormais son épée avec une poigne sans faille et adoptait une position de combat, pas comme quelqu'un qui apprend, plutôt comme quelqu'un qui se souvient que ses adversaires sont aguerris.

Les cadets s'entraînaient depuis cinq semaines, et ils commençaient à émettre des spéculations sur le retour des apprentis chevaliers.

— L'épreuve de Bravoure dure normalement quatre semaines, expliqua Alex tandis qu'ils se levaient un matin. Ils devraient être de retour d'un jour à l'autre, à présent.

Alex et Bryna attendaient ce retour avec une impatience particulière. Au cours des semaines écoulées, ils n'avaient au mieux que deviné les chevaliers en formation, courant dans les montagnes ou au cours d'exercices dans les hauteurs, alors qu'eux-mêmes redescendaient vers les casernes pour le dîner. Un des cuisiniers prétendait même les avoir vus à quelques kilomètres de là, près des côtes, poussant un chariot rempli de caillasses sur une route boueuse. « Gelés, détrempés et complètement crevés », avait-il résumé.

Leur dernière apparition datait de quatre nuits, lorsqu'ils avaient surgi dans un grand fracas aux écuries, juchés sur des montures qui semblaient près de s'écrouler. Les hommes paraissaient tout aussi harassés, mais on ne leur avait pas laissé un instant de répit. Les palefreniers tenaient déjà à leur disposition des montures fraîches, et, le temps de transférer leur harnachement d'un cheval à l'autre, ils étaient repartis dans les ténèbres qui allaient s'épaississant. Falco avait entraperçu Malaki, notant simplement que son avant-bras gauche était bandé et sanguinolent.

Ils s'inquiétaient donc pour leurs amis, mais ce n'était pas la seule chose qui pesait sur les consciences d'Alex et de Bryna à leur réveil, à l'aube de cette nouvelle journée d'entraînement. Leur évaluation initiale touchait à sa fin, et ils apprendraient ce jour-là leur affectation. Certains se verraient confier le commandement d'unités se préparant à retourner au front, d'autres d'escouades n'ayant aucune expérience du combat, et constituées d'hommes appartenant aux Irréguliers de la reine stationnés ici à Ire.

— J'espère obtenir une compagnie d'infanterie, annonça Alex tout en enfilant ses bottes.

Falco émit un grognement en l'imitant.

— Ça va ? s'enquit Bryna.

— Je vais bien, dit Falco. Et toi ? Qu'aimerais-tu ?

Il avait l'impression d'avoir été roué de coups pendant son sommeil, mais il se sentirait mieux une fois qu'ils seraient en route.

— Peu importe, répondit-elle, tant que ce ne sont pas des bleus.

— Et pourquoi ça ? demanda Alex.

— Tu devrais voir ce qu'on doit leur apprendre, rétorqua la jeune femme alors qu'ils sortaient des baraquements et se dirigeaient vers le terrain. Ce n'est pas qu'une question de portée et de tir. Il y a les Rafales. Rafales de Cinq et Rafales de Dix. C'est une manœuvre dont on se sert quand on est confronté à un adversaire massif qui s'approche de trop.

Falco et Alex ne semblaient pas mieux comprendre pour autant.

— Pour faire simple, vous vous y mettez par cinq ou dix, chaque groupe ayant un cibleur désigné par avance. Le cibleur est celui qui choisit un point précis, et c'est cet endroit que tous les autres doivent toucher en même temps.

— On dirait une recette pour aller tout droit à l'échec, remarqua Alex.

— C'est bien le cas, confirma Bryna. Nous l'avons essayé il y a peu, et j'ai failli arracher l'oreille d'Allyster.

Falco et Alex éclatèrent de rire.

— Je ne rigole pas ! s'exclama Bryna d'un air désespéré. Il y avait du sang partout !

Ils entrèrent dans la tente qui jouxtait le terrain, et qui vibrait d'excitation. Un petit groupe de cadets entourait Jarek près des tables sur lesquelles étaient disposées les armes.

— Je plains l'unité dont il va prendre le commandement, marmonna Alex, tout en se préparant pour leur course matinale quotidienne. Il n'écoute jamais les autres.

Jarek paraissait faire semblant d'être d'humeur joyeuse. Le ciel à l'est commençait tout juste à rosir quand ils s'élancèrent vers les hauteurs, mais Falco décida de se ménager. Il voulait garder quelques forces en réserve. Il était déterminé à remporter au moins un duel. Même en avançant à un rythme tranquille, le reste des cadets était déjà à la moitié du petit déjeuner lorsqu'il revint. S'asseyant aux côtés de Bryna et d'Alex, il se remplit la panse de pain, de bacon et d'œufs avant de sortir pour s'installer sur un banc.

— Aujourd'hui, à la pause de la mi-journée, nous vous indiquerons vos unités d'affectation, annonça l'émissaire. D'ici là, nous allons essayer quelque chose de différent.

Les assistants étaient en train de disposer des cuirasses rembourrées sur les tables.

— Vous allez vous frotter à des duels à pleine vitesse et en contact réel.

Les cadets se dévisagèrent prudemment. Les plus confiants semblaient excités par ce défi alors que Falco se résignait à une nouvelle et douloureuse matinée de raclées. Sir William prit deux épaulières et un casque. L'équipement était similaire à celui qu'ils utilisaient au cours de leurs séances habituelles, si ce n'est que l'armure était plus complète et nettement plus renforcée.

— Le cuir a été bouilli pour le rendre bien plus dur, expliqua l'émissaire, tapotant la surface rigide. En outre, le heaume est recouvert de ce maillage, de sorte que pas même la pointe d'une épée ne puisse le transpercer.

Il fit tourner le casque afin que les cadets puissent voir ce dont il parlait, puis il fit signe à l'un d'eux d'avancer. Les assistants l'équipèrent de pied en cap.

— Dans la plupart des écoles de bataille, on appelle ceci l'armure lourde, poursuivit l'émissaire. Mais ici, à l'Académie, on la surnomme la « totale ».

Tout le monde éclata de rire et la recrue agita les mains, montrant ainsi qu'elle était capable de se mouvoir sans entraves.

— Nous utiliserons des épées en bois pour cet exercice. Ne vous inquiétez pas, l'armure est tout à fait à même de vous protéger.

Il illustra ce point en assenant un puissant coup sur le bras du jeune homme sans lui causer le moindre dommage. Les cadets passèrent leurs cuirasses et commencèrent à s'échauffer, s'habituant peu à peu à la façon dont cet équipement affectait leurs mouvements. Même s'il faisait toujours froid, Falco se retrouva bien vite à transpirer. Il ôta ses gants et son casque alors que les adversaires du premier duel étaient tirés au sort.

Il était excitant de regarder ces joutes où personne ne retenait ses coups, ce qui était quand même différent de leur routine. L'affrontement s'éternisa et les lames s'entrechoquèrent encore et encore, jusqu'à ce que la cloche ait retenti sept fois. En dépit de leur épaisse protection, lorsque les deux hommes ruisselant de sueur ôtèrent enfin leur casque, tous virent leurs nez ensanglantés et quelques vilaines ecchymoses.

Falco se rendit compte que son cœur battait plus vite. Il restait de moins en moins de noms à tirer dans le sac, mais il n'avait toujours pas été appelé. Bryna était assise à côté de lui, ses opulentes mèches auburn collées sur son visage par la transpiration, le visage luisant d'excitation. Elle venait de se distinguer dans un duel qui l'avait opposée à un combattant bien plus imposant qu'elle.

— Falco Danté ! annonça le laniste Deloix, tendant la plaque sur laquelle était inscrit son nom. Et Jarek Snidesson !

Un murmure monta des rangs. C'était la première fois que ces deux-là se retrouvaient confrontés. Nombreux furent ceux qui en rirent, et plusieurs à donner une petite tape amicale sur l'épaule cuirassée de Jarek tandis que celui-ci passait son casque et avançait pour affronter son adversaire.

— Botte-lui le cul, murmura Alex à l'adresse de Falco, qui posait le heaume rembourré sur sa tête.

Celui-ci ajusta ses gants, son bouclier et saisit son épée en bois lestée. Bryna le gratifia d'un sourire déterminé. Alors qu'il rejoignait son adversaire, elle fut frappée par sa taille. Falco n'avait plus rien à voir avec le gamin maigrichon et voûté de Caer Dour. C'était bien un cadet de l'académie de la Guerre.

Si Falco était là pour gagner ce duel et rien de plus, il devint très vite évident que Jarek cherchait avant tout à prendre sa revanche. Les instructeurs avaient à peine donné le signal du commencement qu'il se jetait en avant, envoyant basculer son adversaire d'un coup de bouclier. S'ensuivit une série de coups violents qui visaient la tête et le cou de Falco, lequel réussit cependant à tous les parer. Il esquissa même une attaque sur la jambe d'appui de Jarek, mais ce dernier parvint à le toucher sur l'arrière de la cuisse. Falco se maudit d'avoir laissé Jarek tromper sa garde et secoua la jambe pour faire passer la douleur cuisante. La cuirasse avait beau être efficace, elle ne l'était pas contre un coup comme celui-ci.

Jarek recula, les instructeurs comptabilisaient le point. Les deux adversaires reprirent leur position l'un en face de l'autre. La victoire était accordée sur les cinq meilleurs coups assenés, et Jarek semblait résolu à en terminer au plus vite. Cependant, lorsqu'il s'élança de nouveau à l'attaque, Falco l'attendait de pied ferme. Il fit un pas de côté et Jarek fut contraint de se tordre d'une façon bien peu gracieuse pour éviter la lame qui allait s'abattre sur son dos. Il pivota sur lui-même et son revers ricocha sur le bord du bouclier de son rival, ratant sa tête d'un cheveu.

— Oh ! s'écrièrent les cadets alors que Jarek recouvrait son équilibre.

Falco lança une série d'attaques, mais Jarek para celles-ci sans difficulté avant de se baisser d'un coup et de porter une botte sous le bouclier de Falco.

— Touché ! s'écria Magnus à la vue de la lame glissant sur le plastron de Falco et s'enfonçant dans sa hanche.

Ce dernier ignora la douleur et se mit en position de défense.

Une nouvelle fois, Jarek tenta d'attaquer par le bas puis par le haut. Au lieu de chercher à s'éloigner, Falco s'avança, dévia l'épée de son assaillant et lui porta un coup au torse.

— Touché ! annonça Magnus.

Les cadets poussèrent un cri de surprise, et Alex lâcha une exclamation enflammée. Même si son visage était dissimulé, tout le monde voyait bien que Jarek fulminait. Sa tête était penchée et ses épaules rentrées, non en signe de soumission, mais d'une façon qui trahissait son envie de se venger.

Au signal, il se jeta sur son opposant. Falco leva une jambe pour éviter un premier coup, puis fit passer son épée de la droite vers la gauche pour bloquer les deux attaques ultérieures. Il avait anticipé les deux feintes, et l'irritation de Jarek allait croissant.

Falco contourna son adversaire et manqua de peu de marquer un point, mais Jarek pivota sur ses talons à une vitesse inouïe. Si Falco esquiva l'épée qui s'abattait sur lui, il ne put éviter le bord du bouclier, qui s'écrasa sur sa tempe et fit voler son casque. L'attaque envoya Falco à genoux. Du coin de l'œil, il vit Magnus approcher, bras levés pour mettre un terme au duel, mais il arrivait trop tard. L'épée de Jarek s'abattait déjà sur sa tête nue. Il était clair pour tout le monde qu'il allait lui fendre le crâne. Il n'avait pas le temps de parer le coup. Cela ne voulait pas dire pour autant qu'il ne pouvait pas arrêter l'attaque.

En un clin d'œil, Falco fit appel à ses ressources mentales. Un bruit retentit, qui fit penser au crépitement d'un éclair, et l'épée de Jarek explosa en une nuée d'échardes, volant au-dessus de la tête et des épaules de Falco tandis que Jarek vacillait sous le choc. Pris de panique, il arracha son propre casque, dévisageant Falco comme s'il s'agissait d'une sorte de monstre. Mais ce n'était pas un monstre, juste un mage de bataille dont le pouvoir était enfin en train d'éclore.

Les cadets étaient horrifiés, et même les instructeurs paraissaient choqués.

Seul l'émissaire ne semblait pas affecté et il s'interposa. Il posa une main sur le bras de Jarek et s'assura qu'il n'était pas blessé. Ce dernier écarta cette main d'un geste et partit en titubant. Sir William se retourna vers Falco.

— Tout va bien, dit-il, l'aidant à se redresser. Personne n'a été blessé. Tout va bien.

Falco tremblait de partout, et la peur le disputait à l'incrédulité dans ses yeux verts.

— Je l'ai arrêtée, hoqueta-t-il. Je ne voulais que l'arrêter.

— Et tu as réussi, répondit l'émissaire.

Falco était sur le point de pleurer, et Sir William comprit soudain ce qui troublait le jeune homme.

— Je ne deviendrai pas comme mon père, lâcha Falco d'une voix sourde. Je ne deviendrai pas un assassin.

— Ça n'arrivera pas, acquiesça l'émissaire, lui posant une main sur l'épaule, sachant pertinemment qu'il ne pouvait rien promettre de tel.

Falco poussa un profond soupir alors que Bryna et Alex accouraient à ses côtés.

— Il va bien ?

— Oui, leur confirma Sir William tout en gratifiant Falco d'un sourire rassurant. Aurélian se doutait que quelque chose dans ce genre se produirait. Allons manger un morceau, et ensuite il sera temps de vous dire à quelles unités vous serez affectés.

Bryna et Alex escortèrent Falco dans la tente tandis que Sir William s'entretenait avec les instructeurs. Ils l'installèrent sur un banc et l'aidèrent à se défaire de l'encombrante cuirasse.

Falco remercia Bryna, qui lui tendait une coupe d'eau. Tout en avalant quelques gorgées, il regarda les cadets rassemblés à l'autre bout de la tente. Ils échangeaient à voix basse et lançaient des coups d'œil dans sa direction.

— Ils sont effrayés, commenta-t-il.

Bryna se contenta de hocher la tête. Alex semblait assez nerveux, mais il finit par sourire.

— Je suis sûr que Jarek a bien failli se chier dessus, lâcha-t-il.

La tension s'évanouit à l'instant où les trois amis éclatèrent de rire.

Owen, Allyster et plusieurs cadets valençais se détachèrent de l'autre groupe et s'approchèrent. Ils restèrent quelques instants devant Falco, l'air embarrassés.

— Nous savions que tu le ferais, dit enfin Owen. Depuis la bataille dans les montagnes, nous savions tous que tu y arriverais.

L'émotion submergea Falco, et il les gratifia d'un rapide signe de tête.

— Joli coup, commenta Allyster alors qu'ils s'apprêtaient à repartir. Par-dessus le bouclier de Jarek.

Falco sourit, et l'instant d'après ils se retrouvaient de nouveau tous les trois.

L'heure du déjeuner arriva. Falco avait beau être affamé, il n'avait pas le cœur à manger. Il venait d'arrêter la trajectoire d'une arme par sa seule pensée. Pour la première fois depuis le début de son entraînement, il n'avait qu'une hâte : partir au creuset pour parler à Aurélian. Les gens ne cessaient de lui adresser des regards en coin, et il fut soulagé de voir apparaître les lanistes Magnus et Deloix, chacun tenant un rouleau de parchemin qu'ils épinglèrent sur les poteaux plantés près du centre de la tente.

Tous se pressèrent pour découvrir quelles seraient les unités dont ils auraient le commandement pour les six prochains mois. Falco resta assis là où il se trouvait. Quelques instants plus tard, Alex parvenait à s'extraire de la masse des cadets et revenait vers Falco.

— Eh bien ? s'enquit ce dernier. As-tu obtenu une compagnie d'infanterie ?

Alex arborait une mine plus grave que jamais, et il se contenta d'opiner du chef.

— *Die Verbannten*, annonça-t-il d'une voix légèrement sonnée. « Les Exilés ». Le nom ne te dira rien, mais c'est une compagnie composée de réfugiés illiciens venant de toutes les régions. Des combattants qui ont tout perdu.

Falco sentit que le poids des responsabilités s'était abattu comme une chape de plomb sur les jeunes épaules de son ami. Il se doutait que le hasard n'était sûrement pas entré en compte quand on avait donné le commandement de cette compagnie-là à un homme pour qui toute nouvelle aube était source de joie presque puérile.

— Et lui ? continua d'interroger Falco en montrant du doigt Jarek, qui s'éloignait, brandissant le poing en signe de victoire.

— Hussards royaux, annonça Alex distraitement.

— Ça semble plutôt injuste, observa Falco. Je ne vois pas pourquoi il devrait être récompensé en obtenant une compagnie royale.

— Tu te méprends, le contredit Alex. Notre

cousin nous a expliqué qu'ils donnaient les unités les plus difficiles aux meilleurs candidats. Les hussards royaux sont déjà entraînés. Ils ne confient une telle unité qu'à un commandant peu capable.

Falco hocha lentement la tête. Il semblait que Jarek ignorait tout de cette convention et était manifestement enchanté de pouvoir diriger une compagnie de cavalerie légère aussi prestigieuse. Leur attention fut détournée par l'arrivée de Bryna, quelque peu troublée. Plusieurs cadets la suivaient du regard, riant d'elle comme si elle avait été l'objet d'une bonne plaisanterie.

— Tu as eu qui ? demanda Falco alors que Bryna s'asseyait à la table.

— Je ne sais pas qui ils sont, mais tout le monde s'accorde à penser que c'est hilarant, dit-elle, jetant un coup d'œil aux cadets, dont certains étaient toujours en train de ricaner.

— L'unité en question a-t-elle un nom ? la questionna Alex.

— Il y avait juste écrit : « Bryna Godwin, Dalwhinnies », expliqua-t-elle, ce qui laissa Alex bouche bée.

— Ils t'ont donné les Dalwhinnies ?

Bryna se contenta de hocher la tête.

— Quel est le problème ? demanda Falco. Qui sont les Dalwhinnies ?

— Une compagnie d'archers des Irréguliers de la reine, dit Alex, qui essayait manifestement de contenir un fou rire. Imagine-toi deux cents braconniers, sous-fifres, déserteurs et voleurs, tous plus pochards les uns que les autres et cherchant la bagarre du matin au soir.

On avait confié à Bryna la tâche de transformer une meute de mécréants irrécupérables en force de bataille efficace et disciplinée. Soudain, elle pencha la tête, comme si une pensée venait de surgir à son esprit.

— J'ai été formée par un braconnier, annonça-t-elle, ce qui provoqua la stupeur puis l'hilarité des deux garçons.

Les discussions animées à propos de qui avait reçu quoi cédèrent la place à des questions plus sérieuses sur ce qu'on attendait d'eux. L'émissaire leur expliqua que les compagnies deviendraient une troupe d'entraînement, version réduite d'une véritable armée, ce qui leur permettrait non seulement de s'exercer au commandement individuel, mais également d'apprendre à opérer en tant que simple composante d'un groupe de taille plus importante.

— À la fin de l'hiver, vous serez envoyés en manœuvre dans une autre ville, leur annonça Sir William. Vous travaillerez tous les aspects, de la tactique aux approvisionnements en passant par la logistique, sans oublier le triage des blessés sur un champ de bataille et l'organisation d'un hôpital de campagne.

» Vous apprendrez tout ce qu'il faut sur les missions en éclaireur, les communications, les cartes, les différentes formes de marche et le déploiement stratégique, ainsi que les règles de l'étiquette politique et la gestion des réfugiés. Vous pensiez donc qu'on allait passer l'année à vous répéter comment on balance une épée ?

Tandis que les cadets prenaient peu à peu la pleine mesure des implications de leur nomination, Falco s'éclipsa. Il était plus qu'impatient de discuter de ce qu'il avait fait, mais il était également particulièrement nerveux. Lorsqu'il atteignit le bord du creuset, il aperçut Aurélian, Dusaule, Mérédith et Dwimervane. Il était évident qu'ils avaient entendu parler de ce qui s'était passé le matin.

Dwimervane et Dusaule étaient assis à leur place habituelle, légèrement en hauteur. Mérédith se leva pour rejoindre Falco. Dans l'arène, Aurélian avança vers Falco qui, n'en pouvant plus, marcha à sa rencontre. Pendant un moment, le vieux mage de bataille se contenta de le dévisager. Falco était certain qu'il allait recevoir une série de reproches, mais Aurélian posa sa grande main sur la nuque du jeune homme, qu'il gratifia d'une étreinte virile.

S'il y avait bien une chose à laquelle Falco ne s'attendait pas de sa part, c'était un geste de tendresse.

— Ne t'en fais pas, mon garçon, le réconforta-t-il d'une voix sourde. Une épée n'est rien d'autre qu'une épée. C'est la façon dont nous nous en servons qui compte.

Falco sentit sa gorge se nouer. Il s'était demandé comment il allait expliquer ce qu'il ressentait – la peur de posséder un pouvoir capable de tuer. C'était inutile. Aurélian savait. Comme tous les mages de bataille avant lui… il savait.

— À présent, montre-moi donc ce que tu as appris.

Et sur ce, il donna une telle claque sur la nuque de Falco que des étincelles vinrent danser devant ses yeux.

Aurélian recula et Mérédith s'approcha, curieux de ce que Falco avait découvert au juste.

— Je ne suis pas certain de pouvoir le refaire, dit-il alors qu'Aurélian se penchait pour ramasser une poignée de sable. C'est simplement que…

Il n'eut pas le temps de finir qu'Aurélian lui jetait le sable grossier en plein visage. Falco blêmit en anticipant la morsure sur sa peau, mais en même temps il décida que cela ne devait pas être, et les grains s'embrasèrent au moment où ils heurtaient la barrière invisible qui venait de se dresser à quelques centimètres devant lui. Un nuage de poussière tomba lentement vers le sol.

— Ha ! s'exclama Aurélian. Enfin !

Il avait l'air enchanté. Mérédith était sonné et, sur les marches, Nicolas Dusaule considérait Falco avec un demi-sourire plus triste qu'autre chose.

— Tu as vu ? demanda Aurélian en se tournant vers Mérédith. C'est suffisant pour toi ?

Ce dernier ne put que hocher la tête. Il fallait plusieurs heures à un thaumaturge pour dresser une barrière comme celle-là. Falco l'avait fait rien qu'en y pensant. Même s'il était impuissant à mettre des mots sur une telle démonstration, il croyait en avoir saisi l'essence. Il allait essayer de voir comment, au moyen de quelques ajustements, cette force pourrait être domptée et contrôlée.

Ils passèrent les deux heures suivantes à tester les limites des nouvelles capacités de Falco.

— La prochaine étape consiste à donner forme à tes défenses et à les projeter, de sorte que tu puisses t'en servir pour protéger les autres, expliqua Aurélian.

Le champ défensif de Falco semblait épouser les contours de son corps à la façon d'un bouclier invisible disposé à quelques centimètres autour de sa peau. Mérédith voyait bien tout l'intérêt qu'il y aurait à modifier la forme de ce bouclier, mais décrire les changements à opérer dans l'esprit de Falco n'était pas chose facile.

— Essaye d'imaginer une sphère. Une sphère est une forme naturelle. Une fois que tu y parviendras, nous tenterons de la matérialiser à distance.

Falco acquiesça en silence, bien trop fatigué pour entreprendre l'exercice sur-le-champ. Il avait l'habitude de l'épuisement physique, mais cette fatigue mentale n'était pas comparable.

— C'est comme pour tout, le rassura Aurélian. Ça sera mieux à force d'entraînement.

Il lui tapota le dos et Falco fut surpris de la satisfaction que lui-même ressentait à pouvoir enfin faire plaisir au vieux bougon.

— On va s'arrêter là pour aujourd'hui. Tu te reposes cet après-midi et tu te fais une bonne nuit de sommeil. On recommence demain. Et comme tu es épuisé, Nicolas va t'accompagner sur le chemin du retour.

Dusaule apparut à son côté, et tous deux gravirent les pentes du creuset. Titubant de fatigue lorsqu'il fallut descendre vers les baraquements, Falco avançait comme dans un songe. Il eut vaguement conscience de manquer de tomber par deux fois, mais Dusaule était là pour le rattraper. Il ne se souvint pas de s'être endormi debout ni que Dusaule l'avait saisi pour le porter sur les deux cents derniers mètres avant de le coucher sur son lit.

Il se réveilla quelque temps plus tard, alors que les cadets revenaient de leur session d'entraînement de l'après-midi. Il ouvrit les yeux, se sentant vidé, mais reposé. L'excitation des recrues était à son comble quand elles déboulèrent dans la chambrée. Toujours groggy, Falco se redressa et s'assit sur le bord de son lit.

— Tu as l'air en vrac, observa Bryna.

— Je vais bien, dit Falco, qui aurait été très heureux de dormir encore.

— Je meurs de faim ! s'exclama Alex. Allons voir ce qu'ils ont prévu pour le dîner.

Falco hocha la tête et s'étira en bâillant.

— Je pourrais manger un cheval…

— Deux porcs et un poulet, poursuivit Alex, complétant l'expression d'usage chez les cadets, qui avaient tous noté une importante augmentation de la quantité de nourriture ingérée.

Ils gagnèrent le réfectoire et s'installèrent. Falco, menton en appui sur le creux de sa main, engloutit patates bouillies, panais rôtis et agneau braisé tandis que Bryna et Alex discutaient hiérarchie et ordres donnés sur un champ de bataille. L'excitation ambiante laissait lentement la place à un murmure rassasié lorsqu'un cadet ouvrit la porte d'un coup.

— Les chevaliers sont arrivés ! cria-t-il. L'épreuve de Bravoure est terminée !

Le réfectoire se vida en quelques secondes dans un immense brouhaha, et tous foncèrent vers la grande porte cintrée. Ils aperçurent une masse de silhouettes s'approcher à la lueur des torches. Tous avaient l'air crasseux, étaient courbés sur leurs montures, et visiblement harassés. Il pleuvait et il faisait froid, et les pitoyables chevaliers semblaient n'avoir qu'une idée en tête : gagner leur baraquement et se mettre au lit.

Les cadets commencèrent à reconnaître des amis et ils coururent les accueillir et les aider. Dans les chambrées, ils les entourèrent de couvertures et les installèrent près de feux, leur servant des boissons chaudes et restant à proximité dans l'espoir d'entendre quelque compte rendu de ce par quoi ils étaient passés. Mais les chevaliers n'étaient pas en état de les régaler de leurs aventures. Certains furent tout juste capables de tituber et de s'écrouler sur leur lit sans même ôter leurs vêtements détrempés.

Dehors, Falco, Alex et Bryna observaient anxieusement les chevaliers, mais ils n'avaient toujours pas aperçu Quirren et Malaki. Au moment où ils étaient sur le point d'aller chercher Deloix, une nouvelle silhouette surgit de la nuit. Il s'agissait de Huthgarl, le gigantesque Beltonien. Juste derrière lui arrivaient Quirren et deux autres. Un robuste Achéronien aidait le Beltonien à soutenir un homme qui avançait entre eux. Les bras du cadet étaient passés par-dessus leurs épaules, sa tête penchée, et ses jambes traînaient à moitié tandis qu'il titubait sur le sol boueux. Ses longs cheveux bruns pendaient sur son visage. Falco remarqua que son avant-bras gauche était entouré d'un bandage humide et sale.

L'homme qu'ils traînaient était Malaki.

Bryna s'en rendit compte au même instant que lui et s'élança pour les aider. Alex accourut derrière elle.

C'est là que les forces de Quirren lui firent défaut, et il dut laisser Bryna prendre le relais. En dépit de sa propre fatigue, Falco rejoignit Alex, qui soutenait à présent Quirren. Le grand Illicien leva la tête, son visage stoïque rendu inexpressif par son épuisement.

— On a réussi, parvint-il tout juste à dire.

Falco et Alex passèrent chacun un bras par-dessus ses épaules, et ils l'aidèrent à se tenir debout. Bryna et l'Achéronien mirent Malaki sur son lit avant de demander des nouvelles de Quirren.

— On a réussi, répéta Quirren alors que Falco lui glissait une serviette sèche autour des épaules.

— J'en… suis… certain ! dit Alex, qui s'efforçait non sans mal d'ôter les bottes de son frère.

— Ils m'ont choisi pour l'*Orden vom Schwarzen Adler*, annonça Quirren, d'une voix rendue pâteuse par l'émotion et l'incrédulité.

Alex cessa de lui tirer les bottes et se redressa pour l'étreindre.

« Père sait », l'entendit murmurer Falco. « Il sait et il est fier. »

Falco s'éloigna comme Quirren pleurait doucement sur l'épaule d'Alex. Il n'avait absolument aucune idée de ce que pouvait être l'*Orden vom*

Schwarzen Adler, si ce n'est que *schwarz* était le mot illicien pour « noir ».

Se retournant, Falco vit que Bryna s'occupait de Malaki. Il l'aida à débarrasser ce dernier de ses vêtements humides puis partit lui chercher quelque chose de chaud à boire pendant que la jeune fille lui séchait les cheveux. De tous les apprentis chevaliers, Malaki était celui qui était dans le plus sale état. Il paraissait à peine conscient quand Falco déposa une tasse de café brûlant près de sa couche. Bryna l'enveloppa d'une épaisse couverture et lui caressa le front alors qu'ils essayaient de s'assurer qu'il allait bien.

— Fatigué, marmonna Malaki comme un homme sur le point de sombrer dans le sommeil. Juste fatigué.

Huthgarl se tenait au pied du lit. Le visage austère du grand Beltonien était indéchiffrable. Soudain, quelqu'un apparut à ses côtés.

— J'aurais dû le savoir ! cracha Jarek Snidesson avec une joie mauvaise. J'aurais dû me douter que l'épreuve de Bravoure se révélerait bien trop ardue pour un vulgaire forgeron. Regardez-moi donc notre pauvre petit garçon sensible, il m'a l'air totalement épuisé. Voilà ce qui arrive quand on commence à se croire supérieur à son rang !

Bryna se redressa brutalement du lit, mais, avant qu'elle puisse faire quoi que ce soit, Huthgarl émit un grognement rageur. Il pivota sur ses talons, saisit Jarek à la gorge, puis le jeta violemment en arrière, lui écrasant le dos contre un poteau. Jarek hoqueta un cri étranglé et tira le bras du Beltonien, en pure perte : il était tout simplement impossible de briser une telle étreinte. Pendant un moment, Huthgarl se contenta de fixer Jarek, et Falco s'inquiéta qu'il le blesse sérieusement.

— Tu arrêtes.

Sur ces simples mots, le Beltonien laissa Jarek glisser au sol, où il resta immobile, secoué de haut-le-cœur. Huthgarl se retourna pour regarder Falco, Bryna, et enfin Malaki. Puis il tourna la tête et partit.

Falco le suivit du regard, se demandant ce qui avait bien pu se passer au cours de l'épreuve de Bravoure pour provoquer pareil changement dans les allégeances du Beltonien. Jarek se remettait lentement debout, écartant rageusement les mains de deux comparses qui voulaient l'aider. Ses yeux étaient noirs de haine, rendus encore plus brûlants par cette seconde humiliation en une seule journée. Falco sentit une pointe de compassion en lui, mais qu'aurait-il pu faire ? Le dépit engendre ses propres fruits amers.

Poussant un soupir à fendre l'âme, Falco se retourna vers son ami.

Bryna portait la tasse de café aux lèvres de Malaki. Celui-ci sirota le breuvage, faisant couler un peu de liquide sur son menton. Son visage était pâle en raison du froid et de la fatigue. Plusieurs méchantes plaies sous-cutanées étaient clairement visibles sur ses membres. Cependant, il recouvrait lentement ses esprits. Il leva un bras et passa une main autour de celle de Bryna, l'aidant à tenir la tasse près de sa bouche afin de boire plus facilement.

— Merci, articula-t-il.

Falco s'assit auprès de la jeune fille. Malaki

s'efforçait de se concentrer sur leurs visages. Il sourit comme s'il venait de se réveiller d'un mauvais rêve, et un peu de couleur revint sur ses joues pâles.

— Tu as survécu, en fin de compte, dit Falco.

— Tranquille, répondit Malaki.

Bryna lâcha un soupir d'exaspération en les entendant plaisanter de la sorte, puis elle porta la main de Malaki à ses lèvres, de toute évidence soulagée que son état s'améliore. Celui-ci tendit un bras pour l'attirer à lui et elle se pencha afin de lui donner un baiser en bonne et due forme.

— Tu m'as foutu une frousse de tous les diables, lui reprocha-t-elle, déclenchant son hilarité.

— Donc, tu as réussi ? demanda Falco, ce à quoi Malaki hocha la tête lentement.

— Il n'y en a que quatre qui ont abandonné. Les instructeurs nous ont dit qu'habituellement, c'est plus.

Bryna glissa un autre coussin dans son dos alors qu'il s'évertuait à se redresser.

— Alors, quel ordre de chevalerie s'est montré stupide au point de te faire signer ? ironisa Falco après que Malaki eut bu une gorgée de café et englouti une part du gâteau aux fruits qui venait d'apparaître comme par magie sur un plateau à côté de son lit. L'Ordre du Cygne ? Ou celui du Cresson de Lune, peut-être ?

Malaki éclata de rire et secoua la tête. La prononciation très approximative de Falco avait transformé le croissant en cresson. Puis son expression se fit plus sombre.

— En tout cas, ce ne sera pas la cavalerie lourde

de Beltane, déduisit Falco. Impossible que Huthgarl accepte l'idée.

De nouveau Malaki secoua la tête et Falco le dévisagea, bouche bée.

— Ne me dis pas que tu as été choisi par les Adamanti ?

— Non, répondit Malaki, ses yeux bruns brillant d'incrédulité. Ils me veulent au sein des chevaliers d'Ire.

38

Les archives des thaumaturges

Les premières tempêtes hivernales arrivèrent cette nuit-là. Des nuages de neige tourbillonnaient autour de la grande tour des thaumaturges. Cependant, dans les profondeurs souterraines, il n'y avait ni neige ni averse de grêle. Tout y était calme et paisible, comme dans un lac sans fond.

Mérédith Saker avala une autre gorgée de son vin vermeil puis il reposa sa coupe en argent, prenant bien soin de ne rien renverser sur les ouvrages anciens et les rouleaux de parchemin étalés sur la table devant lui. Minuit était passé depuis longtemps et, à l'exception des bourdonnements sourds de chants lointains, le calme régnait dans le bureau des archives. Les arches n'étaient pas éclairées au moyen de torches, mais par des soucoupes de forme irrégulière en onyx violet, fixées aux parois par des pointes de fer noires. Celles-ci luisaient faiblement, dispensant juste assez de lumière pour lire.

Mérédith avait passé le plus clair de son temps,

les dernières semaines, dans ces salles sombres à définir avec précision l'objet de ses études. Il avait ainsi développé un plan pour mettre en relation plusieurs tours. Bien sûr, cinq thaumaturges suffisamment doués étaient capables de transmettre un message simple d'une tour à une autre. Ce n'était toutefois pas la même chose que tenir une véritable conversation. Mérédith était convaincu que ce plan pouvait être d'une très grande valeur stratégique dans la guerre contre les Possédés.

Quant à l'Histoire, il existait de nombreux sujets auxquels il aurait très volontiers consacré des années d'étude, mais pour l'heure, il avait décidé de se limiter à la montée et au retour des Possédés.

Enfin, et même si Galen Thrall avait rejeté l'idée, il était déterminé à en apprendre davantage au sujet des dragons. Déjà, il avait toujours été fasciné par ces créatures énigmatiques, et il était persuadé que leur folie avait un lien avec la Grande Possession. S'il parvenait à comprendre ce qui rendait les dragons vulnérables à la Possession, il pourrait peut-être mieux cerner ce qui causait cette folie. Deux questions le taraudaient.

Les thaumaturges savaient-ils que les dragons étaient sujets à la Possession ?

Et si tel était le cas, pourquoi n'avaient-ils pas prévenu les gens d'Ire ?

Il ne prendrait pas de repos avant d'avoir obtenu toutes les réponses à ces questions épineuses. Il leva la tête au moment où un archiviste déposait un nouveau parchemin sur la table.

— Il fallait autre chose ? s'enquit l'homme.

— Non, merci, répondit Mérédith, je veux juste comparer la frise chronologique avec les chroniques des autres royaumes.

L'archiviste ne parut guère intéressé et fit mine de repartir. L'œil de Mérédith fut attiré par la seule autre silhouette visible dans le bureau, une silhouette présente depuis son arrivée, quatre semaines plus tôt.

Le vieil homme était assis sur une chaise, à côté d'un lit de camp des plus basiques installé près de l'entrée. Une auréole de cheveux noirs ceignait son front marbré, dominant son visage ridé comme celui d'un singe âgé. Atteint d'un strabisme prononcé, l'individu avait en outre des petits yeux chassieux qui semblaient fixer le vide.

Mérédith savait bien que tel n'était pas le cas, mais on aurait dit que l'homme se trouvait en état de conjuration, une sorte de transe dans laquelle l'attention du thaumaturge était tout entière consacrée à créer une aura ou un état d'esprit bien particulier. Néanmoins, personne ne pouvait rester ainsi pendant un si long laps de temps, et Mérédith ne percevait aucun sortilège en élaboration.

— Vit-il ici ? demanda-t-il, en désignant la silhouette contrefaite.

— Parfois, répondit l'archiviste. Frère Sérulian était un grand lettré à son époque.

Mérédith hocha lentement la tête. Pour une raison inconnue, frère Sérulian le mettait clairement mal à l'aise. Il ne le regardait jamais dans les yeux, ne lui faisait jamais voir qu'il avait remarqué sa présence ; pourtant, Mérédith n'arrivait pas à se débarrasser de l'impression que le vieil homme l'épiait, veillant à ce qu'il ne commette pas de faux pas, ou n'essaye pas de s'intéresser à un sujet que son père n'avait pas approuvé. Il en aurait le cœur net le soir même, quand il se rendrait dans la cinquième salle. Si son père apprenait d'une façon ou d'une autre qu'il étudiait les dragons, alors Mérédith saurait que frère Sérulian était un espion.

— Ce sera tout ?

Mérédith regarda l'archiviste, toujours campé devant sa table.

— Oui, merci.

L'homme prit congé, disparaissant sous le passage cintré. Pendant un moment, Mérédith continua à observer frère Sérulian, puis il reporta son attention sur le parchemin que lui avait apporté l'archiviste et il le déroula sur la table. Il lut rapidement les dates sur la frise chronologique et les compara à ses notes. Elles allaient de la bataille décisive d'Erlangaen en 828 jusqu'à l'Inquisition d'Ossanda en 845, quand les thaumaturges furent blanchis de l'accusation d'avoir dissimulé des informations lors de la Grande Possession, deux ans auparavant.

Vingt minutes s'écoulèrent, jusqu'au moment où Mérédith se rassit dans son fauteuil et laissa son parchemin s'enrouler sur lui-même en lâchant un hoquet de surprise. La chronologie lui confirmait qu'il n'avait raté aucun événement d'importance. La Grande Possession avait eu lieu en 843 Anno Ira. Les chroniques de la quatre-vingt-quatrième décennie avaient évidemment été parmi les premières qu'il avait regardées, mais il n'y avait rien découvert de significatif, et en tout cas rien qu'il ne savait déjà.

Il poussa un soupir de frustration. Peut-être avait-il tort. Peut-être n'y avait-il vraiment rien de plus à apprendre au sujet de la Grande Possession. Il se leva de son siège et vida sa coupe de vin d'un trait. Enfin, s'étant assuré qu'il n'y avait plus personne dans le bureau des archives, il se dirigea vers la cinquième salle, où étaient entreposés les volumes traitant des dragons. Il frissonna légèrement lorsqu'il dépassa frère Sérulian, même si celui-ci ne semblait pas avoir noté sa présence. Il continuait à fixer le vide à travers les cataractes de ses yeux, mais dans son esprit restait toujours l'écho de l'ordre du Grand Veneratu :

Le fils de Saker ne doit pas avoir accès aux détails de la quatre-vingt-quatrième décennie.

Il ne doit pas découvrir la vérité.

39
Émergence

Dans les profondeurs des Contrées Interdites, un amas de rochers vacilla, qui se disloqua aussitôt. Quelque chose cherchait à forcer son chemin depuis le dessous. Les Initiés posèrent leurs outils et se rassemblèrent en cercle, prêts à parer le nouveau venu des atours de la guerre. La terre se craquela et la silhouette émergea : des épaules puissantes d'abord, puis une tête monstrueuse, penchée en raison de l'effort de naître dans un royaume nouveau et nécessairement inconnu. Le démon planta ses mains de part et d'autre et se hissa hors du sol en fusion. Ses yeux brûlaient d'un feu rouge sang alors qu'il tentait de tenir debout sur ses jambes arrière recourbées, qui paraissaient enveloppées d'un suaire de fumée.

Autour de celui-ci, les restes noircis des suppliciés étaient suspendus en l'air. Pour finir, un par un, ils descendirent et s'enfoncèrent dans la terre éventrée. Ils n'avaient plus aucune utilité, ayant servi à guider le démon jusque-là par leur souffrance, qui avait agi tel un phare. À présent, cette même terre allait les faire passer du domaine des humains à celui des plus grands royaumes du dessous.

Au moment où fut enfoui le dernier supplicié, la transition s'en trouva complète. L'Assassin habitait désormais ce monde. Presque immédiatement la roche se mit à refroidir et à se solidifier, jusqu'à ce qu'il ne reste plus rien au sol que des craquelures rougeoyantes, l'odeur de la pierre chauffée à blanc, et celle de la chair brûlée. Les suppliciés avaient disparu. Ils n'étaient pas enterrés pour autant. On aurait pu creuser à des centaines de mètres sans retrouver leurs ossements. Ils se trouvaient dans un endroit différent, un lieu de souffrance dont jamais ils ne s'échapperaient. Sauf si Marchio Dolor en personne succombait. Or personne en ce monde n'égalait sa force.

Du haut de ses deux mètres cinquante, l'Assassin toisa les Initiés qui s'activaient autour de lui. Ils déposèrent deux épées à la grande lame incurvée et à la pointe acérée sur un rocher noir à la forme étrange. Il considéra les armes un instant, comme si un être tel que lui n'avait pas besoin d'outils aussi rudimentaires, puis il sentit la puissance et la servitude avec lesquelles elles avaient été forgées.

Il prit appui sur un genou et saisit précautionneusement les épées dans ses énormes poings. Profitant que le démon soit à leur hauteur, les Initiés se déplacèrent autour de lui, fixant des plates d'acier sur ses bras, son torse et ses épaules. Enfin, l'un d'eux souleva le grand casque et l'en coiffa. Tandis que les Initiés reculaient, l'Assassin pencha la tête, ferma les yeux et sa peau noire se mit à luire. Elle brilla telles des braises dans un feu, et la température monta jusqu'à ce que l'acier enchanté se soude à sa chair impie.

Le démon et sa protection ne faisaient désormais qu'un.

L'Assassin se redressa lentement. Sa poitrine immense se gonfla à mesure qu'il inspirait l'air du monde humain. Il ferma de nouveau les yeux et les lames restèrent suspendues à ses côtés en un équilibre parfait, devenues les extensions idéales de son esprit meurtrier. Il avait été appelé ici pour une mission, et une mission seulement.

Pour tuer.

Pour tuer les Défiants et leurs orgueilleux *wyrms*.

Et c'est exactement ce qu'il allait faire.

40

Ne te découvre pas d'un fil…

Les apprentis chevaliers dormirent presque quarante-huit heures après le retour de l'épreuve de Bravoure, et même après cela, les instructeurs insistèrent pour qu'ils prennent encore plusieurs jours de repos. Aucun ne semblait vouloir parler de ce par quoi ils étaient passés, ce qui frustrait les autres cadets, rongés par la curiosité, et ne faisait qu'ajouter à l'aura d'étrangeté qui émanait du processus de sélection.

« Trop lent pour défendre mon flanc gauche », fut le seul commentaire de Malaki pour justifier la plaie à son bras.

Ces épreuves, aussi harassantes que mystérieuses, avaient créé des liens indéfectibles entre les apprentis chevaliers. Falco les voyait régulièrement se faire des petits signes, se serrer la main et même, à l'occasion, éclater de rire. Il ressentit un brusque accès de jalousie envers Malaki, d'avoir vécu une expérience si intense sans la partager. Lui aussi avait des choses à raconter, cependant.

— Comme j'aurais adoré être là ! s'exclama Malaki lorsque Falco lui narra le duel avec Jarek, et la défaite cuisante de ce dernier.

Au début, Malaki était bien trop épuisé pour remarquer quoi que ce soit. À mesure qu'il se rétablissait, il finit par noter les changements survenus pendant sa longue absence. Nombre de cadets plaisantaient désormais avec Bryna, comme s'ils étaient devenus amis.

— Je vais te mettre un trois-zéro aujourd'hui, Godwin, annonça Kurt Vogler un matin en passant devant eux.

— Il faudrait que ton épée soit plus longue pour ça ! répliqua Bryna, illustrant les mots d'un geste évocateur.

Vogler et plusieurs cadets partirent d'un grand rire. Falco sourit, mais Malaki se contenta de hausser les sourcils.

— Je l'aurai un de ces jours, lâcha Bryna.

Malaki la regarda, pas sûr d'avoir bien compris.

— Dans un combat de boxe, voyons, Malaki ! précisa-t-elle, en donnant une petite tape sur la nuque de ce dernier pour accompagner ses propos.

Le changement le plus notable venait toutefois de Falco.

— Ce sont bien des muscles, là ? lui demanda-t-il, incrédule, alors que le jeune homme ôtait sa chemise de nuit.

— Plutôt des chairs enflées à force de recevoir des coups, répondit Falco avec le plus grand sérieux.

Toujours le plus chétif des cadets, il éprouvait cependant une joie secrète de voir que ses bras et son torse n'avaient plus cet aspect rachitique et maladif qu'il avait depuis son enfance.

— Et je mettrais ma main au feu que tu as pris quelques centimètres, ajouta Malaki, lui bloquant le passage.

Falco égalait presque le mètre quatre-vingt-cinq de son ami désormais. Visiblement amusé, il donna un coup de poing dans le plexus solaire de Malaki, qui se plia en deux.

— Hors de mon chemin, page ! dit-il, utilisant le terme consacré pour désigner un apprenti chevalier.

Malaki voulut lui décocher un crochet en retour, mais Falco se mit hors de portée d'un bond. Si Alex et Quirren éclatèrent de rire, Bryna secoua la tête en marmonnant une rengaine bien connue.

— Les garçons…

Falco se dirigea vers les douches. Il souriait encore lorsqu'il buta sur Deloix. L'instructeur le considéra un moment, et Falco crut qu'il allait avoir des problèmes… Finalement, le laniste lui tendit une lettre.

— Courrier en provenance de Lavandier, annonça-t-il.

Falco regarda le rouleau de parchemin attaché au moyen d'une cordelette et scellé à la cire rouge. Il lut l'extérieur.

Falco Danté

Académie de la Guerre

Ire

Les autres se pressèrent autour de lui, une fois Deloix reparti.

— C'est de qui ? demanda Bryna.

— De Fossetta, répondit Falco, qui venait de voir le nom de l'expéditrice.

— Eh bien, ouvre !

Assis sur le coffre au pied de son lit, Falco décacheta la missive et défit la cordelette. Sa main tremblait légèrement à la lecture des premières lignes.

Mon très cher Falco,

J'espère que cette lettre te trouvera en bonne santé. J'espère déjà qu'elle te trouvera tout court. Je ne savais pas où l'envoyer. Pardonne-moi de ne pas t'avoir écrit plus tôt, mais nous avons voyagé à marche forcée pour gagner une petite ville ayant pour nom Lavandier avant que tombent les premières neiges de l'hiver. On parle ici d'un garçon qui est hanté par ses cauchemars, et d'objets qui se cassent lorsqu'il se retrouve en état de détresse. Ce sera le quatrième que nous verrons depuis notre départ de Toulwar, et pour l'instant, Tobias n'a employé le terme « Madaille » que pour un seul d'entre eux.

Tobias et moi allons bien et nous apprécions la chance qui nous est donnée de découvrir un peu plus cette région magnifique. Il a endossé pleinement le rôle que lui a suggéré l'émissaire, et cette responsabilité lui est bénéfique. Héçamède a décidé de nous accompagner dans notre périple. Nombre de ces villages reculés n'ont pas de guérisseur ou guérisseuse digne de ce nom, et nous sommes tous les deux très heureux de l'avoir en notre compagnie.

De Lavandier, et si le temps le permet, nous poursuivrons vers l'est et la frontière illicienne. Il n'y a sans doute rien de surprenant, quand on y réfléchit, à ce que la plupart des enfants présentant des troubles viennent de ces parages. Même ici, au centre de la Clémonce, on sent l'ombre des Possédés. Je ne peux imaginer ce que cela doit être de vivre près du front. Ou peut-être le puis-je, en fait.

Bref. Assez parlé de nos aventures. Comment vas-tu?

Héçamède était déjà très confiante suite à ta rémission à Toulwar. Je souhaite de tout cœur que ton état ait continué de s'améliorer. Et tes bronches? J'espère qu'il n'y a aucun signe d'un retour de l'infection. Héçamède dit que tu dois bien manger et respirer profondément. Je sais qu'Ire est sur la côte, mais d'après ce qu'on m'a indiqué, il y fait volontiers froid, donc je ne veux pas entendre que tu te promènes en chemise! Souviens-toi du proverbe! Ne te découvre pas d'un fil tant que les bourgeons ne sont pas sortis!

Une décision a-t-elle été prise au sujet de ton entraînement? Ne sois pas déçu si tu es dans l'impossibilité de marcher dans les pas de ton père. Tu as un bon cœur et l'esprit vif. Tu peux aider de plein d'autres façons. Oh, mon chéri. J'ai tellement de questions à te poser. À quoi ressemble Ire? Et la mer? As-tu vu la reine? Malaki et Bryna ont-ils pu la rencontrer? L'émissaire est-il toujours avec toi? Bellius a-t-il vraiment des connexions avec la cour?

J'adorerais tout apprendre de ce qui t'est arrivé. Hélas, j'ai bien peur d'être incapable de te donner une adresse pour que tu puisses m'écrire. Nous restons rarement très longtemps au même endroit, mais si cela devait se produire, je te le ferais savoir.

Transmets tout mon amour à Malaki et à Bryna. Il ne se passe pas une heure sans que je pense à vous trois.

Adieu pour cette fois, mon chéri. Je t'écrirai à nouveau au printemps.

Et souviens-toi que, quoi qu'il advienne, et quoi que tu fasses, tu seras toujours dans mon cœur.

Avec tout mon amour,

Fossetta
(Et Tobias)
(Et Hécamède)

P.-S. : Ne t'inquiète pas pour notre sécurité. Nous sommes accompagnés dans tous nos déplacements par deux soldats appartenant aux chasseurs royaux de Toulwar, un capitaine qui a pour nom de Roche et un autre qui semble connaître la forêt comme sa poche. Je ne suis pas certaine de son grade, et nous l'appelons simplement François.

Ce sont des compagnons de route agréables, quoique taciturnes. À la différence des deux hommes qui conduisent notre char. Ils se querellent sans cesse (même s'il faut bien dire que c'est assez drôle). Tobias apprécie tout particulièrement leur compagnie. Je crois que leur humour lui fait penser à son père.

Voilà, j'en ai vraiment terminé
En attendant le printemps,
Prends soin de toi.

Malaki et Bryna avaient regardé par-dessus l'épaule de Falco, mais à présent il s'était mis debout.

Il leur tendit la lettre de sorte qu'ils puissent la lire par eux-mêmes.

— Ça va ? demanda Malaki.

— Oui, répondit Falco alors qu'il enfilait une chemise propre et un pantalon. Je ne m'étais pas encore rendu compte à quel point elle me manquait.

Malaki acquiesça et Bryna voulut lui prendre la main. Falco eut un sourire blafard et il pressa doucement le poignet de la jeune fille, pour s'en éloigner.

Elle va bien, songea-t-il tout en traversant la cour recouverte de givre pour aller faire sa toilette matinale. *Et elle a même trouvé le temps de me faire des réflexions !*

Avant de quitter Caer Dour, Falco n'aurait jamais imaginé une seconde Fossetta arpenter la campagne clémonçaise sous la protection de soldats en armes. Après tout, pourquoi pas ? C'était une des personnes les plus fortes qu'il ait jamais connues, et elle paraissait vraiment apprécier ce qu'elle vivait en ce moment. Le simple fait de se souvenir que des gens comme elle existaient bien avait quelque chose de profondément rassurant. La brume froide de l'aube s'était attardée dans la cour, et Falco sourit de satisfaction lorsqu'il entra dans les sanitaires envahis de chaleur et de buée.

41
Une ombre fugace

Dans les Contrées Interdites d'Illicie, l'Assassin regarda le soleil se lever au-dessus des collines noyées dans le brouillard. Les hommes voyaient en l'aurore un symbole d'espoir, mais alors comment expliquer sa présence ? S'il avait déjà tué nombre de créatures, les animaux n'étaient pour lui que des étincelles de vie attendant simplement d'être mouchées. En revanche, les humains apportaient des gratifications, car ils pouvaient être tourmentés bien au-delà du moment éphémère de la mort. Il y avait quelque chose de presque divin dans la quantité de souffrances qu'on pouvait leur infliger. L'Assassin avait joui de leur angoisse, mais il avait été invoqué pour davantage que cela : pour se rendre vers le nord et y tuer les Défiants et les *wyrms* qui combattaient là-bas, âmes si arrogantes qu'elles se croyaient à même de menacer les Fidèles.

Il fit jouer ses épaules cuirassées et ses épées étincelèrent au soleil. La lumière ne le gênait pas, même s'il préférait de loin l'obscurité. Voilà pourquoi il allait s'enfoncer sous la croûte terrestre et longer la dimension infernale pour parvenir à sa destination. Il fit une prière, ouvrit une porte, et disparut. Si un spectateur s'était trouvé là, il aurait vu le démon descendre lentement vers des ténèbres qui laissèrent une balafre de flamme à la surface. Et il ne resta rien de son passage qu'une ombre indistincte.

À l'abri d'éventuels regards curieux, il poursuivit son voyage. Il sentait la présence d'une grande âme loin au nord, et avait hâte de la vaincre. Sa conscience étendue lui apprit que le Défiant était seul, et qu'aucun *wyrm* ne partagerait sa sentence de mort. Peu importait. Pour l'heure, il tuerait un Défiant. Le plaisir d'occire un *wyrm* allait devoir attendre.

42

Pat le Voleur

Le manteau de l'hiver recouvrait l'académie de la Guerre. Les premières neiges étaient tombées, craquant sous les bottes des cadets qui avançaient péniblement dans l'obscurité pour gagner le terrain d'entraînement.

— Tu peux vraiment projeter un champ protecteur ? s'enquit Malaki alors qu'ils pénétraient dans la tente.

— Simplement autour de moi pour l'instant, répondit Falco. Mais oui.

Malaki hocha la tête, impressionné. Falco n'arrivait pas à déchiffrer l'expression de son regard. Il se souvint avoir vu la même chose sur les traits du père de Malaki la première fois que son fils l'avait vaincu en duel. Un mélange de fierté et d'inquiétude, la lente prise de conscience que l'équilibre des forces, stable depuis longtemps, menaçait de basculer.

Ils coururent par petits groupes. Malaki n'était pas encore revenu à sa pleine forme, ce qui leur permit d'aller au même rythme. De toute façon, il faisait désormais si sombre le matin que plus personne ne pouvait avancer à toute vitesse. Le jour commençait à poindre quand ils retournèrent à la tente pour y prendre le petit déjeuner. À la fin du repas, une grande clameur s'éleva à l'extérieur. On aurait dit que la moitié de la Quatrième armée arrivait. Les instructeurs savaient manifestement ce qui se passait. Les unes après les autres, les recrues sortirent.

Une troupe nombreuse reformait ses rangs sur le terrain. Des groupes de cavaliers, de lanciers et de fantassins, ainsi que plusieurs escouades d'archers. Quelque deux mille hommes et femmes, qui observaient à présent les cadets aux bouches grandes ouvertes. L'émissaire attendit que tout le monde soit sorti avant de s'exprimer.

— Messieurs, voici l'armée que vous allez commander !

Un puissant rugissement monta depuis les rangs des arrivants, dont l'effet fut quelque peu gâché par une petite troupe d'archers tout au bout du terrain. Leurs acclamations guère enthousiastes s'arrêtèrent bien après que le cri parfaitement coordonné du gros de la formation fut retombé. Loin de paraître embarrassés par leur manque de discipline, les membres du groupe rebelle continuèrent de ricaner et de discuter jusqu'à ce que retentisse un pet sonore, pet qui ne pouvait avoir été produit que par un effort délibéré et important.

On devina une sorte d'excuse dans le sourire de l'émissaire quand une seconde vague de rires secoua l'assemblée. Tous les cadets gratifièrent Bryna d'un regard sympathique alors qu'elle avait l'horrible pressentiment qu'on venait de lui présenter les Dalwhinnies.

Cette introduction théâtrale touchant à son terme, le laniste Magnus avança de quelques pas, une liste à la main. À mesure qu'il lisait les noms, le cadet désigné sortait des rangs et Sir William lui indiquait l'unité qui serait la sienne. Tous étaient nerveux, mais aucun autant qu'Alex Klingemann, pâle comme un linge. Falco se demanda même s'il n'allait pas vomir. Lorsque son tour vint, l'émissaire l'escorta vers un détachement d'infanterie. Chacun des hommes portait un surcot noir frappé du blason d'une des sept nations membres de l'Alliance illicienne.

Le plus âgé des *Die Verbannten* fit un pas en avant pour accueillir son nouveau commandant. Ses yeux, comme ceux du reste des Exilés, parlaient des traumatismes qu'il avait subis, et il considéra Alex avec une morne indifférence, comme s'il était inconséquent que l'Académie ait choisi un enfant pour les mener.

L'émissaire voulut le présenter, Alex eut tôt fait de s'interposer avant qu'il en ait le temps. Son regard rencontra celui du vieil homme, puis il se laissa tomber à terre, bras grands ouverts, et se prosterna, le visage enfoui dans la neige.

— Que fait-il ? s'enquit Bryna.

Même pour Alex, le geste semblait quelque peu mélodramatique.

— C'est un témoignage d'humilité, expliqua Quirren, visiblement surpris. Il a conscience de ne pas être digne de commander de tels guerriers. Il ne consentira à sa charge que si eux l'acceptent en tant qu'officier.

L'Exilé observa cette silhouette prostrée en ne sachant comment réagir. Le geste paraissait l'avoir mis particulièrement mal à l'aise. Il regarda l'émissaire, mais le visage de celui-ci resta de marbre. Ses hommes étaient tout aussi déconcertés. Il s'accroupit enfin et posa une main sur la nuque d'Alex. Il ferma les yeux et prononça quelques mots que personne ne put entendre ; et finit par se redresser, immédiatement imité par Alex.

— Pas trop tôt, pesta ce dernier, se frottant le bout du nez. J'ai bien cru que tu allais me laisser dans la neige à me les geler !

L'émissaire sourit. Le vétéran, d'abord surpris, posa sa main droite sur son cœur et s'inclina. Le reste de l'unité l'imita. Les Exilés acceptaient leur jeune commandant.

— Ils apprendront les uns des autres, conclut simplement Sir William.

Quelques minutes plus tard, c'était au tour de Bryna de suivre Sir William. Aucun cadet ne l'envia quand elle dut affronter la cacophonie de rires, de sifflements et de railleries qui accompagnèrent son approche des Dalwhinnies.

Sitôt que l'émissaire s'immobilisa, les hommes du premier rang se donnèrent des coups de coude et se poussèrent les uns les autres, comme s'ils n'avaient pas encore choisi qui allait les représenter. Finalement, le rôle échut à un grand individu à la tignasse noire. Il avait le visage tavelé et on aurait dit que ses cheveux étaient coupés à la scie. Il arbora un sourire narquois en s'approchant de Bryna, jetant des coups d'œil répétés en arrière, gloussant des remarques grivoises de ses compagnons.

— Ce n'est pas celui-là qu'il te faudra surveiller, murmura l'émissaire à l'adresse de Bryna.

D'un geste, il désigna un homme aux larges épaules et aux cheveux châtain clair qui ne la quittait pas du regard. Deux tresses tombaient sur le côté gauche de sa tête. Ses traits étaient burinés et sinistres, mais on décelait cependant une lueur d'intelligence dans ses yeux profondément enfoncés dans leurs orbites.

— Patrick Vockler, lui indiqua Sir William. Également connu sous le sobriquet de Pat le Voleur.

Avant qu'il puisse en dire plus, l'homme au visage grêlé était devant eux.

— Bryna Godwin, annonça Sir William en guise d'introduction. Capitaine des Irréguliers de la reine, cinquième compagnie d'archers.

— Dedric Sayer, à ton service ! se présenta le nouveau venu, goguenard, toisant Bryna sans chercher à dissimuler son regard salace.

— À *votre* service, *capitaine*, le corrigea l'émissaire, sur un ton nettement plus impérieux.

— À votre service, capitaine, répéta Dedric, les joues pourpres, lançant un coup d'œil rapide par-dessus son épaule quand fusèrent les moqueries qui accompagnèrent sa capitulation.

Bryna nota qu'il observait Pat le Voleur, comme s'il quêtait sa permission. Ce dernier regarda Bryna et hocha la tête. Dedric se retourna vers Bryna puis leva la main.

— Pour notre nouveau capitaine… Dalwhinnies… Hip hip hip…

— HOURRA ! résonna le cri.

— Dalwhinnies.

— HOURRA !

— Dalwhinnies.

— HOURRA !

L'émissaire eut un sourire amusé et Bryna déglutit avec peine. Elle avait l'air absolument terrifiée. Lorsque leur dernière acclamation se transforma en une série de rires supplémentaires, Falco se tourna vers Malaki.

— Tu es inquiet ?

— Non, répondit-il. Ce sont des hommes, voilà tout. Ça risque de lui prendre un peu de temps, mais elle va apprendre à s'y faire. De plus, je tuerai le premier qui touche à un seul de ses cheveux !

Cette dernière phrase était bien plus honnête que la précédente, songea Falco.

Après les officiers vint le tour des chevaliers. Sir William se plaça à côté de Falco tandis que les représentants de six ordres de chevalerie manœuvraient dans la neige. Montés sur des chevaux robustes, protégés par leurs cottes de mailles, ils offraient un spectacle majestueux, et même les Dalwhinnies parurent intimidés par leur présence.

Falco reconnut les cinq premiers insignes et découvrit le sixième : un aigle noir sur fond rouge, manifestement illicien. Il comprit d'un coup. *Der Orden vom Schwarzen Adler*.

— L'Ordre de l'Aigle noir, murmura-t-il.

— C'était l'ordre de notre père, déclara Quirren.

Chaque escouade se composait de deux chevaliers et d'un page, ce dernier tenant une épée glissée dans son fourreau, lui-même enroulé dans une ceinture de cuir. Un des deux chevaliers arborait les couleurs de l'ordre auquel il appartenait, et Falco reconnut sur-le-champ celui qui portait celles d'Ire. Il s'agissait du Grand Commandeur, Sébastien Cabal.

Ceux-là restèrent en selle pendant que leurs compagnons mettaient pied à terre, imités par les pages. Visiblement nerveux, ces derniers se tenaient à la hauteur de leur chevalier le temps que le laniste Magnus fasse signe aux cadets d'avancer.

Quirren se présenta devant le chevalier de l'Ordre de l'Aigle noir, Huthgarl et un dénommé Blaevar devant celui de la Cavalerie cuirassée beltonienne, et enfin deux jeunes Illiciens se positionnèrent face à l'Adamant.

Malaki fut le seul à s'approcher des représentants d'Ire.

Tous s'immobilisèrent puis, sans autre préambule, chaque page donna l'épée à son chevalier, qui ensuite la tendit au cadet placé devant lui. Falco s'attendait à quelque grandiose cérémonie ou serment de loyauté.

— Cela signifie-t-il qu'ils sont chevaliers, à présent ? demanda-t-il à Sir William, qui se trouvait à ses côtés.

— Non, répondit l'émissaire. Ce sont désormais des Compagnons, ayant juré allégeance à l'ordre qui les a acceptés. Une fois leur entraînement terminé, ils partiront à la guerre. Ils ne deviendront chevaliers qu'à l'issue de leur première bataille.

Falco hocha la tête et regarda Malaki. Le chevalier qui se dressait devant lui avait l'air heureux de l'avoir établi dans son nouveau titre, quand Sébastien Cabal paraissait fulminer.

— Que lui arrive-t-il ? s'étonna Falco.

— Malaki n'est pas comme les autres, expliqua l'émissaire. Il a déjà fait ses preuves sur un champ de bataille. Ce n'est qu'une question de temps pour lui. Il lui faut toujours achever sa formation, mais si les chevaliers d'Ire devaient l'appeler demain, il serait autorisé à les accompagner.

— Et pourquoi cela gênerait-il Cabal ?

— Il pense que Malaki est trop jeune et, à la différence des autres nobles, qu'il n'a pas subi un entraînement assez poussé.

— Pourquoi l'avoir accepté, alors ?

— Oh, le Grand Commandeur est convaincu de son potentiel. Il croit juste que Malaki n'est pas encore prêt pour la guerre.

— Et c'est le cas ?

— Nous verrons, trancha l'émissaire en pinçant les lèvres.

Falco se retourna et son regard se porta en bordure du terrain d'entraînement. C'était l'unique cadet à ne pas avoir été appelé, et il lui était étrange de se retrouver seul.

— Qu'advient-il de moi, du coup ? demanda-t-il.

— Si ce à quoi ils seront opposés se limite aux guerriers des Possédés, les muscles et l'épée devraient amplement suffire. En revanche, s'ils se retrouvent confrontés à une armée menée par un démon, alors tu risques fort d'être le dernier rempart entre eux et une éternité en enfer.

Falco fouilla les yeux gris acier de l'émissaire. Les jeunes officiers étaient intimidés à l'idée de commander quelques centaines de soldats, mais cela n'était rien comparé à la responsabilité qui serait celle de Falco. Le simple fait d'y penser le terrifiait.

Une fois les prises de fonction achevées, la future armée se dispersa et les cadets se retrouvèrent entre eux, échangeant des murmures excités. On leur avait donné quelques insignes ou symboles témoignant de leurs nouvelles responsabilités. Une splendide épée illicienne pour Alex, un coursier agile à la robe gris-blanc pour Jarek. Quant aux lanciers, la plupart étaient repartis avec une lance thracienne, un bouclier, et une épée, *xiphos* à lame courte ou *kopis* incurvé. Les archers arboraient de nouveaux arcs et des carquois en cuivre repoussé. Bryna, elle, hérita d'une petite coupe à boire à deux anses.

— Un *quaich*, lui apprit l'émissaire. Un cadeau de bienvenue.

Bryna examina la coupe en bois cerclée d'argent, de facture grossière, non dénuée toutefois d'une certaine élégance.

— Ils vont s'attendre à ce que tu boives avec eux, l'informa Alex. C'est la tradition.

— Boire quoi ?

— Je l'ignore. Ils gardent le secret sur la fabrication. Mais il se chuchote que c'est le meilleur alcool des Sept Royaumes.

— Hum, marmonna Bryna avec un certain espoir. J'aime bien les liqueurs.

Tous éclatèrent de rire. Pendant ce temps, Malaki regardait l'épée posée en travers de ses genoux. Quelques centimètres de lame étaient visibles entre le fourreau et la poignée, et on apercevait distinctement, gravé dans l'acier, le cheval cabré des chevaliers d'Ire.

— Je n'arrive pas à y croire ! s'exclama Malaki.

— Moi si, rétorqua Falco.

Les yeux de Malaki brillaient quand il regarda ses amis. Tous souriaient. Comme si Falco avait parlé en leur nom à tous.

Personne ne s'entraîna vraiment ce matin-là. Les instructeurs s'assirent avec les cadets, répondant au flux ininterrompu de questions trahissant leurs inquiétudes. Oui, ils s'exerceraient toujours en individuel dans leurs disciplines respectives ; cependant leurs nouvelles unités joueraient un rôle croissant dans leur formation, jusqu'à ce que tous soient prêts à la guerre.

— En tant qu'officiers, les renseigna l'émissaire, on s'attendra à vous voir lors des réunions publiques de stratégie à la Chambre des Conseils. Eh oui, toi aussi, Falco ! Les mages de bataille sont partie intégrante d'une armée.

Falco leva la tête et se rendit compte qu'on le dévisageait. Aucun ne doutait de l'assertion de Sir William. Il était bien un mage de bataille. La peur et la surprise qui avaient accompagné la destruction de l'épée de Jarek s'étaient lentement dissipées. Les cadets avaient enfin compris que Falco était dans leur camp. Certes, il lui arrivait de marmotter d'étranges choses dans son sommeil et ses pouvoirs dépassaient leur entendement, mais ces mêmes pouvoirs leur sauveraient peut-être la vie un jour. Un sentiment nouveau et inconnu se fit jour en Falco, qui ne faisait qu'ajouter à sa prise de conscience de plus en plus aiguë de ses responsabilités.

Les discussions se poursuivirent durant le reste de la matinée. Falco profita des préparatifs du repas de midi pour prendre congé. Il saisit une tourte à la viande, un bout de pain et une grappe de fruits, puis gravit la colline qui le menait au creuset, rejetant sa cape en arrière quand les nuages s'évanouirent pour laisser place à une douce et ensoleillée journée d'hiver.

— Leurs petits compagnons de jeu sont arrivés, on dirait, déclara Aurélian, tandis que Falco buvait de grandes gorgées d'eau sur les marches. On m'informe que ton amie a hérité des Dalwhinnies. Voilà qui est drôle ! Ne va pas te méprendre. Il s'agit peut-être d'un ramassis de délinquants, mais ils comptent parmi les meilleurs archers qu'il te sera donné de voir.

Falco n'avait pas l'air très intéressé par ce qu'il racontait.

— Où est Mérédith ? s'enquit-il.

— Je lui ai demandé de ne pas venir aujourd'hui.

Falco s'assura de la présence de Dwimervane et Dusaule, installés à leurs places habituelles, un peu en hauteur. Dusaule avait revêtu un épais manteau de laine. Les écailles bleu foncé du dragon contrastaient fortement avec les marches enneigées.

— Tu dois te sentir un peu à l'écart, non ? l'interrogea Aurélian, l'air de rien.

Se demandant ce qui se tramait, Falco regarda

autour de lui. C'était bien vrai : il commençait à ressentir ce sentiment d'isolement.

— Ne t'inquiète pas, le rassura Aurélian. C'est tout à fait normal. Être un mage de bataille est une activité volontiers solitaire. Heureusement, il existe des compensations. Et voilà pourquoi j'ai préparé quelque chose de spécial aujourd'hui.

Falco devint de plus en plus soupçonneux. D'ordinaire, lorsque Aurélian disait qu'il voulait expérimenter quelque chose, cela se traduisait par une bonne dose de douleur et beaucoup de désagréments. Le vieux mage alla se placer sur le côté de l'arène et leva les yeux. C'est alors que quelque chose s'abattit du ciel. Falco pivota sur ses talons et aperçut un dragon qui fondait sur lui. Sans même y penser, il suscita une barrière pour se protéger de l'inévitable collision, mais la créature dévia de sa course juste avant l'impact et passa au-dessus de sa tête. Au même instant, une silhouette bardée d'acier bondit du dos de l'animal en faisant une pirouette et se laissa rouler au sol avant de se redresser, de dégainer son épée et de se mettre en garde.

Falco n'était pas armé, il imita néanmoins le geste du mystérieux guerrier, concentré et alerte.

— Parfait ! s'exclama Aurélian, visiblement ravi. Je t'avais dit qu'il s'améliorait.

La silhouette d'acier ramena ses pieds l'un contre l'autre, rengaina son épée et ôta son casque. Une abondante chevelure noire tomba en cascade sur ses épaules cuirassées.

C'était une femme.

Elle considéra Falco de ses yeux noirs et pénétrants, avança vers lui, lui toucha le bras et déposa un baiser sur chaque joue. Elle laissa durer le second quelques instants dans une étreinte désarmante.

— Bienvenue à toi, petit frère, dit-elle.

Un sourire illumina son visage. Pressant une dernière fois la main de Falco, elle se tourna vers Aurélian et se jeta dans ses bras. Aurélian tituba et la serra contre lui.

— Hé, doucement, tu vas me faire mal ! bougonna-t-il alors que les angles saillants de son armure appuyaient sur ses joues.

Elle finit par le relâcher et s'élança vers les marches pour saluer Dusaule et Dwimervane avec le même entrain.

Falco commençait tout juste à prendre la mesure de ce qui se passait lorsqu'il sentit une présence familière. Dans un grand courant d'air et un nuage de neige, un splendide dragon couleur d'ambre atterrit près de lui. Il plia ses ailes et enveloppa Falco de son regard perçant, il s'approcha ensuite d'Aurélian, qui le saisit par le cou et colla son front contre le sien. Falco aperçut alors les blessures sur le corps de la créature, de vieilles cicatrices et des plaies plus récentes : brûlures, déchirures sur ses membranes, et des sillons profonds, qui marquaient les endroits où une lame avait mordu la cuirasse de ses écailles. En dépit de tout cela, l'animal ne semblait pas grièvement atteint.

— Comment vas-tu, ma beauté ? demanda Aurélian.

En guise de réponse, la femelle se frotta affectueusement contre lui, pressant l'arête de son museau contre son tronc mutilé.

— Moi aussi, ça va, dit Aurélian. Juste un peu de mal à respirer avec ce temps frisquet.

Le dragon le considéra pendant quelques secondes, puis se tourna pour saluer Dusaule et Dwimervane avant de s'avancer vers Falco, qui pencha la tête pour l'accueillir.

— Permets-moi de te présenter Nathalie Saigal et Ciel, intervint Aurélian.

— Tu es plus grand que je l'imaginais, s'étonna Nathalie en s'approchant de Falco.

Ce dernier baissa le regard, mais il fut surpris de se sentir aussi à l'aise en sa présence. Elle lui sourit une nouvelle fois lorsqu'il redressa la tête.

Nathalie Saigal avait environ trente ans, une constitution athlétique et un visage volontaire aux pommettes saillantes. Ses yeux étaient très foncés, presque noirs. Elle pétillait de vie et semblait sincèrement heureuse de rencontrer Falco. Néanmoins, ce dernier sentit une fatigue profonde en elle, comme si elle était épuisée par suite d'un labeur incessant. La ligne blanche d'une cicatrice courait de l'arête de son nez à la base de son oreille gauche et, comme son dragon, sa peau portait également les stigmates de violences plus récentes. Son visage et ses mains étaient couturés de petites plaies et couverts d'ecchymoses. Son bras droit était bandé et on devinait l'ombre d'un gigantesque bleu qui démarrait à l'angle de sa mâchoire et disparaissait sous son plastron. Nathalie se laissa observer par Falco, puis elle sourit.

— C'est chouette de faire ta connaissance, lança-t-elle avec un accent clémonçais agréable à l'oreille. Je n'ai jamais rencontré ton père, mais ne crois pas ce qu'on prétend à son sujet. Sur sa fin, je veux dire.

— Et pourtant, répondit Falco, il a vraiment tué tous ces gens.

— Je sais bien, rétorqua Nathalie sur un ton assez ferme. C'est juste que je n'arrive pas à y croire.

Falco resta à la dévisager pendant quelques instants et finit par hocher la tête.

— Alors, sourit-elle, ça te dirait de chevaucher un dragon ?

— Hein ? Quoi ? Non ! balbutia Falco, dont le regard passa du dragon à Nathalie à plusieurs reprises.

Tous deux se tournèrent vers Aurélian, qui semblait avoir trouvé un intérêt soudain au déplacement des nuages dans le ciel.

— Tu ne lui as même pas dit ? s'enquit la jeune femme sur un ton accusateur. Falco, il faut que je te prévienne : Aurélian est incorrigible.

— Je ne voulais pas l'inquiéter, se justifia ce dernier, tout en boitant vers eux.

Nathalie le fusilla du regard avant de se retourner vers Falco.

— Tu as envie de chevaucher un dragon, oui ou non ?

43
Rêves enfouis

Falco serra les genoux au maximum et se pencha contre le cou du dragon, plaquant les avant-bras le long de l'épine dorsale et saisissant les arêtes écaillées.

— C'est ça, dit Nathalie. Tu en as déjà chevauché un, n'est-ce pas ?

— Non, répondit Falco, jamais.

Nathalie fit une drôle de grimace et regarda Aurélian sans que Falco le remarque. Le cœur du jeune homme tambourinait à la simple idée de ce qu'il s'apprêtait à faire. Ils avaient ajusté les harnais à sa taille. Soudain, les écailles de Ciel se refermèrent délicatement sur ses avant-bras.

— Je ne devrais pas avoir une sangle ou une ceinture ? demanda-t-il, rougissant aussitôt aux éclats de rire d'Aurélian et de Nathalie. Et si je tombe à la renverse ?

— Ça n'arrivera pas, lui certifia Nathalie.

Elle se plaça près de la tête de Ciel.

— Sois douce avec lui, chuchota-t-elle alors que les cornes du dragon venaient frotter son armure.

— Comment lui dis-je où je veux aller ? interrogea Falco, et une nouvelle fois les deux mages de bataille éclatèrent de rire.

— Tu ne lui dis pas, expliqua Nathalie. Vous décidez tous les deux.

Falco lui décocha un regard inquiet comme pour signifier que cela était loin d'être suffisant.

— Tu comprendras, le rassura Nathalie. La chose la plus importante est de lui faire confiance.

Falco eut un hoquet étranglé.

— Essaye de te détendre, lui conseilla Aurélian. Tu risques même d'apprécier.

Ils s'écartèrent de Ciel, et Falco se préparait à répondre quelque chose lorsqu'il vit que Dusaule disparaissait du creuset.

— Certaines choses sont juste trop pénibles pour lui, lui confia Aurélian. Ne t'inquiète pas. Cela n'a aucun rapport avec toi.

Aurélian et Nathalie échangèrent un regard attristé. Le vieux mage attendit que le sens de ses propos ait bien été compris par Falco, avant de reprendre :

— Tu es prêt ?

Falco acquiesça avec une certaine raideur.

Ciel recourba son grand cou en arrière. Quelque chose dans ses yeux rouges et profonds calma ses nerfs. Le dragon baissa la tête d'un coup puis, d'un mouvement sec, il bondit. En trois sauts, il avait atteint les gradins du creuset, pris appui sur la marche inférieure et déployait ses ailes.

Falco eut l'impression d'avoir laissé son estomac sur le sol de l'arène alors qu'ils s'élançaient dans les hauteurs. C'était sans conteste l'expérience la plus extraordinaire, la plus terrifiante et la plus merveilleuse qu'il ait jamais connue. Les yeux mi-clos, les mains douloureuses à force de serrer frénétiquement, il attendait patiemment d'émerger de l'irrésistible océan de sensations qui déferlait sur lui, entre les bourrasques de vent froid et la chaleur rassurante du corps de Ciel, en passant par l'incroyable sentiment de liberté et les coups d'ailes qui les emportaient toujours plus haut.

Il parvint enfin à ouvrir les yeux, et, à sa grande surprise, se rendit compte qu'il n'avait pas peur. Les cimes couronnées de neige se dressaient au nord et à l'est, mais d'autres sommets apparaissaient à sa vue. Falco tenta prudemment de regarder autour de lui. Dans son dos, la mer se parait du gris de l'hiver avec quelques taches turquoise le long de la côte. Il baissa la tête et observa la cité d'Ire qui s'étalait sous ses yeux. Il voyait clairement les doubles remparts et le port hérissé de mâts. Le palais étincelait dans le soleil de l'après-midi, et les gens s'affairaient dans les rues, ressemblant à des fourmis de si haut. Falco raffermit sa prise sur Ciel lorsque le dragon bascula de côté. Il aperçut l'Académie, distingua les formes carrées ou rectangulaires des baraquements, des écuries et des autres bâtiments, ainsi que le terrain d'entraînement. Des petites silhouettes se déplaçaient devant une grande tente blanche. Il admira ensuite de nouveau les montagnes.

Ça ne prendrait pas beaucoup de temps pour

atteindre la Crête comme ça, songea-t-il, et un souvenir s'imposa à lui : la Crête enveloppée de brume par une froide matinée.

— Oui, murmura-t-il, et Ciel vira une nouvelle fois, se dirigeant vers les montagnes.

Les pentes, lointaines au début, lui donnèrent très rapidement l'impression de se jeter sur lui. Il était certain qu'ils allaient s'écraser sur la paroi, mais, au dernier moment, Ciel déplia ses ailes et effectua une pirouette afin de se poser sur la Crête.

Falco fut abasourdi par la douceur de cet atterrissage. Pas le moindre choc, rien qu'une descente parfaitement contrôlée, puis une immobilité totale. Il resta assis ainsi, le vent dans les cheveux, le dragon entre ses jambes, sentant le souffle de la respiration et les battements lents et sourds du cœur de l'animal. La créature regarda autour d'elle et Falco eut la plus étrange des sensations, comme s'il savait ce qu'elle contemplait : les drapeaux du palais… un groupe de chevaliers perfectionnant leur dressage… et la tour sombre des thaumaturges, flèche noire sur fond de montagnes enneigées. Aucun des autres bâtiments ne paraissait inaccessible et hostile… excepté cet endroit de secrets et de pouvoir.

Falco tourna la tête et Ciel fit de même, examinant elle aussi un trois-mâts en train de gagner le large. Falco n'était jamais monté sur un bateau, et il trouvait l'idée à la fois excitante et terrifiante. Il se demanda quelle sensation on ressentait sur le pont d'un navire balayé par les embruns. Il sourit, se concentra sur le trois-mâts et lança Ciel en avant. Elle semblait exactement savoir ce qu'il avait en tête et se laissa tomber de la plateforme rocheuse, longeant la falaise et descendant telle une flèche vers les plateaux. Ils survolèrent la ville à grande vitesse et dépassèrent le mur qui fermait le port. Ils se rapprochèrent rapidement de la goélette. Les marins s'étaient collés aux bastingages afin d'observer le dragon qui chevauchait avec une parfaite maîtrise ces vents dont ils dépendaient tant.

Toute trace de nervosité et d'inquiétude avait disparu depuis longtemps de l'esprit de Falco et il s'agrippait au dos de Ciel plus pour une question d'équilibre que parce qu'il craignait de basculer dans le vide.

Plus haut, pensa-t-il. *Plus haut et à toute vitesse.*

Le dragon sut percevoir son envie : il se redressa brutalement et s'éloigna à vive allure de la surface de la mer. Une incroyable sensation de puissance accompagnait chacun de ses grands battements d'ailes qui les emportaient vers les cieux, et bien vite le navire ne fut plus qu'un jouet perdu au milieu de l'immensité grise. Le bruit du vent et la brume froide, humide sur le visage de Falco, réveillèrent soudain un souvenir enfoui depuis des années.

Nous sommes dans les nuages, songea-t-il, se rendant compte qu'il avait eu cette même pensée il y avait très longtemps dans le passé, presque avant de pouvoir articuler les mots.

Nous sommes dans les nuages, songea-t-il une nouvelle fois, et il entendit un éclat de rire dans son esprit, profond et doux, et qui n'était destiné qu'à lui. Il sentit une présence dans son dos, qui l'enveloppait, qui l'étreignait, le maintenait en sécurité.

Pas de mots, pas de visage, rien qu'une présence… celle d'un père montrant à son fils l'incomparable merveille de partager le ciel avec un dragon.

Il avait fait cela auparavant, comprit-il, dans un passé lointain. Avant la maladie, la tragédie et la perte. Il avait déjà vécu cette expérience.

Ils jaillirent des nuages et la chaleur du pâle soleil hivernal inonda les traits de Falco. Il lâcha le cou de Ciel et bomba le torse pour savourer l'incroyable sensation de liberté. Son visage semblait engourdi par les vents sifflants et ses mains commençaient à se raidir sous l'effet du froid, mais il ferma les yeux et s'abandonna, dans une confiance totale. À cette hauteur, le moindre écart signifiait la mort, or il ne s'était jamais senti autant en sécurité. À ses pieds, Ire ressemblait à une carte dessinée. Il entendit soudain l'écho lointain de la voix de son père.

Tiens-toi bien. Et c'est exactement ce qu'il fit.

Il se pencha contre Ciel, saisit les muscles noueux à la base de son cou, et une sensation rassurante le gagna quand l'arête aiguisée des écailles se souleva légèrement puis se rabaissa doucement sur ses bras. Le grand dragon bascula de côté jusqu'à pratiquement se retrouver sur le dos. Falco ferma une nouvelle fois les yeux lorsqu'ils tombèrent plus rapidement encore que l'oiseau de proie qui lui avait valu son nom.

C'est incomparable, pensa-t-il, ressentant la présence de l'animal par tous les pores de sa peau. *Comment peut-on imaginer une seconde qu'il y ait quelque maléfice à cela ?*

*

Loin en dessous, dans le creuset, Aurélian et Nathalie les virent émerger des nuages.

— Il a déjà fait ça, observa Nathalie. Jamais Ciel ne volerait ainsi autrement.

Aurélian ne put qu'acquiescer.

Ils n'étaient pas les seuls à avoir assisté à la scène.

*

Sur le terrain d'entraînement, l'émissaire avait fait venir les cadets pour qu'ils assistent au spectacle.

— C'est Falco ? s'enquit Bryna.

Sir William hocha la tête alors que le grand dragon couleur d'ambre passait au-dessus d'eux. Malaki se contenta de sourire. Les autres n'en revenaient pas de le voir ainsi, mais lui connaissait Falco depuis toujours. Il n'était pas surpris. Pas surpris du tout.

*

D'une fenêtre du palais, la reine vit le dragon gagner le large. Elle avait été étonnée qu'Aurélian lui demande l'autorisation de faire voler Falco. Le vieux grognon n'était pas aussi insensible qu'il voulait bien le laisser croire. Il était parfaitement au fait de la tension qui existait entre la reine et les thaumaturges. Si elle affichait de manière trop ostentatoire son soutien aux dragons, les thaumaturges pourraient se servir de l'épineuse question des dragons noirs pour mettre en doute la valeur de son jugement. Elle ne pouvait cependant supporter l'idée de tourner le dos aux grandes âmes qui avaient tant donné au monde.

— Il se débrouille bien, remarqua Cyrano, à côté d'elle. Peut-être le chevalier d'Eltz avait-il raison, en fin de compte.

Oui, songea la reine. *Peut-être bien.*

*

Depuis le vaste balcon des appartements du Grand Veneratu, Galen Thrall observa le dragon foncer vers les nuages, la lumière du soleil se reflétant sur ses écailles orange.

— Il ne peut donc y avoir aucun doute, affirma-t-il.

— Non, rétorqua Morgan Saker, à ses côtés. Le fils de Danté est bien un mage de bataille.

— Combien de temps avant qu'il soit prêt pour le rite ? demanda Thrall.

— Cela dépendra de la vitesse à laquelle il va apprendre, répondit Morgan. D'ordinaire, il leur faut environ un an pour perfectionner leur technique, mais avec celui-là, qui sait ?

— Alors demande aux frères de commencer les préparatifs sans tarder, ordonna Thrall tandis qu'ils voyaient le dragon sortir des nuages et tomber en piqué telle une étoile filante. Quelque chose me dit que le fils d'Aquila Danté apprendra rapidement. Nous ne pouvons nous permettre d'être pris au dépourvu.

*

Falco ouvrit les yeux alors qu'ils fonçaient vers le sol. La vitesse lui coupait le souffle, sans peur aucune. L'ovale du creuset s'élargissait sous eux, mais Ciel attendit qu'ils dépassent le bord de la cuvette avant de déployer ses ailes pour ralentir leur descente. Le dragon longea l'arène puis se redressa légèrement, s'immobilisant à quelques mètres de Nathalie et d'Aurélian, qui tournèrent la tête pour éviter la rafale de neige s'abattant sur eux sous l'effet des battements d'ailes.

Falco posa la joue contre le vernis écaillé et chaud de l'animal. Il avait désormais la certitude qu'il avait déjà chevauché un dragon, avec son père, du temps de son enfance, à un âge où il pouvait à peine se le rappeler. Dans sa mémoire, les écailles sous ses mains étaient foncées, luisant d'un rouge sombre, presque noir.

S'il savait qu'il devait descendre, il se rendit compte qu'il en était incapable. Il perdrait ce souvenir précieux, comme un rêve qui se dissipe après le réveil. Comme le souvenir du dernier baiser de son père, qui l'avait soutenu et aidé lors de l'assaut du démon. Des larmes coulèrent de ses yeux et disparurent entre les écailles du dragon. Lentement, l'intensité de la sensation diminua. Il se sentit embarrassé par cette démonstration d'émotion incontrôlée, une main se posa alors doucement sur son épaule. Quand il ouvrit les yeux, il vit Nathalie, elle aussi en train de pleurer. Derrière elle, même le volontiers bougon Aurélian Cruz sanglotait.

Ils ignoraient la teneur exacte de ce qui avait tant bouleversé Falco, mais connaissaient la force que pouvaient susciter les liens que l'on établit avec un dragon. Au-dessus d'eux, les observant depuis une anfractuosité des marches du creuset, Nicolas Dusaule pleurait au fond de son cœur. Il n'y avait pas une seule larme sur ses joues, pourtant aucun des autres ne pleurait aussi fort que lui.

44

La Chambre des Conseils

Les semaines suivantes, Falco vola à trois reprises avec Ciel, allant chaque fois un peu plus loin, tentant chaque fois de fouiller sa mémoire en espérant découvrir des souvenirs enfouis, mais il semblait qu'il n'y avait plus aucune révélation à attendre. Pour Falco, il suffisait de savoir que les images que lui imposait son esprit étaient vraies. Il aurait adoré que cela continue. Cependant, le jour vint où Aurélian lui annonça que Nathalie et Ciel repartiraient prochainement pour le front illicien.

— Ils ne sont ici que pour un petit moment, le temps de se reposer et de reprendre des forces, rapporta Falco à ses amis, assis autour d'un poêle dans leur baraquement. Nathalie n'en parle pas vraiment, mais la situation n'a pas l'air reluisante.

— On en saura plus ce soir, dit Malaki.

Les autres cadets acquiescèrent lentement. Pour la première fois, ils allaient assister à une réunion de stratégie publique dans la Chambre des Conseils.

Magnus les avait prévenus qu'on leur donnerait des renseignements sur la campagne d'entraînement qui se déroulerait au printemps.

— Je me demande bien où ils vont nous envoyer, s'interrogea Alex.

— Je ne crois pas que je serai des vôtres, annonça sombrement Bryna.

Falco et les autres échangèrent des regards embarrassés. Les instructeurs leur avaient clairement signifié qu'ils ne seraient autorisés à participer à la campagne que si leurs unités étaient capables de réussir les exercices tactiques, au rang desquels la tristement célèbre épreuve du transfixe.

Les cadets faisaient tous des progrès notables, seule Bryna avait du mal avec les Dalwhinnies. En dépit de tous ses efforts, ils ne faisaient que prétendre suivre ses ordres. Ils ne finissaient par obéir que lorsque Patrick Vockler donnait le signal, et cette incapacité à s'imposer devenait un problème. Ils ne purent cependant discuter des soucis de Bryna plus avant, Magnus arrivant pour les escorter à la réunion.

— Tout le monde a le droit de parler, leur expliqua-t-il. Cela étant, je vous recommande de tenir votre langue si vous n'avez pas quelque chose d'utile à dire. Marshal Breton n'apprécie pas les contributions des mal informés.

Les cadets échangèrent des murmures nerveux alors qu'ils descendaient le plateau pour gagner les rues faiblement éclairées de la ville. Ils émergèrent sur la grande zone pavée qui ceinturait la Chambre des Conseils. Ils restèrent bouche bée devant la taille colossale du bâtiment, que surmontait un dôme. Une foule immense se pressait déjà.

Magnus les conduisit vers une porte cintrée qui donnait sur un vaste couloir, bien différent du tunnel sombre par lequel Falco avait pénétré dans la ville le jour de son procès. Ils débouchèrent à mi-hauteur des gradins et furent immédiatement assaillis par le brouhaha de centaines de personnes s'exprimant à voix basse.

Les cadets prirent place sur les rangées de sièges. Falco s'installa avec ses amis, et le laniste s'assit juste derrière eux. En face de lui, il aperçut Nathalie, flanquée de deux hommes en uniforme. Un peu plus bas étaient rassemblés plusieurs thaumaturges, et parmi eux, Morgan Saker et Galen Thrall.

Falco se concentra sur la gigantesque salle éclairée par des dizaines de lampes à huile fixées aux murs ou suspendues au plafond par des chaînes.

Le sol avait été dégagé, et il ne restait qu'une unique rangée de chaises ouvragées, disposées contre un pan de mur. Un grand tapis, d'environ dix mètres sur six, recouvrait l'espace central ovale. Falco se souvint vaguement l'avoir aperçu lors de sa première visite, il n'avait évidemment pas pris le temps de l'apprécier en détail. D'où il se trouvait, il voyait à présent qu'il s'agissait d'une carte figurant tous les royaumes d'Ire. Des assistants enroulèrent le tapis et Falco comprit que celui-ci ne servait qu'à protéger la véritable carte, à la magnificence et au niveau de détail si extrême qu'il en eut le souffle coupé.

— Regardez-moi ça ! s'exclama Bryna, visiblement impressionnée.

Falco secoua la tête d'étonnement. Jamais dans ses rêves les plus fous il n'avait imaginé pareille carte. Un gigantesque rectangle de marbre incrusté qui prenait toute la place précédemment occupée par le tapis. Les cartographes avaient utilisé différentes teintes de pierre, de l'ocre pour figurer la terre, et un gris pâle pour l'océan.

Un motif élégant d'entrelacs orné d'argent et de bronze faisait office de marge. La surface polie et lustrée faisait ressortir les couleurs sans diminuer pour autant le degré impressionnant de détail. Les cadets étaient captivés et Falco eut brièvement la sensation de se retrouver perché à dix mille pieds de là, sur le dos de Ciel.

— Regarde ! lâcha Malaki, arrachant Falco à sa rêverie. C'est Caer Dour.

Falco suivit son doigt jusqu'à ce qu'il repère enfin le petit point noir indiquant leur ville natale dans le nord de la Valence.

— Et Reiherstadt est là ! s'égosilla Alex. Dans les collines au nord du lac Viegal.

La cité en question se trouvait sur une portion peinte dans une teinte rouge, portion qui recouvrait toute la Férocie ainsi que la majeure partie de l'Illicie et de la Beltane. Il comprit soudain que la couleur servait à marquer les Contrées Interdites, c'est-à-dire les régions dont les Possédés avaient pris le contrôle.

Les assistants quittèrent les lieux, emportant le tapis, laissant la place à un groupe de scribes et de cartographes munis de rouleaux de parchemin et de matériel de dessin, grâce auxquels ils pourraient consigner les détails de la séance. Deux d'entre eux portaient des plateaux sur lesquels étaient posées des petites figurines de métal ressemblant à des pions. Un autre tenait de longs bâtons de laiton qui allaient manifestement servir de baguettes. Alors qu'ils se disposaient en rang le long de la carte, un homme surgit du tunnel, et Falco reconnut Cyrano, le conseiller de la reine.

Habillé comme à son accoutumée de son doublet de chenille noire et de sa cape turquoise, il parcourut la salle de son regard d'aigle. Lorsque tout lui parut être en place, il recula et les gens du couloir se mirent au garde-à-vous. Sur l'ordre de Magnus, les cadets firent de même.

La reine Catherine émergea du tunnel, le prince Ludovico à ses côtés. En la revoyant, Falco fut frappé de sa beauté, une femme grande et mince, dotée d'un visage à la fois splendide et déterminé.

Derrière eux s'avançait quelqu'un que Falco n'avait jamais vu.

— C'est Marshal Breton, murmura Alex, désignant l'individu austère aux cheveux gris qui arborait une moustache et une barbe soigneusement taillées.

L'émissaire arrivait après lui, suivi d'un homme dont la moustache et la barbe étaient à l'identique de celles de Marshal Breton.

— Le général Renucci, Quatrième armée, annonça Alex. Le bras droit du chevalier.

L'œil de Falco fut attiré par Sir William. Il avait presque l'air élégant dans sa tunique de velours gris clair, ses longs cheveux lavés et peignés. Falco ne l'avait jamais vu aussi apprêté, même s'il n'était pas rasé de frais pour autant.

Une fois les dignitaires assis, les cartographes saluèrent la reine. Deux d'entre eux s'agenouillèrent et entreprirent d'effacer la ligne qui marquait la frontière des Contrées Interdites. S'aidant des schémas qu'ils avaient en main, ils tracèrent une nouvelle ligne et remplirent cette zone d'une couche de laque grise. Le marbre poli n'absorba pas le liquide, donnant un effet de brûlé. Se rendre ainsi compte de la progression des Possédés faisait réfléchir. Les alliés n'avaient résisté qu'en deux endroits : dans le nord, aux alentours de Hoffen, et au sud, près des cités beltoniennes d'Aengus et de Maiden.

— Et tout cela en l'espace de quelques mois, soupira Alex. Encore un an, et il ne restera plus rien de l'Illicie et de la Beltane.

Falco lorgna les deux frères. Tous deux étaient originaires d'Illicie, mais il était clair que même eux n'avaient pas pris la mesure de la tournure des événements jusqu'à cet instant.

Les cartographes s'attelèrent à disposer les petits boucliers de bronze symbolisant les armées alliées et les châteaux miniatures indiquant les emplacements de villes fortifiées.

— Les épées désignent les mages de bataille, compléta Magnus. Les forces des Possédés sont représentées par les bannières. Les démons ont leurs propres figurines.

— Pourquoi celui qu'on voit en Beltane a-t-il l'air différent des autres ? s'enquit Bryna.

— Nous pensons qu'il s'agit du bras droit du chef

de nos adversaires, expliqua le laniste. Celui qu'ils appellent Marchio Dolor.

À la mention de ce nom, Falco sentit un frisson d'inquiétude le picoter. La lumière dans la salle sembla faiblir et il entendit dans son esprit la voix grave de ses cauchemars.

Tu n'aurais jamais le courage.

Tu n'aurais jamais la force.

Son champ de vision lui parut s'étrécir jusqu'à n'être plus capable de discerner autre chose que la figurine de Marchio Dolor. Puis son regard fut attiré vers le nord, et il fronça les sourcils, s'étant attendu à trouver un autre pion à cet endroit précis. Il percevait un grondement à ses oreilles, mais aurait été bien en peine de dire s'il s'agissait d'un grondement démoniaque ou du sang qui coulait dans ses veines.

— Ça va ?

La voix de Malaki le ramena au présent, et Falco regarda tout autour de lui.

Les pions tous en place, il devenait manifeste que les armées d'Ire étaient surclassées sur le plan numérique. Les cartographes reculèrent et s'inclinèrent devant la reine, qui invita Marshal Breton à avancer.

Celui-ci prit la grande baguette de laiton qu'on lui tendit, et, sans préambule, se lança dans un compte rendu du rapport de forces entre les alliés et les Possédés.

Falco regarda avec une fascination morbide Marshal Breton passer en revue leur position désespérée sur le front. C'était la première fois qu'il voyait pareille carte d'état-major, mais même à ses yeux inexpérimentés, leur situation paraissait sans issue. L'unique élément étrange était un trou dans les rangs des Possédés, comme si les cartographes avaient oublié de placer une figurine. Il était certain que ce point serait abordé, or Marshal Breton semblait arriver à la fin de son exposé.

— Si les Possédés continuent d'avancer au rythme qui est le leur, ils atteindront notre frontière au cours de l'année, résuma-t-il.

— Et qu'en est-il de l'Achéron et de la Thrace ? s'enquit quelqu'un. Refusent-ils toujours de se joindre à nous ?

Marshal Breton acquiesça.

— Et la Valence ? demanda un autre. Vont-ils se battre si les Possédés arrivent à leurs portes ?

— Sans doute que non, expliqua Marshal Breton. Nous pensons que le roi Vittorio retirera ses forces de façon à protéger Caer Laison.

— Cela voudrait dire que la passe d'Amathéon serait sans défense, remarqua le général Renucci. Les Possédés pourraient tout simplement se désintéresser de Caer Laison et foncer tout droit en Navarie.

— C'est un risque, oui, admit Marshal Breton.

— Ce qui laisserait notre frontière méridionale exposée, insista le général. Peut-être devrions-nous envisager de renforcer la Navarie…

— Impossible, rétorqua Marshal Breton. Notre traité avec l'Achéron nous interdit de faire entrer une armée en Navarie.

— Mais cette région n'est pas militarisée. Tyramimus doit se rendre compte qu'ils sont sans défense.

— Il est évidemment au courant, intervint la reine, qui vint se placer à côté de Marshal Breton. C'est d'ailleurs la raison même de l'existence de cet État, dont la fonction est de faire office de tampon entre deux nations en guerre.

— Mais si les Possédés décidaient de s'y engouffrer, les Navariens n'auraient aucune chance, s'indigna le général.

— Alors, espérons que tel ne soit pas le cas, conclut la reine en souriant.

Elle resta remarquablement calme et prit à son tour une baguette.

— Donc, pour résumer, la Première armée est présentement stationnée à Hoffen, dit-elle en désignant la ville en question. La Seconde et la Troisième sont déployées au sud, et la Cinquième est en train d'être reconstituée par l'adjonction de recrues.

— La Quatrième le sera sous peu, ainsi que l'armée des thaumaturges, ajouta Marshal Breton.

— Ce qui nous laisse les Irréguliers et la Légion du Trône, répliqua Catherine, songeuse.

— Qui doivent défendre la capitale, nota Marshal Breton, comme s'il se doutait de ce que la reine pensait.

— Bien sûr, approuva cette dernière, quelque peu sur la défensive.

— Elle déteste devoir rester en retrait, murmura Magnus. Envoyer les autres à la guerre alors qu'elle est en sécurité ici.

Se servant de sa baguette, la reine traça deux lignes reliant la Clémonce à l'Illicie.

— Nous allons donc renforcer Hoffen avec la

Quatrième armée et, une fois remise d'aplomb, la Cinquième descendra au sud pour prendre position dans la région d'Amboss.

— Cela signifie que nos cinq armées seront déployées à l'étranger, remarqua le prince Ludovico. N'est-ce pas folie que laisser le royaume ainsi démuni ?

— Au contraire, intervint l'émissaire. Cette tactique est la meilleure façon de le protéger. Notre priorité est de mettre un terme à l'avancée des Possédés. Et nous devons convaincre l'Achéron et la Thrace de se joindre à nous. Sans leur soutien, notre chute n'est plus qu'une question de temps.

— L'Achéron est par trop arrogant ! s'exclama le général Renucci. Et la Thrace ne s'alliera jamais avec nous. Pas tant que les thaumaturges gardent le roi Cléomène sur son lit de mort.

À ces mots, Galen Thrall se leva de son siège.

— Je suis persuadé que la Thrace se joindra à nous, une fois que notre armée de thaumaturges aura eu l'occasion de prouver sa valeur sur le champ de bataille. Ils entraînent eux aussi une armée semblable, et je suis convaincu qu'elles réussiront là où les armées conventionnelles ont échoué.

Les officiers s'offusquèrent des propos de Thrall au sujet des troupes régulières, mais la reine ne montra aucun signe d'irritation.

— L'armée des thaumaturges démontrera bien vite ce dont elle est capable, fit-elle simplement. Entre-temps, nous continuerons à soutenir l'Illicie et la Beltane. Sir William, quand la Quatrième armée sera-t-elle prête à marcher ?

— D'ici deux à trois semaines, Majesté, précisa l'émissaire. Nous attendons les derniers rapports. Si les chutes de neige dans les vallées n'ont pas été trop importantes, nous serons à même de rallier directement la ligne de front.

— Parfait, se réjouit la reine, même si Falco percevait bien son anxiété à l'idée de voir l'émissaire repartir au combat. Et les cadets pourront-ils mener à terme leurs manœuvres à grande échelle un peu plus tard ?

— Ce devrait être possible, répondit Sir William. Nos rapports font état de raids et d'incursions mineures, mais si rien ne change au cours des prochains mois, ils devraient être en position d'achever les épreuves selon le calendrier fixé.

— A-t-on décidé des objectifs de leur campagne ?

— Ils apporteront du matériel et des renforts à la ville du Matres, dit l'émissaire. Ils aideront ensuite à ériger deux nouveaux ponts sur le fleuve Naern avant de ramener les blessés et les réfugiés à la capitale. Cela devrait leur prendre environ deux mois.

— Excellent ! estima la reine. À présent, occupons-nous des ordres écrits.

Les scribes se saisirent de leurs plumes, prêts à noter les séries d'instructions qui allaient être transmises au front.

Bryna murmura quelque chose à Malaki au sujet des manœuvres ; en revanche, Falco ne l'écoutait pas. Il attendait toujours qu'ils abordent la question de l'étrange creux au sud de Hoffen, mais ils ne le firent à aucun moment.

Alors qu'il devenait clair que la réunion touchait

à sa fin, Falco se surprit à se lever de son siège. Les cartographes commençaient à ramasser les figurines tandis que les scribes préparaient les messages. Falco resta là, debout et immobile. Des gens s'en rendirent compte, chuchotant entre eux et le pointant du doigt. Certains se mirent même à rire. Magnus l'observa, ne l'exhorta pas pour autant à se rasseoir.

— Quelque chose à ajouter, cadet ?

Le regard de Falco se porta vers Marshal Breton, qui le dévisageait. Tout le monde fit de même. Marshal Breton était visiblement irrité et Thrall lui décocha un coup d'œil glacial. Quant aux autres, ils semblaient simplement curieux de ce que Falco avait à dire.

— Eh bien, jeune Danté, l'encouragea la reine. Y a-t-il quelque chose dont tu veux nous faire part ?

La gorge sèche, Falco réalisa que tous les regards étaient à présent tournés dans sa direction. Il passa la langue sur ses lèvres.

— Je m'interrogeais au sujet de ce trou en Illicie.

— Quel trou ? voulut savoir Marshal Breton, examinant les figurines encore en place.

— L'espace qui sépare les forces des Possédés, précisa Falco. Au sud de Hoffen.

Marshal Breton se renfrogna, comme si ses propos étaient insensés ; quant à l'émissaire, il s'approcha de la zone en question.

— Viens nous montrer, intervint la reine.

Profondément gêné, Falco gagna le bout de sa rangée et descendit les marches. Ignorant les regards mauvais de Thrall et de Marshal Breton, il posa le pied sur la carte de marbre poli.

— Ici, dit-il. Il y a un espace entre les forces des Possédés.

— Ce n'est pas un espace, rétorqua le général Renucci. Vois… Il y a une armée férocienne à cet endroit et là aussi, avec au moins deux démons.

— Oui, acquiesça Falco, mais c'est l'une des rares zones de combat où nous avons remporté quelque succès. Le chef des Possédés ne permettra jamais que de telles victoires ne soient pas suivies de contre-attaques. Il devrait y avoir quelque chose à cet endroit.

Même l'émissaire ne savait plus trop quoi penser, à présent. L'expression de Marshal Breton laissait suggérer qu'il en avait assez entendu.

— Cela fait combien de temps que tu suis la formation à l'Académie ? demanda-t-il.

— Environ trois mois, seigneur.

— Et que tu étudies les déplacements et la stratégie des Possédés ?

Falco baissa les yeux et Marshal Breton eut un reniflement méprisant. La reine, en revanche, leva la tête vers les rangées supérieures des gradins.

— Mage de bataille Saigal, héla-t-elle, employant le titre officiel de Nathalie. Vois-tu quelque chose d'inhabituel dans les lignes de front de l'ennemi ?

Nathalie regarda la carte, puis Falco, plongée dans ses pensées. Finalement, elle hocha la tête.

— Je ne l'aurais pas remarqué seule, mais je suis effectivement surprise que la réponse des Possédés dans le nord ait été aussi peu importante.

La reine se tourna vers Falco tandis que Galen Thrall le regardait avec un sourire condescendant.

— Assurément, nous n'allons pas écouter les conseils d'un gamin qui n'a même pas suivi la formation de mage de bataille, s'emporta-t-il.

— Falco n'aurait pas pris la parole sans raison, s'interposa l'émissaire, ce qui ne provoqua qu'un rictus de dérision chez Thrall.

— De plus, ajouta la reine, Syballian lui-même n'a-t-il pas dit : « On ne devient pas mage de bataille, on le naît » ?

Les élèves de Thrall en parurent visiblement irrités. Il était cuisant d'entendre les propos du plus puissant des Veneratu de tous les temps utilisés contre celui actuellement en charge. Cependant Thrall s'inclina et se détourna ; à ses yeux, les dires de Falco n'avaient que peu d'importance.

— Eh bien, poursuivit la reine. Les mages de bataille illiciens Wildegraf Feuerson et Jürgen Focke ne sont pas très loin de là. S'il se passe des choses étranges, je suis certaine qu'ils le découvriront. De plus, la Quatrième armée marchera prochainement dans cette direction. Ce n'est pas pour autant que nous devons nous montrer insouciants.

Elle s'adressa aux scribes.

— Qu'il soit aussitôt inscrit qu'une irrégularité dans les lignes ennemies a été remarquée par le mage de bataille en formation, Falco Danté.

Falco déglutit lorsqu'il vit que ses vagues suspicions étaient consignées de façon officielle. Seul le temps leur apprendrait s'il y avait un quelconque fond de vérité à ses doutes. Marshal Breton et Galen

Thrall le considéraient toujours avec un air désapprobateur, puis son regard rencontra celui de l'émissaire et, même s'il ne souriait pas, ce dernier fit un petit signe de la tête qui semblait dire « bien joué ».

— S'il n'y a rien d'autre…, intervint la reine, scrutant les gradins, sans que quiconque demande à prendre la parole, il ne me reste donc plus qu'à vous remercier pour le temps que vous nous avez consacré et je déclare cette session de stratégie publique close.

Tous les participants se levèrent et posèrent la main droite sur leur cœur. Saluant son peuple, la reine repartit avec les dignitaires dans le tunnel.

Falco retourna auprès de ses amis pendant que le tapis était déplié pour reprendre sa place initiale. Les cadets le dévisageaient : ils n'arrivaient pas à croire qu'il ait pu s'exprimer de façon si ouverte. Magnus ne disait rien, mais il était soucieux.

— Désolé, marmonna Falco. J'ai juste eu la certitude que je devais en parler.

— Ne t'excuse pas, répondit Magnus. Tu auras besoin du courage de tes convictions si tu es amené à commander. J'ai bien cru que Galen Thrall allait nous chier un calcul rénal quand la reine lui a cité Syballian.

Les cadets éclatèrent de rire et ils rejoignirent le flot des gens qui quittaient la pièce au milieu de discussions animées. Si Alex et Quirren restaient maussades, Malaki parlait à Bryna des problèmes qu'elle rencontrait avec les Dalwhinnies.

— Il faut juste que tu leur montres qui donne les ordres, dit Malaki.

— C'est bien le souci, répondit Bryna. Ils savent parfaitement qui commande : Patrick Vockler.

— Pourquoi ne le défies-tu pas lors d'une épreuve ? suggéra Malaki tandis qu'ils émergeaient sur la place. Si tu le bats, ils ne feront plus de vagues.

— Ça m'étonnerait ! tempéra Bryna. De plus, je ne suis pas certaine de le vaincre. C'est un bon archer, comme ils le sont tous. C'est juste qu'ils n'écoutent pas un mot de ce que je leur raconte. Dans deux jours, je suis censée leur faire une démonstration de Rafale de Cinq, et si nous sommes incapables de réussir l'épreuve du transfixe, on ne nous permettra pas de participer aux manœuvres tout court.

Malaki la saisit par les épaules et déposa un baiser sur le sommet de sa tête.

— Tu trouveras une solution, la rassura-t-il.

Falco sourit, mais il n'écoutait pas vraiment. Il pensait à ce que le laniste Magnus lui avait dit. Il ne s'était jamais considéré comme un meneur d'hommes. Il trouvait même l'idée terrifiante. Des gens qui allaient risquer leur vie en se fiant à son jugement ? Il ne savait pas comment la reine pouvait le supporter.

Il avait pris la parole car il lui avait semblé que ne pas le faire aurait été une erreur. Il ne se rendait pas compte que se porter volontaire et assumer la responsabilité de ses actes était justement ce qui définissait un meneur d'hommes. S'il l'avait compris plus tôt, il aurait peut-être tenu sa langue.

45

Blocage mental

Les thaumaturges étaient d'une humeur noire à leur retour dans la tour. Galen Thrall en particulier se trouvait en proie à une rage que rien ne semblait pouvoir apaiser. En dépit de tous ses efforts, la reine avait réussi à garder le contrôle de la réunion, ne lui donnant à aucun moment l'occasion de vanter les mérites de l'armée des thaumaturges. Pour un homme tel que Thrall, il était exaspérant d'être manipulé aussi magistralement. Et que l'on ait autorisé Falco à parler ne faisait qu'ajouter à son mécontentement. Sitôt entré dans la grande salle de réception, Thrall rassembla les thaumaturges les plus expérimentés autour de lui.

— Le chien de la reine part dans quelques semaines, ragea-t-il. Nous devons être prêts à lui donner une leçon dans l'art de la guerre.

Mérédith haussa un sourcil face à pareille arrogance, mais comme les mots ne lui étaient pas destinés, il ne dit rien. Il se contenta de baisser la tête et de se diriger vers les marches menant aux archives. Il était presque parvenu devant l'escalier en colimaçon lorsque la voix de Thrall le cloua sur place :

— Un moment, jeune Saker, si tu le permets.

Mérédith se retourna pour affronter le regard particulièrement pénétrant du Grand Veneratu. Les autres thaumaturges s'éloignaient et Mérédith éprouva un certain malaise alors qu'il faisait demi-tour et s'approchait du Vénérable Maître de la tour.

— Ce Danté..., commença Thrall, fouillant Mérédith du regard pour découvrir tous les secrets enfouis au fond de son cœur. Il apprend vite ?

— Non, Maître, rapporta Mérédith en secouant la tête. Lentement. En revanche, ce qu'il apprend, il le maîtrise à la perfection.

— Hum..., marmonna Thrall comme si ce n'était pas cela qu'il désirait entendre. Et toujours pas le moindre signe d'un potentiel offensif ?

Mérédith s'efforça de dissimuler son indignation. Le Grand Veneratu avait manifestement l'œil sur leurs séances d'entraînement.

— Non, avoua-t-il. Il est fort, mais ses pouvoirs restent purement défensifs. Dès qu'il s'agit de passer à l'attaque, il a un blocage mental.

— En as-tu identifié la source ?

Mérédith hocha la tête.

— La culpabilité, la honte et la peur.

— Ah ?

— La culpabilité et la honte de ce que son père a fait.

— Et la peur de l'ennemi ? suggéra Thrall.

— Non, Maître. Falco craint les Possédés, évidemment, cependant son blocage ne vient pas de là.

— Alors de quoi ?

— La peur de la folie et du meurtre, la peur de devenir comme son père.

Ce fut au tour de Thrall de hocher la tête.

— Et saura-t-il la surmonter ?

— Je l'ignore, confessa Mérédith. Il ne peut changer ce qui s'est produit dans le passé.

— Exact, dit Thrall, ses yeux vert clair étincelant d'une lueur glacée.

— Ce sera tout, Maître ?

— Oui, répondit Thrall. Je m'en voudrais de t'empêcher d'aller étudier.

Mérédith sentit une pointe de satisfaction chez Thrall, mais il percevait également de l'inquiétude sous ses abords sereins. Il s'inclina et prit congé. Tout en descendant les marches, il se demanda de nouveau pourquoi le thaumaturge s'opposait si farouchement à Falco. Dans un avenir pas si lointain, Thrall essaierait de briser la volonté du jeune homme au moment du rite d'Assay, et c'était son travail de s'assurer qu'il y soit préparé. S'il se révélait en revanche incapable de susciter des pouvoirs offensifs, alors il serait très nettement désavantagé. Même si ceux-ci étaient non utilisés, le simple fait de les savoir à disposition jouerait un rôle psychologique déterminant. Sans cela, Mérédith était certain que Falco échouerait.

Il passa le reste de la nuit à lire divers livres sur

l'histoire d'Ire et la physiologie des dragons, mais sa concentration était sans cesse brisée par une idée désagréable qui ne cessait de s'imposer à son esprit. La peur de laisser tomber Falco.

46

Respect

Les cadets étaient d'humeur pensive le lendemain matin. Non seulement la réunion leur avait fourni beaucoup de sujets de réflexion, mais, avec le départ imminent de la Quatrième armée, l'émissaire avait annoncé que cette journée serait sa dernière parmi eux. Les instructeurs se rassemblaient aussi de leur côté, en conséquence de quoi la séance du matin n'avait pas duré longtemps. La plupart saisirent cette chance pour déjeuner plus tôt que prévu. Quant à Quirren, il conduisit plusieurs apprentis chevaliers au champ de dressage en vue des entraînements de l'après-midi.

Malaki serait bien parti avec eux, mais Bryna se dirigeait vers le terrain de tir des archers pour tenter de faire des progrès avec les Dalwhinnies. Il décida de prendre de quoi manger et de l'accompagner. Falco avait hâte de gagner le creuset, il savait néanmoins que Bryna apprécierait leur soutien moral. Alex se résolut lui aussi à venir avec eux. Lorsqu'ils atteignirent la petite éminence qui dominait le champ de tir, ils étendirent leurs capes au sol et sortirent la nourriture.

— J'ai tout essayé, dit Bryna. Ils sont totalement incontrôlables.

— Bien sûr qu'ils le sont, répondit Alex. Personne ne peut dompter les Dalwhinnies. À moins d'être soi-même un assassin de la trempe de Pat le Voleur.

Malaki et Falco échangèrent un regard inquiet. Ils n'avaient jamais vu Bryna si abattue.

— Étant donné que tu es en avance aujourd'hui, suggéra Malaki, pourquoi n'irais-tu pas t'entraîner ? Peut-être que certains voudront se joindre à toi…

— Aucune chance, maugréa Bryna. Ils ne font rien sauf si Pat leur dit de le faire.

Les deux autres grimacèrent : il n'y avait rien à faire. Poussant un soupir, Bryna saisit son arc et descendit la pente vers le terrain d'entraînement. Même de l'endroit où ils se trouvaient, ils entendirent les sifflements et les éclats de rire qui ponctuèrent son arrivée.

— Je crois que je préférerais être confronté à une horde de Kardakae, conclut Alex.

Falco ricana, mais Malaki ne quittait pas Bryna des yeux. Il ne lui était pas facile de la voir traitée ainsi. Elle tenta d'engager la conversation avec un groupe d'hommes, sans succès. Finalement, elle alla jusqu'à l'un des stands de tir et sortit son arc.

Les Dalwhinnies la considéraient avec un mélange d'amusement, d'indifférence et de concupiscence. Sur le bas-côté, on voyait la robuste silhouette de Patrick Vockler entouré d'une dizaine de ses sbires, tous arborant une semblable mine patibulaire. Des hommes qui s'étaient taillé une existence dans les quartiers les plus sordides de ce monde : voleurs, mercenaires, collecteurs de dettes et pire encore. Ils n'allaient sûrement pas se laisser mener par une jeunette, aussi jolie soit-elle, quels que soient ses talents d'archère.

— Comment se débrouille-t-elle ?

Les garçons se retournèrent et aperçurent l'émissaire, juché sur son cheval, Tapefer.

— Pas très bien, résuma Falco.

Bryna venait juste de terminer une manche. Elle ramassa ses flèches et remonta vers eux. Ils se redressèrent et Malaki lui offrit de se servir en nourriture. Elle secoua la tête et se retourna vers la compagnie d'archers qui lui causait tant de soucis. À présent qu'elle était partie, les Dalwhinnies avaient commencé à s'entraîner, suite à l'arrivée de Pat.

— Ils font ça dans l'unique intention de me blesser, se plaignit-elle, pas loin de pleurer.

Malaki tenta de lui passer un bras autour de la taille, mais elle le rejeta.

— As-tu réussi la Rafale de Cinq ou de Dix ? demanda l'émissaire.

Bryna fit signe que non.

— J'en conclus que tu n'as même pas débuté l'entraînement pour le transfixe ?

Une nouvelle fois, Bryna secoua la tête. Les garçons se dévisagèrent et un silence gêné s'installa. Ils entendirent des salves de rires. Patrick

Vockler regardait leur petit groupe espionner ses Dalwhinnies.

— Ils ne me respectent tout simplement pas, déclara Bryna.

— Et pourquoi le devraient-ils ? osa l'émissaire.

Falco fut surpris devant la dureté de son ton.

— Je..., commença Bryna, mais Sir William ne la laissa pas poursuivre.

— Tu n'es qu'une vulgaire fille d'une petite ville de province. Certains de ces hommes ont gagné leur vie en mettant des femmes dans ton genre sur le trottoir. Tu croyais vraiment qu'ils allaient te respecter simplement parce que tu sais tirer droit ?

Bryna répondit par la négative et une larme coula le long de sa joue.

Falco dévisagea l'émissaire. S'il pouvait se montrer sévère, il n'était pas dans sa nature d'être cruel. Il se conduisait ainsi pour une raison bien particulière.

— Les Dalwhinnies n'ont pas à te respecter, Bryna Godwin. En revanche, ils doivent respecter ton grade.

Bryna se retourna pour faire face à l'émissaire, il n'y avait nulle trace de compromis dans ses yeux. Elle soutint un moment son regard, puis elle sourit. Elle attrapa Malaki par la main et lui donna un petit baiser sur les lèvres en guise d'excuse pour l'avoir repoussé un peu plus tôt. Enfin, elle passa son arc en travers de son dos et redescendit la pente.

Une nouvelle salve de rires accueillit le retour déterminé de Bryna, et ses amis l'observèrent avancer au milieu de la troupe indisciplinée, qui s'écarta pour lui laisser le passage tandis qu'elle marchait droit sur Patrick Vockler.

— Oh mes aïeux, jura doucement Malaki. Qu'est-ce qu'elle nous mijote ?

Falco l'ignorait. De là où ils se trouvaient, ils ne pouvaient rien entendre.

Le cœur de Bryna martelait sa poitrine à mesure qu'elle se rapprochait de celui qui exerçait sa domination sur les Dalwhinnies. Pat le Voleur se retourna pour la regarder, une lueur d'amusement sincère au fond des yeux. Bryna ne s'arrêta que lorsqu'elle se trouva directement en face de lui, et nombre des soldats éclatèrent de rire de voir sa frêle silhouette se mesurer à la masse imposante de Vockler.

— Cet après-midi, nous allons perfectionner les Rafales de Cinq, dit-elle. Et demain…

— Toutes mes excuses, petite dame, l'interrompit Pat sur un ton navré, mais cet après-midi les hommes seront…

Une claque retentissante s'abattit sur la joue de Patrick Vockler, assenée avec toute la force qu'avait pu mobiliser Bryna. Le grand gaillard vacilla sous le coup de la surprise, mais il eut un sourire vicieux.

La deuxième gifle fut tout aussi violente que la première. Patrick grimaça de douleur, et toute trace d'amusement avait disparu de ses yeux.

— Espèce de…

À la troisième, les Dalwhinnies lâchèrent un grand cri collectif. Bryna tenta de le gifler une quatrième fois, c'est à ce moment que Pat lui saisit le bras. Son autre main jaillit, vive et menaçante ; Bryna se contenta de hausser le menton, comme si elle le mettait au défi de la frapper. L'espace d'un instant, le regard noir de Pat vrilla celui de Bryna, chargé d'une humeur assassine, mais son bras s'immobilisa. Tout à coup, il parut ne plus savoir comment réagir. Il connaissait la sanction encourue pour avoir porté la main sur un officier et, que cela lui plaise ou non, Bryna était son officier supérieur.

Un silence électrique s'installa, et Pat ne bougeait toujours pas. Soudain Dedric Sayer s'approcha de Bryna. Il n'y avait pas à se méprendre sur la lueur qui brûlait dans ses yeux. Il connaissait également la sanction encourue pour avoir frappé un officier, il n'allait pas pour autant laisser Bryna humilier leur chef. Il prendrait les coups de fouet à la place de Pat et renforcerait par là même son statut auprès des Dalwhinnies.

Il leva la main et Bryna frémit dans l'attente de recevoir le coup... Au dernier instant, Pat lâcha Bryna et assena un coup de poing dans la mâchoire de Sayer. L'homme s'écroula comme un vulgaire sac de pommes de terre. L'atmosphère était tendue à couper au couteau.

Une fois encore le silence s'installa, jusqu'à ce que Bryna le brise d'une voix étonnamment forte et assurée.

— Bien, tonna-t-elle, affrontant les uns après les autres tous les regards hostiles. Cet après-midi, nous allons nous entraîner aux Rafales de Cinq. Et demain, ajouta-t-elle, dévisageant ouvertement Patrick Vockler et le défiant de prendre la parole, nous passerons aux Rafales de Dix.

Elle ôta son arc de son épaule, puis elle se tourna

vers les quatre hommes qui se trouvaient sur la ligne de tir, la pointe de leurs flèches posée sur leurs bottes.

— Vous autres, ordonna-t-elle en encochant. Lorsque je dirai Rafale de Cinq, vous viserez la cible que je vous aurai désignée.

Un d'eux se retourna instinctivement vers Patrick. Bryna réagit sans attendre et tira son trait dans la botte droite de l'archer.

— Ne le regarde pas, bordel ! vociféra-t-elle. C'est moi qui commande les Dalwhinnies et, au nom du ciel, c'est moi que tu ne dois pas lâcher des yeux !

Le soldat grimaça de douleur, la flèche lui ayant éraflé le mollet. Qu'importe ! Bryna avait déjà encoché le trait suivant. Celui qui se serait aventuré à ne pas la regarder aurait été sacrément téméraire. Le visage déformé par son impétuosité, elle se plaça devant les quatre hommes.

— Rafale de Cinq ! dit-elle et elle tira dans la seconde cible à partir de la gauche.

Quatre arcs claquèrent derrière elle et quatre flèches s'enfoncèrent en résonnant dans la même cible que Bryna.

— Rafale de Cinq ! s'exclama-t-elle.

Les cordes vibrèrent, mais seuls trois traits trouvèrent leur cible cette fois-ci. La quatrième était passée bien loin. Celui qui avait ainsi raté boitait un peu en raison de la flèche fichée dans sa botte.

— Bien ! s'écria Bryna, se rapprochant des Dalwhinnies. Vous allez former des groupes de cinq et vous disposer le long des lignes de tir. Je veux que vous soyez tous au point d'ici la fin de la journée.

Les Dalwhinnies restèrent à la regarder, trop sonnés pour se mettre en position. Soudain…

— Eh bien, qu'attendez-vous donc, bande de bâtards au cœur noir ? rugit Pat le Voleur. Vous avez entendu votre officier ? Par groupes de cinq, sur la ligne, en avant !

Les Dalwhinnies passèrent à l'action comme un seul homme. Dans la confusion la plus totale, ponctuée de quelques coups et d'imprécations, ils se divisèrent en équipes de cinq, et entreprirent de s'entraîner aux Rafales de Cinq.

Au sein de ce brouhaha et du claquement des cordes d'arc, Bryna se retourna et aperçut Patrick en face d'elle. L'homme la sondait avec une expression indéchiffrable au fond des yeux.

Bryna avait été surprise de l'entendre ajouter sa voix à la sienne, finalement Patrick était un individu pragmatique avant tout. Bryna avait joué la carte contre laquelle il ne pouvait rien. À cet instant, il avait perdu sa position de chef des Dalwhinnies, mais, avec tout l'instinct du survivant-né, il avait vite compris que la place de second pouvait toujours être sienne.

Le visage blême et sentant sa force l'abandonner, Bryna attendit qu'il prenne la parole.

— Bordel, ma fille, je suis sûr que ton père doit être sacrément fier de toi.

Une boule se forma dans la gorge de Bryna.

— Mon père a été tué par un démon dans les montagnes, expliqua-t-elle. Mais oui, il *était* fier de moi.

Patrick ne cessait de la dévisager.

— Tu as toujours la coupe qu'on t'a donnée ?

Bryna répondit par l'affirmative.

— Alors apporte-la ce soir au mess des Irréguliers, et on t'accueillera comme il se doit au sein des Dalwhinnies.

Bryna hocha imperceptiblement la tête, et Patrick s'écarta pour la laisser passer.

Oh non, songea-t-elle en quittant le champ de tir pour trouver un endroit discret où vomir, *voilà qu'ils s'attendent à ce que je me saoule avec eux !*

Alors qu'elle s'éloignait, elle entendit la voix rauque de Patrick abreuver d'insultes un homme qui avait manqué d'enfoncer une flèche dans le dos d'un de ses compagnons.

— Pas comme ça, Harper, espèce de sodomite amateur de chèvres ! Mais bouge-toi, enfin !

*

En haut de la pente, les amis de Bryna poussèrent enfin un soupir de soulagement. Il était maintenant clair qu'elle ne serait pas réduite à une pulpe sanglante. Malaki fixait la jeune femme avec une intensité presque douloureuse. À un moment, il avait failli foncer au bas de la colline et charger les Dalwhinnies à lui seul, mais l'émissaire l'en avait dissuadé.

— Donne-lui une minute, lui avait-il demandé, juste au moment où Bryna assenait sa deuxième gifle à Patrick.

Quand Bryna avait laissé les Dalwhinnies derrière elle, la tension était lentement retombée.

— Et moi qui pensais que Pat le Voleur était effrayant, avait dit Alex.

Ils avaient éclaté de rire, y compris Sir William. Ce dernier avait peut-être expliqué à Bryna comment procéder ; au final, c'était bien elle qui s'était confrontée aux deux cents hommes et à leur chef tout aussi intimidant qu'eux. Elle avait fait la démonstration qu'en matière de commandement, la force physique n'était pas le facteur déterminant.

C'était la force de caractère qui primait.

C'était la force de caractère qui amenait le respect.

47

Une simple touche

Trois semaines plus tard, par un froid matin d'hiver, la Quatrième armée prit le départ. On aurait dit que toute la population était venue la saluer tandis que les régiments se déployaient depuis le plateau et empruntaient les grandes artères. Les gens regardaient les troupes défiler dans un silence respectueux, fascinés par la colonne de thaumaturges qui les accompagnait. Les deux corps d'armée ne s'arrêteraient que lorsqu'ils parviendraient sur la place du Chevalier sans Nom, où ils attendraient d'être rejoints par leurs officiers. Ceux-ci étaient reçus une dernière fois par Catherine, qui allait leur rappeler qu'ils partaient à la guerre pour elle.

Avant de se rendre à cette entrevue royale, Sir William, commandant de la Quatrième armée, mit un point d'honneur à faire une halte dans les baraquements pour dire au revoir en personne aux cadets. Il eut des mots encourageants pour chacun, à l'exception de Falco, qui n'était pas là. Lui aussi avait été convoqué par la reine, en compagnie de laquelle il se trouvait au même moment, assistant au défilé depuis le palais.

— C'est toujours un spectacle émouvant, remarqua cette dernière depuis une grande terrasse surplombant la ville. À la fois glorieux et triste.

Elle se tourna vers Falco sans faire le moindre effort pour dissimuler son trouble. Sous sa cape bleue et son manteau en peau de loup, la reine était bardée d'acier. Une épée pendait à son ceinturon à la boucle en tête de cheval, cadeau de l'émissaire. Il ne s'agissait pas d'une tenue cérémoniale, mais bien d'une authentique armure de guerre.

— Absurde, n'est-ce pas ? lui demanda Catherine. En tant que commandante en chef des armées, la tradition veut que je sois en armure, bien que celle-ci n'ait jamais vu un champ de bataille.

— Il existe plus d'une façon de livrer la guerre, Majesté, rétorqua Falco.

— Tu commences à lui ressembler, fit observer la reine après un petit rire, désignant le cavalier qui arrivait vers le palais.

Sir William chevauchait un splendide percheron gris cendre. À côté de lui galopait le capitaine de l'armée des thaumaturges, Dagoran Sorn. L'émissaire portait un surcot et une cape dans les mêmes tons turquoise que la reine, tandis que la robe du thaumaturge arborait un pourpre profond. Ils venaient au palais pour leur dernier entretien avec la reine. Lorsqu'ils disparurent sous les remparts, les yeux de cette dernière se reportèrent sur l'armée.

— Ils vont au-delà du Matres, constata-t-elle. Vers Hoffen.

Même si elle ne regardait pas Falco, celui-ci devinait l'inquiétude dans sa voix. C'était pour cela qu'elle avait voulu le voir. Sir William allait se diriger vers cet endroit où, sur la carte, les forces des Possédés semblaient singulièrement peu présentes. La Clémonce s'étant toujours enorgueillie de l'excellence de ses renseignements militaires, la reine se tourmentait à l'idée d'avoir peut-être mal estimé la situation et d'envoyer ainsi des hommes vers un péril inconnu.

— As-tu ressenti autre chose lors de la réunion ?

Falco secoua la tête.

— Ce n'était qu'une sensation diffuse, répondit-il en ayant l'impression de la décevoir. Presque imperceptible.

La reine marqua une pause, puis poussa un soupir, souriant légèrement, comme s'il était injuste de sa part d'insister.

— Des nouvelles des mages de bataille illiciens ? s'enquit Falco.

— Non, mais cela n'a rien d'inhabituel. Il faudra du temps pour que Nathalie les localise, et même ainsi, ils risquent de ne pouvoir mener l'enquête tout de suite. Nos grandes âmes ne peuvent se trouver partout à la fois.

Falco regarda la reine à la dérobée tandis qu'elle observait la ville. Il entendait la lassitude dans sa voix, les efforts que cela lui demandait de coordonner une guerre dont la plupart pensaient qu'elle ne pouvait que s'achever dans la défaite. Il examina la ligne pure de son menton et de sa joue pâle, le contraste entre la peau douce de sa gorge et les angles saillants de son armure. Le vent balaya ses cheveux défaits ; et pendant un instant il ne la vit pas comme une reine, mais comme une femme, forte et belle, et pourtant envahie par le doute et la peur terrible qu'elle soit en train de faillir à son peuple.

Il sentit une brusque poussée de tendresse pour elle et sut à cette seconde qu'il ferait tout ce qui était en son pouvoir pour l'aider.

— Une femme ne peut que rougir devant l'intensité de ce regard, jeune Danté, dit soudain la reine.

Pour l'heure, ce n'était pas elle qui rougissait, mais Danté. Elle sourit et Falco fut tiré de son embarras par l'arrivée de Cyrano.

— Le thaumaturge guerrier Dagoran Sorn et le commandant de la Quatrième armée sollicitent une audience avec le Trône et la bénédiction de Sa Majesté royale.

La reine se redressa et haussa le menton. Elle prit une profonde inspiration et ferma les yeux, cherchant à raffermir son courage. Résister aux légions de l'enfer était une chose, faire ses adieux à l'homme qu'elle aimait en sachant pertinemment qu'elle risquait fort de ne jamais le revoir en était une autre.

— Merci, Cyrano, souffla-t-elle enfin.

Le conseiller de la reine inclina la tête et, d'un simple regard, fit comprendre à Falco que son audience à lui venait de prendre fin.

Falco se tourna vers la reine.

— Majesté, la salua-t-il, attendant qu'elle le libère de sa présence.

— Peut-être aurons-nous l'occasion de nous entretenir une nouvelle fois. Si ton entraînement le permet, évidemment.

— J'en serais honoré, répondit Falco, rougissant encore.

— Alors, à bientôt, dit la reine.

Falco comprit qu'elle venait de lui donner congé. Il s'approcha de Cyrano, qui l'attendait sous le passage cintré. Deux hommes se tenaient à côté de lui. Le premier était l'émissaire, le second un individu de petite taille aux traits aquilins et aux yeux noirs et perçants. Celui que Galen Thrall avait choisi pour mener sa précieuse armée de thaumaturges à la bataille.

— Seigneur Sorn, lança Cyrano, invitant le thaumaturge à avancer.

Dagoran Sorn salua avec une certaine raideur et laissa le conseiller le devancer. Falco et Sir William observèrent les deux hommes rejoindre la reine, qui était à présent en bordure de terrasse, en pleine vue des gens massés dans les rues en contrebas.

— Elle t'a posé des questions au sujet des Possédés ?

Falco regarda l'émissaire et hocha la tête.

— Ne t'en veux pas trop. C'est le lot de tout éclaireur ou capitaine. On aimerait tous pouvoir lui en dire plus. N'importe quoi pour alléger ne serait-ce qu'un peu son fardeau.

Falco le dévisagea, étonné de la facilité avec laquelle Sir William percevait les sentiments d'autrui.

— Avez-vous pu voir les autres ?

Le chevalier opina du chef.

— Parfait. Alex était convaincu que vous alliez partir sans dire au revoir.

— Aurélian me signale que tu fais des progrès remarquables, sourit l'émissaire.

— Dans certains domaines, relativisa Falco.

— Tu as du mal à passer à l'offensive, cependant ?

— Ce n'est pas que j'ai du mal, c'est que j'en suis incapable, se justifia Falco, malheureux de cet état de fait. C'est incompréhensible. Avec une épée, je passerais à l'attaque sans y penser.

— Peut-être parce que tu ne fais pas le lien entre une épée et l'action de tuer ?

Une nouvelle fois, l'émissaire avait tapé là où cela faisait mal. Ils restèrent silencieux un instant, guettant Dagoran Sorn, dont l'audience avec la reine touchait à sa fin.

— Un jour, il m'a fallu exécuter un homme qui était sous mes ordres, expliqua Sir William. Un ami qui avait commis un meurtre dans un moment de folie. Sais-tu ce qu'il m'a dit lorsqu'on lui a passé la corde au cou ?

Pour toute réponse, Falco le dévisagea.

— Qu'il était plus facile de mourir que de continuer à vivre après avoir tué.

Les yeux de Falco se remplirent de larmes parce qu'il disait vrai. La peur de commettre le mal était plus forte que le mal lui-même.

— Tu n'es pas ton père, Falco. Tu n'es pas condamné à répéter son destin.

Falco essuya ses larmes. Il prit conscience de la présence de Cyrano. L'audience de Sorn était close. La reine attendait le commandant de la Quatrième armée.

— Jusqu'à notre prochaine rencontre, dit-il, tendant une main à Falco.

— Vous pensez qu'on se reverra ?

— À la guerre ? Qui sait ? Mais il est toujours bon d'espérer.

Il gratifia Falco d'une étreinte virile puis, avec un dernier sourire, alla faire ses adieux à sa reine.

Le menton droit et les épaules carrées, personne n'aurait pu deviner les doutes qui assaillaient son cœur. À peine arrivé en face d'elle, il s'agenouilla et attendit qu'elle pose une main sur sa tête. En contrebas, les gens n'en perdaient pas une miette. Enfin, la souveraine bénit devant eux les hommes et les femmes qui allaient marcher sous les ordres de son émissaire. D'où il se trouvait, Falco ne pouvait entendre un seul mot.

*

C'est en sentant tout le poids des mailles de son armure que Sir William se redressa devant sa reine. Sa maîtrise de lui-même faillit lui faire défaut quand ils se firent face, mais il savait que chacun d'eux comptait sur la force de l'autre. Son regard était par conséquent assuré lorsque ses yeux plongèrent dans ceux, bleus et profonds, de la femme qu'il aimait.

*

Pendant ce qui parut une éternité, Catherine ne dit rien et laissa simplement son regard parcourir les traits familiers de l'émissaire : ce visage fort et tanné par les vents, les cicatrices toujours plus nombreuses, la mâchoire sévère et cette sempiternelle barbe de trois jours, poivre et sel comme ses cheveux qui lui tombaient à hauteur d'épaule. Le nez cassé, le front altier, et ces yeux d'un gris magnifique qui lui faisaient immanquablement penser à la mer.

Elle avait beau avoir pleinement conscience que toute la ville l'observait, la reine se repaissait de lui jusqu'à plus soif. Elle n'arrivait pas à s'ôter de la tête que c'était peut-être la dernière fois qu'elle le voyait, qu'il allait galoper vers une ombre dont jamais il ne reviendrait. Cette simple idée était presque trop forte et elle sentit sa résolution faiblir. Heureusement, et, comme toujours, il était là pour la raffermir.

— La Quatrième armée de la Clémonce sollicite votre bénédiction pour partir affronter les ennemis de notre royaume.

Les paroles consacrées ramenèrent la reine du bord de l'abîme où elle se trouvait, et elle haussa le menton dignement, une fois encore.

— Bénédiction accordée, dit-elle. Partez avec la lumière de notre amour dans vos cœurs.

L'émissaire s'inclina et elle s'adressa à lui sur un ton plus intime.

— Penses-tu que le jour viendra où toi et moi ne serons pas entravés par les chaînes du devoir et de l'honneur ?

— Le devoir et l'honneur dominent peut-être nos vies, répondit Sir William. Mais mon cœur est toujours libre de vous aimer.

La reine eut un sourire triste, tandis qu'intérieurement elle maudissait les forces qui les empêchaient de clamer leur amour. Presque sans s'en rendre compte, sa main s'était tendue vers celle de l'émissaire. Au dernier moment, elle parvint tout de même à se contenir. Devant elle se trouvait le commandant de la Quatrième armée, le capitaine des Adamanti. Hors de question de l'embarrasser avec une telle démonstration publique d'affection.

— Revenez-nous sain et sauf, chevalier.

— Même si toutes les hordes de l'enfer devaient se dresser entre nous.

La reine sourit de l'entendre si confiant, mais elle savait qu'aucun soldat ne pouvait être certain de son avenir.

— Nous avons eu si peu de temps, murmura-t-elle, sa voix se brisant enfin sous le coup de l'émotion. Pas le moindre moment pour nous entretenir de ce qui passe dans nos vies.

Elle baissa les yeux et une unique larme coula sur sa joue.

Un instant, l'émissaire resta immobile, image parfaite du chevalier stoïque et impassible. Sa main s'avança et ses doigts rugueux se refermèrent sur ceux, graciles, de sa reine. Il l'attira à lui puis, sous le regard du prince Ludovico et du peuple d'Ire, et se moquant de ce qu'ils allaient en penser, il l'embrassa, posant délicatement ses lèvres sur les siennes, sa barbe de trois jours picotant la peau douce du visage de la reine.

— Ma vie entière dans ce simple contact, souffla-t-il, sa joue s'attardant une seconde de trop près de la sienne.

L'espace d'une seconde, il sentit les doigts de la

jeune femme se refermer autour des siens. Le commandant de la Quatrième armée put enfin se tourner et s'éloigner, emportant avec lui la bénédiction de la reine pour l'apporter aux hommes qu'il allait conduire à la guerre.

Un silence s'installa au-dessus de la ville, un silence qui équivalait à vingt mille au revoir : entre amoureux, entre mère et fils, entre père et fils apeuré et désorienté. Ils promettaient de faire attention. Ils promettaient de revenir. Hélas, un soldat ne saurait faire de telles promesses. Il ne peut qu'espérer pouvoir les tenir.

48
Progrès

Le départ de la Quatrième armée eut un effet notable sur les cadets. Cela leur rappela que, d'ici quelques mois, ce serait leur tour de se retrouver confrontés aux aléas de la guerre. Ils survivraient peut-être à la première bataille, mais qu'en serait-il de la suivante ? De la troisième ? Combien de temps avant qu'ils soient taillés en pièces ou capturés par l'ennemi et condamnés à un enfer vivant en devenant eux-mêmes Possédés ?

Aussi horrible que soit cette perspective, c'était pourtant le sort qui guettait certains d'entre eux. Leur entraînement réduisait les risques d'une telle éventualité et les poussait à se dépasser plus que jamais. Le matin, ils s'exerçaient ensemble, augmentant leur endurance et perfectionnant leurs talents ; tandis que l'après-midi, ils travaillaient avec les unités dont ils avaient le commandement, répétant les manœuvres ou étudiant les éléments nécessaires au lancement d'une campagne militaire.

Dans le sillage de sa confrontation décisive avec Patrick, Bryna continua de faire des progrès significatifs avec les Dalwhinnies, et elle n'était pas loin de s'essayer au transfixe avec la cavalerie. Elle n'était pas la seule à s'améliorer : Malaki et Quirren faisaient preuve de qualités d'ordinaire attribuées à des soldats bien plus expérimentés et âgés. Seuls sur le terrain, ils étaient remarquables. Juchés sur des chevaux de guerre, ils devenaient des figures formidables.

Conformément à la tradition, les Schwarzen Adlers avaient fait présent à Quirren d'un étalon friesian noir. Malaki était quant à lui monté sur un splendide destrier bai, cheval de guerre issu des croisements des meilleurs coursiers. On leur avait donné leurs armures de plates faites sur mesure quelques semaines auparavant. Quirren était bardé d'acier, de ses bottes jusqu'à son sallet illicien, reconnaissable entre tous avec ses deux fentes et son front renforcé. L'armure bleutée de Malaki était un pur exemple de ce qu'Ire avait à offrir de mieux, et le formidable heaume dont il était coiffé faisait justement la réputation des chevaliers du royaume.

Si à dire vrai les cadets se débrouillaient bien dans l'ensemble, aucun n'avait fait autant de progrès que Falco. Le gringalet dégingandé qui se remettait tout juste de ses blessures, de sa maladie et de ses traumas était devenu un grand jeune homme, souple comme une panthère à défaut de robuste, qu'on ne pouvait plus qualifier de maigre. Il avait toujours quelques difficultés respiratoires lorsqu'il poussait ses capacités au maximum, les brûlures de son cou et de ses épaules restaient à vif, mais toute trace de faiblesse et de fragilité avait disparu depuis bien longtemps.

Avec le départ de l'armée, Falco se retrouva étrangement seul, avec en revanche l'esprit plus clair. S'il devait faire une différence à la guerre, alors il n'en tenait qu'à lui. Sans la présence de l'émissaire, il apprit à être lui-même. Quand les autres partirent s'entraîner avec leurs unités respectives, il monta au creuset. Il était toujours incapable de susciter la moindre force offensive, mais ses pouvoirs défensifs devenaient chaque jour plus impressionnants.

— Ne t'inquiète pas, le réconforta Aurélian juste après qu'il eut échoué une nouvelle fois à détruire un vase d'argile posé sur les marches de l'arène. Si dix mille guerriers peuvent tenir bon et se battre simplement parce que tu es là, alors crois-moi… cela fera une différence.

Falco se rappela combien la présence de Siméon avait raffermi les troupes de Caer Dour, leur permettant de poursuivre la lutte au lieu de jeter leurs armes et de s'enfuir. Le savoir ne suffisait pas pour autant à chasser la sensation d'échec.

— Bon, dit Aurélian. Essayons une combinaison de protection physique et magique. Je ne veux pas te passer la brosse à reluire, mais tes défenses commencent vraiment à prendre forme.

Falco sourit à ce compliment déguisé. Il savait pertinemment que le vieux mage était impressionné par ses capacités. Mettant ses doutes de côté, Falco ramassa l'épée et le bouclier, qui ne lui paraissaient plus aussi lourds qu'autrefois. En termes de prouesses physiques, il se jouait d'Aurélian, et Dusaule le remplaçait désormais régulièrement. Ce dernier ne parlait jamais et tous ses mouvements – manifestement ceux d'un bretteur doué – étaient froids et calculés.

Dwimervane assumait à l'occasion le rôle d'un démon, et Aurélian montrait à Falco comment s'en prendre à un ennemi faisant plusieurs fois sa taille. C'était une chose de se défendre contre une épée et un bouclier, c'était une tout autre paire de manches d'éviter des crocs, des griffes et du feu qui pouvait vous tuer à quinze mètres de distance. Au début, Dwimervane envoyait Falco courir dans toute l'arène, comme un chat jouant avec une souris peu agile, ensuite le jeune homme progressa rapidement, et sa vitesse de réaction et de déplacement eut tôt fait d'égaler sa vivacité d'esprit.

— Bien, s'enthousiasma Aurélian au moment où Falco parait un grand coup de patte, roulant en arrière pour accompagner le choc.

Falco suscita une protection censée écarter une attaque des mâchoires de Dwimervane et brandit son bouclier pour bloquer la queue qui s'abattait sur lui, puis il s'élança à son tour, visant la partie arrière de sa patte avant gauche. Dwimervane donna un coup de tête qui le heurta de côté.

— Fortification ! s'exclama Aurélian, éclatant de rire en voyant Falco étalé de tout son long sur le sable froid et humide. Tu ne peux pas te permettre de t'approcher si près sans un minimum de fortification.

— Tu pourrais au moins me laisser une chance, reprocha Falco au dragon, le gratifiant d'un regard aigre, mais celui-ci se contenta de le considérer avec dédain.

La bête était bien trop fière pour lui concéder la moindre faveur.

Falco faisait des progrès notables en matière de sorts de protection. Il pouvait repousser la plupart des attaques normales, et il apprenait à fortifier son corps de sorte que même Dwimervane avait du mal à l'envoyer à terre.

— Ce n'est pas juste une question de muscles, lui avait expliqué Aurélian un jour où il se trouvait coincé sous la patte massive de l'animal. C'est ton esprit, ton cœur et ton âme. Si tu te mets à douter, ta force s'effritera et tu tomberas.

Falco se souvint comment Siméon avait commencé à faiblir sous la puissance de l'assaut mental du démon. Au moins il savait à présent comment Darius avait pu tenir à l'écart les mâchoires du dragon noir dans la Citadelle des Quatre Vents. Falco se débrouillait assez bien contre Dwimervane, mais les choses seraient différentes contre un dragon noir ou un démon meurtrier.

En se servant de la fortification, il était désormais capable d'atterrir en douceur lorsqu'il sautait d'un cheval lancé au galop, même si, là encore, cela n'avait rien de comparable au même exercice depuis le dos d'un dragon en vol. Il avait enfin appris à ériger une protection à distance. Il avait fallu pour réussir que Mérédith lui suggère une nouvelle façon de visualiser cette tâche.

— N'essaye pas d'entourer la cible. Pense à un

point unique et tente de l'élargir pour en faire une sphère.

D'abord, il avait été incapable d'envisager ce point unique, mais Mérédith avait patiemment observé les motifs changeants dans son esprit et finit par voir ce qu'il cherchait.

— Là, dit-il un après-midi. C'est presque comme un son, comme le tout premier instant où on frappe une cloche. Concentre-toi dessus, puis fais-le grandir jusqu'à englober ta cible tout entière.

Ils s'étaient entraînés sur un casque, perché sur une colonne de fortissite à environ six mètres de distance. La mission de Falco consistait à le protéger tandis qu'Aurélian tentait de le pousser avec une lance. Au début, Falco ne réussit qu'à faire tomber le casque, et l'ancien guerrier n'avait pas manqué une occasion de lui faire remarquer que c'était son travail. Il avait enfin paru saisir ce que Mérédith cherchait à expliquer.

Rien qu'un point que tu élargis jusqu'à en faire une sphère.

— Maintenant essaye, lui avait demandé Aurélian dès qu'il avait senti le changement subtil dans la concentration de Falco.

Le vieux mage avait projeté sa lance en poussant un grognement, et celle-ci fila droit sur sa cible. Au dernier instant, elle heurta une barrière invisible et rebondit. Elle remuait encore quand Aurélian envoya son second projectile, une boule de feu, vers le casque. Celle-ci explosa sur le pilier avec une force titanesque, sans pour autant déloger sa cible. Tous virent comment les flammes jouaient à la surface de la sphère que Falco avait suscitée autour du casque.

— Bien, commenta Aurélian, c'est bien.

Au fil des jours qui commencèrent à s'allonger, l'hiver se fit moins rigoureux et Falco se trouva capable d'affronter Dusaule et Dwimervane en même temps. Son épée et son bouclier se mouvaient trop vite pour que l'œil arrive à suivre. Il bougeait avec autant d'aisance que d'assurance, et le moindre de ses déplacements témoignait du guerrier qui émergeait lentement du corps faible et malade dont il était resté prisonnier si longtemps. Il y avait de la joie dans leurs joutes, et Aurélian éclata de rire lorsque Falco roula sur lui-même avant de se redresser aussi vite et de se jeter de nouveau sur ses adversaires. De temps à autre, le vieux mage de bataille lançait une attaque-surprise, et Mérédith fut surpris de la rapidité avec laquelle Falco repoussait une boule de feu ou une lance de lumière sans jamais compromettre sa posture défensive.

— Allez, Dwim ! rugit Aurélian alors que, d'un formidable coup de patte, le dragon forçait Falco à s'agenouiller.

Falco évita la seconde patte avec son bouclier. La force du coup le propulsa en arrière, et ses pieds dérapèrent sur le sable, mais il maintint sa prise sur son bouclier, fortifiée par le pouvoir redoutable de son esprit. Il bloqua une attaque de Dusaule, esquiva la queue du dragon qui s'abattait sur lui en cinglant l'air, et parvint même à éviter à Mérédith de se faire rôtir lorsque Aurélian lui envoya une boule de feu.

Mérédith grimaça à la vue des flammes

enveloppant la sphère protectrice que Falco avait suscitée autour de lui. Il regarda Aurélian avec incrédulité : le vieux mage se contenta d'éclater de rire.

— Voyons, dit-il, se moquant gentiment de l'air outré de Mérédith, j'étais certain qu'il serait capable de contrer une aussi grosse boule de feu.

Étonné par l'audace d'Aurélian, Mérédith observa Falco, repoussé vers le fond du creuset par Dusaule et Dwimervane. Son endurance laissait encore à désirer, et il était épuisé. Il réussit difficilement à parer une attaque de Dusaule, mais fut trop lent pour contrer un revers de Dwimervane. La patte du dragon s'écrasa contre ses côtes et une nouvelle fois il fut envoyé à terre. Son épée s'envola et son bouclier ne fut plus retenu que par la sangle sur son avant-bras. Ils s'immobilisèrent à quelques pas seulement du tunnel de la Sombreur.

Falco et Dusaule ne bougèrent pas. Dwimervane les imita, comme si la femelle, elle aussi, devinait la présence impie tapie dans les ténèbres. La bouche de Mérédith était sèche, et il se sentit gagné par un désir impérieux de s'éloigner de cette ouverture béante. Aurélian s'approcha lentement et vint se placer à côté de Falco. Dusaule ne s'écarta qu'à ce moment-là.

— Je veux le faire, murmura Falco, toujours haletant. Je veux entrer.

La simple idée de pénétrer dans ce conduit obscur donna la nausée à Mérédith.

— Tu n'es pas prêt, rétorqua Aurélian.

— Mais l'ennemi se fait plus fort chaque jour qui passe, insista Falco. Je dois faire quelque chose.

— Je sais, répondit Aurélian. Crois-moi, tu ne gagneras rien à opposer ton esprit aux périls qui se trouvent à l'intérieur.

— Je peux le faire, affirma Falco.

— Non ! s'exclama fermement Aurélian sur un ton qui surprit Mérédith.

Ils restèrent un moment à se dévisager, puis Aurélian poussa un soupir. Il prit Falco par le bras et conduisit le jeune homme vers les marches. Les autres firent mine de les suivre.

— Tu ne peux pas m'en empêcher, riposta Falco alors qu'ils s'asseyaient. La décision de subir le rite m'appartient.

Aurélian éclata d'un rire qui n'avait rien de condescendant. On y décelait même une certaine forme d'affection et de respect.

— Oui, elle t'appartient, concéda-t-il, mais tu dois la prendre quand tu seras prêt, pas simplement parce que tu ressens le désir impérieux de faire quelque chose.

— Ma protection est forte, répliqua Falco. Tu l'as reconnu toi-même.

— Ce n'est pas qu'une affaire de protection, protesta Aurélian en riant. Tu auras besoin de tous les outils à ta disposition lors du rite d'Assay. Pour l'heure, tu n'es même pas capable de lancer un sort.

Sans émettre de critiques, il essayait de lui faire comprendre les choses.

— Mais assurément, on ne s'attend pas à ce que je « combatte » les thaumaturges durant l'Ordalie.

— Non, admit Aurélian. En revanche, c'est leur travail que de s'opposer à toi, et il te faudra vaincre ce qu'ils susciteront en travers de ton chemin. Le simple fait de savoir que tu peux attaquer si tu en as besoin est une force en soi.

— Et si je n'obtiens jamais ces qualités offensives ? soupira Falco.

— Alors le défi n'en sera que plus grand pour toi.

Aurélian décocha un regard inquiet à Dusaule. Le paysan taciturne avait fait le vœu de ne plus jamais faire usage de ses pouvoirs, mais ni l'un ni l'autre n'imaginaient qu'il soit possible de réussir le rite d'Assay sans posséder ne serait-ce que quelques capacités offensives.

— Tu crois que je peux y arriver ? voulut s'assurer Falco, ce qui amena un sourire sur les lèvres d'Aurélian.

— Je ne serais pas en train de perdre mon temps sur ta carcasse rachitique si je pensais que non.

Il attendit que Falco le regarde avant de lui adresser un petit signe de la tête.

— Écoute, dit-il à son protégé. Demain nous rendrons visite à Antonio aux armureries royales. Il est temps que l'on prenne tes mesures pour fabriquer ton armure. S'il se démène bien, il pourrait l'avoir terminée d'ici ton retour des manœuvres.

— Ça ne lui laisse que dix semaines ! s'exclama Falco. Il lui sera impossible de confectionner une armure entière en si peu de temps.

— Bah, railla Aurélian. Il emploie plus d'une vingtaine de maîtres armuriers payés à ne rien faire dans ses ateliers. En outre, je parlerai à la reine.

Il suffira qu'elle lui glisse un mot et il fabriquera l'armure en partant de rien.

— Et pour l'épée ? demanda Falco. Comment fera-t-il s'il n'a pas de source de chaleur pour la forger ?

Aurélian parut moins sûr de lui. Dusaule n'avait pas l'air convaincu par l'idée qui trottait dans la tête d'Aurélian.

— On a justement réfléchi à la question, expliqua ce dernier en se grattant le menton. Si je pouvais fournir la chaleur et qu'Antonio s'occupe du reste…

— Tu crois ? Tu disais que tes capacités à conjurer étaient quelque peu chaotiques.

— On peut toujours essayer, suggéra Aurélian.

Dusaule paraissait douter et Mérédith ne savait quoi penser. Tout ce qu'il avait lu sur les épées de mages laissait entendre que les concevoir n'était pas une mince affaire et nécessitait une maîtrise hors du commun. Le mage de bataille et le forgeron travaillaient de concert pour produire une lame qui non seulement correspondait au physique et aux capacités mentales de celui qui la manierait, mais également s'accorderait à sa personnalité. L'idée qu'un inconnu s'occupe de l'épée de Falco en se servant des pouvoirs volatils d'Aurélian était le plus sûr moyen pour courir au désastre.

Pour l'armure, il en allait différemment, car les thaumaturges dessinaient les motifs complexes qui seraient gravés sur l'acier. Des motifs ésotériques qui permettaient à l'énergie d'un mage de bataille de se disperser sans endommager l'acier lui-même.

Après avoir lu un certain nombre d'études sur le sujet, Mérédith avait déjà bien avancé sur les motifs. Ils étaient confiants en sa capacité à pouvoir conseiller le graveur lorsque le moment viendrait. Il travaillait avec Falco depuis plus de quatre mois, quatre mois d'observations mentales qui lui conféraient un point de vue unique sur les harmonies de l'esprit du jeune homme. Falco ne développerait peut-être jamais de capacités offensives, mais Mérédith comptait faire en sorte que l'armure qu'il porterait soit à la hauteur de ses talents.

— Eh bien, c'est donc réglé, dit Aurélian, se frottant les mains de satisfaction. Demain nous allons prendre tes mesures pour que tu puisses avoir ton armure de mage de bataille.

49
Le dernier témoin vivant

Les premières heures du matin suivant trouvèrent une nouvelle fois Mérédith au cœur des archives de la tour des thaumaturges. Baignant dans la lueur d'améthyste dispensée par les cristaux fixés aux murs, il était adossé à sa chaise et s'efforçait de soulager un peu son cou et ses épaules. Penché sur la table de pierre depuis des heures, son esprit tanguait de tout ce qu'il avait appris.

Il y avait eu tout d'abord une série de livres illustrés traitant des motifs gravés sur les armures des mages de bataille. Mérédith avait passé quelques heures à travailler sur ses propres dessins puis, saisi d'une impulsion, il s'était replongé dans les ouvrages pour tenter de trouver ceux qui avaient été employés pour le père de Falco. Son intuition ne l'avait pas trompé et il tomba sur quatre pages consacrées à l'armure d'Aquila Danté. Mérédith avait hoché la tête en découvrant des similitudes avec les motifs auxquels il avait songé pour Falco.

Les volutes étaient plus resserrées et les entrelacs plus complexes, mais oui, quelque chose d'approchant serait bien utile aux pouvoirs de Falco.

Il s'était ensuite intéressé à un livre qui recensait diverses théories quant au cerveau des dragons. L'auteur y démontrait que les créatures étaient dotées d'une forme de conscience collective. Incapables de « parler » à distance entre elles, comme le faisaient les mages, il n'en demeurait pas moins qu'elles partageaient une certaine connexion. La partie la plus captivante de l'ouvrage concernait ce que l'auteur appelait la « mémoire raciale ».

Il suggérait que les dragons avaient la connaissance d'événements survenus avant leur naissance, et que cette mémoire augmentait avec l'âge. En d'autres termes, plus un dragon vieillissait, plus loin dans le temps remontaient ses souvenirs. Il allait même jusqu'à émettre l'hypothèse que cela expliquait peut-être la folie des dragons noirs, que se remémorer la Grande Possession pouvait entraîner un retour de l'état de Possession. Mérédith se promit de creuser le sujet.

Il avait ensuite consigné au propre ses notes sur les messages à longue distance. Il avait l'intention de mettre ses idées en pratique et de tenter d'établir une voie de communication entre deux tours de thaumaturges pendant que Falco et les cadets seraient occupés par les manœuvres.

Il travaillerait avec cinq thaumaturges, dont deux se rendraient avec lui dans la ville côtière d'Havrestorm, à environ soixante-dix kilomètres au sud. Les trois autres resteraient à Ire. Ils établiraient une connexion mentale puis verraient jusqu'à quelle distance elle fonctionnait avant d'être coupée. Mérédith était convaincu que l'expérience serait un succès, s'ils parvenaient à garder leur concentration. La partie la plus ardue serait d'assurer le relais d'un thaumaturge à un autre, mais il était certain de surmonter cette difficulté.

Il se pencha enfin sur un obscur recueil d'entretiens avec des survivants de la Grande Possession. Hélas, une fois de plus, il n'apprit rien de nouveau. Le dernier chapitre avait pour sujet un homme présenté comme « le dernier témoin encore en vie » de la Grande Possession. Malheureusement, on ne donnait ni son nom ni aucun détail quant à ce qu'il avait vu. Dépité, Mérédith était sur le point de refermer l'ouvrage quand son attention fut attirée par un paragraphe concernant le témoin en question, qui avait été interrogé lors de l'Inquisition d'Ossanda en 845 Anno Ira.

[…] *Il subsiste quelque confusion quant à sa déclaration. Nous savons cependant qu'il a été relâché par l'Inquisition et placé dans une cellule plus adaptée à traiter les symptômes de sa détresse. La mention de « confinement » dans son ordre de transfert laisse penser qu'il a été perturbé par les horreurs auxquelles il a assisté lorsque les dragons ont commencé à tuer. Un compte rendu plus détaillé, accompagné d'une analyse de son état mental, est consigné dans le livre de Sennicio Verde intitulé* Le Dernier Témoin vivant.

Les yeux de Mérédith étaient rivés sur le titre. Il était surpris de ne jamais en avoir entendu parler. Il se reporta à la bibliographie et fit courir son doigt sur la liste des ouvrages cités. Il n'en avait pas trouvé trace lors de ses minutieuses recherches, mais on pouvait supposer qu'une ou plusieurs copies se trouvent dans d'autres tours. Le titre de l'ouvrage, le nom de l'auteur, et une liste des archives où des exemplaires étaient conservés.

Le Dernier Témoin vivant: Sennicio Verde: Ire & Le Matres.

Le Matres, la ville par laquelle passeraient Falco et les cadets lors des manœuvres. Le cœur de Mérédith battait nettement plus vite. Un compte rendu de la Grande Possession par quelqu'un qui avait pris part – et survécu – à ces événements. L'exemplaire conservé à Ire était selon toute vraisemblance perdu, mais celui du Matres existait peut-être encore.

Mérédith rassembla ses notes et ses dessins. Il se faisait tard et il aurait besoin de discuter du changement dans ses plans le lendemain avec les thaumaturges qui travaillaient avec lui. Ils ne seraient sans doute pas contents de ce contretemps, car eux aussi étaient impatients de mettre son idée à l'épreuve.

Alors qu'il quittait la pièce, il aperçut frère Sérulian, mais, comme toujours, le vieil homme ne semblait même pas avoir remarqué sa présence. Ses instructions étaient de veiller à ce que Mérédith n'apprenne rien de la quatre-vingt-quatrième décennie. Elles ne mentionnaient à aucun moment la quatre-vingt-cinquième, ni les ouvrages d'archives autres que celles d'Ire. Or, c'était au Matres que Mérédith Saker risquait bien de découvrir enfin la vérité.

50

L'armure d'un mage de bataille

Les ateliers d'Antonio Missaglias se trouvaient dans le quartier nord-ouest, d'où les vents emportaient la fumée des forges vers les montagnes. Tout en attendant qu'Aurélian revienne avec le maître, Falco et Mérédith veillaient à ne pas gêner les allées et venues des ouvriers.

— Malaki adorerait ! s'exclama Falco en s'extasiant devant la simplicité de l'armurerie royale.

— Il fait trop chaud, rétorqua Mérédith en s'essuyant le front.

Falco ne put qu'acquiescer. Il humait les courants d'air sur son visage et un mélange d'odeurs prenantes venait lui picoter la langue. Les senteurs de fumée de bois et d'or se mêlaient à celles, plus fortes, des métaux. On devinait aussi le cuir et même un soupçon tenace d'huile. Les pompes et les soufflets donnaient l'impression que le bâtiment respirait. Les coups de marteau s'abattant régulièrement résonnaient de partout, du choc rythmique des masses sur les lames au claquement plus léger des percuteurs sur des plates d'armures faites sur mesure.

C'était un environnement que Falco trouvait à la fois familier et rassurant. Il s'en imprégna avec joie, essuyant une goutte de sueur sur son front au moment où Aurélian réapparaissait entre les enclumes, les bancs et les étagères garnies d'outils métalliques. Derrière lui approchait un homme qui ne ressemblait pas du tout à l'idée que Falco s'en était fait. Au lieu d'un artisan raffiné, il aperçut un bossu. Il était difficile de déterminer si Maître Missaglias était né ainsi ou si des années penché au-dessus de ses enclumes l'avaient courbé de la sorte. Il était de petite stature, presque un nain, avec des épaules massives et cette peau couleur de suie qu'on associe volontiers aux gens qui passent leur vie dans une forge. Ses bras nus et sa face rubiconde étaient couturés, mais ses yeux noirs pétillaient d'intelligence.

— Maître Missaglias, laissez-moi vous présenter ces deux concitoyens, Falco Danté et Mérédith Saker.

Antonio pencha la tête en guise de salut, et il sourit en voyant Falco examiner la cicatrice en forme de fer à cheval sur son visage.

— C'est à un cheval de guerre que je la dois, celle-là, expliqua-t-il avec l'accent de la Valence. À croire que ce vieux canasson n'appréciait pas mes manières à l'écurie. Il n'a rien fait d'autre que me remettre à ma place, hein ! S'il avait vraiment voulu me faire du mal, il m'aurait fracassé le crâne. Bon, vous désirez une armure, c'est ça ?

Falco inclina la tête, se sentant soudain gêné.

Antonio avait dit cela sur le même ton que si Falco était venu commander de simples protections. Il dévisagea sèchement ce dernier, puis son regard se posa sur Mérédith.

— C'est toi qui vas t'occuper des motifs de surface, si je ne m'abuse.

Mérédith acquiesça en silence. Sa main se porta vers le tube qui pendait à sa ceinture, à l'intérieur duquel se trouvaient les notes et les dessins de la veille.

— Et il vous la faudrait pour quand ? demanda Antonio en se retournant pour retraverser son atelier.

— Eh bien, il part rejoindre les cadets pour les manœuvres, expliqua Aurélian. Je dirais que vous avez dix ou onze semaines devant vous.

Missaglias haussa les épaules devant pareille assurance. Aurélian semblait convaincu de sa capacité à mener cette tâche à bien dans les temps.

— Je sais qu'on parle d'une armure de mage de bataille, persista Aurélian, mais je suis certain qu'avec toutes vos ressources…

Il n'acheva pas sa phrase, bien conscient que c'était trop demander.

Antonio les conduisit au bout d'une allée flanquée de petits établis. L'odeur de l'acide parvint aux narines de Falco, qui aperçut des plates d'armures que l'on s'apprêtait à graver. Le bruit s'estompa peu à peu alors qu'ils atteignaient enfin les salles d'essayage.

— Alors, qu'en pensez-vous ? hasarda Aurélian, dont la confiance initiale avait cédé la place à l'incertitude quand il avait vu la masse de travail que nécessitait la confection d'une armure. Vous pourriez au moins commencer. Il faudra du temps avant que Falco envisage sérieusement de passer le rite d'Assay, de toute façon.

Antonio se raidit et regarda Aurélian d'un air réprobateur, comme si lui aussi avait du mal à concevoir que Falco était prêt à affronter les défis que représentait le rite. Un ajusteur s'approcha.

— Ce jeune homme a besoin d'une armure de mage de bataille, annonça Antonio. Tu penses qu'on pourrait lui préparer ça en combien de temps ?

L'ajusteur sourit et les salua avec politesse. Il se munit d'une corde à mesurer passée autour de son cou.

— Si vous voulez bien….

Mal à l'aise d'être ainsi le centre de l'attention, Falco suivit l'ajusteur, qui les entraîna vers une pièce située à l'angle du bâtiment. Une fois à l'intérieur, ce dernier tira les rideaux derrière eux et Falco s'immobilisa net.

Là, devant lui, se trouvait une armure en acier foncé disposée sur un présentoir en bois. Demi-plates et mailles, plastron, protège-bras et gantelets pour la partie supérieure, jambières et bottes renforcées pour les membres inférieurs. Sur un second présentoir était posé un bouclier rond et, sur celui-ci, une barbute à la visière en T si reconnaissable, qui semblait les observer d'une façon étrangement intimidante. L'armure n'était manifestement pas achevée, mais tout le travail initial avait déjà été accompli.

— On est resté dans le style valençais, annonça

Maître Missaglias, visiblement en quête de l'approbation de Falco.

Ce dernier observa le renforcement d'acier sur le bras droit et la jambe gauche, caractéristiques éminemment valençaises : il était bien trop stupéfait pour répondre. Aurélian riait doucement dans son dos.

— Ça date de quand ? s'enquit le vieux mage.

— La reine a pris contact avec moi vers la fin de l'automne, rapporta Antonio. Elle m'a annoncé que l'émissaire revenait à la capitale avec un nouveau mage de bataille et m'a demandé de me mettre aussitôt au travail.

— Que je sois damné ! s'exclama Aurélian en s'approchant.

— Il nous a fallu du temps pour préparer le métal et achever le maillage, poursuivit Antonio. Lorsque le jeune Danté est arrivé, nous avons pris les mesures d'après l'armure dont il se servait à l'Académie. Enfin, nous avons demandé conseil au laniste Magnus quant au développement musculaire auquel s'attendre. À en juger par ce que je vois, on aura évidemment besoin de procéder à quelques ajustements, mais je pense qu'on n'est pas loin du compte.

Mérédith semblait tout aussi impressionné par la prévoyance et le subterfuge de la reine. L'armure était presque achevée, et il se prit à souhaiter de disposer de plus de temps pour travailler sur les motifs qui seraient gravés à sa surface.

— Qu'en dis-tu ? lança Aurélian à Falco.

Ce dernier était incapable de détacher ses yeux de l'armure. Missaglias fit un signe à deux ajusteurs aux cheveux argentés qui se trouvaient à proximité. On fit poliment sortir Mérédith et Aurélian alors que les deux hommes entraient. Ils ôtèrent la cape et la veste en peau de mouton de Falco, et le mesurèrent sous toutes les coutures.

Pendant que l'un tendait sa corde, l'autre prenait des notes dans un carnet déjà bien rempli. Ils déshabillèrent ensuite le jeune homme, qui se retrouva simplement avec sa chemise et ses sous-vêtements, et entreprirent de lui passer l'armure sous son regard médusé et embarrassé. Il se faisait l'effet d'un taureau qu'on s'apprête à conduire sur la place du marché.

Ils commencèrent par un haubert matelassé et un pantalon en cuir frangé de soie. Ils lui passèrent ensuite une cotte de mailles soigneusement ouvragée de façon à être la plus légère possible sans compromettre pour autant les zones non couvertes par les plates. Ils l'aidèrent à mettre ses bottes d'acier et sanglèrent ses jambières. Le plastron disposait d'une articulation centrale qui permettait de se pencher et de rouler au sol, et d'autres, plus petites, qui empêchaient le métal de mordre le cou. Ils fixèrent des spalières sur ses épaules et firent glisser ses mains dans les gantelets renforcés d'acier et ses avant-bras dans des plates, que les artisans de l'atelier appelaient « canons d'avant-bras ».

Ils soulevèrent enfin le casque. Missaglias mordit sa langue dans un ultime effort de concentration qui signerait l'exactitude de leurs mesures. Ils ne placèrent pas la barbute sur la tête de Falco, mais la lui tendirent.

— Tu n'es pas roi, lui expliqua Antonio. La tradition veut qu'un chevalier enfile seul son casque.

Falco marqua une pause et considéra le casque. Le geste qu'il s'apprêtait à faire prenait une signification solennelle, une représentation physique de la responsabilité qu'il acceptait. Il souleva la barbute, ferma les yeux, et la fit doucement glisser. Les deux ajusteurs reculèrent pour laisser place à Maître Missaglias.

— Remue un peu la tête, lui ordonna-t-il, ce que fit Falco sur-le-champ.

Au bout de quelques instants, Missaglias bougonna quelque chose, visiblement mécontent du résultat.

— Ça m'a l'air bien, jugea Falco. Mieux que toutes celles que j'ai pu essayer jusqu'à présent.

Pour autant, le maître armurier n'était pas satisfait.

— Non, dit-il. La partie frontale va, par contre nous allons relever un peu l'arête pour resserrer sur les côtés et augmenter la courbe occipitale avant le trempage final.

Il ajouta quelques mots à l'adresse des ajusteurs, qui s'empressèrent de tout prendre en note.

— Essaye le bouclier, demanda Antonio, tout en reculant d'un pas de façon à laisser un ajusteur le glisser au bras de Falco.

L'équilibre était parfait. Un profond sentiment de satisfaction envahit Falco. Il n'avait jamais vu cette armure, ne s'en sentait absolument pas digne, mais elle lui allait bien. Comme si elle avait été faite spécialement pour lui, ce qui évidemment était le cas.

Les ajusteurs l'invitèrent à se tourner et à faire face à un miroir en pied. Il eut du mal à reconnaître la silhouette que lui renvoyait son reflet. Pour conclure, ils tirèrent le rideau et prièrent Aurélian et Mérédith d'entrer.

Le regard d'Aurélian était plein d'une étrange satisfaction ; Mérédith, lui, restait bouche bée.

— Qu'est-ce que je t'avais dit ? sourit Aurélian. En partant de rien.

— C'est étonnant, acquiesça Falco, tendant les bras et haussant les épaules pour tester sa liberté de mouvement. Elle semble encore plus légère que la « totale ».

Aurélian gloussa tandis que Maître Missaglias encaissait l'affront. Jamais personne n'avait osé comparer son travail à la grossière armure d'entraînement de l'Académie. Il laissa Falco aux soins des ajusteurs, qui allaient dresser la liste des modifications à apporter. Falco persista à leur expliquer que tout était parfait, mais eux savaient bien qu'une cuirasse mal finie pouvait facilement causer des blessures à celui qui la portait, particulièrement lorsqu'il s'agissait d'un mage de bataille, qui se devait d'être agile et athlétique. Un ajusteur indiqua toute une série de modifications à la cire noire à même l'armure, exactement comme l'aurait fait un tailleur, alors que son acolyte prenait des notes.

Pendant ce temps, Antonio s'approcha de Mérédith.

— Elle ressemble au pouvoir que je sens en lui, murmura ce dernier.

— C'est le plus beau compliment qu'on m'ait jamais fait, répondit Antonio.

Mérédith rougit. Il n'avait pas eu l'intention de prononcer ces paroles à voix haute.

— J'en conclus donc que les motifs seront de vous.

Mérédith hocha la tête et posa une main sur le tube pendant à son côté. Antonio héla un jeune apprenti qui disposait des pièces d'armures dans la pièce adjacente.

— Va trouver Maître Dorian dans la salle des gravures. Demande-lui de nous rejoindre s'il peut se libérer quelques minutes.

— Oui, Maître.

Antonio conduisit Mérédith et Aurélian vers une série de tables à dessin envahies de rouleaux de parchemin et de dessins d'armures à différents stades de finition. Il leur dégagea une table et invita Mérédith à lui montrer le fruit de son travail. Visiblement nerveux, ce dernier ouvrit le tube et entreprit d'étaler ses feuilles. Antonio les déplia et posa des poids en étain sur chaque coin.

Il parcourut du regard les figures élaborées.

— Ah, Dorian ! s'exclama-t-il à la vue d'un individu émacié de grande taille qui surgissait derrière eux. Je te présente Mérédith Saker, le thaumaturge qui conçoit les motifs pour l'armure du jeune Danté.

— Je ne suis qu'apprenti thaumaturge, précisa Mérédith.

Maître Dorian dévisagea Mérédith pour lui signifier qu'on ne corrigeait pas Maître Missaglias. Il cligna des yeux et caressa sa barbe soigneusement taillée du bout des doigts.

— Puis-je ?

— Bien sûr, fit Mérédith, reculant d'un pas pour laisser le maître graveur s'approcher de la table.

— Hum, murmura-t-il, sur un ton voisin de celui d'Antonio.

Il sortit un monocle cerclé de laiton de sa poche et se pencha un peu plus près, suivant les motifs à l'aide de son doigt longiligne.

— Intéressant, estima-t-il après un moment. Très proches de ceux de son père.

Mérédith fut abasourdi de voir que cet homme avait été capable de noter la ressemblance sans même se référer aux dessins originaux d'Aquila.

— C'est exact, dit-il, mais je ne les ai pas copiés. Je n'ai remarqué les points communs qu'après.

— Ce n'est pas une critique, jeune homme, expliqua Maître Dorian. Vos motifs me semblent parfaitement choisis, bien que ce soit la première fois que vous vous lanciez dans pareille tâche.

Mérédith eut du mal à croire qu'il s'agissait bien d'un compliment.

Antonio sourit, et remercia d'un signe Maître Dorian, qui déjà repartait à son travail.

— Donc, reprit Antonio, avec ces motifs et la liste des ajustements, nous avons tout ce qu'il nous faut pour finir l'armure. Elle sera prête à son retour des manœuvres. Il ne nous reste plus qu'à régler la question de l'épée.

— Justement, intervint Aurélian, dont ce fut soudain le tour de se sentir mal à l'aise, je voulais vous en parler.

Missaglias fit la moue une fois de plus. Il connaissait Aurélian assez bien pour savoir que ce qu'il allait dire ne serait pas pour lui plaire. Le vieux mage de bataille passa un bras autour de l'épaule contrefaite d'Antonio et le dirigea hors de la pièce.

C'est à peine si Mérédith, distrait, nota leur départ. Il distinguait vaguement Falco et les ajusteurs qui s'activaient près de lui derrière les rideaux. Le découvrir en armure avait été pour lui comme le voir pour la première fois. Il commençait à comprendre l'inquiétude qui rongeait Galen Thrall et son père. La cuirasse semblait lui aller à la perfection, que ce soit pour le poids ou le style. Mais, plus que cela, Falco avait une allure véritablement redoutable, et Mérédith sentit une vague de doute l'envahir.

Était-il bien sage de sa part de l'aider à faire surgir ses pouvoirs ?

Et s'il se retournait contre eux, comme l'avait fait son père ?

Les ajusteurs sortirent à cet instant, tirant le rideau derrière eux pour laisser Falco seul pendant quelques minutes. Mérédith s'efforça de chasser ses appréhensions. Sa raison l'incitait à la prudence, son instinct lui disait à l'inverse de se faire confiance. Il allait donc suivre cet instinct, pour l'heure.

*

Enfin seul, Falco observa la silhouette bardée d'acier que lui renvoyait le miroir, aussi impressionnante qu'intimidante. Il avait la sensation incroyable que ce n'était pas lui-même qu'il avait en face de lui, mais son père. Sa gorge se noua comme si le chagrin et les regrets venaient de le saisir. Il resta ainsi un moment, puis regarda la paume de sa main gainée de cuir. Maître Missaglias avait raison. Il portait une armure qui en aurait fait rêver plus d'un.

Tout ce qui lui manquait était une épée.

51

Le transfixe

— Je n'arrive tout simplement pas à croire que vous ne m'ayez pas invité ! s'exclama Malaki pour la cinquième fois depuis qu'il avait appris que Falco s'était rendu dans les ateliers du célèbre Antonio Missaglias.

— Je pensais que ça se limiterait à une petite visite rapide, plaida Falco lors de la toilette qu'ils firent après une nouvelle matinée d'entraînement intensif. De plus, à ce qu'on m'a dit, tu as pas mal besoin de te perfectionner sur le terrain avec ton cheval.

— Je n'ai touché le poteau qu'une fois, se justifia Malaki, s'essuyant le visage avec une serviette.

— Tu l'as cassé en deux, paraît-il, le corrigea Falco, remarquant que Quirren et Alex se contenaient pour ne pas éclater de rire.

De derrière le rideau qui la séparait des garçons, Bryna passa une tête pour ne rien louper de la conversation.

— C'est à cause de Fidelis, persista Malaki, faisant référence à son destrier. Il est gaucher, je vous jure !

— C'est ça ! Blâme ton cheval ! rétorqua Falco sur un ton qui aurait pu laisser croire qu'il en avait assez de ce genre d'excuses.

Ils éclatèrent tous de rire, et Falco grimaça lorsqu'une serviette humide claqua contre sa joue.

— Le transfixe, ça n'a rien de facile, intervint Quirren, donnant une tape sur l'épaule de Malaki. En tout cas, plus depuis qu'on les fait à pleine vitesse.

— Exactement, acquiesça Malaki. Tout est plus difficile quand ça va aussi vite.

Sa voix s'effilocha alors que Bryna émergeait entièrement de derrière le rideau, une serviette sur ses cheveux mouillés.

Les autres échangèrent des regards intimidés par cette intimité, mais Bryna se contenta de secouer la tête et de jeter sa serviette dans un seau. Cet après-midi, les Dalwhinnies s'exerceraient au transfixe avec les cavaliers, et elle avait peur qu'ils échouent, ce qui risquait de compromettre leur participation aux manœuvres.

Elle enfila sa veste et sortit de la tente. Malaki partit à sa suite, talonné par Falco et les frères Klingemann.

— Tout va bien se passer, l'encouragea Malaki en glissant sa chemise par-dessus ses épaules encore mouillées. Vous avez déjà réussi avec les fantassins et avec des chevaux lancés au trot.

— Je sais, soupira Bryna, prenant un bout de

pain sur une table, mais les Dalwhinnies sont des archers. La cavalerie, ça les rend nerveux par définition. Certains des plus jeunes sont même terrifiés par les chevaux.

Elle mordit son pain encore chaud, et un petit nuage de vapeur s'éleva dans l'air frais du petit matin.

— Rassure-les, suggéra Malaki.

Falco, Alex et Quirren arrivaient à leur hauteur.

— Ça ne dure pas très longtemps, dit Alex. Faut juste bien calculer les espacements et garder les lignes parfaitement droites.

Bryna leva les yeux au ciel comme pour répondre : « C'est facile pour vous ! » Les Exilés avaient réussi l'exercice plusieurs fois, sauf que c'étaient des vétérans. Les Dalwhinnies étaient une troupe hétéroclite d'individus aux tempéraments variables, dont beaucoup avaient du mal à réfréner leurs pulsions. Elle les voyait bien abandonner leurs rangs et se faire piétiner à mort.

— Peut-être pourrais-tu proposer aux plus nerveux de ne pas prendre part à l'exercice, suggéra Falco.

— Mais moi aussi je suis nerveuse, repliqua Bryna. Ce n'est pas facile du tout de tourner le dos à une horde de chevaux lancés au galop. De plus, mes hommes préféreraient mourir plutôt que perdre la face.

— Tout va bien se passer, répéta Malaki. Il nous reste presque trois semaines avant le départ. Si tu n'y arrives pas aujourd'hui, tu auras d'autres occasions de réussir.

Bryna prit une nouvelle bouchée de pain et but une gorgée d'eau pour la faire passer. Au même instant, une colonne de cavalerie légère de la Légion du Trône parvint sur le plateau, provoquant éclats de rire et divers commentaires du côté des stands de tir à l'arc où se trouvait la troupe bigarrée de Bryna.

D'autres cadets émergèrent de la tente et les assistants entreprirent de préparer le terrain pour l'exercice.

— Je ferais mieux de les saluer, décida Bryna, se forçant à avaler sa dernière bouchée de pain.

Malaki se redressa de son siège pour l'embrasser.

— Bonne chance, lui souhaita-t-il.

Les autres y allèrent également de leurs encouragements avec une série de petits hochements de tête et de sourires maladroits.

Pâle et nerveuse, Bryna saisit son arc et son carquois, puis traversa le terrain pour retrouver ses soldats. Il n'y eut aucune exclamation, aucun cri de joie pour l'accueillir. Les Dalwhinnies savaient combien elle tenait à ce silence respectueux, et aucun d'eux ne voulait paraître stupide devant les instructeurs et les autres cadets.

— Elle va y arriver, prédit Falco à Malaki pendant que la compagnie de cavalerie formait ses rangs sur le terrain jouxtant le leur. Si quelqu'un sait comment galoper à bride abattue sans dévier de son chemin, c'est bien la Légion du Trône.

Malaki acquiesça machinalement, et ils se placèrent sur le côté. Les lanistes les accompagnèrent, restant près des cadets.

— Tout va bien se passer, confirma lui aussi

Magnus alors que les Dalwhinnies prenaient position. Elle a fait du bon boulot avec une unité qui n'a rien de facile.

Malaki fut heureux de ces paroles, qui ne parvinrent cependant pas à le détendre. Le transfixe n'avait rien d'une manœuvre aisée. L'exercice était conçu de façon à permettre à une cavalerie de passer à travers les rangs d'une autre sans créer la moindre confusion. L'Histoire était remplie de récits de batailles s'étant soldées par un désastre quand des unités n'avaient pas réussi à former leurs colonnes, des compagnies avaient été attaquées sur leurs flancs, ou des chevaliers avaient été incapables d'atteindre l'ennemi, séparés de celui-ci par des blocs compacts de fantassins alliés. La manœuvre, difficile, pouvait s'avérer cruciale en conditions réelles, et par conséquent Bryna était bien résolue à ne pas échouer.

Consciente des regards rivés sur eux, elle s'approcha de Patrick Vockler.

— Comment sont-ils ?

— Pas trop mal. Ils rient et font des blagues, et ils se cherchent des noises. Et ça, ça veut dire qu'ils sont nerveux.

Bryna opina, la bouche sèche. S'ils avaient déjà réussi l'exercice, le faire avec des chevaux lancés au galop était une autre paire de manches. Le sol vibrait littéralement sous le fracas des sabots, produisant un vacarme terrifiant.

Au signal donné, l'unité devait se disposer en colonnes et s'immobiliser dans un ordre parfait, laissant un espace suffisant entre les rangs pour le passage des cavaliers. La moindre erreur, surtout avec des chevaux lancés au galop, pouvait se révéler désastreuse. Ils avaient travaillé dur, mais, en fin de compte, le plus important restait d'arriver à garder son sang-froid. Au moment où les cavaliers approchaient, ils étaient censés se recroqueviller au sol, tête penchée sur celui qui était devant eux, de façon à réduire au maximum la surface occupée, et donc limiter les risques de blessures.

— Comment vont Alnwick et Daniel ? demanda Bryna.

— Ils se chient dessus, ironisa Pat, mais ils ont bien l'intention d'aller jusqu'au bout.

— Peut-être devrais-je insister pour qu'ils ne prennent pas part à l'épreuve, dit-elle, en observant les deux adolescents qui n'avaient guère plus de dix-sept ans.

Daniel était assez simplet ; malgré cela les Dalwhinnies l'avaient adopté comme un des leurs. Elle alla les voir. Ils étaient ensemble, l'extrémité de leur arc reposant sur leur botte.

— Comment ça va, les garçons ? s'enquit-elle.

— Frais et d'attaque, capitaine ! brailla Alnwick, qui n'avait absolument pas l'air d'attaque.

— Un peu peur, balbutia Daniel, chassant une boucle blonde de ses yeux.

— Vous n'êtes pas obligés de le faire, vous le savez, n'est-ce pas ?

Les deux garçons rougirent et détournèrent le regard. On aurait cru qu'Alnwick était sur le point de dire quelque chose et qu'il s'était ravisé au dernier moment.

— Avoir les chocottes n'a jamais fait de mal à personne, hasarda Daniel, comme s'il citait un vieux dicton dont lui auraient fait part les vétérans.

Bryna leur décocha un sourire et s'éloigna, le sourire toujours accroché aux lèvres.

— Garde un œil sur eux, murmura-t-elle à Patrick. Et si Alnwick te donne l'impression qu'il va craquer, tu l'empêches de participer, même si tu dois le ligoter pour ça.

Pat regarda les deux garçons avant de répondre.

— Ils sont ici de leur plein gré, expliqua-t-il. Soit ils vont y arriver, soit pas.

Bryna considéra la silhouette massive de Patrick et se demanda si un jour elle parviendrait à se montrer aussi détachée. Elle n'avait que quelques années de plus que les deux garçons, mais même ainsi, ils lui paraissaient très jeunes.

— Procède au rassemblement, ordonna-t-elle. On va commencer.

Patrick acquiesça et beugla après les Dalwhinnies pour leur faire adopter une formation compacte en vue d'un tir à distance fixe. Pendant ce temps, Bryna se rapprocha d'un des intendants supervisant la manœuvre.

— Tir à deux cents mètres. Préparez-vous pour le transfixe à mon signal, annonça l'intendant sans la moindre velléité de concession. Au premier coup de clairon, la cavalerie se mettra en branle. Ce drapeau rouge dans ma main indiquera la ligne d'approche. En cas de problème, vous avez jusqu'au second coup de clairon pour conclure l'exercice. Après, il sera trop tard.

Bryna hocha la tête. Si quelque chose ne lui plaisait pas, elle avait encore une petite chance de tout arrêter. Les intendants dévieraient la course des cavaliers vers les côtés. Elle se tourna vers les Dalwhinnies, en formation compacte. À un bout du terrain, on apercevait les poteaux sur lesquels étaient fixés des chiffons blancs claquant au vent. À l'autre extrémité, les chevaux de la Légion du Trône piaffaient sous le soleil de midi, attendant l'ordre qui les lancerait au galop. Bryna se plaça derrière eux, à côté de Patrick. Sa position marquait la ligne sur laquelle se formeraient les rangs, et qu'on appelait la pointe. Elle ne chercha pas Malaki du regard.

— On dirait que tout se passe bien, pour l'instant, fit Alex, avec une certaine surprise dans la voix.

Falco acquiesça. Les Dalwhinnies avaient formé leurs rangs rapidement. Malaki n'avait d'yeux que pour Bryna. L'intendant s'avança sur le terrain et brandit un bâton au bout duquel flottait un drapeau rouge. Comme un seul homme, les Dalwhinnies ajustèrent leur flèche à leur corde avec leurs doigts calleux et épais.

— En joue !

La voix de Bryna leur parvint même à cette distance. À la différence de nombreuses femmes dont la voix se faisait aiguë quand il s'agissait de crier des ordres, celle de Bryna portait fort et loin.

— Tirez ! hurla-t-elle.

Les flèches des Dalwhinnies s'envolèrent d'un coup. Elles décrivirent un arc de cercle et se fichèrent avec un bruit mat dans les poteaux, à deux cents mètres de là. Les chevaux les rendaient peut-être nerveux, mais cela n'affectait en rien la précision de leurs tirs.

Ils continuèrent à décocher à un rythme soutenu jusqu'à ce que l'intendant abatte son drapeau et que la première sonnerie de clairon retentisse.

— Transfixe ! Vers moi ! s'écria Bryna.

— Transfixe ! Sur la pointe ! ordonna Patrick, renforçant les directives de sa chef.

Les Dalwhinnies abaissèrent leur arc et se retournèrent d'un coup. Bryna avait les bras écartés, tout à l'arrière de la formation. Elle avait vérifié la position du drapeau de l'intendant et tournait désormais le dos à la cavalerie qui venait de s'élancer vers eux. Les Dalwhinnies n'avaient que quelques secondes pour agir sous le tonnerre grondant des destriers au galop.

Les plus proches de Bryna accoururent et se disposèrent de part et d'autre de ses bras écartés en maintenant un large espace entre eux. Ceux qui arrivaient ensuite se positionnèrent derrière les premiers, formant des colonnes parfaites. Un sentiment de fierté envahit Bryna quand elle vit avec quelle vitesse ses hommes avaient gagné leur place.

— Demi-tour ! lança-t-elle, et tous les Dalwhinnies tournèrent le dos aux chevaux qui déboulaient sur eux.

— Au sol ! cria-t-elle enfin.

Tous posèrent un genou au sol, plaquèrent la tête contre leur voisin de devant en l'agrippant par ses vêtements, leur arc à terre. Bryna n'eut qu'un bref instant pour s'assurer que tout était en ordre.

La formation était parfaite, les couloirs dégagés et suffisamment larges. Elle émit un sourire de satisfaction juste au moment où le second clairon résonna au loin.

— Et fixes ! beugla Patrick.

Sa main puissante se posa sur la nuque de Bryna, la forçant à se mettre à terre tandis qu'il faisait bouclier de son corps.

Bryna pressa son front contre le dos de l'homme devant elle, et le temps parut se figer brièvement. Elle sentit l'odeur du cuir et de la sueur du Dalwhinnie, entendit sa respiration saccadée. Elle leva la tête, reconnut Alnwick sur la colonne à sa gauche et Daniel dans celle de droite. Les deux garçons luttaient de toutes leurs forces pour rester immobiles alors que le bruit de la charge de cavalerie emplissait l'air.

Alnwick voulut s'élancer pour s'enfuir, mais Dedric Sayer le saisit et le tira vers lui, le clouant sous son propre poids.

Daniel s'agitait nerveusement, et son voisin de derrière tentait de le rassurer en le maintenant le plus fermement possible.

Tenez bon, les gars, songea Bryna tandis que le sol commençait à vibrer sous elle. *Plus que quelques secondes.*

Elle serra les dents et s'aplatit encore plus en sentant que le premier destrier la dépassait. Des mottes herbues s'écrasèrent sur ses joues. Elle sentit la panique la gagner, mais savait que c'était déjà presque fini. Elle risqua un second coup d'œil, aperçut brièvement ses hommes dans un kaléidoscope de jambes et de sabots. Celui qui se trouvait derrière Daniel avait visiblement du mal à le ceinturer.

Le dernier cheval les doublait tout juste lorsque Daniel réussit à dégager son épaule et à se retourner pour voir quand prendrait fin la manœuvre. Il ne bougea guère, mais ce fut suffisant. Un sabot lui heurta la tête. Bryna fit une grimace à la vue du sang qui giclait. Le cadet derrière Daniel voulut le plaquer au sol : c'était trop tard. Bryna se libéra de l'étreinte de Patrick à la seconde où la cavalerie achevait sa manœuvre, et rampa vers Daniel.

L'homme couché au-dessus de lui se releva lentement. Daniel roula sur le dos. Du sang maculait sa chevelure blonde et son corps était parcouru de soubresauts. Bryna s'agenouilla à côté de lui et posa une main sur sa joue.

— Daniel. Daniel, tu m'entends ? demanda-t-elle, emplie d'inquiétude.

Daniel ouvrit les yeux avec difficulté.

— J'ai eu un peu peur, dit-il, d'une voix pâteuse et détachée. Les chevaux. Si grands, si forts. On ne se rend pas compte avant qu'ils soient si près.

Tout un côté de son visage ne réagissait plus. La gorge de Bryna se noua à ce constat : l'œil gauche du jeune homme se ferma malgré lui. Sa lèvre inférieure se relâcha et un filet de bave s'en écoula. Il voulut dire autre chose, mais son visage se déforma sous le coup de la douleur, et il se mit à pleurer. Il se contracta et son menton parut rentrer dans son cou. Deux spasmes le secouèrent, puis il se raidit et ne bougea plus, une mare de sang allant s'élargissant autour de sa tête.

Bryna le regarda à travers des yeux voilés de larmes.

Comment cela avait-il pu se produire ?

Ils avaient presque terminé. Ils avaient réussi la manœuvre à la perfection, et ils avaient presque terminé.

Comment une erreur aussi infime pouvait-elle avoir une telle conséquence ?

La tragédie de cet épisode lui tordait le ventre, et c'est seulement lorsque Patrick tenta de l'entraîner en arrière qu'elle se vit en train de serrer convulsivement les vêtements de Daniel. Les Dalwhinnies se redressèrent. Leurs sourires satisfaits glissèrent rapidement de leurs visages dès qu'ils comprirent qu'il s'était passé quelque chose.

« C'est Daniel », entendit Bryna. « Le jeune Daniel. Mort. »

Le jeune Daniel. Mort.

Ils s'écartèrent quand les intendants arrivèrent en hâte, accompagnés de plusieurs assistants portant un brancard. Leur précipitation s'évanouit sitôt qu'ils se rendirent compte que la victime avait succombé à ses blessures.

Bryna se redressa lentement et Patrick l'emmena au loin.

— J'aurais dû l'en empêcher, se reprocha-t-elle d'une voix caverneuse. J'aurais dû les en empêcher tous les deux.

— Ce n'est pas ta faute, intervint Patrick, le visage sombre, et néanmoins impassible. Je te l'avais dit. Soit ils vont y arriver, soit pas.

Bryna le dévisagea sans le voir. Il y avait dans ces mots une sagesse âpre qu'elle tenta d'appréhender en vain. Des larmes coulèrent le long de ses joues, mais Patrick se contenta de la regarder.

— Ce n'est jamais une bonne chose d'être sentimentale, dit-il. Ça ne fera que te détruire.

Les assistants emportèrent le cadavre, du sang gouttant à travers le tissu clair de la civière.

— Nous boirons à sa santé ce soir, décréta Patrick. Et après, on passera à autre chose.

Sur ce, il s'éloigna et rassembla les Dalwhinnies pour les conduire dans les baraquements des Irréguliers. Malaki et Falco s'approchèrent de Bryna. Si elle en fut tout d'abord soulagée, ce sentiment céda rapidement la place à la culpabilité. Patrick avait-il raison ? Peut-être avait-elle tort de s'intéresser aux autres, mais elle ne pouvait pas s'en empêcher.

Et ça la détruisait.

*

En dépit de leurs meilleures intentions, il n'y avait rien que Malaki ou quiconque puissent dire pour apaiser la culpabilité que ressentait Bryna. Plus tard, à la nuit tombée, dans la pénombre des baraquements, Falco observa ses amis s'évertuer vainement à la consoler. Il était au pied du lit de Bryna, et Quirren vint le rejoindre.

— Quel dommage que l'émissaire ne soit pas là, déclara le grand Illicien. Il saurait quoi dire.

Falco hocha la tête.

Quirren avait parlé à voix basse, cela n'avait pas empêché Bryna d'entendre.

— Et il dirait quoi ? s'enquit-elle, se levant et s'approchant d'eux avec un air de défi.

Quirren détourna les yeux, mais Falco fronça les sourcils.

— Ça dépendrait de ce que tu as décidé de faire, proclama-t-il.

Bryna haussa le menton, attendant qu'il continue.

— Si tu avais l'intention de retourner à la vie paisible d'une aristocrate, il te dirait que c'est une bonne chose de pleurer la mort d'un si jeune homme. Mais si tu comptais rester à l'Académie, il te dirait aussi d'arrêter de te comporter comme une gouvernante d'orphelinat et de commencer à agir en tant que capitaine de l'armée.

L'espace d'un instant, on aurait cru qu'elle allait le frapper, puis ses yeux s'emplirent de larmes et elle baissa la tête. Elle saisit sa veste en peau de mouton, écarta Falco sans ménagement et sortit en trombe de la pièce.

— Où vas-tu ? lui demanda Malaki, se levant à son tour.

— Me bourrer la gueule avec les Dalwhinnies, répondit-elle. Et après, on passe à autre chose.

Dans le silence consterné qui s'ensuivit, Malaki prit soin de ne pas regarder Falco. Il avait peut-être dit les choses telles qu'elles étaient, mais il lui en voulait d'avoir ajouté à la douleur de Bryna. Il prit sa veste et partit rejoindre son amie. Si elle allait bien se saouler, ce ne seraient assurément pas les Dalwhinnies qui l'aideraient à rentrer à son baraquement cette nuit. Falco n'avait pas aimé se montrer si dur envers Bryna, il était toutefois persuadé d'avoir bien agi. L'émissaire avait beau avoir quitté l'Académie, sa présence et sa sagesse faisaient toujours écho dans leurs cœurs.

Les jours qui suivirent, Bryna fit de nouveau preuve de ce caractère qui lui avait valu le respect des Dalwhinnies, et bien vite son tempérament volontaire et impérieux reprit le dessus. D'une étrange façon, le sort de Daniel avait renforcé la cohésion des cadets. À un moment, tous devraient affronter la mort de gens placés sous leur commandement. Bryna était simplement la première à être passée par là. Les intendants décidèrent que non seulement Bryna n'était pas responsable de l'incident, mais que les Dalwhinnies avaient accompli l'exercice avec talent et précision. Ils les autorisaient par conséquent à prendre part aux manœuvres.

L'hiver avait cédé la place au printemps, et la terre revenait lentement à la vie. L'herbe du plateau était plus verte et même les couleurs des flancs de montagne étaient plus chaudes. Les bourgeons sortaient et les vergers se tapissaient de crocus sauvages et de petits narcisses blancs. Le moment du départ approchait à grands pas et l'Académie bourdonnait d'activité.

Les ateliers furent mis à contribution pour veiller à l'approvisionnement des troupes. Les cadets firent également office de quartiers-maîtres, et ils durent dresser une liste de ce dont leur unité aurait besoin.

— Je pensais être dans une école où on apprend à se battre, maugréa Alex en contemplant la masse de papiers entre ses mains. Je n'aurais jamais cru devoir passer mon temps à calculer combien de farine il fallait prévoir pour la consommation de deux cents hommes pendant un mois.

Leurs visages redevinrent sérieux lorsque Falco partit en direction du creuset.

— À plus tard, dit-il.

— Bonne chance, répondit Bryna.

— Imagine-toi simplement que c'est la tête de Snidesson, suggéra Malaki.

Falco éclata de rire et leur fit un petit signe de la main. Tous savaient qu'il avait du mal à susciter des forces offensives. Aurélian ne cessait de lui dire que le plus important était sa capacité à protéger les gens de la peur. Mais à quoi bon tout cela s'il n'était pas à même d'empêcher un démon de ravager un champ de bataille ?

Il s'immobilisa sur le bord de la cuvette et eut un rire amer.

Empêcher un démon de ravager un champ de bataille... Ha !

Même si Falco ne ressemblait plus vraiment au jeune homme malingre qui s'était réveillé dans l'infirmerie de Toulwar, l'idée de réussir à arrêter un démon lui semblait particulièrement outrancière. Il se souvint de la créature qui avait enfoncé les rangs des guerriers de Caer Dour dans les montagnes. Comment imaginer terrasser pareille entité ?

— Tu descends ou quoi ?

L'appel irrité se répercuta dans le creuset. C'était Aurélian, avec, comme toujours, Mérédith, Dusaule et Dwimervane à ses côtés. Plusieurs urnes en argile étaient posées sur les gradins de l'arène en guise de cibles. Aurélian n'avait pas dit son dernier mot et restait plus résolu que jamais à ce qu'il développe ses capacités offensives.

Mettant ses doutes de côté, Falco descendit les marches. Depuis leur arrivée à Ire, Malaki, Bryna et Mérédith avaient tous révélé les profondeurs de leur âme. Il était temps que Falco fasse de même.

52

La faiblesse élémentaire de l'acier

Dans les Contrées Interdites de l'Illicie, un groupe de cavaliers battaient en retraite devant la présence terrifiante d'un démon. L'Assassin n'accorda pas une pensée à ces hommes qui s'enfuyaient entre les arbres. Il dévisageait le Défiant suspendu en face de lui, empalé sur une de ses grandes lames incurvées. Même en cet instant, sa victime ne manifestait aucune peur, rien que sa douleur et son regret d'avoir été vaincue au combat.

L'Assassin donna un coup sec. Le Défiant émit un hoquet ensanglanté quand la pointe de la lame transperça le dos de son armure. Au début, le métal avait résisté, et l'Assassin avait été surpris de la force de cette foi, mais à la faiblesse grandissante du Défiant avait correspondu une moindre résistance de l'armure. L'acier montrait sa faiblesse élémentaire, incapable de rivaliser avec celui forgé par les Initiés.

Même ainsi, dans cette atroce étreinte de mort, le Défiant ne capitula pas. L'Assassin se demanda combien de temps il lui aurait fallu pour briser une telle foi et réclamer son âme. Mais telle n'était pas sa mission. Il était là pour tuer, et cela suffisait à sa satisfaction. Il aurait pu décapiter son adversaire ou fendre son cœur d'un coup, il se contenta de le hisser en l'air et de le regarder agoniser. Au dernier souffle, l'Assassin projeta la « grande âme » au sol, à côté de son cheval empalé du poitrail à la selle. Deux tas de viande à peine différenciables dans la mort.

Du sang fumait toujours sur sa lame lorsque l'Assassin se tourna vers le nord-est, où un autre Défiant venait d'entrer dans sa sphère de conscience. Il s'engouffra une nouvelle fois dans l'ombre puis sous la surface de la terre, et disparut.

*

Loin au sud, dans les Contrées Interdites de la Beltane, Marchio Dolor ferma les yeux de contentement. Rares étaient les démons à même de vaincre un mage de bataille en combat singulier, et c'était ce que faisait la créature que ses prières avaient invoquée, ravageant les régions septentrionales. Il pouvait à présent concentrer toute son énergie sur Vercincallidus, que l'on surnommait le Loup Serthien. Le général beltonien n'était pas une menace des plus sérieuses, mais on retirait toujours quelque joie à subjuguer les orgueilleux et leur faire mordre la poussière.

REMERCIEMENTS

Mon amour et mes remerciements vont à ma femme, Julie, qui repère tant de mes erreurs et me prévient quand je commence à radoter. Mes livres sont meilleurs grâce à elle.

Merci à Kevin Arms, Judith Coulson, Fiona Seaton, Lisa Smith et Megan Dent Nagle (auteur d'*Azurite*) d'avoir eu la gentillesse de lire cet ouvrage avant publication et suffisamment de courage pour me donner leurs impressions.

Merci à Rob Miller, forgeron hors pair de Skye. J'espère avoir rendu justice à la scène. (Les superbes épées de Rob sont visibles sur www.castlekeep.co.uk)

PAPIER À BASE DE
FIBRES CERTIFIÉES

Le Livre de Poche s'engage pour
l'environnement en réduisant
l'empreinte carbone de ses livres.
Celle de cet exemplaire est de :
650 g éq. CO_2
Rendez-vous sur
www.livredepoche-durable.fr

Composition réalisée par MAURY-IMPRIMEUR

Achevé d'imprimer en février 2021 en Italie par
GRAFICA VENETA
Dépôt légal 1re publication : mars 2021
LIBRAIRIE GÉNÉRALE FRANÇAISE
21, rue du Montparnasse – 75298 Paris Cedex 06

31/5876/9